THE ELIXIR OF IMMORTALITY

永生之书（上）

〔瑞典〕加比·格莱希曼◎著
钱峰◎译

Gabi Gleichmann

译林出版社

目 录

序

很长时间了，没有一个人说话。在我面前，母亲穿着一件单薄的睡衣安静地躺在床上。她仿佛沉浸在自己的世界里，盯着天花板，目无焦点。她的呼吸很浅，几乎跟死了一样。我捋起她的手，希望她能抱抱我，但那双手又冰又冷，毫无反应。

这是十年前十一月的某天，蔚蓝的天空一望无边，但大风肆虐，一层薄薄的新雪铺满了整座奥斯陆城。太阳当空，但寒风刺骨，夹带着冬日的凛冽。而欧洲大陆上的人正在徒手将这几十年来一直把欧洲分为两半的那堵墙推倒。

那天早些时候，父亲给我打了一通电话，低沉地说母亲的情况不太好。不过情况还不是太严重，所以我没必要特地回去看望她。当下，我松了口气。

过去的这十五年来，我几乎每天都会听到母亲身体不太好，非常痛苦，就快要撑不下去了这样的消息。面对病痛，她失去了一贯的冷静，不停地抱怨着，而且一年比一年激烈。对此，我也只是不负责任地应付而过罢了——基本上不去理会。随着时间的推移，我对她的牢骚越发地置之不理，我告诉自己只要她还有力气发牢骚，那么就不必担心她的健康。但现在，我觉得要是当初多关心她一点儿、多注意一点儿就好了。

当父亲突然在电话那端告诉我母亲病重得连电话也接不了的那一刻，我脑袋一蒙，这样强烈的感觉我已经好多年没感受过了——我意识到母亲就快要离我们而去了。那个时候我才知道这样的结局对我来说有多突然，而我也将为此悔恨余生。

我按了门铃，那个时候我还不知道母亲的生命只剩下不到半个小时。是父亲给我开的门，他脸上凝重的表情更加重了此刻肃穆而庄严的气氛。我坐在母亲的床边看着她。她一张脸惨白得几近透明，未梳理过的头发散落在她的前额，让她看上去似乎有了少女的样子。

躺在这里的是谁？她是这么熟悉，这么近却又那么远。我盯着她的脸庞，脑海里还在不断搜索着关于她的画面。可是，我什么都没找到。

我应当感到羞愧。母亲将自己关在了房间与世界隔绝，这样就没有人能打扰她与自己想象深处的魔鬼共处的时间。这就是为什么我总和她保持着距离，我甚至压制了记忆里和她共度的最幸福的时光。意识到自己的自私，我颤抖不已。我想要跟她说话，大声地说出我们从未交流过的种种事情。但不论我怎么努力，我还是说不出一个字。

父亲一动不动地站在一边。然后他匆匆离开了，开始做起了家务活，试图暂时分散自己的注意力。

房间里顿时陷入了寂静。带着深深的愧疚感，感受着此刻的肃穆，我想要抚慰母亲。我轻抚着她的脸颊，却说不出一句话。

第一个开口的竟然是母亲。她的嘴唇几乎难以察觉地微动着，她喃喃地说起了她这辈子最糟糕的那一天：1944 年的 12 月 12 日。然后她继续用这样听不清楚的语调说到了利伯特——他是躲在这栋房子里的男孩中最虔诚的一个，后来却被德国人无情地杀害了。他的尸体在街上晾了两个星期，他的朋友才敢用黑布将尸体包裹起来送到犹太人的墓地里下葬。母亲不停地喃喃低语着，虽然她的意识已经模糊甚至言不成句，但我还是仔细地听着。她的声音越来越小。

“上帝怎么忍心让人间发生这样的事？”母亲叹了口气，“你必须把这些告诉所有人。你必须全部说出来。”

我突然觉得肩上负起了重任，我发誓有一天我一定会将这个与世隔绝的狭窄的区域描述给世人听，这里曾是我们在这个地球上的家。母亲没能听到我的誓言，她的生命正从她的身体里一点点抽离。她脸上挂着笑容，然后渐渐地沉睡，渐渐地任自己跌落进了无边的空无中。

一　起源

叙述者

首先，简略介绍一下我的叔祖父，他给我的童年带来了很多快乐。他的故事实在太多了，我无法一一想起。关于他的话题很宽泛，连我的记忆也容纳不下。它们甚至超出了我的理解。就连现在，我正试图叙述他的事迹，脑海中却总是一些拼凑不起的片段。

他是我和我的双胞胎弟弟萨沙童年时的偶像。我们崇拜他。有时我们坐在餐桌前，望着他，我就觉得世界根本不足为惧。这个大家庭的一切都是他告诉我们的。他叙述的事情都不是关于我们这些孩子的，我们也不知道这些故事。他跟我们讲了很多神秘的事，这些故事都是他从已故之人的身上挖掘出来的。他很擅长讲故事。他脑中引人入胜的奇闻异事源源不断，他总是用它们来诱惑我们，吸引我们，让我们开怀大笑。他的出现总是出人意料，但只要他在场，平凡的生活就能立即变得如庆典般欢乐。萨沙和我虽然总是争吵不休，但碰到他我们一定会心照不宣地停止斗嘴。

大家都叫他费尔南多，这个异域风的名字使他听上去像是某个西班牙的贵族。当然除了我们的祖母。她只称呼他弗兰西。他的真名叫弗朗茨·夏夫。

祖母对费尔南多有着强烈的难以抑制的蔑视。我一直不懂这是为什么——至少，有很长很长一段时间弄不明白。造成她如此态度的原因一直是个谜。大概是奶奶自己已将它深埋在内心了吧。不管真相如何，她拒绝了所有的和解企图，也从不遮掩自己的态度。当然，她从未将任何不当或恶意的行为直接归咎于他。但另一方面，只要一有机会她就会提醒说他与我们并没有半点儿血缘关系。他不过是娶了她众多表姊妹中的一位，而且还是最不漂亮的那个。

叔祖父与我们之间的亲密关系正是他排遣孤寂的一种方式。他的妻子和他们两个十几岁的女儿，双胞胎安西和曼西，早已化作一缕青烟从高高的烟囱里飘向天堂了。

“这是个很悲伤的故事，”有天为了吸引我们的注意，他这样说道，“不过它就这样发生了。”

我清楚地记得那天的所有细节。那天是十月二十四日。秋日苍凉的阳光透过窗帘照进屋内。接着，天气突然晴转多云。我的叔祖父哽咽了几声后便开始失声哭泣。屋内的空气弥漫着一股麦片粥煮煳的味道。这可是祖母的拿手菜之一。费尔南多的眼泪止不住地流。他双肩颤抖，眼眶发红。你知道吧，那天正是他女儿的生日。他张开嘴试图说话，但突来的剧烈咳嗽却打断了他，他还是没说出来。

自那天后，他再也没提过这个话题。但是我和弟弟心知肚明。

还有一次，他十分谨慎地，用几近耳语的声音跟我们透露他曾经至死不渝地爱着一个女人，只她一人，爱到眼里别无他物。我们很快意识到这个人一定不是他的妻子，因为过一会儿他又说了一句：“而她是我永远也拥有不了的人。但只要有她的爱，我就已足够。”

厨房的门还开着，叔祖父偷偷地瞄了一眼在火炉后自言自语的奶奶。不知为什么我不禁窃笑起来。也许直觉告诉我他这是在委婉地提示他心里的那个她是谁。

“我亲爱的宝贝，你别笑——爱她是我此生唯一的成就。你要是觉得像我这样的老头还在缅怀激情很别扭的话也不奇怪。不过当一切流逝、枯萎、蒸发不见时，当一个人终究经受不住时间的无情时，只有爱的火焰还会在他的心中燃烧，直到最后一刻。”

虽然我的叔祖父与我们没有血缘关系，但他却十分了解我们家的祖先，即使是很久很久之前的人。他虔诚地爱着我们的家族史。在他眼里，过去是构成一个人生命最主要的部分。有时当他跟我们讲中世纪祖先的事迹时，会自豪一笑然后爱抚着我们的头沉重地叹息着，虽然笑容还挂在脸上，他的眼睛却望着某个看不见的远方。有时候他会气我们两兄弟竟对自己家的历史如此不闻不问。我尤其记得有一次，他极其的失望——

他认为这是我们蓄意的计谋——因为他发现我们竟然对我们那位名叫萧珊娜·斯宾诺莎的远方亲戚的悲惨一生一无所知。她是物理学领域最出色的先锋之一——即使她死的时候还是个豆蔻年华的婷婷少女。

我有时觉得是因为自己的双胞胎女儿已在战争中去世了，所以我的叔祖父潜意识里希望萨沙和我能免受我们家族史的影响。现在我很确定他坚信我们的家庭环境只会将我们塑造成软弱、胆小、优柔寡断而刻板的人。他想阻止这种趋势，他想让我们朝另一个截然不同的方向发展，他想给我们注入活力、事业心及成功欲。

费尔南多总是很乐意填补我们的无知，他能将我们家族最早的祖先带出迷雾，呈现在我们眼前。他从某些我们不知道的文史中截取了一段故事，或者胸有成竹地将埋藏在过去的秘密说给我们听。这些秘密都是他从另一个空间的灵魂跟他的耳语中得知的。叔祖父说的故事全都让我们深信不疑。萨沙和我从没有质疑过他所说的家族故事的真实性。他是一个让人无法抗拒的叙述者。我们入神地张着嘴坐在那里，心怀骄傲，沉浸在他口中那个栩栩如生的神秘世界。

对我来说，我很喜欢听叔祖父说故事，每个故事我都在用心听。如果他不小心遗漏了一个细节或一个日期，我甚至都会纠正过来。

只有我的祖母，时不时地会自己嘟囔说她早就看穿费尔南多了，经常一有机会便会质疑这些故事的出处是否可信。她有时还会逼迫他做出各种解释，但就连萨沙和我都觉得她的手段太笨拙了，不过他还是会装作很窘迫的样子。大多数时候他就静静坐在那里，低垂着眼睛，脸上还挂着知错的讪笑。

但只要祖母一离开，所有担心就会去无影踪，他的脸上就又恢复了轻松快乐的表情。然后他总会进一步地说服我们，深信不疑地说道："事实比小说要好多了。当你知道到底发生了什么时，你就不需要去编故事了。不管怎么说，说谎的人比跛腿的狗要好抓多了。"

通灵术

叔祖父总会神秘兮兮地，偶尔还十分谨慎地向我们描述他是如何通过通灵会和他们的灵媒来与死者定期交流的——对我们来说那段时光最令人兴奋了。这个通灵组织叫作阿斯特拉。他们每个星期三都会在阿达尔贝特·纳迪森蒂，一位弗洛伊德派心理学家的家中集会。因为他的资产阶级背景和政治观点，他曾被关到了匈牙利东北部的斯大林再教育营地，并被禁止从事自己的职业。那个时候他尽其所能地养活着自己，在一个破败的工人阶级区域里的一个废品回收站当巡夜人。这些集会过去总会聚集着布达佩斯最具想象力、思维最开放的人。与会者围着一张圆桌坐下，房间里窗帘紧闭，密不透光，也没有一面镜子。一开始他们会拿着一支蜡烛，借着忽隐忽现的烛光诵念一段神秘的拉丁文，这大概是为了引导与会者进入精神世界。做好准备工作后，他们的灵媒——一位脸色惨白的瘦削中年妇女便开始陷入恍惚，充当其他人与另一个世界交流的中间人。

我的叔祖父第一次听说阿斯特拉这个组织还是在济莎兹医生的家里。济莎兹是个善恶兼具的全科医师，因为不满政府微薄的薪资，于是他通过满足病人的希望给他们开具任何药方来赚点儿黑心钱。他并不是不担心这些药物可能会产生致命的危险。他一生都坚定地遵循着一个原则：人类是无法通过驱逐疾病让这个世界更美好的，唯一的方法就是解决人口过剩的问题。所以很显然，济莎兹医生并不是重患病者的弗罗伦斯·南丁格尔。但另一方面，当他听到但丁的诗句选段时眼眶里也会充满泪水，当看到一杯美味的葡萄酒时他的脸上也会毫不掩饰地闪耀着愉悦。他从不会掩饰比起病患的健康自己更加关心杯中酒的味道。即使蒙上眼睛，他轻抿一口便能识别出从雷司令到希欧福克产的所有种类的葡萄酒。

不知出于什么原因，我们叔祖父似乎非常敬重济莎兹医生，经常会去他那里寻求建议。他告诉济莎兹自己越来越思念死去的女儿了。他越发觉得自己不可能获得平静，为什么上帝如此不公、如此急切地夺走一些生命，强行让他们还未长大成人之前便离开这个世界。他还说那些帮他保持镇定的药物已经无法再克制住他心里的魔鬼了。每天晚上他都会做噩梦——他总是会看到他的女儿在火葬场的大熔炉里活生生地被烧死。济莎兹医生说他的这种精神疾病已入膏肓了，任何强效的药物也救不了他，于是建议叔祖父去拜访自己的姐夫领导的通灵者组织。他认为只有与死去的女儿进行直接的交流才能让费尔南多沉痛的心从他那凹陷的胸膛里解放出来，才能让它如布达佩斯林荫大道上飘落的秋叶一样自由地飞翔。济莎兹医生答应给叔祖父写一封介绍信，但是一开始他并没有接受，因为他不相信来世之说，也不觉得自己到了要参加通灵会的地步。但噩梦还在困扰着他，他必须要弄清楚自己的女儿到底发生了什么事。

一个星期三的晚上，尽管有一丝不情愿，我的叔祖父还是走向了阿达尔贝特·纳迪森蒂公寓。这位心理分析家穿着一件苏格兰的格子衣在门厅接待了我的叔祖父，然后直接带他来到了邻屋。那里已经有五个人围着一张圆桌坐好了。我的叔祖父被安排在了那个灵媒的旁边，她正在喃喃着某些听不懂的乱语，显然她已经陷入冥想了。看来这场通灵会已经开始有一会儿了。在黑暗中，费尔南多很难看清其他人的脸。但他很快就看出了坐在对面的那个尊贵的老人正在试图与自己的独子对话，这个孩子恐怕是在 19 世纪 40 年代，死于西伯利亚北部的科雷马河的劳动营里[①]。费尔南多当然知道科雷马河是什么地方，他深切地理解痛苦、死亡是什么。当听到约瑟夫·斯大林的名字后，他感到肠道一阵绞痛。屋里立刻安静了下来。几分钟后，主人让我的叔祖父低声说出他想要联系的对象。费尔南多低声道："我的女儿们。"不过他没有说出她们的名字。灵媒似乎陷入了更深的冥想中。她瘦骨嶙峋的指头以一种奇怪的节奏在桌面上敲打着。她是在试图召唤其他幽灵的帮助，希望能找到这位客人的女儿们在那个世界的方位。她就这样重复了很多次，但是不管她怎么试，她都无法联系上费尔南多的女儿。半个小时过去了，结果还是如此，就如预想的那样，费尔南多很失望。这次经历只不过使他更加坚定了自己的怀疑——通灵术根本不存在，它不过是一种狡诈的骗术，让那些易信他人的愚昧之徒坚信自己能和他们死去的挚爱通话罢了。正当他要起身离去时，身后传来了一个温柔迷离的声音："安西和曼西被困在了别的地方。"费尔南多很

① 科雷马劳动营（1937—1956），苏联劳动营，位于东西伯利亚的科雷马河流域。这里开采铀矿石，因为得不到相应的劳动保护，大量犯人死于严寒和辐射，这里成了"死亡集中营"。

镇定，因为他很确定这不过是场闹剧。房间里的其他人面露困惑，甚至连那个经验丰富的灵媒也惊讶地睁开了眼睛。

接着那个声音继续说道："女孩们正在专心地读着尼莫船长[①]的冒险记。但她们让我们向你问好。我叫萧珊娜·斯宾诺莎。如果这些年轻女士的爸爸还想知道关于她们在另一个世界更多的生活情况，我很乐意在下一次集会中回答他的问题。"

我的叔祖父惊讶得合不拢嘴，他目瞪口呆地坐在那里。这太不可思议了。不只是不可思议。这不可能是一场骗术。他觉得自己对于通灵术的疑虑彻底消失了，因为这个房间里没有人知道他两个女儿的名字，更没有人知道在他去年的生日上他给她们讲了儒勒·凡尔纳海底两万里的故事。证据很明显了，他不会弄错的。这真的是与另一个世界的对话。

参加完阿斯特拉的集会后，费尔南多直接回家了。当他打开家门的时候，指针正好走到了十二点。他在自己那张凌乱的床上坐下，脑海里止不住地想着萧珊娜·斯宾诺莎和她的那番话。一会儿，他斜过身子想要脱鞋，偶尔间瞥到了床底下掉落的一份报纸。他捡起它，然后突然打了一阵寒战。太不可思议了。眼前报纸上的一篇报道描述了美国核潜艇"鹦鹉螺号"以及它的南极处女行。报道这篇文章的记者叫作汉娜·斯宾拉。在我的叔祖父看来这个名字就是萧珊娜·斯宾诺莎的化名。他感到报纸从他的手中滑落，然后他便听到了有人在他背后凝重的呼吸声。瞬间他震惊得无以复加。他整个身躯都开始颤抖，他不敢转身——并不是因为他害怕身后的人会伤害他，而是因为他深怕自己已经疯了。但很快他就意识到这不是疯癫的预兆，反而是一个全新的世界在他面前打开的标志。这个超越现世的世界，一个他的理智一直抗拒着的世界，在这个世界里他将会获得新生。这并不是说一个新生命将从他的体内突破而出，就如破茧的蝴蝶一般，而是说为了弄懂这个新世界的意义，他就必须以新的角度来看待自己的生命和存在。

这就是神秘主义进入费尔南多生活的全部过程。那天晚上的遭遇

---

① 尼莫船长是法国作家儒勒·凡尔纳《海底两万里》中的人物。这本科幻小说主要讲述了生物学家阿龙纳斯随"鹦鹉螺号"潜水艇船长尼莫及两位同伴一起周游海底的故事。

让他彻底改变了，他从一个伊利亚特辩证唯物主义的坚定门徒转而成为了灵魂不朽论的追随者，他相信人类具有在死后与现实对话的神秘力量。不管他在哪儿——和我们待在家里，在人们下棋的公园，在公车上、火车上，在济莎兹医生的接待室里，所有的地方——我的叔祖父都能找到一批忠实的听众，听他兴奋地、栩栩如生地描述着另一个世界的生活。

萧珊娜和我的叔祖父说了很多关于我们这个大家族，我们的祖先以及他女儿们的事情。她还告诉费尔南多关于宇宙起源以及上帝创世的惊奇故事。她说很久以前，地球还是一片荒芜，在第七世界诞生之前已经有六个世界毁灭了——这第七个世界就是我们现在生存的世界，是最完美的创造物。她还向他解释了数字七的意义，说它是最神圣最神秘的数字，它具有一种神秘的力量能改变这第七个创造物的结果。她告诉他，在我们的宇宙中，所有的一切都是根据七的法则建立的：一个星期有七天，七种基本色，七个天球，七位天使，七种情感。

我的叔祖父转述的萧珊娜的话时常会前不搭后，实际上还经常会前后矛盾。有一次，我的奶奶以此来质疑他，他便告诉我们这是因为他不能将他知道的所有事情都说出来。在其他通灵者在场的情况下他已经起誓保持沉默了。但我们并不太在乎这些。我们那位遥远的亲戚萧珊娜·斯宾诺莎的故事让我们十分着迷，即使有时这些故事听上去是那么令人费解。

永恒轮回的秘密

我生命中的第一次神秘经历就跟萧珊娜·斯宾诺莎有关。在我六岁那一年，一个离圣诞节还有七天的星期三的晚上——要不就是我七岁那年，一个星期三的晚上，那天离我们得到圣诞礼物的时间还有六天——我记不太清了，但总之是一个星期三的晚上。在通灵会上，萧珊娜·斯宾诺莎跟我的叔祖父说了永恒轮回的秘密。我的叔祖父难掩激动，第二天下午就忍不住告诉了我们。他兴奋不已地描述着这个秘密，所有人都被他的叙述吸引了——除了祖母，她只是神情淡漠地在一旁观看着。我和其他人一样听得入了神，虽然我还太小，理解不了这些东西，而且我的德语也不是特别好——叔祖父在特别激动的时候就会说起德语。但是我没有问任何问题，我就在那里和别人一同笑着，看着。

叔祖父把这个秘密说了无数次。他喜欢叙述它，每次他滔滔不绝的样子就好像这是他第一次向我们描述这个秘密一样。

那么，到底什么是永恒轮回的秘密呢？

"尼采错了，"费尔南多告诉我们，"他觉得有一天世界万物都会将其过往重复一遍，而且将如此永久地循环下去。也就是说希特勒和斯大林会不断地返回这个世界，回来再回来。然后他们将永远谋杀着那些无辜的生命。但是萧珊娜对永恒轮回的解释却完全不同。她说在一个意识彻底觉醒的空间里，人类都有重获新生的可能，不用再活得像前世一样，可以选择另一种截然不同的生活。这就是为什么人类会回到地球上来，一次又一次，而且总有机会去获得全新的生命。这一次是以这样的躯壳生活，下一次又会换成另一副躯壳。换句话说，每个人都能体验到各种人的生活。"

我相信了吗？

我当然相信了。我当然知道尼采是何方神圣，我也很清楚他的观点是什么。但叔祖父嘴里说出来的话对我来说就是纯粹的事实。我从来不会去怀疑他跟我们说的任何事情，哪怕是一个极其微妙的细节。毕竟他是我们的男性偶像，是他让我体会到了童年的乐趣。

话说回来，谁又能证明尼采是对的呢，谁能证明永久回归的秘密不是轮回原理呢？

尿床的巴鲁克

跟我们说完永恒轮回的秘密后，叔祖父转向我，将手放到我的额头上。他的声音温暖却不乏一丝兴奋，他告诉我萧珊娜·斯宾诺莎曾提到过我在前世就是我们家族的祖先巴鲁克。我的弟弟萨沙聚精会神地听着。我立刻就看出了他的妒意。小的时候萨沙总是会嫉妒我。即使我们是双胞胎，就像一个豆荚里的两粒豆子，但其实我们完全不同。由于彼此的不同，所以从出生开始我们的存在对对方来说就是一种折磨，后来甚至演变成了威胁。

也许这番言论纯粹是费尔南多捏造出来的。但是他一脸确信的表情和柔和的声音让我们由衷地觉得温暖。我的膝盖开始颤抖，我的灵魂已被某种神秘感淹没。突然我觉得自己仿佛失重一般，好像巴鲁克的灵魂已经充斥了我的躯干，流淌进了我的血液，占领了我的心智。

那天晚上我梦见自己变成了巴鲁克，在加利西亚的战场上高高地挥舞着阿方索·恩里克斯国王[①]的长剑。我威慑住了敌军；他们跪在我前面，乞求我的宽恕。骄傲的葡萄牙骑士站在一边敬仰着我的强大，我瞬时品尝到了胜利的喜悦。突然一股暖流涌了上来。

我睁开眼睛才意识到是我尿床了。我惊呆了，我感到羞耻并深受打击。萨沙马上就醒来了。他打开灯看到湿了一块的床单后愤怒地叫道："尿床的巴鲁克！贱人的儿子，肮脏的猪，一个混蛋！"然后他直接朝我的脸吐了口口水，当白色的唾沫从我的左脸颊滑下的时候，萨沙还威胁说我要是把他那一半的床铺也弄脏的话就要打我。他说他会告诉所有人我尿床了。然后我的朋友就会被我吓走，再也不敢跟我一起玩了。我被彻底地侮辱了。

这一刻永远地印刻在了我的记忆里。萨沙那些尖酸刻薄的斥责至今仍会在我的耳朵里回响。我可以清楚地听到每一个单词，我仿佛还能看见他脸上的嘲讽和鄙视。我的弟弟永远都不会知道他说的这些话对我产生了多大的影响。那之后很多年我都十分害怕萨沙会把这件事说出去，并因此深受折磨。我害怕他会伤害我，鄙视我，嘲讽我，这样我就会失去所有的朋友，最后沦落成一个被驱逐的人，陷入到永恒的孤独中生活一辈子。

现在我仅仅是把这事写下来，但一想到这种结果我还是会浑身打战。

肯尼迪的暗杀事件

我的祖母总是会用很多问题来纠缠我的祖父。大多数时候她都想弄清楚他有没有在听她说话，是否注意到她说了什么。祖父并不喜欢祖母。

---

① 阿方索·恩里克斯（1109—1185），葡萄牙第一个国王，外号"征服者"。他是法国封建主亨利之子。最终在1139年使葡萄牙独立，并自称为国王。

在他们四十五年来的不幸婚姻中他从来就没喜欢过她。在他看来，他们就是两个被判了无期徒刑的犯人，注定终生都会一起捆绑在炼狱中受尽折磨。他无时无刻不在沉思着对爱情无法抑制的陶醉。如果当初他没有在 1918 年的夏季登上多瑙河上的游船，没有在那个阳光柔和的星期天遇见那位穿着圆点裙的美丽女人，那么一切又会如何呢？如果是这样，他相信自己会拥有更好的生活。他将再也不用陷入到无尽的可悲争论中，他再也不用面对那些伤心的面容，承受数不尽的伤害。但一切都太迟了。所以他总是像一个洗碗奴仆一样沉闷地回答说他对她所说的一切都不感兴趣。而我的祖母却不会认可这种答案。她的家族血统可是古老而粗野的，别人的反驳对她来说根本没用。所以她总是会不厌其烦地重复着她的问题，而这种喋喋不休便会惹怒我的祖父。对他来说，祖母就是他生活中烦躁与恼怒的缘由。

肯尼迪被刺杀时你在哪儿？1963 年 11 月已满十一岁的人今天几乎都能告诉你他在那天听闻美国总统的死讯时正在做些什么。

那时我正在卧室里，坐在椅子上靠着我祖父。他因为胸痛那几天一直卧病在床。我们正在听收音机。维也纳交响乐团正在威利·博斯科夫斯基的指挥下演奏着弗朗茨·李斯特作的《匈牙利狂想曲》。突然一则来自达拉斯的重大新闻打断了这个节目。

我对美国总统被刺杀的消息并没有太大的意识。但是祖父却很惊讶，他的眼睛里明显地流露出了慌张的目光。他捂着胸口。

“怎么了，祖父？”我说，“哪里疼？”

“生活，”他毫不犹豫地回答说，“痛苦的生活。”

几个月后，我和叔祖父谈论过这个问题。他不认为祖父是因为肯尼迪的死才这样说的。毕竟，他们两个互相也不认识。

相反，他给我上了一堂有趣的课，这节课上我学到了很多，而且备受启发。他教我如何通过一个人的手相来窥探他的命运及家庭，因为每个人的一生都明明白白地显示在了他的手掌上。叔祖父认为手相是一门科学，它的重要性和对未来的预测性会随着时间的推移而变得越来越明显。

所以，他作出结论：在祖父听到收音机里播出肯尼迪被刺杀的消息的那一刻，他不禁瞥了一眼自己的手掌，看到了他死去的那一天。

“但并不是因为他即将走向死亡，或想到死亡的念头才让他如此消沉的，”费尔南多解释道，“而是因为他意识到了如果脆弱的躯壳停止呼吸的话，那生命也就毫无意义了，这也意味着过去，现在，未来，意识，直觉的终止，也就是说组成人之生命的所有重要部分将会彻底消失。”

乌托邦和家族遗传

祖父对他的生活并不满意，但他也不习惯去成天抱怨。当然，对于生活他一点儿也不乐观。在他的言语中，你能听出一种和卡夫卡以及贝克特一样黑暗的、充满恐惧的世界观。

“最美丽的乌托邦，”他在总结自己的一生时说道，“只应当存留在画板上。任何妄想在现世建造乌托邦国度的人，最终都会迅速地失败，不幸地取得截然相反的结果。”

但祖父也觉得自哀自怜不是件好事。所以他总是说：“任何觉得自己的生活是场灾难的人都是彻底的蠢蛋。”

我唯一一次听到祖父抱怨自己的现状就是在那个寒冷的十一月，在收音机播出报道，说肯尼迪的脑浆迸到了他妻子的裙子上时。报道结束后，收音机里又开始播放起了李斯特的《匈牙利狂想曲》。祖父起身爬下床，调整了一下姿势然后走向他的衣柜，从那里面拿出了一个破旧的箱子，里面装满了各种手写笔记和过去的文件。他说他希望我以后能抽个时间读读这些东西。我觉得他口中的以后指的是他死了之后。祖父佯装一副对不幸生活的淡然模样，然后说他一生中做过很多让自己后悔的决定，但唯一真正让他感到失望的就是没有遗传到他祖父的大鼻子。

我们家族的人身上都有超大鼻子的遗传基因。基本上每一代都会有一个人继承到这个特点。尽管这种鼻子看上去真的蛮奇怪的，但生出这种鼻子的孩子都会被视为被命运眷顾的人。这样的孩子一般都会很幸运，干什么都会成功。这个鼻子会给人带来好运。但奇怪的是这些人的结局都很悲惨。

遗嘱

祖父去世一个星期后，整个家族的人都集中到了我们家来听他的遗嘱。这大概是他们这么多年来第一次相见。我的父亲和小姑伊洛娜常年不和，而且她跟家族的其他人都基本上互无往来。我的叔叔卡洛在 1956 年匈牙利人民起义时逃了出来 —— 那个时候武装分子控制了城市的街道，连续几天到处搜寻共产党，而暴力与血腥屠杀每天都会在布达佩斯上演 —— 我的叔叔以前是国家保护委员会的一员，所以他害怕会有人认出他来，将他交由暴徒私刑处死。事实上，除了这一身份，他曾经还是一位秘密警察的高级官员，他的双手折磨、屠杀过很多拉克西政府标记为法西斯分子与战犯的人。

这些亲戚们的情绪早就在我们的意料中了。这场为一名亲人举办的追悼会竟然更像是一场洗礼仪式。母亲为他们准备了咖啡和瑞波的甜点。

每个人都很开心，因为他们竟能在物资短缺的现在享受到如此精致、昂贵的食物。

我的叔叔卡洛以前住在维也纳，吃过正宗的沙哈蛋糕，他曾自信满满地自诩为美食家。那天他竟然夸奖瑞波的沙哈蛋糕是世界上最好吃的，我想面点师傅一定是超常发挥了。他还说自己感到很欣慰，还好那些破坏国家的共产主义分子没有毁掉匈牙利闻名世界的面点烘焙水平。每个人都笑了，除了我的祖母，她从来就不懂她这位小儿子的幽默。我们这群孩子也品尝了起来，尽管我们搞不懂这和别的蛋糕有什么不同。在家里我们基本上吃不到甜食，这一次是我这辈子第二次有幸品尝到神圣的瑞波甜点，因为它们的价格真的非常昂贵。

当准备宣布祖父最后的遗愿时，屋子里欢声笑语的气氛突然凝重了起来。所有人都盯着我的父亲 —— 这位新的家族统领，他缓缓地打开装着遗嘱的信封。伊洛娜姑姑和卡洛叔叔时不时地会去偷瞄坐在人群外的祖母。她看上去很不安，对所有的事情都回应以嗤之以鼻的鄙视，毫无掩饰地表现出对这场聚会的不满。这段时间发生的事很可能让她感到很窘迫，毕竟祖父从来没跟她说过他还留了封遗嘱交由我父亲秘密保管着。

遗嘱写在了一张泛黄的信纸上，总共有三点：谁将继承祖父微薄的资产以及他对自己葬礼的要求。遗嘱共六行，最后还有一句附言，希望我们能原谅他只留下这么少的东西。

我们将会烧掉他的衣服和鞋子。他把自己的腕表——他的财产中唯一有价值的东西给了我的弟弟萨沙。他把那个装满了文件的小破箱子留给了我。他写道，他常常想将结婚戒指还给祖母，现在她终于能得到它了。最后，也是最重要的一点：他不想被葬到犹太人的公墓。他不想连死的时候也要被称作犹太人。

父亲放下了遗嘱。之后几分钟内谁也没说一句话。父亲和他的兄弟们失望的情绪很是明显。但这并不是因为祖父没有给他们留下任何东西，而是因为他甚至都没提到他们。这一点扒开了他们的旧伤口，旧时的那股悲凉又迎上心头。自己的父亲没爱过他们——对于这种事实祖父的孩子们毫无抵抗力。它就如一个魔鬼将永久地影响着他们。

父亲的脸上没有一丝表情，他很擅长掩藏自己的情绪。卡洛叔叔将椅子往后一推，站起来朝前走了几步后站定，他环顾了一圈，然后说道：不论如何，在八年的流浪生涯后还能再回到匈牙利，回到家中品尝到这么美味的瑞波甜点，这一切都是值得的。伊洛娜姑姑就稍显激动了。她开始碎碎念叨，她对祖父唯一的记忆就是他总是讽刺、威胁、嘲笑着他自己的孩子——不过一会儿后她便咬了咬嘴唇，安静了下来。接着她深深呼吸了一次，喝了一杯水安定自己的心跳，恢复了镇定。“生活艰难，”她悲伤地说道，“但也没必要大惊小怪的。不管怎么说，这份遗嘱都没什么意义。”

在某种程度上，伊洛娜姑姑说的是对的。祖父的遗嘱的确有些多余。他这辈子总是被命运背叛，这一次它又让他失望了。

祖母在祖父去世的那天就到临近的跳蚤市场把他的衣服卖了。祖父曾许诺过要将自己的腕表给萨沙和我。他过去总是在我们耳边低声重复着一句话：“你们是最优秀的年轻人。这件多克萨的金腕表将会属于你们。”在我看来萨沙没能得到这件遗物是完全正常的，因为我的祖母很快就将腕表和结婚戒指拿去典当了。同样，她也很快地丢掉了典当行出具的存取证，因为她并不觉得自己有义务赎回它们。

祖父最后一个遗愿也没得到满足。在他去世的那一天我们就把他葬到了犹太公墓的最后面，因为祖母在那里找到了一块最便宜的墓地。

手提箱

结果我倒是唯一一个继承到了祖父遗物的人。我并不着急打开那件手提箱。直觉告诉我那里放了些什么东西。我经常能看到祖父在一本蓝笔记本上写写画画，但对于他写了什么我毫无兴趣。

父亲把这件手提箱收了起来，三十年没有再碰过它。直到我母亲去世后，也就是在她去世之前一些时日里她才将这件手提箱归还于我。打开它后才发现我竟然错了这么多年。

祖父没有将他的那些笔记放在这个手提箱里。箱子里面全是各种各样的关于斯宾诺莎家族的历史资料，其中有很多已经很难译释了——这些资料可以算是无价之宝。在这一大堆的文件里我发现了一些几百年前写的信件和日记，还有出生证明、遗嘱、合同以及地产文件和大量未分类的文件。这些资料最底下有一本书，其褐色的封面上因年代久远而长出了一些霉斑。这就是我那位祖先的一本秘密著作，即哲学家本杰明·斯宾诺莎的《永生之书》。

祖父的那本蓝色笔记本的大半部分都遭到了撕毁。只留下下面这一段话：

我们如何面对过去，面对所有那些在年月中褪色、消逝的东西？记忆在时间里消失，变得越来越模糊，它逐渐消散直至透明成空无，它背叛了我们。有时候，回忆仿佛有自己的生命；它们变成幻想开始移动。我们的感官所能感知的所有东西——味道、颜色、气味，它们都逐一渗透了进来，并且创造了与过去完全不同的记忆。这种记忆从未发生过但却以相当清晰的画面一直伴随着我们，它甚至比真正的记忆要清晰很多很多。

什么是真相?

我的名字叫阿里。我是斯宾诺莎家族的最后一个子孙。我们的家族树上只有很少的男性分支，而当几个月前根据医生的诊断我正在逐渐地走向死亡时，我们家族的故事也得到了它应有的终结。我躺在医院的病床上；我的命运已经到头了，而回忆却不肯放过我。那些我以为已经在时间的长河里消失不见的记忆又一次在我脑中鲜活了起来；它们仿佛长出了新的生命，它们带着过去向我袭来，那些混乱的、模糊的过去。

我们的过去为什么是混乱而模糊的？让我举一个最直接的例子：哲学家本杰明·斯宾诺莎是怎么死的?

伊曼努尔·康德在他的早期著作《精神预言家的梦》一书里写到斯宾诺莎吊死在了一棵苹果树上。波特兰·罗素认为他在摔断了臀骨后才死的，而以赛亚·柏林在给他的一位以色列同事的一封信上说斯宾诺莎是淹死在北海中的。马克思和恩格斯则认为他死在了监狱里。列宁也这么说，不过他认为斯宾诺莎是被宗教法庭折磨致死的。

这些思想家，谁说的才是真相?

“真相！”我的叔祖父过去常说，“真相就是世界上根本不存在独一的真相。有很多真相同时存在。那些真相彼此矛盾，彼此反映，彼此反驳，彼此忽视。”

说实话，谁能如此确定地断言或证明这些思想家说的是错的呢？谁能证明他们对于斯宾诺莎之死的叙述不能全部正确呢？为什么本杰明不能同时死于这么多种方式呢?

谁又能保证历史就是唯一的，历史就只有一种解释呢?

二　私人医生

两个尾巴的彗星

我和萨沙小的时候尤其喜爱关于我们家族的一个传说。那个时候，世界看上去是那么广阔无垠，奇妙且充满冒险。而我还能以一个孩子天真乐观的眼睛去看待这样的世界。我之所以对这个传说永不言倦是因为叔祖父讲故事的能力实在是太出色了。只需几个精心挑选的辞藻和一些形象的手势，他就能传述整个中世纪的伊比利亚半岛的历史——血腥的战争，残暴的君主，虚伪的神父，团结的圣人。叔祖父将这些传说生动地展现在了我们眼前，根据这些传说我们得知斯宾诺莎家族的血脉至今已经延续了三十六代人，它发迹于一座名为埃斯皮诺莎的小镇，这个镇子是一块独立的封地，位于今天西班牙布尔格斯附近的里昂区内。

埃斯皮诺莎的拉比[①]叫作犹大·哈列维。他双眼深沉，散发着智慧之光，相貌也颇为清秀。他的一双手灵活且骨骼分明，就像是上帝仆人的手一样。因为他从来没做过体力劳动，而是将一生都致力于对圣经无休无止的研究上了。虽然长年累月趴在摇晃的桌子前潜心研究让他的背驼得就如一个老头似的，但好歹他收获了满腹的经纶，这也算没有枉费一场。埃斯皮诺莎镇内的犹太人和邻村的村民都很敬爱他，不仅是尊敬他的智慧，更喜爱他丰富的幽默感。他好像和每个人都能开起玩笑来；他诱使穷人和病人与他一起欢笑，哪怕只有几分钟让他们暂时忘记了疼痛。所有人都知道他很乐观，他坚信世界就是养育善者的摇篮。

① 拉比是犹太人中的一个特别阶层，主要为有学问的学者，是老师，也是智者的象征。拉比在宗教中扮演重要角色，为许多犹太教仪式中的主持。

这个拉比的妻子叫作朱迪斯，她是一名鞋匠的女儿。这位鞋匠听力不好，右手上只剩下两个指头，他在很早的时候就死于痢疾了。他什么也没留下，除了一个高卢人的姓氏：德·纳博纳。

虽然朱迪斯没有任何嫁妆，但犹大都不在乎这些，他娶了她是因为他爱得深沉。很多人对此都表示惊讶，他们本以为犹大会娶镇上的首富之女。而且在那个时候，在那样的世界里，人们还不知道也不懂得什么是爱。

犹大和朱迪斯就像一个人一样。他们之间的关系无比的和谐，他们能够很奇妙地理解彼此的想法，产生同一种冲动。他们经常会在桌上手牵着手，磨搓着彼此的指尖，而且仅仅是因为喜欢触碰彼此。他们深深地知道自己是属于对方的。这一切是如此的水到渠成。

犹大说："内在的我有一部分已经渗入了朱迪斯的灵魂，而另一半也在渴望着与它融合。"

他们结婚后的第二年，朱迪斯怀孕了。到了春天她产下了一名女婴，名叫艾迪塔。这个女婴长了一个倾斜的头颅，四天后就不幸夭折了。第二年朱迪斯又诞下了一名男婴,但他也只活了四天。对此朱迪斯伤心欲绝。为了安慰她，犹大便跟她说起了摩西五经中的故事。

在婚后的第五年，朱迪斯又产下了一名男婴。在这个婴孩睁开眼睛啼哭的那一刻，朱迪斯却咽下了最后一口气。

"因为失血过多，她死了。"稳婆说道。这个女人是个接生老手，可那天早上她的这些知识派不上一点儿用场。

当听到朱迪斯的死讯时，犹大一脸苍白，浑身冒着冷汗，内心骚动不安。他不知道该怎么做——是为妻子的死痛哭流涕还是为这个天赐小生命的降临开怀大笑呢？最终儿子有了，可妻子却已不在人世。

"我最爱的妻子不在了。"他喃喃地说道，自言自语着，"她是世界上最美丽的存在。可我却再也看不到她美丽的面容了。"他抬头看着天，突然升高了音调说道："噢！我的上帝啊，我做错了什么，冒犯了你？为什么你要对我如此残忍？为什么要把朱迪斯从我身边抢走？"

上帝没有回答。犹大知道他的问题永远都得不到回音。但是他懂得安静的神秘——上帝存在的地方，都是静谧非常的。只有一束神圣的光芒和永恒的宁静。但在那一刻，他只想要一个答案!

稳婆将新生的男婴抱到犹大的面前，这个小男孩毛发浓密得好似一头幼熊。犹大疑惑地看着他，不发一语。稳婆读出了他的思想，于是她立马就提醒了他昨晚上天空有彗星划过的事情，希望能给他带来一点儿安慰。

“这个孩子一出生全身上下都是毛发，”她说，“我必须要提醒亲爱的拉比圣经上的内容。那些出生便一身毛发的孩子一定会大富大贵。而那颗彗星就是见证者 —— 拉比的后代将会服务于王者。”

犹大仔细观察了一下这个孩子，发现这个小东西长了一个特别大的鼻子，这点让他心生了警觉。“可怜的孩子。”他叹息道。因为担心孩子会有什么问题，犹大又对他全身上下检查了一遍，不过除了过量的毛发和大鼻子他没有发现任何奇怪的地方。

就在这时，稳婆说了一段话 —— 也许她只是出于好心 —— 但因为这个聪明的女人知道如何用最简单的词来表达意义重大的事物，所以这个词语让拉比感觉自己仿佛刚见证了奇迹一般。

“上帝已经将最好的礼物送给了你。一个健全的儿子。”

犹大立即改了口气。他说着，然后哭了起来：“我亲爱的孩子，你是多么的俊美。亲爱的上帝，我真心地感谢你为我送来了这么完美的孩子。我赐予你巴鲁克之名，意为祝福。”

巴鲁克 · 哈列维出生的前一晚 ——1129 那一年 —— 十月份的夜空突然被一颗两条尾巴的彗星照亮了。它就像一簇蓝色的火焰一般划过了南欧的上空。人们纷纷跪地开始祈福。狗在狂吠，女人月经来潮，屋顶崩塌，公鸡下蛋，连老鼠也开始交配。一名著名的罗马主教看到一些可怕的东西划过天穹，他觉得自己看到了天启四骑士，他们将会给人间带来战争、饥饿、瘟疫与死亡。主教的头发一夜花白，还突然成了哑巴。人们把他关到了疯人院里。

在某一个秋日，那天早晨万物静谧，巴鲁克觉得自己好像听到一个声音在他耳边低语说，那颗两只尾巴的彗星预示了他的家族的诞生。

里斯本征战

1147年10月24日下午三点，里斯本最大的清真寺内，一名僧侣正在用他粗糙的嗓音召唤着前来祈愿的人，他喊着："真主至上。"这位僧侣永远也不可能再开口召唤了。因为盎格鲁诺曼的一支狂热的十字军冲上了塔顶，砍掉了这个老阿拉伯人的头颅。这件事标志了对里斯本长达四个月的血腥征战结束了。摩尔人无条件投降。天主教胜利了。传令官大肆宣扬着除了那些留给里斯本的征服者——阿方索·恩里克斯国王的宝物，所有的士兵都有权根据自己的级别占有战利品。顿时兴奋的呼喊响彻了整座城市。一个新的王国正在形成。

这些事件是由拉丁史学家奥斯本努斯记录在册的，他著有一本名为《里斯本征战记》的书。

叔祖父告诉我和萨沙，奥斯本努斯是个英国神父。他赞扬英国人有很多长处，虽然其中除了一点其他的都很惹人厌。不过这些英国人唯一的优点我将会在后面的故事里叙述。尽管奥斯本努斯是个外国人，但在葡萄牙王室中他却颇受崇敬。因为他是个很聪明的人，知道如何溜须拍马，他写了很多歌颂国王英雄主义的诗歌献给了阿方索·恩里克斯，自然也因此赢得了宠爱。对于自己的来历，这位神父一直是守口如瓶，根据他的表现来看，他似乎和伦敦的某些势力有着些许秘密的联系。

费尔南多说奥斯本努斯对于里斯本征战的叙述太言过其实了，刻意地以史诗般的英雄题材来刻画这场征战的胜利。他说这个英国神父对于这些十字军的描述都是假的，在其笔下这些士兵不仅勇敢而且善良，他们作战仅是为了支持天主教的传播。实际上，他们极度的凶残，为了抢一块肉就会杀掉所有阻碍他们的人。

"所谓的收复失地运动，即从摩尔人手中重新抢回伊比利亚半岛，并不是一场发生在爱国、爱和平的基督徒和野蛮的回教徒之间的争斗，"叔祖父强调道，"这是一场纯粹的暴乱，旨在屠杀摩尔人，消灭他们的文化，掠夺他们的财富。"

当说及阿方索·恩里克斯时叔祖父从来都不会掩饰自己的厌恶，他称这位葡萄牙的国父、第一位国王为嗜杀的暴君。为了引起我和萨沙的兴趣——他非常清楚奶奶不喜欢我们讨论这些事情，但正因如此我们才更会集中注意地听他说话——他有时候会向我们描述这位国王对待其人民的残暴手段。即使是最忠诚的支持者最后也被这个国王像对待死敌一般折磨致死，对于这些画面我想都不敢想。费尔南多的描述太过精细了，也许是因为他激动的眼神，我小时候就一直觉得他曾和阿方索·恩里克斯对峙过，最后被监禁在了王室的城堡中，差点儿在黑暗中死去。

但很多年后，当我的理解力有些提升时，我意识到叔祖父不可能看过奥斯本努斯的书籍，因为这本拉丁文书第一版的译文直到费尔南多去世之后的一些年才发行。

摩西的承诺

里斯本征战胜利一年后，那位拉比的儿子巴鲁克·哈列维目睹了他年轻的生活中最难忘的景象。一天下午，他正坐在大街旁的一棵柏树下休息，烈日烘烤下的大街空无一人。巴鲁克打了一个小盹，但却不一会儿就被爬到脸上的苍蝇弄醒了。然后他看到了一个年老的流浪汉从萨拉曼卡的方向向他这边蹒跚走来。那个男人走得很慢，身子几乎弯成了两半。他拄着一根树枝，拖着沉重的步伐。他的脸上布满了灰尘，白色的胡须被风吹得直飘。在他左边的臂膀下夹着两块笨重的石碑。

巴鲁克举起手想要和他打招呼。老者在几步之外停住了，他炽烈的眼神让巴鲁克感到浑身不自在。这位流浪者上下打量着巴鲁克，紧紧盯着他羞怯、热心甚至悲伤的脸庞，好像在思考眼前这位年轻人是不是就是他要找的人。

然后，他问道：“你是拉比犹大的儿子巴鲁克么？”

巴鲁克点了点头以示回应。

老者向前躬下身子，满脸皱纹的脸庞突然在这位年轻人的眼前放大了，他继续道：“那么仔细听我说。”

巴鲁克感觉到了这位老流浪汉带温度的呼吸，他望着他无底的双眸出了神。

"我是摩西，犹太人的先知。我每隔一千年就会重返人间来传达上帝的旨意。不管你信或不信都没关系，你只要照着我的话做就行了。上帝希望你走到外面的世界中去。你的旅程很长，而且注定满覆荆棘。但你会一一克服的。你要做的就是信守承诺，而上帝也不会食言。你肯定在想你到底要做什么。你要根据这两块石板上刻着的命令行事，按上面所说的生活，建立一个犹太人的国度，让许多伟大的男人女人们得以勇往直前，征服世界的每一个角落。有一天你会找到人类自存在以来就一直在苦苦追寻的重大秘密，而你的孩子和你孩子的孩子将会在未来的几千年内继续保守着这个秘密。只要你的子孙能完成他们的使命，他们就能在世间众人中昂首挺胸地生活并得到上帝的庇佑。但是如果他们中有人没有完成上帝的旨意，那么你的后代就将会从地球上消灭。你明白了吗？"

老者又重复了一遍，强调道："你明白了吗？"

这个问题激发了巴鲁克心中孩童般的冲动，他像平常一样用另一个问题回答道："如果我拒绝离开我的父亲会发生什么？"

"我刚才说过了，"老者的表情阴沉了下来，他的声音和语调冰冷，话语间夹带着威胁，"如果你没有完成上帝的旨意，你的后代将会从地球上消灭。而你将会成为瞎子，没有后代，只能在埃斯皮诺莎度过你所剩无几的悲惨生命。"

巴鲁克迷惑了。这个老者说的都是真的吗？他要不要相信刚才听到的这些奇怪的信息呢？他第一感觉就是去向自己的父亲询问，因为拉比总是能分得清什么是对的，什么是错的。他的父亲总能隔开那些无关紧要的琐事，在任何争辩中都能做出最精准的判断。

于是巴鲁克无辜地说道："不论如何，我得先跟我的父亲说说这事，看看他有什么意见……"

老者立即打断了他："不管是你还是你的子孙都不能跟任何人说起这件事。只有每一代的最大的儿子才能知道这个重大的秘密。你要发誓。上帝已经告诉你方法了。听从上帝的旨意吧。"

"但这个秘密是什么呢？我乞求你告诉我吧，否则……"

"你会发现这个秘密的，现在你只需要等待。当时机成熟时，你自然会知道。"

话毕，老者不出声了，然后继续向前走去。巴鲁克觉得这个老者走路的速度比一只瘸腿的乌龟还慢，很长很长时间之后他的身影才渐渐消失在了地平线处。

巴鲁克此时连大气也不敢喘。他周围的一切似乎都静止了，甚至连一阵微风都没有。酷暑难耐，突然他感到一阵头痛，一种恐惧感袭上了心头。他很困惑，脑子里一阵混乱。那个拿着石板的老流浪汉真的是摩西么？还是这个人骨瘦如柴的身体被魔鬼占领了，一心只想诱惑他远离父亲的保护？巴鲁克深呼吸了几次，他想到了父亲。巴鲁克一直都是个很听话的孩子，温顺得好像一只绵羊，他从来没向父亲隐瞒过任何事情，也从来没背负过任何秘密。他内心有一股强烈的冲动，他想冲回家告诉父亲这场奇怪的偶遇，但是他又怕这么做会将父亲置于危险中。老者说的也许是真的，他们家族也许真的会从地球上消失。

夜晚降临了，巴鲁克心意已定。他确信白天跟他说话的老者就是摩西。他知道遵循先知的旨意，离开埃斯皮诺莎对所有人都是最好的。早前他就想过要离家出走，逃离这里反反复复的、死板的条例，远离这种一日比一日单调的生活。现在他已经准备好了，他要离开冬眠的温床，离开自己的父亲。

那天晚上，巴鲁克很早就上床了，他醒着的时候一直在喃喃祈祷着。午夜时分，屋子里仿佛布满了令人晕眩的光线，巴鲁克又听到了先知的声音，提醒他必须离开家庭，只有这样他的子孙才能获得千年的自由。巴鲁克接受了自己的命运，未来仿佛清晰地在他眼前展开，似乎伸手便能触摸。

离去

尽管此时巴鲁克比任何时候都要不安，但第二天早上他还是径直去找了他的父亲告诉了他昨天那场奇妙的梦境。他坦白说自己必须要遵循梦的引导。他想立刻就离开，向西行进。当父亲向他询问具体的细节时，巴鲁克的脸红到了耳根，他开始结巴起来。一瞬间，自我怀疑的思想占据了他的脑子，他几乎就要改变主意了，他想永远留在无风的埃斯皮诺莎镇，一辈子依靠他的父亲。为了重新鼓起勇气，巴鲁克用右手指焦急地摸了摸自己的下巴。他想，我必须要真实地对待我的生活。接着也不知道是什么力量鼓舞了他，他坚定地说他必须要去里斯本一趟。

犹大·哈列维认真地观察着自己的儿子。他仿佛在这个举止奇怪的十九岁少年身上看到了自己曾经的影子——一个咖勇咖村庄里的年轻人，内心躁动，他站在自己父亲面前虽然表情痛苦但却大言不惭地说自己不想继承家族的传统成为一名裁缝。他想成为一名拉比，所以他必须要离开家去埃斯皮诺莎进行修炼。对犹大来说，巴鲁克就是一个空想家，除了植物他对什么事情都没有兴趣。他甚至没有足够有用的技巧，对外面的世界也几乎一无所知。他就是一个孩子，不具备成长中的年轻人所应有的成熟度。犹大试着说服自己的儿子不要走，现在还不是离开的时候，至少也要等到逾越节过后；他们在一起也能创造一个未来。但是犹大的劝说巴鲁克一点儿也没听进去。犹大最后实在没有办法了，为了儿子的幸福他决定强制驳回巴鲁克的请求。

“如果你真心尊敬你的父亲，感谢他一生为了抚养你而做出的贡献，那么你就留下来，留在埃斯皮诺莎。”犹大说道。

男孩回应道：“我让父亲失望了，但父亲一定会原谅我的。我必须走，必须离开他，我不想再成为他的负担。我知道父亲是个耐心的人，他对我的爱已经溢满了我的心田。但是我看到了那束耀眼的光线，我的脑中一直残留着那些场景，我必须独自面对我的未来。”

巴鲁克被自己的话惊住了，他不知道自己是怎么说出来的。但当他需要时，这些词语就会自然而然地进入到他脑中；而且没有耗费他任何力气。他从来没有体会过这种感觉——升华的动机所带来的清晰感与感动现在正包裹着他。巴鲁克盯着他父亲的脸，突然他感觉父亲懂了。

几个小时后，拉比的朋友和邻居都集中到了他家里，准备为巴鲁克举行一场小小的祷告仪式。他们诵读了几首情感炽烈的诗歌，每个人都在乞求着上帝能将慈爱的目光赐给这位年轻人，温柔地保护他。

父亲摸了摸巴鲁克的头发，嘱咐他一定要保持犹太人的良好作风，披着祷告的披巾，做好每个安息日祷告。他提醒巴鲁克并不是单靠头顶上的无边帽便能成为一个优秀的犹太人。犹大诵读了一段摘取自《犹太法典》的阿拉姆语，并把几个世纪前一位博学的拉比送给一位誓要出征面对生活的年轻人的一句金言翻译了出来：

准备好迎接困难险阻吧；但当你能向弱者施予仁爱时，你便不会畏惧任何强者。

“以德报怨。当有人向你砸了一块石头，你应当给他递上一片面包。”这是巴鲁克从父亲口中听到的最后一句话。

父亲低下头在巴鲁克脸上印下了一个吻，他紧紧地抱着巴鲁克，好似永远不会放手一般。对这场离别，巴鲁克也是心如刀绞。看着父亲耷拉的双肩，巴鲁克向后一倾，脸上盈满了泪水。但即使如此，他也毫无选择。他的未来已是天注定，虽然对他来说它仍包裹在黑暗中，像夜晚一样深不可测。巴鲁克迈出了坚定的步伐，头也不回地离开了，直到抵达了城外山边的一棵老橡树处，他才回过头看了埃斯皮诺莎最后一眼。从这个角度看上去，这个城镇是那样弱小而不起眼。

巴鲁克沿着河向里斯本方向走了二十天。沿途他穿过了茂密的山毛榉树林以及处处弥漫着野花香的绿色山谷。他跨过了冒着气泡的小溪与河道。看到鸟儿成群地在树桩间拍打着翅膀飞舞时他睁大了眼睛，他注视着那些甲虫和蚂蚁在青苔地上忙碌地来回移动。对于眼前这个奇妙的世界，巴鲁克充满了好奇，他无时无刻不在想象着自己能做出怎样一番作为。河流的水缓解了他的口干舌燥。至于面包，他会从那些顽固而暴躁的农夫手上购买；当他们得知巴鲁克是个犹太人时，就会像对待恶心的丛林怪物一样大吼着让他滚远点儿。有一次，在一座光秃秃的树林里，他试着去狩猎一只野兔，虽然这个捷足的小家伙灵活地逃脱了他的弓箭，但巴鲁克却感到了难以名状的快乐。

他采集了各种医用草药——这些都是他的一位邻居阿姨教他识别的。对他来说她就像妈妈一样；她小时候曾经和她的父亲一起游历在里昂和卡斯提附近，他们两个通过卖一些效果奇妙的调制品和药物赚钱度日。好几次巴鲁克都在黑夜中迷失了方向，不知自己身处何方。有一次他向一名农夫询问去里斯本的路时，那个人恶作剧地为他指了一个完全相反的方向。当发现自己被耍了之后,巴鲁克气极了。不过大多数时间里，他还是享受着这种非凡的自由生活。

旅程的最后三天就像是在强风中攀爬着一根极高的绳索。巴鲁克最终筋疲力尽地抵达了里斯本。但他很开心。他的关节隐隐作痛，背部僵硬无比，但他很快就将这些抛之脑后了。清晨的第一缕阳光刺穿了这个城市的中心，照亮了那棵古老的棕榈树的树顶。棕色的墙壁在蓝天下静静地闪耀着。当巴鲁克走进城门时，他的心脏开始剧烈地跳动起来。他看到妇女们提着满满一篮子的蔬菜从集市往家走去，许多沿街卖力乞讨的乞丐，一个只有一条腿的男孩横躺在地上，一个老男人正赶着一只骨瘦如柴的母牛，瘦削的学徒正搬运着笨重的建筑石头，商人正忙着和流动小贩讨价还价；他看到了僧侣、酒徒和士兵。铁匠的门店内传来一阵阵怒吼和咒骂。这种城市处处充满了生活的气息，看上去要比自己的家乡大上十倍!

巴鲁克完全陷入了迷思中，甚至都没注意到自己撞到了一个正在摩尔式房屋前站岗的看守人。这个看守者大怒了，他尖叫道:“你这个小贱民！你以为你是谁？”他让巴鲁克道歉并报上自己的名字。好一会儿，巴鲁克都没有回答。他就站在那里一句话也没说，就盯着眼前这个怒发冲冠的守门人，巴鲁克随即被他恶狠狠地推了一把，差点儿跌倒在地。最后他答道:“巴鲁克 · 埃斯皮诺莎。”

在坏脾气的铁匠家

当天下午，巴鲁克就在铁匠师傅马特斯的店里找到了一份助手的工作。虽然巴鲁克很害怕他的坏脾气，但他的铸造技术还是引起了巴鲁克的敬意。整个国家没有人能比他造出更锋利的剑。

铁匠铺里的生活条件很是艰辛——工作繁重，伙食差。巴鲁克的心情总是忐忑不安，因为铁匠师傅动不动就会大发雷霆，咒骂众人，弄得铺子里仿佛弥漫着一股硫磺的恶臭。马特斯个子很高，也很强壮。他长着一脸黑胡子，双手也非常宽大——更糟的是，他还特别喜欢茴香味的白兰地。当他喝酒的时候会突然毫无缘由地大怒起来。对周围的人来说，他就是一种极刑。他经常会在自己的助手中挑一位出气筒，然后不间断地辱骂、嘲弄、折磨他好几个小时。有时候他甚至会对这位受害者拳打脚踢，毫不留情。

铁匠师傅经常会出现在巴鲁克的梦中，而且每次都是虎视眈眈的狩猎者形象。巴鲁克总会突然从梦中惊醒，而且浑身不舒服。有时候他只好半夜从房子里偷溜出去，来到后院的灌木丛后面呕吐一阵，直到他的肌肉恢复些许知觉。

巴鲁克一直生活在父亲过度的保护欲中，所以铁匠铺对他来说就如可怖的、炽烈的地狱一般。最艰难的就是要去习惯别人对自己的仇视与恨意。一开始，每次受到羞辱时巴鲁克都以为是自己理解力不够或是自己说不好里斯本的方言。他觉得自己太过敏感了，而别的学徒也不是有意要欺负他的。最后，巴鲁克终于意识到自己对于熔炉房的其他人来说是极其讨厌的存在，他们都把他视为眼中钉，肉中刺。这些人几乎每时每刻都在羞辱巴鲁克，他们看上去似乎很享受辱骂、蔑视他的感觉。没有人想要停止这种行为，他们都觉得这很正常。巴鲁克默默地忍受着这些攻击，他也找不到能帮助他的人。老铁匠肯定不会，他曾断言说在他的工厂不能出现任何抱怨，除非他的头被人砍掉了一半。

一个巴鲁克曾试图与之对话的年轻人直接告诉他说街对面的神父让所有人发誓不要接近他，因为就是犹太人将耶稣迫害致死的。

“就把他当成一个麻风病人，”神父训诫道，“任何与犹太人交往的人都会下地狱。贫穷，瘟疫，不伦——我们在尘世间所经历的一切邪恶都是犹太人的错。”

在铁匠铺这段痛苦的岁月中，唯一让巴鲁克感到安慰和舒心的就是他和老学徒雷蒙多的友谊了。雷蒙多在很小的时候就成了孤儿。他的父亲是一位钟表师，同时也是一个掘墓人。因雷蒙多的母亲和别的男人发生了婚外情，所以被他父亲打死了——至少他们的邻居是这么传言的——所以他父亲不得不逃往埃什特雷马杜拉，但很快便以一种非常不可思议的方式死在了那里——一只受了惊的公牛把他堵在了栅栏边将其踩踏致死。

雷蒙多相信那些滥杀他人者注定会死在自己的血泊之中。对此，巴鲁克毫无异议。

雷蒙多是个近视眼，所以基本上都眯着眼睛，这个习惯为他覆上了一层神秘的色彩。他英俊清秀，下巴上几乎没有胡子。他身壮如熊，就是两百多磅的石头也能轻而易举地搬起来。就算如此，他的身手也仍然灵活，有时为了娱乐众人他可以倒立行走三十英尺以上。巴鲁克很敬重雷蒙多。他们友谊的产生是有原因的——雷蒙多从来不会和其他人一起肆意咒骂巴鲁克，他反而会维护他。雷蒙多的做法的确需要很大的勇气，他的选择会使自己身陷险境，因为他对犹太人的坚决维护就是对铁匠铺里其他人的公然对抗。渐渐地，雷蒙多开始遭受别人的嘲笑，以前的朋友也慢慢疏离了。

学徒们都住在散发着汗臭和小便味的地下室里，到了晚上当他们躺在各自床铺上时，他们之中最大的伊西多尔为了娱乐学徒便说起了自己愚弄里斯本最漂亮女人的故事。学徒们都在聚精会神地听着他生动的描述，虽然它的真假无从考究。大家都非常沉迷于他的故事。只有睡在同一张狭窄的床铺上的雷蒙多和巴鲁克，他们心里想的绝非是伊西多尔用来让别的学徒意淫的对女人身体的描述。这两个年轻人彼此钦慕，这种感觉难以抑制，让他们失去了理性。当他们确定其他人都睡着的时候，就会开始抚摸对方的生殖器。总是雷蒙多先主动抓住巴鲁克的下体。巴鲁克则心甘情愿地享受着他的抚摸。他这位朋友温柔的触碰让他得以忘记这座臭气熏天的铁匠铺，虽然只有很短的时间。

他们二人都庄重地发誓要保守这个秘密，但他们都不知道伊西多尔那时只是佯装睡着，并一直偷偷地观察着他们。

有一天，雷蒙多不幸得罪了铁匠师傅。那天雷蒙多警惕地看着刚从外面和两名商人喝完酒的马特斯踉跄地走进铺子里然后跌在了地上，于是他上前将铁匠师傅扶了起来。但马特斯不但没有谢他，反而破口大骂起来，并大声吼道：多亏上帝，他知道那天晚上在地下室发生了什么。然后他继续喊道：他为雷蒙多和巴鲁克的行为感到恶心。几乎所有人都听到了。接着，好似杀鸡儆猴一般，他将自己眼中的废物和犹太人的头塞到了下水道里，最后留下脏兮兮的他们在原地羞愧难当。雷蒙多备感屈辱。

尽管他和其他人一样被阴晴不定的铁匠吓到了，但受损的自尊让他挺身维护自己。他让马特斯安静点儿，回床上睡一觉冷静冷静。听到这话，铁匠立马挥起了一把铁锤砸向雷蒙多。幸亏雷蒙多还有力气躲避，所以铁锤在他耳边呼啸着擦了过去，未伤他分毫。

那个晚上，当铺子里的所有人都上床睡觉后，雷蒙多悄悄地在巴鲁克耳边低语说自己已经厌倦了这里丧家之犬般的待遇。他提议他们两个应该从邪恶的铁匠师傅家逃走去参军。巴鲁克毫不犹豫地答应了，因为他早准备好要誓死追随他的这位朋友。到了午夜他们逃离了铁匠铺，身后的浓雾渐渐湮没了那栋房子，他们如释重负。

加利西亚之战

清晨薄雾缭绕，他们眼前的里斯本仿若连绵不绝的画卷一般。这对好友带着前所未有的轻松感来到了军队招募处。雷蒙多强健的体格让他得以直接录取，但那位肌肉发达、让人望而生畏的管事军官，却对又矮又虚弱的巴鲁克嗤之以鼻。巴鲁克身上唯一大点儿的就是他的鼻子了，这个鼻子在他的脸上的确显得非常巨大。但他完全没有达到阿方索·恩里克斯荣辉军队的步兵标准。

当巴鲁克觉察到自己很有可能会和好友分开时，他非常难过、害怕。他只能孤注一掷了！他苦苦哀求说要为国王效忠。经过他一段时间的恳求，管事军官终于妥协了。他安排巴鲁克在军队行进至加利西亚作战之前去接受卫生员的基本训练。

阿方索·恩里克斯国王在城门外加入了自己的军队。这支军队里都是一帮乌合之众，他们之中大多数人都是因为想要得到奖励与提拔才自愿从了军。另一些人来自被国王征服的那些区域，这些地区内的男性都是被迫从军效忠国王的。

阿方索·恩里克斯现年已经四十岁了。他足足有七英尺高，身材魁梧，肩膀宽阔。他的皮肤在常年日晒下呈深褐色，他有着深色的胡须和黑色的八字胡。所有人都对他敬畏有加，在他的面前人们都十分小心翼翼，因为大家都知道阿方索是个粗暴的、坏脾气的国王，只要有人违背了他的意愿，他就会恼羞成怒。要是他生气了——这也是常有的事——即使是一点点鸡毛蒜皮的小事他都会对别人大动拳脚。

国王在高处站定，他朝脚下用力地挥了挥拳头示意士兵们安静下来。他滔滔不绝，声如响雷。他郑重地称赞了这些军人，允诺将带领他们取得大捷。他竭尽所能地消除人们的疑心，让他们有勇气面对接下来的战役。当他问将士们是否准备好为他们的国王抛头颅洒热血时，绝大多数人都应声大吼。就连巴鲁克和雷蒙多也激动万分地发誓要效忠阿方索·恩里克斯。

第二天，军队开始向加利西亚行进，这是国王向北方拓展葡萄牙疆土的又一步计划。那天晚上，尽管巴鲁克疲惫不堪，但他却仍无法入眠。他盯着加利西亚夜空的繁星，然后几个月以来他第一次想到自己的父亲，自从他离家以来忽略的所有的安息日现在他全记了起来。马嘶声和士兵们的梦呓在巴鲁克的耳中交织着。对于明天一早的战争——他生命中的第一次参战——他既不担忧也不害怕。他万分确信世间万物早已是命中注定。那天晚上有好几个小时他一直在倾听着古老的猫头鹰的低吟。他仿佛觉得这些智慧的鸟儿正在宣告着巴鲁克时代的来临。

战场之上

第二天早上九点整，战争在庞特维德拉城外宽阔的牧场上即刻爆发。阿方索·恩里克斯完全信任自己矫健的骑兵的战斗力。他挺坐在自己的战马上，觉得自己刀枪不入。他试图搜寻自己军队攻击的身影，但太阳却躲到了山后，一阵薄雾突然像一张白色的面纱遮住了牧场。一切看上去是那样奇怪而遥远。

国王拔出了他的剑锋。这是一把神奇的宝剑，要十个壮汉一起才能抬起它。阿方索·恩里克斯知道这把剑的秘密；他知道如何握持才能把这把沉重的宝剑像羽毛一般稳稳地拿在手中，使它成为削铁如泥的利剑。但他不是唯一一个知道这个诀窍的人。这把魔剑的制造者即铁匠师傅马特斯经常喝得醉醺醺地在铺子里工作，所以他很有可能已经不小心将这个秘密泄露出去了。

在葡萄牙军对面的是为数不多的加利西亚步兵，他们都已伤势惨重。当下令进攻的号角鸣起时，阿方索·恩里克斯飞一般地奔向了敌军，试图威慑住这群武装落后的加利西亚人。另外，他还想试试这把宝剑的魔力。可他冲出自己军队的行为并不十分明智，因为当他接近加利西亚军时一支箭突然直直地射入了他的胸口，插进了他的右肺中。国王从战马上掉了下来，摔断了一根骨头，压碎了几根肋骨。他吼叫着，不是因为疼痛——因为他还没来得及感觉到——而是因为愤怒。他的战马也受惊奔走了。这时，薄雾突然消失了，葡萄牙军疑惑地左顾右盼。当看到他们的国王摔倒在地时，这帮士兵的士气瞬间没有了影踪。仿若瘫痪了一般，这些恐慌不定的葡萄牙人就眼睁睁地看着那群加利西亚士兵朝阿方索奔去，一动不动。

相比之下，巴鲁克立即觉察到了危险，他毫不犹豫地冲向战场去帮助国王。即使他个子不高，他还是竭力跑着并赶在加利西亚军之前来到了国王身边。他匆匆瞥了眼敌军，看到了他们饱经风霜的倔强的农夫脸庞。他们中六个人向他跑来挥舞着武器。巴鲁克抓住阿方索的重剑，一下子就把它从地上举了起来挡住了一个人的攻击。伴随着武器间金属碰撞声的是一种类似于钟鸣的声音——巴鲁克将眼前的敌人从头到脚一切两半了！接着他又杀掉了两个加利西亚人。第一个人被巴鲁克从脖子与肩膀连接处一剑砍掉了脑袋，接着利剑又穿透了第二个加利西亚人的柔软的躯体。剩下的三个人目睹此景恐慌难掩，开始狂奔回自己的营地。巴鲁克确信自己已经威震住了所有的敌军。这时，一群加利西亚士兵开始拉开弓箭，瞄准巴鲁克，但这些箭都纷纷落到了他的脚下。巴鲁克感到自己正在被某种力量保护着，他知道此时没有什么能伤得了他。他扶起国王，将他带到了安全的地方。

阿方索胸部的箭伤让他高烧不退，疼痛难忍。他流了很多血，可以说已经命在旦夕了。巴鲁克发现这群葡萄牙人就在一边跟雕像似的站立着。他怒吼着让士兵们去进攻，为国王而战。这种威慑的声音让巴鲁克自己也吓了一跳。好像是为了给这句残酷命令求得原谅一般，因为对那些注定要牺牲的敌军他感到非常难过，巴鲁克低声补充道："对加利西亚人仁慈一些，他们也同样是人类。"

接着，他从先前塞进背包里的草药中精心挑选了一些，然后他用小刀划开了阿方索胸部上的伤口，并将这些暗红色的叶子敷在了上面。

加利西亚军投降后，一辆货车驶进了战场，收拾阿方索军队的士兵遗体。那天共有二十名弓箭手和步兵牺牲，还有一小批骑士和几匹战马。在货车上的遗体中绝大多数都是血肉模糊的躯体。在他们最上面是一具残缺不堪的尸体——他就是近视的雷蒙多。

雷蒙多的死深深地打击了巴鲁克。最让巴鲁克感到痛心的是他永远都没有机会和他说声再见了。

国王的回忆

当阿方索的身体复原后，他的史官和家臣奥斯本努斯跟他叙述了那位小犹太人无私的帮助。作为一名虔诚的天主教徒，国王对犹太人并没什么太好的印象——他十分讨厌犹太人！打从咿呀学语时他就坚信那些残害天主的人都是懦弱而奸诈的。阿方索的一生都在折磨犹太人，对他们可谓赶尽杀绝。“犹太人就如恶魔，绝不能手软。”这是他经常挂在嘴上的话。但现在他产生了疑惑。那位年轻的犹太人不是士兵，他甚至都还没发育完全。他没有地位，没有财产，他身上甚至没有任何闪光点；他完全不值一提。但即便如此，却正是这个犹太人冒着生命危险救回了国王。而当这位犹太人拿起那把宝剑赶退敌军时他也证明了自己超人的能力。还有，弓箭竟然伤不了他。后来他甚至夜以继日地在阿方索旁边照看他，帮他疗伤。阿方索·恩里克斯一生戎马，经验告诉他凡是能在死神面前证明其力量与英勇的人都值得尊敬。一瞬间，阿方索觉得这个小犹太人很有可能是来自地狱的魔鬼。他向奥斯本努斯吐露了这个想法。这位英国神父对巴鲁克偏爱有加，他很希望能将巴鲁克留下来，于是他确切地告诉国王事情绝不会是那样。很快，国王就把这个想法忘得一干二净了。因为他尊重英勇之士，欣赏强大、实际的行为，所以阿方索决定忽略巴鲁克是犹太人的事实。国王随即召来了他的救命恩人，当着众多国家大臣的面称赞其勇敢与决断。这位小犹太人也获得了丰厚的奖励。

伸张正义

当国王凯旋里斯本时，宫殿里已经挤满了前来庆祝的人群。阿方索·恩里克斯沉浸在这荣耀与权力带来的喜悦中。可是没过多久，他便听到了一则坏消息。一位深受阿方索信任的仆人斟酌再三，向他报告说在国王出战期间，医师安图内斯一直觊觎着王妃中最年轻的一位，这位摩尔女孩拥有惊人的美貌，而且她没有丝毫犹豫便答应了他的求爱。国王怀疑地看着这位仆人。他不愿意承认这是真的，因为他知道这位医师比所有人都清楚，战败的哈里发最宠爱的女儿对自己来说有多么重要。阿方索招来了另一位忠仆，他小心翼翼地描述着那个明亮的夏日夜晚所发生的一切——炽热的眼神和难以抗拒的吸引。接着，阿方索又招来了一个臣子，他也证明了安图内斯的确与这位摩尔女孩产生了不伦之行。国王这下确定了。他鼻孔张开，嗅到一丝背叛的味道——他早就应该注意到了。

医师和王妃的谎言让阿方索怒火难掩。加上另外一个比宫廷出轨还要可怕的原因，他的内心已充满了愤怒。真正让他的血液沸腾的还是科斯塔和本温多的事。

他们这对兄弟胆识过人、武艺高超，他们两个骑士在众多战役中为阿方索创下了骄人的战绩。为了肯定他们的忠诚，阿方索·恩里克斯委命他们为自己的枢密院委员，并将从摩尔军队那里夺取的马夫拉周围的大片庄园都赏给了他们。阿方索赐给了他们无数的黄金，让他们一夜从贫到富。但是被傲慢与贪婪啃噬的这对兄弟竟开始削减骑士们的酬劳。一些将领对这对寡廉鲜耻的兄弟已经忍无可忍了，于是他们向国王表达了不满。他们都希望阿方索能接受他们的意见，严惩这对以贪婪抹黑著称的兄弟。但由于当时正在与加利西亚作战，国王决定暂时将惩罚一事缓缓再执行。

国王认为作为统治者，他每时每刻都应当毫不留情地展现自己的权威，震慑住他的下属，这样才不会有人认为如果恰逢他远征，那么一些小阴谋就可能免于惩戒。阿方索觉得科斯塔和本温多还有利用的价值，所以不能判他们死刑。于是他决定将自己的医师和王妃送上断头台——

这就是不忠的代价！当然，他的主要目的还是为了杀鸡儆猴，告诉其他人背叛国王会有怎样无可挽回的下场。

阿方索立即召集了议会，对科斯塔和本温多进行了特殊的评议会。接着他让六名武装士兵带来了摩尔女孩和安图内斯，并进行了一场听证会。宫殿里的气氛立即沸腾了起来。

这位年轻的王妃打扮得完美无缺，她的着装都是当时摩尔贵族的风格。她走到国王身前，向他深深地鞠了一躬，从国王严厉的表情中她立即觉察到一丝不安。当指控宣布时，她仿若石化般震惊得说不出话来，她只是不断地抽泣着、哽咽着，连一句像样的话也说不出来。

阿方索认为这个女人——她的名字叫法蒂玛——的沉默已经证明了她的罪恶，要不然她肯定会为自己辩解的。至于她到底是自己煽动了这场调情还是被医师的花言巧语蒙蔽了都已无关紧要了。她有罪，就必须接受惩罚。

阿方索对严惩不贷一直坚信不疑，他将法蒂玛关到了宫殿里一处狭窄过道的石壁后面。人们说即使几个世纪过去了，在月光普照的夜晚还是能清楚地听到法蒂玛在墙壁后抽泣的声音。

那位叫作安图内斯的医师竭尽所能地想要给阿方索留下一个好印象。他昂首挺胸地站在那里否认对自己的控告。他无法理解这世上竟然有人会将他对一位深受疾病困扰的年轻女人谦恭的照料误解，他只是在提供专业的帮助而已。

“某些人恶意传播的这些谣言简直荒谬，纯粹是捏造，”他反驳道，“有人存心不良，合谋想玷污我的名声，伺机报复我。这些造谣者应当因为欺骗而受到惩罚。陛下，你是葡萄牙最崇高的男人。凭你的智慧，你一定清楚这些散播谎言的人是不能得到信任的。”

阿方索一边听着一边厌恶地皱起了眉头。对于这件事他没有做任何猜想，安图内斯那张虚伪的脸上的每个表情都证明他在撒谎。在正式判决以前，他转向枢密院委员，将目光盯在了科斯塔和本温多兄弟身上。他说：

“若我的属下失礼了、撒谎了、偷盗了、觊觎王妃或与她有了奸情，这都不是疯狂之举而是叛国之行，对于这种罪行，他死不足惜。”

他停顿了一会儿，等待别人的反应。但没有人说话，所有人都沉默着。接着他命令整个王室和议会的所有委员都要去参加明天一早的行刑，那将会成为一场难忘的、令人振奋的经历。

王宫地下室里的血腥的酷刑室，阴冷、潮湿又昏暗。那里没有窗户，有的只是巨大的圆柱与狭小的开口。那里的空气弥漫着恶臭，气氛简直压抑到了极点。在酷刑室的一头，一团火焰在火盆里若隐若现。火焰周围聚集着一群人——枢密院的委员们，他们有的人穿着骑士服，有的人则穿着昂贵的贵族衣物。他们似乎在热烈地讨论着什么，互相交头接耳。而王室里的女人们穿着应景的灰色调衣物站在墙边，看上去似乎就要害怕得昏厥了。

行刑者是一位肌肉发达的男人，板着一张苍白的脸，有着一头稀疏的深色头发——这让巴鲁克联想到了公牛——强壮、笨拙，还有一点儿蠢。穿着一身深色的衣服，他浑身都散发着恐怖的气息。

阿方索坐在入口处的王座上。他冷眼旁观着一切，扫视着屋内，然后露出了满足的神情。很显然，那个早上没有比见到安图内斯流血、尖叫、死亡更能让他感到开心的事了。一只庞大的獒犬在他身旁咆哮着。在他左边，史官奥斯本努斯坐在一张摇晃的桌子后记录着那间刑室所发生的一切。

巴鲁克就挨着国王的右手站着，他盯着地板。他不敢面对眼前这幕残忍的行刑场面。他还没见识过任何真正的刑罚，想到这个他便感到深深的恐惧。那次行刑的每个细节他都能记得一清二楚。

国王以为这间可怖的行刑室的场面会让他的医师感到恐惧，但安图内斯仍然昂着头。他要不是真的有勇气就是在祈祷奇迹的发生。

阿方索已经明确不会对这种严重的罪行展现任何仁慈，于是行刑人直接开始折磨起安图内斯，先戳瞎了他的眼睛。当开始工作后他苍白的脸颊似乎更没有血色了。对眼前的受害者他丝毫没有露出一丝同情。安图内斯的前额冒出了汗水，他甚至失禁了，但就算是眼球被人从眼窝里挖了出来他也没发出丝毫抱怨。

接着，第二名行刑者割断了医师手臂上的动脉。深色的、黏稠的血液一滴滴地流进了一只碗里。血液从他那骨瘦如柴的身体里流淌了出来，流得非常慢，于是行刑者又划破了他的腿部加快了他死亡的速度。就在这一切进行时，那些在场的人似乎都听到将死的安图内斯喉咙里虚弱的干呕与闷哼声。

尽管地下室里阴风阵阵，但当目睹了行刑的整个过程后，巴鲁克浑身都被汗水浸湿了。国王下令将医师的血和草药混合在一起制出一种治疗叛国罪的解药，但这个命令巴鲁克几乎没有听见。

接着第三个行刑者挥剑一扫就将已死的医师的头颅砍了下来。这颗头颅被插在了一根柱子的一头，由一队士兵将其搬离并插在了里斯本城外的山丘上。后来，国王邀请了枢密院的所有委员和宫廷里所有人来参加盛宴，席间不乏酒水、奶酪和面包等。看到这些食物，这群人便狼吞虎咽起来。

“这些真是美味佳肴呀。”阿方索说道，接着他嘲讽地大笑道，“尤其是当一个人被满目的血腥刺激了之后。”

治疗叛国的解药

要想提炼出防止不忠的解药，除非能借助巫师的力量。巴鲁克害怕死亡。他也很清楚自己并不具备制造这种药物的能力或经验。他也知道失败的下场会是什么：他会被立即押送到城堡那间地下室里的行刑者手中。那间行刑室里发生的一切在巴鲁克脑中挥之不去，他感到万分沮丧。他不敢相信任何人，因为奥斯本努斯警告过他，任何共享的秘密都会成为谣言，迅速地在宫廷里传播开来。他只能从祷告中找寻宽慰。

巴鲁克将凝固的血液放到一只大铜碗里与各种药草在一起搅拌，他知道那些药草可以治病。接着他加了两夸脱[①]冷水，然后将混合物放到文火上连续煮了三天三夜。这期间，他连眼睛都没合过。当药物煮好后，他尝了尝这红色的液体。但仅仅抿了一小口，他就立即如着火般涨红了脸。这个药太苦了。

到了要呈上解药的时候，巴鲁克实在无法克制住自己的紧张。阿方

① 夸脱，英国重量单位，1 夸脱相当于 12.7 千克。

索和他的所有枢密院委员都聚集到了城堡中最宽阔的大厅里。科斯塔和本温多这对兄弟斜倚在墙上，他们看上去有些不安。奥斯本努斯也在那里。他焦急地看了巴鲁克几眼，因为他很了解国王专制和反复无常的性格。

红衣主教贝伦格尔朗诵了一段教皇达玛稣一世的文章，庆祝圣人的节日。短暂的默祷后，该是巴鲁克呈上神奇解药的时候了。

还没等到巴鲁克开口，没耐心的阿方索便打断了他："我相信所有委员们都会赞同这么重要的解药应该由我们中最勇敢的战士尝用。科斯塔，本温多，出来吧。"

这对兄弟的表情似乎变得更加忧虑了。科斯塔眯着眼斜视着，本温多张着嘴却一个字没有说。他们勉强走到了巴鲁克身边，未发一语地喝了解药。然后他们跪在了国王面前。

委员中传来一阵窃窃私语。所有人还未说话，阿方索便下令让剩下的大臣全部去巴鲁克那边享用解药。接着是一片死寂。他们知道自己已别无选择，只有遵从。

巴鲁克颤抖着双手将这碗草药一勺勺分给了这些枢密院委员们。很显然，他们没有人在意到这药的苦味；每个人的脸庞因厌恶而产生了扭曲。但是他们还是听话地吞下了这红色的液体，跪倒在了国王的脚下。

当阿方索所有的下属都喝下了这碗治疗不忠的解药后，他便从腰上卸下了一个皮袋扔给了巴鲁克。"这里面有十枚金币，是你这次的奖赏。从今天起你就是我的私人医师了。但你要记住：做我的医师，你的一切——不仅是你的药物，还有你接触我时的表情、动作、衣服、语言、目光、行为都要能让我开心。"

这样的恩赐完全出乎了大家的意料。巴鲁克喘息着，但很快就恢复了正常。在表达自己深切的谢意时滔滔不绝，就连他自己也感到很惊讶："感谢陛下如此宽宏慷慨地将这样的荣誉恩赐于我。我将会日夜向上帝祈祷，请求他保佑陛下万福安康，荣耀百世。我将穷尽一生，卑躬屈膝在上帝的脚下恳求他的忠告，为我王效忠。希望万能的主能永世将荣光笼罩着陛下。"

默默无名者

在十二世纪中期，一位历史未曾记载过的年轻犹太人在里斯本一夜扬名。他的名字叫作巴鲁克·埃斯皮诺莎。我们找不到任何关于他的描述，他的一生也没在任何史料上记载过。关于这位与我相隔三十六代的老祖先的一切我都是从叔祖父那里听来的。是他告诉我和我的胞弟萨沙，巴鲁克就是阿方索 · 恩里克斯国王的私人医师，这个地位让我们的犹太祖先享受到了各种特权，且这在那个时代是闻所未闻的。

1158 年，即使是葡萄牙之外的地区也流传着一些传言 —— 国王的私人医师巴鲁克 · 埃斯皮诺莎具有能够祛除疾病的超能力，他的草药能够帮助男人重获年轻。有些人认为上帝听到了他们热切的祈祷与请求，所以将一位救世主派遣到了凡间。一些时日之后，宫殿外一定会有很多他国身体不好的人来寻求帮助。他们中很多都会是从异地赶来的皇家使者，挤在巴鲁克工作室外的长椅上，希望这次能带点儿灵药回去复命。

巴鲁克研制了各种草药，它们对各种病痛都有疗效，比如头痛、流血不止、骨头与关节类的疾病、肾结石、胆结石、痉挛以及抽搐。有些草药经常会被用于拔牙，而宫廷里的妇女也得到了缓解经痛的专门草药。

根据叔祖父的描述，有一次国王的大儿子因为过度食用野生坚果而致死后，巴鲁克用一些缬草、鼠尾草以及从白鸽左翅膀上取出的血液成功地调制出了一种混合物，救活了他。叔祖父相信巴鲁克已经成功地研制出了一种神秘的草药，能使人起死回生。

我们的祖先写了很多专著，讲解了各种植物以及它们各自的医疗效用。他将植物的疗效十分精细地分门别类。在自己的著作中他一直都坚持着一种观点，即自然的创造物不会永远持久下去，只有上帝才能创造永恒。

巴鲁克晚年时花了很多年研究变色龙。他觉得蜥蜴这种生物非常神奇、有趣，于是他写了一整本书来描述它的外形、特征、内在结构以及这个小小生物的魔力。让他尤为感到困惑的是变色龙不仅会在靠近各种颜色的物体时变色，当它们害怕或产生其他情绪时也会如此。

帕拉塞尔苏斯与阿马拉尔

在一场严苛的审讯会结束后，炼金术师和医师帕拉塞尔苏斯被迫离开了巴塞尔，他于1538年秋在里斯本大学里担任了几个月的医学讲座教授。他偶然间得知了巴鲁克和他的专著。那时一位宗教学的教授告诉帕拉塞尔苏斯，那位犹太人的作品处处充满了异端邪说。这位教授满嘴烂牙，气质阴郁并且在宗教裁判所任有一职。但他的警告反而激发了帕拉塞尔苏斯的兴趣。事实上，这位瑞士人不赞同传统的经院学说，他一直都在寻求着新的知识，尤其是自然科学和根植于犹太卡巴拉和埃及人智慧之中的炼金术知识。

每当帕拉塞尔苏斯得了空便会前往皇家图书馆存放巴鲁克著作的区域，即城堡的地下室。可惜的是，地下室潮湿的环境里滋养了很多老鼠，巴鲁克的大部分作品都被它们啃过了，有些专著已经残缺不全，导致帕拉塞尔苏斯根本看不出来上面写了什么。在这些作品中他没有看到任何诸如冒犯上帝与国王的异端邪说，反而看到了对自然各式各样的独特见解，显然这才是这些文章的唯一主题与范畴。帕拉塞尔苏斯意识到自己发掘了一处真正的宝藏，几个世纪以来人类从未察觉，它们是自然科学的研究先锋所馈赠给后人的财富。

第二年当帕拉塞尔苏斯在亚拉贡法庭担任医师时，他给里斯本宗教法庭写了封信，强调说即使是最严格的检查者也无法在巴鲁克·埃斯皮诺莎的作品中找到任何反叛宗教法庭的谬论。他说只要是对这些作品略知一二的人都会奇怪为什么它们的作者受到的是指控而不是尊敬，为什么他成为了众人怀疑的目标而不是崇敬的对象。

几个星期之后，帕拉塞尔苏斯收到了来自宗教法庭主检察官特里斯坦·阿朗索·纳维亚的一封信笺。信的开头是几句亲切的问候以及对这位瑞士炼金术师和医师作品的赞赏，最后特里斯坦总结道，谨慎的沉默才是对帕拉塞尔苏斯的请求最好的回应，因为犹太人写的一切著作都已被视为反基督的作品，当今社会是天主教盛行的社会。

帕拉塞尔苏斯的请求代表了他无畏的勇气。可是我的叔祖父却不相信这位瑞士奇才探究巴鲁克著作的动机是单纯的。他认为帕拉塞尔苏斯不仅从这些作品中得到了启发，而且还直接抄袭了这位皇家医师的文章，尤其是对变色龙的研究论著——整整三十页，帕拉塞尔苏斯一字一句地翻译了过来，写了一篇名为《哲学与医学纲要》的文章，但通篇都没有提到此文的出处。

据叔祖父透露，有传言说特里斯坦·阿朗索·纳维亚的祖母就是犹太人，为了掩饰这个耻辱的事实，这位宗教法庭的首席检察官发誓要竭尽所能地小心而彻底地消灭掉犹太人的痕迹。这也可能是因为特里斯坦已经知道自己活不了多久了。特里斯坦觉得自己得了不治之症，所以他内心充满了对死亡的恐惧。这件事他也只跟自己的告解神父说过。这位心胸狭窄的老神父在特里斯坦告解时假装安慰他，但事实上却千方百计地想要为这位首席检察官洗脑，让他坚信犹太人的罪恶，坚信作为天主教徒只有铲除这帮异己死后才能上天堂。

1540 年 4 月 19 日，附有纳维亚签名与宗教法庭封印的命令颁布了。令状中写得一清二楚：

当太阳落山时，里斯本所有的犹太书籍与著作都要扔到营火中焚毁。这场火将会烧上一天一夜。

巴鲁克·埃斯皮诺莎的作品就在纳维亚的焚毁名单上。内心紧张与满足之感交织的特里斯坦站在一边亲眼目睹了这位犹太医师的作品被大火渐渐吞没。

在我们这个时代，没有任何科学文献提到过我的祖先的名字，虽然葡萄牙前任外交部长迪奥戈·弗雷塔斯·阿马拉尔著有的阿方索·恩里克斯大量的传记里曾提到过他。

史料上将葡萄牙的第一任国王描述成了一位残暴专制的君主。阿马拉尔对阿方索·恩里克斯国王的狂乱世界的描述十分形象，其中包括国王的道德失范、专横、阴谋与杀戮。他生动地刻画了国王的暴脾气以及他在宫廷中的暴力行径。那些倡导仁政的大臣以及干预政事者当场便被处死了，并且遭到了满门抄斩的惩罚。那些惹国王不高兴的人也都得到了一例药效巨快的毒药，这些药都是巴鲁克精细制作的。

阿马拉尔写道，尽管巴鲁克天生平易近人、妙手回春，有足够理由得到宫廷里所有人的欣赏，但很多人却很惧怕他。

“那个犹太人长了一张恶魔的脸。”一些人会在巴鲁克背后小声道。还有一些人说巴鲁克为了奉承国王会做出任何恶行，这样才能提升他自己和犹太人的利益。有些宫廷侍者说得更过分，他们不但贬低巴鲁克的医学成就，而且只是将他视为一个制作毒药的犹太人。

善良的犹太人

1160 年复活节那天早晨，巴鲁克奉命陪同国王前往教堂聆听主教贝伦格尔的布道。主教对着众人怒吼着，他十分激动，用了各种激进的词语来斥责违背耶稣意志的叛教者，说他们已将自己亲手送入了无所事事、不负责任与伤风败俗的恶性循环中。

这场关于虚度生命的布道引起了巴鲁克的兴趣，他聚精会神地听着。当贝伦格尔吐出了一串拉丁语“Ibi dissipavit substantiam suam，vivendo luxuriose,”时，巴鲁克仿若受到重击一般。这句话取自于《路加福音》的第五章，说的是一位远走他乡的浪子“在异国荒淫骄奢，将遗产挥霍一空”的故事。巴鲁克感到自责，因为他已经将自己的父亲和犹太教义忘记了太久太久了。

那天晚上巴鲁克很早就上了床，但刚过午夜他便醒了，然后他看到了一个发亮的身影站在床前。那是他的父亲，他是来和巴鲁克说再见的；他的生命已快走到尽头了。他温柔地抚摸着巴鲁克的头发，告诉他要做一个善良的犹太人，记住每一个安息日，带上他们祈祷的披巾。接着拉比犹大 · 哈列维便消失了，就如他来时一般。

当春日夜晚的微风通过半掩的窗户飘进屋内时，巴鲁克失眠地躺在床上。在他的脑海里往日的画面不断回放，似乎没有什么能将他从那个夜晚磨人的痛苦与深重的内疚感中拯救出来。

突然他想起了摩西的话：

你要根据这两块石板上刻着的命令行事，按上面所说的生活，建立一个犹太人的国度，让许多伟大的男人女人们得以勇往直前，征服世界的每一个角落。有一天你会找到人类自存在以来就一直在苦苦追寻的重大秘密，而你的孩子和你孩子的孩子将会在未来的几千年内继续保守着这个秘密。只要你的子孙能完成他们的使命，他们就能在世间众人中昂首挺胸地生活并得到上帝的庇佑。但是如果一旦他们中有人没有完成上帝的旨意，那么你的后代就会从地球上消失。

巴鲁克随即决定第二天就要在朝中向国王请求许可，允许他研究城堡中的《犹太法典》，庆祝安息日。随后他便万分轻松地跌入了梦乡，安详地睡着了。

阿方索·恩里克斯赐予他的私人医师建立里斯本第一个犹太区的特权，并且这个社区将受到国王的直接保护。所以到了安息日时，他便能举行集体祷告。这种宗教仪式需要至少十名成年的犹太人，于是巴鲁克便从国王那得到许可，从里昂邀请了一位拉比和五支犹太家族，他们有的经营着一家小商店，有的在村落之间贩卖一些器皿为生。这些家族即卡斯特罗、哈列维、阿布拉瓦内尔、萨法迪以及博拉塔家族。

在后来的四百年内这几个家族的人相互联姻，历史上从没有哪个阶段出现过如此复杂的家族关系与财产分配制度。

结婚与不幸

莫迪凯·蒙特菲尔瑞拉比决心要看到里斯本的犹太集体壮大起来。他竭尽所能地想劝服巴鲁克结婚。这个拉比强调说只有在自己组建的家庭里才能过上真正意义上的犹太生活，并且他确定自己已为巴鲁克找到了最完美的妻子。

蒙特菲尔瑞一双眼睛泛着智慧的光芒。他的外形与举止具有能让人肃然起敬的威慑力。他说话时口齿清晰、语调坚决，每一个音节的力度都把握得相当到位。当这位拉比描述起那位天真娴熟的完美女人时，他表现得胸有成竹。但他忽略了一个事实——巴鲁克对此根本没有一点儿兴趣，因为拉比做梦也想不到这位皇家医师有一个秘密，里斯本最能称得上犹太学者的这个人竟然有断袖之癖。

不久之后，巴鲁克就在拉比家里与一位年轻的女性——玛丽安·卡斯特罗见了面。在巴鲁克还没来得及张嘴说话之前，他便被眼前这位女性眯眼的习惯惊住了，这唤起了他的记忆，突然雷蒙多谜一样的身形活生生地出现在了他的脑海中。看到玛丽安，巴鲁克的脑子里却满是他的旧友。她面容英气，肩膀宽阔，体格强健，胸部略小，脚码却很大。他们互相沉默地坐了半个小时，谁都不知道该对对方说些什么。拉比发现了这个好兆头，因为那些命中注定的恋人彼此间绝不会闲聊不断。

巴鲁克认为自己是里斯本城中唯一一个喜欢同性的人，而且他觉得这种性取向有违摩西律法，所以他很快就决定要迎娶玛丽安。听到这个，拉比的脸上立即露出了一个大大的笑容——他几乎从没这样笑过——然后他告诉巴鲁克，玛丽安实际上是他的侄女。

三天后他们便举行了婚礼。拉比作了一次简短的发言，他说多亏了上帝的恩泽，犹太人才能在里斯本成立社区，他希望这对新婚夫妇能够齐心协力完成他们的使命并能儿女满堂，白头偕老。

婚礼结束后这对新人就直接入了洞房，他们所做的一切都好似在努力实施着拉比的命令。巴鲁克从未见过女性的裸体，他十分紧张。玛丽安因为兴奋浑身颤抖着，她引导巴鲁克的手指放到了她的乳头上，这是她身体上最敏感的部位，随着他的抚摸她的下体一片春色。玛丽安的发香味，她的喘息和滚烫的皮肤激起了巴鲁克内心的欲望，他贪婪地索求着。于是洞房之夜直到黎明才真正结束。

巴鲁克感到发自内心的幸福。婚后的第一个月他们像着魔似的疯狂做爱。然而后来玛丽安怀孕了，随着她腹部的增大，巴鲁克越发的不喜欢她。几个月的禁欲生活后，玛丽安想向巴鲁克求欢，但巴鲁克却失望地发现自己对她现在这具肿胀的身体已经感到恶心了。

巴鲁克经常会想到他的朋友雷蒙多。每当铁匠铺地下室那张床铺上的画面在他脑海中闪现时，那种盈满内心的强烈情感让巴鲁克越来越困惑。渐渐地，从潜意识的黑暗面里一条信息传递过来了。他终于懂了，原来有一种强大的力量一直在左右着他，不论他如何对抗结果都是徒劳。他明白了自己永远都无法感受到婚姻的幸福，娶妻是他这辈子犯的最大的错误。每一天他都要责备自己为何向拉比妥协。直觉告诉他不能把这件事说出去，他得保护自己，因为他知道没有人能理解他，离婚也是不可能的事。他决定要让外界相信自己的婚姻是美满的，尤其是保护犹太人、对犹太人宽宏大量的国王。

玛丽安觉得自己失去了巴鲁克的爱。有一天她冒出了一个想法——也许巴鲁克患了什么不可告人的疾病。玛丽安感觉很微妙，她犹豫着是否要向巴鲁克询问真相。自己的欲望得不到满足，她开始给自己的丈夫吃尽可能多的花生和煮羊蛋，她记得母亲曾说过这些食物有很好的催情效用，但巴鲁克还是一如既往的冷淡。

受够了巴鲁克的冷淡，一天玛丽安直接让他调制出一方药剂刺激他的性欲。显然自己已经无法激起他的性欲了，玛丽安鄙夷地觉得他那玩意就是“独眼蛇”。可是，巴鲁克却回以厌恶的神情，告诉她自己不会去调制什么药水的。

丧失了吸引力让玛丽安十分不快，对生理需求越来越浓的渴望让她夜不能寐，食不知味。几个星期过去了，她越发绝望。最后，她终于无法对这种不幸的夫妻生活缄口不言了。她找了她的母亲，即使她知道母亲是个不折不扣的长舌妇。她请求母亲永远都不要透露她今天所说的任何一个字。母亲庄严起誓，但就好像在保证她会将这些信息如野火般传递开来。听到母亲的起誓，满脸泪痕的玛丽安用着她那因长期缺爱而怨恨的声音，说道几个月以来她连一点点的夫妻生活都没有。母亲建议她给巴鲁克戴绿帽子，但玛丽安拒绝以此来寻求安慰。

当天下午，里斯本犹太区里开始流传起了一则谣言。一传十十传百，每一次人们都会添油加醋一番。据这则恶意谣言称，皇家医师因用植物做实验而惹怒了恶魔，作为报复恶魔往巴鲁克的身体里植入了寒冰，导致他丧失了性能力。同时黑暗之子在玛丽安的腰间燃起了熊熊的欲火，让她受尽煎熬。每天她都要跟五名壮汉做爱后才能上床睡觉。

很快，城里的每个犹太人都知道了埃斯皮诺莎夫妇的丑事了。有些人恶趣味地开着玩笑说巴鲁克每天都会被他的妻子戴顶绿帽子。有些人则为他感到遗憾。有一两个妇女竟然还有些妒忌玛丽安的放纵。可没有人怀疑这则谣言的真实性，因为它的背后有一个很可靠的信息来源。

巴鲁克也听到了这些恶意的流言。他脸色铁青，一股难以言喻的耻辱感袭上心头。这就是他组建犹太区的回报吗？他朝地板上吐了口唾沫，有一瞬间他后悔了——自己当初为什么要去国王那儿请求他允许犹太人住到里斯本来呢？

随即巴鲁克便将怒火转向了玛丽安，因为他怀疑是她向蒙特费尔瑞抱怨了他们的婚姻生活。这个虚伪的拉比，在众人面前满口仁义道德，私底下却经常流连于风流场所。巴鲁克推测就是他在处处散播谣言。同时巴鲁克也为玛丽安感到抱歉，因为他突然想到从那一天起里斯本所有的犹太人在看到她时都会想起这件丑事。

有一会儿，巴鲁克有想去斥责全城犹太人的冲动，但他很快就意识到现在已经来不及了。愤怒只会让情况更糟糕。直到最后他也没找到任何能抚慰自己、挽回名誉、保护自己家人的安全和未来的方法。他只能收起自己的骄傲，装作什么事也没有发生过一样。尽管流言满天飞，巴鲁克夫妇的第一个孩子还是安然地在玛丽安的肚子里一天天茁壮地成长着，很快他便要在里斯本的王室城堡里降临了。

对玛丽安失去兴趣的巴鲁克感到很不开心，但玛丽安好似得到了补偿一般，生殖力变得更强了。她产下了六个孩子，每一个都是在巴鲁克试图压制住不断烦扰他的雷蒙多的影像，以及克服自我厌恶的心情，企图履行好丈夫职责的那些夜晚怀上的。

这对夫妇一连生了三个儿子，每一个都十分健康。玛丽安细心地照料着他们。后来他们又生了三个女儿，还是三胞胎。但她们没几天便都夭折了：第一个刚生下来没多久便停止了呼吸，第二个死于疝气，第三个则死于贫血症。

经过十月怀胎和难产的辛苦过程，虽然这三胞胎都夭折了，但玛丽安的胸部却胀满了可以哺育她们的奶水。期间她还中了毒，毒性损害了她的神经系统。渐渐地她越来越恍惚。巴鲁克怀疑她的大脑混乱是某种遗传性的痴呆症。每过一个星期玛丽安就会越发糊涂。最后她终于失去了所有的记忆。她将对儿子们的温柔全转到小鸡身上，每天都在哄小鸡入睡。只要看到巴鲁克，她就认定他是个老奸巨猾的小偷，妄想要计谋偷取这些母鸡下的金蛋——她会像猫一样发出嘶嘶的声音，朝各个方向愤怒地诅咒着。

看着玛丽安混乱的举止，巴鲁克感到了羞耻。然而他不但没为玛丽安寻求解药，反而变得更加冷漠了，对自己的妻子他未表现出丝毫的同情心。

宫廷里的女人们向国王抱怨说再也无法忍受玛丽安的尖叫与脾气了，这时巴鲁克便一脸悲伤地向她们请求原谅，并保证会刻不容缓地解决好这个问题。

他让两个皇家侍卫跟他一道将玛丽安绑到了床架上，然后巴鲁克便关上了卧室的房门。他雇了一位犹太老妪每天来帮玛丽安清洗两次，喂她吃饭，和她说话。她们两个人一直在谈论小鸡的事，因为只有这个话题才能引起这位皇家医师的妻子的兴趣。

被隔离在房间的这段时间，玛丽安做了一个噩梦，梦里她从床上起身，然后打开房门离开了屋子，她走向鸡舍然后发现她的宝贝们都不愿意跟她说话了。

在巴鲁克将妻子绑在床柱上的两个月后，一天早上被雇来照看玛丽安的老妪突然找不到她了。凭着直觉，老妪惊慌失措地转身向鸡舍赶去。那里到处都散落着无头的母鸡。几分钟后老妪才看到了吊在鸡舍屋顶上的玛丽安，一根粗绳绞在她的脖子上。随后老妪找来了三名士兵，将已经僵硬的尸体抬了下来。

当听到妻子的死讯时巴鲁克感到一阵轻松。对于玛丽安的离世巴鲁克就连一点儿假装的悲伤都没有。他也没去多关心关心孩子，而是将自己锁在实验室里并下令谁都不许来打扰。他睡觉、吃饭都没出来过。有时他会连续几天几夜待在里面。有一次孩子们偷听到他说这世上对他来说唯一重要的就是国王的生命以及他对终极奥秘的探寻。

国王离世

阿方索 · 恩里克斯的力量在他垂暮之年也渐渐流失了。他罹患了某种不知名的病症，病魔从他的脊椎滋生，由内到外地消耗着他的精力。他的皮肤越来越干，脆弱得就如羊皮纸一般。他没有了食欲，就连休息时也总是流汗不止。

国王再也不能骑马了，这让他感到很难过。慢慢地，他甚至都很少下床走动。感到自己的身体越来越弱，国王苦涩难掩。他向所有真实的、想象的敌人发怒威胁并下达了严厉的惩罚命令。

每天早晚，巴鲁克都会喂给国王一种秘密调制的药水，它是由乌龟的头、蜥蜴的尿液、天竺鼠的肝脏和洋甘菊的叶子组成的。但是国王的病情仍是毫无起色。

一天早晨，阿方索突然想明白了一件事。

“你认为，”国王盯着巴鲁克悲痛地说道，“你认为我会继续饮用这些难喝的药水让自己中毒么？我怀疑就是你，我的私人医师让我得了病。你能证明自己没有和我的儿子狼狈为奸，而我的敌人没在这周围潜伏着希望看到我躺到棺材里吗？”

“我尊敬的国王陛下，”巴鲁克深鞠一躬回答道，“您非常了解我的忠心和坦诚。您说的这些和我毫无干系。”

“你！巴鲁克·埃斯皮诺莎！”国王从床上起身说道，“你不是傻瓜就是无赖，要不就二者都是。你根本配不上我这一生赋予你的信任。我不知道我为什么要委任你当我的私人医师。你这个肮脏的犹太人，你就是个卑鄙之徒，妄想用毒药来致我于死地。但是我想让你知道我是不会让你得逞的。”

“陛下，”巴鲁克试图安抚国王，“我的药，尤其是创造奇迹的万能的上帝，终有一天会帮助你恢复健康的，我从来就没有丢失过这样的希望和信心。陛下将会安享千年，因为没有人可以代替您成为我们的国王。”

“像你这种人，我才不稀罕你的希望和信念！”国王大吼道。他下令巴鲁克离开他而且永远不要回来。

最后，一切都发生得太过突然。人们甚至都没有时间去请主教来聆听阿方索·恩里克斯最后的告解，赦免他的罪恶，为他超度。当国王驾崩的消息传开后，人们陷入了一片混乱。城堡里处处都能听到哀悼、哭泣和抱怨的声音。

就连巴鲁克也是吃了一惊。但这就是死神啊。在我们最不想看到它的时候，它便会面带神秘地抓住我们。它会用最狡诈的方法出其不意地带走我们人类的生命。

毒药师的离世

巴鲁克为国王追悼了很长时间，就好像死去的是他的父亲一样。

他继续以私人医师的身份为新国王桑乔效忠，直到自己生命的尽头。他以为是自己的医学知识保住了自己的职位。然而其实他的连任更是得益于新君王的仁慈。当桑乔还是个孩子的时候，正是巴鲁克救活了这个吃了太多野生坚果的小王子。

关于巴鲁克的死可谓是众说纷纭。

阿马拉尔著的国王传记中记载巴鲁克死于一种罕见的遗传性肠道疾病，并且他很有可能也遗传给了自己的三个儿子。

我的叔祖父却不这么想。“一开始一切都很正常，但后来他发疯了。”叔祖父说。根据叔祖父的转述，巴鲁克晚年变得又胖又迟钝。他整日整夜地都在找寻恢复青春的方法，与人体内在的干扰斗争着，所以他总是感到万分疲惫和失望。他试图接受一直被他视为致命的罪恶：他偏离的性取向以及对自己最亲近的人的爱无能。衰老的巴鲁克眼睛也近视了，时常头晕。有一天他弄混了两瓶药水。其中一瓶放着治疗他肠胃的药物，另一瓶则是奉桑乔国王之命为不守规矩的王子布拉加调制的毒药。这位皇家医师死得极度悲惨。

我个人还是比较偏向于叔祖父讲述的这个版本，毕竟，斯宾诺莎家族所有长着大鼻子的人结局都很悲惨。

三　卡巴拉教徒

我们的祖先

最近，我的家族历史一直在我脑海里回放着。现在那些人都已经不在了：我的父母亲，我的双胞胎弟弟萨沙，祖父和祖母，伊洛娜姑姑和卡洛叔叔。还有我的叔祖父，有很多年都是这个男人用故事激发着我们的想象力，他是我们童年时家中的一道闪亮的光线。

很奇怪，生活总是教会我们去珍惜那些已经离开我们的人，可当他们和我们在一起时我们却没真正关心过他们，等到想念开始时我们才懂得他们的重要。多年来我渐渐对他人表现得越来越热情，也许我能从中获取些许安慰——因为在我的记忆里，我从来就不曾注意过其他人的生活，从来都没有关心过那些我最亲的人的需求——而现在我脑子里突然充满了我的家人。我的生命已所剩无几了，很快我便会消失在阴暗中，现在我只有一个愿望：将我自孩童时代就一直深刻于心的故事传递下去，尽我所能地让后人记住那些先我而去的人们。我并不打算将埃斯皮诺莎家族的每一代人都细述一遍——16 世纪末当他们从伊比利亚半岛逃到阿姆斯特丹以后他们才将姓氏缩减为现在的斯宾诺莎。这不仅仅是因为我不是一个专业的作家——落后的文笔有时也会很困扰我——还因为祖父曾教过我和萨沙。让我来解释一番。

祖父和家中的其他人非常疏远。当萨沙和我天真地向祖父抱怨说，我们有些同学的祖父总会带他们去吃瑞波的甜点时，他总是一言不语。如果我们继续追问下去："祖父，你不觉得你应该再稍稍宠我们一点儿么？比如说给我们买点好吃的甜点？"那他一定会干巴巴地回答道："糖分太多的食物对小孩的牙齿不好。"

不，祖父一点儿都不喜欢我们亲近他。尽管我们还小，但萨沙和我都十分清楚这一点。大多数时候看到我们他的烦躁就很明显，我觉得他只是不喜欢我们。尽管如此，我们还是很自豪能做他的孙子——这有两个原因。我对这两个原因的印象很深，即使到了现在我依然记得清清楚楚：

a）**他帅气的外表**

祖父在他的个人形象方面下了很大的工夫，他非常注重穿衣打扮。他是个时髦的男人，面部清爽，身材比例又完美。所有人都会被他非凡的男性魅力所吸引。当他走在街上时，所有的年轻女孩都会忍不住回头欣赏他——一个七十岁的男人，悠闲地在大街上散步。他穿着擦得锃亮的鞋子，蓝黑色的套装和背心，以及白色的衬衫，脖子上完美地系着一个带圆点图案的蓝色蝴蝶结。他的手里总会握着一根手杖——当然了，这可是马六甲的竹子做成的——而且他还十分彬彬有礼。他没有多少头发，但是戴了一顶时髦的帽子。他浑身散发着一股贵族气息，让他足以从这个阴沉单调的、充满社会主义者的人群中脱颖而出。

我认为即使是在刽子手的炮火前祖父也不会不顾他的形象。如果他是一座孤岛上唯一的幸存者，即使没人会来欣赏他，他优良的家教也不会允许他邋里邋遢。正如巴黎的俗语所说：地位高则责任重。毕竟我的祖父可是奥地利公主的儿子呢。

b）**他的数学天赋**

我的叔祖父有时会说世界历史上只有两个人能在两秒钟内心算出一打数字的乘积，每一串都是二十位的数字，那就是我的祖父和阿尔伯特·爱因斯坦。他总是在无意间提到这件事情，但每次都是略带嘲讽的表情，看上去好似在说爱因斯坦那家伙和我们的祖父完全不在一个水准上。

祖父鲜少会向我们展示他飞快的算数能力。但他临终前的那一次我却记得特别清楚。当时他正靠在摇椅上，手里拿着报纸，当叔祖父走进房来关上门时，他才抬眼看了看。他说：“我的孩子，费尔南多跟你们说了一千零一个故事，而且一个比一个奇异。在说故事的时候，这件事是否真的发生过已无关紧要了；这就是故事的本质。费尔南多很会说故事——

没人否认这一点 —— 他总是说着关于你们祖先的奇妙故事。可是关于指数增长他可说过一个字？”

“指数增长？”萨沙和我互相交换了一个困惑的眼神。

“费尔南多总是在闲扯着过去的事，他有告诉你们有多少个祖先吗？”

“嗯，当然了，”萨沙回答说，“至少有三十个。”

“‘三十个’，”祖父大笑着重复道，“听我说，孩子们，让我来告诉你们什么是指数增长。仔细听好，思考我说的话。我有 4 个祖父母。若我们往前数 5 代，也就是法国大革命时期，这个数字就会升到 120 个。再往回数到 1630 年我便有 16382 个祖先。如果我再往回数 —— 比如说 14 世纪初，也就是 30 代的相隔 —— 那么我就能找到 1090125824 个祖先。你们听懂了么？也就是说你们两个至少有 4360503296 位祖先。”

没有人能记录完他所有的祖先。我肯定也不行，尤其是我竟然有这么多的祖先 —— 据祖父的计算。而且，我们大部分家族成员的生活都大同小异。所以我们最好不要一一去挖掘他们的故事。我打算集中精力来描述一些对历史产生了重要影响的人，多亏了叔祖父不完全地描述这些伟大的男人和女人们的生活和作为激发了我的想象力，而这些人的命运同时也为我们提供了一个评价欧洲历史的全新视角。

永恒的生命

那些从头开始阅读我的家族叙述史的读者肯定知道在 1158 年有一则甚至流传到葡萄牙之外的谣言 —— 皇家医师巴鲁克 · 埃斯皮诺莎调配的药水能将一位筋疲力尽的老男人瞬间转变为一头精力旺盛的发狂的公马，即使一天连续十次性高潮也不是问题。人们都说巴鲁克具有超自然的力量，他可以驱逐疾病，通过细心培养出来的药草，他甚至能赶走死神。

永恒之生命和爱一样，一直是这世间的神秘领域，人类从未停止过对它的好奇和困惑。许多人怀疑它是否存在。所以我想要向你们揭示这一高度机密，尽管我并没有得到正式的许可。

巴鲁克没有向别人说过这件事 —— 甚至连妻子、挚友、国王也没说过——除了他的大儿子。因为犹太人最伟大的预言者摩西曾警告过巴鲁克，他的孩子以及他的子孙要保守这个秘密千年之久，只要他的子孙们完成了任务便能昂首挺胸地在世间生活下去，得到上帝的庇佑。可是，如果他们中有任何一个人没有履行上帝的意愿，他们这几代就会永久在地球上消失。

我没有孩子，没有可以倾诉这一秘密的对象。我是斯宾诺莎家族的最后一人。很快我就要死了，我没什么可顾虑的，因为随着我的离开，我们的家族不论如何都会从地球上消失，我也不打算将任何秘密带入坟墓中。

关于我的祖先的大部分事情都是叔祖父告诉我的。但是即使是他也不知道这个秘密，而我则是从哲学家本杰明·斯宾诺莎的著作《永生之书》里得到这则秘密，这本书我是从祖父那里得来的。我们家族已经保管这本书三百多年了，没有任何一个外族人曾看过它。我自己也是过了好久才开始研究起它来的。

本杰明·斯宾诺莎描述了那株能抵挡死神的神秘草药。这里我将援引作者的原话，就像在为戒指挑选宝石一样，这些话都是我精心挑选的，一字不差：

这株草药——巴鲁克称它为“雷蒙多”，以此来缅怀自己已故的好友——由他将香茅、洋甘菊、圣约翰的麦芽汁、雪花莲以及其他相同科的植物，用嫁接的方法将它们沿着泽米属植物的根部紧密地连在了一起。

这株植物每三天就要用某种混合物浇灌一次，这种混合物是由天竺鼠的肝脏、狐猴的尿液、米特里达梯解毒剂[①]（含有野生百里香、香菜、茴香、茴香精油以及芸香）以及解毒剂（罂粟的种子以及海葱调成的混合物）组成的。

这株植物寿命不超过八个月，而且不能移植或繁殖。

---

① 这里是指米特里达梯六世（公元前132或公元前131—公元前63），本都王国的最后一位国王。传说他用每天服食少量毒药的方法，来获得对毒物的免疫力，据说他还服用一种“超级解毒剂”，可以对付世界上所有毒药。古罗马学者凯尔苏斯称它为“米特里达梯解毒剂”。

这株植物要在阳光中暴晒一个月，随后连续三十天用中量的酒精浸湿这些晒干的叶子。每天都要将这些树叶摇动两次，每次间隔整整十二个小时。当一个月末尾时，用一块厚布过滤出这些酊，而且要持续滴上十八个小时。

只要七滴这样的药水，你便可远离死神，获得永生。

有一天，当巴鲁克意识到自己的感官能力正在渐渐丧失时，他便清楚自己已时日不多了。他将培育雷蒙多药草以及汲取酊液的秘密教给了自己的大儿子西蒙。然而，西蒙首先得郑重起誓自己永不会将这个秘密泄露给其他人——除了他自己的大儿子，而且在任何情况下都不能亲手准备这种液体或尝取一滴。

“我创造了雷蒙多药草，是因为我希望国王能够永远统治这个国家，”巴鲁克解释道，“阿方索·恩里克斯是个强大的人，他严厉的眼光可以让人心惊胆战。他最讨厌不遵守命令的人。一旦他发现有人违反了他的规定，违背了他的命令，他就会将这个人直接送到刑室和那些蠢蠢欲动的行刑者手中。在那些邪恶的人手上没有人能活过三天，他们仿佛在制造漫长的痛苦过程上十分有天赋。每个人都忐忑不安地活在对国王的惧怕中，国王也知道这一点。但对于我，他就如同父亲一般，非常小心谨慎地保护着我。这一点引起了宫廷贵族的不满。他们被妒忌蒙住了眼睛，于是开始到处散播关于我的丑闻——他们说我有黑魔法，除了毒害他人什么也不会。我总是小心翼翼的，不管是心灵上还是精神上都无意冒犯他人。因为我是宫廷里唯一的犹太人，我注定不得安宁。宫廷贵族外表光鲜亮丽，其实心如毒蝎。他们以嘲笑我、诽谤我为乐。阿方索·恩里克斯过世之后，我认为我在宫廷里的日子已经屈指可数了。你也许能理解我之所以创造雷蒙多药草，主要是为了我自己和我的家人考虑的，我希望年迈的国王能够永生。但当我为他准备那永生之水的时候，我突然改变了主意。好像有什么在我的内心中爆发了。国王开始显露出了老态，他的行为却依然残暴，那天因为一个仆人不小心洒了一滴酒在桌上他恼了。他一边气喘吁吁地咒骂着，一边拿起匕首戳向那个男人，挖出了他的右眼。我永远都不会忘记那个仆人当时疼痛的叫喊，他扭曲的脸庞和不断流出的鲜血。我企图上前去帮助这个人，但国王制止了我。他笑了，嘲弄地、鄙夷地笑了。这个男人的眼睛已经治不好了。那个时候在那里，我突然意识到，想到一个越来越糊涂的阿方索·恩里克斯将会永世惩罚着那些假想敌，折磨自己忠诚的手下，将他们斩首示众的时候自己有多么的反感。那一刻，我也明白了世界上最可怕的诅咒也非永生莫属。生命如梭，这是造物者对我们最大的恩赐。他的另一个恩赐就是死亡，对此我们应该心怀感激。”

西蒙面带严肃地听完了巴鲁克的叙述，他不知道自己是否领会了父亲最后这句话的含义。他不明白怎么会有人对离开这个花花世界这种不可避免的结局感到感激。但出于对父亲的尊重他没有再继续深思下去。他只能坦诚地说道：“父亲，你可以想活多久就活多久，只要你喝下雷蒙多药水。”

“西蒙，当一个人意识到自己的记忆和思想真正褪色时，也就是到了他要清醒地做出选择，向死神妥协的时候了。记住：有一天，当一个人活到了一定的年纪时，是对死亡的恐惧让他禁锢在了自己的世界里，而非对生命的渴望。”

“我记住了，父亲，”西蒙回答道，“但是若我没能完全理解你的话，也请你不要生气。如果这种长生不老之药都不能使用的话，为什么你还要告诉我这么多，将灵药的秘密也传授给我和我的后代呢？将灵药的药方永久销毁不是更好吗？”

“在我年轻的时候，”巴鲁克回答道，“我遇见了一个老者——直到现在我依然相信他就是我们伟大的预言者摩西——他跟我传达了一则预言。如果我遵守了石碑上刻着的命令，发现了那个秘密并守护它，我的孩子以及子孙也都要如此，昂首挺胸地守护这个秘密直到千年以后。这也就意味着我们注定是永生秘密的保卫者。但是如果我们之中有任何人没能遵守他的指令，那么我们的血脉便会停止在那里。”

巴鲁克停顿了一会儿，接着他加重语气说道：“你必须时刻警惕着。许多人都妄想得到永生的秘密，他们会不惜一切代价来盗取它。他们会毫不犹豫地杀掉你拿走药方。”

西蒙认真地听着。没再提出任何问题。他再次允诺永远都不会喝下永生药水，他会守护着这个秘密，最后再告诉他的大儿子。

于是雷蒙多药草以及长生不老之药的秘密，被埃斯皮诺莎第四代的大儿子保留下来。

私人医师

我们总是觉得与权贵接触较多的人总归会同流合污，或被那个时代的思想所影响。但政治斗争的游戏基本上不会影响到埃斯皮诺莎家族的宫廷医生。和其他的宫廷医生不同，他们基本上都被排除在了一切活动之外，因为他们是犹太人。他们只能站在远处观看葡萄牙宫廷里的活动。

这种隔离不仅让他们日渐滋生了一种与宫廷的疏离感，同时也教会了他们在保持耐心与臣服的同时，如何巧妙地从宫殿里溜走的诀窍。另外，这种特殊的地位还让他们免于自大的侵害与权力的诱惑。对于政治阴谋他们视而不见，对于阿谀奉承他们也是充耳不闻。他们是绝对值得尊敬的人，从来不多愁善感；他们心无杂念，只想努力地工作，从黎明到深夜，他们都在工作着。对自己主人的忠诚是绝对无法动摇的，即使在他们内心深处更多的是为了实现上帝的旨意而不是为了满足世俗的势力。在他们的家族里，没有人会好奇；对他们来说新奇的思想和主义没有丝毫意义，只能置他们于险境。

他们对于现行制度过度的尊重，使他们总是为别人考虑。对待所有事情他们都是小心翼翼的，举手投足之间都十分符合一个忠诚的犹太人的形象。他们很死板，不灵活，他们只知道埋头从有机植物里提炼药物。他们只将自己局限于他们所知的知识里。他们一生都在纪念着巴鲁克——他们的祖先，因为他有着丰富的药草医学知识，所以人们认为他就和本都的米特里达梯国王一样伟大。

巴鲁克告诉他的儿子们，不要向外人展示自己内心的想法，要尽可能地让自己成为必不可缺的人。每一代的父亲都会向他的儿子转达这句忠告：

得到他人的依赖比赢得尊重更容易获利。喝饱水的人就会离开井边。一旦你不再被需要，你就不会得到尊重。将这当作人生哲学来奉行：催生依赖而且永远都要让对方不知满足。确定让所有人甚至包括国王都离不开你。但是永远不要沉溺于此。警惕地保持静默才是智慧之举。

据我的叔祖父说，埃斯皮诺莎家族的圣人中——如果他们可以被称之为圣人——只有一个最后走向了歧途，这个人叫作恰伊姆。

诅咒

伊斯雷尔·德·斯宾诺莎在小孩这方面的运气简直糟透了。他一直很想有个儿子，这样他的儿子便能继承他的衣钵，延续家族的传统成为一名医师了。他的妻子生了十二个孩子，每一个都是女孩。家里面一共有十五个女人：他的妻子，十二个女儿，他的母亲以及他至今未嫁的聋姨母——她还患有癫痫病。

伊斯雷尔坚信自己的生活一定是被诅咒了。在他看来，一个女儿便已足够。但是十二个——这也太多了，简直可以视为灾难。前五个女儿出世以后，他便越来越无精打采——他不再于犹太教堂里念诵感恩的祷告，他也不再为女儿们起名，而是把这个任务交给了妻子。此后每出世一个孩子，他便会恼怒一分，失望一分。他不允许自己表现出对女儿们的一丝关爱。他尽量不让自己被她们所影响，并竭尽所能地试图忽视她们。因此，他几乎不经常现身，而是整日待在一间屋子里与世隔绝。

伊斯雷尔是国王的私人医师，也是里斯本最受尊敬的医疗从业者。他不敢从同事那儿汲取意见，因为他担心自己的名誉会因此受损。于是，他私底下拜访过某些江湖庸医及信仰治愈者，这些人都一致认为这件事都是他妻子的错，因为男人在自然界中的地位本身就要远远凌驾于女人之上。第一位江湖术士让他准备一些怀孕母驴的尿液，以及风干的棕榈树叶，并让他的妻子吃个十天十夜。第二个人建议说，即使他的妻子是犹太人，也应该向神父告解，每天都要向圣母马利亚祷告三次，并且在月事结束后禁食一个星期。第三个人则提供了一种用稀奇的药草调制的苦药，他的妻子喝下后，随即就发高烧得了重病，甚至呕吐鲜血。尽管有了这样的遭遇，她仍愿意为了讨好她的丈夫做出任何牺牲。但一切还是没有起色。

一天夜晚当他们似乎走投无路时，伊斯雷尔的妻子决定自己掌握命运。她知道自己必须在离开这个世界之前生下一个健康的儿子——这是她的责任，这个孩子将在他父亲离世之后为他祈祷并继承他的财产。于是，她让伊斯雷尔和她一起做最后一搏。他们将褪尽衣衫，伊斯雷尔将抚摸着她的胴体直到午夜。然后他将会一直与她做爱直到黎明。虽然不太情愿，伊斯雷尔还是答应了。

九个月后伊斯雷尔家中愉悦的呼声响彻了整个屋子。伊斯雷尔贴着这个新生儿,亲吻着这个男婴的额头,并为他取名为恰伊姆,即犹太语“生命”的意思。

来自里斯本的年轻人

恰伊姆有十二个姐姐，他是家中最小的孩子。从他出生之日起，所有人都相信这个让皇家医师伊斯雷尔·埃斯皮诺莎感到自豪和开心的唯一的儿子，一定会延续其家族的声誉，继承他父亲的衣钵。

这位被期待已久的继承人与他的父亲简直一模一样，但他没有继承伊斯雷尔的大鼻子。他刚出生的时候就像个六十岁的小老头，脸上布满了皱纹，秃顶、脸颊凹陷，好似他已经做了医师，为葡萄牙皇室服务很长时间了。

当看到这个丑陋的男婴时，家里没有一个人大声说出自己在那一刻的感觉，因为在那个时代女人们是不能公开表达自己的观点的。只有大女儿——一位总是语出惊人的女人——毫无保留地说出了自己的想法。

利亚是一位灵媒，她能够看清楚事物表面以外的东西，当瞥到这个新生男婴时，她直接便宣告说他被诅咒了。她的父亲不相信，他说这一天是上帝恩赐给他们的吉日，同时也是宽厚他人和庆祝的好日子。利亚回答说她无法将这个不幸的事实藏在心里，因为她能清楚地从那个男婴的额头上看出，这个备受期待的儿子将来一定会给家族蒙羞。

父亲责骂了他的女儿，他坚持认为她因为心生妒忌所以在一派胡言，她太可恶了，她应该为自己的行为感到羞耻。家族终于迎来了一个儿子——这是上天的恩泽——上帝保佑，那个只能孕育出女儿的子宫终于生出了一个儿子！

利亚仍是坚持自己的看法。伊斯雷尔生气了，他脸色一沉，威胁说如果利亚再说一句他就会把她的舌头割下来。然后怒喝着让她离开这个屋子，并且永远别再出现。女儿们听到都惶恐了。她们没人看过举止温和父亲这么生气，也不曾听过他提高语气斥责她们。他的妻子知道老来得子的喜悦，已经让伊斯雷尔暂时失去理智了。

利亚受到了惊吓。她垂头丧气地离开了房间，嘴里还在自言自语地说没有人能逃脱命运。后来她便搬进了阁楼里一间狭窄的屋子中。随后的三十年她都没有发出任何声响，也从未离开过她藏身的这个房间。

时光如梭。一天下午，正当埃斯皮诺莎家族的人都在忙碌着为恰伊姆二十岁的生日庆典准备美味佳肴时，狄奥尼索斯一世派人传来了一则旨意，命令伊斯雷尔·埃斯皮诺莎和他的儿子立即前往宫廷见驾。伊斯雷尔匆忙赶去皇宫，他担心国王可能是旧病复发了。

几天前，去安达卢西亚旅行的狄奥尼索斯一世被人接了回来——他情况很糟，没了意识，他腹泻不止，高烧不退，浑身已被汗水浸透，衣服里都是自己的排泄物。伊斯雷尔把了把国王的脉搏，一瞬间他突然有种无能为力之感。他不知道要为病人做些什么，是开点儿草药给他吃，还是召一名告解神父来帮他进行临终涂油礼呢？但经过迅速的检查后，伊斯雷尔认为国王的病症是体液失衡所致，从而导致了肠道紊乱以及高烧不退。而这一切都是因为他的胆囊功能失效了。王后握着国王的手，乞求上天能听到她的祈祷，希望他能保佑狄奥尼索斯清醒过来，让她自己以及整个王国的人民如愿以偿。与此同时，伊斯雷尔在一边准备着药水——他将四种草药的提炼物与一种混合了多种草根和植物汁液的液体搅拌在了一起。几个小时后国王睁开了眼睛，双手颤抖，面如死灰。他看上去一点儿也不像曾经叱咤风云的战士，但至少他活过来了，并且已经显示出了恢复的迹象。

狄奥尼索斯一世在自己的正殿里招待了这对父子，他感谢这位出色医师的细心照料和他神奇的药水，他已经以难以置信的速度恢复了健康和力量。伊斯雷尔听了，忐忑的心终于平静下来，他感觉自己又能呼吸了。

国王从王座上起身向恰伊姆走了过来，将自己沉重的手搭在了他的肩上，仔细地观察着他。国王说他明白恰伊姆自幼便一直在医学方面接受着父亲的指导。这个年轻人仿若吓呆了一般，他想回应国王的话，却发现自己一句话也说不出来。

国王深情地望着恰伊姆的眼睛，他说恰伊姆一定非常以父亲为豪，因为他的父亲不仅是个优秀的老师，更是一位智者，他是可靠谨慎的皇室中人，从不会叨扰君主，冒犯君主，更不会为了满足自己的好奇心而打扰君主。国王确信到了世界末日那天，即使他的医师伊斯雷尔流着犹太人的血液，上帝也会因为他的善良与优异的医学成就而原谅他的出身。

为了表示对伊斯雷尔的感谢——正如他的父亲，他的祖父以及他的曾祖父做过的那样，国王决定允许他的私人医师之子追随其父亲的脚步成为皇家医师。

狄奥尼索斯一世问恰伊姆是否愿意前去格拉纳达学习医学，接受强大的苏丹国王穆罕默德二世的私人医师哈桑·伊本·法拉全面的医学指导。哈桑·伊本熟知一切与医学有关的东西，他的知识比伊比利亚半岛上同时期的所有人都要渊博。这个年轻人万分确信地说道："是的，我当然愿意。"国王听到这个回答很是高兴，因为他已经安排好了一切事宜。第二天恰伊姆便要离开这个他出生的地方。

看到此伊斯雷尔内心充满了感激之情，他双膝跪在国王面前，称赞他的君主是世界上最仁慈的人。同时他也在内心里向上帝祈祷着，因为他知道上帝正在看着他。也许万能之主正坐在他的宝座上，高兴地看着这一切，没想到他这位笨拙的仆人有一天也会成功——他的儿子将会成为皇家医师，将家族坚持了几代的传统继续维持下去。

恰伊姆感到命运女神正朝他微笑。他的眼眶里盈满了泪水，他竭力尝试说点儿什么，但仍是找不到适合的词语。

恰伊姆是家族的骄傲，当伊斯雷尔将他送往格拉纳达时，心里还是存有些担忧的。他很清楚这个男孩在家中受尽了父亲与姐姐们的宠爱与庇护，所以思想幼稚而且毫无经验，对于独自在外生存他还没完全准备好。于是在恰伊姆离开前，伊斯雷尔给了他几点忠告：

“已经一个多世纪了，我们的双手碰过国王、王后、州长和许许多多贵族成员的额头，帮他们赶走了病魔。你的血脉是如此神圣，你肩上扛着的重任是要维护我们家族的名誉。你所做的一切事情，都要先征求你老师的意见。明智者懂得听取别人优秀的建议。你太过于急躁，又没有耐心。你必须要学会冷静和忍耐，欲速则不达。这世上的一切事物都是在深思熟虑之后才得以存在的。记住——勤勉者即使资历平平也能得天下，懒惰者即使天资聪颖也难成大事。名誉的代价便是刻苦。一分耕耘才有一分收获。”

哈桑·伊本和他的学生

宫廷医师哈桑·伊本来自名门望族巴格达家族，据说他是预言者的继承人。在阿拉伯国家中，他的名字无人不知，因为他的医术根本没人能超越。除了在医学上的成就，他对天文学和地理学还十分有研究。另外，通过读诗与钻研文学著作，他还掌握了包括中文、梵文和拉丁文在内的各种语言，并且能够将这些语言使用得炉火纯青。他还是个绅士，举止优雅，慷慨大方，心地善良。他怜悯穷人，而且从不会拒绝任何向他寻求帮助的人。他口才极好，总是能安抚病人以及那些需要鼓励的人。

尽管《可兰经》允许穆斯林娶四个妻子，但他却至今未娶。所以他也没有任何继承人，这一点也让他感到难过。他认为自己所接生过的所有孩子都是他的儿女——他习惯这样来安慰自己。而且他坚信历史中有所作为的名人的后代都是平庸的，人的荣勋并不能通过血脉继续辉煌下去。所以他也从未因为没有儿子继承他的事业而责怪过自己。

哈桑·伊本曾经周游过世界，唯独没有去过里斯本。所以在恰伊姆抵达的第一天晚上，伊本便让他描述了自己的故乡、住房、国王、森林、塔霍河以及那里的大海。

这个年轻人很快便生动地描述起了自己的故乡——热浪不断的夏天以及雨雪交加的冬天。他滔滔不绝，好似沉浸于自己的描述中。直到他无意中看到那位皇家医师震惊的表情，他才突然安静了下来，面红耳赤。

恰伊姆的表现出乎了伊本的意料。他先前想象中的恰伊姆与眼前之人毫不符合，这个想象中的年轻人出生富贵，集万千宠爱于一身，天姿绰约，天赋异禀，像他这样的人肯定是女性眼中的白马王子；所以他肯定也是目中无人、自以为是的家伙，他心中深知自己拥有他人无法超越的活跃与清晰的思维。可在眼前这个年轻人身上，伊本不但没有发现傲慢之气，反而感觉到了一份对学习的热情以及一种迷人、天真和亟待绽放的年轻生命。这个笨拙的犹太人就犹如一颗天然的翡翠，一颗未经雕琢的宝石，备受这位宫廷医师的喜爱。

恰伊姆第一眼便被格拉纳达吸引了。他睁大眼睛，仰着头满脸惊奇地走过了城市的各个区域，享受着格拉纳达空气中弥漫的茉莉花味的香水及精油。这个城市有着恰伊姆所梦想的一切：宏伟高大的建筑物和花园，循环流动的清水，绿色的植物和鸟儿的鸣啭。这里是真正的天堂，充满各种欢乐；这里的幸福比他在故乡体验的要更加强烈，更令人开心。而且，这里的人民也非常有魅力。他喜欢听安达卢西亚人唱的马洛夫音乐在狭窄的走廊里回响；这种音乐充满热情与东方色彩，听上去特别像犹太的赞诗和圣歌——在恰伊姆小时候他的同胞们就会充满热情地在犹太教堂里一起唱诵这些——所以听到这种音乐会让他感到万分欣喜。这里，在摩尔人管辖的地方，他第一次感受到了自由的舒适。

最重要的是，恰伊姆对哈桑·伊本丰富的专业知识与渊博学识印象深刻。他决定全心全意、不分昼夜地努力学习，立志要熟练掌握一切治病救人的知识，因为他想向他的老师——还有他自己——证明他值得由著名的皇家医师亲传身教，配得上他的信任。他觉得自己仿佛成了世上最幸运的人。

哈桑·伊本将自己毕生所学毫无保留地教给了他的学生。他就是这个男孩的父亲，在某种程度上，他甚至可以为了协助他的学徒而做出牺牲。

即使恰伊姆不过是个学徒罢了，哈桑·伊本仍坚持要在宫殿之上，向苏丹王夸赞自己的犹太学徒有多么聪颖和努力。在宫廷里，这位医师的话是很有分量的，他的每句话都被视为预言者吐露的珍贵事实。因此，即使强大的苏丹王总是忙于国事，也会时不时地召见恰伊姆来他的书房，询问其是否习惯了格拉纳达的生活，是否还放不下犹太人的生活习惯。

也许正是哈桑·伊本的几句赞美之言——这些话如果换成别人来说，便很有可能无人在意——让恰伊姆年轻有为的形象在宫廷里正式树立了起来。

这之后一两年，恰伊姆便救了苏丹王最尊敬的将军之命。这位将军在与阿西齐鲁拉部落作战时，被一支弓箭射穿了左眼，这支箭深深地插入了他的脑子里。哈桑·伊本认为恰伊姆至此已经顺利通过了考验，所以决定将他升为自己的助手。

他说："从现在起，你就是我的右手，你将会学到很多对你未来很有帮助的东西。有一天你可能会返回你的故乡里斯本，然后成为一名出色的教师，并有了自己的学生。到了那时候你将会把我曾经试图传授给你的一切教给他们：作为一名治疗者，不管在什么时候，什么场合，都要向那些需要我们的人提供无私的帮助。

陷入爱河

第一眼起恰伊姆便知道那是爱情。他从未见过这么美丽的姑娘。她的名字叫丽贝卡，她是科尔多瓦的拉比亚伯拉罕·欧拉布纳的女儿。

这位拉比受邀在阿尔罕布拉宫待了一年，和贤明好客的苏丹王穆罕默德二世共探宗教与哲学，于是便听说了这里有个学识渊博无比，一般人都难以媲美的犹太人。而丽贝卡为了照顾她父亲的生活起居也一起来到了这里。

一天早上，恰伊姆被传召进宫治疗一名大将，这名将军因为严重的血管扩张而无法起床。正当恰伊姆急急忙忙地穿过宫廷广场时，刚刚睡醒的丽贝卡正走到阳台，她娇小的身躯上包裹着一件睡衣，她的黑色秀发如瀑布般洒落在她的肩上。看到此景，恰伊姆全身顿时如电流击过一般，定在那里一动不动。他盯着这位年轻的姑娘，在他眼里这张脸庞是最美的，甚至比早晨的阳光还要耀眼。在恰伊姆的注视下，丽贝卡害羞地低下视线。这样，恰伊姆才回过神匆忙地离开了，他一边赶路一边还在想着，刚才那个美丽的人儿是不是他的幻觉。

时间一天天过去了，恰伊姆满脑子都是那年轻姑娘的身影。他通过小心的打探知道了她的名字和家庭背景，但他却不敢靠近丽贝卡。他只敢从远处欣赏她，她那双漆黑的明眸，那头散发着香味、如冬夜般漆黑的长发，只会让他的心脏剧烈跳动起来，他害怕自己会因此而昏厥。

哈桑·伊本很快就察觉到自己的学徒陷入了爱河。一开始他以为是某个懒散的、世俗的女人骗取了恰伊姆的感情。他向这位年轻人警告说，在情欲面前一切都是美好的，情欲会让人失去判断力；情人眼里才会出西施。恰伊姆相信他遇见的那个女孩是值得尊敬的，他们的相遇是上天的安排。他吐露了自己看到她时的感觉，又说自己因为害怕而与其保持着距离。伊本看得出这种情感绝不是一时的冲动。他告诉恰伊姆自己的经验，让他懂得如果喜欢一个人却不敢接近她，这对自己对上帝都是不公平的。他建议自己的徒弟应该以真主阿拉之名去拜访丽贝卡的父亲，说出自己想和他女儿结婚的心愿。

伊本发现这位年轻的医师仍是不敢公开自己的情感，每天夜晚伊本都会点着火把阅读《命运之书》，于是他引用了里面的一句话：恰伊姆将会和来自高贵的犹太家族的女孩成婚，他们将会诞下一个不同寻常的儿子。

带着一颗忐忑的心，擦上了比平时更多的芬香发油，恰伊姆敲响了拉比家的门。他这次随身带来了很多礼物，希望能留下一个好印象。他谨慎地用充满敬意的语调向拉比表达了自己想娶其女儿的希望。同时，丽贝卡就躲在一张挂画的后面，听完了他们的谈话，她的内心也无法平静了。

拉比欧拉布纳以宗教信仰不同为由，回绝了恰伊姆的请求——他以为眼前这位追求者是摩尔人的后代。不过恰伊姆彬彬有礼地解释道自己是犹太人，是狄奥尼索斯国王私人医生之子，而且他已经准备好实现拉比提出的任何要求了。说完他还是察觉到了拉比眼中的怀疑，于是恰伊姆再次向其保证自己说的绝对属实。为了更好地表现自己，恰伊姆说就像在旧约时期一样，他可以为了娶丽贝卡免费为拉比劳作七年。欧拉布纳意味深长地看了看恰伊姆，随即便将他送到了门口。

这个被爱神射中的追求者，每天晚上都会准时而至，就这样持续了好几个星期，可毫无动摇意向的拉比一直没有同意他的请求。渐渐地，恰伊姆也有些绝望了。他心急如焚，身体因渴望而几欲崩垮。一连好几天他心里只能想到丽贝卡，她天真的脸庞，充满好奇的深黑色瞳孔，透明的、闪亮的肌肤以及她那件黑裙下若隐若现的丰满胸部都让他如痴如醉。他不知道如何才能实现那一场将丽贝卡拥入怀中的美梦。

一天晚上，在恰伊姆敲完门几分钟后，丽贝卡便跪在了她父亲面前，泪水止不住地流淌。她承认自己已经爱上这个年轻小伙了，她愿意为此付出真心。一开始，拉比为自己的莽撞拒绝道了歉，然后便向她解释道自己无法相信恰伊姆，因为他看上去总是心口不一，让人觉得他非常的不诚实。他是不会让自己的女儿嫁给这样一个他无法信任的家伙的，那样只会造成十分严重的后果。然而丽贝卡从来就没怀疑过这位优雅的犹太医师的品格，她说这件事关键不在于父亲是否信任他，而在于自己是否爱他。听到此，拉比摇晃着身躯默念了几句希伯来祷告语后，便同意了这门婚事。于是丽贝卡的脸上终于绽放了笑容，她亲吻了父亲的脸颊，她将用一生来感谢他的这个决定。

拉比欧拉布纳亲自安排了这场婚宴。苏丹王和哈桑·伊本都受到了邀请，但恰伊姆的家人却没有一个到场，他已经决定将过去埋葬，他既不准备通知其家人来参加婚礼，也没打算告诉他们自己永远都不会回里斯本，那个落后的小城市怎么能和格拉纳达相比呢。

像是在一同祈祷一般，恰伊姆握住了丽贝卡的双手，向前倾身吻上了她的嘴唇。丽贝卡不敢当着这么多宾客的面回应他的吻，只是享受地闭上了眼睛，满足地深吸一口气。

卡巴拉教徒的诞生

那位我们称作“卡巴拉教徒”的祖先，在一月的第一个星期五的午夜出生于格拉纳达。据家族史记载，科尔多瓦近三百年的拉比都是来自于他母亲的家族，而他的父亲则来自于里斯本最著名的犹太医师家族。这位祖先诞生于阿罕布拉的一幢房子里，而纳斯里德王朝就曾统治了这个美丽富饶的地方两百五十多年，直到 1492 年。

经验丰富的产婆是那晚的吵闹中唯一保持冷静的人。她将染满血的布卷起来，带着黏糊糊的胎盘一起扔进了厨房炉灶的熊熊火焰中。一盆热水已经准备好了，一位女仆将手伸进去试了试水温是否太烫。当人们为新生儿洗澡时，他便使劲地尖叫了起来。他长了一双黑色的眼睛和一头黑发。

他的父亲恰伊姆·埃斯皮诺莎踱步走进房内。当他们将孩子抱到他面前时，他看到了一只跟他的父亲一模一样的硕大鼻子。

“感谢上帝，感谢你让我免遭我父亲身上的诅咒，”恰伊姆一身轻松地说道，“感谢你，万能的上帝，让我的第一个孩子就是儿子。”

他在妻子丽贝卡身前跪了下来，温柔地握住她的手，感谢她为自己生了一个男孩。生完孩子的丽贝卡已经精疲力竭了，她将自己苍白如灰的脸颊转了过去。接着他起身感谢了皇家医师哈桑·伊本，因为他全程监督了这次艰难的接生。

尽管当时已过了午夜，还是有人向穆罕默德二世报告了此事。如果这个孩子的出世没被视为一种重要征兆或上天的旨意的话，他是不会贸然去探望这个新生儿的，尤其还是在人们都已熟睡的午夜时分。这个孩子恰好诞生于新世纪伊始，这也正好证实了皇家占星师的预言，他说一件大事就要发生了，它命中注定要发生在摩尔王国，而摩尔王朝也将因此经历翻天覆地的变化。

穆罕默德二世此次去探望新生儿的另一原因，是他察觉到这是一个拉近苏丹王和他的子民之间距离的绝佳机会。长期以来苏丹王一直将他的私人医师哈桑·伊本及其私人助手恰伊姆·斯宾诺莎视为朋友，而非不足挂齿的平民，这可能使其他民众产生了不满心理。对于自己为他人着想的心态，穆罕默德二世非常高兴。

“恰伊姆，”苏丹王用他那标志性的诗韵文体说道，“你的儿子有一天一定会让你感受到为人父的骄傲。这个男孩一定会拥有卓越的思想。从那双黑色的眼睛中，我能清楚地看到闪动着的思想。你必须给他起一个能代表这种超人智慧的名字，这是上天的馈赠。”

“伟大的苏丹王，”恰伊姆跪在穆罕默德二世前回答道，“我的儿子有幸在苏丹王华丽的宫殿里降临到这个世界上来，对我来说他已然比生命还要重要。他的名字叫作摩西。”

连接水火的男人

如果我没记错的话，在我十二岁的时候，当叔祖父给我们讲述着一段他从别处听来的晦涩的神秘过往时，他提到过恰伊姆·埃斯皮诺莎儿子的名字的含义，这个新生儿就是我们称之为“卡巴拉教徒”的祖先。

那时还是夏天。叔祖父和我们一起吃的午饭，那天吃的是土豆汤和饺子。我和萨沙不喜欢这些，如果可以的话我们宁愿把它们吐出来。但我们还是习惯吞掉摆在面前的一切食物，毕竟在那个时候食物仍是稀罕而珍贵的。

祖母上楼和无所不知的看门大婶开始交流起最新的绯闻来。她们说话的声音大到整栋房子的人都能听见：一个与我们相隔两家的女汽车售票员昨天脖子上带着瘀青回来了，她经常在晚上流连于各种奢华的宾馆，和各种外国商人做爱，以赚钱养活她的七个孩子。她的丈夫，一个酒鬼，前臂上纹着一位赤裸的黑人女性，这个图案可以撩起这条街上所有男孩的性欲，他因在酒馆打架闹事，造成了致命伤害，被判处九年的有期徒刑。

我们在厨房消磨着时光。我记得叔祖父擦去了眉头上滑落的汗珠，一脸厌烦地挥走了头顶上嗡嗡盘旋的苍蝇，然后一如往常地开始向我们叙述起了那些祖先的传奇。他的叙述总能让我们欲罢不能。

在他口中神奇的事物也能变得平凡，平凡的事物反而神奇了起来，他能将腐朽化为神奇，让短暂的瞬间变成永恒。亏得他，我们在很小的时候便懂得了绝处也能逢生这个道理；生命虽然太过短暂，但仍是绚丽多彩，值得认真一活的。他为我们建立了另一个平行世界，这个世界充满了传奇与神秘，让我们能够暂时撇开现实的疯狂与无休止的失败，尽情徜徉在这里。

在小时候萨沙和我有一扇通往过去的窗子，我们时常坐在那里。对于现在我们毫无兴趣，过去的那些事迹才让我们痴迷不已，它们是那样的真实而且永不会结束。我们在叔祖父的故事里找到了自己的原型。在我们之前已经有很多人生生死死，道理就是这么简单。我们的基因里早已继承了某种固有的模式，一种神秘的力量正迫使我们去解开这个谜团。我们在祖先们的事迹中觉察出了它。这些日子，我更加明确地在自己身上感受到了它的存在。

“弗兰西，”祖母回到了厨房，她说，“别再跟那两个孩子说这些废话了。今晚他们又得睡不着了。出去玩去吧，你们这对窝囊废。”

“但是，萨拉，”叔祖父温和地抗议道，“就算他们喜欢听这些故事也没什么关系呀。”

“可是我很讨厌听到这些，”祖母突然打断了叔祖父说，“聪明的孩子应该多去接触一些理性的东西，而不是在这里听这些胡诌乱编的通灵故事。你所做的是罪恶而可耻的。你难道不明白，坐在这里听你胡言乱语会让他们不停地胡思乱想吗？我以前就警告过你。一开始是什么彗星和摩西的语言，后来你又开始说通晓真相的灵魂，现在你又开始讲这些神秘传说。我的忍耐是有限度的，可你还得寸进尺，没完没了？”

然后她又用德语说了几句，即使我们听不懂也知道那绝对不是什么称赞费尔南多的话。他看上去吓坏了，因为紧张还在不断地吞口水。我们在一旁也一句话不敢多说。

我们孩子在欺骗祖母这件事上找到了很大的乐趣，因为没有什么比听叔祖父讲故事更快乐了。萨沙和我假装出去玩，但实际上我们和费尔南多一起藏到了我们的卧室里。他压低了声音问我们有没有听说过摩西·埃斯皮诺莎，他写了《光辉之书》(这是卡巴拉教很经典的一本书)。萨沙摇了摇头，可我却说我听说过他。一是因为我害怕比我聪明千倍的、明察秋毫的叔祖父会觉得我很蠢，还有也是最主要的原因就是，作为一个孩子，我觉得撒点儿不带恶意的小谎也没什么大碍。

“孩子们，我很确定你们不知道他的名字有什么含义。”

我们俩一脸的疑惑和顿时的安静证实了叔祖父的猜测。接着他便从抽屉里拿出了纸和笔，在上面写下了几个字，开始向我们解释了起来。

“今天‘摩西’对大多数人来说不过是一个犹太人的名字而已。可是一旦放到卡巴拉教的神秘领域来解读的话，这个名字里所蕴含的神秘力量便可见一斑了。这个名字由希伯来字符 mem，shin 和 he 组成。每个字符不仅有一个语音意义，而且还是某种象征。mem 象征水，shin 象征火，he 象征呼吸。所以‘Moishe’的意思就是‘他呼吸着（即活着）便融合了我们身体的水与火（指阴阳两种力量）’。你们的祖先摩西，这位卡巴拉教徒将他自己身体内独一无二的两样东西融合了。”

说到这里，祖母又突然出现了。她的头从门外伸了进来。发现了我们根本没出去玩，她的脸马上就阴沉了下来。

“我忍无可忍了。弗兰西，你聋了吗？我说了多少次别跟这些孩子讲你那些胡说八道的梦话。说真的，你就是个无能的老头。很显然你已经三十多年没碰过女人了！”

祖母语毕便气冲冲地离开了。叔祖父脸色惨白，他耷拉着头站在那里盯着地板。这突然而来的安静让我感到很不安。

就在此时不可思议的事发生了。祖父出现在了门口。根据习惯，白天他肯定不会在家里待着。他会在一家叫沉思者的酒馆（这个名字很是讽刺）一直待到晚饭时分，他总会在那里点上一份最便宜的煮牛尾做午餐，和他的朋友打上一整天的扑克。这些人基本上都是牙齿掉光了的老头子，虽然身体不好，但还是那么喜欢喝啤酒。即使祖父从来不抽烟喝酒，但他还是每天都会去那个散发着啤酒与尿臭味的酒馆光顾。在这间酒馆里人们好不容易才能从半空中缭绕的烟雾里辨认出对方，他们大多数都是来这里消磨时间的。即使你不是一个对无暇生活狂热的信徒，这个地方也会让你脊背一冷。但是，沉思者酒馆正是祖父生活的中心。那些酒馆关门的日子——五月一号、俄国革命纪念日以及圣诞节——他都像是在受罪似的忍受了过来。

我不怎么记得祖父有和叔祖父对话的情形。但现在他竟开心地说道：“费尔南多，你不知道我有多么羡慕你。我已经和那个既顽固又耳聋的老女人生活了四十年了，她从来就听不进别人的话。退一步来说，这对我来讲就是一场考验。我羡慕你。你是一个自由而快乐的人。”

接着他便转身离去了。一丝难以察觉的轻蔑笑容出现在了叔祖父的脸上。我似乎听见他说：“他羡慕我的自由。呸。真正自由的是无欲无求的人。”

他接着说道：“别去试着理解所有的事情，这是自寻烦恼。学会去感觉，它们会告诉你方向。总之你要记住：无论你要做什么，你的行动都应带有一点儿疯狂；不然的话你就会渐渐失去你的人性。但至于现在，你们最好还是听祖母的话，出去玩吧。”

卡巴拉的秘密

萧珊娜·斯宾诺莎，我们这位出色的亲戚虽然已故，但总是能通过通灵者这种超能媒介的协助，让我的叔祖父看到很多埋藏多年的秘密，帮助他升华思想、开拓眼界。没有迹象表明他是因为害怕或其他原因，而从萧珊娜那里获得这些精神世界的信息。证据就是他虚张声势地说过很多关于人善被人欺的故事，当然这其中的敏感点已经被他事先剔除了。

叔祖父总是情不自禁地想将事实说出来。因此，即使知道这会惹祖母生气，他还是会时常义正词严地跟萨沙和我说人类的生与死，都是因为有一天我们会在另一个时间里重新来到这世上。

他坚持认为在这一切的背后有种未知的力量在作用着——他称其为“完全不受拘束的和谐”。他不止一次地对我们这些孩子说，卡巴拉的目标就是与这种和谐达成联系，并使自己与其协调共存下去。

每次当萨沙说自己没弄清楚卡巴拉到底是什么时，叔祖父都会耐心地再说一次，一字一句地，他会将那些教义全部解释一通。

“卡巴拉是犹太族流传的一种神秘学说。”他总是会以这句话开头。特地放慢了语速，力求带着敬意说清每个字。然后他便会再重复一次来加深我们的印象。接着，他就开始以几近耳语的声调快速地说道：

“卡巴拉也可以说是一种加了密的秘密经文。目的是为了防止那些还未完全成熟到可以理解它的人，看出其中的真智慧。但那些新教徒与能破解经文的人，就会发现天使隐藏在这些文字里的，自从宇宙起源开始便一直不为人知的秘密与真相。只有真正的卡巴拉教徒才能找到它们。”

萨沙和我时常会好奇叔祖父是不是也参与了这些事迹。我们会问他，他自己有没有体验过卡巴拉的神奇。但叔祖父从来没回答过我们的这些问题，因为他对于自己的生活从来都是只字不提。谈论自己这件事对他来说好像很陌生，相反的，他总是很热衷于说我们祖先的生平。

叔祖父向我们描述卡巴拉的起源经过时，从来不会刻意删掉某些超自然的、奇幻的部分。我们总是很担心祖母会在这个时候突然冲进房间来杀掉他。他对这些犹太教神秘教义的描述充满了如诗般的想象。我们聚精会神地听着，为此而着迷，虽然现在我发现当时我们根本不太懂这些东西。可是我们只是两个孩子，有时候我甚至会觉得叔祖父说这些不是为了引导萨沙和我，而是为了让祖母生气。

“宇宙产生之后，”他说道，“造物主向天使们传授了某种特别的智慧，这就是我们现在所说的卡巴拉。当人类堕落后，天使们决定将卡巴拉的秘密传授给人类，这样他们便能重新回归天堂。”

“天堂是什么？”萨沙突然问道。他显然在理解犹太教义方面没什么天赋。

“卡巴拉教徒认为地球上存在着某种神圣的力量，”叔祖父继续说道，“但奇怪的是，没人愿意接受这种智慧。从始至今，人类好像更喜欢那些世俗的东西，却对神圣的智慧毫无兴趣。于是天使们只好等待，等到世界上某处出现一个请愿者，便向他揭露这些秘密。这个人就是亚伯拉罕。于是造物者和亚伯拉罕缔结了约定，承诺让他的子孙们也能得到宇宙的秘密。”

“什么样的秘密？”我的弟弟说。

“宇宙的秘密。”叔祖父又重复了一遍，然后他好像为了强调此刻的重要性似的降低了声音说：“宇宙的秘密包含了天体音乐，它是所有天体的共鸣声，有一个圣名是开启所有智慧与能量的钥匙。人们称之为“四字圣名”，它由四个犹太字母构成：J，H，V，H，可能念作‘Jahveh’或‘Jawah’或‘Jehova’。来，试着读一下，大声地读出来。”

“这是上帝的名字吗？”萨沙问道。

“不是，卡巴拉教徒称上帝为‘恩－索弗’，‘永生者’。”

“但是叔祖父，你曾经跟我们说过上帝是没有起源的。”我反驳道。

“上帝是没有名字的。只是我们人类需要一个称谓来代表神圣。你们的祖先，伟大的卡巴拉教徒摩西·埃斯皮诺莎还学习过《可兰经》，他时常引用阿拉伯的一句谚语说：‘上帝有九十九个名字，只有骆驼知道那第一百个名。’”

我感到困惑了。恩·索弗？天体音乐？让各天体永存在浩瀚宇宙中的真正力量？一个能正确读出这四个字母的人就能控制整个世界？骆驼还能知道上帝的名字？一切看上去都太让人迷惑了。但我又知道些什么呢？毕竟叔祖父又聪明又博学，他的脑瓜里有那么多神奇的故事。那个圣名我试着读过几次，至少这也是有点儿用的。我的措辞太糟糕了，口中吐出的词语混乱不堪。我感觉有什么重要的东西正在逃脱我的掌心。

叔祖父的手坚实又不失温柔地按在了我的肩上，他告诉我只要勤加练习便能称谓宇宙之主。我顿时有些受宠若惊了。不过我实在不想肩负起那么重大的职责。我更希望能去探索历史。我想要一头栽进那个神秘的文化仓库里去发掘潜在的宝藏。毕竟我只是单纯地想听叔祖父说故事而已。

苏丹王的典范

那么，让我们回到十四世纪的格拉纳达吧。在彻底地将我的家族史剖析之前，我想先将自己在历史书中调查到的纳斯瑞德王朝第二任苏丹王穆罕默德·法提赫的故事向你们娓娓道来。

穆罕默德二世被视为他那个时代无与伦比的贤君。这位统治者的声誉已经远传到了伊比利亚半岛之外。他从不会滥用自己的权利。“一旦我自私地挥霍起我的权利时，我作为格拉纳达苏丹王的日子也就结束了。”这是他在冠冕典礼上发表演讲时说的一句话。自那之后几年，他公正廉明，仁义治国，从不会提高嗓音说话，也不会胡乱发脾气。人们对他可谓敬重有加。

他重用那些尽忠职守者，理解臣民的弱点，对待违法者却是严惩不贷。当他出战时，时刻都在注意不让自己的军队沦为残暴堕落之徒，也从不会对敌人赶尽杀绝。他是一具正义之魂，是智慧与勇气并存的模范。他一生为正义奋斗，颇得民心，他的英雄事迹于他在位时便为万人传唱。

当穆罕默德二世过完六十岁生日后，奇怪的事情开始发生了。他会在相当不合适且让人意想不到的场合下睡着——但却不是因为他困了。午夜时分，当他躺在自己最爱的王妃身边时，他也无法顺利入睡。但是这位苏丹王并不讨厌清醒的午夜，因为这样他就能有更多的时间来读诗和哲学；他的失眠症让他得以有更多的时间来致力于格拉纳达的国务。但问题是到了白天，他可能会随时跌入梦乡，且多数都是在上朝时间，苏丹王开始担心这样的趋势可能会破坏自己统治者的名誉。

有时，他在午后于王座上昏昏睡去时，都会做一个奇异而恐怖的梦。一次又一次他梦到自己跪坐于清真寺里祈祷，因为年轻时忽略了上帝与预言者的存在，整日沉浸在骄奢淫逸的生活中虚度时光，而作为惩罚，自己的生命正在无情地缩减。每当他醒来时，强大的羞耻感就会迎上心头，他变得郁郁寡欢、沮丧低落。这难道是一种预兆吗？他问自己，是在警告他某些他无从得知的事吗？

即便没人觉得苏丹王老了，即便他治国时依然是那样果决而充满力量，然而有时他自己还是会想，一个年迈的、被疾病缠身而失去往昔的健康与行动力的父亲，应该在适当的时机将自己的地位、财富与权力移交给自己的儿子。一天，当他弄混了他最亲近的两名臣子的名字时，他开始严肃地考虑退位的事，他在想自己天主教徒的妻子生下的三个儿子——法拉吉，穆罕默德和纳西尔——谁才是最适合继承王位的人呢？

长子继位是摩尔人的传统，苏丹王也想要尊重这种传统。但他坚持认为一切都应以国家利益为重，于是为了国民的幸福，他决定打破这一悠久的传统。

长子

作为苏丹王的长子，法拉吉是个优柔寡断、纤弱无力且被母亲宠坏了的孩子。他寡言少语，总是沉浸在自己的世界中。阿尔罕布拉宫的很多人都觉得他懒惰而迟钝。

苏丹王很清楚自己的长子并不具备纳斯瑞德果敢、激情、自信的特质与口才。他总是安慰自己说有些人童年时就是如此沉默寡言而内向的，可是没有人能预测出这些人未来会不会有所进步。

法拉吉幼年时便娶了妻，这件人生大事落定后，他的性格便发生了翻天覆地的变化。他更加自信了，也更加外向而健谈了。久而久之，他说话时却越发轻率。照顾他的人对他的喋喋不休和自以为是的俏皮话并不感兴趣，因为毕竟他还是那个胸无点墨的人。

有一天，在家族共享晚餐的时候，法拉吉想要用一些政治话题来挑起气氛。那时他刚刚二十六岁。新的世纪也才刚刚开始。法拉吉小心地组织着语言，他想尽量将自己从未当众表达过的想法说得清楚一些。他先是批评苏丹王的做事方式，然后便坚称与对手阿莎齐鲁拉氏族正在上演的争端一定要以武力解决。这场争端的焦点即关于南边国界的划分问题。法拉吉不仅号召开战；他还鼓励苏丹王派军队突袭阿莎齐鲁拉的人民，奸淫他们的妇女。他断言道，只要这命令一发布，军队士气将会大涨。

法拉吉的话让苏丹王吃惊异常，虽然他从不会将情绪显露出来。穆罕默德二世很明显是觉得自己的长子不可饶恕地破坏了礼节。他快速地扫视了一遍在座的人，发现有一双眼睛睁得尤其大。这个人就是法拉吉的妻子，她的脸上长着雀斑，却拥有着无法言喻的美丽。对于法拉吉鲁莽的发言，她显得非常赞同与崇拜。只一眼苏丹王便知道她正是这番发言背后的怂恿者。她的家族长期以来都定居在争议国境区域。那一瞬间，他突然意识到在他注视着她的时候，她并没有将视线移开。难道她忘了女人是不能直接盯着男人看的吗？穆罕默德二世自问道。她应该表示自己的臣服，避开他的视线才对，这就是规矩，尤其她面对的还是苏丹王。

苏丹王觉得有必要打断法拉吉，让他回位置上坐好了。

“法拉吉，”他严厉地说道，“我已经看过太多你难以想象的残酷、屠杀和足以遭受天打雷劈的恶行了。我不会允许你所谓的奸淫掳掠。你说你想要奖赏我们的士兵，但那样无异于将他们送上血腥的战场。你最好闭上嘴，先把你的家务事管好，而不是在这里胡言乱语。很显然，你忘了教导你的妻子，根据上帝的意愿和预言者的教导，女人是不能与男人抗衡的。”

苏丹王停顿了，他深深地吸了一口气继续说道：“复杂的政治问题可能会让那些眼光短浅的人误入歧途，而一个有智慧的人知道，也能恭敬地接受，只有苏丹王有决议权的事实。我想要告诉你，你刚才的行为破坏了我们的习俗和宫廷礼节。我一分钟也不能允许你——或其他任何人——在这个时候，因对自己无法理解的事情妄加评论，而破坏了如此重要的晚宴。”

法拉吉没想到自己会换来如此粗鲁的反对与斥责。他的自信心瞬间崩塌了，整个人仿佛遭受了重大的打击一般。他的脸顿时没了血色，苍白得好像随时都会昏倒一样。那一刻，苏丹王终于发现他的长子不过也是那芸芸众生中微不足道的一个人。他既软弱又容易受打击，简直一事无成，他绝对不适合统治格拉纳达。

一个星期后，穆罕默德二世决定派法拉吉前去治理马拉加。他含着泪在法拉吉的额头上印下一吻，将他放逐到了十年前攻取的城市里。

二儿子

苏丹王的第二个儿子穆罕默德是个狂暴的人，尤为沉溺于大麻及短刀武器。他目中无人，完全无视规矩与传统，对法律更是毫无顾忌。他冲动易怒，喜欢控制与命令别人。所有人都惧怕他，因为他处处与人作对，邪恶而且粗暴；哪怕别人的稍稍碰撞，他都会残忍地鞭笞此人。

敢接近穆罕默德的只有一个人——一位黑皮肤的非洲姘妇，传说她非常喜欢且熟稔于闺中之事。但是她从不来不伺候除穆罕默德以外的人。她的名字叫作娜吉玛，尽管她已经年过四十，却被视为格拉纳达最有魅力的女人。她总是裹着一身黑色的绸缎，只露出自己的脚踝和炯炯有神的眼睛。有谣言称她一半的脸都遍布了鞭打的伤痕，那些是她在七岁时反抗一个恶徒强奸时留下的。人们说因为那张毁容的脸，她受尽苦难，上帝为了补偿她，于是赐给她一具完美的身躯。

她的父亲是非洲一支不知名的游牧部落里的医师和唤雨者。根据他们的习俗，母亲与儿子或父亲与女儿产生关系都是绝对禁止的。娜吉玛虽然接受了伊斯兰教的教义却仍未摈弃自己部落的信仰，所以她同时信仰着两种宗教。有人说她的父亲向她传授了很多黑魔法，包括怎么站立撒尿，她甚至连人肉也吃过。有些人说她能从火焰上走过而毫发无损。很多人都在私下互相交流着巫术与魔法的事情，断言她肯定用自己的床上功夫让穆罕默德着了迷。宫廷内的人听着这些他们想象中的风流韵事，竟也兴奋得颤抖不已。

穆罕默德并不在乎这些风言风语。他满心装的都是权力。他幻想有一天自己会成为格拉纳达的统治者。

当得知法拉吉被流放去了马拉加后，穆罕默德沮丧不已，但接着父亲没有将他当成最佳继承人的这个想法，让他火冒三丈。他确信法拉吉被任命为马拉加治理者的决定，实际上是让他哥哥登上王位的伏笔，这件事让他无法接受。

穆罕默德将自己隔离在了房间里不与外界接触，他将失望与不公大声地发泄了出来，将宫廷里的大臣、他的哥哥和母亲轮番责骂了一遍。但他最恨的还是自己的父亲。他手握长剑，面部因愤怒而扭曲，他发誓有一天一定会手刃法拉吉的头颅，以解心头之恨。

“我要将你折磨致死，法拉吉！”他吼叫道，“很快，潮湿阴冷的泥土就会落在你的脸上，爬进你的鼻孔，填满你的肺腔！你将会化为一钵尘土，仿佛从未来过这个世界。因为我才是唯一有资格继承格拉纳达王位的人。”

他兴奋地挥舞着自己的宝剑，以至于失去了平衡摔倒在了地上。而此时娜吉玛正躲在门外，将他的诅咒听得一清二楚。

那天晚上穆罕默德便恢复了冷静。当躺在床上时，娜吉玛将自己为他酝酿的复仇大计告诉了她的情人。

她一边摩擦着穆罕默德的手掌一边说道：“上天知道自己在做什么。现在你的哥哥远去了，你的父王也管不到他了，这正是你施行计划的好时机。你要赶去马拉加，将法拉吉从束缚他的那间金色牢笼中释放出来。”

马拉加惨剧

我们之所以能看到马拉加的故事，还得多亏阿伯德·艾尔·拉赫曼·伊本·赫尔顿的叙述。这位著名的外交家在十四世纪中期逃到了格拉纳达，并一直生活在了那里。他是那个时期苏丹王最信任的知己之一。多亏这位伟大的历史学家，他的叙述客观详尽且充满了个人独到的见解。读者可以清楚地从这些描述里还原出当时事件的真相——这是其他任何记录也无法比拟的。他的手稿在开罗的艾滋哈尔大学图书馆内被遗忘了将近六百多年，直到二十世纪二十年代才被人们所知。我的叔祖父强烈推荐我们，如果有一天我们想要了解家族早期历史，就一定要读一读伊本·赫尔顿的书。我在写这本书时,面前正摆着他的书。由我翻译的此书的英文版，由第四级出版商于 1996 年在伦敦出版，序言则是由伯纳德·李维斯所写。《格拉纳达中世纪传奇》这本书简直就是神作。伊本·赫尔顿的叙事手法十分引人入胜。我在总结转述时会尽量不遗漏掉他任何重要的细节。

穆罕默德去马拉加拜访了法拉吉，但他并没有向自己的哥哥发出任何警告，反而在他那住了一整个月。这是一幢巨大的房子，里面的走道潮湿阴冷、错综复杂。这对兄弟很少和对方说话，但据仆人们说，他们时常会坐在一起整个晚上，一言不发，只是不断地吸食着一种北美大麻提炼出的麻药。

一天月黑风高，是穆哈兰姆月[①]的第十日。这对兄弟发生争吵开始打了起来。没人知道这场争吵的缘由，但事端很显然是穆罕默德挑起的。他将自己的哥哥摔到了地板上，好像疯了一样地怒吼着。他将法拉吉的脸撞向地板。法拉吉挣扎着想要逃脱穆罕默德的控制却毫无抵抗力。他开始哭了起来。趁此时，穆罕默德朝法拉吉的头部唾了一口，并拿出了一把随身匕首。这场打斗很快便结束了。穆罕默德起身向后退了一步，满脸好奇地望着正在死去的哥哥。

穆罕默德顿感舒心和放松。施行娜吉玛的这个计划比他想象的要容易得多。其间他没占过一丝下风。要知道他可是一个有行动力的人。“我终于摆脱了我的哥哥，”他满足地感叹道。精疲力竭的他坐到了床边，感到身体很沉。那一瞬间，睡一个好觉，按习惯上个厕所，是他脑中唯一闪过的念头。在他进入梦乡之前，他听到了走廊上充斥的尖叫与哀恸。

那天晚上，马拉加遭遇了一场可怕的风暴，更加重了这个地方的神秘与恐怖气氛。穆罕默德不知道自己是醒着的还是睡着了，也不知道屋外的雨是不是他梦境里的一部分。在那个被烛火照亮的房间里，他看到一只白色的老鼠从他哥哥的头颅里钻了出来。在宫殿外呼啸的风声里，他听到了狡猾魔鬼的耳语。一开始他还不是听得很清楚，可渐渐地它们

① 伊斯兰历第一个月，也是全年第一个圣月，本月除了自卫外禁止打斗。

的声音变得越来越响，越来越厚重，甚至赶超了狂风的怒吼，湮没了其他一切声音。“权利的滋味是多么甘甜可口啊，”在狂躁的风声里，穆罕默德听不到喊叫和哭泣，只能听见这句话，“权利的滋味是多么甘甜可口啊。”他欣喜若狂，他万分确定格拉纳达已经是自己的囊中之物了。

认罪

黎明来临之际，穆罕默德便离开了马拉加回到了他父亲的宫殿。一位穿着绿色制服的宫廷使者将他领到了苏丹王所在的庄严而神圣的宝殿里。没有丝毫的忧虑，穆罕默德承认自己杀了法拉吉。

他说：“我那是正当防卫。法拉吉与我的妾侍偷情——她的美丽是唯一让我如痴如醉的东西。我为此质问了他，他却当着我的面撒了谎。我告诉他我亲眼看见他们偷欢的场景。我很愤怒，我朝他大吼。可是突然他就拔出了一把匕首向我刺来。多亏我反应敏捷才避开了他的刀刃。父亲，相信我，我以我的名誉发誓，我是为了保护我自己。”

穆罕默德本以为自己会遭到父亲强烈的斥责。但他的父亲因为过于沉痛而说不出一句话。他看着自己的儿子，盯着那一双冷若冰霜的眼睛，那具强大的、结实的身躯，那一脸浓郁的胡须。他很难过，因为在穆罕默德的眼里，他没有看出任何悲伤。但最让他感到伤心的是，他的儿子，他自己的骨肉竟然谎话连篇，毫无愧疚感。他知道穆罕默德佯装的诚实，与他对马拉加所发生的一切的描述，都不过是一场蓄意的阴谋。

苏丹王说道：“说谎是对上帝、对神之旨意不可饶恕的侵犯。我愿意相信你是一个正直的人，你对我说的一切都是你亲眼所见的事实。一个人可以因为很多种原因而憎恨甚至杀掉另一个人，但你和法拉吉永远不会这样对待彼此。”

“父亲，”穆罕默德跪了下来说，“我从没想过犯下任何恶行。我最不想的就是让自己的双手沾满法拉吉的鲜血。我纯粹是出于正当防卫。”

苏丹王示意穆罕默德起身。他说：“心无恶者便无所惧。”

“我不怕也不感到羞愧，”穆罕默德急忙回答道，“错都在法拉吉身上。我不知道他怎么了。我不知道为什么他要背着我和我的妾侍偷情，也不知道为什么他像疯子似的要来杀我。”

“我不允许你称呼你的哥哥为疯子！”苏丹王怒吼道。停顿了一会儿后他又低声说道：“我无法理解为什么法拉吉，一个从小便信仰穆斯林的人会在阿舒拉节[1]的时候攻击你。这是为缅怀伊玛目[2]侯赛因[3]的殉难而禁食、祈祷与默哀的日子。没有一个真正的信仰者会在穆哈兰姆月的时候带着武器。也许禁食让他失去了理智与思考能力。”

苏丹王从王座上走了下来。他建议穆罕默德接下来每天都要祈祷，静静地待在自己的书房里阅读哲学家伊本·鲁施德[4]的作品选段以寻求安慰，渐渐从这场失去手足的心痛中恢复过来。其中包括鲁施德的以下选段：

每个人从生到死所遭遇的一切都早已注定。因此所有的疏忽都是刻意，所有出乎意料的事先前便早已定局，所有的失败背后都是成功，每一场死亡都是一次自杀。是我们自己选择了我们的不幸，意识到这点比什么都要安慰。

四次晚餐

这场闹剧过了四十天后，苏丹王召来了自己的两个儿子，穆罕默德和纳西尔。在说话前他仔细地观察了他们几秒钟。

“经过这段时间的哀悼、沉默与反思，我希望能了解到真实的你们。

---

① 阿舒拉节是穆哈兰姆月的第十日，安拉于本日创造天国、火狱和人类，摩西于本日率领犹太人穿过红海出埃及。伊斯兰教逊尼派穆斯林通常在本日斋戒。同时，伊斯兰另一教派什叶派穆斯林为纪念第三位伊玛目侯赛因·伊本·阿里在库法殉难，信徒会以自残身体的方式来表示忏悔。

② 伊玛目，原是阿拉伯语中的“领袖”，在伊斯兰教中有极其重要的地位，尤见于什叶派。在伊斯兰教兴起的最初几世纪中，伊玛目一词是用称呼伊斯兰帝国领袖哈里发的。

③ 这里是指侯赛因·伊本·阿里，阿拉伯帝国哈里发阿里·伊本·穆罕默德的大儿子，于卡尔巴拉战役中战死。当天是伊斯兰历穆哈兰姆月10日，被什叶派定为阿舒拉节纪念。侯赛因之死标志着什叶派同逊尼派的彻底决裂，他也被什叶派各派别一致追认为第三位伊玛目。

④ 伊本·鲁施德（1126—1198），著名的伊斯兰哲学家和医生，是伊斯兰教法、伊斯兰数学和伊斯兰医学的重要学者。

你们每个人都有两次邀请我共进晚餐的机会。第一次，你们要向我献上这世上最好吃的食物与酒水，而第二次，你们要给我准备好你能想象到的最糟糕的餐点。”

“父亲，允许我问一句，”没耐心且已经有点儿焦虑不安的穆罕默德说道，“这一切都有什么意义呢？这是一次测试吗？”

“我希望能看到你们的真面目，”苏丹王冷静地回答道，他的言语中蕴含着一个经验丰富的智者从容的力量，“你们摆到我面前的食物将会揭露你们灵魂深处的秘密。未来便藏在这些晚餐里。我们都是上帝的子民，总有一天我们会回到他的身边。听天由命吧！我命令你们立即退下，为此尽快做好准备。”

穆罕默德是那种无论如何也不会在复杂的准备活动上浪费时间的人。准备晚宴这种无关痛痒的小事，在他看来既毫无意义也毫无必要，起草两份菜单更是让他觉得荒谬可笑。他觉得这个任务只能说明衰老已经让他的父亲失去了思考能力。这个结论更让他坚信自己很快便会登上苏丹王的宝座。对未来成为格拉纳达国王的万分确信，让他幻想出了很多令人愉快的场面，陷入到这种自我幻想中的他，便更加不想去为父王吩咐的任务而忙碌了。

当穆罕默德的母亲问他是否需要自己的帮助来满足苏丹王时，他不耐烦地拒绝了她，并不屑地回答道：“准备两餐饭简直是小菜一碟。我知道我喜欢什么不喜欢什么。我可不需要你的帮助。只有傻瓜才会熄灭自己的蜡烛，再借用别人的火焰来点燃它呢。”

在内华达山脚下的森林里狩猎野鸡，是穆罕默德最喜欢的消遣之一。第一天晚上他打来了一只肥硕的野鸡，并在旁边摆上了可口营养的蔬菜。厨师已经准备好了晚餐。

那一天苏丹王很忙碌，除了早晨喝了一杯莱姆花茶外，他便没有时间吃任何食物了。他非常期待晚上穆罕默德为他准备的晚宴。当看到桌上摆放的食物时，他沉默了。穆罕默德说这野鸡尝起来像蜂蜜一样，于是他咬了一口，主要是为了看看他说的是否属实。对于这顿晚餐他什么也没说。几分钟后他请求大家的原谅，然后便起身离开这间屋子并再没返回。

穆罕默德仍旧留在桌前，他沮丧地叹了口气，摇了摇头，手指来回地敲打着桌面。“所以这就是我为这顿该死的晚餐所付出的一切辛劳的回应，”他总结道。

书房是苏丹王视为神圣的地方，屋里不仅安静还弥漫着特殊的香气，它豪华的装潢也是经过一番精心设计的，就连格拉纳达的王座也无法与之媲美。沿墙摆放的书架上整齐地摆放着按照字母顺序排列的将近五千本手写书籍，这些书籍的牛皮书脊上印有他名字首字母的烫金字体。在这里你可以找到所有关于穆斯林的知识。

苏丹王从书架上取出了一本书，然后走到了阳台上。他在那里一动不动地站了很久，一直遥望着天际。这天夜晚很温暖，月亮金黄得如同橙子般，慢悠悠地爬上了山顶。

第二天，穆罕默德为他准备了烤牛排和煮萝卜。苏丹王摇了摇头，嫌恶地把盘子推开了，从桌子边站起来，既没有对这顿饭作出评论，也没有说谢谢便直奔去了书房。显然穆罕默德也意料到了他父亲的这种反应，但他还是感到了深深的打击。虽然他清楚地知道苏丹王不喜欢他，但是他并没有说一句无礼、非难或反对的话。

如同第一天晚上，他的父亲之所以在第二天晚上也没有询问他为什么要挑选这些菜肴的原因其实很简单。苏丹王很明白穆罕默德完全是在仓促之下准备这两顿晚宴,对此他完全没放在心上。苏丹王一生看尽世事，他知道只有少数人才能拥有出色的创造力与思想，而穆罕默德绝不是其中一个。所以对他的这个儿子，苏丹王并无期许。

国王的小儿子——二十一岁的纳西尔——也觉得他父亲的这个要求有点儿奇怪。这并不是因为他觉得这项工作很繁琐，而是他长这么大，从来没亲自准备任何食物或酒水。所以对于该上些什么菜或者如何让一桌人享受晚餐这种事毫无头绪。但是他内心却充满了欢乐，因为他知道父亲永远是正确的。儿子不应该怀疑父亲所提出的任何请求或表达的任何观点。

纳西尔将自己关在房间了待了三天，在此期间，他研究了各种书籍并努力思考着。然后他找来了母亲向她寻求帮助。

“让我向你透露一些重要的信息，”她这么说道，“因为我是个天主教徒，所以我不太了解你父亲的信仰。但是最近，虽然不经常，大概也就三四次吧，我突然地就听他念起了一些《可兰经》的句子。可能它们正是你所需要的：

“幸运就是那些在祈祷中虔诚，对谣言厌恶的正义之士。”

“‘谣言。’”纳西尔若有所思地重复着这个词。突然他想到了一个主意。

第一天晚上，纳西尔呈上了一片烤舌。除此之外盘子里没有其他的东西。

穆罕默德二世看着盘里的食物，困惑不解。

“纳西尔，可以请你向我解释一下这是什么吗？”他说。

“这是一个舌头，父亲，一道佳肴，”小儿子回答道，“您让我献上世界上最美味的食物。于是我便大胆向您呈上了这只舌头。因为我认为舌头是我们最好的身体部位。舌头可以吐出优美的语言；它可以说出真相，让我们念诵《可兰经》。正义的话语让人们充满力量与信心。舌头是和谐、善意与公正的载体。它可以让格拉纳达的人民更加紧密地团结在一起。”

纳西尔的话让苏丹王印象深刻。他闻了闻面前的这道佳肴，发现它的香味竟让他产生了晕眩的感觉。他如孩童尝鲜般慢慢咀嚼着一小块舌头，细细地品味后才缓缓地吞了下去，并发出了一声满足的叹息。这时太阳下山了，夜晚的寒意侵入屋内。这对父子在餐桌前交流了几个小时。这还是他们第一次在一起待这么长时间。到了午夜，苏丹王感谢纳西尔的款待并若有感触地将他拥入怀抱。

第二天，每过一分钟苏丹王便对纳西尔的第二顿晚餐好奇一分。那天晚上他大步流星地来到餐桌前，却发现盘子里还是跟昨晚一样的菜肴。苏丹王感到很意外。那一刻他觉得可能是什么地方搞错了。纳西尔神秘地笑了笑，随即便优雅地邀请他的父亲坐到桌前。在进餐前，苏丹王向纳西尔表达了自己的疑惑。

“父亲，你命令哥哥和我找到世上最糟糕的食物。”纳西尔回答说，

“于是今天晚上我便冒昧将这道菜呈了上来。我认为舌头是人类最讨厌的敌人。舌头可以说出愤怒与憎恨的言语，这些话会伤一个人的心，摧毁一个人的希望。舌头会传播谎言和恶性的谣言。它比其他武器更加强大，因为它可以扰乱民心，为格拉纳达的人民带来伤害。”

纳西尔的话又一次深深触动了苏丹王。跟昨晚一模一样的步骤，苏丹王闻了闻面前的佳肴，接着如孩童般开心地品尝起这道菜，而且尤为注意它的味道，最后他才伴着一声满足的叹息将其缓缓咽了下去。

这时太阳下山了。夜晚的寒气侵入屋内。这对父子在桌前坐了很长时间，他们从诗文谈到了《可兰经》。苏丹王从未像那天晚上一样跟一个人如此敞开心扉。他说了世界是如何一次产生的，他说他一生所经历过的很多事情都是年轻时想都不敢想的。他还说年少时他希望的很多会发生在人生巅峰时期的事情，现在都已经想不起来了。然后他哀伤地说道人心太深，知者甚少。纳西尔聚精会神地听父亲说话，苏丹王发现他这个最小的儿子的卓越与博学，不过是被他天生的谦卑掩盖住了而已。

决定

那天午夜，苏丹王在书房里来回走动着，大声地自言自语道：“纳西尔身上没有年轻人的愚蠢。他冷静、热心，有些沉默寡言，但并不冷漠——而且恰恰相反，他总是那么亲切。他的脾性与穆罕默德的完全不同。穆罕默德看上去完全是一副蔑视众生的样子。在他还是孩子的时候便憎恨着法拉吉。他野心勃勃，好战心太过旺盛，不只缺乏克制，脾气还喜怒无常。纳西尔跟他截然相反；他冷静而且有礼，接受人们最真实的样子。而且他生性谦恭，对王位等级毫无兴趣。”

苏丹王决定，“纳西尔有智慧有判断力，他才是继承王位，处理格拉纳达国务的最佳人选”。

穆罕默德二世并不打算直接宣布他的决定。他认为最明智的选择就是先按兵不动，等到时机成熟了，惩戒之神自然会挥动他的利剑。对于这样的结果他感到很满意。于是上床后他便直接进入了梦乡。

几个月后一天夜晚，和娜吉玛躺在床上的穆罕默德不是滋味地抱怨起了他的父亲。“难道我没有尽忠尽职，保护好格拉纳达的利益吗？难道我没照顾好我的父亲？可是每次他的回应就好像是在告诉我，我是一个残忍而愚蠢的人，如果有一天让我来统治格拉纳达，我一定会鞭笞周围所有的人。他跟我说巴格达糟糕的管理现状，还不是想让我跟他蔑视的那些糟糕的管理者做一比较，希望我能明白我跟他们是一个德行。但我不会这么做的！即使他再三地让我去做，我也根本不想这么做。”

穆罕默德的右手伸进了娜吉玛的外衣中，开始抚摸她的皮肤、手臂与肩膀。不过一会儿他便兴奋了起来，下身也有了感觉。娜吉玛在他的抚摸下一开始有些僵硬，随后便和他一起滚到了床上。不经意间露出的雪白大腿让穆罕默德更加饥渴难耐了。而娜吉玛出乎意料的微微抗拒反而更刺激了他的性欲，此刻他早已欲火难平。他呼吸粗重，兴奋得几欲晕眩。他脱掉了裤子开始摆弄起他的兄弟。

“上帝啊，娜吉玛，你简直让我疯狂。你佯装的纯洁是一味醉人的香剂，反而更提升了你的魅力，让我感到更兴奋。”

随后穆罕默德便像野兽般迅速地趴到了娜吉玛身上，撕掉了她的衣服，拨开了她的双腿，进入了她的身体。他的性欲太过旺盛，竟然连续四次高潮之后才停了下来。然后他才从娜吉玛的身上移开躺到了一边。他转头看向她，面带疑惑，精液还在从他的下身流着。

“我是一个残忍而愚蠢的人吗？我是吗？我会鞭笞我周围所有的人？”

娜吉玛摇了摇头，但却没说话。突然一种奇怪的感觉爬上了穆罕默德的心头。他突然觉得很不高兴，这种不高兴马上便转化成了愤怒与自怜。

“每天我都卑躬屈膝地听我父亲叨叨不休地说着权利的虚荣与节欲的快乐。我从不反对他说使用暴力是情绪不良、情绪失控的征兆，但我很确信他想看到他最爱的纳西尔登上王位。我必须不惜一切代价阻止这件事发生。我该怎么做，娜吉玛？帮帮我！”

“你必须证明你是一个强大的人，一个有行动力的人，你能清除你父亲给你设置的任何障碍。让他们看看没有什么能阻止你达到目的。”她充满挑衅地看着他说道。

“你想从我这里得到什么？你的野心让我害怕，娜吉玛。你到底想引导我做些什么？一切都太疯狂了。你知道我不可能杀掉自己的父亲。”

“有多少人在你之前就已经达到了这个目的？”

“我算什么能和我的父亲对抗？他是最高者，是被阿拉和万能的主承认的人。这个办法简直是胡扯！”

“别想了，只管去做吧。世上没有回头路。一个杀掉自己哥哥的人就永远无法回头了。你的父亲，我们的苏丹王已经趋渐衰老和腐朽了。他注定是要腐烂枯萎的人。格拉纳达正经历着危机，它需要的是一个强大、坚定而严厉的男人。人们正在渴求的不是创造和宽容，而是一个充满精力的人前来斥责他们，使他们得以心灵纯净。现在一切已清楚地呈现在了我的眼前。”

“娜吉玛，你的胡言乱语让我快疯了。我很混乱，很担心。也许这就是我心里仅存的一丝软弱在作祟。我不可能砍下我父亲的头颅……”

“你不能听信你那颗良心的无聊诡辩！你不用亲手结果你父亲。你可以让犹太人去做。让恰伊姆·埃斯皮诺莎成为你的替罪羊，让他心甘情愿为你做事。告诉他日后你会让他成为你的私人医师，然后他就会毒死苏丹王。”

“要是他拒绝呢？你知道他有多敬重我的父王。”

“你只要让他明白，如果继续让年迈的苏丹王统治格拉纳达的话，就等于置所有人于不义。别让那个犹太人有思考的机会，向他施压，告诉他若是不帮助你，就是与你作对。告诉他你是他的朋友不是他的敌人，他对苏丹王可笑的感激不能作为他拒绝的理由。现在就是选择阵营的时候，做决定，表明他自己的立场！如果他还是不愿意，就以他的家人作威胁。这是他的软肋。人们说他在这世上最看重他的儿子，而他的妻子又怀了另一个孩子。”

穆罕默德陷入了沉默，脸上露出了倦容。娜吉玛从床上走了下去，为他端来面包和水。一会儿的踌躇之后他接受了她的建议。他掰开面包，连着水一起吞下。

罪行与惩罚

黎巴嫩作家菲利普·库里·黑帝斯所著的《阿拉伯人之史》堪称经典。这是叔祖父告诉我们的。在这本书中，作者从毋庸置疑的资料中收集到了大量而丰富的细节，向我们生动地展示了阿拉伯史学家记录的某些历史事件。

黑帝斯写道：

苏丹王穆罕默德二世·伊本·纳斯瑞德死于1302年4月8日。在他用完午餐后，他的儿子穆罕默德家中的奴仆为其送来了一份甜点。这个礼物让他喜出望外，于是他有滋有味地开始品尝起来。当天下午，他在清真寺里祷告时突然腹部刺痛。疼痛越来越强烈，很快他便窒息死亡了。那天晚上他便被葬在了阿尔罕布拉宫的花园里，此前他的儿子已正式被宣布成为苏丹王穆罕默德三世。

当恰伊姆得知苏丹王驾崩的消息后，整个人沮丧不已，内心充满了难过与愧疚。

“没人能帮助我，”他喃喃地自言自语道，“腐烂之物已经深入我的皮肤。我厌恶我自己。我背叛了我的恩人。我是个恶徒，我死得其所。”

他的妻子丽贝卡看见了恰伊姆眼中的慌乱，也听到了他的哀悼。但她不知道这是因为什么。恰伊姆飞快但却支支吾吾地向她解释着，其间因为太过慌乱还差点咬掉了舌头。过了很长时间后，丽贝卡才抓到了苏丹王已经去世的事实，而正是她的丈夫制作了那份杀死苏丹王的毒药。她惊慌得无以复加。

“你怎么能做出如此丧心病狂的事情？你怎么能和穆罕默德狼狈为奸呢？你怎么能让自己被他诱惑呢？苏丹王可是你的恩人和保护者呀，他把你当成朋友一样对待。你知道你自己都做了什么吗？”

“我轻信于人的个性害了我，才导致了这场惨剧。相信我，亲爱的，穆罕默德答应会让我成为他的私人医师的。”恰伊姆回应道。

“即使他将宫廷医师的职位委任于你，你也永远不能心安理得地活着了。你将会永远带着这个记忆活下去，永远也摆脱不了这个梦魇。而且，既然你能够背叛对你这么好的苏丹王，那么穆罕默德不用多想也知道你是不可靠的。他一定觉得你将来也会对他做同样的事情。”

“穆罕默德的阴谋让我惶恐不已。但是他威胁说如果我不乖乖合作，后果将不堪设想。”

“你对后果的恐惧现在已经造成了难以挽回的灾难。你难道不知道你的背叛会引来什么吗？”

那天晚上恰伊姆一夜无眠，想到接下来可能会发生的事情他便忐忑不安，难以平静。几个小时过去了，他出了一身冷汗，心脏还在扑通直跳，突然从屋外传来了一阵耳语。这些不绝的话语带着它们的嘲笑、鄙夷和诅咒穿过了恰伊姆的耳朵。他产生幻觉了吗？“不，”他跟自己说，“这些难以平息的、可怕的声音是魔鬼的声音，它们想看到我腐烂于地下。”

痛苦一直持续到天明。四名士兵闯进他的屋子，命令他穿好衣服，然后便什么也没说就将他押往王宫的囚牢，但恰伊姆却感到一阵轻松。他看了看周围，想到接下来的事情还是不禁战栗了一下。他没有反抗，只是安静地诵念着犹太祷文，任由士兵们将他压到板凳上绑好——他知道这就是背叛的下场。一位强壮的施刑者将他的嘴巴打开，用一把滚烫的红焰焰的匕首割掉了他的舌头。痛虽剧烈但也很短暂，因为恰伊姆几乎立刻就昏死了过去。

当他恢复意识后，视线还很模糊，除了墙壁上倒映着的忽闪忽闪的火光外他什么也看不见。他躺在地上，半赤裸状，周身是半干的血迹。他的手脚被强韧的绳子紧紧地绑住了。他慢慢地恢复了感觉，然后渐渐发现自己全身都是鲜血。旁边的人都在鄙视地盯着他看。他身边站着穆罕默德和她的母亲——苏丹王的遗孀。他们两个人的眼中充满了愤怒。

尽管恰伊姆全身无力且遭受着难忍的疼痛，但他的毅力还足以支撑他解释整件事。可是突然一阵剧烈的咳嗽使他的身体为之震颤。他吐出了鲜血。地牢里的人表情似乎更僵硬了。施刑者走上前将他的头拽着直到他停止咳嗽。恰伊姆大口地呼吸着，满眼泪水。他的嘴唇不停地颤抖。所有的目光都集中到了他的嘴巴上。不管他怎么试，还是一句话说不出来。突然他意识到了自己的境况有多悲惨，他使尽全力说话也不过是徒劳罢了。他永远也不可能说出事情的真相。

在不远处，猎犬正在吠叫。“不好的预兆。”恰伊姆想。

"一个忍心背叛自己的恩人与导师的人，对于一个堕落至此的人来说，死就是唯一的惩罚。尽管你是格拉纳达最愚蠢的东西，我还是会对你心怀怜惜，因为我是一个好心肠的苏丹王。所以我不会让你感受到死的恐怖与折磨。"穆罕默德说道。

语毕，他就将手中的匕首迅速地插进了恰伊姆的胸前。他的手伸进恰伊姆的胸口，找到了心脏的位置，毫不留情地将它掏了出来，然后将这颗仍在跳动的心脏丢给了身旁的恶犬。

无情的真相

恰伊姆背叛的惨剧对童年的我来说比什么都要可怕。有时当我想到他便会感到悲伤，开始哮喘不止，甚至无法入睡；因为到了夜晚我就会被恐怖的画面折磨不休。对我来说，流泪整晚直到天亮是很不寻常的事。想到那个故事而产生的悲伤与折磨，让我整日整夜不得安稳。没有人能安慰或说服我。一想到自己的血脉里流淌着背叛者的血液，我便无法忍受。

叔祖父是我们获取家族历史的来源。通过他的声音我感到命运在耳边低语说，我生来便是背信弃义的小人。叔祖父总不停地跟萨沙和我说，大鼻子是斯宾诺莎家族的标志，每一代都会有一个人遗传到这样的鼻子。长着一只大鼻子的孩子生来就是上天的宠儿，不论做什么都能成功。这个鼻子给它的主人带来了好运，但奇怪的是这些人的下场全都很悲惨。与此同时，不诚实的特性也在斯宾诺莎家族的血脉里遗传着，这仿佛是自然某种神秘的平衡力量。每一代都会有一个人生来便喜欢撒谎。那些无法说出事实的孩子们都是孤独的，因为他们总能让每个人失望，而且做什么事都会失败。他们永远只能说谎的性格就像诅咒一样依附在他们身上。

叔祖父从来没对此做过多的说明，但我们全都知道。每个长眼睛的人都能看见，纸是包不住火的，真相永远都无法被隐藏。我的双胞胎弟弟萨沙就长着一只巨大的鼻子。

棋局

苏丹王死后不到二十四小时，穆罕默德内心一阵阵狂喜。他非常兴奋，自己终于要成为格拉纳达的统治者了，他也觉得自己正是这个位子最合适的人选。他知道人们都很怕他，但是他们必须要尽力满足他的愿望，虔诚地去履行他提出的任何要求，想到这些他就更加开心了。他拥着娜吉玛坐在王位上，脚下都是他父亲的老臣子，他突然有股想要展现权力的强烈冲动。他最不想发生的就是让皇宫的人去怀疑苏丹王的猝死。他让两名侍卫接来了丽贝卡——刚刚处死的犹太医师的妻子，按他的话讲这是为了证明正义已经得以伸张了。其实他是想要将苏丹王猝死的责任推到她身上。

穆罕默德不知道丽贝卡的个性，即使他已经见过她，但还是会再次被她美丽的脸庞打动。但是现在她像完全变了一个人似的，瘦弱了，脸色也比从前苍白了很多，她失去了往日的动人美丽。正当他准备向其询问为何如此面圣时，丽贝卡隆起的肚子让他惊慌了一下；他忘了她还怀着一个孩子。屋内顿时陷入了令人不悦的安静中。穆罕默德静静地观察了丽贝卡好久。她悲伤的眼神与绝望的肃穆让他尤为注意。

丽贝卡先打破了沉默。她在王宫深处看到了一张桌子，桌子上摆着一张棋盘，上面已经摆好了大理石质的棋子，随时都能博弈一局。她想到了一个主意。她知道过世的苏丹王对博弈极为热爱，也知道这项运动已经席卷了整个宫廷。为了拯救自己的生命，她决定与穆罕默德下一局棋。

"高贵而可敬的苏丹王啊，"她说，"如果我输了，我愿意放弃我儿摩西和我肚子里的婴孩的生命。但如果我侥幸赢了，我希望您，伟大的王，可以饶我们不死，并允许我们回到科尔多瓦，与我的父亲重逢。"

丽贝卡此时的勇气即使在男子中也很少见。她大胆的提议让穆罕默德心神慌乱了，尤其是他很确定格拉纳达没有一个人女人知道怎样下棋。他清楚即使接受丽贝卡的挑战自己也不会损失什么，因为除了已故的父王，还没有人能在棋局上赢过他。即便如此，他还是思考了良久。他看向娜吉玛，仿佛在问她：你觉得如何？但她也如他一般目瞪口呆，实在没有什么建议。

穆罕默德脸上露出了满意的微笑。他两眼放光，决定接受丽贝卡的建议。

穆罕默德下棋时聚精会神——当然，他选择了白子——他一开始便采取了先发制人的走法，这是他从他父亲那学来的。丽贝卡的应对并没什么效果。很快他便让她陷入了窘境，吃掉了她的两个士兵和一名骑士。

在现场惊诧地目睹着这场棋局的大臣们确信赢家将会是穆罕默德。丽贝卡走了一着明显毫无意义的棋，旁观者发出了嘲笑的声音。穆罕默德胸有成竹地说道："胜利已经临近了。"但突然他发现丽贝卡的下一步棋扭转了整盘战局，事实上她给他设置了一种复杂的陷阱。

穆罕默德意识到他一直以来倚靠的运气就在刚刚遗弃了他。他没有识破丽贝卡这几步棋背后的计谋与复杂的逻辑。现在他才能看到自己不到两步便会败北。认识到了这一事实，为了不让这场游戏以荒诞收场，他终止了棋局。穆罕默德困窘地喃喃道："这是一场最高水平的博弈，而我已经离胜利不远了。但可惜我没有时间再玩下去了。格拉纳达需要一个强大的苏丹王，一个充满行动力的人，我有很多国事要去处理。我是个好心肠的统治者，所以从此刻开始我赦免你的罪行，丽贝卡。你只有两个小时的时间离开这座城市。

关于象棋的两个故事

叔祖父还小的时候便为棋盘的无限可能着迷。他的一个邻居教会了他下棋。这个邻居是附近犹太食品店的屠夫，他时常会向穷人家的孩子施舍几块鲜美多汁的牛肉。萨沙和我不知道他叫什么，我们只知道他独自一人生活，因为妻子早死，他也没有孩子。有一年冬天，他觉得自己的老毛病又开始犯了，他的背部开始作痛，而且越来越严重。最终医生的诊断让他哑口无言：他的骨头里长了癌细胞。这个屠夫只能待在家里，大多数时候连床都下不了。他很快便被病魔折磨得骨瘦如柴了。他深陷的眼窝让他看上去像只眼镜蛇。但他从来不自哀自怜，也不向人倾诉。他每天都将时间花在教孩子下棋这件事上，所有的孩子都不超过十岁。费尔南多很快便展露了自己下棋的天赋。不久，春天来了，百花齐放，阳光倾泻。一天下午，一辆灵车停到这栋房子前。孩子们在抽泣，他们很喜欢这位屠夫。一旦他不在了，就没有人愿意下棋了。

叔祖父跟我们说了许多关于象棋的奇妙故事。他每次都会说一些顶级棋士之间的历史性博弈，而且每一步棋招他都不会落下，仿佛是向我们传递着什么似的。他热爱象棋。这个游戏可以说拯救了他的生活。

这件事发生在二战之前第一个德国集中营达豪，它就设在慕尼黑城外，专门用来关押犹太人、同性恋者和所谓的政治犯与玩忽职守者。

那是一个寒冷的冬天。一天晚上两名曾在罗斯托克活跃非凡的码头工人决定逃离集中营。他们打碎了一条狭窄走廊的电灯，在黑暗的掩护下打晕了两名侍卫，徒手将他们掐死并脱下了他们的制服穿在了自己身上。接着他们便装着若无其事的样子走出了达豪集中营的大门。

只有很少的囚犯曾试着从那间集中营里逃脱。所有人都曾有过这样的念头，他们知道逃出这里对他们来说意味着什么，但是达豪并不是一个轻轻松松便能逃离的地方。大多数囚犯的越狱都是精神上的，即在自己的梦里自由地驰骋。

营房里一则流言在人们之间偷偷地传播着，说有两个人杀掉了万恶的守卫重获了自由。这些营养不良的、衣衫褴褛的囚犯都开始兴奋了起来，这件事出乎了他们的意料。许多人都说那两名侍卫死有应得。有些人心里也打起了逃狱的小算盘。

一整晚，营地的士兵都在搜索这两个逃犯。到了黎明，训练有素的侦探猎犬闻到了这两个码头工人的气味，他们在达豪南边的十五英里处。当营地司令奥博弗赫尔·汉斯·洛里兹接到报告说这两名逃犯已经冻死街头时他大发雷霆，因为他下过严令一定要活捉这两个人。洛里兹对此很失望，因为他不能享受亲手将这两个人折磨致死的快感了。他原本打算将他们的尸首放到椅子上，摆到练兵场，让所有人欣赏，还要在他们身上写上几个大字：能回来真好。沮丧的营地司令歇斯底里地咆哮道，要立即枪毙十名囚犯，以祭牺牲的两名侍卫的在天之灵。

两名武装的士兵闯进了叔祖父那间拥挤的营房。在令人屏息的沉默之后，其中一名士兵指向了躺在床上的费尔南多。“你，起来。现在！立正！”其中一个士兵吼道，“我们要带你出去接受枪毙”。

叔祖父紧张极了，他知道自己生命的最后一刻已经不远了。士兵继续往营房深处走去，想要找出另外几个倒霉蛋。费尔南多在床上躺了一会儿，因恐惧而蜷缩着身子一动也动不了。当士兵看不到他们时，他邻铺的阿伦·瑞赫兹在他耳边低语了些什么。费尔南多知道这个老裁缝先生来自维也纳，在那里他们曾同住过一间房子。在达豪的时候他们经常用干面包做成的棋子来下棋消磨时光。

“尊敬的夏夫先生，你的棋艺总是技高我一筹。现在麻烦你帮我一个忙，这个忙对我来说意义重大。让我来代替你成为今天的幸运儿吧。”

叔祖父听到这惊诧万分，他不知道如何回答。阿伦·瑞赫兹走下床转身说道：“谢谢您的慷慨，夏夫先生。我还想请你再帮我一个忙。将来有一天请你一定要代替我去喝一杯萨赫的咖啡，吃一块那里最著名的蛋糕。”

老裁缝站到了门口。半分钟之后士兵押着他和其他的囚犯走向了营房外的练兵场。

一些囚犯，包括我的叔祖父，小心地趴到了窗口边侧耳倾听着，想弄清楚外面到底会发生什么。四个武装侍卫就站在十或十五英尺外，他们的胡须上结满了冰霜，呼出的都是一片片白雾。囚犯们甚至能听到士兵们正彼此抱怨着这严寒的天气。突然一阵笑声打破了安静，裁缝先生阿伦·瑞赫兹正开心地笑弯了腰。

“你有毛病？犹太人，”一名士兵尖叫道，“你笑什么？有什么好笑的？你就要死了，蠢蛋！”

“事实上，我正在笑你，士兵，”这位老犹太人提高了嗓音，这样整个广场上的人都能听见他的话了，“现在发生的这一切都太搞笑了。再过几分钟我就不用再忍受这种严寒了。但是你们还是得在这里待上一个早上，冻得瑟瑟发抖。看吧，谁才是蠢蛋呀——”

下一秒，操场上冰冷的静谧便被三声枪响打破了。

血脉相承的好运

当丽贝卡到了科尔多瓦之后，她父亲好奇地问是什么让她想起来和苏丹王下棋的，她的答案很简单。

“不是什么，亲爱的父亲，是谁才对。是一位天使。他把持着我的手在棋盘上移动。”

不久之后，丽贝卡因难产而死，将仅两岁的摩西交由了拉比奥拉布纳来照顾。

在里斯本居住的聪明的埃斯皮诺莎家族里的宫廷医师对草药植物了解甚广，却唯独对外面的世界一无所知。他们一心只想着满足国王的要求，积极地固守着自己百年的传统以求取悦他们的神灵。他们从来就注意不到新的观念，也从不会被时代滋生的五花八门的新思想所影响。几个世纪以来他们一直就是这么生活的。当犹太神秘主义者充满干劲地在探寻宇宙奥秘与创造美丽和深度之歌的道路上行进时，他们却还如井底之蛙般过着相对原始的生活，对身边或即将来临的事情漠不关心，如同一群困在自己狭窄眼界中的囚徒。

相反，拉比奥拉布纳却是一个聪慧的人，他支持博学多才的人，道德观强烈。他一生都在尝试挖掘犹太教义、天主教义与柏拉图哲学的共通点，因为他想了解是什么在拨弄尘世之人脆弱的命运，而且它甚至能影响到永恒的天体生命。

拉比奥拉布纳为摩西打开了眼界，他不断地帮助其开发自身的理性思维。他鼓励摩西放弃踌躇，大胆假设。最重要的是，他让摩西心中永远铭记住了三条基本原则。

拉比奥拉布纳说的这三条基本真理一直在叔祖父嘴里念叨着，所以我能将它们倒背如流。但即使如此，我不得不说自从我第一次听到这三条真理后过了三十年，我才算体会到这些语句中的智慧。在此之前，我并不觉得它们跟我们的生活有何联系。

Ⅰ：每天的生活以反省开始，以不变结束。

Ⅱ：与当下流传的观点与我们的社会传统相比，真理与事实的含义总是要深刻得多。

Ⅲ：只有傻瓜才不会怀疑，才会对自己的信仰生死不移。

双重损失

我到底做了什么才惹怒了天神？当恰伊姆在格拉纳达因谋杀苏丹王的罪名被处刑的消息传到伊斯雷尔耳中时，这便是他脑中闪过的第一个想法。阴影笼罩在了这个年老的皇家医师的额头上，他跪到了地上，嘴唇因痛苦扭曲了，眼泪因伤心流满了他满布胡须的脸颊。他放任自己发泄痛苦，大声且持续地哀嚎着，随后便昏厥了过去。

对伊斯雷尔来说什么才是最痛苦的？

萨沙和我一直没有得到我们想要的答案。叔祖父带着意味深长的笑容深深地叹了口气，但他仍是没有回答我们，一次也没有。即使到了现在，我也不知道什么更让伊斯雷尔感到悲痛，是失去了儿子还是他——一个一生都坚信着生命的意义便是服务君王的人，却在垂暮之年发现自己失去了上帝的眷顾？

当伊斯雷尔好不容易从这个打击中恢复过来，稍许冷静下来后，他便上楼想去看看自己唯一没有婚嫁的女儿利亚。利亚这么多年仍然住在父母家那间狭窄的阁楼里面。自恰伊姆出世的那一天起，她就没和任何人说过话。伊斯雷尔甚至都记不起最后一次见她是什么时候了。她站在他面前，衣衫破烂、蓬头垢面的样子让伊斯雷尔觉得异常陌生。他看着自己的女儿，可她立刻便转移了视线。他发现她现在虽已是半老徐娘却从来没有过真正的生活，她浑身散发着一股凋谢残花的气味。直到此刻他才意识到，将利亚隔离起来的行为是他反应过度了，就因为一个已经应验的预言，他竟然任她的面容在自己的记忆里枯萎，与其形同陌路。

泛滥的内疚感让伊斯雷尔低下了头，他告诉利亚自己是来请求原谅的。她一直都是正确的：恰伊姆会为埃斯皮诺莎家族蒙羞。接着他用几乎听不到的声音说，他的儿子已经死了。他的眼眶充满了泪水。内心突然又涌出了一种痛苦，因为他意识到埃斯皮诺莎的血脉已后继无人了。

三十年来利亚第一次开口说话了。她说自己曾发誓此生再不会将预言透露给父亲，但是现在她必须要告诉他：家族的血脉并没有断，恰伊姆还有一个儿子。

伊斯雷尔的血液顿时降到了冰点，但这一次他还是不相信利亚。他的面容因绝望和愤怒而扭曲了。他假装没听到利亚的话。

在连续打击的悲伤中，伊斯雷尔变得郁郁不振、脸色憔悴、面容泛黄，他独自一人在书房里呆了好几个星期，陪伴他的只有成堆的药草学手稿，以及摩西五经的研究笔记。他倾听着狂风刮过树顶的呼啸声以及夜空中繁星的低吟浅唱。他在懊悔中度过了无数个失眠的夜晚。当第二天到来时，他便会沙哑地向造物主祈祷，希望自己不会再遭受更多的痛苦。

几个星期后，伊斯雷尔收到了拉比奥拉布纳的来信。信中说因为摩西的双亲都已过世，所以现在由拉比和他的妻子在照看他。这封信无疑证明了利亚的预言。

这则消息给悲痛的伊斯雷尔带来了稍许的安慰，但同时他却更加感到了自己的无能。他要将雷蒙多药草的秘密传给谁？他的后代只有十二个女儿，所以他就不得不把这个永生的秘密告诉他的孙子摩西。可是他要怎么防止外人窃取到这个秘密呢？毕竟这个孩子只有两岁，还住在遥远的科尔多瓦。

一天下午，伊斯雷尔不小心撞到了桌子。这时一本书从书堆顶上掉到了地板上，发出了很大的声响。是《创造之书》，这本书的历史起码有几百年之久了，讲述的是上帝开创世界的事情。伊斯雷尔将书捡了起来，用忏悔的心情吻了吻它，为将这本圣书掉在了肮脏的地面上致歉。他随手翻开了书页，无意间看到了一句话：

那时我雕凿、铸型、组合了二十二种基本元素，并将它们来回比量、交换。我用它们创造了所有的生命，未来所有的生命都会由它们组成。

他将这句话读了好几遍，视线总是停留在“交换”这个词语上。突然他想到了一个主意。

接下来的几天，这位宫廷医师苦心研制出了一种密码。完成后，他用这套密码将长生不老之药的药方转成了密语，并将其与一份简短的家族史摘要，放到了一个由香雪松信手雕刻的小木盒里，然后将它小心地封了起来。随之他附上了一封信，请求拉比奥拉布纳将这个木盒放到一个安全的地方保存好，待到摩西成人之后再将它亲手交给他。

那天晚上，伊斯雷尔睡得很晚。屋内突然被一种不同寻常的静谧笼罩了起来。黑夜显得特别的浓重而神秘。他突然觉得很不舒服，他感到某些奇怪而糟糕的事即将要发生了。很长时间后他才睡着了，但很快便又被惊醒了。在无尽寂寥的黑夜中心，他仿佛听到了一个声音。渐渐地，这个声音越发清楚，引起了他的警觉。有什么人正在黑暗里拨弄他的书籍。他忽地站了起来，想要大叫一声，但恐惧让他无法发声。他突然觉得有人爬上了他的床。他马上就意识到了，这个不速之客就是死神，他在寂静的午夜来接他离开了。

母爱

叔祖父每每说到丽贝卡的时候，总会显得有点儿神秘莫测，在他眼里，丽贝卡不仅是尘世的一枚女子，更是一个天使。那个时候我不害怕神秘的东西，矛盾的故事也不会引起我的警觉；当叔祖父来家里做客时，我们期待的往往都是难以解释的、出人意料的故事。萨沙和我那个时候才十三岁，而叔祖父已经七十五岁了。尽管今天我也不能妄自说，我完全了解费尔南多这个人，或是清楚他心里到底在想什么，但是我知道丽贝卡悲哀的命运的确深深地触动了他的心。大多数时间他都是笑容满面，无忧无虑的。但一旦他想起那个十四世纪的格拉纳达女子，他内心的阴暗面便会浮现出来。他的眼睛充满了泪水，仿佛是向我们强调，这个女人应该得到我们的同情，他说："上天为丽贝卡下达的审判，比穆罕默德为作为下毒者恰伊姆妻子的她准备的惩罚还要严厉。"

叔祖父说这句话的时候，是在可怜丽贝卡一直没有机会抚养她的儿子。她刚回到科尔多瓦没多久便死于难产。但她敢于反抗命运，即使死之后也没有离开过摩西一秒。他总能感到她的陪伴，感受她温柔的目光，听到她的声音，闻到她的芳香。即便是他闭上了眼睛，她也在那里——当然只是在他的精神中，融入他的生活里。丽贝卡亲吻着摩西，将他拥入怀抱，将信念传输给他，在他耳边低吟着智慧的语言，她的爱意在摩西头上盘旋，保护他不受危险。

摩西到了十三岁后参加了自己的受戒仪式——通过仪式后犹太男

孩便算成年了。丽贝卡在仪式的前一天晚上去看望摩西。摩西能够很清楚地察觉到母亲的来临，听出她的声音。她说她想跟他说点儿事情。她并不是那个打败了新苏丹王穆罕默德二世，将他救出来的人，是一个天使降临到了她身边，帮助她赢得了那场棋局。天使走棋时参照的是发祥于远古时代的复杂招式系统。可以说，这些招式都是基于万物共享的宇宙规则而形成的，它符合广袤宇宙里星云银河的和谐比例。这些招式蕴含了一把钥匙，有了它，世界最深层的秘密就能被解开。

丽贝卡承诺，有一天她会把这个复杂的系统告诉摩西。语毕，她的声音慢慢消散。摩西向前倾了倾身子，焦急地想去捕捉点儿什么，但却什么也听不见。房间里顿时陷入安静，男孩仿佛能听到遥远夜空中星星的低吟浅唱。

拯救犹太人的非凡男孩

我的老祖先摩西·埃斯皮诺莎，人们都称他“卡巴拉的教徒”。关于他，我最想说的故事发生在1313年科尔多瓦举行的逾越节上。

那个时候，摩西还是个刚满十三岁的年轻男孩，但有时候他感觉自己仿佛像个百岁老头一样。他住在自己的外祖父母家里，整个童年都是在祖母的亲吻与怀抱里度过的。他的祖父拉比亚伯拉罕·奥拉布纳不仅学识渊博，而且信仰虔诚，因此受到了万人敬仰：他从来不会在日落前进取任何食物或液体，他向神祈祷的频率太过频繁，以至于他每天都会出大量的汗水，甚至要一天换三次衣服——这在十四世纪那会儿还是很奢侈的事情。

摩西从外祖父那里学会了阿拉姆语、阿拉伯语、拉丁语、数学及算数。他读过各种书籍，包括宗教、哲学、地理和历史。他的脑子里充满了知识与真理。他还有过目不忘的本领，蒙着眼睛也能背出《犹太法典》和摩西五经。只要一眼他便能判断出一个人的性格。人们一张嘴摩西便能知道他要说什么。他的医术也十分高明，能治疗困扰人们的一切类型的身体疾病。他甚至不用触碰病人或施加任何咒语，单凭他的精神力量便能驱赶病魔。不管是背疼、腹痛、血管肿胀还是血液流通不畅或风湿导致的疼痛及大便出血，只要一经他手便能药到病除。

虔诚的犹太人经常来找他寻求精神指导。有时候摩西甚至想要请求他们给他留点儿私人空间；他向这些人抱歉地解释说，自己并不是真正的拉比，他只不过是一个平凡的青年，一个同样需要引导的年轻人。但还是没用，人们还是不停地敲着摩西的家门。

摩西的声名也传到了城市统治者的耳中。市长曼纽尔·曼萨内多·德尔·卡斯蒂洛派了一名卧底，去拉比家调查这个男孩是否拥有不同寻常的天赋，并回来向科尔多瓦的文武百官报告。这名卧底说，摩西既然如此熟知犹太思想和历史，那么就请他回答一下对人民来说最重要的东西是什么。一如既往地，摩西冷静地回答说，犹太人最重要的东西就是圣法，因为神的圣法是公平的，在它面前人人平等；不管出生贵贱，谁都不能凌驾于圣法之上。

卧底回来后发表了一番长篇大论，假装尽力还原真实情况。他扭曲了摩西的话，说这个男孩批评市长曼萨内多以及所有的统治阶层滥用律法。这番话引起了科尔多瓦最高成员的不满与抱怨。这场报告会一直持续到深夜。考虑到这个男孩已深得人心，有人害怕统治者爆发的强烈不满可能会惹怒犹太人。如果与犹太人闹翻的话，那么他们就会变得更难管理了。

"要处理那些认为自己掌握着真理的人是很冒险的。"年轻的海德尔格·索利斯说道，他想用此来显示自己的决心。他的目标就是取代年老的市长。"当人们觉得他们可以消灭不公，将自己所认为的真理强加于错误的教义上时，会发生什么呢？我想这种例子我们已经见过很多了。我认为我们应该先让拷问者调查出，这些犹太人为什么如此敬重这个奇迹男孩。"

委员会里一些人很赞同这个年轻人的观点。但是市长认为，将男孩交由拷问者处理无异于吵醒沉睡的狗熊，是很危险的。他认为虽然自己政务缠身，但也必须亲自去和摩西谈一谈，试探一下他的观点。

索利斯反驳道，即使这个犹太男孩只有十三岁，但若在邪恶的侵蚀与冲动的左右下，也同样能引起巨大的灾难。事实就是如此，所以委员们应当立即决定该采取何种措施处理这个男孩。经过激烈的讨论后，委员会决定暂且采纳市长的方案。

关于摩西将要被逮捕接受拷问的消息，很快便在犹太区内传开了。狭窄的街道上处处弥漫着恐惧的气氛，悲观者则认为这里将会在逾越节那天血流成河。

当摩西走进房间时，市长卡斯蒂洛正在处理公务。他从一堆文件中抬起视线匆忙扫了一眼摩西之后，便让他开始快点儿陈述自己对神与法的看法，毕竟市长有很多重要公务要处理，是很忙的。

摩西冷静地回答起来，而且滔滔不绝。他嘴里吐出来的话就像是马德雷山流下来的清泉，又如那山谷间缓缓流淌下来的水晶般清澈的泉水。市长从未见过能把话语说得这么优美的人。他从公文中抬起头，仔细地观察起面前这位奇迹男孩，人们都说他是伟大的预言者转世。

这个男孩还没有显现出任何青春期的征兆。他的脸颊光洁白净，他的上嘴唇还没有向下弯曲。他甚至比市长想象中的要更小、更矮。他身上唯一显著的东西就是他的大鼻子。但他的举止——他的确信不疑、认真的态度、坚定与信心——将他的成熟与品行表现得淋漓尽致。

摩西又重申了一遍自己的观点，他说法是万物重中之重，因为它是万能之神永恒智慧的最高表现形式。“法，”他开门见山地说道，“连接着人类，而关于信仰、传统、习俗的偏见却将我们分离。”然后他又说道，市长之所以在科尔多瓦和其邻市的犹太人中都能得到他们的尊敬与爱戴，就是因为伟大的卡斯蒂洛市长愿意用他所有的智慧来捍卫法律的地位。

市长有些受宠若惊。已经很久没有人像这样表达过对他的敬意了。他是卡斯蒂利亚的国王费迪南二世的孙子，这位摩尔英雄在1236年的时候征服了科尔多瓦。其后过了几十年，这座曾在哈里发·哈基曼的领导下变成了阿拉伯世界的中心，并建有一所拥有百万藏书量的图书馆的大都市却渐渐衰败沉寂了。面对科尔多瓦，卡斯蒂洛觉得自己的生命仿佛停滞了。年迈的他与曾经的自己早已相形见绌。以前，他脑子充满了政治抱负，可是现在他却对这些感到了厌倦。日子的单调乏味让他几乎无法忍受。唯一能让他提起精神的就是写自传。他在科尔多瓦的地位已经不如从前了。人们也不像他之前期望的那样尊敬他了，他更担心委员会里面最年轻的王公会在背后偷偷地嘲笑他。

摩西的称赞以及他微妙的世界观让市长印象深刻，卡斯蒂洛有一种醍醐灌顶的感觉。他总是觉得神父们对上帝之爱的布道很好笑，尤其是当他们对爱邻居就是要爱那些不信仰耶稣的人——比如说犹太人和穆斯林这样的训诫详细阐述时。但这种观点他无法认同，因为他觉得若是不把敌人当成敌人，那么结果是不堪设想的。所以无论怎么理解、思考这句话，卡斯蒂洛还是很难相信邻里之爱。

于是他向摩西问道："所以你们犹太人觉得律法比爱还要重要？"

男孩毫不犹豫地说道："基督徒最常念的祷文开头总是'我们在天上的父亲'，结尾总是'将我从罪恶中解放'。所以人们认为罪恶是人类的一种本性，是与生俱来的，但上帝可以将我们从中解放，只要他听到我们祈祷。总是会有某些人坚信，只要根据上帝的旨意奉行仁爱之路，他们就能自称拯救者，自以为能将我们从罪恶中释放。但结果往往是悲剧，甚至会招致更重大的罪恶，比如说死亡和痛苦。有史以来，我的人民经常受到自称能将我们从未知的罪恶中拯救出来的所谓的爱之力量的影响，我们知道那种爱会将我引向哪里。所以我们认为圣法是最重要的，因为它能指导我们如何与他人在这世上和谐相处。这也告诉我们法律是无人能够超越的。"

"但是法律不会帮助我们摆脱内心的黑暗。"卡斯蒂洛马上接道。

"我们犹太人，"摩西礼貌但坚定地说道，"不认为人类生来便是罪恶的。据塔木德经说，新生儿并没有罪恶感。可以说我们生来都是纯洁的。我们的性格在岁月中打造，受家庭、生长环境以及教育方式的影响。任何人都会犯错，都会经历罪恶感的折磨。这就是记忆之所以重要的原因。通过回忆过去，我们可以避免重犯错误。保留自己的记忆是犹太人的一种义务，这样我们彼此才能达成一致，帮助天神改善这个世界。"

卡斯蒂洛不知道自己是否完全理解了男孩的理由，但是这关于记忆的言论正说中了他的观点，他听到自己发出了几个音节以表赞同。他认为世间既然有高级的秩序，也就会有低级的秩序，但那些秩序也并不是一成不变的。有些人生来就是犹太人，身负诅咒；有些人生来就是基督徒，可以创建王国。然而人人都要尊重上帝的律法。突然，他意识到了自己原来在创世纪里一直在扮演着科尔多瓦律法守护者的角色。处理政务时他是极其满足与开心的，因为他喜欢从各种角度诚恳地、不带偏见地去看待事物。

“年轻人，”卡斯蒂洛说，“我承认我一直都认为你们犹太人是科尔多瓦的外来者。不过现在你的雄辩口才使我相信，我的这些犹太子民还是尊敬和爱戴我的，你们的确在尊重我们的律法。不管怎么说，我对你们并没有直接的敌意，为证明这一点，我在此特赐十头壮羊予你们犹太族群，你们可以根据自己的习俗对其宰杀烹饪，并在即将到来的复活节上，将此分给你们中的穷困人民，让他们也能享用这顿美食。”

叔祖父跟我们说，那之后没过多久，整个欧洲的犹太人都在传诵着这个故事——一位没有父母的犹太男孩独自一人毫无畏惧地拯救了科尔多瓦的犹太人，使他们免遭迫害。

逾越节晚宴

科尔多瓦犹太区内每年的第一次逾越节晚宴通常都是很隆重的场合。拉比奥拉布纳在太阳下山时便会和他的族民一同坐在犹太教堂里，期待着即将到来的庆祝犹太人解放的盛典。这间教堂尽管拥挤沉闷，却到处摆放了天神与天使的雕像。人们内心充满了自己特殊的憧憬。男人哼唱着圣歌，女人们低喃着祷文。为祈愿上帝恩赐自由与福祉，满怀憧憬的拉比发表了一段简洁的演讲。他赞扬了那些离世亲友们的美德，他们现在正如摩西五经里描写的那样，坐在天堂的荣誉宝座之上。拉比说话时额头上还在不断地流着汗水。摩西听着，崇敬万分。许多人都已泪流满面。那一刻在座的每个人都有一种感觉：摩西五经还原了整个世界的历史与今天。

圣会结束后，摩西和外祖父走到了教堂外的花园里，却被社区里的犹太人团团围住了。大家不停地表达着谢意——谢谢摩西保护了科尔多瓦的犹太人，谢谢拉比准备了这么振奋人心的演说。最后，这对爷孙向众人表达了歉意后便朝家走去。他们抬头看着无云的天空，还有上面那闪烁的繁星。一阵凉风吹来。心有天堂，他们灵魂便安然了。

“不管真相在哪里，”拉比说道，“不管怎样，有一件事是不会变的：

天堂是无尽而强大的。”

“祖父，要几千年我们才能看到星星的光芒，”摩西说，“那些闪烁的、跳跃着的星星其实比地球还要大。它们每一颗都有自己的星球，一个属于它们自己的世界。也许我们头上那些缥缈的痕迹其实是上百万天体旋转的痕迹。想想吧，祖父！如果有人能探索到外太空的奥秘，如果有人能够精确地预测出阴晴圆缺，计算出每一颗彗星出现的时间，那有多棒呀。”

“能够读懂圣经的人，尤其是其中的预言部分，他便能找到一切问题的答案。”拉比一边说一边用手捂紧了胸口。

摩西没注意到祖父突然的呼吸不畅。他的眼睛此刻闪烁着如同珠宝一样的光芒；那双眼睛仿佛热切地冒出了火焰，那里面驻扎着黑夜的承诺。在黑暗之下宇宙万物仿佛到处都充满了不解之谜。

那一年也是依照惯例，亚伯拉罕·奥拉布纳的朋友们携妻子来到了他家中共同庆祝逾越节。拉比的妻子和其他女人在厨房里为逾越节第一天的庆祝晚宴手忙脚乱。以无酵面包为主打菜品的晚宴，是为了纪念以色列的祖先，庆祝他们从埃及逃脱。这一节日是为了让全体犹太人再一次感受到，当年从法老王的奴役中逃脱成为自由人的心情。

为了表示对此等晚宴的尊重，拉比穿了一件做工精美的祷告披肩，戴了一顶精心刺绣的小圆帽。客厅里摆放了一张为十八个人准备的长餐桌，厨房里醉人的香气和烤炉的暖气飘满了整栋屋子。每次过节拉比奥拉布纳都会邀请十八个客人与他们共进晚餐，不多请也不少邀，因为在犹太传统里，数字十八意味着生命。

客人们坐在舒适的坐垫上聊着笑着，彼此交流着一些绯闻来换得对方一乐。拉比坐在桌子的一端。每个人都知道，到了过节的时候拉比强烈的幽默感便会显现，他很喜欢看到人们因为他的玩笑而开心。但从这个神圣的夜晚刚开始时，他就显得不同寻常地安静和心事重重。

拉比的妻子点亮了两支蜡烛后开始吟诵起祷文。随后拉比站了起来。在座的每个人都看向他。他小心翼翼地，甚至有些迟缓地说出了祝酒词。接下来，根据惯例，客人们需要打开屋门邀请预言者以利亚进屋宣布弥赛亚的到来。

客人们开了门。但让所有人都大吃一惊的是，一位衣衫褴褛的旅人模样的犹太人正站在外面。他不像是一个普通的乞丐,他有着智慧的气质。但是他的衣服很破。摩西看了看站在门口的陌生人，立马就明白了他就是三十六义士之一。他们虽然生活贫穷，但他们的尊严与谦卑是世界赖以存在的基础。

“意想不到的客人！”拉比的妻子惊呼道。陌生人应邀进了屋。

“逾越节快乐，希望你们能度过一个难忘的节日。”这个男人一边恭敬地低下头打着招呼，一边挺进了屋内。

“逾越节快乐，陌生人，”拉比回应道，“来，坐下来。告诉我们，是什么风把你吹来了。”

“我不是来吃饭的。我来只为了说一件事，只有一件。”

“那么，请说。”拉比说道。

“Makbenak。”

当男人说出这个词语的同时，拉比奥拉布纳立马变了脸色。他的脸上布满了泪水。眼睛，脸颊，花白的胡须——每一处都有泪水。他动了动嘴唇，但却没能说出只言片语。在座的客人震惊得说不出话来。还没等人们恢复思考，这位陌生人便离去了。

“尊敬的拉比，告诉我们：这个男人是谁，他想要什么？”一位客人问道。

拉比拿出来一张手绢。他擦了擦眼睛,擤了擤鼻子。然后突然说道:“我们刚刚见证了一个奇迹。”

“奇迹？”另一位客人难以置信地叫出声来，“亲爱的拉比，这是什么意思？”

话毕，屋内又陷入安静。每个人都好奇地望着拉比，摩西却突然感到了一阵战栗。直觉告诉他接下来会发生什么。

拉比盯着天花板。他知道祖先们的灵魂正在看着他。他感到了上帝的气息。他内心的眼睛看到了万能的神正坐在荣誉的宝座上朝下看着他。他内心的耳朵听到了天使正唱着赞歌。他知道记录人类一生之作为的生命之书已经打开，而他的寿命也将终结。拉比向前倾倒在了桌上。在场的佩拉雷医生立即起身上前帮他。

“发生了什么？”拉比的妻子叫道，“我丈夫怎么了？你能帮帮他吗？”

“现在他只需要上帝的爱怜。”佩拉雷说道。

亚伯拉罕·奥拉布纳猝死之后不到一个小时，他家附近的街道上便挤满了人。男人们的鬓发在风中飘扬。成群的女人在那里哀伤。拉比的挚友们尽量疏散着人群，可好奇心的力量仿佛要将屋门敲塌。

他的尸体被包裹在黑布中，放在了卧室里，两支蜡烛正放在床头燃烧着。拉比的妻子已然失了魂，只知道哭泣。她摘下了证明已婚的假发，换上了一张头巾。男客人们全都清醒着，坐在矮凳上默默地吟唱着圣歌。

神秘之源的故事

摩西将自己藏在了房间里，蜷缩在床上。气愤与哀伤不断地攻击着它，但很快它们便都被强烈的失落所代替。他闭上了眼睛。他的母亲出现了，温柔地亲吻着他的前额，将他揽入了自己温暖的怀抱。

“告诉我，亲爱的母亲，”摩西说，“‘Makbenak’是什么意思。”

“你知道亚多尼兰的故事吧？就是他在耶路撒冷为所罗门国王建造了宫殿，宫殿在莫瑞亚山上，在那里，亚伯拉罕牺牲了自己的儿子艾萨克。亚多尼兰雇佣了十多万名工人，而所罗门的宫殿成为世界上最宏伟的建筑。那个不知疲倦的建筑师从神秘之源那里得到了力量、灵感和知识。这个神秘之源里集齐了世间的七大智慧。只有少数几个被选中的人才能得到这一神秘之源。亚多尼兰就是其中一个。通过它，他看到了先知以西结对宫殿的描绘，以及万能之主所居宫殿的复杂构造。那地方长宽高各是二十厄尔[①]，于是这间房屋就被建成了正方体。”

“正方体？”摩西重复道。

“是的。即便是宫廷东门外的祭坛也是正方体的形状。在以西结的描述里，祭坛的平台是长宽各十二厄尔的正方形。但亚多尼兰却将祭坛建在了圆顶清真寺的屋顶上，长宽各二十厄尔。”

---

① 厄尔，英国古老的长度单位，最早定义大约等同一个成年人前臂的长度，后来在英国定义为 45 英寸（约 114 厘米）。

“所以你的意思是说，亚多尼兰违背先知的意愿？”

“他此举是出于无奈。亚多尼兰完全遵循着神秘之源给出的指示，但是为此他却付出了惨痛的代价。三个心怀妒忌的石匠对他的秘密垂涎已久。他们威胁他，但亚多尼兰拒绝将打开神秘之源的密语告诉他们。于是他们便谋杀了亚多尼兰，将他的尸体埋在了山脚下，并放上了一根相思木的树枝为标记。最后，九名建筑大师发现了这座坟墓。他们挖出了尸体，当看到尸体时，它已经开始腐烂了，于是他们便叫道‘Makbenak！’它的意思是‘骨肉分离’。他们将尸体放在土地上，在上面种了一株相思树后，才回到所罗门那里告诉他这个发现。国王命令他们将尸体重新挖出来。他们照做了，而且在神秘之源的指示下，他们还将亚多尼兰的尸体一点点地拼凑了起来。每做一个动作，他们便会唱到‘Makbenak’。最后亚多尼兰复活了，而那颗相思树旁突然聚集起了上千束光芒。他们十个人发誓永远不会将这个秘密说出去。于是，‘Makbenak’变成了神秘之源新的密语。”

“亲爱的母亲，告诉我，我可以找到那个神秘之源吗？”

“只有密语是不够的，你必须还得知道如何将‘Makbenak’正确地读出来。只有正义者才能做到。所以对神秘之源的苦寻是没有意义的。发现一座井水之源，并不能让一个人成为智者。智慧来源于内心。”

“我要如何才能成为正义者呢？”

“怀有感激之情。用清澈的眼光观察世界，照顾别人，为他人着想。将你学到的知识用简单易懂的语言传达给每一个人。”

“我不懂这些东西之间有什么联系：‘Makbenak’，神秘之源，祖父的死。告诉我，求你了，为什么祖父必须要死呢？”

“他没死。他只是从血肉之躯的束缚中挣脱了出来。他的灵魂现在正与圣源在一起，在那个地方，不仅集中了世间所有的智慧，还保存着生命之书。那本神奇的书来自于很古老的年代。在那本书里记录了我们所有的作为与生活细节。祖父现在就在那里照管着那些人类肉眼无法看到的东西。‘Makbenak’就是他上天堂的通行证。有一天，你也会和祖父再相聚的。但在此之前，你还有很长的路要走，你必须一人完成，没有我也没有祖父的陪同。我也快走了。在我走之前，你会得到为你打通前路的一把钥匙。仔细听好了，我的儿子；我跟你说的这个密语，就是当初天使帮助我在棋局中打败穆罕默德所用的步骤。将数字换成文字，将文字换成数字，在情感与理性间建立平衡，了解你寻找的东西，那么所有隐藏的都会一起浮出水面；而生命将会在你眼前一览无遗。”

话毕，她便静静地向摩西展现了那天的棋局，然后亲吻了他的额头。上一秒他还能清楚地看到母亲的脸，就在他眼前。下一秒她却渐渐消失在了黑暗中。母亲的气息还没完全消失，但同时他又感到了他们之间无从逾越的遥远，乐与悲已在他心中交融。

寻找摩西

仅仅几个月，摩西便被我们当成了英雄。孩子们需要英雄。萨沙和我想知道所有关于这位卡巴拉教徒的事情。当叔祖父躺在医院的病床上，治疗他心脏的一点儿小毛病时，我们正在他的图书馆梳理着一切与此相关的书籍和历史材料，希望能找到更多关于摩西的信息。但我们什么也没找到。这倒不是因为我们没有激情或耐心，我们甚至连他的名字也没找到。

当叔祖父出院后，他说会跟我解释的，但首先需要我们发个誓。我们只好承诺不管在什么情况下，永远都不会对外人说起这个。

他说 1952 年，东欧的共产党以叛国罪控告了一批优秀的领导者并将他们处以绞刑。斩杀的这些替罪羊不过是为了将人们的注意力从对体制的不满上转移开来。于是宣传部立即将那些共产党人的名字从历史上，当然还有所有的图书馆资料中抹去了。他们中大部分都是犹太人。在处理这些叛徒的事情上，那些政府官员们做得太过彻底了；事实上，他们已经做得太过火了。不管摩西 · 埃斯皮诺莎的名字出现在哪，那里一定只会留下几行空白。

诸如总结、概要以及保存完好的记叙史书这些东西从来不会让我满足。而只有随意的、无法解释的东西才能吸引我的兴趣。对于多余的细节部分，我总是有种令人奇怪的好奇心。也许这也是为什么我记住的总是那些无聊的小事，而不是故事的主线。

叔祖父告诉了我们以下几件关于摩西的事：

I.

在他祖父去世后的三个月里，他睡不好，但也不做梦。他陷入了深深的悲伤中，满脑子都是关于拉比奥拉布纳的事情。

II.

担任苏丹王的穆罕默德二世受尽了国民的鄙视，因为他让格拉纳达陷入了经济与政治危机中。每过一天，他的敌人便会多一个。尽管如此，他仍然自我感觉良好，而换做任何一个有常识的人都不会这么做。

“他傲慢的举止以及对自己的深信不疑，就是穆罕默德的愚蠢之处。”纳西尔曾这样说过。有时候他甚至会说：“从这里到巴格达，我想没有哪个混蛋像我的哥哥这样自信和坚决。”

七年来，悲伤痛苦的纳西尔一直在等着合适的时机，其间他聚集了一批忠诚的跟随者，他们联合在一起，以推翻暴政为共同的目标。穆罕默德被追兵一直追击到遥远的阿姆内卡。次年，即 1310 年，由于复仇心切，他甚至妄想重夺王位，但他的野心很快便被制止了。战败后，纳西尔对穆罕默德并没留情。他将处理自己哥哥的任务交给了一个律师，这个律师在战争中一人便手刃了四百名敌军。他的妻子和两个女儿都死于穆罕默德的蹂躏下。他没有浪费一分一秒。他带着极大的满足感挖出了穆罕默德的眼睛，将他淹死在了阿尔罕布拉宫里的一座水池中。

当纳西尔继承王位后，格拉纳达的历史翻开了新的篇章。他精研天文学，将更多的时间放到了自然科学，而不是战术研究。听闻拉比奥拉布纳已经去世，而且六个月后他的妻子也尾随他而去，于是纳西尔便邀请摩西住进了阿尔罕布拉宫内，拜宫廷哲学家尤索夫 · 拉赫曼为师学习。

III.

1325 年格拉纳达发生了太多事。伊斯梅尔一世被他的侄子暗杀了，他上位为穆罕默德四世，即纳斯瑞德家族第六代苏丹王。城中著名的智者尤索夫 · 拉赫曼突然病倒并去世了，而此前不久他的女儿哈斯娜刚刚嫁给他的爱徒摩西 · 埃斯皮诺莎。一名女子被判通奸，她被装在麻袋中丢入了贝罗河，但是第二天当人们将麻袋回收时，却发现她仍有呼吸。她的存活证明了她的无辜，于是她又被欢送着回城了。一个夏日的夜晚，一团耀眼的火球出现在西边的地平线，它就像是魔鬼的眼睛。格拉纳达最受尊敬的占星师艾哈迈德·胡瑟尼坚称这是罪恶的彗星，他悲哀地预言道，这颗彗星会将地下的瘟疫带到人间。

IV.

摩西计算了这颗彗星的轨道。为了再次确认他的计算结果，他使用了那把钥匙——那一串母亲留给他的走棋步骤。最终他肯定这颗彗星不会与地球相撞，而且315年后还会再次出现。他将自己的计算结果呈给了苏丹王，并向其保证宇宙并没有失衡。穆罕默德四世在感到放松的同时，也被摩西打动了。他暗示摩西加入伊斯兰教，并接替他已故的导师之位，担任格拉纳达的宫廷哲学家。摩西表达了谢意，却谦恭地拒绝了这个提议，他请求国王让他继续做个犹太人并致力于普遍研究。苏丹王二话没说便答应了这个请求，甚至愿意提供其从事一切研究所需的财政支持。

V.

摩西和哈斯娜有五个孩子，每一个都是男孩。其中有四个在十岁之前便去世了。而他们的第一个孩子萨尔曼却活了很长时间，长达350年。

VI.

摩西和哈斯娜经常一起工作。他们想要从宗教的世纪经典中找出一些共同的主题，以求将犹太教义与阿拉伯教义融合起来。摩西认为从古代的经文中提炼真相是很有必要的。他尤为喜爱研究摩西五经和《犹太法典》，甚至《可兰经》也在他的研究范围之内。正如他所说的，“圣经上蕴藏了许多事实，只有通过每一个时代所需的解释，才能将它们一一挖掘出来”。他们俩认为只有将重要的文献重新翻译一遍，才能保存与转变神秘的传统。

VII.

建立起了一种利于人类健康的良好的生活习惯是摩西和哈斯娜的成就之一。这些生活习惯包括了诸如吃素食，多吃大蒜，多做呼吸练习，勤洗澡保持身体清洁等生活建议。尽管如此，他们俩还是经常遭受到肠道与腹部疼痛的折磨。这一点从他们灰绿色的面相中就能明显地看出来。在肠道堵塞夺走了他们三个儿子的生命之后，他们在厨房里便定下了严格的符合犹太教规的食物构成。

VIII.

摩西所有现存的文献都被翻译成了极具诗意的语言。

IX.

1342 年 2 月 2 日，星期五，摩西完成了他的著作《光辉之书》。直到 19 世纪，有名望的拉比才承认了这本著作在犹太传统的神秘文学和评注文中的中心地位。

X.

摩西在 1348 年的逾越节晚宴上突然感到了身体的僵硬与刺骨的寒冷。那天晚上他昏昏沉沉地睡下了，然后却被突来的炙热感惊醒了。第二天，他发了高烧，呼吸不畅。他开始吐血，还不停地腹泻。他看向哈斯娜，然后对她耳语道："我是谁——你又是谁——在这凡间？《犹太法典》里写道：'我不过是那尘埃与灰烬，但是世界却为我而存在！'"很快，摩西便永远地沉睡了。

这位卡巴拉的教徒，这位将埃斯皮诺莎家族从毒药师的传统扭转为哲学家的男人，也成为了当年那场席卷欧洲，夺取了四千万民众生命的黑死病的刀下鬼。

四　说故事的人

萨尔曼·埃斯皮诺莎——说故事的人

我想将萨尔曼·埃斯皮诺莎的故事一吐为快，他是卡巴拉教徒摩西的长子。可我现在觉得好累，我也不知道这是为什么。是癌症或是药物的作用吗？疼痛让我感到慌张，那真的好痛苦。为了止痛，我吃了很多药。药物虽然麻木了痛感,但同时也让我失去了力量。医生说我应该躺着静养。但我不想这么做。我的生命就要结束了。我讨厌这种在希望与绝望中来回徘徊的感觉。所以有时候，当我产生了我可能还能再活一两年这个可笑的念头时，我便会肆无忌惮地大笑出来。我试着利用自己仅剩的一点儿时间来记录关于我家族的故事，而这些都是小时候叔祖父告诉我和萨沙的。

长大后，我的家族血脉应该可以提起我的兴趣，因为其他人以为我会将此维系下去。但是我不想生孩子，我也没有孩子。我是一个无可救药的自负者，当我的父母亲尝试向我描述他们的生活时，我总是捂着耳朵。然后，最后，一切都太迟了。

现在我坐在埋葬着我记忆的坟墓前，试着将很久之前便从我脑中溜走的回忆拼凑起来。当我写下这些故事时，我也找到了一点儿安慰。

最近我发现，我童年听到的这些故事随时都能在我脑中被唤醒。我打字速度时常跟不上我回忆的速度。可是今天的每一句话都让我感到苦恼。我的能量在消失，我能感到自己的日子就快到头了。因为某些陌生的力量，或许是因为我缺乏力量，我的努力都化为徒劳。我试图阻止那位潜在的敌人，但他仍是能将我玩弄在鼓掌之间。

萨尔曼·埃斯皮诺莎，他的故事很悲伤，但至少我们能从中学到点儿东西。他们连续折磨了他八天八夜，他却从没有表示出妥协。当法庭大法官托马斯·托尔克马达[1]手下的执行者将他绑在了塞维利亚大教堂前的柱子上烧死时，他的身上已然布满了密密麻麻的伤口，汩汩地流着血。那是 1487 年 3 月的一天。目前，我还不想对此做太多的描述。

但我可以告诉你一个月后他做了什么。他复活了，并和朋友在杜布罗夫尼克一同过了安息日，接着他拖着他长长的黑袍，走在了亚得里亚海岸的路上。他路过了很多白色的小镇，在那里度过了每一个平凡的日子，他给虔诚的犹太人分发了一本名叫《摩西的第七本书》的书，这本奇怪的书的作者就是他自己。

萨尔曼的历史是斯宾诺莎家族史很重要的一部分。但这个故事太过漫长了，而现在我已经没有足够的力气能来用键盘打出这些过往。今天我必须先保留一点儿精力，来写一些容易搞定的故事。比如说，叔祖父的事。

就像是童话故事一般

叔祖父和我们并没有直接的血缘关系。他只是娶了我祖母的五位表姊妹中的一个，而且还是最不好看的一个（祖母是这样说的）。不过他却坚持与我们联系着，他知道斯宾诺莎家族一切有趣的故事。正是由于他对我们说的那些奇闻异事激发了我的想象力，所以我对我们家族的过往尤为熟悉。是叔祖父跟我说我们家族在欧洲历史中扮演了非常重要的角色，或者至少我们的确参与了其中。有时候我甚至不知道我是该为此感到自豪还是耻辱。但只要叔祖父一来到家里，所有的疑虑便消失了。当他用恐怖的语气说起我们的祖先时——他经常会这样——他的表情就会呈现出难掩的喜悦与入迷。

“斯宾诺莎是一个你们可以为之骄傲的名字，”他常说，“你们是这个世界的栋梁。”

我和弟弟萨沙的确感到了自豪。尽管我们那时还不懂究竟地球上的盐和我们的家族有什么关系。

[1] 托马斯·德·托尔克马达（1420—1498），15 世纪西班牙宗教裁判所首任大法官。自 1480 至 1530 年间，其通过信仰审判并最终以火刑处死的异教徒达数千人。在现代，他的名字经常与宗教迫害、教条主义和盲信等联系在一起。

我们小时候几乎从未听过关于叔祖父或他家庭的事情。他可以开心地将我们祖先的故事说上几个小时，却从不愿意透露关于他自己的一点儿故事。仅有几次我们问起了他的来历时，他也都是立刻缄默不语，然后迅速地转换了话题。

但是有一次，当想起了一段遥远的记忆时，他微笑着，若有兴趣地开始说起了一段听上去像是童话故事的回忆："我的父亲并不是一名演员，那只是他的伪装而已。他实际是上世界上最富有的人。他在世界各地都有宫殿——一座遥望地中海的城堡，一座巴西的咖啡种植园，一片中国的稻田，那简直可以称作一望无际。另外，在黑森林的地下他还挖了一条隧道，多瑙河便发源于此，他在里面放满了金子和珍贵的宝石。

我们盯着他，聚精会神地听着，仿佛身临其境般，尽管我们对他拒绝说下去这件事还是有点儿失落。

有几次，经过一番思考后，他总会这样回答我们的请求，说我们不会喜欢听他的生活或他的家族历史的，因为这些东西都太过微不足道而毫无乐趣可言。

萨沙和我怀疑他没有说实话。但我们还是放弃了，因为我们想叔祖父之所以如此固执，一定有他特殊的原因。

摩门教徒的档案

母亲过世后不久，我就去了一趟美国。当我在芝加哥换乘时，我碰巧看到了芝加哥城市主报《晨星》上的一篇文章。

坐落在落基山脉之中，盐湖城之东的犹他州保存了我们国家最不同寻常的档案之一。这些文件储存于一条山间的地下隧道中，要通过一座迷宫才能抵达。文档室的入口装有一扇钢筋门，以及其他先进的保护措施。只有少数人有权进到那间藏有成百上千卷微型胶卷的密室里。那地下储藏室的温度一直保持在 57 华氏度上，而湿度也一直控制在 40% 到 50% 之间。通入其内的空气也要事先通过通气系统的过滤，以防止这间储藏室遭到化学污染。

隧道里收藏的是一堆只有初入教者能看到的信息。它们能填满九千万本书，且每本书都可以有三百页那么厚。然而这里却不是什么秘密的军事储藏基地。这里有十八亿或死或生的人的一切被详细地记录在了这一百三十万卷胶卷上。这些胶卷属于盐湖城摩门教堂总部的下支机构——后期圣徒教堂的宗谱图书馆。

这些档案里记录着的名字来自世界各地，是从各个只要你能想到的信息处收集而来的。即使到了今天，这项工程仍在继续。这些艰巨任务的目的就是将世上所有人——不管是活着的还是死去的——的一切信息都记录在册。

宗谱学是摩门教一个很重要的部分。多亏了那些档案，每个摩门教徒都能查到他们的过去，追踪到他们的家族树，让他们已故的祖先受到教会信仰的洗礼。

这篇文章引起了我的好奇心。我写信给了摩门教堂，希望他们能帮我查阅一下那些档案，寄一份报告给我。我在信中附上了我最亲的家族成员的名字。这之后过了将近三个月，在四月上旬的一天，阳光明媚，我接到邮局的通知去取一个包裹。仔细检查了包裹上的美国邮戳和邮票后我打开了它。冷静点儿，我心里想。耐心点儿，没有耐心就会无功而返。当我终于解开了打包带，小心翼翼地剥开了一层层包装纸后，我失望地发现那里面并没有关于我亲戚们的信息，而是一堆关于宗谱图书馆的九磅重的印刷材料。我翻阅着这些宣传册，然后意识到摩门教可能需要在世界各地安插教徒来绝对谨慎地探索墓地，挖掘别人的生活历史，以便将更多信息传回盐湖城。

在包裹的最底部我发现了一封给我的回信，另外还有一个白色的信封。这封信是由一位档案监督写出的，他很遗憾地告诉我，我所提供的这些名字里只有一个人的信息被搜索到了。

我撕开了那张白色信封。第一眼看到的就是一串大大的粗体标题：

弗朗茨·夏夫，又称费尔南多

我看完了整篇文字。这里记录着一个人的一生，大约两万五千个日夜，仅仅不到十张密排的纸。这里的信息很全，没遗漏掉任何重要的部分，我叔祖父一生的经历和他的背景都写在了这里。最让人惊奇的还是它的文体——它具有强烈的参考书的感觉，措辞随意，有点儿像诗歌。

文章的末尾有一排注释写着：1962年10月27日，布达佩斯。看到此，我停顿了一下才接着读了下去。

叔祖父除了他微薄的养老金外没有任何收入来源。他的财政状况简直糟糕透顶了。但他从来没向别人抱怨过。除了我的祖母。他欠了她几千福林。当说到钱时，祖母从来不会斥责他不够可靠。他每个月总是上门来满脸堆笑地说，不用过多久他就能从美国收到几百美元。那个时候这还是很大的一笔钱。然后他就会央求祖母再借给他五十福林。祖母总是会很犀利地盯着他看，好像是想确认一下和上次相比他是不是又瘦了。确认完之后，她就会把钱给他，因为她推测他可能还没吃过东西。

我们这些孩子觉得叔祖父很抠门，因为他从来没给我们带过任何礼物，就连生日礼物也一次没送过。但他还是经常许诺会带我们去甜品店——只要他拿到稿费。

就在1962年圣诞节前不久，他给我们所有人都准备了礼物。圣诞节假期刚刚开始。萨沙和我只能在家周边晃荡，因为我们实在不知道如何消磨这些空闲时间。所以我很喜欢叔祖父给我的礼物，那是儒勒·凡尔纳的一本小说，叫作《海底两万里》。但我们最喜欢的还是他从瑞波蛋糕店带回来的那些精致美味的油酥甜点——这可是布达佩斯最好吃的点心。我们从来没吃过这么奢侈的东西。于是在兴奋难耐的心情下，我们将这些点心一扫而光了。那些食物甜美的味道到现在还在我的舌尖上留存着。

祖母看上去却很担忧。她将音调降低，但还是足以让所有人都听到，她焦虑地问费尔南多从哪儿弄的钱买了这些东西。

“美国，”他回答道，“现在我可是个有钱人了。我可以把欠你的钱都还给你了。我得到了500美元。是摩门教的人给我的。我把我的故事卖给了他们。”

舞台上的好色天使

如果你们相信摩门教档案的话，那么我叔祖父的爷爷安德烈·夏夫，在1839年出生于俄国西部第聂伯河边的斯摩棱克斯城。他的父亲是个拉比，一位极度虔诚的男人，留着一把灰白的胡子和黑色的鬓毛。他的母亲是维特博斯克中一位拉比的女儿。他们家住在城市一块贫困区中，在那里他父亲经营着一座拉比法庭。斯摩棱克斯的人经常会去那里请求他的好建议以及他对摩西五经的解答。他可以主持婚礼，也可以办理离婚。穷人会来他这里诉苦。他身兼数职，自己的生活却不那么幸福。

安德烈十岁的时候，一位邻居跟他说莫斯科爆发了一场动乱。满街都是为人民讨要面包的革命者。他们希望将沙皇赶下台，建立一个贫富均匀的国家。警察挥舞着军刀攻击了示威者。接着有人扔了两颗自制的炸弹杀掉了两名警察。那天一共逮捕了五十名动乱分子。他们中大多数人仍被关在监狱里。其中有一些就是犹太人。拉比担忧地摇了摇头，示意邻居在孩子面前不要谈论这种事情。可是安德烈的好奇心已经被挑起了，他希望能成为一名革命者。

在安德烈二十岁的时候，有一天他恰好路过斯摩棱斯克外的一座煤矿。他看到一名穿着脏制服的矿工领班正在用鞭子鞭打一个八岁的童工，因为他一天没能工作满十五个小时。安德烈无法理解如此的无情，这个场景一直在他脑子里挥之不去。接下来的三天他一直在思考。经过慎重的沉思后他得出了结论——那个施行暴力惩罚的男人不是一个虐待狂，也没有精神失常，实际上他不过是这个不公的、极度罪恶的社会制度的一个代表而已。于是安德烈决定今后要为改变弱者的境遇而奋斗。他想要为那个在矿山里做苦工的农民的孩子争取更好的生活。

参加了几场革命者会议，他惊讶地发现这里不仅有男人，还有很多年轻的女人加入到激烈的讨论中，他们都支持以暴力的方式改变俄国现存的社会和政治制度。安德烈只在这些会议中说过一次话：他向自己的战友们建议他们应该描绘出一幅关于革命后幸福生活的蓝图。然而那天，警方的卧底正好也在会议厅内，他当众抨击了这一建议；那天晚上，安德烈便被捕了。两天后，他被控密谋推翻政府，并被送往西伯利亚东部的马加丹做苦力，刑期为十五年。

在那里他遇见了米哈伊尔·巴枯宁[①]——无政府主义的思想之父，光是他的名字便可让帝国主义的根基为之一震。巴枯宁的鼻音很重，虽然他的牙齿因坏血病已全部掉光了，但他的脸上仍不失笑容。他盯着安德烈的眼睛，坚定地说一旦人民心中强烈的愤怒转变成了革命的烈火，那么旧制度就将会被推翻，一个没有政府的新社会将从自由与公正中壮大起来。当巴枯宁说起革命时，他强调了斗争与冲突的重要性。他所设想的目标是一种集体式的专政制度。对一切事物人们都有自由选择的权利，我们将无需为了维护秩序和承受社会的压迫而被人颐指气使。然后他将自己写的一本书给了这个年轻人。

对这本书的着迷让安德烈忘却了冬日的寒冷。当他看完了整本书后，他便知道自己想跟随巴枯宁的步伐。他想象着自己在未来的革命中充当了鼓舞者的主要角色，点燃了人民大众内心的革命之火。他尤为赞同巴枯宁认为男女平等的观点：男女有相同的权利，他们可以组成两性同盟，一旦热情退去后也可自由解散。

两年后的六月，当积雪开始消融，天气也升温了的时候，他们俩一起从劳动营中用双脚一步步地逃了出来。他们躲过了士兵的追捕，并以野果和草根为食，在这片荒凉的土地上生存了下来。不久之后他们便分道扬镳了。巴枯宁向东方的日本逃去，再接着出发去往美利坚。安德烈则向西行进，在迷失了好几次方向后，他终于在 1861 年 2 月一个雾蒙蒙的、潮湿的早晨抵达了布达佩斯。

安德烈从没跟任何人说过他离开俄国的真正原因，即使他的孩子和挚友也不例外。在他濒临死亡时他也拒绝谈论自己的过去，他总是回答说：“我不能说。那些记忆太过遥远了，而且也没有人会相信我的话。”

祖母总说自己知道安德烈的秘密。有一次叔祖父把她惹火了，她就不假思索地大声说出了这个秘密：“老夏夫和他的朋友抢劫了一辆从塞瓦斯托波尔运蔬菜的驿站马车，并开枪打死了车夫。所以他必须要逃离俄

① 米哈伊尔·亚历山德罗维奇·巴枯宁（1814—1876），俄国革命家，著名无政府主义者。

国。布达佩斯里的每个人都知道。他在死前的最后一刻把这件事告诉了他的情妇。”

当安德烈抵达匈牙利时，身上也仅剩下他的小包袱了。那时他才二十二岁。但两年来巴枯宁对他的思想指导并没有白费。他黑色的眼睛里散发着一种求知若渴的光芒，他过度的好奇心就如同那些八卦的老妇女一样。在布达佩斯他谁也不认得，但在他的口袋里有一小片纸，上面写了一个人匈牙利人的名字——伊勒·赫斯考威克斯——这个人在马利亚温泉游玩的时候碰巧认识了巴枯宁。他不仅很欣赏巴枯宁的为人，更被他推翻旧社会秩序的言论所吸引了。

赫斯考威克斯天生就喜爱和与众不同的、富有创造力的人为伍。无政府主义的思想让这个饱受痛风折磨的匈牙利人感到了由衷的狂喜，等他一回到家乡布达佩斯，便一心想着要发动一次起义。可他却无心推翻当前的社会制度，他只是想组织一次大规模的行动而已。他在布达佩斯的郊区经营着一家剧院，他的助手就是他那三十多岁的未婚女儿。

当那位年轻的俄国人出现在他的办公室时，赫斯考威克斯正在他的桌上用鹅毛笔乱画着什么。安德烈清了清嗓子，吐出了他唯一知道的匈牙利单词——“ Jo Napot”（“日安”）——但眼前这位魁梧的剧场主并未作出任何回应。安德烈将包袱放到地上，接着又更大声地说起话来。他手插在口袋里，耍酷一般地斜倚在门框上，他之前从未见过赫斯考威克斯，所以说起话来也没有半分敬重，他说是巴枯宁让他来这请求帮助的。赫斯考威克斯虽然不懂俄语，听了这番话后却如遭雷击一般——倒不是因为这个穷小子的出现有多么让人震惊，而是因为他说出了巴枯宁这个名字。这位剧场主开始观察起他的客人来。俄国人是出了名的举止怪异，而安德烈也不例外。赫斯考威克斯觉得看着他说话很是有趣。他知道戏剧天赋总是会从最不同寻常的人身上出现，于是他立即提供给了安德烈一个群众演员的角色，在即将上演的舞台剧里扮演一个路人。

自那以后，三个月过去了，即便安德烈的匈牙利语仍算是一窍不通，但他还是娶了赫斯考威克斯的女儿并当上了一部新剧里的主角。他的妻子怀孕了。她是一个很能干的女人，而且从不摆架子——可她唯一不擅长的就是哄丈夫开心。

男性性格中的不耐烦和对自由的向往在安德烈身上展现得淋漓尽致。结婚后没几天他便与情妇偷情了。他口中低诉的爱慕之语在女人耳中便成了天使的乐章，让她们几乎融化在了他的臂弯中。他总是同时与很多情妇乱搞，所以也惹上了不少的麻烦。他越是沉沦于这些不知廉耻的情欲纠葛中，他的政治抱负便消失得越快。

“生命太过短暂，”他总是说，“而米哈伊尔·亚历山德罗维奇·巴枯宁的事业也太耗时间了。”

一天，安德烈与剧场的一位年轻女演员做爱时被逮了个正着。妻子对他的忠诚第一次受了挫。很快，人人都知道他让剧场的三位女演员怀了孕。结果到了戏剧开演的那天，安德烈第一次以主角登场时却惹来了观众的狂笑声——他的妻子因嫉妒而疯狂地抓破了他的脸，现在那里还留着一道道红印。她力大无比的手指比俄国的任何一个警察更让安德烈感到惧怕。但这些手指也无法阻止他继续干出那些淫秽之事。

安德烈和他的妻子誓要恩爱一生一世。但是这场婚姻一年后便破碎了，因为她已经受够了安德烈那些冠冕堂皇的、永远兑现不了的誓词与允诺。

坏脾气的赫尔思考威克斯将他的女婿赶出了剧院，安德烈试着去一些私人的国家剧院应聘，但因为他薄弱的匈牙利语，没有一个导演愿意用他。对于一个热爱舞台的年轻人来说，这种境况的确让人灰心丧气。但他很快就找到了出路：如同以往对道德伦理毫无顾忌一样，他引诱了剧场主的妻子——一个将老公管得很严的中年妇女。很快安德烈便上位成了艺术总监，身边总是簇满着殷勤的导演和心甘情愿送上门的女演员。

欧文和安努斯基亚

安德烈和很多女人生了很多孩子，以至他要用两只手的手指才能将他的孩子数过来。但其中只有一个是他合法的孩子，那就是费尔南多的父亲，欧文。

欧文是在他外祖父经营的剧院里长大的，所以从小他便对演戏产生了浓厚的兴趣。他在十九岁时就得到了在国家剧院上演的哈姆雷特里扮演主角的机会。每个人包括欧文都知道这是他父亲在幕后操作的结果。布达佩斯的剧院生活处处充满了裙带关系和阿谀奉承。可这些都无所谓，欧文感到很开心。有一次排演，他的父亲路过舞台，在旁边站了五分钟，对舞台走位和演员的演技提供了很多有利的建议。但无论安德烈多么大方地给予了建议，欧文仍是无法吸收它们。他总是找不到正确的语调来将被噩梦侵扰的丹麦王子的愤怒生动地表现出来。观众越来越少，批评却毫不留情。一位评论家写道：小夏夫的哈姆雷特和他的独白就如同小猫和它的线团一般纠缠在了一起，世上也只有他的父亲才能从中看出他超群的演技。这句话无情地向欧文揭示了一个事实——尽管他还年轻，但他的未来肯定不在舞台上。他很失望，很生气。他愤怒，他哭泣。他的失败告诉他，自己将永远成为父亲眼中的失败者。

“仅仅承载着夏夫这个姓氏是不够的，”安德烈居高临下地说，“一个人必须得有些小聪明，否则单单的表演太过沉闷了。像个男人一样接受现实吧。”

“可是欧文还不是男人，他只是个没有经验的男孩而已。他努力忘掉那些批评之语，尤其是他父亲那些尖酸刻薄的话。他只想要一点安慰或者至少，谁能给他一点点鼓励。比说，父亲能跟他说一句他最喜欢的话：“别放弃——继续努力，再努力一些。”

欧文的心上仿佛被划开了一个巨大的伤口。他开始借酒消愁了。可是酒精并不能推进他事业上的成功。主流的剧院都不愿意雇佣他。在布达佩斯，不管是年轻的还是老牌的演员都在不知羞耻地彼此竞争着，他们会乞求剧院主给自己安排一个好的角色。他们吹嘘着自己的优点，对导演溜须拍马。但是欧文做不到，他无法为了一个角色而对他人卑躬屈膝。渐渐地，甚至连安德烈也厌烦了他，开始躲他了。

欧文很不快乐。他嗜酒如命，却身无分文。每天晚上他都会坐在酒馆里喝酒，喝完后就可怜兮兮地望向他的朋友们，希望有人能给他买单。然后酒劲上来时，他便开始哭哭啼啼地抱怨自己没有表演的天赋，哀叹自己已经无处可去了。

欧文和他的妻子安努斯基亚有一个女儿和五个儿子。这些饱受饥饿的孩子亲眼目睹了父亲一步步的堕落。他通过虐待家人来发泄生活的不幸与事业的挫败。但他永远不会让自己的暴力波及他的女儿。可他的儿子们后来一想到童年便是连续整晚的、挥之不去的噩梦。

安努斯基亚浑身散发着母爱的光辉。她大度、体贴、温柔，家里的每个人都很依赖她。她经常唱歌，而孩子们总是对她那如天籁般的歌声赞叹不止。她用自己当洗衣工挣来的钱供养着家庭，她只能从自己虔诚的犹太信仰中寻求力量。繁重的工作、无尽的争吵、借口与暴力夺取了她对生活的热爱。她渐渐地凋零、干枯、精疲力竭了，虽然她还不算太老。一天晚上，欧文对她一番狠心的拳打脚踢后，她终于向天神咆哮道自己已经受够了。她无法再忍受这样的生活了。她从窗口跳了下去。

欧文一家住在五楼。孩子们都还没睡；当父母在眼前争吵时，他们震惊、羞愧，却一言不发。弗兰西（叔祖父的小名）那时才六岁。从那一天起，他就开始憎恨夺去母亲生命的天神。那之后的六年间他还经常会尿床。

挚爱的母亲的死深深地刺伤了每个孩子的心，让他们感到了极度的悲痛与孤独，可尽管如此，却没有人在家里提到过她。欧文不准孩子们说她的名字。他认为她背叛了这个家，因为女人不管再怎么不开心也得做个好妻子、好妈妈，这就是她们的职责。

当唯一的支撑不在后，家里连每月的房租都很难凑齐。于是他们不停地搬来搬去。两年不到的时间里他们一共搬了八次，孩子们每次都要忍受着房东连续不断催他们搬家的羞辱。最后，夏夫一家安扎在了犹太贫民区内一条最贫穷的街道上的一所最破烂的房子里，和一群人在狭窄的地方苟且地活着。

他们住的公寓既拥挤又脏乱。最让孩子们难以忍受的还是冬日的严寒，因为他们没有钱买煤球或是柴火。水管冻住以后连水都没得喝。冰锥挂在窗沿上，孩子们口渴的时候就会把它们敲下来吮吸。到了晚上，天气就更冷了。更糟的是，房子里到处都是老鼠。和其他三个兄弟挤在一张床上的弗兰西，梦想着自己能找到一座宝藏和咒语来帮助他的家人渡过难关。他想象着自己获得了神奇的宝物。

无产阶级的艺术家

终于，命运眷顾了欧文，为他带来了成功。

1919年春，共产党统治了匈牙利，宣布成立一个短期的人民政府，这让人们感到了惊讶和恐慌。但那个时候欧文一点儿也不害怕城中弥漫的不安气氛以及国家内部的混乱，他脑中只有一个想法：自己能否克服紧张重返舞台。他的一位曾在韦丹任哈兹喜剧院内担任过导演的熟人给他介绍了一份工作，让他担任一出滑稽舞剧里的替补演员。那个时候欧文的生活已经跌至谷底了，而且他可能还有点儿精神失常。他确信自己常光顾的那家酒馆里的一个服务生被长期向自己追债的房东收买了，要下毒害他。欧文已经二十多年没接近过剧院了，这个想法让他害怕得快要窒息。但他急需要钱。所以他接受了这个工作。

欧文一脸阴郁地走上了舞台，手里还拿着一把手风琴。他在舞台中央坐了下来。他开始小心翼翼地拉起琴来，却没有一句台词。他将手风琴越拉越远，然后在观众的爆笑声中手风琴被他拉出了好长一段距离。最终他一脸焦急地说道："噢，它走得太远了。"

那时的观众对恐怖幽默尤为感兴趣，他们抓住了欧文的这句话。随后这句话成为了匈牙利苏维埃共和国内最流行的标语。报纸上登满了慷慨激昂的评论。评论家争先称赞着欧文的喜剧天赋，讨论起他出色的舞台表现力。

一天晚上，共产主义独裁者库恩·贝拉来看这场演出。当表演结束，掌声消散时，一个声音在大厅内响了起来："当这个国家处处都是饥饿与渴望时，它还能走多远？我们没有面包，没有蔬菜，没有肉！"

库恩·贝拉当即就知道这个反对声是冲着他来的。他从贵宾室的坐席上起身，向楼下的人群喊道："它会进行得很顺利的。你会看到的！"

几天之后，欧文在舞台上跌倒并失去了意识。人们把他送到了附近的医院。他昏迷了整整一个星期。在生命的最后几天里他才清醒了几次。那几次库恩·贝拉来到医院，在一大帮记者的簇拥下授予了他国家最高荣誉的演技奖。欧文接过他的奖牌以及一大捧玫瑰花。一个小时后他便永远地睡去了。

五万多人参加了他的葬礼。他的棺木上铺着一条毯子，上面是代表共产党的红色条纹。库恩·贝拉在坟墓边发表了一篇演讲。他滔滔不绝地称赞道，这位伟大的艺术家将自己的慷慨奉献给了无产主义，并让人们以新的艺术视角来看待友爱。就这样，欧文·夏夫成为了匈牙利苏维埃共和国第一个也是唯一一个艺术烈士。

自食其果

欧文去世的两天后——即 1919 年 8 月 6 日，再精确点儿就是紧跟着一战爆发后，罗马尼亚反革命武装队和捷克军队推翻匈牙利短命的政府委员会的那一天。纷乱在这个区域持续了好几个星期。霍尔蒂大将向城中的贵族阶级承诺会尽快恢复国内秩序，并给顽皮的工人们好好上一课。这个承诺让他得以聚揽大权。成千上万的人遭到了杀害。

在匈牙利建立无产阶级专政的行动失败后，库恩·贝拉并不想在某个阴森的地牢中腐烂或被推上绞刑架。他秘密逃往了维也纳，却在半途被奥地利当局直接遣送回苏联。到了那里之后，他被任命为克里米亚红军的首领，打败了弗兰格尔将军率领的白军并收获了几万名战俘。

统治阶级答应这些士兵只要缴械投降便能免于一死。库恩·贝拉却不这么认为。他觉得那些老旧的资本主义传统，譬如空说无凭的承诺都已经没用了。于是他毫不留情地将这些战俘处死了。同时，他还下令推行另一项屠杀计划，对象则是富农和佃农。他们在行刑队前因恐惧而发了疯，最终都被绞死了。一时间，克里米亚血流成河。

党派内部对库恩的评价分成两个极端。有些人不满一个匈牙利的犹太人竟然在大规模地屠杀俄国人。列宁不喜欢他，因为他工于心计且不择手段。相反，托洛茨基、斯大林、季洛维也夫和卡密维耶夫却很感激他，因为他的举措有效地减少了反对派的人数。他们更希望有一个能为革命鞠躬尽瘁的党派同盟。

列宁死后不久贝拉便被快速地提拔起来。作为共产国际的主席，他旨在将柏林变成第二个工人的天堂。当在德国施行革命的计划落空后，他又开始将目标转向莫斯科——这里是阴谋与谣言的蜂巢。他仍然是那个受万人敬仰的革命同伴。但是克里姆林宫的实权却在那之后迅速地流入了他人之手，传言称他投奔了托洛茨基，如若此话属实，那么他二人之间的同盟却是劣势多多。到了二十世纪三十年代，斯大林的妄想症越发严重，其仅剩无几的追随者也随之迅速地消失了。季洛维也夫被指控为托洛茨基主义者，成为第一个被清算资产的人。接着卡密维耶夫蓬勃的事业也突然告急了。库恩·贝拉就是下一个牺牲者。对他的审判也很短暂，因为结果早就已经决定了。那天晚上他整晚未睡，像是念咒一样不断对自己重复说他是无辜的，他没有做错。黎明时分他便被处刑了。没多少人为他感到伤心。他的尸体也被丢到了乱葬岗上。库恩·贝拉也没给这个世界留下任何信息。

世界最大的骗子

叔祖父很小的时候就特别喜欢说故事。有个人对他的故事还从不感到厌烦，她就是萨拉，一个住在隔壁的小女孩——同时，她也是我未来的祖母。叔祖父说的故事大部分都是自己编来的，但萨拉并不在意。一个夏日的傍晚，当黄昏静静来临时，弗兰西突然萌发了想要打动萨拉的念头。他说要跟她分享一个惊人的秘密，但前提是她得保证不论什么情况都不能将这个秘密告诉别人。接着他尽可能庄重地说他的父亲其实并不是演员，那不过是他的伪装而已。实际上，他是世界上最富有的男人。他有着遍布世界各地的宫殿，一座面朝地中海的城堡，一座巴西的咖啡豆种植园，还有一片一望无际的中国稻田。他在黑森林的底下挖了一条隧道，那里就是多瑙河的源头，他在这条隧道里放满了金子和宝石。

“你爸爸怎么这么有钱啊？”萨拉满脸惊讶地问道。

“我爸爸是个强盗，”弗兰西斯解释道，“他抢过银行，他有一把来复枪。”

“那么，为什么他要伪装成贫穷的演员呢？”

“这样警察就逮不到他了，他就不用进监狱了。他可是五百名强盗团伙的头目，他把自己的手下派往世界各地去抢劫银行，然后再把赃物传回来给他。”

萨拉无法想象夏夫先生会是名危险的强盗，她常常能看到他在院子里跌跌撞撞的，他上楼的时候甚至没办法保持平衡。想到这儿，她的眼睛流露出了些许怀疑。弗兰西捕捉到了这一点，他紧接着说道："我还有个秘密，我没告诉过任何人。你发誓不要将它泄露出去。"

"我发誓。"萨拉嘀咕道。

"我父亲还是世界上最优秀的魔术师。他可以避人耳目地潜进银行的地下室。他从卡巴拉教义中学会了一个咒语，只要念出来便能立即飞到十五英尺高的空中隐身起来。"

他以为萨拉还会继续追问他其他的细节，但她只是坐在那里一言不发，好像在思考着什么。

"我母亲，"他接着说道，"是埃斯特哈奇伯爵的女儿。她被关在了维也纳的一所诊所里。她发现父亲是个强盗并在不同国家共有六个老婆后便发了疯。那个脸圆滚滚的，扮成我姐姐还照顾着我弟弟们的女孩，实际上是父亲的情妇。我父亲在他位于葡萄牙的城堡里监禁了一位公主。为了防止她逃跑，他把她绑在了柱子上。她的名字叫作古宁古达，父亲希望我长大以后娶她。她有着一头及膝的金色长发。"

"弗兰西，你是个骗子。你是世界上最烂的骗子！糟糕透了。没人会相信你说的话。你只是想要我玩而已。"萨拉突然叫道，然后便起身离开了。

突然，十岁的叔祖父意识到自己想要让邻居女孩大吃一惊的计划彻底泡汤了。萨拉看穿了他的谎言。他跟她编造了很多故事。他很害怕会失去他这位唯一的朋友。所以他立马庄重地向她起誓道："萨拉，我有生之年，永远永远都不会再跟你说谎。我发誓。我以我的名誉向你保证。"

五年后的一个二月份的下午，离太阳落山还有一个小时，十五岁的叔祖父和我的祖母坐在一起手指交错，滑过、抚摸着彼此的皮肤。是萨拉先主动起来的。她的举动鼓舞了叔祖父。他慢慢靠近她，闻着她身体散发的令人晕眩的芳香，有生以来他第一次察觉到了这种味道，它令他痴狂。他将双手放在了她的膝盖上，想象着他们之间能发生的一切美好的事情。但是他怎样才能接近它们呢？他决定去吻萨拉。当他们的嘴唇相触的那一刻，他便知道自己已经爱上她了。他们就这样紧紧地抱着彼此，亲吻了好几分钟。

一战

1914年6月28日，塞尔维亚民族主义者加夫里洛·普林西普因过于紧张而双手冒了汗，尿液也顺着他的腿流了下来。接着，他朝着哈布斯堡[①]的皇储弗朗茨·斐迪南和他的妻子连开了六枪。

同天下午，维也纳的美泉宫[①]里，弗朗茨·约瑟夫[②]一个人凄凉地坐在椅子上，把弄着他的国玺。他长着一张造物者般坚毅的脸庞，可向后梳去的乳白色鬓发却让他看上去像是一只挫败的老狐狸。过去的七十年间，他想尽一切办法阻止中欧政治势力的发展。这个油尽灯枯的、垂头丧气的老头很清楚正在活跃着的是什么样的势力。他知道自己已经没有能力去阻止国家内部的社会与政治动乱了。总之，他知道自己的时代已经过去了。随着他侄子在萨拉热窝的惨死，他最后的一线希望也彻底破灭了。他下令全国举行为期三十天的悼念活动。

一个月后，有一天黄昏，弗朗茨·约瑟夫站在宫殿里的一扇大开的窗户前。他戴着手套的手扶着栏杆，眼神飘到了窗外的世界。然后他回到书桌前坐了下来，桌上的文件上现出了他的影子——那是一份关于欧洲未来的文件。他知道如果不饮饱鲜血，统治者便会萎缩，如果不施行暴行与战争，他们就无法存活。为了未来的世界，他知道奥匈帝国是绝不可取的。于是，用那只已然麻木的手，他签署了这份文件，将这片大陆上的国家抛进了一战的漩涡中。

一年后，弗兰西被征召入伍，他加入了帝国皇家军队。这也注定从此他的两项基本人权就被剥夺了：自己的生存权和不取他人性命的权利。

那个时候他心中有两个梦想，但这些都得暂时放到一边，因为他的军队被派到了意大利的前线战场。

---

① 哈普斯堡王朝是欧洲历史上最为显赫，统治地域最广的王室之一。

① 坐落在奥地利首都维也纳西南部，曾是神圣罗马帝国、奥地利帝国、奥匈帝国和哈布斯堡王朝家族的皇宫，如今是维也纳最负盛名的旅游景点。

② 弗朗茨·约瑟夫一世（1830—1916），奥地利皇帝兼匈牙利国王（1848年—1867年），奥匈的缔造者和第一位皇帝（1867年—1916年在位）。弗朗茨·约瑟夫一世从1850年至1864年间担任德意志邦联总统。

第一个梦想就是去维也纳向坦克雷德 · 豪斯沃尔夫学习骨相学。豪斯沃尔夫可是被少数几个志趣相投的心理分析学家称作比弗洛伊德还要优秀的人，他声称自己只要用手摸摸对方的头骨盖便能说出这个人内心的喜好与性格。豪斯沃尔夫惊人的研究都被刊登在了《匈牙利文摘》上，这是一份每日晚报，旨在收集世界各地发生的爆炸性新闻来让读者一饱眼福。我的叔祖父一想到他有一天也可以轻而易举地将人类灵魂深处的秘密一探究竟，便激动得无以复加。

另一个梦想就是迎娶萨拉，和她组成一个家庭。

火车在八月末离开了火车西站。那天这里聚集了一堆下层社会的男人，军中乐队奏起了高亢的军队进行曲。来和爱人告别的只有萨拉一个人。他们在月台上站了很久。彼此紧拥,左摇右晃。在弗兰西上火车之前，对前方的战场不屑一顾的他向萨拉承诺，只要战争结束，他便会回来和她共同生活。这个允诺让她不禁哭了出来。就在那一瞬间，她突然有种若有似无的预感 —— 他们将永远不会属于对方，她今生将会一直沉浸在对他的思念中，而无法从另一个男人身上得到幸福。

伊松佐河的东北部是意大利的崇山峻岭，意大利军和大半为匈牙利人的奥匈联军在 1915 年 6 月到 1917 年 11 月间在此河沿岸干了十二场大仗。加农炮每天不分昼夜地连番向山上的岩缝射击，当士兵们奋力向山顶攀爬时就会遭受一阵枪林弹雨。这些残暴的战役被视为一战史上最血腥的战争。历史学家估计那时从山上摔落的年轻士兵可达五十万。更多的人虽然平安回了家，却受伤惨重，不是缺了胳膊就是失了意识。

叔祖父在第三场战斗时上了战场，那场战争开始于 1915 年 10 月 18 日。那天晚上队伍里没有一个人睡得着。有些人在祈祷，有些人则在为明日的战争做着准备，擦拭着自己的武器。所有人都醒着，等着黎明的来临。周围寂静得连丝风的声音也没有。叔祖父紧张极了，他感到自己的肠子都纠结在了一起。他深深地呼吸了几次，想了想萨拉。他听到了她的声音。她说她爱他，她在等着他。对未来的憧憬让他的恐惧一点点地消失了。这时军官的口哨声响了，战争开始了。士兵持着自己的来复枪开始扫射，有些不畏死的人开始往前冲去。意大利军也毫不示弱，叔祖父旁边的一位战友被射中了。骚乱中很多人牺牲了。几个小时后，子弹扫射的战场恢复了安静，但随即枪响又一次打破了这暂时的宁静。那一刻叔祖父才明白战争就是魔鬼的造物，而他跟意大利人一点儿仇也没有。

伊松佐河沿岸的第七场大战——历史书上又称戈里齐亚之战的最后一晚，轮到叔祖父执勤。到那时为止，他已经在前线服役整整一年了，他没怎么想过自己是何等幸运，别人是如何悲惨这些事。他的部队奉命将前进的意大利军牢牢牵制住。他通过望远镜看到了多波多湖旁敌军驻扎的空地。他知道他和他的队友已经被敌军包围了，很容易就会成为对方的枪下鬼。突然，他感到一枚炽热的达姆弹穿过了他的制服，冲进了他的胸膛，穿透了他的左肺，然后像一枚小型炸弹一样爆炸了。他倒了下来，滚了几圈后横躺在了地上，四肢张开。他困惑了，他不能动。他从来没害怕过死亡，但此时他闻到了它的气息。他全身都被恐惧与遗憾吞没了。他的脑子里不断地冒出各种想法。他想到了死在他手上的所有年轻的意大利士兵。他想到了萨拉。他左顾右盼，想去找她的身影。那时夜已深，天空繁星点点。在失去意识前，他脑中闪过了最后一个念头：没有人教他如何死得有尊严一点儿呐。

第二天，也就是第七战的第十一天，帝国皇家军队升起了白旗。领军首领斯维托扎尔·伯瑞欧维克签署了投降书。庆典只持续了一会儿。结束后，伯瑞欧维克给意大利军的司令路易吉·卡多纳送上了一瓶法国白兰地，表示自己的绅士风范绝没有被战争消去一分一毫。两位绅士互相寒暄了几句。确认了周围没有人能听到他们的谈话后，伯瑞欧维克向卡多纳表达了自己对意大利独创战术的赞赏。

这场胜仗让卡多纳感到了无上的光荣，这甚至可以算作他事业的巅峰。为了奖赏士兵们的英勇，他给每个人都额外加了份意大利面。然而胜利的代价对意大利来说也是惨重的——一万五千名受伤士兵，两万名牺牲者——筋疲力尽的士兵们早就没有力气来庆祝这场胜仗了。

至于战败方，军官们接下来的那几天都在忙着检查他们所剩无几的武器，清算死亡与失踪的士兵人数。巨大的困惑笼罩着整个军营。人们做过思想斗争，也大声地念诵了祷文。可一个星期后，仍是没有发现有哪个士兵在这峭壁中幸免于难。现在的任务就是要向死者的家属寄慰问信了。

噩耗

萨拉看完了官方的报告后，跌倒在了地板上。她歇斯底里地哭喊着，泣不成声地叙述起了自己的不幸与伤悲。她流的眼泪、喷出的口水里还包含了她的苦涩与绝望。在床上躺了三天，期间她也没停止过哭泣。她感到自己累坏了，她饥饿、口渴，因为缺觉而头晕。她觉得自己应该试着将这个骇人的噩梦抛之脑后。

弗兰西的离世给萨拉的世界带来了一片乌云。然而两个月后她做了一个梦。而此后的每天夜晚她都会做同一个梦。她看到自己的爱人仍然活着，那个意大利的黑头发的天使正照看着他。她开始滋生了微弱的希望，盼望着军队的首领有一天能奇迹般地发现弗兰西还活着，只是被意大利抓去当了战俘。一个朋友的朋友托他在维也纳国防部的关系做了一番调查。几个星期后他找到了萨拉，以最礼貌的词汇向她表达了自己深深的同情，然后他打开了一张电报，上面是一则简短的回复——弗朗茨·夏夫已确认死亡。

萨拉的嘴唇开始颤抖了起来。她不眨眼地盯着前方，滚滚的眼泪从眼眶中流了下来。"最悲伤的就是，"她跟上来安慰她的母亲说道，"我的孩子们和我的孙子们再也不会知道弗兰西是谁了。"

然而两年半后，当我的叔祖父以意大利战俘的身份被送回布达佩斯之时，他却觉得要是当初能死在多波多的战场该有多好。因为那时他已深陷绝望。当他一进家门时，他的姐姐就告诉他，萨拉结婚了还有了孩子——那个孩子就是我的父亲。他的姐姐试图安慰他说，战争夺取了这么多男人的生命，他完全能找到更漂亮的女孩。那时的年轻女孩满大街都是。她答应会帮他向熟人打听一下，那个熟人地位很高，朋友很多，肯定能帮他找到一个家庭背景优秀的犹太女孩。叔祖父没有说话。他的双手在抖动，浑身都在战栗。他贴近壁炉，试图驱赶渐渐侵袭他身体的寒冷。然而适得其反，他出了一身的冷汗。发生了什么？他自问道。他从未有过这种感觉，童年的时候没有，在战壕的时候也没有。甚至连他在被送往艾米丽亚－罗马涅区战俘营之前，在博洛尼亚外的军事医院接受了几个月的康复治疗时，也没有过这种感觉。仿若刀刃刺穿了他的心，他无力地坐了下来，深深地呼吸着，眨着眼睛。几秒钟之后——他却觉得仿佛几十年过去了——他睁开了眼睛，他觉得要想逃脱悲伤只有一个办法：就是跳入多瑙河。

接下来的几天，他一直待在厨房里，他给萨拉写了一封告别信，每一句话都交织着他的激情与绝望。但他没有寄出去，因为他老是对自己的措辞不够满意，即使他已经将脑中知道的所有语言都用尽了。他的姐姐不分昼夜地看着他，因为他曾扬言说要割腕自杀。

经过一阵沉思后，他认为自己还不能死，因为这样萨拉就不能为她的背叛付出代价了。受尽耻辱的他从一个极端跳到了另一个极端。他决定不自杀了，而是向他的爱人作出报复——那么有什么惩罚比娶一个萨拉最鄙视的女孩更能让她痛苦呢？被失望蒙蔽了双眼，他急切地想要为自己讨回公道，让萨拉生不如死。想着复仇的快感已让他无法自拔。

维也纳之行

艾尔莎个子太高，不太像女人，胸部却平得像个男人。她的脸上面无表情，一头黑短发，浓密的两根眉毛看上去就像是两撮胡须。她皮肤苍白，还有口臭。她习惯于沉默，还有一点儿胆怯。她很难与别人接近。她只想一个人待着不理睬任何人，但实际上她只是在掩饰自己对改变的害怕而已。

事实上，她完全不是叔祖父喜欢的类型。他知道娶了她并和她生孩子是件疯狂的事。艾尔莎的缺点实在是太多了——那么滑稽的举止，那么多的缺陷，那么讨厌的长相。但他安慰自己说，她至少没经历过置之死地而后生的感觉，她至少是值得相信的——因为她的单纯不带任何心机。最重要的是，她是萨拉的表妹，而且两个人一直看不惯彼此。仅此一条，对叔祖父来说便已足够了。

他坦诚地向艾尔莎说，自己已经从记忆里删去了他的过去，现在他要的只是去爱一个人，而那个人也能爱他。一开始她以为他在开玩笑，但他把手放在胸口发誓说自己是真心的。她相信了他，因为战争结束后年轻人成家几乎成了一种流行，每个人都想开始全新的生活。她的脸上露出了喜悦的神情。然后他们便抱在了一起，像所有热恋中的人一样亲吻着对方。他离开她的嘴唇时，还能感到嘴里如胆汁一般的苦味。但他已经向艾尔莎承诺会照顾她一生一世了。

婚礼的前几天叔祖父正悠闲地穿过布达佩斯最独特的瓦西街，去瑞波咖啡店喝一杯咖啡，欣赏着坐在露天阳伞下的优雅人士。这些人就像是活生生从米克沙特·卡尔曼[①]的小说里走出来的一样，卡尔曼专写平民和中产阶层的故事。他们不停地聊着天，看着报纸，观察来来去去的行人。当一个美丽的年轻女士走过时，男人们的眼睛会立马放出光芒，好像他们已经好几年没看过女人似的。他们如饥似渴的表情所表达的意义比任何长篇大论都要多。桌子边的女士们大多数都戴着优雅的帽子摇着羽扇，她们也会一边观察着路过的女人们，一边愤愤地对其品头论足：那个人屁股太大了，那个人穿衣服真没品味，那个人的腿也太粗了吧。

瑞波咖啡店里经常会聚集着许多作家和记者。叔祖父年轻的时候曾怀揣过当作家的梦想。他一边看着书一边就会被作者的文笔所吸引——他们总能将那么多的思想和感情浓缩到一张纸上，有时甚至揭露了人心最秘密的思想和情感。他在咖啡馆的客人中认出了著名的作家盖佐·加尔多尼[②]和古拉·克吕德[③]。但坐在那里的他们，脸上也呈现出了和其他人一样的贪婪、肤浅与自负的表情。当一个年轻女人扭着屁股路过时他们也会兴奋不已。叔祖父想，一个人就算不具备特别的洞察力也能看出那些男人和其他人有着相同的幻想、欲望和对幸福这种难以捉摸的东西的渴望。

叔祖父和一位有名望的中年男爵聊了起来。这个人请他喝了一杯酒，友好地问他为何会有那么悲伤的神情。被戳到伤口的叔祖父开始滔滔不绝地讲述起了自己那些落空的生活理想，说他的爱人在他沦为阶下囚的

---

① 米克沙特·卡尔曼（18471—1910），匈牙利19世纪末20世纪初的重要作家。他善于运用讽刺与幽默的手法批判社会现实。

② 加尔多尼·盖佐是19世纪末20世纪初匈牙利著名作家，以写历史小说著称。

③ 古拉·克吕德（1878—1933），匈牙利作家，记者。

时候背叛了他。他说自己很想她，说自己最难忍受的是再也闻不到她的香味，再也听不到她的声音，再也不能和她分享自己的美梦了。他感到很难过，他几乎快要哭了。

“谁能抚慰一个深受爱情折磨的年轻人的心呢？一个经历丰富的老男人可以。一个经历丰富的老男人有一双犀利的眼睛，他知道年轻人需要保护，知道任何生命都需要力量和安全感支撑。”男爵说道。

同时为了让叔祖父打起精神，他主动跟叔祖父分享了很多有趣的信息。他出生于一个名望贵族的家庭，所以听别人说过很多关于有名作家和政治家的事情，包括他们的所作所为、个人生活，甚至内心的欲望。他指向与他们相隔两个桌子的古拉 · 克吕德，他低声说克吕德这个人比起写作来更喜欢与人决斗。只要身边一有年轻的女孩便会引起他的性欲，他还喜欢同时和两个女人上床，而且最好是和像他母亲一般大的家佣。男爵还讲述了关于传统、狩猎、道德和已经下台的共产党领导人的故事——对这个人，男爵并不表示看好。男爵的描述栩栩如生，语句运用得恰到好处，故事的起承转合如行云流水般顺畅。他不止一次地强调了他的观点：一个年轻人单凭自己的力量是不可能在布达佩斯平步青云的，没有好的人脉和靠山他什么都干不成，一个人应该找到属于自己的正确的交际圈，去认识那些有权有势的人。

“在匈牙利，势力和权利一样重要，”他说，“如果一个人毫无身家背景可言，那么找到一个人脉关系广且富有的靠山是十分必要的。没有什么能比支持者和靠山更能让一个勤勉的小伙子顺利地进入到权力这块神圣的领域里。”

男爵小心地将手往叔祖父的大腿内摸去。他说自己可以帮助叔祖父的事业，只要他们俩能发展进一步的关系。男爵鬼鬼祟祟的手指让叔祖父不寒而栗，他感到不安和屈辱。他不知该怎么做。他应该起身离去吗？或者留在那里装作毫不在意？

他转头直直地盯着男爵，凝聚起自己所有的力量和决心。为了给自己壮胆，他大声地说道：“把你的手指从我腿上拿开！在那张优雅的贵族面具后面你也就是个下流胚！”说完，他快速地离开了。

离开咖啡馆后，叔祖父便在城市中漫无目的地游荡了几个小时。有一会儿，天空还下起了淅沥沥的小雨。他觉得自己失去了立足点，生活似乎也形同虚设了。内心有个声音在说他必须得向过去告别。深不见底的其实不是未来而是过去。一个年仅二十岁的男人怎么可以因为自己不得意的爱情，而变得比那多波多山崖下的尸首还要死气沉沉呢，那个声音如此告诫他说。突然他想到了一件值得他信仰的东西——骨相学。它可以让他暂时忘却悲伤，这也意味着他要搬去维也纳生活。他想大概是命运安排了他和那个猥琐男爵的相遇，正是这件事让他彻底地对布达佩斯堕落的生活深恶痛绝了。

那天晚上，他终于下定决心要舍弃他的祖国。

但是艾尔莎并不愿意搬去维也纳。她感到很不安，她不想离开这个她生活了一辈子的地方，也不想丢下她的母亲、祖母、四个兄妹以及米利亚姆阿姨和她的女儿萨拉。叔祖父十分平静地向她了解释原因，完全不带任何感情色彩——在那栋狭窄的公寓里，与其他七个人共享一间半的、只有三百平方英尺的房屋，还时刻要保持警惕地生活，永远不会让他快乐。

即使他刻意省略了某些细节，但还是不难辨别出其实叔祖父最害怕的是什么。他害怕有一天看到挺着大肚子的萨拉会让他再次陷入悲伤。就算她和她丈夫已经在一块遥远的工人社区里安了家，但叔祖父知道不久之后她肯定会回来探望母亲的。

出乎意料的是，艾尔莎的母亲路易莎竟然支持叔祖父。她看得见自己女儿内心的恼火，她知道她正暗自数着已经结婚的同龄女孩有了几个。她们中好多人有的刚当了母亲，有的甚至已经有好几个孩子了。难道艾尔莎不想结婚吗？

“亲爱的，如果你害怕离开家，那么最后你就会变成一个丑陋的老姑娘。没有哪个男人愿意将我、你祖母和米利亚姆阿姨当作你的嫁妆，或是跟我们这群老女人生活在同一个屋檐下。”她劝道。

路易莎不仅说了，她还直接采取了行动。她将女儿所有的东西都收拾到了一个小旅行箱里打包好，并把它放到了大门边。然后她送给了艾尔莎几点建议：“留住男人心只有一个办法，那就是性爱这剂迷药。弗兰西跟世界上其他的男人一样，他也有需求。他的感官需要刺激，他的身体需要抚摸；你得像对待大孩子似的对他。让他充满男人的自信。如果你足够聪明，如果你会哄他，那么你就能防止他向别的女人嘘寒问暖。”

这是一次匆忙的离别，几分钟后他们俩便启程了。这对新婚夫妇拿着他们的小提箱，打了一辆电车赶往城市西部的火车站，开始了他们的维也纳之行。叔祖父感到很开心，他对未来充满了期待。他听到了火车从多瑙河上的铁道桥上驶过的声音，看到布达佩斯渐渐消失在了地平线的那端。几个小时后，他感觉火车正在减速，透过二等车厢灰蒙蒙的窗户，他看到了不远处他们的新家园。

骨相学

这对夫妇在火车站附近的工人社区中一块最破败的区域内租了一间一室的公寓。他们努力地为这个家增添家具。当一切都安排妥当后，叔祖父坐到餐桌前重重地叹了口气。他简直不敢相信自己的眼睛。这就是他的家。他看着自己的手，无名指上戴着一枚戒指。他结婚了，还有个老婆——虽然不是他所爱的那个人，但不论如何他现在到了维也纳。至少他能够去完成自己剩下的那个梦想了。他告诉自己只要能跟著名的坦克雷德·豪斯沃尔夫学习骨相学，他失去挚爱的痛苦便能日渐减轻。骨相学是一门全新的科学，它有力地证明了智力、直觉和感知都是跟大脑皮层有关的人类属性，而且是可以被感触、发觉和估量的。

叔祖父迫不及待去拜访坦克雷德·豪斯沃尔夫。他心跳如雷，双手颤抖地按响了门铃。一个刚入中年的体型魁梧的女仆为他开了门。她神情漠然地看着他，让他马上把脚移开，不要踩脏了家里的镶木地板。她身上带有一股威严和力量。叔祖父恭敬地向后退了一步，尽管他并不想表示出屈服并遵从她的命令。当他发现自己左脚袜子上的大脚指处破了个洞时，他简直尴尬得浑身僵硬了。

女仆无奈地摇了摇头，将他领到了这位著名的心理分析师的会客厅。那是间极其奢华的房间，屋子里所有的家具都铺着黑色的牛皮，光线柔和的鱼缸里有着各种彩色金鱼。墙壁上挂了各种满是情欲的刻板画，以及一张巨幅的奥地利南部省市卡尔顿的地图。豪斯沃尔夫有着一头向后梳去的花白头发，戴了一副厚重的眼睛。他坐在一张巨大的桌子后，漠然地看着叔祖父。

“但你是个犹太人，小伙子。别想骗我，我知道犹太人。我研究了他们几十年了。从你的头型和你头骨的尺寸我就能看出你是个犹太人。我是个学识渊博的科学家。我知道你是个犹太人，即使你站在远处我也能看出来。”

叔祖父慌了，但他觉得这样的机会可能再也不会有了。因此他友好地笑了笑，快速地陈述了一遍自己的抱负和他想成为豪斯沃尔夫学生的愿望。虽然这位心理分析师漫不经心地听着，但叔祖父年轻的朝气、强烈的兴趣、吸引人的智力与气质还是吸引了他的注意。然而即便是再优秀的人类品质也无法让豪斯沃尔夫忽略掉他是一个犹太人的事实。

“你能交得起学费吗？你有钱吗？“豪斯沃尔夫问道。

“大概有五百先令。”

“你在开玩笑吗！我给病人做半个小时的咨询就能拿到这三倍的诊金。你们犹太人真是小气。你知道吗，年轻人，你们犹太人对金钱的贪婪可以说幼稚至极。就像孩子小时候会玩弄自己的排泄物，想要在茅厕里打滚一样。”他特地加重了力度说：“烂人。”

豪斯沃尔夫点了一根烟，将椅子向后一拖，从座位上站了起来，他转过身，看向窗外夏季的天空。就在那一刻，叔祖父才发现这位著名的心理分析师是多么的矮小。他性格暴躁，大约四十来岁，身材矮小，大腹便便，但衣着却十分讲究，脖子上还系了个蝴蝶结。

“尽管如此，你还是很聪明。”豪斯沃尔夫说道，“想象力也十分丰富。不管怎样，你们犹太人做老师是比较出色的。我曾在弗洛伊德的专门指导下学习了一段时间。你知道他吗？他的智慧让我深深折服。但对于他来说，任何事都能和性扯上关系，所有事情都不过是性罪恶的某种形式。这种概念是完全错误的。好像潜意识中所有的神秘力量都只是由性官能激发出来的一样。对于雅利安来说，这种犹太式的淫秽是令人作呕的。所以教导心理分析的犹太学校就要消失了。心理分析应当属于雅利安的科学。我们这些科学者应当担起责任。所以我不能胡乱收徒弟。我需要三天的时间来好好想想。”

接着，仍站在窗前的豪斯沃尔夫开始集中精力地在内心挣扎着，同时嘴里还说着一连串叔祖父听不太懂的专业术语——大概是在说作为人类意识测量物的头骨是多么的无律可循。他说的话仿佛如洪流般来势凶猛、滔滔不绝。

当叔祖父回过神来思考豪斯沃尔夫会不会收他当徒弟的问题时，门外却聚集了一小群人。一个特别胖的妇女跟聚集在这里的所有人说，警察马上就会来逮捕这位著名的心理分析师了，因为他总是克制不住自己去性骚扰别人。他的手掌更多时候是在女病人的胸部而不是头部上摸来摸去。

有一天，正当他准备向一名病人性骚扰时却被逮了个现行。犹太的皮草富商阿布拉哈沃维兹年仅二十岁的女儿蕾切尔美丽非凡，但她却患有臆想症，还有严重的自杀倾向，医生认为她并不适合做催眠治疗。她全身放松地躺在医生家的沙发上却一点儿也不想睡。豪斯沃尔夫以为这个年轻姑娘已经熟睡了，所以便偷偷摸摸地将手滑进了她的裙子里，开始扒开她的两腿。雷切尔往他的左脸上狠狠地扇了一巴掌，她非常恼火，马上就跑回家哭着向她父亲告状。而她的父亲正是警察局长的好朋友。

这则丑闻震撼了整个维亚纳。几天以来报纸上都是对它的大肆讨论。报道中充斥了讽刺与不知是否属实的指控。这些唯恐天下不乱的记者们不断地挖出关于豪斯沃尔夫生活及性格的每一处细节。人们指控说他通过催眠已经强奸了好几个病人。他还诱导过一个富有的女爵将其钻石交由他保管，后来便把这些珠宝卖到了科尔市场。还有报道揭露他根本就没有取得过任何学历，也没通过任何专业的考试。他的学历和资质证明都是捏造的假货。之前跟他一起工作过的同事们早就不与他为伍了，弗洛伊德也说自己一直就知道豪斯沃尔夫是个嗜钱如命的江湖骗子，他只会引诱那些上层阶级的妇女，而骨相学家也不过是伪装自己的幌子，他就是活生生的皇帝新装故事里的那两个骗徒。

在听审的那天早上，豪斯沃尔夫被发现死于自己的监禁室内，他吞下了一片藏在自己眼镜盒里的氰化物胶囊自杀了。

新的未来

叔祖父在找工作时屡遭碰壁，因为他没接受过任何教育，也没有任何特长。他总是在失望。每一次他觉得自己可能已经得到一份工作时，就发现已经有人先他一步。最后，他只好接受了一份在火车站当搬运工的工作。这份工作很艰苦，尤其是在严寒刺骨的冬天。维也纳的冬天漫长而严寒，甚至连鸽子和麻雀都冻死了，从树上掉了下来。等到春天来临时，叔祖父已经累垮了。他失去了这份工作，因为严重的背部疼痛让他一病不起。

一贫如洗的可悲生活让叔祖父陷入了前所未有的阴郁中。他感觉未来正从他手里渐渐地离去。周围的所有事物让他不断地想起童年的悲惨生活，那些可怕的记忆反而更加重了他的病情。他感觉自己就如同狭窄牢笼中的一个失败者，他呼喊着萨拉。每天晚上当他痛苦地思索着萨拉和她的爱对他的意义时，眼泪便会止不住地奔流而下。叔祖父的黑眼圈越来越重。悄悄观察他的艾尔莎觉得他越来越憔悴了。

一天下午，有位邻居敲了他家的门，想问他们借点儿盐。这个人叫阿伦 · 瑞赫兹，是一位来自加利西亚的虔诚的犹太教徒。公寓里不乏关于他的闲言碎语。叔祖父和艾尔莎自己都已经顾不上了，所以也并不关注那些流言。不过尽管如此，邻居们的话还是让他们听到了一些。

阿伦 · 瑞赫兹是个人人称道的好人，但是他一生却太过悲惨。他唯一的女儿有一天在做宗教沐浴时却突然抽了筋，淹死在了水中。他的大儿子在战争中死在了意大利前线，另一个则死于西班牙的流感中。他的妻子因为悲伤过度直接停止了心跳。可是瑞赫兹还是一如既往地富有幽默感，无论到哪里都会和别人说笑。

瑞赫兹很聪明，别人从来都不需要向他解释太多。他能很快地看穿他人的想法。他不是哲学家，他只是一个裁缝。他那天马上就了解到叔祖父的窘境，并承诺会立刻帮叔祖父向他的表兄打听一份工作。他的表兄名叫赫谢尔 · 杰克洛维奇。维也纳人都称他为赫尔曼 · 杰克。

杰克马戏团

当紧张得不行的叔祖父到达杰克马戏团时，他发现这个地方简直奇怪透顶。他觉得这里也不可能会有什么适合他的工作。他走进马戏团的一顶帐篷，突然觉得自己来到了另外一个世界。这里弥漫了一股欢乐的气氛。一些人坐在一张由动物笼搭起的长桌边，他们吃着喝着欢笑着，一边还有一个满脸大胡子、眉毛浓密的巨人正在用俄语讲着故事；根据叔祖父的判断，这应该是个极其搞笑的故事。这个男人的脸上仿佛泛着一种奇妙的神圣感。叔祖父马上就意识到这就是他一直在维也纳寻找的东西：温情、欢笑和友爱。

人群中有一个长相和蔼的男人，他头发花白，大鼻子上驾着一副银边的眼镜。他从桌边站了起来，介绍了自己的名字——赫尔曼·杰克。他充满魅力地笑了笑，热烈欢迎今天的宾客并邀请他加入了他们的晚宴。在坐下来之前，叔祖父告诉他们他的名字叫作弗朗茨·夏夫，来自布达佩斯。一个年迈的男子问他是不是和安德烈·夏夫有什么关系。我的叔祖父承认了，并说安德烈就是自己的祖父。听到此，那个男人就向叔祖父表达了自己对这位布达佩斯剧场管理者最诚挚的敬意。然后他给叔祖父递上了一杯自酿的佳酿，这酒虽口感醇厚，但后劲却很大。叔祖父还被邀请尝了各种美味的香肠和奶酪。桌边的每个人对他都十分友好，好像他已经是他们的老熟人一样。

用餐时叔祖父的笑声从未间断，两杯酒下肚之后他终于鼓起勇气转向赫尔曼·杰克说道："我已经好长时间没有这样开心过了。你们让我感受到了家的温暖。"接着他略带希冀地问道："恕我冒犯，不知你这里是否有我能做的工作？"他还说自己一直都想在维也纳找份工作安定下来，可却失败连连，恨不得志。

这位马戏导演指向了墙上的一副海报，上面是一张小丑的脸，红红的鼻子，极度滑稽的表情。他回答道："我们亲爱的朋友安德鲁，也是我们马戏团的明星成员。可是他已经升天了。现在他正在天使的身旁，逗他们开心。他做完胆结石移除手术后便再也没醒过来。你可以代替他的位子。一个优秀的小丑需要一定的年岁，他得经历过生活的各种苦痛。诚然，你很年轻，但我从你的眼睛里就能看出悲剧早就成为了你生命中的常客。

命运给你带来了各种打击。所以，我觉得这个马戏团里有你的位置。我们会教你如何变些小魔术，逗笑观众。从现在起，你的名字就叫——费尔南多！”

杰克马戏团是维也纳最受欢迎的组织之一。来这里的观众基本上都是带着小孩的工人阶级家庭。在郊区巡演的表演者中，业余艺术家是很普遍的，但这些观众仍是享受着他们的表演。赫尔曼·杰克将很多无人匹敌的国际巨星请到了自己的马戏团内：留着胡须的那不勒斯姐妹花身材前凸后翘，她们一边骑着独轮单车，一边用意大利语唱着罗曼蒂克的咏叹调，活力无限；一条腿的英国水手乔治从加农大炮里射出来直接消失在了空中；俄国巨人奥列格可以活吞老鼠，他能咬断一条坚硬的铁链，而且即使是一辆载满二十人的汽车从他胸口开过，他也安然无事；意大利的三胞胎兄弟吾诺，布鲁诺，达诺则负责刺激惊险的杂技表演。杂技团的演员还包括训练有素的钢索舞者、空中飞人，以及让维也纳任何马戏团都能大放光彩的训狮人和印度舞蛇者。同样令人惊奇的还有杰克马戏团里收藏的异域动物：五条腿的肥猪，几只矮胖的利比扎马和一只魅力无限的长臂猿猴。

叔祖父在马戏团里扮演的是小丑和魔术师的角色。一个星期六他都得站在马戏场中，戴着一个红色的土豆鼻和一顶金灿灿的假发，穿着一双超大码的鞋子和一个让他看上去像吞了三堆台球似的巨大的假肚子。一开始，他的站姿还很别扭，舞姿也很不协调。但是他勤加排练，不断地重复自己的表演，一心一意只想让它更出彩；他的目标就是要让自己的艺术水平超过那些精雕细琢的魔术家们。表演一开始他先将自己的黑顶帽向观众展示一圈，让他们看清楚里面空空如也的白色底部。这样做就没有人会怀疑他的魔术了，也没有人会认为他在欺骗观众。他挥了挥魔术棒，在空中做出了几个相当复杂的手势，接着他迅速而精准地做出了动作，表情专注地开始从帽子里拉出一大堆彩色的纸带。最后整座马戏场内都响起了似乎永无休止的沙沙声。

费尔南多总是能迎来阵阵雷鸣般的掌声，倒不是因为他的魔术技艺有多高超，而是因为他做出的那些可笑而滑稽的动作。这些动作唤醒了我们所有人内心的稚气，让所有的观众都大笑不止。

不幸的婚姻

艾尔莎并不为她丈夫的马戏团生活感到开心。她很难理解为什么他能够在那一个满是——按照她的话说——满是“荒诞之人”的地方那么若无其事，还乐此不疲。

至于她，她每天都是在家中度过的，耐心地等他回来。那架她从跳蚤市场买回来的缝纫机就放在厨房窗户边，她每天都会为一家商铺缝制女士衬衫，这架缝纫机也会从白天一直响到晚上。她的德语很糟糕，有很多词语都不懂，这使她感到很窘迫。所以她就很少出门，特别是在她罹患了哮喘，视力也逐渐衰退之后。她不与外界一切人事接触的现象随着年纪的增长越发的明显。她的思想、感觉和所有的悲伤都像焦油般黏在她身上，但她却从来没有跟任何人说过，只是将苦埋在心间。

有一段时间，她的丈夫总是夜不归宿，她很不开心。但为了家庭的和谐，她从来没为此质问过弗兰西。

有时，艾尔莎会怀疑叔祖父是不是有了外遇，而且跟他的祖父一样，他的私生子也有可能遍布整个维也纳。这种想法总是会让艾尔莎哭得撕心裂肺。每到这时她都会奔向阿伦·瑞赫兹的住所，主要是因为她身边也没有人愿意听她倾诉了。

她其实不太喜欢去拜访这位老犹太人的家，因为他住所的味道实在不好闻。那里从来都没被清扫过，窗子也总是紧闭着，空气温暖且不流通，地板上堆积着厚厚的灰尘，几乎每个角落都有蜘蛛网。床铺也从未整理过，床单上甚至还有臭虫的痕迹。有几次艾尔莎都不禁想要问她的邻居为什么从来都不打扫卫生，然后再帮他把整个屋子都打扫彻底。

她敲响了瑞赫兹家的门，但她基本上不会将压垮她的悲伤化作言语。不过他一眼就能读懂她的心思。

他温柔地说道：“记住，想得太多也会让一个人疯狂。”然后他向她保证没有人会比她的丈夫更忠诚了。他建议她去犹太教堂祷告，而不是在家任由自己被邪恶的思想和沮丧吞噬。她应该祈祷上天赐给她一个孩子。

“我不是预言者，”阿伦·瑞赫兹说，“但我肯定上天在我耳中低述的预言一定会实现。很快你就会怀孕了。也许还能产下两个孩子。当家里有了孩子的时候，你的丈夫一定会回来陪你的。”

过了片刻，艾尔莎觉得心情平复了许多，然后开始跟瑞赫兹谈起了自己的日常生活。

“这件事只有你和我知道，”艾尔莎平静后说道，“对任何人都不要提起。不然我的丈夫只会误解我，认为我在说他的坏话。”

和瑞赫兹谈过之后，她便直接去街上，呼吸新鲜的空气，搭了一辆电车去马利亚西法教堂，即万能的圣母马利亚的教堂。她坐在空荡的教堂里陷入了沉思，她想起了母亲给她的建议：如果要抓住丈夫的心，让他对自己听之任之，就必须要随时满足他的性欲。

拥抱也是一种控制男人的方法。但要是这样亲密的举动会让一个人感到隐隐的不适怎么办？如果一个女人没有生理需求的话，她是不是就输了？当想到自己的丈夫时，艾尔莎打了一个寒战。事实证明他的感情生活受到了破坏，他也正在为此承受着折磨。他就是她的王，她的主人，取悦他就是她的责任。然而，男人的性欲是女人必须要承受的罪恶，因为这就是世界的规则。于是她点亮了一根蜡烛，向圣母马利亚保佑她能怀孕。

那天晚上很晚，当叔祖父走进一片漆黑的家里时，艾尔莎在黑暗中解开了他的裤子。她把他拉到了床上，温顺地张开双腿让他进入她的身体。他的高潮几乎只是一瞬间，马上他绷紧的身体便放松了下来。然而完事之后，他却觉得很失望。他需要的不是一双冰冷的双手和没有情感的性爱。

几个星期后，艾尔莎发现自己怀孕了。但这还没持续三个月，她便流产了，这种事在那些年发生过三次。

一开始，叔祖父还会跟艾尔莎说起自己在马戏团里各式各样的故事。但当他发现她并不感兴趣时，也就立刻沉默下来了。尽管他们两个人已经不太交流了，但叔祖父还是尽量想让家里的气氛活跃起来。即便他也非常后悔自己不经大脑地便摊上了这场不幸的婚姻。每过一天，他的悔恨便多一分。最后他终于彻底厌倦了艾尔莎。他不再会因为娶了一个错误的、没受过教育的、反常的女人而感到痛苦了。她体弱单薄的身躯除了偶尔在黑暗中能供他发泄一下性欲外没有一点儿吸引力。

瓦尔德沃吉尔酒馆

白天的表演结束后叔祖父很少直接回家。他会去马戏团附近的瓦尔德沃吉尔酒馆消磨时间。基本上他每天都保持在五点半到那里，每次坐的都是同样的位子。他会点上一份那里最便宜的食物。他不喜欢喝酒，每次也仅是喝一杯啤酒而已。但他总是会随身带着他的棋，一般情况下也会有人陪他下上一盘。

对有些人来说，下棋可以使他们快乐，让他们暂时忘记生活的无奈。叔祖父那个时候就是这么想的。在他十岁的时候，一个骨瘦如柴的屠夫教会了他下棋。这个屠夫是他们邻居，跟他们这栋公寓里住着的犹太人一样贫穷。但他很善良，跟叔祖父那位常年醉醺醺的父亲完全不同。他父亲只会暴打孩子，对他们吼叫怒骂。其实，一句鼓励的话语，一个温柔的眼神，或是在肩膀上轻拍一下，都能让弗兰西去做任何事情，可是他父亲的教育方式破碎了他关于亲情的一切幻想。相比之下，这个屠夫却对他们这群公寓里的孩子们很好，还教他们这些小男孩学会了下棋这般奇妙的游戏。尽管弗兰西认为先发制人的奇招真是无聊透顶了，但想象力丰富的他还是很喜欢这个游戏。屠夫死后，孩子们就不再下棋了，他们的生活又恢复到了往日的沉闷状态。但我的叔祖父从来没有忘记他和那些黑白棋子在一起的快乐时光。

他去瓦尔德沃吉尔酒馆不仅是为了下棋，同样也是为了和其他人聊天。他发现自己很擅长和别人搭话,他也很享受这种你问我答的对话形式。他通常都会舒适地坐在椅子上，跷着二郎腿，点一根烟叼在嘴里。他一边嘬一口啤酒，一边开始向他的新朋友发问。为什么他们要来维也纳？他们在这所城市里做什么？然后他就会渐渐地将话题转向这些人的过去，还有他们的政治观。他从来都不怎么说自己的事情，如果有人问到的话，他也只是歉意一笑，便让人无意再问了。

“如果你听了我的故事，”他经常这么说，“那不会让你感到快乐。因为我的一生太过单调，毫无趣味。”

酒馆里这间舒适的公共休息厅为这些从东欧移民过来的人提供了会面的地方。这些无家可归的人就在这里下下象棋，聊聊政治来消磨些许时光。

生活在这样一个越来越分裂、局势越来越复杂的世界中，酒馆里那些人常常会抒发一下自己的豪情壮志，他们每个人都好像已经准备好要拯救这个世界了。有些人倡导无政府主义，有些人则赞成马克思主义。他们中有部分人寄希望于犹太复国，一些社会主义者则称列宁并没有维也纳的那些资产阶级报纸上描写的那么坏。有些人则认为人类的救赎最终要靠心理分析，有些人则认为只有武器暴力才能抵抗政府压迫。

一个星期二的晚上，酒馆里聚集了好多失意的年轻诗人。他们喝了很多新酿的麦芽酒，梦想着有一天能用鲜明的比喻和大胆的表达来变革诗句的风格，而这些东西早就已经从他们的脑海中消失了。他们呼唤着青春，因为他们坚信它将会赶走当代制度与表演中过时的古怪之物。他们呼唤着美得令人窒息的雷鸣电闪，期望着有一天上帝能降临，给他们无法逃脱的命运。当他们各自向对方朗读起自己的新作时，他们的情绪慷慨而激昂。几乎每一周都有人因为激动而晕眩过去。事实上，有时当下面这几句诗在屋子里回响的时候，甚至有好几个人会这样：

昨天根本不曾存在；
那只是一个幻觉。
没有什么是真正存在的
除了那永远充满希望的明天。

一个驼背的老俄国移民从房间的一个角落里站了出来。很显然，对于这些年轻诗人慷慨激昂的形而上学论调或是他们的作诗能力，他都没有特别强烈的感觉。这些诗人们心里偷偷地想，这个老家伙在想什么啊。这时，他提高了声音说：

“听我说，你们这帮乳臭未干的毛小子。优秀的诗篇往往都是寓意深刻的，每次我听到它都会为之一振。它是由血液里的伏特加铸成的。真正的诗歌从来不会从啤酒罐里产生！”

他又重新摇着头坐了回去，仿佛在向周围的人说这些写惨烈诗句的人是个只会咿呀学语的怨妇，而她若想消磨时间的话也应该去找别的事情。

这帮诗人闷闷不乐地坐在那边，假装没有听到老者的话。他们继续喝着啤酒，互相赞扬着对方诗句的精美与内涵。

几个星期过去了，每当这些诗人吟诵起他们的诗句时，酒馆主人朱利斯·瓦尔德沃吉尔就会十分不耐烦。他直言不讳地说，这些年轻诗人太荒谬了，他们竟然对灵魂永生如此着迷，期盼着血雨腥风的变革。不过他们的光顾却可以增加酒馆的收入。到了午夜酒馆快关门的时候，瓦尔德沃吉尔就会从板凳上站起来，抓起桌上那一堆空酒杯，大声喊道："好了，你们花的钱已经够多了。你们所有人！回家去吧！做点儿真正能改变现状的事情吧！"说完，他便熄灭了电灯。

一个星期二的晚上，瓦尔德沃吉尔酒馆发生了一出悲剧。那是一位瘦弱的年轻诗人，他来自萨尔斯堡，有着一头卷发和半透明的白色肌肤。他点了一大杯啤酒，酒馆主怀疑地看着他没有胡子的脸，问他几岁了。"二十三岁。"年轻人回答道，然后他骄傲地说："而且我能面不改色地吃掉二十三根烤香肠。"此话一出，其他人都纷纷下注赌他能不能做到这件事。这个诗人很快吃完了二十三根烤肠，一边吃一边大口地喝着啤酒帮助自己吞咽。他迎来了阵阵欢呼，而且得到了此单全免的待遇。几分钟后，当轮到他读诗时，他的肚子突然炸开而当场死亡了。

瓦尔德沃吉尔生怕这件悲剧会让这些诗人避讳他的酒馆，但幸运的是他们还是会在每个星期二的晚上在这里聚会。

福伦比谢勒和他的朋友阿迪

马修斯·福伦比谢勒是位很有天赋的象棋手，他在下棋时攻击大胆，为了赢得一盘棋不在乎牺牲一两颗棋子。人们说战前他曾和伊曼纽·拉斯克[①]打过平局。国际象棋大师拉斯克曾受社会党的要求来维也纳，同时进

① 伊曼纽·拉斯克（1868—1941），德国国际象棋选手、数学家及哲学家，连续27年夺得世界国际象棋冠军。被普遍公认为史上最优秀的选手之一。

行了二十六盘棋赛。结果拉斯克赢了二十二盘，剩下四盘都是平局。

福伦比谢勒唯一没赢过的对手只有他的朋友阿迪。他们在林兹上学时认识了彼此。这两个孤独的人成绩很差，总是落后于人，所以常常被迫留校。他们俩都觉得自己在童年时受到了太多的侮辱，所以对于权威他们有着难以抚平的憎恶，还经常与老师唱反调。他们很快就在对方身上找到了共同点，成为一生的挚友。

很显然，福伦比谢勒的下棋水平比阿迪要高。一次，他以兵卒长驱直入，从棋盘的两边攻破了阿迪的中心要塞。不到二十招的时间他便赢得这盘棋。那一天，阿迪本来就心情不好，而此时失败的耻辱更让他觉得受打击。他生气极了，甚至拿枪指向了福伦比谢勒。还好，那时正好有几个人路过看到这个场景，有个人从怒火中烧的阿迪手里抢走了武器。福伦比谢勒的心跳差点要停止了，从那天起他便决定不会再赢阿迪的棋了。同时，他也为自己的朋友没有杀他而感到感激。

在他们年轻的时候，几乎任何事情都能让阿迪爆发怒火。福伦比谢勒跟叔祖父说了一个这样的例子。那是1913年1月一个极其寒冷的晚上，托洛茨基教授来到瓦尔德沃吉尔酒馆下象棋，随他而来的还有一个满脸胡须、皮肤黝黑的格鲁吉亚人。

托洛茨基每个周三都要来酒馆找棋友，所有人都很喜欢他的彬彬有礼和谈话间的潇洒自如。可他的朋友，总是穿着一双厚重的脏靴子，一件破烂的外套，举止行为就像是乡下人，和人说话的时候也没半点儿礼貌可言。不过，他却是名很出色的棋手，尤其是在比赛接近一半的时候他总是能随机应变，想到一些绝妙而复杂的奇招。对国王棋的强势进攻是他的拿手好戏，很少有对手能逃脱他的攻击。他用左手挪棋，虽然那只手的肌肉有些萎缩了。他三下五除二地就能赢完酒馆里的所有人。

托洛茨基唤他“科巴”，有人说他的真名叫作约瑟夫·兹君伽日烈威利，还有些人就叫他的昵称：斯大林。

最后一轮比赛，他的对手是阿迪，那一天阿迪正好得知自己又一次没有通过艺术学院的入学考试。整个晚上他都一直在怒视着这个格鲁吉亚人。阿迪决定要不顾一切代价打败这个让他不爽的人。他全身因为极度的紧张而颤抖了起来。但在双方过了八招之后，他便掉入对方的陷阱中了。

阿迪感到羞耻难忍。他开始冒汗，他的怒火越来越旺，双手都颤动了。他的眼前布满黑色的污点。那个格鲁吉亚人却狡黠一笑，抓住了阿迪的肩膀说了声“Spasiba”。这个单词单纯只有谢谢的意思——阿迪知道，但他之前从来没听过俄语。那一瞬间的触碰如电流般击遍了阿迪的身体。因为愤怒，他不停地抖动着，他就快要控制不住自己的双手了。他想要杀人，想要攻击眼前的这个人。有一瞬间他差点就败给了自己的冲动，上前去掐那个格鲁吉亚人的喉咙了。但他很快就意识到酒馆里的目击者太多，他得克制住自己。

之后，托洛茨基和他的客人便离开了酒馆。阿迪尾随在了他们后面，心中的邪念仍然未退。在外面的寒风中走了很长一段距离后，他才恢复了理智，稍微冷静了一点儿。当他回到酒馆后，他用所有人都能听见的声音说他讨厌从东欧来的人。他散开的头发在他的前额上飘起，他的双手在空中握紧了拳头，他发誓说有一天一定要取走那个黝黑皮肤的大胡子格鲁吉亚人的性命时，声音都变了调。

每个人都知道，不看这件事，阿迪其实是个很正义的人。但他古怪的脾气和歇斯底里可能会妨碍酒馆的生意。所以在他发表了那段惊人的演讲后，朱利斯·瓦尔德沃吉尔便正式将他永远赶出了酒馆。

我并不十分清楚叔祖父和福伦比谢勒第一次见面是什么时候，但我知道一开始他觉得福伦比谢勒很烦人。每到一局棋中间的时候，他就会开始兴致勃勃地说起他的好友阿迪，这一点让叔祖父感到很不耐烦。精于世故的老东欧移民们，在福伦比谢勒开始无缘无故炫耀起他朋友变革世界的梦想时便会离他远远的。大多数的移民甚至都不愿意和他下棋。

在战争结束时，阿迪已经在医院住了很久了，他受到了毒气的污染。在那里他有很多时间用来反思自己。他将自己的素描画集发给了维也纳主要的建筑师的办公室，但却没收到一份工作邀请。他的水粉画在艺廊里遭到了冷漠。他已经对他的奥地利同胞感到深深的失望。他们的思想已经很明显的腐朽了，他想，所以他要搬去慕尼黑——一个他自从小时候便向往的城市。

在这座新的城市，他放下了自己的画笔，收起了自己的调色板，因为他之前的种种失败早已证明他并不适合当一个艺术家。于是，他决心在政治领域大展拳脚。他当上了一支新成立的德国政党的主席。他慷慨激昂地就道德，种族纯粹论，德国人的使命和斯拉夫人的背叛等焦点问题作了一次深刻的演说。

福伦比谢勒不太赞同阿迪将希望都寄托在一支德国的工人阶级上，因为他们不过是一群酗酒成性的、被梅毒、肺结核和神经疾病折磨的可怜人。他说他的朋友在巴伐利亚的很多旅馆都曾发表过那些激烈的长篇大论，并让那些嘲笑他的人被他们自己的笑声给呛死了——那些人嘲笑了他的个头和滑稽的胡须。而且运用他自己无与伦比的吸引观众的魅力，阿迪迟早会将整个德国都踩在脚下。福伦比谢勒甚至还说他能预料到自己的朋友将会引导一场革命，这场革命将最终从人类的意识里消除诸如“我的东西”“你的东西”这样的词汇。他说阿迪和他不屈不挠的意志已经上紧了发条，他将会点燃人们心中另一番决心，甚至包括那些住在贫困区内的下等人民。

“新的时代即将到来，”福伦比谢勒说，“那个时候工人们就不用再忍受贫穷，不用再沿乞讨，遭受别人的冷眼了。他们只要听从我的朋友阿迪，并提起勇气。下棋是个能锻炼人感官的好途径。”

一场政变企图被摧毁后，阿迪便被逮捕入狱了。福伦比谢勒突然不再像以前一样口口声声说是他的朋友了，就算有时他提到阿迪，声音也是十分低沉的，失去了往日的激动。酒馆里的所有人都知道福伦比谢勒对阿迪很失望，因为他在慕尼黑的时候放弃了自己阶级斗争的志向，转而去倡导反犹太人的邪恶言论：当人们在为统领这个世界而奋斗时，他却先是在资产阶级里或是在马克思主义者中间散布污蔑犹太人的谣言。因为福伦比谢勒也算是半个犹太人，所以当他发现阿迪的反犹太主义思想并不是偶尔间对主流思想的迎合，而实际上就是他政治使命中不可分割的一部分时，他感到自己被背叛了。福伦比谢勒仍是继续对着他的对手喋喋不休，但现在他主要讲的都是他自己家的故事。

福伦比谢勒和他的家人

福伦比谢勒体形敦实，肌肉紧凑，他从小多以淀粉类食物为食。他是一个农夫的儿子，所以从小时候开始便被灌输了面包和肉都是基本的生活必需品的概念。他的脸很圆，秃顶，他的眉毛粗而浓密，而且连在了一起。他如公牛般的颈子堆满了褶皱。他一只脚有点儿问题，走路不稳。当他从棋盘边站起来去找厕所时，动作都十分古怪。不过他却是帝国酒店的雇佣厨师，在那儿的厨房里他却表现得相当敏捷而警惕，对周围的那些锅碗瓢盆操作得简直堪称一绝。

有时候叔祖父会产生深深的怀疑，他觉得福伦比谢勒并不太诚实——这倒不是因为他认为福伦比谢勒像个骗子或信口雌黄的人，而是因为福伦比谢勒口中对他家族的描述都太奇特了，让人很难相信那些事真的发生过。

卡尔是福伦比谢勒家族的祖先，他于1601年结婚。由于他的妻子陪嫁过来了好几亩肥沃的田地，他便在布尔根兰古腾堡村子里定居了。就是在这里，他的祖先——一群自诩高贵而荣耀的农场主——几百年来一直精心照料着他们的土地。福伦比谢勒的妈妈并不是本地人。她来自一个犹太家庭，生长在一座壮丽的彼得霍夫城堡里，它位于维也纳东南边四十多英里处。听说她的外祖父是奥匈帝国的财政大臣，是弗朗茨·约瑟夫皇帝的亲信。另外，这个诞生过很多知名哲学家的家族，后来便举家搬去了欧洲。

“我的犹太家史写一整本书都说不完，”福伦比谢勒坚定地说，“它需要一整个文学史来记载。你不知道斯宾诺莎家族有着怎样传奇的故事。和我的祖辈在那个时代所经历的一切相比，作家们的小说都是幼稚的幻想。小说是无法与现实相媲美的。当你知道真实发生的事情后，你完全没有必要再去编造一个故事了。这就是为什么你能跟得上骗子的逻辑，却追不到一只跛腿的老狗。”

福伦比谢勒的这些描述中最让叔祖父感兴趣的，就是有一次他偶然间提到了他有一些表亲在布达佩斯。但他很快就说自己并不太关注他们，因为当分他外祖父的遗产时，他的舅舅完全不顾手足之情。他的母亲什么也没得到，因为她嫁了一个非犹太人，更糟的是他还是一个农民的儿子。他特别不满的就是他的表兄南森，据他描述，南森蛮横地夺取了家族中最有价值的财产，即哲学家本杰明·斯宾诺莎的无价著作《永生之书》。

"南森——你不是在说南森·斯宾诺莎吧？"叔祖父问道，他的心跳突然加快了，"那个娶了萨拉·诺依曼的南森·斯宾诺莎？"

"是的，他就是我表兄……你认识他？"

"不，不认识。事实上，我从来没见过他。但世界可真是小啊。他娶了我妻子的表姐萨拉，这个世界上最动人的女人。我们一起长大，所以我知道我在说什么。那么现在你要跟我多说点儿你们家族的故事。我想要知道所有关于斯宾诺莎家族的事情。"

在此之前，叔祖父以为自己已经成功地将他对萨拉的爱埋在了自己的内心深处。杰克马戏团的快乐时光几乎已经让他遗忘了她。但是他内心的那团爱火还没有完全熄灭，而南森·斯宾诺莎的名字又再次催燃了它。突然，他感到了对萨拉深深的渴望。早已埋葬的记忆再次浮现了出来，仿佛它是刚从他内心的深井中被一把拽了出来。他又一次感到了她的呼吸在他头顶盘旋，想起了他们在厨房拥抱时她贴近自己胸膛的柔软胸部。萨拉的爱使他内心充满的那些对未来的快乐设想又一次来到了他的意识中。

花香与家庭幸福

第三次流产后，艾尔莎在床上躺了好几个星期。无精打采，深陷悲伤。一天下午，屋外突然响起了一阵微弱的敲门声。艾尔莎爬了起来，跌跌撞撞地来到门口开了门。门外是她的邻居阿伦·瑞赫兹。他第一眼就看出艾尔莎的状态不是很好，他问她怎么了。艾尔莎试图回避这个问题，不过这个老犹太人还是看了出来。他讲了一些好玩的故事来安慰她，并答应陪她去拜访从巴库过来的鞑靼公主。这个人在1917年革命时被从俄国驱逐了出去，现在她正在郊区做法，利用从花朵和植物中提炼出来的精油治疗各种疾病。

人们从很远的地方赶来奥尔加·巴什基尔这里就诊。她不仅向病人提供花草植物还会嘱咐他们该吸入这些香味多久——一定要坐着吸，且每天不能超过十分钟。对于高血压病人，她建议病人吸入森林里生长的天竺葵；对哮喘病最有疗效的就是迷迭香；她还用月桂树治好了背痛的毛病。这些花草植物都是在她自己的花园里培育出来的。

她建议艾尔莎可以选择西伯利亚百合（一种百合属植物），并且每天吸八分钟的花香，持续三个星期。

"我什么味道也闻不到。这朵花根本没有香味。"她质疑道。

"没有哪朵花是会自动散发香气的，它的花香是为了别人存在的，"奥尔加·巴什基尔耐心地解释道，"你必须温柔地抚摸它的枝干，这朵花才能感到你的意愿。然后它才会散发香味。它想要让人开心，你每摸一次，它都会以香味回应你。西伯利亚百合能够治愈你，亲爱的顾客。它将会使你的子宫充满热血，再加上你丈夫一点点性趣的协助，你就能为他生下很多儿女。但我必须警告你：如果你吸了太久的西伯利亚百合，那么你的孩子将只会是女孩。"

艾尔莎乞求阿伦·瑞赫兹不要将她去见鞑靼公主的事告诉她的丈夫。他理解地点了点头。

1929 年 10 月的一个寒冷的日子里，这一天被史学家称作黑色星期四，因为就在这一天华尔街的股票市场全部崩盘了，也正是在这一天，艾尔莎生下了一对双胞胎。两个女孩，明媚动人，健全安然。

当叔祖父望向她们的脸蛋时，他发现她们中一个长得特别像他的外祖母，另一个则跟他的母亲一模一样。他开心得说不出话来。

"我想，"他谦卑地说，"将我在天堂上的母亲和外祖母的名字给她们两，安努斯基亚和玛姬特。"

那个时候，每个人都叫叔祖父"费尔南多"，除了他的妻子；她还叫着他的昵称。

"弗兰西，"艾尔莎回答道，"那些名字真好听。我很高兴我们的女儿能叫这个名字。但与之相比，我更想表示对你的尊重。所以让我们叫她们为安西和曼西吧。"

从艾尔莎进入维也纳的那天起，她便一直渴望回到布达佩斯。这些年来，这个想法一直纠缠着她，吞噬着她。这个秘密的心愿她没跟任何人说过。一天从医院回来后，她终于克制不住自己，将这个想法告诉了叔祖父——也许是时候回布达佩斯了，让他们的家人也看看这对双胞胎。

他拒绝了。

他的借口很难令人信服。他说自己还没有足够的钱，他忍受不了她的母亲，他在维也纳的事业正蒸蒸日上，而且马戏团又很忙，他根本脱不了身。

他想永远远离开家乡的真正原因完全与之不同，当然了，那个原因就是萨拉。他的不情愿一大部分是来自于他内心的恐惧，好像他生怕自己会失望一样，好像和萨拉时隔多年的再一次相见会毁了他对真爱的幻想。那种在很久之前的一个二月的黄昏时令他丧失了心智的晕眩感，那个时刻他才十五岁，他们俩双手握十，手指交叉，玩着那恋人间的古老游戏——触摸、推挤、抚摸，乐此不疲。

赫尔曼·杰克和霍尔蒂司令

前往维也纳的火车开动了。赫尔曼·杰克挤在一个角落里，安静而消沉。因为连续几个晚上的失眠，他已经疲惫不堪了，午夜的雪茄烟让他面如土色。他正面临着一个非常严重的窘境。每个人都知道马戏团的生意不行了，空缺的观众席就是对此无声的证明。而且，所有人都注意到马戏团主已经越来越心不在焉了，他变得非常不安，视力相比以前也退化了好多。这么久以来，为了不让他的伙伴们知道马戏团的经济窘境，他已经做得够多了。有一位匈牙利的朋友答应给他引荐几位有希望的贷主后，他便登上了前往布达佩斯的火车，希望能扭转乾坤，平衡马戏团的财政状况。他的那些维也纳借贷人都不愿意再向他提供任何资金支持了。他们已经忍赫尔曼·杰克太久太久了，假装看不到他无法用现金还债的事实，然而最近赫尔曼开始陆续收到各种言词尖锐的恐吓信，威迫他还钱。经济大萧条掏空了每个人的口袋，贷主变得更加冷漠了。他们基本上没人愿意让赫尔曼延长或重新商议还款期。现在他们都不约而同地声称，如果赫尔曼不在 1931 年 9 月 14 日之前还清所有欠款，就别怪他们无情。收回杰克马戏团内的抵押物，强行让其破产关门。赫尔曼在布达佩斯也没有任何收货，而现在，离最后期限也只剩下三十六个小时了。

他闭上了眼睛，接着他好像听到什么，像是一只巨大的轮子正在冲破他安稳的世界，如脱缰的野马向他和他的马戏团滚来，无情地将他们带入无尽的深渊。就在那一刻，赫尔曼想到了一个主意。他没有妻儿，马戏团就是他的家。第二天他就会买一份保金很高的生命保险，然后到了晚上他就会自杀。这样马戏团就有救了，他也不会让他的朋友和员工们失望了。

1931 年 9 月 13 日午夜过后二十分钟，维也纳特别快车在布达佩斯以西三十英里处的比亚图巴吉小镇外的高架铁轨上被炸毁了。火车头以及六节车厢全部坠入了深谷中。第二天早上，救援队在火车箱破损、扭曲的残骸里找到了二十二具尸体。其中有一具尸体的右手手指上戴着一枚金戒指，戒指的内侧刻有两个大写字母：HJ。

当杰克马戏团的人接到赫尔曼已死的消息后，团内立即爆发了一场激烈的争吵。对于即将到来的财务抵押和破产，他们也无能为力。每个人都明白他们的经济状况是不会再有任何转机了。这场争论的焦点是：杰克到底是犹太教徒还是天主教徒。他的遗体该葬在哪里——如果那的确是他的遗体的话，要知道那可是一具被烧得辨别不出来的尸体。马戏团内的人意见分成了正反两派。最后，这个难题被俄国巨人奥列格解决了，他建议将赫尔曼的遗体葬在新教徒公墓中，举行一场非宗教的葬礼。经过几个小时的辩论后，他的提议被全票通过。

几百人参加了那场葬礼。叔祖父穿着黑色的衣服站在那里，沉默、发冷。他甚至连叹息都做不到，因为整个事情发生得太不真实了。当然，他很悲伤。那个躺在棺材里的人，虽然只剩一堆烧焦的骨头，却是他的朋友，他的导师。而站在他旁边的人他一个都不认识。他们正深陷在悲伤中，泪流不止。

一位天主神父向墓地走去——他是赫尔曼·杰克的侄子，在年轻的时候便献身给了天主教。每个人都察觉到了有什么大事要发生。不到几秒钟的功夫，两支信仰不同的宗教徒们便开始互殴了起来。长年的友谊就被拳头无情地捣散了。

当匈牙利宣布全国进入紧急状态时，那场摧毁了好几节火车箱的火焰还在燃烧着。宪法中关于自由和人权的规定全都被暂时抛在了一边。国家元首及摄政王霍尔蒂司令并不特别急着抓住犯人，他手上还有更重要的事情要先行处理。显然，他的主要目标是逮捕那些讨厌的政敌。

两个星期后，警察在匈牙利人西尔维斯特·马图斯卡维也纳的家中逮捕了他。他承认了自己罪行，而且丝毫没有半点儿悔恨。早前在德国发生的五次火车爆炸事件的主谋也是他。他甚至为自己的作品感到自豪。他被判处八年的有期徒刑。很多人都以为，事情已到此了结了。

然而，一切才刚刚开始。接下来的几个星期内，匈牙利保守媒体发表了一篇慷慨激昂的长篇言论，将此次暴行归罪于共产党。共产党内部两名重要的犹太成员被当即逮捕了。即使他们有充分的不在场证明，法院还是以比亚图巴吉爆炸事件为由将他们判为死囚。每个人都知道真相。在自由媒体中、议会里，以及公众间，人人都挺身而出要求政府释放这两个人。甚至在世界范围内，激烈的抗议声也此起彼伏。霍尔蒂政府却对此充耳不闻。桑德尔·弗斯特和伊勒·撒莱在审判结束的两个星期后便被处死了。

政治意识的觉醒

叔祖父从他姐姐那里收到了一封便笺。他已经很多年没收到过她的来信了。信中说的是他们最小的弟弟，埃尔伯特。他们这个弟弟很爱读书，可他的家庭却一贫如洗，拿不出钱来供他上学。他性格脆弱而敏感，对于他这么年轻的孩子来说，去一战的战壕里证明自己的能力实在有些不合适。某个人建议他与其浑浑噩噩地聊以度日，不如怀揣着梦想加入军事院校，在那里每个实习生都能受到高等的教育和锻炼。然而，他很快就发现自己并不适合那个充满了欺凌弱小的同学和脾气暴躁的军官的世界。现实生活将他击倒了。之后，他每天都会坐在姐姐的厨房里，目无焦点地发着呆，想着未来。他姐姐为了养活他，没日没夜地工作。他在家的几个月来，她几乎已经成了奴隶，基本上没睡过一顿好觉。她喂他吃饭，帮他洗澡，帮他清洗，吹干他的胡子和乱糟糟的头发。他瘦了好多，每过一天他的五官就会突出一点，最后，看上去就像先知一样。医生诊断他为心智失常，他被送去了神经医院，这让他姐姐松了口气。被关在与外界隔离的病房中，经受着病痛的折磨，六个月后他便去世了。这是他们家族中第一个死去的兄弟。那个时候他也才刚刚二十四岁。

赫尔曼和埃尔伯特去世之后，叔祖父开始关心起自己故乡的现状。维也纳最著名的日报《新闻报》经常会报道霍尔蒂政权的势力已经扩张得越来越广，而匈牙利的人民却是越发的贫穷。几年前，像政治和社会问题这种话题完全提不起叔祖父的兴趣；每次听到这些他都会无聊地打哈欠。可是现在,他仿佛看到了埃尔伯特的脸在他面前。他弟弟那双温暖的、充满梦想的眼睛仿佛向他传达了一则信息:“别忘了我。将我们这些在痛苦中挣扎而腐朽的人的故事告诉世人，成为我们的声音。”

1927 年 7 月 15 日清晨，维也纳电力公司的工人切断了城市供电。此事一经发生，全城人民开始罢工，向议会抗议游行了起来。几个月以前，几个非法的右翼治安员杀害了一些正在示威游行的社会民主党，然而维也纳的法庭却释放了这些杀人犯，虽然他们已经承认了罪行。审判结束几天后，一万多名工人聚集起来向议会游行抗议。骑着马的警察将他们赶了回去。工人们拿着路边的石头，包围了司法宫。很快，有将近二十万多市民聚集到了街道上。有些人还提了汽油桶。大约正午时分，司法宫燃起了大火。消防车当即便奉命前来救火，却在半途被民众们拦住了去路。面对这一境况，警察局长决定派出六百名武装警员带着来复枪驱散民众。这些警员对着四面八方的人群疯狂地扫射着。很多男人、女人、孩子、老人甚至还有四名警察都被击中了。那一天共有八十九名市民当场死忙，还有一千多人受了重伤。医生告诉记者说，就是在战时他们也没看过这么多的枪伤者。

司法宫外的闹剧让叔祖父义愤填膺，改变了他对当下时局的看法。他自己虽然没有参加那场示威，可是报纸上、人们的嘴中都在谈论着那次血腥事件。然而那些资本主义的媒体却将这些警察歌颂成义勇之士，并表示支持如此过度地使用武力。在联邦法官伊格纳兹 · 西贝尔向议会做的演讲中，他将这次的大屠杀事件全部归罪于社会民主党。叔祖父坚信只有恶毒而不负责任的政治家才会不知羞耻地说出那样的弥天大谎。至此，他对当代整个基督教民主党政权，以及支持西贝尔和他的党羽执政的资产阶级形成了极度恶劣的印象。

几个星期后，无政府主义人士萨克和范泽蒂的事件也成为报纸的头版头条。即使这两个意大利移民完全是无辜的，但他们还是被指控为一起死伤两人的持枪抢劫案的主犯而被判处了死刑。他们的行刑多次都因意外而中止了。世界各国都掀起了对此次事件的抗议；在维也纳，七万名民众在街道上静声游行。但这都没有用，法官仍拒绝重审此案。因为他们异端的政治观点和官员对外国人的普遍敌视，萨克和范泽蒂在审判之前就已经被定了罪。八月，人们对他们能受到公正待遇的希望彻底破灭了。这两个贫穷的无政府主义者在电椅上度过了最后的时光。

叔祖父非常同情这两个无辜受难的意大利人以及他们的家人。他从报纸上找出了关于他们一生事迹的所有报道来阅读。一次又一次，他看到了巴枯宁这个名字，此人在这些报道中被称为无政府主义的曙光。叔祖父觉得这个名字似乎有些熟悉，但他却记不清在哪听过它了。

叔祖父小时候，家里面没人提起过他的祖父。这个话题是一种禁忌。他的父亲鄙视这位著名的剧院导演，不愿意和他相见。但叔祖父肯定在什么地方看到过关于他祖父的事情，因为当他在报纸上看到了那个俄国无政府主义者的照片时，他脑海里的记忆突然明朗了起来：在他年轻的时候,在西伯利亚就听说安德烈·夏夫是巴枯宁的徒弟。想到自己的祖父，他才意识到对于过去他简直一无所知。他甚至都想不起来自己母亲的容貌了。

在维也纳的中央图书馆，他找出了巴枯宁所有的德语版著作。他开始全神贯注于研究无政府主义的思想。这些书的内容充满反抗的观点。他读到：

……对每个人来说，有用的真理在其外延和核心部分都能够进化和发展。它应该能重组这个世界，颠覆体制，让所有根据自然法则确立的社会秩序，在残酷的世界性变革中得到证明和再生……

叔祖父惊呆了，他甩了甩脑袋翻过了这一页。因为他不太理解这些书的内容，所以很快他便觉得巴枯宁写的书很无聊，便把它们都放回到了书架上。

股票市场崩溃之后的那个时期，叔祖父每天都能赶到高级知识分子在慈善机构门口排成的取面包的队伍中，耐心地等上好几个小时。他又回到图书馆借了更多的谴责社会现状的书。一位脸色苍白、瘦骨嶙峋的图书管理员不情愿地帮他借出了这些书——她脸上挂着的一种勉强的笑容会让人觉得她心怀怨恨或者非常孤独。叔祖父捧着一大堆书回到了家。他只能勉强分辨出罗莎·卢森堡和托洛茨基的作品。这些书说的大多数东西都很难理解。但他确实发现了一个东西：社会主义。社会主义者白纸黑字地证明了资本主义的世界秩序是不公平的。

叔祖父有生以来第一次觉得生活和社会本可以给他的母亲带来更多的东西，而绝非只有与他父亲无休止的争斗。他的父亲，一个放弃了自我，迷醉在酒乡中的人，因为他那个没心没肺的父亲和自己的无能而堕落了一生。

葛兰西就是这样影响到叔祖父的生活的。他倡导与普遍的工人全体团结起来，这一思想让叔祖父印象十分时刻。还有他关于自由和个人主义的言论更是触动了叔祖父。他读完了这个意大利人所有的笔记，这些都是从葛兰西待过的法西斯监狱里秘密偷运出来的。葛兰西的作品让叔祖父找到了一把万能钥匙，帮他认识这个世界。这些作品的用词都很犀利。即使这个政治家在监狱里受到了酷刑，身体经受着病痛的折磨，并且已与外界完全隔离，但他在监禁时写的笔记言辞间却充满了坚定。所有的事情都有因可循，只要你看透历史。

叔祖父再也不频繁地出入瓦尔德沃吉尔酒馆了。那里几乎一切都变了味。以前那种舒适的、友善的气氛消失了，那里再也没有成群的东欧移民和棋手了。就连敦实的朱利斯也不在了；他年轻的妻子赫德嘉和一位巡回世界的啤酒销售员私奔之后没多久，他就去世了。现在，这间酒馆由他的侄子埃伦斯特经营。与酒馆顾客相比，他对赛马反而更感兴趣。那些诗人们也不再在星期二的晚上来这里念诵诗歌了。他们现在全都带着纳粹十字的袖章，讨论着希特勒的思想。

一天晚上，在酒馆附近的小巷子里，一位瓦尔德沃吉尔酒馆的常客——那个驼背的俄国老犹太人正被三个穿着制服的纳粹党拳打脚踢。

叔祖父在远处目睹了这一切。他怕连累了自己，所以并没有上前阻止他们。为了安抚他的良心，他告诉自己说，对抗法西斯绝不能使用暴力。

与弗洛伊德的相见

杰克马戏团宣布破产后，叔祖父便在斯坦因凯乐卡巴莱[①]歌舞剧院里得到了一份魔术师的工作。

一天晚上，西格蒙德·弗洛伊德来到了剧院。剧院主斯坦因凯乐在门外接待了他。他们俩说了几个犹太人的笑话，交流了一些对罗伯特·瓦尔泽的看法。瓦尔泽是一名高敏感的作家，他为了逃离尘世的喧闹自愿住到了医院里，在那里他每天就忙着整理各种花花草草。斯坦因凯乐将弗洛伊德领到一个离舞台最近的位置上。他点了一杯意式浓缩咖啡，点燃一根雪茄，吹起了烟圈。费尔南多表演完之后，剧场主邀请这位世界著名的心理分析师家上台就现今人们对幻觉的喜爱做一番评价。

弗洛伊德自信满满，并用浑厚的声音说道，他刚刚细心且好奇地观察了费尔南多。他发现了一些有趣的地方，但他会对此保密的。他承认自己被这位优秀的魔术师的表演打动了。然而，他马上说道，不过这些都是纯粹的假象，费尔南多让人们相信了自己所看到的——虽然这些事情其实从未发生过。就在此时，观众席上某个人叫了出来，他问弗洛伊德是否相信人类具有所谓的超能力。这位心灵治疗者当下就坚决地否定了这个观点，他说通灵学是彻底的假话。接着，他语重心长地向观众解释了我们对幻觉的基本需求，以及我们对暗示的怀疑心理。最后，他强调人们要学会运用自己最关键的理性感官，不管是舞台上的演出，还是现实生活中的事情，都不要任由自己遭受它们的欺骗。话毕，台下响起了一阵雷鸣般的掌声。

之前叔祖父并不知道弗洛伊德要来，他觉得自己的艺术被鄙视了，好像它还比不过一个烟圈。他立即站了出来，先是表达一番自己对弗洛

---

① 卡巴莱是一种具有喜剧、歌曲、舞蹈及话剧等元素的娱乐表演，盛行于欧洲。表演场地主要为设有舞台的餐厅或夜总会，观众围绕着餐台进食着观看表演。此类表演场地本身也可称为卡巴莱。

伊德的崇敬——他称他为“人类潜意识的克里斯托弗·哥伦布”。然后他提议做一个小实验来证明心灵力量的存在。他让弗洛伊德在一小片纸上写点儿东西，然后再放到他西装的上口袋中。叔祖父说通过自己的直觉，他便能知道那张纸上写了什么。这个提议让弗洛伊德大感兴趣，他高兴地同意参加这个可笑的实验。

“费尔南多先生，”他恭敬地说道，“刚刚你叫我哥伦布，但我认为我自己更像是一个征服者。我有一个征服者应有的好奇心、勇气和耐性。”

“还有无情，亲爱的博士。”观众中有个人叫道。这句话引起了几声狂笑。

“也许吧，”弗洛伊德继续说道，“但是，对于人的灵魂，我看得比谁都要深，然而我在那里并没有发现任何神秘的力量。我不是针对你，费尔南多先生；但是，你真不是我第一个识破的江湖术士。”

弗洛伊德拿出了一支笔，在一张纸上写了几个字，然后将其放到了自己西装的上口袋里。当叔祖父走近弗洛伊德时，他闭上了眼睛，仿若在集中精力似的——整个过程就像在作秀一样，不过整个剧场此时都没有一点儿声响。叔祖父脑中出现的第一副画面就是一些彩色的小鱼。他们正在那位死去的骨相学家的接待室里的浴缸里游来游去。那位骨相学家曾说过他曾和心理分析学之父在一起学习过。

“坦克雷德·豪斯沃尔夫！”费尔南多叫道。

弗洛伊德不敢相信自己的耳朵。“对了。”他说，同时他打开了那张纸条，向观众展示了上面的字：坦克雷德·豪斯沃尔夫。

剧场里所有人都鼓掌，欢呼声此起彼伏。人们不仅在笑，他们甚至喜极而泣了。第二天，费尔南多变成了维也纳的话题人物，而想进入斯坦因凯乐剧场的队伍也排到了好几个街区之外。

卡巴莱剧院的艺术家

叔祖父很快就知道要利用自己突来的名声来宣传自己的剧本。他开始写作并表演了一些充满尖锐的社会言论的独白。他的事业虽没能维持太长时间，却影响深远。

在比利时剧院历史学家吉斯莲·弗洛明克的里程碑著作《欧洲卡巴莱表演的100年》(1982)这本书中，这样写道：费尔南多单靠一人之力就改变了德国卡巴莱歌舞的表演形式。他因自己独有的大胆鲁莽却又不失道理的政治讽刺而名声大噪。他写道：

> 费尔南多代表了失意的伦理学家和淘气者的斥责。他在斯坦因凯乐剧院里将社会无情地诟病。作为一个社会主义者，他指责了资产阶级的自我主义和拜金主义。作为一名反弗洛伊德者，他大吐了自己对心理分析的苦水，将它的领袖鄙视为“滥用心理的人”。作为一名和平主义者，他嘲笑了喜好战争和军事的人。作为一位无神论者，他既不赞同犹太教也不支持基督教。
>
> 然而在他的表演中，出现最多的一个名字还是阿道夫·希特勒。1933年攻占柏林后，费尔南多的独白表演主要就集中在这个名字上。每过一天，纳粹的势力就会猖狂一分——这种现状更加刺激了费尔南多的无畏和傲慢。当执政党十万多成员的靴子踏过纽伦堡，使其在火光与不计其数的条幅中颤抖时，费尔南多成为了一个说着德语的卡巴莱艺术家。他仍坚持嘲笑前下士那张没有胡须的光洁脸庞，还有他前额上搭着的一绺滑稽的头发。他使维也纳曾经最独一无二的卡巴莱剧院变成了反纳粹思潮的终极堡垒。

希特勒对柏林的统治让维也纳遭受了阴霾。大卫·斯坦因凯乐被传唤到了警察局长的办公室，接受一些“由衷且友善的建议”。

解雇费尔南多？这个想法实在有些可笑。斯坦因凯乐试图为艺术自由的原则辩解一番。然而他却得到了不容商议的回复：他的剧场明星的行为显然已经超出了可以容忍的范围，他口无遮拦，肆意妄为，质疑了一直以来支撑着祖国的天主教徒的修养。现在受到威胁的不是费尔南多的事业而是剧场主自己，他的命运现在全在于剧场内表演的节目。斯坦因凯乐被警告说要尽快赶走他的明星表演者，要不然他就会受到严厉的惩罚。剧场主说他会仔细考虑的，尽管他心意已决——不管发生什么，他一定会让费尔南多在舞台上自由地表达自己。

两个星期之后，在七月份的一个温暖明媚的日子里，天边突然出现了几朵乌云。斯坦因凯乐又再次被传召了。这一次并不是他和警察局长的单独谈话，那里多了两个穿着皮夹克的肌肉壮汉，他们是来“说服”斯坦因凯乐的。这两个人的说服方式倒很直接而有力：他们强行将斯坦因凯乐按到了椅子上，给了他一记重重的巴掌，并用力地掐紧他的肩膀。斯坦因凯乐觉得自己心如雷鸣，耳朵滚烫如火。警察局长向他明确地描述了，如果费尔南多二十四小时之内还没从剧院消失的话，他将会受到什么样的待遇。斯坦因凯乐颤颤巍巍地听着，大脑已是一片空白。对他来说，这个决定一定很艰难。因为他很善良，他把费尔南多当成儿子一样看待。但他很害怕，他知道自己已经别无选择了；反抗只能是徒劳，在更暴力的警告之前他必须要屈服。

反希特勒

就连叔祖父自己都感到很惊讶——他突然有种如释重负的感觉，甚至还有点儿开心。有一瞬间，他觉得自己会想念这个剧院，尤其是和观众交流的时光。在他们全神贯注地看他表演时，他能看到他们眼中对真相的渴望——毕竟，幽默这种东西，在生活中处处都能发现。但叔祖父并没有时间悲伤，他拿起了笔，开始用文字攻击这帮越发猖獗的法西斯主义者。他很欣慰——几年前他还提着行李箱穿梭在火车站中，从小丑的帽子里变出几根彩带以讨生计。现在他写的文章竟然都登上了《工人报》的头版。不过他使用的是化名“夏夫希特”（原词在德文中为刽子手之意）。他的生命因此充满了一股反抗与自由的香甜。这种感受令他更加有勇气了。他写的文章主题就是如何反抗纳粹政府。对此，他可是信心十足。因为他的口袋里有葛兰西的笔记，他知道怎样组织一场抗议运动。

叔祖父在一边写作的同时，一边还在研究西班牙的宗教法庭。他对此的兴趣是被马修斯·福伦比谢勒引起的，那个时候福伦比谢勒已经被他的朋友邀请来了柏林。

经过多年的摸爬滚打，阿迪终于实现了自己的目标。这位喜怒无常的奥地利人，虽然长着一张严肃的脸，有着一头滑稽的发型，却成功地说服德国人将自己祖国的命运交到了他手中。他是纳粹德国的创始人，他用自己激情的演说在德国人民心中根植了一种无坚不摧的信念，让其相信德意志帝国将会名震欧洲大陆。成百万的人将自己盲目的忠心献给了这位新任元首，为其狂热，为其欢呼。

不过，阿迪也有很多敌人。他常常遭到犹太教会和西方民主党派联盟的口头攻击。但一切都变了。他最信任的一位占星师说有人正暗中打算消灭他。水晶球显示德意志的元首将会死在自家的厨房里。阿迪推断有人会在他的食物里下毒。遇到这种事，他并不像其他人一样吓得六神无主，他反而积极而严肃地采取了相应的对策。他立即便想出了几招预防措施。现在，他每天除了蔬菜沙拉什么都不吃，严格遵守着素食主义的原则。同时他让自己的老朋友福伦比谢勒辞去了帝国酒店大厨的工作，来他府上做他的私人厨师。

在福伦比谢勒的祖先里有一位神秘主义者，他的名字叫作萨尔曼·埃斯皮诺莎。他生于中世纪的西班牙，曾被基督教的刽子手不间断地折磨了八天八夜，但却从未屈服过。宗教法庭跟希特勒一样，认为犹太人是世界上一切悲痛和邪恶的罪魁祸首。很多西班牙籍的犹太人都逃离了西班牙，留下来的那些都成了清扫犹太人运动的受害者。

萨尔曼·埃斯皮诺莎的故事深深地吸引着叔祖父。他觉得 15 世纪的西班牙和当今的德国非常类似。他仿佛已经看到了犹太人的命运将走向何处。一切不过是时间问题。乌云又渐渐地聚集到了天边。

德奥合并后

1938 年 3 月 12 日一早，一位德国间谍从维也纳邮局向柏林发去了一封电报，请求军事支援。不到几个小时的时间内，希特勒的坦克便驶过了德奥边界。挥舞着旗子的孩子和成人在街上排成了排，迎接着这帮入侵者。奥地利在不动一炮一卒的情况下，便被纳粹德国兼并了。

纳粹夺取了奥地利的政权后，即所谓的德奥合并后，除了国社党之外的所有政党都被解散了，叔祖父的很多朋友都被关押了起来。他将艾尔莎和他的女儿们送回了布达佩斯，让她们远离这块是非之地。而他则留在了维也纳，继续写着关于纳粹前生的西班牙宗教法庭的故事。

大卫·斯坦因凯乐是罗马尼亚的公民，也是第一个接到驱逐出境命令的人。这则命令虽然表达过分含蓄而有些虚伪，但却非常明白地向大卫传达了一个信息——他该去哪里报道，随身只能带什么。斯坦因凯乐写了一封信给纳粹的盖世太保，他说到纽伦堡种族清扫规则已经发布了三年，它的威力波及了所有人。他很清楚自己的结局，不过他想亲身去了解所有的事情。那天他穿上了自己最昂贵的西服，仔细地打好了领带，叹了口气。他想念那些自由的笑声与眼泪，以及聆听费尔南多独白的那些不知所畏的观众。然后他便走上了阁楼，上吊自杀了。

有人正在敲门。叔祖父坐在窗子边的餐桌前，正在写着什么。他知道接下来将会发生什么，他站起来去开门。门外来了五名穿着黑色皮外套的健壮男人。他们的首领大叫了一声："盖世太保[①]！"

"弗朗茨·夏夫。"叔祖父回答道，然后他好奇地看向其他男人。"你们呢，先生，你们还没介绍自己呢？你们叫什么？另外，你们是卖什么的？"

"秘密警察！"当头的男人说道，"我们到这里来是逮捕犹太人夏夫的。我们还接到命令要搜查这间屋子，找出所有反纳粹的书籍和文章。"

"反纳粹的言论，"费尔南多重复道，"这间住所的所有东西都是反纳粹的，甚至连我擦屁股的卫生纸也是。"下一秒，他的脸上便挨了重重一拳，然后就失去了意识。等他醒来时，他已经在去达豪的路上了。

① 纳粹德国时期的秘密警察。

五　流浪者

关于写作和费尔南多

看了看我至此为止所写的一切，对这些缺乏时间逻辑的叙述我实感羞愧。不过让我感到安慰的是，这并不是一本科学论著，所以这本书也并不需要太过严格的结构或仰赖精确的研究数据。

我写的是斯宾诺莎的家族史。我母亲在她临死前让我将我们家族所生活的这个不同于其他地方的世界描述给所有人看。她那张惨白的脸现在还会浮现在我眼前——没有梳整齐的头发挂在她的前额上，她的眼神绕过我紧盯着天花板的某处。她的呼吸越来越浅，直到消失在死寂的屋内。我发誓有一天一定要完成她的心愿。

母亲死于 1989 年 11 月，死时她已经有六十八岁了。然而现在已经十年过去了，我也开始有了工作。一想到要一个人坐下来写上一个星期或一个月，我就有点儿难以忍受了，因为我总是坐不住，总是想去哪里走走。而且，我这辈子从来没觉得自己有写作的天赋；若要将思想跃然于纸上，我不知得耗多大的精力。

直到我真切地感受到自己快死的时候，我才发现，我，作为斯宾诺莎家族的最后一个子孙，是唯一能记起叔祖父说的关于我们家族历史故事的人。只有我记得祖母和祖父之间激烈却能惹人发笑的争吵。我双胞胎弟弟萨沙死的那天所发生的事情，记得的人中间也只有我还活着。我之前从来没想过我一生最大的失败并不是死亡，而是我的死意味着先我而去的每个人都将被后人遗忘。这种突然觉醒的意识让我人生最后的这段日子瞬间充满了意义，因为正是在这种意识的督促下，我才能安安心心地坐下来将我对过去的见证一一记录下来。

这就是为什么我并没有提到过任何我自己的思想和一生所为。这些记忆并不关乎于我或我的生活。

我要写的是斯宾诺莎这个家族。我刚才已经说过，现在我又说了一遍，主要是想让自己全心全意在自己的任务上。有时候我会质疑这项浩大的工程，我禁不住会想我是不是将自己所剩无几的岁月浪费在了一堆废物上面，然后像某些没脑子的笨驴一样被一些突然的想法牵着鼻子走了。

不过，大多数时间，我还是觉得这次写作让我沉闷的生活重现了光彩。好像通过这些故事，我找到了自己的心，又再一次认识了自己。将童年时的记忆再一次释放出来，让我这个将死之人的生命又多了一分光彩和意义。

我希望自己在童年时期第一次听说的那些故事里的主人公再一次在我的文章中活过来。我希望，读者能像我们小时候听叔祖父说故事时那样也觉得这些人物是如此的接近自己，如此的真实。想到这些，我便立即有了精神，争分夺秒地回忆起不同的年代，竭力将每个年代的色彩和独一无二的风格展现出来。我尽力描述着历史的漩涡是如何吞没了我的祖先们，向读者展示了平凡生活的悲哀现状是如何让他们几近疯癫，影响了他们的生活，折磨了他们的心智。然而，我感觉我基本上写出来的都是十分肤浅的小故事。我想还原那些人的真实生活，却只能写出这些苍白的流水账。不管我用什么方法，我还是抓不住日常生活的那些点点滴滴，这些总被埋没在历史中的事情：岁月流年，某段时间的特殊芬芳，心与心之间的亲密交流，我祖先们的梦想，他们生活的方式，他们的骄傲与自大，他们的天赋与微小，他们所表达的观点，为了取得周围人的认可而做出的努力，他们想融入集体的愿望以及他们对自己的孩子能过上美好明天的希望——除非先经历过挫折，否则美好便永不会出现。

所以有时候，他们的历史便在他们所处的那段骚乱的岁月中脱颖而出了，它不仅反映了我们个人生活中的偶遇和小小的成就，还反映了历史书中记载的那些伟大的事件与可怕的灾难。

虽然叔祖父体内没有流淌过一滴我们家族的血脉，但尽管如此，对我来说，他便是斯宾诺莎家族的最佳代表。我之所以如此频繁地提到他，就是因为正是他用自己奇异而搞笑的方式让我了解我们的家族史，其中包括我们家族的传统和习俗，我们祖先不值一提的成就和令人羞耻的失败以及所有意义深远或胡扯八道的东西。他是一个总有些刻意要将一切保持协调的人：过去与现在，家庭和犹太人的身份，宇宙和世界，精神和道德，爱与毁灭。是他让我相信了世界上的确存在着不可探知的秘密，而人类的确能够与精神世界相通。是他让我觉得永恒不变的、幽幽哀伤的过去要比现在这个千变万化的世界有趣得多。他说故事的时候，仿佛有一种特殊的能力可以将我的心拽得紧紧的，他让那些难以置信的事情可信了起来，让晦涩难懂的东西清晰了起来，他处处安插着惊喜，一步步将我们引向他的故事里，他有时会让我们平静，有时又会让我们感到慌张，他将幽默与可笑的成分加在了不幸与悲伤的事情中。一天，他会跟我们说一个年轻人的故事，这个人涉世未深，却因为理想而甘愿一搏。他举起了一把宝剑，成为了皇家医师，研制出了疗效神奇的草药。第二天，他就会说起一个医生，为了成为一名邪恶暴君的私人医师而不惜毒害自己的国王，为后人所诟病。第三天，又是一个新的故事——他说有一个十分出色的神秘人，高傲而虔诚，他发现了宇宙的奥秘，并能够破解苍穹之上其他星球的存在意义。他故事中的主题每天都在变：哲学家，自杀，一个热爱读书的巴黎律师还有他臭名昭彰的罪犯儿子和他聪明伶俐的女人，革命和贵族，政客和普通人。他能描述各种情感：令人沮丧的失望之情和真爱，懦弱和勇气，决心和质疑，聪明与愚笨，虔诚与狡猾。

最重要的是，他利用自己的神秘感成功地将生命的意义根植在了我和我弟弟萨沙的心中，虽然我们那个时候并没有发觉。这种意义就是：命运——并非上帝，因为费尔南多根本不相信这些鬼话——为整个人类设计了一份包罗万象的剧本，而我们的家族在其中扮演着十分重要的角色。

叔祖父之所以与我们联系如此之紧密是有原因的。我小时候还没能了解，直到长大之后过了很久才明白过来。那就是他对一个女人不顾一切的爱。他一生都深爱着萨拉，我的祖母，甚至用疯狂来形容也不为过。为了与她待在一起，他抛弃了自己的一切过往，并用斯宾诺莎的家族故事来填补这些空缺，而在这些故事里，祖母也不过是因为一场不幸的婚姻而扮演了一个被人忽视的小角色。

一个晴朗的星期日

1925 年 3 月的最后一个周日，叔祖父醒来的时候便心情极好。那时已经过了十点。按照他平常的习惯，他七点钟就会起床了，不过这是自从新年以来他的第一个休息日。在前几晚，他筋疲力尽到无法入眠。他觉得自己的嘴巴干得就如一张砂纸似的。他下了床，径直走向了厨房的水池。艾尔莎正坐在她的缝纫机前。他和她道了声早安，然后她小声地回应了一句什么。他喝水的时候一直静静地看着她。他的第一个想法就是穿好衣服去瓦尔德沃吉尔酒馆——远离这场沉闷婚姻的避难所——然后下一整天的棋，消磨时间。但他突然想，也许他应该问问艾尔莎要不要和他出去散散步。

“我们出去，到甜品店喝杯热可可吧。”他提议道。

艾尔莎有些阴郁地抬头看向他，然后摇了摇头。对这样的回答，叔祖父明显不太开心。

今年的这个时间，天气竟然异常的温暖。酒馆外的庭院中草都绿了。蝴蝶翩翩起舞，蜜蜂也在花丛间嗡嗡地飞来飞去。大自然已然苏醒。

叔祖父是个无神论者，但在那一个灿烂的春日里，他觉得处处都充满了造物者的恩赐。每一朵鲜花，枝繁叶茂的栗子树，每一面玻璃的边缘，每一根花茎以及花园里所有肉眼注意不到的生物，这些都代表了生命神圣的悸动与无穷尽的力量。

造物者真的存在啊，他想，不过永恒者没向任何人展现过自己，尤其是那些自封为预言者或宗教先知的人。他从没说过什么是应当禁止的、什么是可行的。因为上帝可不是什么虚弱的、年迈的老头子，一心只想着将一些严格的规则强加到人类身上，限制他们的生活。那些以上帝之名布道的人都是骗子。如果造物者真想向我们传达什么信息，那么他肯定只是赋予了花朵生命。

福伦比谢勒不可置信的故事

福伦比谢勒坐在他平时坐的桌子前。点的酒他还没尝过一口。他看上去仿佛正在聚精会神地看着杯中的酒泡，当叔祖父在他对面坐下时他也没有察觉到。他一直等到杯中的气泡全部消下去之后才看了看杯里到底有多少酒。

“就剩四分之三了，”他失望地说道，“骗子。”他喃喃道，“用那些气泡塑造的骗局。维也纳到处都是虚伪、谎言和欺骗。在这个城市里，一个人甚至连一整杯啤酒都喝不到了。”话毕,他便沉默了。叔祖父心想，这是什么鬼话，无聊透顶了。正当他准备反驳一下他的朋友时，福伦比谢勒开口了。

“我想跟你说点儿事情，费尔南多，我很自信，这些事绝不是谎话，而是只有上帝才知道的真实。”

他一口气喝光了杯中酒，打了个嗝。叔祖父狠狠地叹了口气，但还是偷偷笑了笑。

“你可以自己判断我将要说的事情是不是胡扯，”福伦比谢勒继续说道，他真诚地望着他的朋友，“但我发誓我所说的一切都是真的。不需要我告诉你，你也知道，现实往往比小说更奇妙。如果一个人知道现实中发生了什么的话，那么他就没必要编造故事了。这就是为什么跟上一个骗子的语速要比追赶一只跛腿的狗更容易。”

然后，他便开始将萨尔曼·埃斯皮诺莎的故事向叔祖父娓娓道来了。

那个时候，叔祖父对福伦比谢勒的家族传奇故事里的人物，就像杰克马戏团里和他共事的伙伴一样熟悉。这些人奇妙的命运总是能唤起叔祖父强烈的好奇心。每从中世纪的阴影中出现一个新的斯宾诺莎他就会非常兴奋。他和福伦比谢勒在一起的那些时间，就像是在看一场表演，在这出错综复杂的戏剧里，来自欧洲各国的各种角色一个接一个地出现在了舞台上,尽心地表演着。巴鲁克是如何用草药救活了葡萄牙国王长子的性命，恰伊姆是如何用自己调制的毒药夺取了苏丹王穆罕默德二世的生命。这些故事并没有让叔祖父产生质疑，反而让他感到了前所未有的快乐。

然而，偶尔他也会怀疑那些故事里有多少真实的成分。有时候，他会责备自己为什么要让福伦比谢勒将那些奇幻故事塞满他的脑子，让斯宾诺莎家族深深地刻在他脑中。这一切不断地刺激着他的想象力，但听上去总是有些不可思议。有时候他极力控制自己，不要败给欲望，不要眼巴巴地等着福伦比谢勒来给他说他们的家族传奇——即使他们跟他没有半点儿关系。这个时候他就故意坐得离福伦比谢勒远远的，一边偷偷地望向他朋友的方向，一边在酒馆和一些俄国移民下着棋。但这从来就没有持续过太长时间，很快他便又会和他的朋友搭上话。因为那些流逝的岁月所残留下来的光芒让他如此着迷，那个世界虽然跟自己毫无关系，却至少以某种奇怪的方式拉近了他和萨拉的距离——他如此安慰着自己。

福伦比谢勒之前所说的故事没有一个可以和萨尔曼·埃斯皮诺莎的故事相比，萨尔曼的故事让叔祖父产生了一种矛盾的心情。他不知道如何去判断这到底是捏造出来的还是真实的。这个故事的很多方面听上去都像是编造出来的。另一方面，他听过很多奇怪的事件，甚至连他自己也曾经历过一些自然法则无法解释的事情。在人类之外是存在所谓的神秘之物的，叔祖父坚信这一点。

他想从他朋友的表情中挖掘点儿什么。最后，在四大杯啤酒下肚和不间断地听了五个小时的故事后，叔祖父终于憋不住尿意——他已经忍了很长时间了。他急匆匆地冲向了厕所，然后连再见也没说就往家奔去。他一来到街上，便决心要彻查这些故事，不管要付出多大的代价，他会去翻阅那些旧的文件，找出真相。通过一切现存的资料来探索萨尔曼·埃斯皮诺莎这个人。

混乱的时间顺序

我不知道自己怎么了。我再一次被记忆的洪流卷走，丢掉了我原本的叙述方向。对于任意一个偶然间翻到这里的读者，他肯定很难理清这些故事。因为几乎所有时间顺序不清晰的故事都会让人感到困惑。

然而，我很高兴故事说到这里能稍稍暂停一下。我非常确信，对于本书来说，严格的时间顺序会让读者对斯宾诺莎家族的故事产生质疑。

叔祖父说的那些精彩的故事，之所以能让萨沙和我深信不疑又满怀兴趣地听下去，就是因为它们完全没有所谓前后呼应的篇章架构。他的故事，也就是我现在正试着重新回忆的东西，都是一些东拼西凑起来的小故事。它们既不是发生在任何一个固定的地方，也没有与其他事物的必然联系。他所说的事情几乎很难去验证真假。这些故事没有所谓的时间顺序，不过后来是我尽量想强加一个时间顺序给它们罢了。这些故事没有开头亦没有结束。这里只有过去，不存在未来。

我在这里只想要叙述一个人的故事。14 世纪的格拉纳达的统治者还是一位贤明的摩尔人，这个人的一生便从这个时期开始。直到三百五十多年后的一个星期五的晚上，他才在弗赖堡大学里永辞人世。在那里，他人生最后几天都是和自己的亲戚本杰明 · 斯宾诺莎一起度过的，他将自己从一生漫长的游历中所获得的所有知识和秘密都告诉了本杰明。然后，便结束了自己的生命。

他的名字叫作萨尔曼 · 埃斯皮诺莎。他身材矮壮，活力四射，还有一只超大的鼻子。他好奇心极强，总是精力充沛；非常博学多才，喜爱和他人辩论。他的步伐大而有力，所以当他穿梭在世界各地的土地上时泥土会一路溅到他的肩膀处。他从来不骑马旅行，他喜欢走，每天都能乐此不疲地走上十二或十四个小时，而且不用休息，也不感到累。也许，就是因为这样，人们才称他为“犹太漫游者”的吧。

我觉得如果我一开始便介绍起萨尔曼复杂的人生背景的话，叔祖父也不会特别反对的。因为他也曾无数次地向我们一点点说明了，这位犹太漫游者离开他的出生地 —— 格拉纳达的非常原因。

到现在，我还是能记起叔祖父坐在餐桌前的样子，那时秋日苍白的晨曦正好笼罩了他。他举手投足之间散发着一股凛然之气。在向我们传达着这些已故祖先的生平事迹时，他一定是极其享受的，而这种快乐完全通过他的话语和动作显露了出来。他重新点燃了这些故事中的情绪，以确保它们能在我们心中永远鲜活下去。以我当时对那个时代的了解，我完全想不到这些好玩又奇幻的故事能在我记忆中长存，让我相信早在我出生之前我便已经来过这个世界。我也不认为有一天它们会将我转变成某位故人的看守者，他在坎坷的一生快要结束时倾尽了所有的力量，只为找到最初的自己。

格拉纳达的童年时光

萨尔曼的父亲是住在格拉纳达的著名犹太卡巴拉教徒摩西·埃斯皮诺莎。多亏苏丹王的保护和财政支持，摩西才能全心钻研造物与宇宙的各种秘密。他留给后人的卡巴拉教义书《光辉之书》，因其突破性的观察和诗般的叙述，不仅让神秘主义者垂涎欲滴，更使得世界各地的宗教信徒为之迷惑。

萨尔曼的母亲哈斯娜是可敬的阿拉伯哲学家尤索夫·拉赫曼之女，她本人也是专攻美德、正义之行和良心的研究者。她抚养孩子的方式与当时的习惯大相径庭：她从不给他们施压，也不对他们做任何要求，更不会惩罚他们。她给予孩子们的不仅有母乳，还有犹太人与阿拉伯人各种丰富的知识。

萨尔曼十五岁时，黑死病夺取了他双亲的生命。死亡对他来说并不陌生，因为在生命的前十五年他已经送走了四位哥哥。然而现在，一切都不一样了，因为他真的沦为了孤苦伶仃的一个人。他被抛弃了，没有家人亦没有亲人，没有一个人可以来照顾他。他的面前只有一道黑不见底的深渊。他恨透了死亡，可他却无法与之斗争，于是怒火难平。他想要掀起一场反抗，倾尽自己所有的力量，但是除了这些怨恨他手中没有任何武器。他气极了，他感觉自己很无能。往后一步，必死无疑。往前看去，却也一片渺茫。

每一次，当他想起自己已经离去的至亲时，泪水便止不住地流淌——此时，悲伤在他心里任意地横冲直撞，这种伤悲属于一个孤儿——哭过后，他立即就整理好了情绪。但那个时候他还不知道这些不过是一种命运的讯号，预示了在他几个世纪之久的生命里，最珍贵的东西总是无法长存。

我再次翻开了菲利普·胡里·希提[①]的《阿拉伯通史》一书，想借此来解释一下是什么不幸的遭遇让萨尔曼离开了自己的出生地——格拉纳

① 菲利普·胡里·希提（1886—1978），出生于黎巴嫩，后移居美国，曾任美国普林斯顿大学闪米特语文学教授和东语系主任。其所著《阿拉伯通史》是一本有关阿拉伯人历史的书籍。

达。这位黎巴嫩的作家，将一位阿拉伯史官对格拉纳达的苏丹王尤索夫一世去世的描述翻译了出来。这位苏丹王在摩西和哈斯娜下葬后的几个星期后便命归西天了。

一天下午，苏丹王在清真寺内虔心祷告时被刺杀了。一个疯子手握短匕，向他跑来，将匕首插进了他的胸膛。苏丹王痛呼了一声倒在地上。他的叫声惊动了警卫，他们冲进来发现苏丹王已倒在血泊之中。此时，他还残存着一点儿意识，他试图开口说话，却因为失血过多而使不上力，一个字也说不出来。士兵将他抬回了寝宫，很多人聚集到了他身边，他将目光转向自己最亲的人身上，留下了一目悲伤后便与世长辞了。他死后，皇位由他的长子穆罕默德五世继承了，那个时候他的长子也才十六岁。

根据希提的描述，真主阿拉赐予了尤索夫一世智慧、洞察力和优秀的判断力。他能通晓神灵，受万人敬仰。他身上具有伊比利亚半岛所有其他统治者的美德。在他统治期间，艺术和诗歌受到了极大的赞誉，人们美称他为自由思想的保护者。

可奇怪的是，希提并没有说尤索夫一世认为摩西是当代神学主义者中最优秀的人，并赋予他绝对的自由从事研究，因为苏丹王希望这位犹太哲学家能够写一本书，来为他解释造物主的本质以及世界万物的秩序。

希提也没有提到尤索夫一世去世之后的那几天，格拉纳达发生的那些奇怪的事情。

叔祖父告诉我们，一场呼啸的风暴在一天夜里几乎摧毁了新苏丹王居住的阿尔罕布拉宫，那场风暴卷走了花园里参天的水果蔬菜，将它们连根拔起然后撕成了碎片。唯一逃过这场浩劫的是一株高大的苹果树，已故的苏丹王过去常常在最闷热的下午时分在这棵树下乘凉读书。那株树的果实被风吹得漫天飞舞，它的根被风拔起，整棵树都被卷了起来，吹到了城堡中的大广场上。当黎明来临时，人们纷纷上来捡这些一夜之间变成金子的苹果。第二天，阿尔罕布拉宫内的所有雕像都凭空消失了，连清真寺的塔顶也莫名其妙地不见了。第三天晚上，苏丹王的宫殿里咆哮与哀怨声此起彼伏，有人甚至看到了到处游走的可怕幽灵。为了平复穆罕默德五世的不安，他的大臣坚称这些都是幻觉，然而很快就有人发现有二十一座坟墓都不知被谁打开了，里面空空如也。二十一——这正是苏丹王尤索夫一世执政的年头。

穆罕默德五世涉世未深，这时已经吓得魂不守舍了。他冷酷无情，不知怜悯。他没有耐心，一切不合他心意的事都会触犯他的神经。据叔祖父的描述，穆罕默德五世的褐色眼睛里还掺杂着一种怀疑与小气的神色。现在，他就在担心世界末日将会来临。

颇具影响力的皇家占星师艾哈默德·胡瑟尼，因为嫉妒摩西的博学多才而一直对其仇目相视。他告诉穆罕默德五世，这个犹太人施了卡巴拉的咒语召唤了恶魔弥赛亚，并随之带来了最后审判。"只有瞎子才看不到事实，只有聋子才听不到真实。"为了进一步刺激这位年轻的苏丹王的恐慌，胡瑟尼如此说。接着，为了掩饰自己恶毒的仇恨与妒火，他继续说即便摩西的遗体还在寸草不生的坟墓中，但再坚固的壁垒也挡不住埃斯皮诺莎召唤来的强大的犹太魔鬼；他只要轻轻挥舞一下手臂，就能把他们全部变成碎石。这位皇家占星师说，为了克服这次的危难，应该立即传召萨尔曼来宫廷，命令他上交他父亲所著的一切书文。这些书文应当被立即焚毁，并且为了确保萨尔曼没有隐藏任何秘密，他们应该决绝地剖开他的肚子一探究竟，看看里面是否充满了各种危险的魔法咒语。

异教徒最后的叹息

在这个世界上，自己已无处可去了。想到这一点萨尔曼不禁全身颤抖了起来。

苏丹王守卫队的首领敲响了门，他还随身带了两名侍卫。当这位年轻的犹太人开门的那一刻，他便冷静地传达起了苏丹王的命令：传召异教徒萨尔曼·埃斯皮诺莎人宫面上，并呈交父亲的所有著作。

异教徒？这是什么意思？从没有人叫过萨尔曼异教徒。为了找到答案，他去找了邻居莫迪凯，他是自己父亲的朋友，一位年迈的犹太人。

老犹太人邀请萨尔曼喝茶。他一边泡茶一边意味深长地笑着。萨尔曼觉得他一定有什么非常重要的事要跟自己说。

“你读过《可兰经》吗？”莫迪凯问他。

萨尔曼点了点头。

“啊哈……但你是犹太人吧？”

“是的，但我母亲是穆斯林。”

老犹太人看着萨尔曼，忧伤地扯了扯嘴角，然后低声说道：“萨尔曼，实际上你既不是犹太人也不是穆斯林。根据犹太教法，只有你母亲是犹太人的情况下你才会被承认是犹太人。而伊斯兰教对于穆斯林的标准是什么呢？那就是你得有一个穆斯林的父亲。可是你全都不符。你的母亲是穆斯林，你的父亲是犹太人。”

“所以，我到底是什么？”

“你是天神最完美的造物，是世界万物的标尺：你是一个人。如果所有的犹太人、穆斯林和基督教徒都是人类的话，如果他们能从人类的角度看待生命并有道德感的话，明天对你来说便不足为惧。牢记这一点，做一个人，保持一个人的本质。最重要的是，永远都要怀有一颗人的善心。”

老犹太人让萨尔曼赶快回家，整理好他父亲的著作，快马加鞭地赶去科尔多瓦，找一位名叫雅各布·蒂伯的拉比，告诉他新苏丹王想要销毁摩西·埃斯皮诺莎的所有著作。

逃离城镇后，萨尔曼停下歇息了一小会儿。他紧张得呼吸急促，全身发汗。在匆忙之间，他把能带出来的东西随便捆扎了一下：一本《光辉之书》以及其他一两份手稿，另外还有一个做工有些粗糙的雕刻木盒，且被上了封。这是萨尔曼在他父亲存放笔记的那个抽屉的最里面发现的。当时，这些引起了他的好奇。

萨尔曼转过身，用了几秒钟欣赏了一下在高耸的内华达山峰衬托之下的阿尔罕布拉宫的绝美。思乡愁绪依然涌上心头——他并不是舍不得自己的出生地，他更想要回到那些能让他尽情享受平静的地方，特别是森林西北边的那块空地，他以前经常在那里坐看夕阳的美态。直到此刻他才意识到自己将会失去多少快乐。他的眼里盈满了泪水。在他即将开始这段漫长的流浪之前，他忧伤地叹了口气，看了格拉纳达最后一眼。

宗教辩论

天色渐渐暗了下来，雅各布·蒂伯将蜡烛凑近了书页以便更清晰地看到上面的内容。一边，萨尔曼正安静地坐在桌子的另一端。这位智者仔细地逡巡了一遍书页，他先用一只手抚摸了一遍书页，接着换了只手又抚摸了一遍。然后，他用左手的食指缓慢地沿着书页上刻着的文字滑过。最后，他向前倾了身子，亲吻了摩西的这本著作：《光辉之书》。

"太棒了，"他兴奋地喃喃道，"你的父亲，一位值得称颂的人。他的这本书解答了近些年持续困扰着我的许多问题。他写的这本书简直就是神作。下个星期，我将会参加在市府广场举行的一场宗教辩论，很高兴那个时候我就能用到这本书里收录的内容，即使我并不会因为赢得了这场口舌之争而显得英明多少。基督教那帮暴徒已经打算竭尽全力攻击我们，抢夺我们的家园，屠杀我们的子民。"

蒂伯的这些话让萨尔曼疑惑不已，他请求其能说得明白一点儿。拉比告诉他说天主教堂已经向一些地区施加了压力，经常举办一些宗教辩论赛，虽然它们基本上都沦为了一场场闹剧。这些口头辩论的目的是为了帮助基督教徒突出犹太信仰的低级。天主教堂这一方通常会有变更信仰的犹太人出任代表，他们希望通过打败拉比而为自己赢得一些声誉。这些拉比们拥有超人的智慧，不仅博学多才而且能言善辩，他们轻而易举便能戳穿对手经不住考究的论据。但即便如此，他们也要在辩论赛以压倒性胜利结束后甘拜下风，尤其是当自己面临的是报复性的恐吓时。在托莱多，有一场辩论赛的结局却出人意料。教堂的人折磨了这些饱读教文的犹太人，威胁他们放弃自己的犹太身份，唾弃犹太信仰。此类攻击在别处也发生过，拉比如此跟眼前这位稚嫩的年轻人说道。

萨尔曼不懂为什么天主教堂要这么做。

蒂伯说教堂野心勃勃，对集权虎视眈眈，一心想要控制整个伊比利亚半岛，甚至包括生活中的非宗教领域。然而这些目的却时常与统治者的利益冲突，因为有一些天主教国王会重用犹太官员。于是，神父们的怒火便直接转向了那些左右君主的犹太人。教堂提议，如果犹太人拒绝更改信仰的话，就要像对待摩尔人一样将他们驱逐出境。为了响应教堂的呼吁，西班牙举国推行了一系列的反犹太政策。

在一个温暖得不同寻常的早晨，科尔多瓦的市民集聚在了雷埃斯·卡特雷克斯广场上，准备观看犹太教与天主教的第一次宗教辩论。宽阔的广场上人山人海，有修道士、修女、农夫、工匠、老人、妇女、小孩、窃贼、妓女、瘸子、残疾人，还有零星的几个犹太人。他们仿佛受到魔咒一般聚集在这里观看这场辩论赛。

在为了此次辩论赛临时建立起来的看台上，坐着年迈的市长德尔·索利斯伯爵，他身边还有罗马教廷的使者米格尔·克鲁兹·梅蒂纳、科尔多瓦大教堂的教士、神学辩论会的指导、一些执政委员会的成员、一对神职学者、一位裁判员、一位助手以及两位特邀参加此次辩论会的修道院院长——他们代表了塞尔维亚和卡尔莫纳在西多会内的地位。城中最有名望的市民携家带口地坐在阳台上俯视着广场，他们手中紧紧抓着自己的瓷质十字架和装着圣水的容器，他们经常使用这里面的冷水来消除自己的疲劳。

教堂的钟声响起，辩论会正式开始。克鲁兹·梅蒂纳起身，张开双臂，开始祷告。他的祷告文又臭又长，惹人唏嘘。祷告结束后，他让参赛者上前，要求他们起誓，承诺积极比赛。雅各布·蒂伯同意地点了点头却一句话没说，而他的对手则大声地回应道："阿门！"

拉比的对手是人们口中所谓的"新基督教徒"，即更改信仰的犹太人加斯帕·圣塔·马利亚。此人号称自己是为数不多的几个知道犹太人为何如此固执于坚守他们古老信仰的秘密的人。他此前已经向教皇承诺过至少会让一万个犹太教徒放弃信仰，接受真正的教义。他会向他们展示充满奇迹的天主教的世界，而与之相比，他们犹太教的上帝，即他们称之为宇宙之源的神不过是一个暴君、一个报复心重的邪恶的老男人。

第一轮交手后，很显然圣塔·马利亚难以对抗拉比，不论是在知识上还是在驳论上。任谁看，拉比都占有压倒性的优势，他的每一个论据都能展现他渊博的知识和超人的智慧。

在辩论赛巨大的压力下，圣塔·马利亚越发失去了信心，对自己的论据也没有了把握，开始结巴起来。拉比说他认为这样的对话是非常有益的；这些对话就是天然的智力训练，它们总是能教会他新的东西，督促他更加逻辑清晰地去思考。不同观点间的碰撞才让他得以上升到之前从未想过的高度。因此，找准机会与其他持不同观点的人交流，并用宽容的心而非利爪来接纳他们观点是十分重要的。

圣塔·马利亚觉得自己被这番话鄙视了，他说犹太人根本不像拉比这番逻辑混乱的言论中所描述的那样智慧。他们的性格中只有卑鄙和狡猾，因为犹太人出生时体内便是黑胆，而且也有充分的证据可以证明这一点。这段反驳引来了雷鸣般的掌声，围观人群中甚至爆发了愉快的喊叫。

拉比并没有因此哑口无言。他称赞了自己对手的直率与斗志，尤其是他将情绪毫无掩饰地表达出来的行为。接着他说，只要辩论双方都抱着探寻真理的愿望，那便没有任何一种主张能震惊他，没有任何一种观点能冒犯他，也没有任何一种概念荒唐愚蠢到让他无法接受。

只有很少的人对此鼓了掌。萨尔曼就是其中之一。

圣塔·马利亚继续反驳，他坚称所有的犹太人都是邪恶的，他们都要为折磨耶稣的罪行负责。因为罗马时期的犹太人法庭犹太公会发起了一次审判，将神之子处以了死刑，所以所有的犹太人——圣塔提高了声调，甚至因此变了声——都不可避免地要受到无尽的诅咒，他们的尸体将会如烈火上的羊羔一样饱受火焰的炙烤。

拉比回应说，无论他将在哪里发掘真相，他都尊重并欢迎它。只要发现真理，他愿意向其俯首称臣，摊开他的双臂承认自己的失败。然而那个真相，他停顿了一会儿后接着说道，是无法经受住公平的考验的。首先，犹太人并不是害死耶稣的凶手，真正的犯人是宗教与政治机构里的少数几个人。在耶稣生活的那个时代，只有百分之十的犹太人生活在以色列的国土上，任何一个清醒的人都不会觉得其他地方的犹太人和他们几个世纪以后的后代应该为犹太公会的处决负责。惹人质疑的审判和处决各个时代都有发生，拉比强调道，就如基督教徒对犹太人做的那样，如果有人觉得整个人类都要为历史上不公的审判负责，因为公正未得到伸张而处死这些人的话，那么地球上还能存活多少人呢？

拉比说，他和他的对手不一样，他没有经历过地狱，所以他并不能百分之百确定它的存在。然而，他知道那个让人觉得滑稽可笑的黑暗且残酷的地方虽然不可能存在，现在却被神父们反复而生动地描述着，于是人们才渐渐开始接受他们的想法，相信了地狱的存在。

“当谎言重复了无数遍之后，人们便开始觉得它是真相了，因为他们需要一种信仰。”拉比加重语气说道。

然后，他停顿了下来，在再次开口前整理了一下思绪。接着，他说道：“从耶稣诞生的那一天起直至今天，世界上充满了暴力、抢夺和谎言。而基督教徒手上沾过的鲜血并不比其他人要少。他们并不是一群能够用高尚来称赞的人。所以，当我尊敬的对手诅咒我们犹太人会堕入炼狱时，他同时也正在唤醒一个充斥着基督教徒的地狱。”

整座广场陷入了一片死寂，仿佛蒂伯的话传递到了一个没有声音的世界里去了。圣塔·马利亚汗流不止，他紧张地拽着自己的胡须——很显然，他已经被拉比这番颇具说服力的话震住了。广场上的安静持续得越久，就有越多的人脸上露出了苦涩。不快在人们之间无声地传播着。克鲁兹·梅蒂纳从露台上站了起来，拍了拍手吸引了围观者的注意，不然这种静谧就快要爆发成一场粗暴的反抗运动了。梅蒂纳知道教堂这方的代表已经被对方说得毫无还击之力了。为了避免麻烦的败北结局，他提前结束了这场辩论，理由就是太阳当空照，这炙热的天气实在让人受不了了。他将手高举指向天空，号召所有人一起默默祷告一会儿。接着，他闭上了眼睛，脑袋微微偏向侧方，仿佛在倾听着来自远方的声音。

这场神学辩论将在三天后继续举行。

科尔多瓦的恶行

萨尔曼有生以来第一次如此近距离地看到了对他仇视的敌人，感受到周围弥漫着的、令人毛骨悚然的恨意。萨尔曼恐慌不已，他现在只想逃离这座广场，然而一个穿着破烂，浑身散发着恶臭的高个子黑人挡住了他的去路。这个男人身上的一切都很巨大——他的脑袋，肩膀，手臂，手掌，还有双脚。在这个不修边幅的巨人身边，萨尔曼看上去既脆弱又渺小。这个人抓住萨尔曼，将他举了起来，在他耳边冷声说道：“今晚，我就要来杀了你。”

那天下午，蒂伯的朋友们都聚集到了他家。拉比念诵了一段感恩的祷文后，向天神鞠了一躬，感谢他赐予他勇气，使他顺利完成了神学辩论赛的第一环节，并且没有沦为自大和虚荣的阶下囚。他乞求造物主和人类不要让科尔多瓦的犹太人活在伸手不见五指的黑夜中。接着，屋内的人开始激烈地讨论起拉比这场不容争辩的胜利会带来什么后果。

有人认为这是一次冒险，有些人甚至觉得危险已经临近了。狂怒的暴徒将会在黑夜的天然遮挡下对犹太人实施谋害。他们建议蒂伯最好待在家里不要出去。

可是拉比却驳回了他们的建议，他认为抵抗由幻想和恐惧滋生出来的魔鬼是智者的职责。他说自己绝不会因为这些猜测的威胁而失眠的。

然后，他央求自己的一位朋友，银匠路易斯·阿布达尔菲在接下来的日子里暂时收留萨尔曼，因为仅凭他一人之力很难确保这个男孩的安全，也无法满足这个年轻人的需要。

天色刚刚入夜，好多蒙面人便拿着矛、斧头和铁铲在狭窄的巷子里攻击犹太人了。他们遇见的每一个人，包括无辜的妇女和男子，都被他们无情地击倒了，只留下血肉模糊的尸体躺在原地。

这帮暴徒的幕后指使者就是多米尼克·马丁内斯神父。他是来自马德里的基督教神父，他一生几乎都是在修道院里度过的，所以他不仅对各种基督教义烂熟于心，而且对犹太人和其他无法背诵《天父》《圣母颂》和《信经》的异教徒极度憎恨。一天晚上，圣母马利亚回应了他的祷告，伴随着圣光出现在他狭窄的卧房中。她告诉他说，为了更加方便传播邪恶的思想，魔鬼已经在犹太教徒的身体里出生了。并且，她还提醒他说，那些无能斩杀与驱逐邪恶的人，面临的就是永不能超生的炼狱。她说最后的审判日就要来了，让马丁内斯去世界各地宣传布道，号召人们反对犹太人。她承诺只要他的心能一直保持纯净，她便不会丢弃他。那一次的经历激励马丁内斯每天晚上都鞭打自己或让其他的神父用麻绳鞭笞他。

辩论会的那天下午，马丁内斯召集了一批人到他的教堂中。这些人既是虔诚的基督教徒，更是凶狠无情的打手。他引用了圣经里的一段话开始了他的布道，他说他看到弥赛亚已经来了，并且会在最后的审判日重现人世。他的一字一句都经过了精挑细选，为的就是让这些暴徒联合对抗雅各布·蒂伯，根据神父的证词，此人在那天早上的辩论会上侮辱了耶稣和圣词，不依不饶地进行着犹太人的骗术。最后马丁内斯以一句话强调了对拉比的厌恶之情，他说对于真正的基督教徒来说，接受如此邪恶的行为简直是无法想象。他劝告他们最好要给犹太人一个教训，同时他们还能得到拉比家中藏匿的财宝作为补偿。

这些蜂拥而上的暴民们一路砍杀到蒂伯的家门口。这位已然年近七十的老拉比打开了门，对着这些不善的来者郑重地笑了笑，简单地跟他们打了一个招呼后便邀请他们进屋与自己交流一下神学上的见解。见此，这些蒙面人站在门口，仿佛呆住了一样，然而接着从托马斯·胡尔塔那件沾满污渍的斗篷里冒出了一个声音。胡尔塔是个粗人，酗酒成性，每个星期都会喝醉酒、打架斗殴，弄得遍体鳞伤，所有妨碍他的人都会被他毫不留情地折磨；然而一旦他清醒过来，便会立即内疚地跑到马丁内斯神父那里告解。胡尔塔叫道："这个犹太人藏起来的金子能铺满他们卧室里的地板和墙壁了。"此话一出，这些蒙面人便立即冲进了拉比的家中，然而他们却失望地发现屋子里什么也没有，除了一些不值钱的家具和成堆的希伯来语宗教手记。于是，这些暴徒往拉比的脑袋上狠狠地砸了几锤，这个老人便倒在地上永远起不来了。当然，蒂伯永远也看不到这些男人将自己的屋子翻了个底朝天，将圣经撕成了碎片，还在他的家里到处撒尿的画面了。

为了彻底清除科尔多瓦的邪恶，他们一把火将拉比的房子烧成了灰烬。

木盒子的秘密

即便这次惨剧已经过去了六个月，萨尔曼还是深陷在悲伤之中。他沿着狭窄的路走了一个星期，经历了无数个或晴，或风，或雨，或冷的日子，最后才终于跨过了加布里埃尔·阿布达尔菲在塞尔维亚的房子，向他告知了拉比的死讯。这位商人聚精会神地听着萨尔曼的描述，他想知道关于萨尔曼的父母的死、格拉纳达的新苏丹王、科尔多瓦的宗教辩论以及那晚的暴行的一切经过，他也想弄清楚自己的嫂子海丽微为何在拼死挣扎之后终究没能抵挡住流行性伤寒症的残害而死去了，只留下她的丈夫路易斯·阿布达尔菲独自一人带着他们的五个孩子生活，还有路易斯又为什么要送萨尔曼来塞尔维亚？一一解答完加布里埃尔的疑问后，萨尔曼终于忍不住嚎啕大哭了起来。加布里埃尔轻轻地拍着这个男孩的肩膀，安慰地说他想在这里待多久就待多久。

之前萨尔曼在他父亲的手稿下发现了一个小木盒，他在那天匆忙逃离格拉纳达的时候也随身带走了它。一年后，当他打开这个小盒子时，里面的东西使他着实震惊了一把。他以为父亲会将一些不能给别人窥探的秘密手稿放在盒子里。然而，盒子里却只有一篇易读的文章和埃斯皮诺莎家族的手写历史。通过笔迹，萨尔曼可以判定这两样东西都不是出自父亲之手。

这部家族史是一个他从没听说过，但明显也是他家族祖先的男人写的。那就是里斯本的宫廷医师伊斯雷尔·埃斯皮诺莎。他记录的这部家族史始于犹太历 5062 年的尼散月[①]——也就是 1302 年的 5 月。

这部家族史可谓毫无时间顺序可言。萨尔曼觉得伊斯雷尔记录这些故事的时候肯定非常匆忙，所以也没有机会好好编辑它们。这个大家族的整个历史好似都发生在同一个时代一样。这些记叙简直是一团乱麻，故事也是支离破碎。各种人名，发生在同一时期的各种轶事（大部分也还没写完），与故事格格不入的插入语，还有突兀的评论——可是这些都没有让萨尔曼感到困扰，他爱不释手地捧着这些故事，一字不漏地阅读着。

他本意是想要通过这些记录来了解自己的家族。当他认识到自己的这个家族的确身负天命时，便不由得感到骄傲，而孤独感也杳无影踪了。他的生命现在有了意义，而他决心找寻这个意义，完成他作为这个家族的一员应当承担的责任。他觉得自己得弄清楚摩西预言的真正意义，所以首先他必须要翻译出这篇不仅字迹难辨而且晦涩难懂的文字。

冬日漫长的夜晚里，寒风在商人阿布达尔菲的屋子外呼啸不停，对外面世界毫不在意的萨尔曼正借着闪烁不定的烛光埋头研究这篇加密文

---

① 犹太历也叫希伯来历，是以色列目前使用的古老历法，是一种阴阳合历。每月以月相为准，以新月初升为一月的开始，但设置闰月，使每年和太阳周期一致。尼散月为犹太历的第一个月份。

字。每天晚上，他都在坚持阅读这些文字，然而不管他多么专注于此，仍是弄不懂它的意思。几个月过去了，萨尔曼仍是毫无所获，但他不想放弃；他心意已决，任谁都不可动摇。因为没有什么对他来说能比找到自己研究的意义更重要了。他坚信解读出这些密文会影响他以后的整个人生。

于是在一个春日的夜晚，当机会、命运和时间恰巧集合在一起时，它们的力量直接贯穿在这份早已有些泛黄的文件上，这些文字掩藏的秘密也清楚地呈现在了萨尔曼眼前。他提心吊胆地看完了那份长生不老之药的配方，以及那句经历了几个世纪的警语：家族之人绝不能沾一滴长生不老之药，而且不能将这个秘密告诉除家中长子以外的其他任何人。

死神不共戴天的仇人

萨尔曼憎恨死亡。他觉得自己就是它不共戴天的仇人。死神带走了他所有的至亲至爱。四个兄弟，他的父亲、母亲，还有拉比蒂伯。

死神为何如此残忍？它到底想向他传达什么？它谜般的气质一直吸引着他，同时他也非常清楚死亡才是生命中唯一能确定的事情。人固有一死，但没有人知道自己会在什么时候，以何种方式死去。

然而，现在，这份能让人长生不老的药就在萨尔曼的手边。他的脑子里现在满是想要挑战死神、打败死神的欲望。

种植雷蒙多药草比萨尔曼想象中要困难很多。药草一株接一株地枯萎凋谢，萨尔曼猜想这可能是因为夏天酷热的天气。当秋天来临，天气转凉时，雷蒙多药草终于开始长出叶子。三个月过去了，萨尔曼终于调制出了这份长生不老之药。

药水很难喝，但萨尔曼决心一定要打败死神。他很快喝了七口药水。喝完后，他便突然晕了过去。

直到午夜时分，萨尔曼才醒了过来，他发了高烧，浑身疼痛难忍。他的脸色发青，前额冒出了血珠。他的尖叫吵醒了屋内所有人。他们找了位医生，在萨尔曼的身体各个部位上按压着，检查是否有异样。医生抓着他的头，让这个年轻人起床做了一些奇怪的动作。然后，医生又挠了挠他的脚底和手肘。最后,他露出了一个既有些放心又有些不安的笑容,说出了他的诊断。萨尔曼身体上并没有什么大碍,他的问题在于精神疾病,病因可能是他一直潜藏在心底的某些艰难与痛苦的事情。他的体内分泌了很多苦痰，这就导致了高烧和肌肉抽搐的症状。至于萨尔曼的前额为何会出血，医生也无法给出准确的判断。他认为这有可能是身体内部的自我清理，就如同女人的月事一样。他建议萨尔曼每天吃三个大蒜瓣来降温，并且连续吃上三天的固体食物。

第二天早上，萨尔曼的高烧就退了，他感觉神清气爽。

幸福岁月

三年过去了，萨尔曼娶了加布里埃尔 · 阿布达尔菲的小女儿埃斯特。不过这场婚姻并不是爱情的归宿，而是一场包办。埃斯特的姐妹们都结婚成家了。埃斯特一直都在期望有一天也能穿上婚纱,迎接幸福。一天早上,她央求自己的父亲为自己安排一场婚姻。当天下午，阿布达尔菲就跟萨尔曼说他也到了适婚的年纪了。那么，和一个与他朝夕相对这么多年的年轻姑娘结婚是再合适不过的了。毕竟，日久才能生情。同时，阿布达尔菲也明确表示萨尔曼并不亏欠他什么，所以不需要为滴水之情而涌泉相报。不过，如果萨尔曼愿意成为他的女婿，那么作为感谢，他将会让萨尔曼参与管理自己的庞大生意。

这次的婚典是犹太区近些年布置的最精心的一场。这场婚宴给所有人都留下了好印象——除了在晚餐时突发意外的新娘。

埃斯特正在餐桌的一边侧着身子和宾客聊天，旁边燃烧的蜡烛却突然点着了她为婚礼精心编织的头发,很快她的整个头都着了起来。一开始,在座的很多人都以为这是一个精心设计的玩笑；餐桌上的人甚至爆出了喜悦的笑声。人们用了好几分钟才熄灭了火焰，可埃斯特的脸却被严重烧伤了。他们的洞房花烛夜完全超出了萨尔曼的预料，他一直等了六个月才和埃斯特圆了房，通过肉体的交融他们才成为真正意义上的夫妻。

这对夫妻有五个孩子——三个儿子和两个女儿。萨尔曼为他的岳父工作，出差频繁。日常生活的琐碎问题几乎让他没有时间思考别的事情。

而那个小木盒里的秘密药方也暂时被他遗忘了。

唯一能让他想起那服长生不老之药的事情就是他永远感觉不到自己身体有任何不适，岁月在其他人脸上刻下的痕迹却从未爬上他的脸庞。无情的岁月在埃斯特的脸上刻下了道道皱纹，可萨尔曼却还是那副当初在婚篷下向其承诺永生忠诚的那个少年模样。

两个基督教徒

1391 年，逾越节恰逢处在了复活节周。为了纪念犹太人逃脱埃及人的奴役获得自由的那一天，逾越节晚宴是犹太每年的传统。而这一年的晚宴就在复活节周的星期五举行。塞尔维亚有一部分人聚在一起参加这场节日盛宴——精心布置的餐桌上摆满了各种美味佳肴，在烛光的衬托下，酒杯闪烁着熠熠的光泽。而城市的另一边却是一片寂静，那里的人们正在虔心祈祷，缅怀，胸口划十字，愿耶稣与自己同在。

在黑夜的笼罩下，一个贵族男人溜进了犹太区——史料上说他的名字叫迪戈·洛佩兹·阿尔巴，是个经常流连于妓院的人——他一心只想沉溺于肉体的欢愉中，可是那天晚上城市的基督徒教区没一个女人愿意和他共度良宵。

他潜进犹太区很大程度上是因为三天前，在圣塔·马利亚大教堂旁的吉拉达钟楼前，他看到了一位拥有天使的脸庞，丰乳肥臀的犹太女人，她的长发如瀑布般落下，她深栗色的瞳孔炯炯发光。当阿尔巴路过她身边时，这个美丽的女子定睛看了看他，他觉得她是在暗示他。他被女子撩人的身材吸引住了，跟着她走了很长时间，以为她会把他带到一个能让他尽情宣泄性欲的地方。女子沿着横穿犹太区的一条小巷走了很久。在几栋装有条纹窗的房子处，小巷与一处广场相连了。这个广场上有集市、货摊、商铺和车间。成群的披着头巾的犹太妇女正在逛着街，她们站在卖橘子、葡萄、西瓜、海枣、橄榄、豆子的各个货摊边与老板们讨价还价。洛佩兹·阿尔巴生怕跟丢了自己的美人。但是，她突然离开了集市，转身走进了莫伊塞斯街，消失在了一栋房子里。这栋房子是由石砖搭成的，足以证明这是一户富裕人家。当他试图推门进去时，却发现门已经锁上了。

星期五的晚上，这位痴情的贵族又按原路来到了莫伊塞斯街。他沿着那栋房子的墙壁摸索着，从窗户向屋内望去，希望能一睹美人那具让他魂牵梦绕的娇美身躯。她一身节日装扮，长发在头顶系成了结，坐在菜肴丰盛的餐桌前，边上还有几位老人、一个略微有些驼背的男人和四个年纪各异的孩子——很显然这些都是她的家人。他们吃着未发酵的面包，喝着红酒，开心地唱着歌。洛佩兹·阿尔巴很快就发现，今天晚上他唯一能做的就是看看这个女人，想象一下他们的缠绵，然而他却无法享受到与她水乳交融的真正快感。他突然感到一阵失望，内心里涌起一股愤恨。有一瞬间，他曾想冲进去直接攻击她。不知道犹太女人的底下长什么样？白天在街上的时候，她不知羞耻地对着我做了那样的动作，就像个欲求不满的妓女，炫耀着她的丰乳肥臀来诱惑一个基督教徒。到了晚上，她却身着黑衣，将身体包裹得严严实实，装成一副忠贞圣母和可敬的犹太母亲的样子，可是接着她就会和那个残废在床上缠绵直到天亮！这位急躁的贵族一边如此想着，一边向窗内扔石头，嘴里还骂着脏话，随即便一溜烟跑走了。

他找到了几个正在打牌消磨时间的朋友，跟他们说自己早前正准备前去大教堂的集会，但因为太过专注于冥想而迷了路，最后竟然不知不觉去了犹太区。在那里，他亲眼看到犹太人正在亵渎圣母教堂，宰杀无辜的天主教的孩子，饮其血，他们歌颂撒旦，将十字架插在他们的屁股上来嘲笑耶稣受难的荒谬。

神父阿隆索·阿德约也在打牌的人中。听到此，他恶狠狠地一拳打在桌面上，怒吼道："够了！这些犹太人可耻的行为真是让我受够了！他们怎敢在我们如此虔诚祷告的时刻来侮辱基督信仰呢？我们不能干坐在这里，对此熟视无睹。我们必须要做点儿什么，马上就做！"

阿隆索·阿德约是塞尔维亚神父中不太有操守的一位。他的名字经常会出现在各种谣言中。比如，在他年轻的时候，一些德高望重的基督教家庭会带着女儿们来他这里寻求精神指导，然后他会骚扰这些女孩，可却没人敢告状。这些女孩的父亲反倒竭尽全力地想将这些丑事遮掩下去，因为他们害怕，如果人们知道了自己的女儿已经失去了贞操，她们就嫁不出去了。

传言说，最后是一个犹太的胖妓女使阿德约的猥琐行径暴露了。他答应如果她愿意在教堂和他见面的话，便支付给她银币。一等他们进去之后，阿德约便狂暴了起来，将她拖到了唱诗班站的台阶上，扯掉了她的衬衣，双手狠狠地抓住她袒露出的胸部。他强迫她蹲下来，将自己的生殖器放到她嘴中，让其吮吸。当她埋头苦干时，他又拿出一根皮鞭开始猛抽她的背部。女人尖叫起来，挣扎着想站起来，可他却无视她的抗议。他一只手按住她的背，另一只手还在挥舞着鞭子。妓女发怒了，她使劲咬住了他的下体部分，狠狠地一扯。阿德约像受惊的公猪一样尖叫了起来，放开了妓女的肩膀。她站了起来，把口中的血肉吐了出来，说这些都是免费的，他可以留着他的脏钱了。受伤的神父随即昏厥倒在了地板上。三个唱诗班的男孩发现了他，并帮他止住了血，救了他一命。不过这些孩子的口风并不太紧，因为很快地，塞尔维亚的每个人都知道有一个犹太妓女用一口獠牙咬掉了阿隆索·阿德约的输精器官。以前没有一个天主教少女可以满足他的性欲，现在他却只能在力不从心与欲火难填中度过余生了。

这个无名的娼妓在阿德约的心中植下了永远无法浇熄的怒火和憎恶。从此他便认为，除去一切不信仰基督者和拒绝让自己的孩子接受洗礼之人是一个神父义不容辞的责任。

第一次大屠杀

塞尔维亚的国王和大主教因他们对犹太人热情的态度而颇得民心。当他们听说阿德约煽动了民众间强烈的反犹太情绪后，就立即采取了行动。正当阿德约积极准备发动驱逐犹太人运动的同时，大主教在教堂布道时强调说基督教是一个崇尚仁慈、讲求博爱的宗教，所以每一个基督徒都要坚守自己的信仰，给犹太人一份宽容。另一方面，国王一听说阿德约召集了一批志愿者，组成了一支强大的暴力军团准备突袭犹太人后，便命令自己的士兵将犹太区围了起来，形成了一道保护墙。

可是这些行动却没有起到太大的帮助。阿德约和他的恨意比起那些大仁大义，对人们产生的影响更加深远；仅靠保护军的刀剑长矛还不足以保护塞尔维亚犹太人的安全。

萨尔曼无法入睡。一直以来，他都是如此。他生命中的每一天晚上，所有失眠的夜晚，他都在担心，害怕自己会消失在遥远的黑暗中，陷入永夜。他一动不动地躺在那里，不敢大口呼吸，他忐忑地竖耳倾听着深夜中那来自远处的噪声。他仿佛能听到一支正从远处向这边前进的军队在低语着。安静了一段时间后，他又再次听到了这个声音，而这一次他已经能辨听出一些单词了——“放火”“血”。

他走到了床边，看到了街上站着几名黑衣服的人。他们手中握着锋利的刀刃，还有长剑、短匕首和双刃刀。他们在唱着：“用火和血染红这里，杀掉所有的犹太人。”外面的噪声，这些可怖的话语和那首歌谣威胁性的旋律，深深地触动了萨尔曼的记忆。他早就经历过这些——一群嚎叫着战争口号的暴徒在夜晚的笼罩下准备攻击。他突然想起科尔多瓦的那个夜晚，那天一群蒙面人杀死了雅各布·蒂伯并将他的房子付之一炬。萨尔曼那时才十五岁，他藏在隔壁路易斯·阿布达尔菲的房子里目睹了这一切的经过。看着拉比在火焰中备受煎熬，可自己却拯救不了他，这种无能为力感从那天晚上起便一直折磨着萨尔曼。

他立即就知道接下来会发生什么。他觉得自己太过软弱。在他的脑子里，他已经被那个暗影缠住、绊倒了，它唾弃他，踢打他，践踏他，撕碎了他的衣物，点燃了他的躯体，而他早已经在那里半死不活地躺着了。

正当他匆忙去叫醒睡得正熟的埃斯特时，他听到了一阵粗鲁的敲门声。

塞尔维亚那天晚上发生的事情太过可怕、太过血腥和残忍了，以至于我都不能听叔祖父一再地描述下去。他的声音苍凉而悲伤。很显然，将这些可怕的画面描绘成语言已经耗费了他很大的气力，让他非常痛苦了。那天发生的事情让我恶心得听不下去，我感觉自己好像渐渐听到了男人们受尽折磨的、地狱般的喊叫声，还有女人的哭泣和孩子们的尖叫。我的胃里开始翻滚起来，我使劲捂住了耳朵。我开始大叫起来，浑身颤抖不停。叔祖父惊讶地低头看着我，他不知道自己该不该继续讲述第一次犹太大屠杀事件。这不过是接下来的几百年里众多起血染犹太区事件的开始。最后，他还是决定暂且不说了。从此之后，他也再没提到过我们家族史中的这段过往。

所以，我并不清楚萨尔曼和他的家人在1931年6月6日的晚上经历了什么。在那天晚上，那群自称是纯信仰守卫者的暴徒谋杀男人，割断妇女和孩子的喉咙，洗劫他们的房屋后就用火烧掉它们。他们走后，留下的只有满地共四千名无辜者的尸体。

不过我知道，第二天早上萨尔曼和埃斯特在已然一片废墟的犹太区内找到了他们的女儿和家人。他们的尸体伤痕累累，还被烧得面目全非。萨尔曼嚎啕大哭了起来。埃斯特却没有叫，也没有哭。她只是站在那里，面无表情。她已经伤痛欲绝了。她凑上前看着自己的孩子和孙子们的尸体，看了很长时间，最后悲痛终于摧毁了她的心。她倒在了地上，再也没醒过来。

长生不老的漫游者

又一次，死神夺走了萨尔曼身边的至亲至爱。他的妻子，他的女儿，五个孙子，两个女婿，还有朋友和邻居。

他又一次站到了死神投下来的阴影中。他到底要告诉他什么？

他倾听着死神的声音。听了很长时间，然后他终于意识到他已经完成自己在尘世的修行，投向了未知的领域，现在他正在经历着的是上天难得的恩赐，是他人无法想象的绝对自由，许多人对其望眼欲穿，却没有人找到过它——他是唯一有资格感受这一瞬间的人。他可以触摸到死神若隐若现的面容，看着他的脸，同时阻止他向自己展开的拥抱。

萨尔曼检查了一遍自己的身体。他已经年过六十了，可他的脸却还是那么青春焕发。只不过由于人们惯于忽视的毛病，他自己和他身边的人才没有注意到这一点。更奇怪的是，被踢打，被刀刺，被火烧后，他的身体上却没有留下任何伤痕。他找不到一道伤口、一块瘀青、哪怕一点点伤痕来证明在那个可怕的夜晚里那群暴徒犯下的罪孽。他记得有一个高个的暴徒用锤头狠狠地砸断了他的腿，可他感觉不到疼痛。显然，他可以承受住一切肉体上的折磨，因为他拥有了刀枪不入的能力，虽然这并不是上天对他的恩赐。

他还是那个他：一个汲取大自然的养分而得以生存的人，一个愿将自己所得到的回馈给世界的人。他依然会感到悲伤，因为他太长时间没有感受过爱的温暖了。但是他无法否认自己正体会着神力带来的一切。他自信满满，觉得自己无懈可击，而且永远光彩照人。他可以和神仙媲美，因为他命中注定将会长生不老。不过他也知道自己只能孤独地守着这个真相，因为他不能告诉任何人自己发现了能治愈一切疾病，让人长生不老的完美解药。

萨尔曼身材矮壮，活力四射，还有一只超大的鼻子。他好奇心极强，总是精力充沛；非常博学多才，喜爱和他人辩论。他的步伐大而有力，所以当他穿梭在世界各地的土地上时泥土会一路溅到他的肩膀处。他从来不骑马旅行，他喜欢走，每天都能乐此不疲地走上十二或十四个小时，而且不用休息，也不感到累。也许，就是因为这样，人们才称他为“犹太漫游者”的吧。

一个多世纪过去了，他从南面的安达卢西亚[①]一路穿行来到了北边的比利牛斯山[②]。途中，他经过了很多小村庄和大城市，每到一处他都能闻到一股恶臭味。这种难以忍受的味道并不是因为人们习惯将夜间排泄的废物倒在街上，从而让城镇的排水沟里泛滥着许多杂质而产生的；这股充斥着他整个旅程的恶臭都是因为西班牙国内的某些东西已经从里到外腐烂透了。

六兄弟

叔祖父从没跟萨沙和我说起自己的故事。每当我们问起时，他从不会回答，并且突然就变了话题。不过仅有一次，仿佛一带而过似的，他说起自己30年代曾住在维也纳，专门调查了14世纪西班牙犹太人遭遇

---

① 安达卢西亚，位于西班牙南部，是组成西班牙的17个自治区之一。首府为塞维利亚。

② 比利牛斯山，位于欧洲西南部，山脉东起于地中海，西止于大西洋，也是法国与西班牙的天然国界。

的灾难。我不太记得这个话题是怎么被挑起的。他大致给我们讲了一下。我们总是满怀崇敬地听他说故事，这些故事也总是能让我们记忆深刻——除了那一次。这就是为什么我对这件事记得这么清楚。

他说，西班牙宗教法庭的庭长和种族纯粹论的支持者希特勒一样对血统纯粹这一概念趋之若狂。他们怀疑每个人的血统都有不纯洁的可能，并要求人们证明自己的血液没受到污染。宗教法庭的办公室内堆起了大捆大捆的个人报告——他们全都是需要接受检查、测试以及将被驱逐的人。叔祖父说这是一次彻头彻尾的、疯狂的大搜捕运动，要知道西班牙本就是一个多民族国家，生活着巴斯克人、凯尔特人、伊比利亚人、腓尼基人、西哥特人、汪达尔人、阿拉伯人和犹太人，可以说这里没有一个地方能找出一个血统纯正的人。

叔祖父强调说，犹太人是这次搜捕的主要目标。有一小部分犹太人为了逃脱宗教法庭的制裁甘愿做他们的走狗。他称这些犹太人为“通敌者”，而这些人的背叛甚至导致了他们的家庭的破裂。另有很多犹太人甚至皈依到了基督教门下并接受了洗礼。只有这样，他们才能保全自己和儿女的性命，在犹太区外生活，也不需要被迫在制服外缝上让人羞耻的红色勋章，还能继续做点儿生意。

在我们试图弄懂“污血[①]”“驱逐”“通敌者”“皈依”这些词语时，我和萨沙互换了一个困惑的眼神。即使叔祖父是用西班牙语来说的这些故事，我们也无法完全弄懂。他没有注意到——或者是他假装没有注意到，此时的我们对这些事情并没有多大兴趣，反而疑惑他到底在说些什么。我们宁愿听一些30年代他在维也纳的生活故事，可是，我们俩谁都不敢打断他。

突然，厨房门被打开了，祖母急匆匆地跑到我们坐着的餐桌前。她突然停了下来，满脸怀疑地看着叔祖父。他喉咙一紧，一言不发。

“弗兰西，你不是又在跟孩子们胡说八道了什么吧？”她问道，眼中闪过一道危险的光芒。

“当然不是，”叔祖父答道，“我们正在说象棋呢。我刚刚正在跟孩

① 原文为西班牙语，mala sangre。

子们说何塞·劳尔·卡帕布兰卡－格劳贝拉[1]和闻名世界的象棋大师伊曼纽尔·拉斯克，在1921年的那场激动人心的比赛。连续四次败阵后，拉斯克才认输了，并说这都是因为他身体不佳。那场比赛可是曾经轰动了全世界呀。我永远忘不了我在收音机上听到这消息的那一刻。那是我在艾米丽亚－罗马涅区战俘营服役的最后一天。隔天一早我就启程回家，和我的家人重聚了。”

“弗兰西，弗兰西，管好你的嘴！不要再胡说八道了。”祖母说道。接着，如来时一样，她便转身又风风火火地离开了。

叔祖父的回答马上就引起了我们的兴趣。我们想知道他在战俘营里经历了什么。我们不知道艾米丽亚－罗马涅区在哪里，也不太清楚“服役”的意思，不过我们却来了兴趣。可是，我们一直也没找到机会问他，因为祖母一离开后，费尔南多就又开始说起了那些中世纪的西班牙犹太人，在独揽大权的神父和残酷法庭的统治下，他们在这样一个极权主义的社会里过着什么样的生活。

几分钟后，当他注意到我们的精力并没有太过集中时便站起了身，从厨房的一张抽屉里拿出了一支笔和几张纸，并在上面写起了什么。他跟我们说萨尔曼·埃斯皮诺莎有六个重孙，其中最年长的一位叫作以马内利，他也有六个儿子，分别是：

I

以法莲。一位虔诚的犹太教徒。除了安息日和其他宗教节日外，每一天他都会戴上黑漆的小盒子，在最靠近心脏的左臂上缠绕七圈皮绳，以示遵守上帝和犹太人之间的约定。当他念诵晨经时，会抓住头上的小盒子，那里面装着摩西五经。他严守犹太教规，秉承传统。到晚年时，他被迫逃离西班牙，从此定居在了葡萄牙。死后，他便被葬在了波尔图。

II

伊莱亚斯。他表面上皈依了佛教，实际却仍是犹太教徒。雷阿尔城宗教法庭的间谍发现星期六的时候他家的烟囱里从来不会冒烟（因为犹

---

① 何塞·劳尔·卡帕布兰卡－格劳贝拉（1888—1942），古巴国际象棋大师，曾是国际象棋世界冠军（1921—1927），在1921年和伊曼纽尔·拉斯克的对阵中赢得胜利。

太人在安息日的时候既不会做饭也不会点火)，随即他便被拘留了。他被指控在禁食日吃肉，并用希伯来语念诵大卫诗。遭受了几天残忍的折磨后，他的双手被砍掉，剁成了碎片。最后，他也被活活烧死了。

III

埃伦。在他很小的时候，当他在逾越节从母亲为他准备的一碗鸡汤里突然看到了耶稣时，便皈依了基督教。他决定将传播基督教、兴旺教堂作为自己的终身职责。他偶然发现自己具有神力。据传，他能够让聋子恢复听力，让瞎子恢复视力，让哑巴重新说话。他在圣巴勃罗的多米尼加修道院担任了好多年的院长。最后，作为桑坦德的大主教去世了。

IV

伊诺克。他爱上了一名年长的天主教寡妇，并随同她信仰了基督教后娶了她。他学习法律，当上了马德里的市长，成为了一名出色的管理者。后来，还被推荐去卡斯蒂利亚的内阁里工作。他曾说服国王和王后发布法令，强制让未经洗礼的犹太人在衣服上别上特殊标记，并将他们监禁起来，与民众隔离。他一生无后，死于内出血。

V

伊萨亚斯。他很聪明，是藏匿的高手。年轻时，为了抹掉自己的来源，他便更名为了恩里克 · 埃斯派洛。后来，他成为了宗教法庭的帮凶。他热衷于火刑，烧死了上千个犹太人，将法庭的其他人远远甩在了后面，升迁速度极其之快。斐迪南国王很快便发现了他的这些功绩，并任命他为行政长官，负责清除西班牙的犹太人。

VI

以斯拉。他是家族反叛者。当他还是个孩子的时候，他的父亲在安息日的晚上跟他说了马加比的抗争事迹。对此，他十分着迷。于是，他决定一生都要致力于对抗宗教法庭的势力。他策划并参与了由萨尔曼领导的刺杀宗教大法官托马斯 · 托尔克马达的行动，不过此次行动以失败告终了。忍受了一番折磨后，他被迫跳入了塞维利亚的营火中。面对眼前的火焰，他说了人生的最后一句话：“原谅我，展现您的仁慈吧，伟大的耶稣。”

听完这些，我突然觉得自己对这些遥远的祖先完全不了解。有一会儿，他们这些卑劣下作的行为让我羞于做一名斯宾诺莎家族的人。

上帝的猎犬

人们都称他们为 de domini canes，意为上帝的猎狗。多米尼加人是宗教法庭的侦查猎犬。他们追踪异教徒和那些假基督教徒——他们佯装放弃了犹太信仰，私底下却还是坚持自己的宗教传统：他们不吃猪肉，过犹太的安息日，有的还在忏悔日里禁食。这些人被称为马拉诺，意为“卑贱者”，极具蔑视意味。

多米尼加人有线人为他们通风报信，这些人的行为得到了神父们的赏识；证据确凿的、有煽动力的消息最对法庭长官的口味。不过，教堂的赞许是不够的，为了激励这些线人，法庭还赐予了他们免税特权。为了方便他们提供通报，多米尼加人制作了一本小册子，详细描述了判定犹太人的二十个特征——可通过外表、习惯行为和表达方式等来判定。

城市里和犹太区内的马拉诺都被强制带走了。不幸的受害者则被关到了修道院的地窖里，那里已经成了宗教法庭的囚牢了。在那里，他们被监禁着,遭受着多米尼加人和圣兄弟会的折磨。圣兄弟会是由一帮强盗、士兵和特赦囚犯组成的乌合之众。许多囚牢因为太过拥挤，这些囚犯甚至连睡觉也得站着。

马拉诺要接受所谓的信仰审判，即便他们不知道自己犯了什么罪，也不知道如何为自己辩护。宗教法官们要的只是一句忏悔之言，不管这是不是通过施刑得来的。大多数的判决结果都是死刑。如果犯人肯接受教堂的指令，他便能保下小命，重返监狱。不过如果一旦发现他们并没有转变信仰，就会直接惩罚他们，施予火刑。就连已经死去三十年的人也被指控成了异教徒。如果遇到这种人，他的尸体就会被挖出来烧掉，同时他后人的所有财产也要被全数没收。

宗教法庭认为没收这些罪犯的财产是极其必要的。这些手到擒来的赃物全都被教堂和国王分掉了，不过分成的比例经常会造成双方的矛盾和争吵。西班牙这对皇室夫妻的贪婪在全欧洲都是出了名的，有人公开宣称他们建立信仰法庭纯粹是为了掠夺被裁决者的财富。然而，这个荒谬的言论并未打扰到这对身在马德里的夫妇，他们一心只想统一西班牙，将整个欧洲收归他们囊中。他们也很清楚，建立新帝国的前提就是充盈的国库。

“日光之下本无新事，”叔祖父常常说，“极权制度总是彼此之间相互模仿、借鉴。希特勒和斯大林虽罪不可恕，但这种思想并不是他们创造的。他们不是第一个利用告密者的人，也不是第一个发明种族纯粹法，制定酷刑，建立虚假法庭，逼供犯人以及崇尚种族灭绝的人。如斐迪南和伊莎贝拉那些混蛋的孙子一样，这些专制者采用了这些皇家天主教徒的方法，并同时应用了现代的科学手段使其更加有效。”

1420 年的一个春日，焦急的马利亚·托尔克马达向神父告解说自己怀孕的过程实在太轻松了，她几乎没感觉到不适。然而，她还说她时不时地就能听到从自己的子宫处传来一阵似有似无的狗吠声。主教佩德罗·奎瓦告诉马利亚她肚子里的孩子从第一天起便被上帝选中了。狗吠声就是一种迹象，表明她的孩子将会成为“多米尼加人”，接受国王的命令，为其效忠，保护基督徒免受犹太豺狼的迫害。

作为尊敬的红衣主教胡安·托尔克马达的侄子，托马斯从小便得到了细心的照料。当他六岁时，他被迫与其他孩子断绝了来往，转而由多米尼加的僧侣来照顾。直到十八岁时，他才穿上了神父袍。

“他口才非常好，”叔祖父说，“虽然他还很年轻，但却能给那些成天想巴结他的僧侣们布道，好像他们才是学徒一样。”

“他的眼睛里流露出星辉，他周身都笼罩着光芒，”一位负责指导他学习教义的神父如此写道，“他让面对真信仰的敌人们感到害怕，他们连觉也睡不好了。”

儿子对基督信仰的疯狂执着让马利亚·托尔克马达倍感骄傲——他从不吃肉，一个星期还会禁食两天，他具有圣道明[1]的一切特质，连说话的方式都跟这位圣人十分相像。在他二十二岁时，就被任命为塞戈维亚圣科鲁兹修道院的院长并当选为斐迪南和伊莎贝拉的告解神父。他

---

[1] 圣道明（1170—1221），是一位西班牙神父及罗马公教的圣人，道明会（早期译为多明我会）的创办人。

对这对皇室夫妇的影响是极大的。然而，十分崇拜他的母亲却担心，有一天汤姆斯会发现他自己的祖母实际上也是个接受了基督洗礼的犹太人，一个叛教者。这也意味着，托马斯会失去成为“异族清扫者”模范的资格。因为取得这种资格的首要前提就是调查这个人上七代祖先的来历，证明其血统的纯正性。

不过，虽然托马斯·托尔克马达一直要求要彻查所有人的家族史，却从未费心调查过自己的家人。也许这是因为他太过专注于逮捕犹太人和他们的子孙了，仿佛这些人携带了瘟疫与麻风病菌一样。他一心都放在如何毫不留情地惩罚这些人，逮捕他们，洗劫他们的家，折磨致死后再火烧他们的尸体，毁掉他们的声誉，将他们从历史中抹杀。

传说都是平凡人编造的

经过塞维利亚那可怕的一夜后，萨尔曼觉得命运给了他一份意想不到的礼物：自由的可能，或者说——忘却过往的能力。因为，所有人，包括他的三个儿子都认为他也是那四千名无辜的被害者之一，葬身于1391年6月6日那场火海中了。

对自由，萨尔曼并无太多的概念。他整个成年生活都被埋没在了繁重的职责中。第一要务就是组成一个家庭，然后他又跋山涉水地回故乡参加他父母和四个哥哥的葬礼，后来，他又在担心自己的家人会离他而去，这种忐忑不安甚至让他彻底忘了斯宾诺莎家族委任他保管的秘密。不过，当他的妻子、两个女儿和五个孙子全部死去之后，他突然难以遏制地想要冲破桎梏，获得自由。当他丢了魂似的漫步在灾后一片废墟的犹太区时，一个如铁拳般的想法突然重击了他——他要尝一口长生不老之药，与死神对峙；他要将自己的一生都用来帮助这些实则如犯人般被困在犹太区的狭窄街道上的人重获自由。

故事就从这里开始了。

他踏上了蜿蜒的小路，从南边走到北边，再从北边返回南边。在春雷、酷热和暴风雪面前，他也从未畏缩。他遇到了世界各地信仰他的人，一百年来，他不知疲倦地帮助他们。他解答人们提出的难题，让他们不再怨声载道，这些难题不仅有精神上的，还包括身体方面。他给人们提出中肯的意见，帮助他们解决日常生活的琐碎之事——而且从不收费，即使是一枚比索[①]、一块面包也没要过。他穿着简单，声调温和。每到一个地方，他都会勇敢地谴责宗教法庭可耻的专制统治和残忍的发展进程。他不布道，不爱炫耀，也从不显摆自己的神力。他总会出现在最需要他的地方，帮助人们度过各种可怕的灾难——折磨、迫害、疾病和死亡。他有很多名号流传在了民间，但人们唯独不知道他的名字。在大多数地方，人们都称他为"犹太漫游者"。不管教堂的走狗用什么办法，还是无法彻底消除关于他的民间传说。

暗杀计划

萨尔曼悄悄尾随托马斯·托尔克马达走遍了几乎整个西班牙王国。在萨拉戈萨，他看到托尔克马达强制市长圈押犹太人，并对一个拜访了犹太家庭的已婚妇女下达了鞭刑一百并逐出本城的判决。在巴利亚多利德，他听到托尔克马达发布命令，烧毁那些为逃脱宗教法庭制裁而逃到国外的犹太人的肖像。当托尔克马达的手下在阿维拉墓地搜索一位死了五十年的拉比的尸骨时，萨尔曼在远处看到宗教大法官正在应他的要求进行神圣审判。在托莱多，尽管教皇反对他将仇恨不长眼的火焰蔓延至其他宗教徒身上，托尔克马达仍是以誓将犹太人赶出西班牙为由，申请了卡斯提尔和亚拉贡罗马教廷大法官的职位。为此，他可是绞尽脑汁，用尽了一切方法。

许多年下来，萨尔曼已经非常了解托尔克马达，尽管他从未面对面地看过他那抹残忍的笑容。他知道这位大法官葫芦里卖的什么药，知道他的所有动机。他知道伊比利亚半岛上的这位人神共愤的男人最怕的就是死亡，总以为自己会被暗杀。萨尔曼注意到，这个恶魔般的神父从来不独自行走；他出门时总会带着五十位骑兵和两百名步兵当保镖。尤其引起萨尔曼注意的是托尔克马达嘴里发出的恶臭，那正是死亡的呼吸。

---

① 比索是一种主要在前西班牙殖民地国家使用的货币。现在大部分国家已经弃用。

他那具肥硕的身躯，每一盎司的肥肉都来自于十位被他烧死的人的血肉。

萨尔曼没想过要杀掉托尔克马达。马拉诺（那些表面上接受洗礼，暗地里却还是遵守着犹太传统的人）的几位领头者在富商犹大·维拉斯的家中接头了。经过一番对《朱迪丝之书》的讨论，他们最终达成一致，认为暗杀一位专制者在特殊情况下是为了伸张正义。这本书截取自圣经，讲述了一位犹太妇女为了保护她的人民而杀掉了亚述的统治者荷罗孚尼的故事。马拉诺们坚信，只有除掉大法官，西班牙的犹太人才能活命。

萨尔曼也受邀参加了这场会议，他惊恐地发现这些密谋者准备选举以斯拉·埃斯皮诺莎来实行这次暗杀行动。萨尔曼当即锁紧了眉头。他可不想自己的重孙冒着失去生命的危险去做暗杀别人这种卑劣的事，即使那个人是臭名昭著的托尔克马达。

维拉家里聚集的这些密谋者，甚至连以斯拉都不知道萨尔曼真正的身份。但是他们都知道他就是传说中的“犹太漫游者”，所以当萨尔曼开口说话时，所有人都充满敬意地仔细听着。他说自己跟踪了这位大法官很多年，他发现这个人对杀戮有着难以言喻的痴迷，他的思想太过邪恶，甚至超出了正常人的理解范围。他认为托尔克马达受到了恶魔的守护，只有用一把沾过深灰游隼血液的纯银匕首插到他的心脏上才能杀死他。然而只有脖子上挂着这只游隼喙制成的护身符的人才能完成这项刺杀任务。听到这番话，在座的人都失望地沉默了。没有人对他的表述提出质疑。他接着说道，他们不要浪费力气找这个人了。话毕，他便站了起来，从口袋里掏出了一把匕首，将脖子上挂着的一块护身符也拿了出来。他绕着大家围坐的圆桌缓慢地走着，一边说：托尔克马达的生命只能由他来结束。

那是一个寒冷的周二早晨。空气清新，阳光明媚。大法官正在为一场重要的演讲做着最后的准备。他马上就要在圣马利亚大教堂向聚集来的检察官宣布，自己要在王国里每一块居民区内建立法庭的决定。

马拉诺密谋者们一致同意，托尔克马达踏上教堂的大理石阶梯上时就是刺杀他的最好时机。

萨尔曼很紧张。他盖着一张毛毯，蜷缩在教堂阶梯旁的一辆马车上。他从来没杀过人。伤害人实在不是他的本性。所以，他尽量不把托尔克马达想成一个有血有肉、有同情心的人，而把他当成死神的走狗。萨尔曼和死神有着不共戴天的仇恨。一直以来，他都十分憎恨它。他紧紧抓住自己的下巴，感觉里面充斥着愤怒。这种感觉太过强烈了，他甚至能感到一只活物正在他的肋骨下骚动不安着。那种愤怒，那种如雪崩般倾泻而下的怒火让他出了神。他没有注意到已经有上百名士兵聚在了教堂前的广场上，他们抓住了他的同伙，现在正向他藏身的马车走来。

折磨

在托尔克马达演讲的前一天，克莱拉·蒙特福地在西班牙广场的集市上被逮捕了。宗教法庭的一些负责秘密操控市场买卖的义务警员已经注意她很长时间了。他们怀疑她是个马拉诺，因为她经常在家里准备犹太人的食物。而由于水果摊老板约瑟·阿尔梅达的举报，这种怀疑便得到了证实。阿尔梅达发现克莱拉跟别的街坊不太一样，她经常会买很多洋葱和大蒜。而买这些东西的日期正好跟犹太节日相吻合。

那天一早，克莱拉并没有发现任何异常，因为她正在全神贯注地挑选蔬菜和肉类来为即将到来的复活节做准备。当她拿起一大捆准备买下的大蒜时，她并没有发现围在她周围的三个男人。他们突然粗鲁地抓住了她。她大叫着，试图挣脱他们的禁锢，但却仅仅弄翻了阿尔梅达的蔬菜摊。没有人理会她的挣扎，于是她便咬住了一位攻击者的手臂。他立刻就火了起来，狠狠地锤她的头部。她跌倒在地上，失去了意识。这些人把她搬了起来，锁在了圣伊斯德罗修道院的地下室里。接着他们又带着四名士兵去克莱拉的家里逮捕了她的丈夫，马车夫佩德罗·蒙特福地和其三个儿子。一切仿佛都在一瞬间发生。克莱尔一家被扔进了一间狭窄的牢房里，这里已经关了将近五十名囚犯了。这间小地牢里的喧闹就像龙卷风的咆哮一般。人们吼叫着，要求将自己释放。男人们声称自己是无辜的，女人们在默念着基督祷文，孩子们就只能哭个不停。

那天下午，克莱拉夫妇被几名士兵带出去折磨了一番。再多的严刑拷打也没让克莱拉说出点儿什么。她强烈地反抗、尖叫，朝着她旁边的人吐口水，踢打着他们。施刑者一遍遍地拿着铁棒敲打她的头部。由于耳部失血过多，她失去了听觉。调查员不得不朝着她的耳朵里大声叫着。

她一句话没说，因为她不知道说什么；她只是直直地盯着前方，眼中浸满了泪水。她唯一的想法就是朝着施刑者的脸吐口水，可她的嘴实在太干了。

她的丈夫佩德罗，虽然也是密谋者之一，表现却与克莱拉毫不能比。他没有克莱拉坚韧，很快便陷入了恐慌。他的脸上布满了冷汗。他声音颤抖地乞求着，生怕自己将在此命丧黄泉。一名经验丰富的施刑者仅仅砍断了佩德罗的左脚，便让他全数招供了。这位马车夫泪流满面，像个孩子一样哭泣着，泪流不止，他将暗杀托尔克马达的计划全盘说出了。

大法官觉得自己太走运了——他幸运地揭露了马拉诺的邪恶，幸运地掌握了没收塞维利亚某些富人的财产的罪证；然而，也许他觉得最幸运的是自己还活着，分毫未损，而刺杀他的计划也被及时发现了。

这些密谋者全部被逮捕了，并遭受了非人的折磨。他们被迫目睹着自己妻子和孩子经受折磨，被分尸，被焚毁。然后，就轮到了他们。

托尔克马达决定亲自来让萨尔曼招供。他语气温和——听上去好像是真心对犯人抱有同情似的——承诺只要萨尔曼说出真相，将知道的一切，尤其是对宗教法庭有利的信息说出来，便不会受折磨。首先，他让萨尔曼说出身份，来自哪里，为什么人们都叫他“犹太漫游者”，然后，刺杀大法官的幕后黑手是谁，为什么选择他来执行这项可怕的任务。托尔克马达劝告他若想活命就不要有任何隐瞒。

萨尔曼突然产生了一种不真实感。有一瞬间，他不知道是不是自己的感觉出了问题，也许这一刻真的不是现实。

他开始回忆自己遇到过的上百名——噢不，上千名犹太人，那些人跪在他面前，因为失去了自己最爱的家人和所有财产而悲痛欲绝，他们恳求他的帮助。是的，他想着，我遇到了他们所有人——工匠、商贩、拉比、医生、勇敢的女人和惊吓不已的孩子，他们在这场浩劫中彼此搀扶，不离不弃。

萨尔曼回过神来，谦卑地回答托尔克马达，说自己一定会如实说出真相。他说自己的名字叫作萨尔曼·埃斯皮诺莎，出生于160年前的格拉纳达。人们称他为“犹太漫游者”，是因为他旅行从不骑马，全靠一双脚。他说刺杀大法官的任务是西班牙所有犹太人共同策划的。之所以让他来完成，是因为他是不死之身。

托尔克马达听完就怒了。他命令一位施刑者剥去萨尔曼的衣物，将他拖到行刑台上，用绳子牢牢地绑住他的手脚。他说如果萨尔曼现在说出真相，他还是会网开一面。

萨尔曼说自己将遭受酷刑并不是因为企图刺杀大法官。他提高声音说，他犯下的最大的罪过只是承认了自己是个犹太人，遵守着犹太人的传统。

托尔克马达吼道："我一定要将你们犹太人全部送上火刑架，将你们这个可恶的种族彻底消灭！"

"不要如此自以为是，"萨尔曼慢慢地说道，仿佛在向朋友提供意见似的。"人类历史的长河中，像我这般的人不会绝种，而你们这种人最终都将会消失。生命短暂；很快，蛆虫就会爬满你的肉体，火焰也会将你的尸身吞噬。"

托尔克马达让施刑者马上开始施行。他很快就离开了囚房。四名施刑者连续折磨了萨尔曼八天八夜没有停歇，可还是没有消磨掉他的意志。整个过程中，萨尔曼一直保持着清醒，还表扬了他们的手段高超。到了第九天，他四分五裂的尸体便被扔到了大火中。官方记载，宗教法庭将他视为异教徒和黑魔法师，处以了死刑，因为他曾在犹太的逾越节上准备祭品，吸收天地的法力。

比传说更陌生的现实

一个月后，萨尔曼在杜布罗夫尼克城和朋友们一同庆祝了安息日。然后，他披着他那件长长的黑袍在亚德里亚海岸边的大道上漫步，一边享受着这座小城的宁静，一边向虔诚的犹太人发放《摩西第七书》——这是他自己写的一本奇怪的书。

叔祖父说完了这一切后，感叹道："现实往往比故事还要让人觉得陌生。如果我们知道了真实发生的事情，我们就不需要编故事了。那么，识破一个谎言就要比逮一只瘸腿狗更容易了。"

1995 年秋，西班牙的 RTVE①频道播放了一系列关于托马斯 · 托尔

① RTVE 为 Radio Television Espanola 的缩写，意为西班牙国家广播电视台。

克马达的小故事。著名的记者胡安·科鲁兹·鲁伊兹用了几个月调查了这位大法官在15世纪的西班牙的所作所为。在这系列短片播放最后一集的那天，我恰巧在马德里度假。晚上，我在宾馆的房间里观看了这个节目。这个节目手笔极大，不仅提供了深入的分析，还极其生动地还原了历史细节。你甚至能听到人的血肉之躯在篝火中被烧烤的滋滋声。

通过这个节目，我了解到托尔克马达是在1498年9月正常死亡的。他生命的最后几年都一直待在圣托马斯修道院里，最后他也被葬在了此地，葬礼场面极其奢华。这所修道院建于1494年，不仅是大法官的住所，也是宗教法庭的总部。此地之前的犹太墓地被国王和王后下令拆除了。被拆掉的墓碑则被用于堆建这座高大的修道院。

托尔克马达的墓地在圣托马斯修道院内这片绿树成荫的花园里与世无争地存在了338年。1834年，西班牙宗教法庭被正式废除。两年后，一个不知名的团伙挖通了这位大法官之墓，打开了他的棺材，偷走并焚毁了他的残骸。

六 哲人

拜访梅斯特

1640 年 8 月一个温暖的早晨，后悔不已的乌列 · 斯宾诺莎正在阿姆斯特丹向位于犹太大街 4 号的那幢房子迈着沉重的步伐。他不知道自己的生命就剩下短短几个小时了。

梅斯特是个非常慷慨的人。每次乌列 · 斯宾诺莎来这富丽堂皇的房子里拜访时，梅斯特都会亲自出来迎接，欣喜地说自己一直都在盼望着这位犹太哲人的再次拜访。他让仆人取来香浓的白兰地，亲自斟满他们二人的酒杯。他喜欢酒酿蔓延至全身的愉悦感。可是乌列 · 斯宾诺莎一喝酒脸就会发热，感到十分不舒服。

这对画家和哲人相处得非常愉快。他们性格迥然不同，却都觉得这样才能相辅相成，那些共同点太多的人之间总是充满了妒忌、竞争和厌恶情绪。他们截然不同的特质反而让他们可以相互依靠彼此，同时两人的差距也给他们带来了很多好处。

他们在这幢五层房子的一楼的壁炉旁共度过许多个夜晚。他们常常会讨论一些影响重大的事件。大多数时候，这些讨论都是冷静而客观的，梅斯特觉得乌列这位哲人的逻辑能力谁都无法匹敌。

梅斯特想要的不是渊博的知识，而是更加开化的思想。对于令人眼花缭乱的华丽辞藻和其传达的文学技巧，梅斯特并不怎么在意。他更希望与他人交流时能直接关注在基本原则上，因为他最大的兴趣就是去搞懂人类怎样才能挖掘自己的潜力，将个人的见解、敬意和浮夸的技巧运用在艺术创造上，如此一来世人也就能通过他的作品一窥天堂的美妙。

乌列·斯宾诺莎如历史上所有伟大的思想家一样，专注于思考人类理智的虚幻和精神的不朽。尽管他是一名有学问的拉比，可他并不仅是依靠《犹太法典》和卡巴拉教义来获取知识，理解人类存在的各种意义。他还研究过亚里士多德、普林尼[①]、赛内卡[②]和西塞罗[③]，他将他们的观点和思想融会贯通，与自己的见解结合在一起，而且他只借鉴那些有助于提升自己思想的观点。他认为一个正直的人从来不会为了遮掩自己所持观点的缺陷而盗用别人的权威，他认为有一种观点是特别重要的，即每一个人都要为自己的想法负责。

整个城市里没有一个人能像梅斯特这样严肃而集中地去捕捉乌列在发表人文精神本质这类大胆言论时的逻辑，或是听他辩驳这个世界并不是只有上帝才能看穿的谜团，而是人类可以把握的真相。

叔祖父说乌列的个性奇怪，不太招人喜欢。即便是他的血肉至亲——比如说他同父异母的哥哥迈克尔和迈克尔的家人——都认为乌列除了有点儿学识外，就没有任何可取之处了。他们都不爱搭理他。阿姆斯丹特的犹太区实在无法原谅乌列到处散布极其危险的思想的行为，于是，乌列在重压下只能搬出来，过着极下层的生活，每个人都对他避而远之。

一天晚上，在一家酒馆里，一位经常与犹太同事来往的纺织品商劝梅斯特少与乌列·斯宾诺莎来往。他提醒说，如果他们之间的关系被传出去的话，梅斯特现有的佣金就会大打折扣，而他的赞助商也会对他产生不满。尤其是那些和犹太的上层人士有来往的人，要知道这些人都视这位哲人为亵渎者。

这一番好意的劝说并没有影响到梅斯特和乌列的友谊。梅斯特从来不会因为他的朋友可能在散布革新思想而刻意躲避，这反而让他对这位哲人的观点更感兴趣了。

所以，在这个炎热的八月份，乌列才在犹太大街4号这所房子前疯

① 加伊乌斯·普林尼·塞坤杜斯（23—79），古罗马作家、博物学者、军人、政治家，以《自然史》（又译为《博物志》）一书留名后世。

② 塞内卡（约前4—65），古罗马时代著名斯多亚学派哲学家。曾任尼禄皇帝的导师及顾问。

③ 马库斯·图利乌斯·西塞罗（前106—前43），罗马共和国晚期的哲学家、政治家、律师、作家、雄辩家，深远地影响了欧洲的哲学和政治学说。

狂地敲着门。他想向人倾诉他刚遭遇的可怕经历，他知道全阿姆斯特丹只有这个人会听他说。他也只想向他坦白。

梅斯特家的女佣斯裘凯是一位丰满的年轻女性，貌美肤白。每当梅斯特发现她偷了自己的钱时，她便会把他带到自己的床上安抚他。斯裘凯为乌列开了门。她一脸焦虑地告诉乌列梅斯特现在谁也不能见。

“斯宾诺莎先生，拜托你择日再来吧。”

乌列注意到，斯裘凯才哭过。

“我现在必须得和梅斯特说话。”他一边说着一边扭过头去，试图掩藏他的失望。

斯裘凯哽咽地说，当天早上，从莱顿市传来消息说梅斯特的母亲去世了。她又极度悲伤地说道：“昨晚，梅斯特夫妇失去了他们刚刚出生的女儿。这个小女婴吐了血之后便停止了呼吸。她是两年来在这栋房子里死去的第二个孩子了。”

乌列难以置信地站在原地，一动不动地盯着她。通过对哲学的研究，他已经能很好地接受死亡的存在了，可是突然他竟无法理解为什么死神要夺取一个无辜的小生命。他觉得这个女婴的死不公平，让人难以接受；他觉得自己的心仿佛被挖去了一块，因为他知道这个新生的女孩对梅斯特来说意味着什么。斯裘凯觉得眼前这位犹太哲学家就快哭了，可他没有。他只是慢慢转身，失魂落魄地离去了。

画像风波

叔祖父从未说过这个男人真正的名字。我不知道这是为什么，但他肯定有自己的理由。他只叫他“梅斯特”，很长时间以来我一直以为这就是他的名字。

萨沙和我经常听到关于梅斯特和斯宾诺莎家族的故事。这就是为什么这个故事如此深刻地印在了我脑中。

梅斯特急需用钱。他的妻子萨斯基亚很快就要产下他们的第一个孩子了，可是没有人愿意借钱给他。犹太大街上这栋豪华的房子花了他一万三千盾[①]，每个月他都要还一大笔的贷款，他不应该买下它的。尽管他竭尽所能在寻找会买他画作的赞助者，可还是一无所获，这主要是因为人们都不爽他在顾客前自以为是、目中无人的态度。他也尝试过创造几幅新的画作，却只是徒劳。它们现在都是半完成状态地摆在他的工作室里，因为他已经没钱买颜料了，而他已经完成的作品也没有人愿意买。

最让梅斯特感到难过的是他之前的赞助者全部抛弃了他，对他置之不理。他的一些朋友强烈建议他去找别的赞助商。但他几乎处处碰壁，遭遇了不少冷眼。

就在这场经济危机的当下，梅斯特的一位债主上门来讨债了，他原以为这笔欠款还有两个月才到期。这位债主是个冷血的魔鬼，他是曾经很有权势的约翰·奥德巴内维尔特的私生子。这位政治家最后因为叛国罪而被砍了头。他曾雇佣一帮匪徒手持长矛来逼迫平民听从他的命令。梅斯特央求这位债主再给他一个星期的时间，可是对方却威胁说如果梅斯特不在四十八小时之内还钱就会打断他的手，并毁了他所有的家具和日用品。

第二天，仿若幻觉般，迈克尔·斯宾诺莎出乎意料地来到了梅斯特的工作室，他说为了在1638年10月份庆祝他四十岁的生日，他想让梅斯特为他们夫妇和三个儿子画一张全家福。

“谢天谢地，这可怕的难题终于不会再来折磨我了。”梅斯特想。尽管内心狂喜，他还是尽力克制着自己的情绪，不让这位未来的主顾发现他的兴奋。梅斯特继承了其农夫祖先们的直觉，他的这些祖先经常面无表情地在南荷兰的牲畜市场买卖牲畜。梅斯特摆出一副漠然的表情，这样他才能获得讲价的优势。他故意压低了声调，冷淡地说自己现在非常的繁忙，等着他画画的人太多了，不过他会为迈克尔破个例，毕竟他也是犹太委员会中受人尊敬的会长大人。但要想让他来画画有一个条件——一个不容商量的条件。“斯宾诺莎先生不能对这幅画作出任何要求，你必须尊重我的意愿，让我有绝对的创作自由。只有这样，我才会接受委托。”

和蔼的迈克尔点头答应了，回复道：“当然，不管你有什么想法，那

① 荷兰盾是于13世纪开始流通的荷兰货币，至2002年逐步被欧元所取代。

肯定都是最好的。”

迈克尔以为让梅斯特来画画有特殊的要求，于是，为了表示自己对这位大画家接受全家福委托的感激，他让梅斯特来开价。他可没想过要占便宜。

“每一个全身像需要两百盾。”梅斯特说着，心里却十分紧张，因为他从来没开过这么高的价格。

如此算来，整幅全家福需要花费一千盾。第二天，梅斯特便带着几位熟人来到了迈克尔 · 斯宾诺莎的家中，这样他就能在他人的见证下签下合同，并先支付一半的订金。这幅全家福预计要用三个月的时间来完成，因为梅斯特没有钱雇佣学徒来画出全家福的背景和服装部分。

现在，梅斯特手中握着一大笔钱，这笔钱是他最近一次收到的画稿酬劳的五倍。他大大地松了口气，然后直接去了他最喜欢的酒馆。踏入酒馆的那一刻他便告诉老板他是来承担责任，偿还赊款的，他现在可谓是时来运转了。接着，放了心的酒馆老板便为他抽出了一张椅子，梅斯特舒舒服服地坐下来，并为酒馆的每个人都买了一杯白兰地。更多的稿费会如潮水般涌来的。他确信自己还能赚很多钱。喝了几口酒后，他脑中只有一个念头——会有更多的富有的犹太商人来向他提出更多报酬丰厚的画作委托，然后不用多久他就能付清那栋奢华房子的贷款了。他感谢造物主给他送来了如此受犹太人尊敬的客户，要知道他几乎是所有人的行动指标。

为了向迈克尔 · 斯宾诺莎表达自己的敬意，第二天梅斯特便给他送去了一副刻版画作为礼物。这幅画描绘了莱顿市的大教堂，它被一片盛放的菩提树围绕着，旁边都是沿着雷朋博格运河分布的白色私家住宅。

梅斯特在初夏时开始作画。尽管异常炎热的天气让梅斯特难以忍受，他仍是不遗余力地认真工作着。他作画的方式非常周到，已经画了很多草图。他的工作室尤为闷热，所以他脱去了大部分的衣物，也没向自己的主顾知会一声。他画素描时，身上几乎没什么蔽体的东西，虽然这明显让斯宾诺莎夫人感到厌烦。可梅斯特的心思可不在她身上，他已经沉浸在自己的世界中。地板上到处都是红笔画的草图。

迈克尔 · 斯宾诺莎一家每天都要在这间工作室里一动不动、一言不发地站上好几个小时。周围破落的墙壁上挂着的都是没有卖掉的画作。几个星期过去了，天气依然炎热非常。尤其是他们站的这扇窗户边上，更能感受到这种难忍的酷热。然而，更糟的是每天早上坐在画架后面的梅斯特身上的汗臭味，他不穿衣服还不洗澡，整个人又脏又乱。可没有人抱怨。即使梅斯特在调颜料时会发出一阵刺鼻的、难闻的气味。

梅斯特用调色刀和在裤子上擦过的宽笔刷来完成画作的底层。他顺畅地在画纸上把颜料一层层地涂了上去。

一天下来，没有一个人说话。除了斯宾诺莎夫人偶尔的咳嗽声。她的肺不太好,而工作室里浓烈的气味让她感到恶心。梅斯特对此非常不快，其中一部分原因也许是他对这位夫人不由自主的厌恶。

即便在他们还未相见之前，梅斯特就觉得自己无法与斯宾诺莎夫人友好地相处。他记得乌列曾说过他的嫂子对他有一种难以调和的恨意，当他试图与自己的哥哥和小侄子们交谈时，她便会火冒三丈地朝着他恶言恶语。

梅斯特经常在晚上跑到酒馆的时候，点上几瓶白兰地，开始嘲笑她。他语言辛辣地描述她奇怪的面貌、肥硕的手掌和毫无特点的苍白圆脸。

死者之家

一天，女仆斯裘凯发现梅斯特最爱的宠物死在了地下室里。这只滑稽的小猩猩是梅斯特一天晚上在港口附近的一位妓女那里狂欢作乐时用十块钱买来的。这可能是他买回来的为数不多还算有用的东西。他给这个小动物起名叫卡拉瓦乔，这完全没有讥讽之意。它总是能逗得他哈哈大笑。只要和这个小家伙待上几分钟,梅斯特失落的心情就能好上一大半。

这件事让梅斯特难过万分。他为这个小猩猩陷入了强烈的悲痛之中，就连他的工作和白兰地也无法让他开心起来。在作画时，他根本无法集中精神。于是他告诉迈克尔说自己可能要暂时休息一阵子了。

卡拉瓦乔的死不过是梅斯特惨痛的生活变故的一种征兆。几天后，他又遭受了更加严重的晴天霹雳：他小女儿科妮莉亚，刚刚接受了宗教洗礼，才几个星期大，却突然因为严重的肠道出血而夭折了。

犹太大街4号的这栋房子里充斥着悲痛欲绝的哭泣声。每个人说话时声音都很低，吃饭的时候也是一片沉寂。他们也不想接待任何客人。梅斯特让家里的每个人这段时间都要深深默哀。他感觉自己的活力被抽空了。一股难以遏制的焦虑让他无法入眠。他清楚地看到了卡拉瓦乔的样子。接着，一阵黑暗笼罩了他，他无法想起科妮莉亚的面容。到了晚上——在这些无眠的夜晚里，他都在试着回忆他小女儿的脸，可是除了黑暗他什么也看不到。几个星期以来，他独自坐在自己的工作室里，带着他难以诉说的痛苦和让他肝肠寸断的悲伤静静地坐在那里，强烈的苦涩情绪吞噬了他。他觉得自己的心已经死了，他可能已经丧失了作画的能力。

迈克尔·斯宾诺莎听说梅斯特并没有继续在作画，他意识到自己的全家福可能无法在他生日前完成了。他耐心地等到九月中旬，然后他决定去拜访梅斯特，开导他，帮他克服痛苦。

生活让迈克尔懂得悲伤是永无止境的。就在一年前，他和妻子才刚刚失去了他们新出生的孩子。他知道唯一能让梅斯特振作起来的方式就是工作。

工作室里蔓延着一股难闻的气味，墙壁上所有的画作都被翻转了过来。梅斯特坐在那里，身穿睡衣，外面套着一件破烂的外套，就那样敞开着。迈克尔几乎没认出他来。这位画家看上去仿佛枯萎了一般；他瘦了，脸色蜡黄，黑眼圈很重。很显然，他已经好长时间没洗过了。迈克尔先是表达了自己的悼念，然后他说自己了解梅斯特的处境，因为他也曾经遭遇过同样的事情。他知道梅斯特的自哀自怜已经成为一种使人身心俱损的痛苦了。

“死神已经成为我家无形的常客了，”迈克尔说，“不幸的是，没人能拿它怎么样。去年，我失去了我的孩子，我愤怒，我想跑到街上大声喊出我的痛苦，让每个人都知道神对我是多么残忍，即便我一直对他百依百顺。相信我，我了解失去亲人的痛苦。可生活还要继续，幸运的是，时间会治愈我们所有的伤口。”

梅斯特坐在那里，很久都没有说话。他看上去好像出了神。接着，他突然说话了。他迅速地呢喃着什么，但似乎又前言不搭后语。他问出问题又自己回答。他的话就如同水流般不断地回荡在工作室里。他一会儿算账，一会儿又表明自己在命运面前是多么正直，他嘟哝着，抱怨着。他放在心里的所有事情，包括他最秘密的思想都被他说了出来。他好像并不在意自己的客人是否在听他说话。他甚至不知道自己不间断地在说些什么。

迈克尔偶尔会在梅斯特眼前摆摆手，但并没有引起这位画家的注意。最后迈克尔站了起来走向了门口。

“我得走了，”迈克尔趁梅斯特喘气的时候说道，“我得去犹太教堂参加一场重要的会议。”

有一瞬间，梅斯特觉得有些得意忘形。一个微笑突然出现在了他脸上。他想克制住自己，可却没能如愿，这种情绪从他的嘴角两边绽开在了他的脸上。

“你有一种天赋的才能，”迈克尔语气温和地说道，“在最伤心的时候运用它才能缓解你的痛苦。因为你坚持不懈的练习，你的画技已经登峰造极了。我的建议就是你应该立即开始提笔作画。”

侮辱

那天下午，梅斯特拿起了画笔。他想不起来那个曾经做了他几个星期女儿的脆弱的小生命的样貌了。可是，他清楚地记得卡拉瓦乔的样子。他决定为这个给他带来欢乐的小动物作一幅画。由于他没有多余的画布了，所以他便将这个小猩猩的头画到了迈克尔·斯宾诺莎的一个儿子身上。

即使是脾气再好的人，看到这样侮辱性的画作也会发怒。当迈克尔发现一只猴子的头出现在了本图的身上时，他觉得自己被骗了。他的妻子在一旁不停地哭泣，怨恨地说梅斯特根本就不懂艺术。孩子们倒是很开心，嘲笑着气疯了的本图。

梅斯特十分高兴地来到迈克尔家里向其展示自己的作品。看到他们的反应，他的心情急转直下。他不承认斯宾诺莎夫人的指责，也不会允许自己像傻瓜似的被赶出去。他因为愤怒而声音颤抖地说他尤其不能接受斯宾诺莎夫人说自己不懂得真正的艺术。他觉得是时候说出这么多年来因为某些原因而一直不敢大声说出的真心话了：这个世上，没有任何人能在绘画造诣上与他匹敌。

“我们并不想冒犯你，也不是在质疑你的水平。”迈克尔说道，他可不想让事态发展得更糟。他担心自己的妻子马上就要破口大骂了，于是他迅速地介入到了其中。“我们十分尊重您的绘画天赋。这么多年来，我们一直都在为您的作品和出神入化的画功拍手称奇。所以我才来找您帮我作画。可是把我的儿子画成一只猩猩，大概也是您脑中冒出的最疯狂的想法吧？”

“顾客你可是答应要给我绝对的创作自由啊！”梅斯特怒吼道。他感到了侮辱，声音中透露着炽烈的恨意。“如果客人们不在乎画作，那么他们大可以自己来画。可是他们别妄想自己能做到这一点！”

说完，梅斯特便带着他的画，没说再见就离开了。

几天后，迈克尔·斯宾诺莎给梅斯特写了一封信。信上他诚恳地表达了自己的失望，仿佛他正在跟一个朋友说话似的。他再次表明自己愿意不惜一切代价避免他们之间的误会加深，同时也迫切地恳求梅斯特考虑将那只猩猩的脸换成本图的脸。

梅斯特很固执。这对犹太夫妇竟敢如此放肆地评判他的艺术，这让他觉得非常受辱。而他竟然还在这家人身上浪费了这么多时间，对此他感到非常后悔。同时，他也认定将卡拉瓦乔画下来是非常明智的选择，因为这样他便创作出了一副不同寻常的无价杰作。这幅作品只有不带偏见的艺术家才能欣赏，那些傲慢的、冷漠的商人根本理解不了。因此，他坚持要让猩猩的头待在原处，并要求迈克尔支付余下的五百盾稿费。他还威胁说如果一个星期之内还收不到钱他就会采取法律手段。

迈克尔拒绝付款。他已经试过所有能让梅斯特改变主意的方法了。他来到法庭，证明这份合约是无效的。尽管提出了上诉，他还是没能狠心让负债累累的梅斯特归还之前他支付的五百盾。

这幅画用白纸包了起来，直到梅斯特过世时都一直放在他的工作室内。它的画名叫作《和斯宾诺莎家族一起的卡拉瓦乔》。

这幅画作被收藏在了阿姆斯特丹博物馆内，叔祖父一直没有机会一窥它的真容，但他知道它背后所有的故事。

他告诉我们美国20世纪初期最著名的美术史学家伯纳德·贝伦森第一次看到这幅画作的时候眼里盈满了泪水，他说："只有相信奇迹的人，才能遇到奇迹。"

后来，在他的作品《注视和理解》中——虽然我从没看过这本书，只是回忆着叔祖父的描述——贝伦森写道：

这幅作品是艺术史上第一幅现代画作。问题是，这幅开天辟地的时代之作是否用它那蓄意的、爆炸性的艺术品位为欧洲的艺术带来了全新的方向。

男孩和石头

乌列·斯宾诺莎六神无主地漫步在狭窄的街道上，经常被路边堆积的垃圾绊到。一种令人窒息的焦虑感一直尾随着他。闷热的天气让他感到非常压抑，他拿着早些时候从犹太委员会那里收到的文件扇了起来。

他偷偷地看向周围陌生的脸孔，试图找寻一种友善的表情，或是一种不带恐惧和鄙夷的眼神。犹太区里的每个人都知道他。人们不信任他，唾弃他。有些人公开地嘲笑他，有些人甚至对他拳打脚踢，每个人都知道他的来历：一个叛教者、一个亵渎神灵的人。据传言说，他曾经是波尔图的天主教堂里的高级官员。

他思绪疾走。有谁能彻底了解其他人呢？谁能看到、感觉到一双眼睛或一个表情背后潜藏的意味呢？有谁知道一个灵魂中或更深层的地方隐藏的秘密呢？连他自己都没有完全意识到自己隐瞒了什么。

在主犹太教堂艾斯诺加的门外时，他路过了五个正在玩耍的小男孩。当他听到这些孩子的欢呼声时，他突然觉得他们的生活和自己所处的真实生活相差甚远。他仿佛一直都是成年人般的活着。童年时期的任何景象或故事他一个也想不起来。

男孩认出了他，他们僵住了。他的恶名甚至在犹太区最小的居住者们中间也传遍了。所有的孩子都知道他是谁。

乌列·斯宾诺莎是个犹太人，也是一位虔诚的天主教徒，在波尔图待过一段时期。他后来转入了正统犹太教，因为他必须要逃到加尔文教的荷兰，那里可以给少数派宗教徒提供住所。在阿姆斯特丹，乌列被视为叛教者，他抨击拉比，质疑犹太信仰。作为一名无依无靠的马拉诺，他没有地方可以安家。

在犹太学校中，严厉的拉比奥罗比奥告诉学生们，在所有的马拉诺中，乌列·斯宾诺莎是第一个任由自己被天主教蛊惑的人。奥罗比奥声称乌列是天主教的走狗，他迷乱的生活方式违背了犹太教所有的传统和习俗。他的目的就是为了削弱拉比的威严。他很危险，他的存在威胁到了阿姆斯特丹的犹太人。

“你们所有人都不要跟那个人说话，”奥罗比奥严厉地说道，“他的声音能引起混乱。孩子们，他邪恶的思想会毁掉你们的人生！”

男孩们在远处看着乌列。他很高，瘦长结实，他的鼻子就像鸟嘴一样弯曲，他黑色的小眼睛盯着前方，好像它们能看透一切世事一样。他走路的姿势也是歪歪扭扭的，拖着步伐——这倒不是因为他年纪大了，而是因为他正沉浸在自己的世界里。

这些男孩尾随在乌列身后，大声地嘲讽他。当听到这些孩子口中骂出了自己从未听过的可怕侮辱时，乌列停了下来。他转了身。就在那一刻，一个男孩拿起一块大石头砸中了乌列的太阳穴。他感到鲜血正从自己的左脸颊流下来。他吸了一口气，又吐了出来，因为砸石头的孩子正是他的侄子本图。

毫无异议

乌列到家后，就在桌前坐了下来。这间没什么家具的房间笼罩在一片沉静中。他拿出早前从犹太委员会那儿收到的文件，又慢慢地读了好几遍。

文件上提出的决定是大家一致同意的。乌列·斯宾诺莎将被逐出阿姆斯特丹的犹太区，因为他持有威胁到犹太教义的观点。这种驱逐是终生性的，且立即生效。文件上的签名是迈克尔·斯宾诺莎——他同父异母的兄弟。

乌列的双手开始不受控制地颤抖了起来。很多年来，他一直一个人生活，历尽贫苦，没有朋友，也没有可以暖床的女人。可是他从没像现在这样感到如此的孤独。他最想与其分享自己观点的就是这些人，现在他却非常害怕自己将被他们遗弃。他所有的付出只有一个动力，那就是让他的犹太族人们看到真相。这就是他生存的意义，让他不惜耗费所有的时间来写作，为的就是找寻人类生存所要遵循的各种原则。

乌列没有怀念童年的习惯。他成人之后，便被迫要隐藏掉他的犹太血统，假装成一名天主教徒。所以他早将自己早年的记忆从脑中抹去了。现在，当他回忆起在波尔图的那些日子时，却连一些支零破碎的画面都很难拼凑得出。

也许正是他自己的过去让他如此不屑承认一个事实：他乡的犹太人总觉得西班牙犹太人的生活是多么的舒适，好像只有那里的生活才算生活一样。

流放中的自杀

叔祖父不止一次地跟我们说过，西班牙宗教法庭在伊比利亚半岛上传播着恐惧、惶恐和死亡的气息。他还告诉我们犹太人遭受的迫害越是残忍，他们就越是坚定不移地信仰着自己的主。

他毫不隐晦地说许多犹太人在流放去荷兰的时候就崩溃了，即使是那些可以根据自己的传统自由生活的人们。他们被自己脑海中充斥的画面和记忆折磨着，被自己的梦境蛊惑着。而有些人仅仅是因为无法忍受离开西班牙的事实。

“自杀多发生在流放期。它静悄悄地进行着，没人注意，也没人谈论过它。”叔祖父说道。

可是我们哪能理解什么叫自杀呢？ 我们两个才十二岁。不管我们怎么努力尝试，还是不懂这个概念。

叔祖父说迈克尔·斯宾诺莎有个邻居，是一个敬神的犹太父亲。不过叔祖父忘记了他的名字。他大概四十多岁，拘谨、胆小怕事，肩膀有些畸形，他经历了生活严酷的考验，只能从圣经中找寻安慰。一天下午，他和他的五个孩子一起玩耍，给他们发糖果，说床边故事。他的妻子不在家，去帮远方亲戚待产了。第二天，当她回到家却发现自己五个孩子的喉咙全被割断了。而她的丈夫也浑身是血，用自己的披巾上吊了，没留下任何遗言。

Bialomba[①]，这棵奇异的树的名字突然闯进了乌列的脑中。

葡萄牙有个古老的传说，说巴罗巴树的果实不能吃，于是它们就被人冷落直到落到地上。它们会渐渐萎缩，变成一只只帝王蝶，翅膀上还有一个金黄色的新月形标记。如果起风了，人们可以小心地拾起这些蝴蝶，将它们送到空中，这样它们便能活过来飞翔。反之，如果一个人对它们视而不见，它们就会饿死在地上。尽管这并不会对人造成什么影响，生活照旧美好。可是，如果一个人残忍地对待这些蝴蝶，践踏它们，或者用别的方式处理它们，那么厄运就会来袭。

乌列想将自己心里埋藏的其他故事和场景都挖掘出来。

可是他脑海中想起的只有他年轻时，因为觉得无助、孤独而充满怨恨地来到波尔图前的森林里，他践踏了巴罗巴树落在地上的果实。他踩死了无数只蝴蝶。

拉比说世界的秩序是人类无法理解的事情，只有神才能看透。乌列却胆敢挑战这些教义，并做出了完全错误的理解。他认为世界是可以被衡量的，所以阐述它的秘密是有可能的。他的这种观点就是他被视为叛教者的主要原因。

现在，乌列觉得这个世界充满了神秘，让人捉摸不透。有种隐形的力量正支配着它，而人们却无法弄清楚那到底是什么。如果宇宙万物存在着某种秩序，造物承载了某种意义，那么这些也都是人类无法理解的。

可是，如果我们什么也不知道，如果我们的生命无法由我们自己来支配，反而早就由命运做好了安排，那么我们的生活又有什么意义？

他的人生和意识现在都指向了一个问题：人类的生活有何意义？

突然，仿若一座雪山在心中崩塌一般，所有事情都在乌列脑中碰撞了——他的信仰和他的哲学，决定公正与否的整套价值体系，他建立起

---

① 葡萄牙语，“巴罗巴”是一种树名。

来的反驳犹太和基督教义的一切观点。他的认知一瞬间便全部失去了意义。他丢弃了它们。

现在，他懂了，神的方法是人类无法获知的。他走向自己拥挤的书房。他的指尖划过每本书的书脊。它们就在这里，里面装满了信息，盛满了智慧的言语，现在对他来说却全部失去了意义。他自己写的小册子现在看上去也是那么的肤浅，没有任何可取之处。他很后悔，自己竟然花了那么长时间来写它们。

他再次坐回到桌前。他前面放着那份犹太委员会发来的文件、一支上膛的手枪、几张白纸，一小罐墨水和一支钢笔。他将笔尖放到墨水中蘸了蘸，擦掉了一些溢出来的墨水，开始写道："如果我没踩过那些巴罗巴的蝴蝶，我的生活又会是什么样呢？"

接着，他将枪口对准了太阳穴——就是本图的石头砸到的那个位置。他深吸了一口气，然后用食指扣动了扳机。

彗星和死亡

就在乌列·斯宾诺莎自杀的那天晚上，一颗异常庞大的彗星出现在了夜空中。谣言说这颗彗星的尾巴可能会扫到地球上，弄得大家人心惶惶。一位神父，很有可能喝醉了酒，胡言乱语说犹太人将要灭绝了，而这座充满罪恶的阿姆斯特丹城也将会被夷为平地。这些信息都是加布里埃尔大天使告诉他的。在埃因霍温，一位任命于奥兰治王室的弗雷德里克·亨德里克王子手下的神父，从他的茶叶窥探到了造物主的计划，预见了一位反基督教者将跨着彗星降临。各个地方的人们都在忐忑不安地谈论着，忧心忡忡地等待着即将来临的世界末日。

那天晚上，很多人都聚集到了迈克尔·斯宾诺莎的家里观看彗星。屋子里弥漫着一股不安的气氛。迈克尔向他的客人们保证世界末日不会来的，大家没有恐慌的必要。他说自己的祖先，卡巴拉教徒摩西·埃斯皮诺莎曾在1325年就看到过这枚彗星，通过计算，这颗彗星将于315年后重现，且和地球相差十万八千里。

然而，他的解释并没能平复所有人的不安。很多人的脸上都流露出了怀疑。

黑夜降临了，一名仆人突然冲进屋子，大声说从房子最上层的窗户就能看到那颗彗星。听完，每个人都匆忙上楼了。

本图呆住了，他好害怕那颗彗星会毁掉他们的房子。他看向自己的小弟弟艾萨克，他正坐在地板上玩耍。突然，本图心里泛起了一股冲动，他毫无来由地朝他弟弟的头上踢了一脚。他以为当时只有他们两个人，可是他们的父亲却正好回来拿眼镜。他就站在本图后面的过道上，目睹了刚才发生的一切。

迈克尔生气了，脸色一沉。他冲了出去，抓着儿子的手臂扯到了书房里。他让本图站到墙角边面壁思过。他刚刚训斥完自己的儿子，犹太委员会的一位成员就突然屏息冲进了书房。

“糟糕的事发生了，”他说道，声音颤抖不停，“他们发现你同父异母的弟弟乌列死在了他家里。血溅得到处都是,他的头上开了一个大洞。”

本图的脸涨得通红，他心跳如雷。他开始抽泣起来，以为是自己杀了乌列叔叔。

“请求您的原谅，斯宾诺莎先生，”闯入者降低声调说道，“在您儿子面前说这事是我太欠考虑了。我不知道自己在想什么，我只有一个念头，就是赶快让你知道这件事，尤其是委员会曾一致通过的那个决定。即使如此，我还是有失谨慎了。本图还是个敏感的孩子。”

奇迹之子

许多年过去了，那颗彗星早已不知所踪。然而，每当迈克尔想起本图现在正在莱茵斯堡生活时，他便会想起那个晚上，陷入悲伤。

彗星长长的尾巴照亮了阿姆斯特丹的上空。这种景象虽壮观，却也充满了危险，让许多人都陷入了恐惧。有些人害怕欧洲会就此被烧毁，成为一片废墟；有些人则跪在地上，诚挚地祈祷着；有些人认为自己有幸能看到天神如此的壮举。彗星从地球边上擦了过去，没有留下任何伤害，继续朝着前方滑了过去——正如摩西·埃斯皮诺莎 315 年前预言的那样。

那天晚上最让迈克尔记忆犹新的就是本图的性格竟然莫名其妙地改

变了。他就像完全变了个人似的。他的父亲后来想起来的时候觉得那或许是因为彗星的影响。一个心胸狭窄的、经常调皮捣蛋的男孩竟然一夜之间变成了世上最善解人意、最可爱的孩子了。

至于他的学业，本图不需要任何监督，因为他是班上的模范生，是全校师生的骄傲。谁要是遇见他都会对他盛情款待的。到了十一岁的时候，本图已经能将《革马拉》和《摩西五经》倒背如流了，他还知道关于亚布拉罕、艾萨克和雅各布的所有事情，就好像在很久以前他是他们的挚友一般。

就连阿姆斯特丹外的犹太人也知道了本图的聪明才智。人们都认为他是一名命中注定的拉比。

然而，有一天，一些事改变了他年轻的生活，调转了他的人生方向。

迈克尔·斯宾诺莎是当地一家大型私人图书馆的馆主。在这家图书馆里，本图搜索了几个星期终于找到了乌列·斯宾诺莎的一些手稿。它们一直被隐秘地藏在其他书后。

他偷偷读完了这些手稿，就是研究《摩西五经》时他也没这么的聚精会神，充满敬意。尽管乌列写的这些东西比本图见过的任何教义都要逻辑严谨，含义隐晦，一开始他根本看不太懂，但他没有放弃；他特别想快点儿领会这些内容。他一直觉得是自己杀了叔叔。这个想法一直折磨着他的灵魂，噩梦已缠绕他多年。本图并不觉得这些可怕的遭遇是一种负担，他反而认为这是在向自己传达一项神圣的义务——深入研究这位叛教者的手稿，看看他到底是个什么样的人，他到底在想什么，写了些什么。

本图将这些手稿反复读了好多遍，一个词、一个字都没落下。就连最微不足道的内容他也不放过，努力地想弄懂它们所传达的信息。理解乌列的思想对本图来说很难，倒不是因为他智商或者精力有限，而是因为这些文章所蕴含的思想所基于的思考逻辑，和一般犹太教义的那些截然相反。不过，先撇开这一切不论，本图能够感受到叔叔在写下这些文章时所抱有的单纯的目的。如果非让他说点儿缺陷的话，那么他会说在乌列的文章中，他从来没提到过自己的生活。

看到手稿里这些令人咋舌的言论，本图几乎快忘记了呼吸。

在名为《关于人类灵魂的必死性》一书中乌列认为人死后三天，一旦人类的灵魂凝视着这具他之前栖息的躯壳时，不仅身体会开始腐烂，就连灵魂也会与身体剥离，消失在空气中。

在另一篇文章《反对传统》中，乌列又讨论了另一个话题。他质疑天神是否在西奈山[①]上赐予了摩西和犹太人以他们的法则。

这些文稿中的一切——它大胆的观点，让人目瞪口呆的逻辑——都直接与当时的主流思想以及本图在学校里学到的一切相悖。有时候，本图会因厌恶而打起退堂鼓；有时候他又很害怕，觉得乌列怎么可以提出如此不合理的看法，企图削弱犹太教义的权威性。

经过几个月的研究，本图终于受够了。那个时候，他终于厌倦了这些文章中起先打动他的地方，即乌列语言的纯正与独特的气质，这主要是因为他发现自己无法认同这位叛教者的任何观点。为了找到并消化乌列想通过这上万句话表达的思想，本图耗费了无数的精力。可有一天，当他决定放弃时，却突然发现了一句让他十分印象深刻的话：

争论谁是谁非，真理为何并不是最重要的。最重要的是敢于表达自己的观点，敢于挑战古人的信仰和教条，然后坚持下去。

本图觉得有一瞬间的晕眩。他至少把这句话读了一百遍。他不断大声地重复着这句话“……挑战古人的信仰和教条，然后坚持下去……”

那一瞬间，他看到了自己的使命。他决定要誓死不渝地寻找他自己的道路，架构出自己的思想，传播真理。虽然现在他还太年轻，不知道该写些什么。

新的视角

本图试着用新的视角来阅读《摩西五经》，他并不知道乌列对他已经造成了如此巨大的影响。他一边读一边做笔记，好像着了魔似的。他

① 西奈山又叫摩西山(Mount Moses)，位于西奈半岛中部，是基督教的圣山，在《圣经》中，西奈山是耶和华的使者从荆棘里、火焰中向摩西显现之处。领以色列人出埃及后，摩西在这座山上代表以色列人领受耶和华的律法十诫。

的眼睛放着光，他的笔记也越来越严苛和大胆。

他意识到乌列发现了圣经中一个非常重要的方面：摩西的著作中并没有给出任何支持其观点的证据。

本图换了一种角度。也许根本就没有所谓的普遍真理呢？也许世界的存在仅仅是三十六本史书便记载完了呢？在拉比的讨论会上，本图看上去好像有些不同。每个人都觉得他很奇怪。他心不在焉的，而且越来越内向，时常就会做起白日梦。人们觉得他很有可能被恶灵附体了。他们交头接耳地说乌列·斯宾诺莎的鬼魂寄居在了本图年轻的身体里了。

当老师问他遇到什么事时，他却反问道：

"上帝真的没有形体吗？"

"灵魂是永生的吗？"

"如果一个刚生下不到两天的婴儿死了，那他有灵魂吗？"

"神圣的上帝在尽心管理着这个世界吗？"

学校的大拉比，尊敬的《犹太法典》学者莫提拉，将本图拉到了教学楼一块阴暗的角落里，他把手放到本图的肩膀上，安静地说道："本图，你想做什么？以前的你哪去了。你现在的行为举止太奇怪了。学校里的每一个人都为此惶恐，疑惑了。还有你的那些问题！它们太危险了。没有一个犹太人能怀有你脑中的那些想法。人言可畏啊。这对你非常不利。如果你的话落到了坏人的耳朵里，这里的每个人都要遭殃了。你明白我说的话了吗？"

可是，这些问题还是不断地在本图的脑子里打转，他也不是那种会轻易闭嘴的人。最后，他将自己的笔记整理成了一篇文章。他对精神自由的坚定不移的渴望在阿姆斯特丹的上层犹太人之中引起了强烈的抗议。这之后，本图又写了几本书。

采取行动

犹太委员会决定封住本图的嘴，禁止他传播这些所谓的基本真理。他们开展了一次听证会，希望借此让本图悔改，收回他所写的东西。可是，本图却毫不在乎地承认自己有罪，所有人都惊住了。他看上去甚至为此感到非常自豪。尽管委员们对迈克尔·斯宾诺莎敬爱有加，他们也都将本图的聪明才智看在眼里，可是他们觉得自己更有义务伸张正义。

“亲爱的朋友，我们对你儿子的审判并不是因为他的文章和话语，”委员会长向他的前任迈克尔解释道，“他太冲动了，也许是因为他太年轻了。可是该做的还是要做。为了防止他再犯，预防有人重蹈他的覆辙，我们决定判他流放他乡。你肯定想到了，当初我们也是这样对你的弟弟乌列的。”

我一直很想知道为什么这些犹太委员会的人要给本图贴上异教徒的标签，把他赶出自己的家乡。

我们今天很容易就觉得那些委员们太过迂腐，他们的决议十分荒谬。不过，本图的观点的确不可否认地影响了人们的思想，造成了混乱，威胁到了犹太族群里的动力因素。这些委员们最担心的是阿姆斯特丹的市长也或多或少地听闻了本图对于宗教的批判言论。荷兰是一个现代国家，引领者则是一群活力四射的商人。他们接受了当代的自由思想，显示了自己的宗教宽容度，接受了犹太人——但前提是，只要他们别像本图一样怀疑那些本就经不起怀疑的东西。

更危急的是，那些迂腐的委员们发现根本无法阻止本图对《摩西五经》的亵渎。这些信仰者无法掩盖住事实——本图认为信仰摩西法典的犹太人并不是天神选中的族类。就此来说，大家都觉得本图做得太过分了。

艾萨克·丰塞卡·阿鲍伯做出以下宣告：

根据天使的审判和天神的判决，我们决定消除、诅咒、流放、驱逐本图·斯宾诺莎。根据天父的意愿，遵从神圣的摩西之书及其613条禁令，我们判他有罪。约书亚制裁了杰里克，伊利沙也判决了那个邪恶的年轻人，这是法律的判决。

不管白天黑夜，不管清醒或睡去，不管在国外还是回家乡，愿诅咒一路跟随他。愿他永远得不到天父的原谅，愿天父将怒火永延，将律法之书上所有的诅咒都施展到他的身上。

天父将从天堂中擦去他的名字，废除他的以色列血统，这是上天的审判，是法律的制裁。愿所有侍奉天父的人永远平安。

将以下戒律放在心中吧：禁止任何人与他有口头或书面交流，禁止任何人向其提供任何服务，禁止任何人与他住在一起，禁止任何人出现在他周围五米之内，禁止任何人阅读由他提供或著写的文字。

在莱茵斯堡的自由生活

1656 年 9 月，阿姆斯特丹的犹太委员会决定驱逐本图之后，本图从他家的楼梯上走了下来，有些兴奋，提着他匆忙间整好的行李箱。在客厅里，他的母亲、父亲和两个兄弟都在等他。父亲拍了拍他的肩膀，真诚地希望他一路顺风。他的母亲相信本图马上就会回家了，一切很快就会雨过天晴，就像做了一个噩梦似的。

他的弟弟艾萨克，体型丰满，精神紧张，极度困惑。他发了一通火，打碎了窗台边的一个花瓶，气得直跺脚。然后他怒吼说世道太不公平。就连母亲的劝说也没能让他冷静下来。最后，他的父亲狠狠地捏了他的脸颊，训斥说：难道他的理智都给情绪吞没了吗？

他的哥哥本杰明，像诗人一般花言巧语，写过很多首赞扬上帝的优美诗歌。他说自己马上就会去跟随本图的步伐，照顾他，陪伴他走过生命的旅途。他向本图提醒说流放是神的赐福，即使是对那些体格特别虚弱的人来说，驱逐也是独一无二的能锻炼人的责任、勇气和胆量的一件事，而这些素质是那些活在安乐中，被过度保护的人所得不到的。这些话都是本杰明从伟大的思想家迈蒙尼德的书中看来的。

当母亲为他送上一记送别之吻时，她的头发刮到了本图的脸颊，这让他感到很尴尬。他的父亲问他们有朝一日是否还能一家团聚时，本图却沉默了。他摸了摸儿子的头，帮他登上已经停在家门口的马车。于是，本图人生第一次要离开他在犹太区内的这个家了。尽管他向父母保证过自己很快就会回来，但这一诺言却没有实现。

去莱茵斯堡的旅途非常无聊，本图想读点儿书，但仅仅过了几分钟便抬起头，自言自语地抱怨起马车的颠簸。他感到很难受，有几次他都以为自己快吐了。即便如此，他还是鲜有地感到了快乐，甚至幸福。

任何人要是处于他的境遇之下——被强行剥夺了犹太生活，丢下他的家庭和故乡——一定会对未来充满了恐慌，一个无家可归的人肯定会被当作有悖常理的怪胎。可是本图却觉得特别轻松。现在的他没有任何束缚，不用考虑他的出身，最重要的是，他能自由自在地抒发自己的想法了。

他喜欢自己在莱茵斯堡的生活，即便他住的是一间散发着湿气的地下室。他发表了关于上帝——生存所不可缺少的因素的学术演讲，他参加了包括笛卡尔哲学的各种课程。他对每件事都兴致勃勃。他每天都会测量气压，研究水质、土壤和天空的颜色。他的邻居们觉得他疯了。不过，本图知道作为一个有着自由的思考灵魂的人，这些人的看法是他必须要习惯的。

本杰明登场

事实上，本图一点儿也不想让他的哥哥追随他的脚步。他总觉得本杰明想控制他。几个月来，他一直没有答应本杰明的请求。不过本杰明可不是会轻言放弃的人，最终本图因为一时的心软答应了他，不过心里还是希望什么也不要发生。

本杰明发现自己的弟弟正蹲在地板上，对着笛卡尔的一本《哲学原理》。本图很瘦，他的脸都凹了下去，因为天气炎热而汗流浃背。他的脑子里全是关于泛神论的念头，无心注意周围的脏乱——没有清洗的杯盘碗碟，还有已经腐烂的食物残留。弥漫着霉味的这间房就好似法老的坟墓一般。地板上的灰尘还有三四代老鼠爬过的痕迹，它们早已将《摩西五经》撕成了碎片，还在床上安了三个窝点。

本杰明知道弟弟从没接待过任何人，更别说女性了。他正想评头论足一番，却觉得本图可能会觉得受到了侮辱，于是，他决定闭嘴。

这对兄弟有很多相似之处，但若是说到秩序方面，他们就完全相反了。这也是本图不喜欢他哥哥的一个原因。

本杰明有些学究气，他的生活中不可缺少的就是秩序和规则。他一刻也没闲着。当本图正沉浸自己的世界中，纵横交错地思考着笛卡尔哲学的原理时，本杰明堵上了老鼠洞，出去打来了清水，在浴缸里洗了床单，将它们晒到了室内的院子里，他擦了地板，烘干了墙壁，整理了书籍——他不是按照字母顺序分门归类，而是根据尺寸大小来摆放这些书籍。当大扫除完成后，他便坐了下来，深深呼吸了几次，听到钟塔的钟声敲了八次，然后他觉得自己已经准备好要和本图开始新的生活了。

上帝和废肺

白天，两兄弟在附近的一家工厂干活，为望远镜打磨光学镜片。这份工作让他们吸入了过多的玻璃粉，不过能赚一份微薄却使人踏实的薪资。到了晚上，在没有人能听到的情况下，他们就会开始大胆而自由地讨论起人类自由，以及在法律的约束下获得公平生活的可能性。

他们年轻，果断，自由。作为伙伴，他们要创下一番成就。不过首先，本杰明建议，他们要宣传自己的思想，开拓自己的精神疆土，因为只有富有灵魂的人才懂得如何正确利用自己的理性能力。到了那个时候，他们就能深入到人类生活，挖掘它们的秘密了。这对兄弟都对心灵非常感兴趣，同时他们也都心照不宣地对身体的其他部位避而不谈，因为他们不想被下流的肉欲诱惑了。

一天晚上，一切好像豁然开朗。他们突然看透了最基本的哲学原理，这让他们几欲兴奋得昏厥过去。本图想要在纸上记下他们的想法，手却因为太过兴奋而颤抖个不停。反而是本杰明——他对写作一直很有信心——拿起了笔。

“我们看不到、感觉不到、更加定义不了上帝，”他写道，“上帝存在于万物之中，却永远保持着安静，让人没法发现。他在自己创造的世界里留下了足迹，供我们学习和研究。”

这对兄弟对于降临在他们身上的恩赐深深地感激。本杰明甚至哭了出来，不是因为悲伤而是因为开心。他觉得自己现在是世界上最幸福的男人。

《会话》是两兄弟的第一本书。这本书不厚，但却充分展现了他们的优美的措辞和强大的推理能力。这书只出版很少几本，因为出版商皮特·瑞思特忌惮于教会机构的势力。它喜欢不露声色地安插卧底，让巡查员清查每一本新发行的书籍。审查制度非常严格，虽然有些非传统性的观点是允许在特定的范围内存在的，但前提是得谨慎地表达，而且任何形式的非法出版物都是不被允许的。就在几个月前，两名图书出版商的书店被纵火犯袭击了。人们必须要提高警惕。所有小册子上都印着拉丁文“CAUTE”，意思是“小心”。

尽管《会话》一书是两兄弟共同讨论的结果，可封面上只写了一个人的名字：本图 · 斯宾诺莎。

本杰明心胸十分宽广，徒有其表的名利他根本不关心。对于生活，他的想法很简单。其中最主要的就是和他的弟弟在一起，支持他，保护他。本杰明性格温和，宽以待人，严于律己。每天晚上，他都会坐在桌前。他写字的工具——一支钢笔——不停地在白纸与墨水盒间来回游走。多亏了他不竭的创作力，其所记录下来的哲学思想帮他弟弟取得了日益大噪的名声。可他却无欲无求，甚至不要求在封面写上他的名字。他只想让本图出名，让其得到世人的认可，哪怕只是换取阿姆斯特丹的犹太委员会 —— 穆罕默德的一个道歉。

本图身体不好。他遗传了母亲薄弱的肺功能，而他的肺部现在又充满了当初在工厂打磨镜片时所吸入的玻璃粉。他的呼吸经常会变得十分不畅，身体的每个部位都曾被剧痛折磨。有时候，到了晚上他还会打冷战、发烧。他哀叹自己的身体让他失望了，它的情况越来越糟。这让本杰明非常担忧。本图的体重迅速地下降，越来越变得无精打采。

本杰明让本图用药草泡澡，并将一种辛辣的药膏涂在他胸前帮他按摩。可这些方法，包括放血都没起到任何效用；本图的病症还在加重。这对兄弟没钱请医生。为了用本图的名字印刷那些小册子，本杰明四处借钱。现在的他早已负债累累，没有债主愿意再借钱给他了。

他们该怎么做呢？

本图灰心失意。本杰明左思右想，突然想到了一个主意。

临危救难

本杰明决定结婚，帮助弟弟摆脱困难才是当务之急。他给莱茵斯堡的一位年纪有些大的未婚妇女写了一封语句优美的情书，向她求婚。这个女人是西班牙裔犹太人，从她父亲那继承了一大笔财产。

不用说大家也知道，像这样的富婆是不会缺乏追求者的——可这么多年来出现的这些追求者不是被她极度丑陋的外表吓跑了，就是被认为不怀好意，因为他们对未来妻子嫁妆的关心度远比她本人还高。这就是为什么每个周五晚上，当其他的犹太女人正挽着自己丈夫的胳膊欢度安息日时，玛法达·丰塞卡却只能跑到犹太教堂里问天父为何要如此残忍地剥夺她去爱的机会。

玛法达从来不知道犹太－西班牙语可以这么流畅动听，这么优美婉转。她把本杰明的信读了一遍又一遍，她的心中突然升起了一团火焰，肥硕的脸庞顿时通红。经过了一段让人苦恼的寂寞岁月，这是她人生中第一次开始认真思考起爱情的无限可能。她觉得一切还不算太晚，当天下午，她便回了信。

婚礼在一个月后举行了。

本杰明对女人所知甚少。婚礼当天晚上发生的一切对他来说都很新奇——好像非常简单，但同时也非常之难。

玛法达上来便掌握了主动权，那整个晚上都是。本杰明开心地发现他娶的这个长相不太好看的女人脱去衣物后竟然这么美丽。同时，他还有些疑惑，怎么还有人对他的身体有如此强烈的兴趣呢。当他下体那毫无生气的伙伴终于觉醒时，他竟不自觉地想到了他曾经经常念诵的祷文——保佑天父能唤醒死者。

他从没想过女人对肉欲的享受可以如此强烈，她几欲吼叫出来，仿佛疼痛难忍一般。玛法达有点儿吓到本杰明，可他还是觉得自己非常幸运。

事后，他们喝了一杯红酒。

玛法达觉得开心极了，上帝终于对她展现了仁慈。终于，她找到了一个属于自己的犹太男人，他们就像自己的父母一样无比幸福地结合了。这么多年，她父母之间温暖而充满深情的关系一直鲜活在她的记忆里。现在，她也有了一个学识渊博的丈夫，他即绅士又善解人意。他的亲近与抚摸点燃了她的激情。他慷慨地将自己的种子洒在了她的身体里。总而言之，婚姻所带来的一切欢乐就在她触手可及的地方。

她还能奢求生活给她什么呢？

讨厌的兄弟

然而，没过多久，乌云就笼罩在了辛格街的这栋房子上。本杰明不是孤身搬了进来，他还带来了他的弟弟。

玛法达发现本杰明每天都会花更多的时间陪着本图。她感到很委屈，很孤独。这对兄弟经常在一起热闹地讨论着，而她却只有寂寞陪在身边。她非常想念他们夜晚的夫妻生活。每天晚上，她都会全裸地躺在被子下，心跳如雷，紧张地在黑暗中等待着本杰明。而他却孜孜不倦地整理着本图的语录，直到午夜过后才会停笔。终于，她坚信比起她，本杰明更关心他的弟弟。她生气极了，脸色因愤怒而变成了深红色，她将自己锁在卧房中不停地哭泣。她哭了足足有三个月。嫉妒渐渐控制了她的思想。

玛法达受不了本图有几个原因，不仅仅是因为他妨碍了自己享受婚姻的幸福。她觉得他目中无人，自大傲慢。她完全理解不了他。有时候，她毫不犹豫地告诉自己他绝对是疯了。在她看来，他经常挂在嘴边的各种真理和格言以及欧几里得几何学都不过是疯癫的一种高级形式。除此之外，有时他还会坐在那里盯墙壁盯几个小时，谁也不准靠近，只是沉浸在他为自己创造的神秘国度里。还有他夜里的呼噜声和咳嗽声，更让她难以忍受。

玛法达想让本图搬出她的房子。她强烈怀疑他们住在一个屋檐下是否会有害健康。她看到他正在吸食他周围所有人的生命精力，尤其是本杰明的。她甚至觉得他跟幽灵没什么两样。

本杰明用尽全力才控制住自己的情绪，掩饰起自己的绝望。这正是他最害怕的事。

玛法达没有被说动。本图必须搬走。只要能和她的这位小叔子少住一天，她已经准备好动用一切手段了。她突然勃然大怒，尖叫起来——他必须走！他必须滚！她将墨水瓶狠狠地砸到了墙上，向床边飞奔而去，埋起头凄惨地哭了起来。

本图的脸蒙上了一层不快。他假装看不见本杰明般地拿出了一个放大镜，观察起落在餐桌上的两只苍蝇，还开始用哲学般超然的角度，本着笛卡尔的精神说起这两只苍蝇的生命价值。可这并没有奏效。两天后，他整理好了自己的一点点行李，搬去了画家米萨克·泰德曼家中的一间房子里。泰德曼是他的一位熟人，住在哈格城外田园般的沃尔堡。

本杰明答应过本图会给予他最好的支持。他不仅会帮他支付房租和伙食费，还将继续帮助他记录下他的哲学猜想，并将其整理成文。

本图的离开让本杰明伤心透了，他感到非常自责。现在又多了几份意料之外的债务和一大笔未付的医药费等着他偿还。本杰明觉得把本图赶出去的自己十分无情。他觉得自己的弟弟身体太糟了，无法一个人生活，而他的妻子也应该更富有同情心才对。他回避了玛法达一段时间，可没过几天，当她向他发出和好的请求时，他还是愉快地答应了。

很快地，本杰明就发现了没有本图的生活的有趣之处。玛法达的精神一直很好。现在他们有的是时间来享受婚姻的愉悦，进行造人计划。他们夫妻俩生了四个儿子，本杰明则用自己发明的教学法来教育他的孩子们。他们都成了博学多识的人才。大儿子亚伦当上了巴黎的拉比。另一个儿子则成了巴黎学院的教授。随着时间的流逝，本杰明所有的儿子都携家带口地定居在了巴黎。

卡巴拉教徒

第一个发现这对兄弟的著作的人叫作阿巴伯内尔·本·伊斯雷尔。犹太百科全书是这么描述他的：

阿巴伯内尔·本·伊斯雷尔（1619—1688），出生于安达卢西亚的所罗门，人们又称他为ABI，阿比。他活跃于荷兰，是个西班牙裔的犹太学者，卡巴拉教徒，外交家，作家，自由拉比以及第一家犹太出版机构的创始人。他和许多著名的哲学家以及欧洲的王室有着来往。1655年，他去伦敦拜访了奥利弗·克伦威尔[①]，向议会致辞。运用自己的巧言善变，他成功说

① 奥利佛·克伦威尔（1599—1658），英国军政领袖，1649年在查理一世被处决后，克伦威尔开始统治英格兰联邦，并征服了苏格兰与爱尔兰，在1653年至1658年期间出任护国公。

服上议院废除了自1290年起通行的禁止犹太人定居英国的法规。他还是伦勃朗的好朋友，他的肖像画就是出自后者之手。

我可以直接告诉你阿巴伯内尔·本·伊斯雷尔到底是谁：那就是萨尔曼·埃斯皮诺莎。他一直密切注视着自己在阿姆斯特丹的亲人们，就像当初在西班牙和葡萄牙他也在暗处偷偷关注着他的孩子们、孙子们以及他们的孩子们和孙子们的生活。他用不同的名字来隐藏自己的真实身份。那个时候，他已经三百多岁了。不过他是长生不老的人，所以还拥有着年轻时的容貌。

每当我的思想被这些分心的东西占领时，我就会再次胡言乱语起来。那些小故事突然就挤进了我的脑海中。因为我提到了死亡的话题，所以卡巴拉的故事又突然蹦了出来。

叔祖父跟我们提起萨尔曼的父亲多摩西的时候，我才九岁。我那时就决定有一天一定要成为像他一样的人物——一个卡巴拉教徒。当然，这决心多是出于冲动而不是因为我觉得自己特别有才识。我认为，卡巴拉教徒就是某个受人敬仰的贵族，无所畏惧，正义凛然，身穿盔甲，威风无比地骑在一只白色的战马上。我显然是把卡巴拉教徒和骑士弄混了。

几年后，弟弟萨沙和我收到了一本就一位卡巴拉教徒专业著作的长篇描述。这个卡巴拉教徒为了找到人类生命与天体固定轨迹中包含的永恒真理之间有何联系，应用了一种特别复杂的系统计算出了语言的数值。当然，当时的我对这些东西完全不理解，不过仅仅是听到它们，我想要成为一名卡巴拉教徒的愿望却更强烈了。

我十三岁的时候，根据叔祖父的指导，用萨沙的名字和我们的生日进行了一次简单的卡巴拉计算。也许那时候我对我的弟弟非常生气，原因我不记得了，但我通过命理学的方法算出他到了十七岁时就会离奇死去。

第二天，虽然我不承认，但我的确是带着半信半疑的心情将这个结果告诉了叔祖父。我只能告诉他。他是我最喜欢的人，是我的挚友，虽然他跟我没有半点儿血缘关系。我感觉自己和他的纽带比和任何一个血缘至亲还要强。父亲，母亲，祖父、祖母和萨沙，不管他们有多慷慨，多慈祥，我们之间仍有一种不可穿越的障碍。它使我无法向他们询问，让我丢失了信心。但叔祖父不同。

在我整个人生中，这种感觉时有发生。不要问我为什么。很多次，我偏偏忘了我想记起的事情。有时候，过去的画面伴随着三言两语、光线或气味汹涌而来。然而，这些却绝非出自我的意愿；它们就是突然出现了。

我看到叔祖父的眼里闪过了一丝惊讶和惊恐。他的脸皱成了一团，然后将我搂到了怀里。我吓了一跳，抬起头却看到他两眼泪光闪闪。然后他笑了笑，说我肯定是算错了。

当然，他是对的。我肯定在计算时某一步出了点儿小差错。因为萨沙还没活过十六岁。

新的篇章

阿巴伯内尔·本·伊斯雷尔一封积极的介绍信起到了很好的效果，欧洲大陆上一些著名的学府开始对本图以及斯宾诺莎这对兄弟产生了兴趣。他们收到了很多颇具吸引力的教授职位。本图拒绝了海德尔堡大学的邀约。本杰明知道这是为什么。

本图解释说他担心自己若是公开表达观点会牺牲掉自由。他称自己为宽泛的思想者。这才是最适合他的角色。他喜欢这样的生活。他不想要为任何人服务。现在，他可以自由地选择他想过的生活，调整他的人生步调。没有人可以雇佣他来教授或出卖自己的思想给位高权重的人。他一辈子都不会接受这样的事情。

本图说："几百年来，流浪学者们一直散落在欧洲大陆各地。他们每个人都各有特色，但所有人都有一种不断追求和前进的不知疲惫的灵魂。宽泛的思想者就是一颗变幻莫测的彗星，他可以去他想去的地方，过着独居的生活，选择他自己的人生之路。这就是我想要的生活。"

本杰明没有被此说服。

"好的想法可能也意味着匆忙的决定和不顾后果的行为。"他回应道，"我认为依附一个地方对你来说是件好事。单单接受一个社会职位是不会逼你非得在遵从他人的标准和坚守你个人的原则间做出选择的。”

“亲爱的哥哥！”本图打断了他，“柏拉图说过，如果一个人献身给了世俗万物，他要是还能出淤泥而不染，那就是一个奇迹。你懂我的，你知道只要有谁想借为我实现抱负来诱惑我，我肯定会回绝他们，头也不回地转身就走。”

本杰明说：“不像你，我的生活基本上容不得我半点儿懒散。我的人生就是我的家人，就是不断地收集、整理信息，拨开种种思想合成的迷雾，在迷惑的、虚幻的宇宙中寻找真理。归根结底，我无法理解你对失去自由的担心。我认为一个人的自由是与生俱来的，跟接受一个老师的职位根本毫无冲突。”

对本杰明来说，他人生的新篇章即将开始。玛法达积极地鼓励他接受就职邀请，尽情地享受他自己的成果和赢来的认可。

本杰明随即举家搬到了弗赖堡，这里有一所全欧洲著名的大学。这所大学有着不同于他处的等级制度以及德语国家中最著名的教授。学校设了六大课系，有八名教授，二千名学生。学校建有一所藏书量达四十万本的图书馆，还有一间实验室和种植着奇花异草的生物园。

时间飞逝，转眼秋天已经过去，十二月份的时候，地面上已有了厚厚的积雪。现在，本杰明才知道他从没有真正将自己从弟弟身边解放出来。他告诉玛法达他很羞愧于这种自由的感觉。他们两兄弟现在相隔遥远，他对工作又是全心全意，这一切都让他头脑发晕。玛法达说他变了。他问她这是什么意思，但她只是朝他露出了一个温暖且满意的笑容，然后继续向前走去。那天晚上，一场美妙的翻云覆雨后——顺便一提，是前所未有的美妙——她解释说，现在的他，脸上的表情比以前更安详、更放松了。他笑了笑，面带疑惑。可他心里知道，她是对的。接着，他们便像往常一样相拥睡下了。

实用哲学

安妮 · 坎普希 · 史密斯是本杰明的英语传记作者。他说本杰明在弗赖堡时曾一心撰写能解决各种伦理学问题的实用指南。很多人觉得这本书非常具有开拓性。与本杰明同期的哲学家通常是以散文形式著书，内容和读者们的个人生活没有半点儿联系。而本杰明却与之相反地采用了直白的语言，引用了真实的例子。这种方式非常行之有效。柏林的图书出版商阿达尔贝特·奥绍特读了这本书的一小段节选，就被打动了。他承诺以每页十五弗罗林[①]的酬劳购买这本书的出版权。出版日也商定好了。大家都翘首以待，可这本书却一直没能完成。人们只能表示遗憾。

本杰明常常站在讲台上，半眯着眼说，总结哲理的方法就跟几何学一样，要从抽象定义中推导出真相。他说话的声音很低，可是整个礼堂的人都能听得很清楚。他传达自己思想的时候所产生的激情能够感染到每个人。

他总是会说起上帝。他强调说上帝没有目标，没有根源。他认为上帝是普遍存在的，而不是超然的神。他所说的上帝和基督或犹太教的上帝没有关系。他的上帝没有人类的属性，不能将其比拟为天父或造物主。

本杰明强调人类永远不会爱上一个他了解至深的事物。他认为爱的基础是一个人无法理解的激情。他还说起了共享的生活，勇气和健康，金钱和慈善，运动和快乐。他坚信若人类懂得享受生活，那么就能趋于完美，接近神性。

“乐观的情绪永远都不会是累赘，它是很好的东西，”本杰明向听众们劝告道，“可悲伤，绝对是百害而无一利的。”

他又大胆地说，恐惧是尤为糟糕的事，特别是因为无知和迷信产生的恐惧。很多权势者都想把道德的名号安在这种恐惧的头上。他则认为道德必须基于公正而存在，公正就等同于另一种更高层次的价值：善行。他坚信，若是不懂得与人为善，那么统治阶层就无法正确地行使他们的职责。

本杰明毫不遮掩地说，哲学教导不仅仅是思考过程中的科学训练。它也在塑造人格，是一种雕塑个性的过程。对这些人来说，学习就是唯一能深入了解基本道德观的方式。而这些道德观是普遍而经久不变的。

学生们都被本杰明深刻的解说震住了，当演讲结束后台下便爆发了

① 一种货币名称，起源于佛罗伦萨，是大多数欧洲货币的原型。

雷鸣般的掌声。每个人都怀着舒畅的心情离开了教室。

院长就住在本杰明家附近，他们经常在一起挑灯畅谈，无所不说。本杰明的智慧深深折服了他，他经常赞赏其和学生交流自己的思想的能力。不过他也提出了一条善意的警告，因为他知道本杰明的看法太过超前。弗赖堡从没有人宣传过如此大胆的言论。他劝告这位哲人要有所收敛，如果继续扩展自己对当代政权的猜测，那么这些言论肯定会被掩埋在乌托邦这样虚假的世界中。如果手稿不幸落入了教堂之手，那么后果更是不堪设想。

耶稣会

很快，一些手握重权的天主教徒察觉到了不妥。德国的大主教是秘密协会耶稣会的成员，他们渐渐听说了一些关于本杰明课程的不利风声。他们安插了眼线搜集证据。这些人带回来大量爆炸性的消息。告密者们向天发誓说，本杰明妖言惑众，坚持认为对上帝的错误理解是精神自由缺乏的根源，他还说天主教堂对圣经的解释只是为他们的狭隘和压迫服务的。

告密者的描述立马就掀起了大主教们的怒火，他们无法忍受一个犹太人来斥责天主教堂。他们迫切地想快点儿结束这场审判，然后将制裁异教邪说的火焰在那个否认耶稣教义的男人身下点燃。不幸的是，这在新教之地弗赖堡是不可能实现的。不过，大主教们可都是狡猾无比的狐狸。

巴尔塔萨 · 恩斯是教会中最厉害的人物，他对上帝是出了名的忠心耿耿。他毛遂自荐地担任了这场攻击行动的总指挥。他承诺会千方百计，毫不留情。大主教们这下放心了，他们摩拳擦掌，觉得胜利在望。他们知道恩斯非常熟悉教堂用来对抗外敌而收藏的各种武器。心怀不轨的恩斯列出了一张罪名清单，控诉本杰明是无神论者，诬陷他的哲学是巫蛊之术。恩斯劝诫本城的选帝候以宣传邪教教义为由传召这位犹太异教徒。

康拉德 · 霍亨索伦对本杰明的观点也有所耳闻。在宗教与权力方面，他甚至赞同这位哲人的某些观点。他从父亲那里继承了选帝候的使命，因此对自己的人生和职责别无他选。但他一点儿也不喜欢自己持有的这种世俗之权。他虽不情愿地掌管了巴登－符腾堡，却从未倾注全力。

选帝侯在读恩斯的来信时，变得更加气恼了。他早就觉得这位大主教口中对爱的崇高赞美以及对公正的义不容辞不过都是为了掩饰邪恶、野心和威胁。恩斯所提到的最严重的罪行在他看来都是泛泛而谈，一点儿说服力都没有。他觉得自己被侮辱了，这个人竟然想通过这些极易看穿的讽刺和让任何人看了都不会相信的欲加之罪来污蔑这位哲人。

选帝侯觉得应该从其他方面来对付恩斯。他知道这位大师的智力根本比不上前辈们，而其人格也没有多么出众。选帝侯觉得他是一个傲慢、固执和专横的人，比大主教还要罪恶，只不过他的支持者帮他掩饰了过去。这封信与其说是在谴责本杰明是名危险的异教徒，倒不如说它揭露了其笔者的真实面目。选帝侯个人认为，恩斯对其情妇的注意都要比对本杰明作品内容的关注多得多。

然而，为了维持巴登－符腾堡各权势之间脆弱的平衡，选帝侯只能无奈答应天主教堂的某些要求，尽管它们基本上都毫无道理。不过，关于制裁本杰明·斯宾诺莎方面，他坚决不会让步。他回信给恩斯说他觉得没有理由针对这位哲人实施法律行动，不过他会教导他如何回应这些指控的。

恩斯的信并没有让本杰明太过忧心。事实上，基督主教们对他的厌恶从来没引起过他的担心。他的朋友，学校的院长反而担心本杰明会在折磨中受辱死去。于是，他们劝本杰明撤回一些尤为尖锐的言论，向公众致歉。本杰明一向很乐意听取别人的意见。可在这件事上，他决不妥协。

“一个人可以忍受很多事情，”他向他的朋友回答道，“除了对自尊和个人荣誉的侮辱。”

他发现这些主教就像一群狂吼的疯狗，而没有一点儿精神领袖的风范。不过他不会让恩斯那封不真实的、充满憎恨的信件石沉大海的。于是他也写了一封信，充分运用了自己的辩证能力，优雅地维护了自己的观点，强有力地反驳了恩斯列出的每一条罪行，同时也没有失态或是牵扯到其他不相干的事情。

选帝侯专门抽时间仔细读完了本杰明的辩词。最让其印象深刻的并不是这位哲人的聪明才智和看法，而是他的精神和光明磊落的行为——他勇敢地面对强大的宗教势力，敢于承认自己逻辑的缺陷，来为人们提供新的笑料。

选帝侯读完整篇文章后就向巴登－符腾堡的所有市民发布了一则通知，宣布本杰明·斯宾诺莎绝不是不敬神的人，其亵渎神灵之罪也没有可靠证据，并不成立。

春天到了，阳光明媚，天气温和。可恩斯的情绪却很低落。他威望大减，肥胖的身躯垮了，口水流了出来，那个光秃秃的头也耷拉了下来。他害怕这场灾难性的失败会在下届教会会议中让他陷入窘境。

他对本杰明·斯宾诺莎的憎恶每一分钟都在增加。现在他内心充满了负能量。他开始暗中操作起来。他给一些主教写了几封信件，妄想煽动言论。教堂因为不识趣的选帝侯，遭受了各种非议、嘲笑和讥讽，而恩斯就在其他人中散布着对此的阴暗且夸张的言论。

在第二届会议开始时，为了掩饰自己的失败，重建自己的信誉，恩斯以一段戏剧性的说辞开场。他声称自己有证据证明犹太人斯宾诺莎和恶魔有某种联系。正是这些恶魔扰乱了康拉德·霍亨索伦的判断力。主教们都听傻了，有些人相互交换了惊讶的眼神。接着，恩斯说选帝侯的判决都是那些魔鬼逼他说的，不过他们完全不用在意这暂时的失利。他说，既然教堂的观念是永恒的，那么这几个月的时间又何足为惧？

雷根斯堡的一位年轻的主教，也是集会中最机智灵敏的一位。他立刻建议要在所有德语国家把傲慢无礼的犹太人斯宾诺莎列为纯信仰的头号敌人。这一建议迎来了阵阵掌声。经过正式投票后，大家都一致同意让恩斯放手去做，只有两名年长的主教警示恩斯要小心谨慎地行事。

最后主教们以一曲赞美上帝的圣歌结束了这场会议。

盗贼和杀手

恩斯马上就开始执行计划了。他雇了两名窃贼，他们在本杰明一家外出时闯进去。这两名盗贼十分能干，且手段高超。他们知道自己要找什么。他们撬了门锁，进去后彻查房间，打开橱柜，拉开抽屉，将里面的东西都倒在了地板上，翻查里面是否藏有秘密的文稿或手记。

他们查遍了屋子里的每个角落，每个抽屉里的东西也翻查了好几遍，可还是一无所获地返回了雇主那里。

在耶稣会的又一次集会上，恩斯向各怀鬼胎的主教们强调精神世界的本质已经危在旦夕了。他坚持说犹太人斯宾诺莎的异教邪说在他们面前劈开了一道裂缝，而虔诚与正义的信徒应当竭尽全力地与这些对上帝真理的无耻攻击抗争。他说自己很失望，因为不能将这个犹太人送上火刑架，以儆效尤。他说他们必须要拧紧这颗螺丝钉。接着，他展示了自己的新计划。

这些主教们听得十分认真。有些人对恩斯明智的建议赞同地点点了头。

一位过度肥硕的巴伐利亚神父站了起来，他说在自己教区里，有一只长了七条腿的猪出生了，还有一个孩子出生时双脚竟然是向后的。他说恐怕这些都预示了邪恶的犹太人将会引来一场灾难，他认为施行恩斯的计划是势在必行的。他旁边的一位神父也站了起来，说在他的故乡科隆市，一个高龄妇女诞下了一名男女性器官兼具的婴儿；而它的男性器官跟马匹的一样，女性的器官则像是一只巨大的贝壳。而且，这孩子的整个身躯都布满了绒毛。又一位主教站了起来，告诉众人，在他的主教区，一位修女竟然生了一对双胞胎。他谴责说这标志着当代人性堕落的蔓延，必须要阻止。

一位主教走下了位置，来到恩斯面前，崇敬地亲吻了他的指环。他说恩斯大师不仅要赢得这场斗争，也要打赢所有他所领导的对抗天主敌人的战役。

大家一致同意要让斯宾诺莎名誉扫地。会议结束后，主教们让德语国家内所有的天主教神父在下个星期日的布道中宣布，弗赖堡大学的哲学教授勾结并蛊惑了魔鬼为其效命。

犹太人的身份使得逮捕本杰明变得有理有据，他也是教堂主教心目中最理想的异教徒目标。然而，他们的诽谤并未能动摇本杰明在学校中的地位。他没有屈服，也没有被撤职。

恩斯站在救赎主教堂里，戴着闪亮的主教法冠，点燃了一根蜡烛。

他发誓时粗重的呼吸摇曳了烛光。他说除非本杰明·斯宾诺莎吓得屁股尿流地死去，他所有的支持者也在恐惧中安息，否则自己是不会善罢甘休的。

“公正的上帝一定会将他们的尸首摆成盛宴供老鼠和蛆虫啃咬。”他一边念念有词，一边亲吻着脖子上的十字架。

接着，他积极动用了一切关系让梵蒂冈的教皇获悉了这位不知悔改的犹太哲人。恩斯还给罗马的元老们写了封信，提供了一些本杰明的异教邪说，虽然这些基本上都是他伪造出来的。

教皇克雷芒[①]十世，是当时掌管梵蒂冈的教皇。他倡导简单快捷的解决方式。当领头的神职人员想让某人吸取点儿教训时，他就会派出一名职业杀手。在读完了恩斯的报告后，教皇决定必须要让这位危险的犹太人闭嘴。

在克雷芒十世留下的便笺中（现存放于梵蒂冈图书馆），我们可以看到针对本杰明的暗杀计划，在上面本杰明被形容成披着人皮的恶魔。

罗马教廷拥有的一位意大利杀手接受了这项任务。他建议用下毒的方式，因为本杰明对甜食的喜爱众所周知。杀手将一小包砒霜缝在了他出门常穿的大衣内。他告诉恩斯这一小包的毒药分量足以致人于死地。他小心地将毒药放到一堆巧克力蛋糕中，让一位侍者端给本杰明。不过，这位粗心的侍者却把东西送错了屋子。

那天晚上，学校的院长突然离奇死亡了。他的死在弗赖堡掀起了一阵猜想。

弗赖堡的正义

一天晚上，月黑风高。这位意大利杀手被三个手持短刀的小偷在旅馆后面袭击了。一开始，他企图逃跑，可接着他便转身打昏了一个男人。他将小刀插进了第二个歹徒的脖子上，正中咽喉，歹徒当场死亡。剩下

① 克雷芒十世（1590—1676），罗马主教，同时是普世天主教会领袖与梵蒂冈城国元首，1670–1676 年在位。

的一个人则跑回了旅馆求救。杀手被制服了，送进了监狱。

没有人知道他的真实身份。他们只知道他来自意大利。也就是说没必要对其怀有任何理解和同情心。这名意大利人被带进了行刑室。没有人怀疑他是无辜的。他的罪名是谋杀了弗赖堡的市民。他铁定要被折磨致死。

他被扒光了衣服，躺在地上，四肢分别拴到四根柱子上。主审官在他身边蹲下来，问他叫什么名字。他没有回答。行刑者立即向他走去，将一块烧得通红的铁钳贴上他的胸口。这位意大利人的叫声估计几个街区之外的人都能听见。

主审官又一次问了他的名字，他还是没有回答。行刑者这次用两支铁钳同时贴到他身上。所有人都看到了这位意大利人眼中绝望的恐惧。烙铁不停地往他身上落下，直到他的那块皮肤变成了黑色。囚犯好像失去了意识。一股人肉烧焦的味道弥漫在行刑室内。行刑者的助手往囚犯头上泼了一盆冷水，他才醒了过来。

行刑者准备再次施刑。当这位意大利人看着发红的铁块朝自己胸口接近时，他害怕极了。他不能死，他要说。他张开嘴，支支吾吾地说自己是一名职业杀手。他杀过很多人，可都是出于任务而不是爱好。他承认自己在无意中毒死了校长。接着，他告诉他们自己下一个目标就是捅死本杰明 · 斯宾诺莎。

主审官问他是谁派他来弗赖堡的。意大利人说他只是命运操作的工具，不受上帝或人类的支配。行刑者再次举起了铁钳。在威逼之下，他嘴里吐出了一个微弱的声音 —— 巴尔塔萨 · 恩斯。

一边的官员向行刑者示意，随即他便推出了一个巨大的轮子，放在囚犯身上来回滚动了几次。这带来的疼痛太过剧烈，杀手甚至以为自己的脑浆就快要从耳朵里迸出来了。行刑者手上一压就碾断了杀手的一根胫骨。他的背部因疼痛而扭曲起来，整个身体极其可怕地拱了起来。他没有尖叫,不过喉咙里传来一阵阵咕咕噜噜的声音。行刑者压断了他的腿，然后是他的胳膊，一条再另一条。最后，轮子滚到了他的脖子上。整间行刑室瞬时安静了下来。主审官别过脸去。很显然，他并不习惯于这种场面，他开始吐了。

保护和幻影

警长叫来了本杰明，说有名意大利杀手本来准备暗杀他，不过现在已经被处决了。本杰明惊讶无比，他不知道为什么会有人要杀他。

那天晚上，弗赖堡发生了一场可怕的暴风雨。巨大的闪电照亮了整片天空。本杰明睡不着，脑子里被可怕的幻影占满了。只要他一闭上眼，就能看到一个穿着一身黑衣的杀手走进房里要杀他。他没办法不去想那个意大利人。

几年后，本杰明说在那天晚上，自己有生以来第一次走进了那片荒凉而阴暗的癫狂世界中。在那里，一张神秘的、模糊的面纱盖住了他的大脑，搅乱了他的思绪，滋养着他的恐惧，让他止不住地担心自己的处境。

巴登－符腾堡中没有人的权力比康拉德·霍亨伦索还要大。他是一位开明的君主，对哲学也有所了解。他年轻的时候从哲学这口泉水中汲取了不少营养。勒内·笛卡尔做了他三年的导师。本杰明关于宽容的一篇论文赢得了这位选帝侯的赞赏。这篇文章激发了他的思维，触动了他的心弦。

他的父亲阿达尔贝特·霍亨伦索在三十年战争时丢掉了自己的性命；1644 年 8 月前在弗赖堡的战役中，他和他的军队打败了两支法国军队。那些新教徒和天主教徒之间的宗教之战，虽说是以最高真理的名义发起的，却教会了这位选帝侯不要相信教皇那伙人。他很不喜欢教皇对异教之说狂热的态度，以及试图向所有违背自己观念的敌人采取暴力手段的行为。阿达尔贝特支持开放思想。因为这一点，他才会与这些限制自己的家乡实行学术自由的神父们反目成仇。

选帝侯承诺会派自己的贴身保镖来保护本杰明。

但这没起到什么效果。本杰明的精神依然脆弱。不管发生了什么，他总会怀疑有谁正在垂涎他的生命。

每天晚上，他都会惊醒，然后觉得有人拿着刀戳中了他的身体。如果他平躺着，那把刀就会戳中他的腹部或脖子。如果他侧着睡，那么凶手就会捅向他的背。

即使是在白天，他也极度害怕自己会被刀刺到。他总是会不自觉地用一只手环住他的脖子，好像在保护那里似的。他一踏出家门，恐惧就会袭来。为了保护自己，他养长了胡须，将自己伪装了起来，这样那些潜伏在街上的杀手就会认不出他来。

为了解救自己危在旦夕的生命，本杰明，这位总是特别冷静的人，总会想象自己杀掉那个黑衣杀手的场景。在脑海中，他看到自己熟练地杀掉了那个邪恶的意大利人，为自己复了仇。有时候，他挥舞着一把斧子，有时候，他用的是一把匕首。他总是要确认自己那一击是致命的，然后那个意大利人倒下后就再起不来了。随着时间的推移，本杰明的这些白日梦和幻想情节变得越来越严重。他看到自己砍下了那个杀手的头，挖出其肠子。一天晚上，他梦见自己将杀手从教堂顶上推了下去，他还听到了这个人头骨撞击在街道上粉碎的声音。还有一天晚上，在一个暴风雨的夜里，他让一道闪电劈向了杀手，火焰很快便吞没了那人。

本杰明停不下来了。幻觉和噩梦总是缠绕着他。他必须杀掉那个意大利人，否则自己的命运就会完蛋。很快，仅是杀掉已经不够了，还要彻底地除掉，毁灭，将之化为乌有。就连他的记忆，他曾经活在这个世界上的事实，都要被通通抹掉。

二十九年的隐居生活

本杰明的书房有两扇窗户，每一扇上面都嵌有二十片窗格玻璃，透过它们能看到屋外的庭院。这个小小的昏暗房间里除了一张床、一把摇晃的椅子和一个堆满了书籍的书架外，什么都没有。

二十九年了，本杰明就一直待在这里。他甚至没有去参加本图和自己妻子玛法达的葬礼。屋外那个黑衣杀手一直在威胁他。

玛法达死后，家里就剩下本杰明一个了。房子里笼罩着一股怪异的静谧。他的儿子们从没来看过他。只有一个忠诚的老仆，每天中午都过来一次，从门上的孔眼中递进去一些食物，帮他清理夜壶。从那个孔眼中，总会传来一阵阵难闻的气味。

这些年来，本杰明只见过一个活人。那是1692年的秋天，老仆为这位客人开了门。他通过门上的孔眼低声说出了一个名字。那扇总是紧闭着的门立刻打开了。本杰明已经等他好长时间了。

本杰明马上就开始说话了。他告诉自己的客人，十九年来他没和别人说过一句话。这么长时间以来他一直深陷在疯狂的执念中不能自拔，都不知道周围发生了什么。他只是漫无目的地在这间小屋子里绕着圈来回走动。他甚至没发现，自己就这样过了这么多年。

但是，在第十二个年头的时候，发生了一件不同寻常的事，甚至只要一想到这件事，他就会浑身不舒服。那天正值中午，黑暗却突然来临了。巴尔塔萨·恩斯出现在了屋子里。这位基督大师绕着本杰明走了七圈，不可置信地注视着后者。接着，他站定了脚步，双方一言不发地注视着彼此。本杰明此前从未见过恩斯。当恩斯开口说话时，嘴里冒出来的强烈气味让本杰明略感不适。恩斯说他们之间的关系很久之前就存在了，也就是说可以追溯到好几辈以前，由耶稣时代的一场加利利之战而产生。他没再说什么，只有最后一句，自己绝不后悔曾谋害过本杰明，而且他们在几百年后还会再次相遇。接着，恩斯就消失了，随之一起的还有一直驻守在门口的那个意大利杀手。

那天晚上，星空璀璨，月光洒进了屋内。魔鬼消失后，本杰明头脑中的雾霭也散开了。那天晚上，他才意识到，有一天有人会来到他身边为他指一条明路。

“我等了他七年，”本杰明说，“这么长时间以来，我一直以为他是我的朋友，一个值得信任的人。他可以为我带来安慰和心灵的平静，帮助我了解到生命的意义，让我看到自己所做的一切选择到底有何意义——这些选择大多数时候是出于恐惧，有时是因为虚荣，也有几次是源自于智慧。每天晚上入睡以后，我都会梦到他在等我，就像整晚坐在病床边的亲人，等着我痊愈，证明他不虚此行。我之所以不离开这里，就是因为我知道那种会面是不可避免的，因为我的一生最终都是为了它。”

巨大的恩赐

来客朝本杰明笑了笑，他说本杰明是世界上唯一能懂他的人。然后，他说出了自己的名字：萨尔曼·埃斯皮诺莎，人们也称他为“犹太漫游者”。他说自己玩弄死神已经三百五十年了。他横跨了四个大陆，学会了三十六种语言。经过漫长的人生，他获得了丰厚的知识。现在，他想将这些都传给本杰明，也就是他的直系子孙和继承者。死神将他至亲的人带离了他身边，于是它变成了他不共戴天的仇人。不过现在，他们都向彼此屈服了——他和死神。再过不到七十二小时的时间，他们俩就会结合起来，因为他已经找到如何破解长生不老之药的方法了。

本杰明让他将所有的事都告诉自己，毕竟时间已经不多了。

萨尔曼跟本杰明说了巴鲁克，一个涉世未深的年轻人，遇到了摩西后，毅然决然地踏上履行职责的旅途，离开了他父亲，在战场上举起了宝剑，最后成为了葡萄牙国王的私人医师；他的药物能帮助一个老男人瞬间恢复青春活力；经过精心研制，他最终培育出了雷蒙多药草，借此怀念他一生的挚爱。

萨尔曼还说了一个机密，长生不老之药都是由父亲传给儿子的；巴鲁克传给了西蒙，西蒙又传给了阿莫斯，阿莫斯又传给了什洛莫，什洛莫传给了伊斯雷尔。

萨尔曼口述了伊斯雷尔的故事。这个人有十二个女儿，最后才老来得子；他跟自己的大女儿利亚三十年没说过一句话，因为她是个疯子，竟然预言说丑闻将会使他们的家族蒙羞；当他儿子死后，他研究出了一套加密系统，以确保能将家族的秘密传到他才两岁的孙子手中。

萨尔曼说到了恰伊姆，格拉纳达年轻的医生。他为了做一名邪恶暴君的私人医师而一时鬼迷心窍，毒杀了万人敬仰的苏丹王穆罕默德二世；而新任的苏丹王却残忍地处决了他，将他的心脏丢给猎狗当早餐。

萨尔曼说起了他自己的父亲摩西，一位卡巴拉教徒。他无视守护家族秘密的传统，反而全心研究起了宇宙的奥妙，试图挖掘出苍穹之上其他星体的隐秘。他死后，留下一部著名的犹太神秘主义著作。

萨尔曼谈起了自己的一生：他既不是犹太人也不是穆斯林；双亲死后，他逃离了格拉纳达；遇到了蒂伯拉比，可自己却没能挽救他的生命。为什么他要违禁调制并喝下长生不老之药？是什么让他一定要获得永生？这些他全说了。还有他的婚姻，他在塞维利亚的生活；他在西班牙各地来回游走的那个世纪。他暗杀大法官托尔克马达的计划没有成功；于是，他被绑到了火刑柱上，却从火焰中重新站了起来，而他的头发上连一滴汗水都未曾滴落。

萨尔曼说，就在那天晚上，也就是1492年，犹太人被赶出西班牙。他假扮成克里斯托弗·哥伦布的希伯来语翻译员登上了圣马利亚号，这艘船一直向西行进，只为找寻犹太人的新家园；经过漫长的旅途，他们跨过了大西洋，在西印度群岛上登陆了，还遇到了一群精通希伯来语的当地居民。还有西班牙人赫南·柯蒂斯，带领四百人征服了庞大的蒙特祖玛区域。还有为寻找墨西哥真金的征服者之旅，百万名宗教法庭的人在这场残酷的征途面前立马就不值一提了。

萨尔曼说起自己奔波不停的一生：他从来没有在一个地方停留超过一两个月；他当过拉比、工匠、老师、医生、图书出版商、艺术家、皇室顾问；他爬过安第斯山脉上冰雪覆盖的高原，穿过了撒哈拉的大沙漠，和教徒一起在恒河洗澡，在中国海洗了衣服，在西伯利亚向一位俄国市长的年轻妻子示了爱；他亲眼目睹了所有不幸的、悲伤的、疾病的、不公的人生；经历过地震、洪水，还有灾荒、瘟疫和霍乱。

萨尔曼说从西班牙到葡萄牙再到荷兰，一直以来他都在远处暗中观察着自己的子孙们；他耐心地等待了好几年，为的就是在斯宾诺莎家族里找出能理解他的人，然后将很久之前摩西委任给家族的重要馈赠转交到他手中。

“我既不会赐予你永生，也不会向你提供救赎，”萨尔曼说，“我只能告诉你你的职责，就是去调查、收集，保护自己，然后勇往直前。我对我自己所学到的一切都很满意，即便我没能改变世界，消除愚昧和邪恶，教会人们识别善恶，为他们带来公正。我从未做过什么壮举，也没有拯救任何人的性命。但这并不代表我要丧失信心，因为我知道你，还有那些追随你的人将会青出于蓝。收下这些，亲爱的，这样我才能安详地离开。”

他从背包中拿出了父亲的手稿、自己所著的《摩西第七书》以及长生不老之药的药方。正如当初他爷爷的父亲伊斯雷尔写的一样。然后他将这些东西都交给了本杰明。

“毫无疑问地，这是上帝的祝福，而并不是梦，”本杰明回答道，“我接受你的礼物，我将打开自己的身心，这样一来智慧的光芒便会渗透我的灵魂，照亮我身体的每个角落。这些礼物温暖的光芒已经让我的心跳和血液活跃、沸腾起来。”

“我的孩子，”萨尔曼说，“在我来这之前的几个小时，我喝了七滴我才配制出的长生不老之药。第二副药就是第一副的解药。我并不完全清楚会发生什么，但是根据我的推测，这具我已经占有了三百五十多年的躯壳将会在七十二小时之内瓦解。我已经能感觉到变化了，因为我胸口上的皮肤越来越薄，你甚至能直接看到内脏。现在，我必须走了。来世再见吧。”

本杰明的眼里盈满了泪水。他们相互拥抱。然后，萨尔曼就离开这间小屋子，走上了他最后一段旅途。

本杰明的最后人生

本杰明用他十年的余生写了《永生之书》这本书。尽管他很明白，看这本书的人不会太多，但他还是倾注全力将它完成好。不管是思想上还是语言上，这都能称得上是一部巨作。

他将这本书传给了他的四个儿子，尽管只有他的大儿子亚伦会读它。他写道：“这是关于你们的历史，但未来仍在你们手中。”

本杰明·斯宾诺莎是怎么死的呢？

伊曼努尔·康德在《空想家之梦》中说本杰明是在苹果树上上吊自杀的。伯特兰·罗素则说他是摔死的。而以赛亚·伯林[①]在给一位以色列同事的信上说他是在北海淹死的。马克思和恩格斯则认为他死在了监狱中。列宁也这么认为，还说他是被宗教法庭折磨至死的。

总之，本杰明的死一直都是学术界的争议点。

---

① 以赛亚·伯林（1909—1997），英国哲学家、观念史学家和政治理论家，也是20世纪最杰出的自由思想家之一。

两幅画

本杰明的两幅肖像画一直传到了我们这一代。一幅名为哲人本·斯宾诺莎，画上还有风格主义画家迈克尔·卢卡斯·利奥波德·维尔曼的亲笔签名。他是米开朗基罗的忠实崇拜者。这幅画是弗赖堡大学提出的委托，到17世纪70年代才正式完成，具体的日子也无从考究。这幅画挂在哲学系的左侧墙壁上。

在20世纪30年代的十年间，纳粹德国又掀起了一股新的反犹太潮。拥有犹太血统的人被逐渐孤立在了社会之外，他们的一切人权都被废除了。1934年马丁·海德格尔[①]成为了弗赖堡大学的校长。许多人都对这位写了《存在与时间》的伟大哲人存有希望。有些人甚至幻想弗赖堡能继续成为自由思想者的避难处。

只有少数人知道这位新校长已经加入纳粹党很长时间了。海德格尔晚上写着一些关于人道主义和哲理的小文章。白天，他却坚定地贯彻着德国新元首阿道夫·希特勒的世界观，进行着大规模的整改。他解雇了所有的犹太教师，强迫教授们去参加正式听证会，批判他们对犹太人的看法、忠诚以及和他们的联系。他让员工取下所有非雅利安[②]血统之人的肖像画。他有条不紊地移除了图书馆内所有犹太人的著作。而且，为了彰显德国精神的纯洁性，这些书和油画都被付之一炬了。

本杰明的肖像画逃过了这场浩劫。

叔祖父说，使本杰明的肖像画免于火灾的人正是赫尔曼·戈林。这位德国元帅是一位艺术爱好者，也是那个时代最有野心的收藏家。在他位于柏林之外的避暑庄园中（他为此命名为卡琳宫，以纪念他死去的瑞典妻子），一整片墙壁上挂的都是价值不菲的画作。每一件都是他偷来的，而且大多数都是通过在纳粹控制的欧洲国家洗劫犹太人而得到的。本杰

① 马丁·海德格尔（1889—1976），德国哲学家，他于1927年发表的《存在与时间》是他最重要的著作，深深影响了20世纪哲学，尤其是存在主义、解释学和解构主义。

② 雅利安人属高加索人种，在20世纪，纳粹分子改变“雅利安”原来的意义，用这个字眼指“高尚的纯种”，认为以德意志人为代表的日耳曼人是雅利安人的典范，打算建立以祖先雅利安族为统治阶级的世界帝国，并以此为纲领对其他民族（如犹太族、斯拉夫族等）屠杀并奴役之。

明的画作在卡琳宫的书房中挂了十年之久。

在千年帝国垮台之后，这幅画便秘密流传到了苏联，出现在了阿尔卡迪·邦达尔丘克将军位于黑海的别墅中。邦达尔丘克在二战前曾在莫斯科学过哲学。他对伦理学尤为感兴趣，花了大量的时间来研究善恶的话题。他最崇拜的就是本图·斯宾诺莎，他觉得这幅画中的人就是伦理学的作者。

因为邦达尔丘克在柏林之战中的杰出贡献，苏联授予了他最高的勇敢之士勋章。在克里姆林宫举行的一场庆典上，斯大林在台下雷鸣般的掌声中将奖牌颁给了邦达尔丘克，并称他为“我最爱的将军”。

四年后，这位将军被指控与美国中央情报局（CIA）勾结，窃取苏联机密。当斯大林处决其“最爱的将军”时，没有一人感到惋惜。这位叛国者的真名叫阿伦·布朗斯坦，是托洛茨基的远方表亲，有着犹太血统。

四星将军的没落标志了苏联独裁者全国大清扫最后一轮的开始。上百名犹太医生遭到猎杀，意第绪文化也被全数清除。之后，斯大林便去世了，他的恐怖统治也至此结束。

本杰明的肖像画也不知道落到了何处，与其一起消失的还有那位叛国将军家中的其他物品。

本杰明的另一副肖像画就挂在阿姆斯特丹的国立博物馆，画名就叫《和斯宾诺莎家族在一起的卡拉瓦乔》。在画布的最右边有作者的签名——伦勃朗。

这幅画中的本杰明才七岁。他有一双蓝眼睛，微卷的黑色头发和一只尤其巨大的鼻子，那几乎占据了他整张脸。他和煦的微笑彰显了他的宽容，就像这个孩子想告诉所有人世界是充满欢笑和美丽的。

七　革命

百科全书撰写人

H. S. ——在这缩写的背后隐藏着法国启蒙运动中唯一有影响力的犹太作家。这个人既大胆又古怪，是专门研究思想和远古时代的历史学家,被称为世界上第一个研究雅典性欲倒错历史的专家。哲学家米歇尔·福柯在一系列开拓性的作品中分析了这一研究类别，他说在这个方面没有人比 H.S. 懂得多，看得透。

他的名字叫作赫克托耳·斯宾诺莎，但是历史中只留下了他名字的缩写 ——H.S.。即便如此，人们还是不清楚他到底是否真的曾在法国历史中为自己博得了一席之地。在法国 —— 一个懂得珍惜人才的国家，却没有一条街，甚至一条小巷以他的名字命名。而在《法国历史大辞典》的五万名法国伟人的传记中也找不到关于他的一点儿痕迹。为了搞清楚为什么赫克托耳会被如此忘却，我写信给了文化部和那套二十卷史料的出版方。文化部没有任何回应。相反,某位名叫莫里兹·拉库蒂尔的人却给我寄了一封不太有价值的信件。他对《历史大辞典》中遗忘了我的亲戚“赫尔曼·斯宾诺莎”一事感到抱歉，他说这可能是因为技术上的疏忽，并说在下一版本中肯定会将这一错误修正过来，也就是说大概要到 2020 年。很显然，这个出版商并不知道 H.S. 这个缩写指的到底是谁。

对于赫克托耳·斯宾诺莎我知道的比较少。事实上，相比他的生活，我更了解他的死亡。

叔祖父很少提到他。他对赫克托耳的女儿萧珊娜更感兴趣。我祖父有位学究型的祖父，名叫雅各布·斯宾诺莎，他是弗朗茨·约瑟夫国王的财政部大臣，也是这位统治者的挚友，在这一章节我会提到他很多次。在他的回忆录中，也只提到过赫克托耳一次。在伏尔泰自己的自传中他也没提到过他的这位朋友。不过，另一方面，叔祖父说，在伏尔泰著的《哲学袖珍字典》中的“哲人”一章的开头，他的确引用的是 H.S. 的名言，尽管他没有打上引号或标明出处。

对人如对己。
爱天下人，尤爱善者。
忘却不公，谨记仁慈。
不好学者常有，不知善者永无。

这是我所知的关于赫克托耳的一切。他六岁时，失去了母亲。她是他此生唯一亲近的人。他住在斯特拉斯堡，父亲是当地的一位商人。在他十九岁生日的时候，他离开了自己的家乡，来到巴黎大学学习法律。在那里的几年间，他至少读了一千本书，自学了四种语言：德语、英语、阿拉伯语和希腊语。赫克托耳对阅读的兴趣可谓永无止境。他的记忆力也十分超人。一旦他看过什么东西后，便能永生不忘。

他对异常行为的兴趣是由帕拉塞尔苏斯[①]一本名叫《医学中的哲学》的书引起的。这本书是他在塞纳河左岸的一个旧书店的纸箱里无意中找到的。这位瑞典医生和炼金术师对变色龙的描述尤为让他兴致勃勃，那些奇怪的小蜥蜴为了适应周围的环境可以任意改变自己的颜色。

毕业之后，他从事了商业律师的职业。很快，他便超越了所有的竞争对手，得到了巴黎的犹太律师们想象不到的大量委托。他的顾客都是上层社会的人士，他很擅长让这些人变得更加富有，而且没有一个顾客投诉过他。他自己却并不是贪婪和奢侈的人，实际上他对金钱不怎么感兴趣。他将自己巨额收入的一大部分都花在了收集玄奥文学上。

有一次，他为了买下 12 世纪伟大的思想家摩西 · 迈蒙尼德[②]的个人著

① 帕拉塞尔苏斯（约公元 1493—1541），中世纪瑞士医生、炼金术士、占星师。
② 摩西 · 迈蒙尼德，（1135—1204），犹太哲学家、法学家、医生。

作《犹太法典》而去了马赛。这本著作的所有者皮埃尔·阿迪蒂很缺钱。然而，经过很长时间的协商后，他还是拒绝卖掉这本无价之书。阿迪蒂不允许自己卖掉它，是因为他们家族保管这本书已经有五百年了。突然，赫克托耳灵机一动，说要娶阿迪蒂唯一的孩子，就是他的女儿索菲。事实上，他之前从没见过她，但娶她是唯一能将迈蒙尼德的《犹太法典》纳为自己收藏的方法。阿迪蒂无法拒绝一位富有的犹太律师的求亲，这位律师很显然与巴黎社会的上层有所深交，而他要娶的这个年轻姑娘唯一的嫁妆就只有她的姓氏——一个在马赛市西班牙犹太人中受到敬仰的姓氏。值得高兴的是，赫克托耳发现索菲亚长得并不丑，相反，她有一张非常漂亮的面容，尽管她鼻尖上的一颗红痣稍稍影响了她的整体美观。第二天，他们就举行了一场简单的婚礼。

这是赫克托耳的第二次婚姻，他的第一场婚姻只持续了十一天。他的前妻突然死于败血症，那是一种被称作“血中毒”的感染症。

赫克托耳和索菲生了三个孩子，他们住在巴黎最排外的郡县中的一所豪华舒适的房子里。然而，赫克托耳一直没能得到《犹太法典》，因为皮埃尔·阿迪蒂比他的女婿和女儿活得都长，享年九十八岁。

赫克托耳是个复杂的人，对自己的习惯也非常坚定且不会变通。他五点起床，午夜睡觉。他总是在工作。在家里，他是一个独裁者，非常专横。他很容易生气，只要孩子们妨碍了他，他就会勃然大怒。但他并不是个坏人，相反，当他将注意转到除了工作和写作以外的事时，他的感情是非常丰富的。有人的时候，他就会有些羞涩和难为情；他走路的时候，大部分时间都低着头，还经常会偷偷溜走；每个月的第一个星期一，第二个星期二和第三个星期三的时候，他都不会说含有字母“r”的单词——不管那天天气是好是坏，都是如此。每天晚上五点半，他都会去卢森堡公园散步。在这个时候，他会穿上妻子最高雅的服装和鞋子，画上浓妆，在自己的秃顶上戴上女人的假发。他在散步时，会把头抬得高高的，好像特别想让所有人都看到他。他不知道为什么自己会做这些。不过，每次他因为这些公共场合的怪异行为而遭到拘留时，他都会告诉宪兵，自己是在以此怀念他死去的母亲。当晚，他们就会放他回家。

除了他的本职工作，他还是个自由作家。他无所畏惧且精力充沛。他和狄德罗、达朗贝尔[1]、伏尔泰以及孟德斯鸠都有来往，这些人都是推动了法国大革命的思想家。

他们组成了一支小团体，努力奋斗，承受着巨大的压力。他们是一场定义不太明确的共同事业中的同盟者，其指导精神就是他们对发展的积极信念。他们认为人类善良的本质已经被社会的艰难和不公腐蚀了。不过，若是通过启蒙，这种本质就能够得到挽救。文字就是启蒙运动的武器。他们的文章中充满了积极乐观的精神以及对未来的信念。然而，当权者却不信任他们。这些激进的思想家遭到了迫害，被人封了嘴或是强行流放，他们的作品也全被烧毁了。

赫克托耳是这些人中唯一的犹太人，负责编写《百科全书》[2]。这是法国启蒙运动的圣经。但是他的名字不能公布于众，于是他成了唯一一个只能印上名称缩写的编写者。对此，赫克托耳非常不高兴，但他也毫无办法。

他的那些尤为杰出的作品中充满了炽烈的激情。这些作品讨论了宗教改革派、空想派、叛教者和异教徒这类主题。作为一名作者，他认为处理得了争议话题是一种光荣，尤其是那些政府禁止的话题。广大的读者和某一小部分人总是用怀疑的眼光看待他的文章。不过，赫克托耳从没质疑过自己的使命。他梦想在未来，世界会更加公平，而他的作品也终会遇见它们的伯乐。

赫克托耳写了一部关于古希腊手淫的文化历史书籍。由于伏尔泰的主动介绍，这本书进入了凯瑟琳大帝的视野。她的举止也不像一般的专制君主，也并不太把改革派的观点当回事。赫克托耳心里期盼女皇能够欣赏他的作品，这样它就会在欧洲一炮走红了。可是，圣彼得堡未曾传来任何回音。他反而和巴黎的审查员大战了一场。这场比赛并不公平。他被要求对这本书做了六次大范围的修正。当这本书终于得以面世时，

---

① 让·勒朗·达朗贝尔（1717—1783），法国物理学家、数学家和天文学家。曾是法国百科全书派的主要首领。

②《百科全书》是1751年至1772年间由法国一部分启蒙思想家编撰的一部致力于科学、艺术的综合性法语百科全书。

两个小时内就全部售罄了。文学巨头奥利弗 · 马鲁立刻就写了一篇言辞辛辣的讽刺文，来嘲笑这部开创性的巨作。马鲁作为封建体制的忠实代表，经常将公民义务挂在嘴边。不过赫克托耳却没被这件事吓到。他将作品未经修订的完整版原始手稿散播了出去。这个版本中包含了他对于人道主义热忱的讨论，还有他让人咋舌的不羁语言。这是一项大胆的举动。人们在任何一本法语书中都找不到这么多“阴茎”的同义词。此举掀起了轩然大波。巴黎的贵族阶层和资产阶级勃然大怒，称这本书为淫秽、下流之物。掌管警察治安的内政部长圣弗洛朗塔公爵采取了毫不留情的报复手段。午夜时分，在赫克托耳入睡后，几名宪兵突然惊醒了他，把他拖到了审问室内。部长恐吓说要把他送进巴士底狱，让他在一群肥硕的老鼠中腐烂至死。赫克托耳尽全力地用着他丰富的学识为自己辩护。到了早上，他太累了，虽然审问仍在进行之中，他还是坐在椅子上睡着了。他做了一个噩梦。梦里，他看到一群老鼠从四面八方向自己蜂拥而来，啃食着他的每一寸血肉。他被吓醒了，浑身冒汗。他乞求圣弗洛朗塔把那些原稿全部没收并焚毁。

藏书

赫克托耳认为伏尔泰是他们这帮同期思想家中最高尚的一位。他曾多次邀请伏尔泰来他家中与他们共享安息日晚宴。虽然伏尔泰并不喜欢遵守这种宗教习俗，也曾多次提出过反对，甚至还说过侮辱犹太人的言辞。

一天晚上，伏尔泰领着两名穿着高贵、浑身散发着一股古龙香水味的英国人，拜访赫克托耳。四个人喝着苹果汁，刚坐到桌边时，只听伏尔泰一脸挑衅地开始问道：以犹太人的眼光来看，邪恶是否是世界继续存在的必要条件？这两位英国来客开心地咧嘴而笑，他们期待能看到一场激烈的神学讨论。

这个问题难住了赫克托耳。他大脑似乎空白了几分钟。他摘下眼镜，用餐布擦拭着，然后小心地将眼镜摆到自己面前。他准备开口说话时，却变了主意。他站了起来，好像突然想到了什么似的。

“你们想见识一些不同寻常的东西吗？”他问道，“我书房中的任一本书，不管是何种语言写出来的，都无法和这本相媲美。它拥有着无与伦比的力量、独一无二的特点和多如繁星的思想。没有一本！先生们，这本书是极品；没有哪本书能比得上它，它与其他的作品也没有任何相像之处。我本应当将这个秘密带到坟墓里去的。”

没等到客人们点头，赫克托耳就走进了旁边的一间屋子。那是一间特大型的图书馆。有史以来，他第一次这么激动。他爬到特别高的梯子上去取他的宝贝，那就是本杰明·斯宾诺莎的《永生之书》。

他的客人们则站在门口，嗅着旧书和灰尘的气味，看向阴暗的屋内。当赫克托耳爬上梯子后，他兴奋地告诉他们，在这里他们才能有幸见识到全欧洲收藏最丰富的秘籍宝殿。

“这是一个神圣的地方，”赫克托耳激动地说道，“你在这里看到的每一本书都有灵魂。在它们的书脊下，未知的神秘将为你们打开。三十年来，没花一分钱我就收集到了三百多本关于卡巴拉神秘主义的各种文稿，还有《犹太法典》四百多部的原始版本，以及罗吉尔·培根[①]、帕拉塞尔苏斯、智者西蒙和鹿特丹的伊拉斯谟[②]亲笔书写的手稿。

“亲爱的赫克托耳，”伏尔泰说，“你如此强烈推荐的到底是哪本不可思议的著作呢？”

“耐心点儿，我的朋友，”赫然托尔答道，“我们马上就能见到它。不过首先你得知道，我这里收藏的所有书中，几乎都隐藏着天大的秘密。可是那些秘密根本无法和我所说的这个相比。在我打开这本书之前，我发誓，如果你们发现这本书有任何不属实的内容，我就会将自己的身体和灵魂一并交给黑暗之子处置。然而，如果你们将自己所见的东西透露了出去，或是告诉任何人你们曾看过我伟大的曾祖父——本杰明·斯宾诺莎的巨作的话，那么我将诅咒你们被地狱的火焰吞没，因腹绞痛而痛不欲生，

---

① 罗吉尔·培根（1214—1294），英国方济各会修士、哲学家、炼金术士。他提倡经验主义，主张通过实验获得知识。

② 伊拉斯谟（史学界俗称鹿特丹的伊拉斯谟，约1466—1536），中世纪尼德兰（今荷兰和比利时）著名的人文主义思想家和神学家。

你们的腿被闪电劈断，身体被癌症缠绕，愿你们如索多玛和蛾摩拉[①]一样，在硫磺与烈火中腐烂，被扔进无底深渊。”

赫克托耳迅速地爬到了梯子顶。当看到这本宝贝时，他的双眼竟闪耀出了泪光。他向下隆重地宣布他找到了它。如果这世界上真的有所谓真相的话，那就在这本书中。接着，下一刻，当他伸手去拿那本书时却突然失去了平衡，头朝地摔到了地板上。

伏尔泰和另外两个人听到了一声撕心裂肺的尖叫。那两个英国人以为这是个玩笑，就放声大笑了起来。伏尔泰惊讶地看着他们。他当时就知道发生了什么。

赫克托耳毫无生气地躺在地上，他身上压着一大堆《犹太法典》的手写书稿，这些精心捆绑的手稿砸在他身上，砸烂了他的头和那只巨大的鼻子。

伏尔泰俯下身，扒开了赫克托耳的一只眼睛；他想仔细检查一下，看看是否能从赫克托耳的嘴中听到一丝呼吸，或从他的衣服下感受到心跳。他的生命并没有结束。赫克托耳躺在地板上，就好像他一直都是如此。伏尔泰站了起来，用一种禁欲主义的调调说，是犹太人的智慧，加上天意和黑暗力量的因果循环带走了赫克托耳的生命。

监护人

葬礼在拉雪兹神父公墓举行。那天天气很冷，墓地上却还是聚集了很多人。赫克托耳将很多女侯爵、伯爵以及男爵从破产的边缘救了回来，多亏了他的才智，很多贵族阶级的家产才得以翻倍。为了表示感谢，他们来到这里默哀，向赫克托耳致上他们最后的礼物。没有哪个犹太人像赫克托耳这样受到人们如此真挚的哀悼，也没有谁在巴黎的葬礼能办得如此隆重而庄严。

然而，百科全书派中只有一个人来此悼念了这个一生都在致力于开

① 出自《圣经·创世记》，索多玛和蛾摩拉是两座城市，因罪恶甚重，耶和华将硫磺与火从天上降与索多玛与蛾摩拉，把城市里的一切全部毁灭。

拓法国启蒙运动的人。他就是伏尔泰。

赫克托耳的旧识，威利帕瑞希的伯爵和伏尔泰一起站在坟墓旁。他头靠着伏尔泰的肩膀，双眼饱含泪水，叹息道："没有人能骗得过死神。就连斯宾诺莎这样聪明的律师也做不到。真是遗憾呀。我会想念他的。他还答应我下个星期帮我出庭一项重要的案子呢。"

伏尔泰点了点头，移到了一边。

拉比发表了一段漫长的致辞，发自肺腑地赞扬过世的赫克托耳。很显然，他也是赫克托耳的忠实顾客之一。致辞经常会被站在一边的赫克托耳的妻儿们的抽泣中断。致辞结束后，这些有头有脸的出席者将他们的花圈一个个放到了墓碑上，有玫瑰花、郁金香、菊花、百合花和风信子。伏尔泰则放了一块石头。在墓碑或纪念碑上摆放石头是犹太人的习俗，因为花朵会凋谢、枯萎，石头则是永存的。

伏尔泰很喜欢斯宾诺莎的孩子们，他知道他们的妈妈现在很难照顾好他们。他走向斯宾诺莎夫人，好意地安慰她。他说："人生本就艰难，伤痛总是与我们的生活缠绕不分。想要站立，就要先学会摔倒。"到后来，伏尔泰就忘记了这番话。

接着，伏尔泰跟满脸泪水的斯宾诺莎夫人说，自己愿意承担亚布拉罕、萧珊娜和尼古拉斯的抚养责任，成为他们的监护人。

斯宾诺莎夫人

赫克托耳的孀妇索菲来自一个犹太商人家庭。她的祖先们在 1370 年左右，为了躲避宗教法庭的残害逃到了马德里。他们家族起源于一支古老的犹太血统，据说是拉比摩西·迈蒙尼德的后代。他又被称为拉姆巴姆，他是 12 世纪一位博学多才的拉比和医师，也是最伟大的犹太思想家。

阿迪蒂家族认为他们是一群与众不同的犹太人，因为他们来自于西班牙。他们彼此间交流所用的西班牙语，在从西班牙逃出后的这四百年间也稍稍有些改变。他们的家族本着可笑的优越感，总是很瞧不起别国的犹太人。他们经常鄙视满满地将一个单词挂在嘴边——"Todesco"，意为"德国佬"，专门称呼那些德系犹太人。可阿迪蒂却很不可思议地娶了一位德国佬。索菲五岁的时候，她父亲便告诉她以后千万不要嫁错了人。

在马赛的犹太圈中，有一些所谓的“好家族”。这些家族世代都很富裕。这个城市的犹太人中，对一个人最好的赞美就是“他来自于一个好家族呀”。阿迪蒂家族就属于这样一个富裕的好家族，但由于他挥霍过度的生活习惯和一系列不理想的投资行为，皮埃尔就快把家产败光了。他不想告诉任何人，尤其是他泼妇般的妻子。他想通过典当家里的珠宝来维持他们表面的富足。为此，他还特地邀请他的同伴来享用他们家过于奢华的安息日晚餐。脾气温和的他一直害怕自己会被剔除出好家族这一上等阶级。

从小到大，斯宾诺莎夫人一直都很以自己的姓氏为荣。她一直以来都没忘告诉自己的孩子，他们来自于世界上最好的一支家族。对于她持续不断的吵闹，赫克托耳通常都十分冷静，有时还会对此开开玩笑。但有的时候，他也会不耐烦地道：“你嫁过来的时候什么嫁妆也没有，可你竟然还如此心安理得地扮演着尊夫人的角色，如此难以取悦。”

索菲对孩子的关心不够，这总让赫克托耳气恼不已。他经常会为此责骂她，有时候甚至会说得很直接，尤其是当他想到自己仍无法得到迈蒙尼德的《犹太法典》而产生怨气时。他说：“如果当初我知道你连一点儿母性都没有的话，我怎么会娶你。”索菲每次都是一脸极度受惊的表情，可这些指责她从来都没听进去。

斯宾诺莎夫人有慢性偏头痛的毛病，时常在白天发作。婚前，在她热爱的马赛的犹太圈中，作为一个有着优秀血统的年轻女性，她不乏追求者；可婚后，他们搬到了首都，她成了无人重视的家庭主妇。这也是她总闷闷不乐的一部分原因。她瞧不起巴黎人，觉得他们都是野蛮人，她也坚决不学法语。她没有朋友，因为没有人能符合她的品味。她很少出门，几个月可能才踏出家门一步。

她觉得自己很可悲。但她没有自杀，也不酗酒。她反而对文学产生了狂热的兴趣，尤其是戏剧。她的生活便以它们为中心。她看过原版的希腊戏剧和喜剧。她可以说出大量的古代作品，有些甚至还没被世人发掘。她经常一边欣赏一边说，当代的戏剧家把这些类似的话题写得太无趣了。

当伏尔泰提出要接管这三个孩子的时候，斯宾诺莎夫人大松了一口气。

说谎者

叔祖父经常说："没说过谎或偷过东西的人，在生理上是理解不了像亚伯拉罕这种人的。"然后他就会说："但不知道是谁能如此幸运地过上这种不同寻常的生活。"

"你意思是说没有人是诚实的，而我们全都是骗子吗？"萨沙问道。

他立即作出了回答："在某种意义上，所有人的生活都是一场骗局。每个故事都是编造的。同样，整个世界也是一场骗局。我们人类知道什么是正确的，可尽管如此，我们却不做正确的事情，因为诱惑总是能战胜我们。我们也能明辨是非，尽管我们有选择的自由，可我们还是会放弃这一权利。我们很懦弱，为了掩饰我们的懦弱，我们就要骗人和自欺。这也是为什么我们喜欢听关于说谎者的故事，这些故事比那些圣人的故事有趣多了。在这些圣人身上我们看不到自己的影子。因为我们的生活本就建立在谎言之上，不管是无关轻重的善意谎言，还是触犯众怒的弥天大谎。"

赫克托耳的大儿子亚伯拉罕天生就喜欢说谎。这是他的本性。他所编造的谎言和半真半假的故事能兼具高贵和低俗，可能与不可能。而对此，他毫无抵抗力。不管是琐事还是大事，他都能撒谎不眨眼。

他从来克制不住偷窃的欲望。一切诱发他贪婪本性的东西他都要偷回来：钱、珠宝、食物、物品，可以说是所有的东西。基本上所有人都被他偷过——他最亲的家人，他的朋友，熟人，孩子和老人。他唯一没做过的坏事就是使用暴力。

有一次，亚伯拉罕做得太过分了。他从伏尔泰那里偷了五十六法郎和一块瑞士怀表。伏尔泰当面质问了他。亚伯拉罕声称自己是无辜的，他说自己一直都是个守法的好人。作为一个高贵的绅士，他将罪名赖到了他的妹妹萧珊娜身上。于是，两名身穿制服的仆人搜了他的身，在他身上找到了那些被偷的钱币和怀表。证据确凿，是他犯的罪。可他却不承认，并且还厚颜无耻地指责是那两名仆人偷偷将钱藏到了他的口袋里。伏尔泰伤透了心。他的忍耐已经到极限了，在亚伯拉罕不知羞耻的谎言面前他感到万分疲惫。

在赫克托耳去世后，伏尔泰把亚伯拉罕送进了一间住宿制学校，这间学校以严格的教令和封闭式管理出名。但亚伯拉罕却从学校逃走了，在圣艾蒂安外的森林里和一群盗贼生活到了一起。后来，还是伏尔泰派了好几名宪兵把他抓了回来。被抓的亚伯拉罕强烈地反抗着，不停地哭泣，他被强行带回了费尔奈城堡。伏尔泰希望自己的慷慨和善意，还有城堡的安全感能对这个男孩的性格产生积极的影响。

伏尔泰当了七年亚伯拉罕的监护者，这期间他试图灌输给他知识和理解力，给他建议和鼓励，带领他走上充满智慧和美丽的人生大道。可不管伏尔泰怎么努力将亚伯拉罕从其仿佛注定要承受的命运中拉回来，他还是一再失败。

伏尔泰不想再自欺欺人了。亚伯拉罕是不会痛改前非的。他是一个没有未来的人。伏尔泰认为亚伯拉罕迟早会进监狱。有一瞬间，很短暂的一瞬间，伏尔泰甚至想将这个淘气鬼送进巴士底狱去。不过接着，他就想到了可怜的斯宾诺莎夫人，而且这偷钱的事不过是她要面对儿子引起的所有考验的开端而已。

亚伯拉罕被赶出了费尔奈，于是他又回到他母亲在巴黎的住所。她不太高兴看到他。他说自己是自愿离开费尔奈城堡的，因为他再也无法忍受伏尔泰对待他的方式了——把他当作最下贱的仆人使唤，让他睡在阴暗的地窖里，给他吃从垃圾桶里捡来的食物。他的母亲不相信伏尔泰会如此残忍，但她也无法质问自己的儿子。

回家还没几天，亚伯拉罕就开始天天缠着他母亲，要求拿回自己的那部分遗产——还要兑换成现金。他想要出去租房子，因为他觉得跟母亲一起生活很烦人。他想要有一个自己的家，过自己想过的生活。为了宽慰母亲和仍是他监护人的伏尔泰，他说自己会去巴黎大学进修，继承他父亲的衣钵。他的母亲听到此就是满眼的泪水。但伏尔泰不相信，他完全不认为亚伯拉罕能够完成学业，或是有能力找到一份体面的工作。

亚伯拉罕进入了法律系，虽然他对法律条文一点儿兴趣也没有。他不去上课，反而去当了一个给伯爵夫妇们办理事务的公证员助手。没过几天，他的雇主就发现了这个年轻人对这工作一无所知。当公证员向他询问关于其先前的工作经验的相关细节时，亚伯拉罕无法自圆其说，反而越说越矛盾。最后，他只好承认自己伪造了履历。亚伯拉罕那时肯定感觉得到，安抚一个被他惹怒之人的最好办法就是博取他们的同情和理解。他说他说谎不是因为多么想来这里上班，而是他需要钱治疗他病危的双亲和他的七个小兄妹，其中有两个妹妹生来就成了聋哑人。他还承诺说自己再也不会撒谎了。听到这些可怜的遭遇，这位善良的公证员很同情这个不幸的家庭。他同意让亚伯拉罕留下。但过了几个星期，亚伯拉罕就被指控玩忽职守和欺骗顾客。公证员威胁说要叫宪兵来抓他，但一听说亚伯拉罕是伏尔泰的养子，他就只是将这个无赖赶走了。

一天，亚伯拉罕碰巧遇见了一个认识他父亲的神父。为了博取这位天主教人的同情，他撒谎说雇用他的公证员是一个好男色者。那位尊敬的绅士对年轻男孩尤为有兴趣，经常会对他们做一些不适当的举动，而亚伯拉罕断然拒绝了他的引诱。

神父觉得亚伯拉罕很可怜，竟然如此不幸地误入了狼穴，而且还因为被赶出来而遭到母亲和其监护人的斥责。他应当得到他们的支持。神父突然想利用亚伯拉罕的遭遇来引导他信仰上帝。他劝亚伯拉罕来离巴黎不远的华幽梦修道院静休几天。这能帮助他从最近的霉运中脱身，让他能将精力集中到更重要的事情上。神父说在过去的六个月闭关静修期间，他听到了上帝的声音。听到这句话，亚伯兰罕轻蔑地扯了扯嘴角。不过他马上便笑脸迎人地承诺自己会尽力坚持向神灵祷告的。

神父关于永生和万物的观点跟亚伯拉罕完全不同。不过他的确去了修道院，主要是因为他太无聊了。

第二天，他去向修道院主持告解。亚伯拉罕没有提起他过去的那些丑事。他说虽然身为犹太人，他却深深地为耶稣的死感到痛苦，他渴望救赎。主持没要求他忏悔就赦免了他，并劝他转入基督教，接受圣灵的保佑，沐浴上帝的恩泽。

亚伯拉罕马上就被说服了。在那天晚祷的钟声响起之前，他就决定了：他要成为一名基督教徒。不是因为他渴望将自己的灵魂与上帝联结，也不是因为他想一窥天堂的样貌。而是因为一个认识的人告诉过他，如果犹太人想进入巴黎的高级场所和盛宴的话，只有加入天主信仰才行。他对自己说，多念几遍拉丁经文又不会造成什么损失。

当亚伯拉罕告诉他母亲自己接受了洗礼时，她哭了。她的脸色比以往还要苍白。有一瞬间，他还以为她会开口破骂呢。不过她什么都没说。

那天下午，在给伏尔泰的一封信中她吐露了自己的心声。“他怎么能这么对我？”她写道，“一个来自好家族的年轻人！这将会给我的余生蒙上阴影。”

男爵和女爵的相遇

亚伯拉罕得到了自己那部分的遗产后，就租下了玛黑区一栋精美的公寓，开始了他无忧无虑的生活。每天晚上他都会出门，直到天亮才和他的酒伴回来。这些人都吹嘘自己对上层社会了如指掌。其他时间，他们就大言不惭地评论着周遭的人，辱骂着犹太人，而亚伯拉罕也从不反驳。

对待女士他总是特别慷慨，用尽花言巧语。总是有很多漂亮女人不断地被他吸引。他很快就成了巴黎夜生活圈的知名人士，这主要是因为他伪造了自己的身份：他将自己化身为“男爵阿曼德·斯宾那罗莎”，并厚颜无耻地声称他家族的名号奠定了他在欧洲贵族间最威望的位置。最重要的是，他到处散钱，大方无比，并称这些钱都是他名下的财产。

一天晚上，在巴黎一场并不算高级的沙龙上，一位熟人将他引见给了女爵玛斯亚。她是亚伯拉罕见过的最美丽的女人。她的美让他的双膝颤抖不已，甚至引起了他的性欲。亚伯拉罕的命运在瞬间就定局了。他当时就知道自己能为这个女人做任何事，甚至去死。这突然的一见钟情让亚伯拉罕不能自拔，他甚至连话都说不出来了。

女爵先打破了沉默。“能在这里看到你是多么巧合呀，我亲爱的斯宾那罗莎男爵。我听过您的很多事迹。您的父亲还夸您既聪明又大度。是的，我认识您的父亲，老男爵。你知道，我们曾经是很好的朋友。不过，遗憾的是，现实让我们分隔两地，我搬来了巴黎。男爵，您的父亲现在怎么样了？”

“事实上，谢谢您的问候，他现在非常幸福。”亚伯拉罕答道。他的眼睛寸步不移地盯在那位美丽的、迷人的女人身上，尤其是她那件低胸的紧身裙。

“好像我们已经认识很久似的，”她说，“所以，我斗胆向您诉说一些私人问题。我希望您不要介意。”

她的信任让亚伯拉罕受宠若惊。

女爵告诉她，自己近来从她丈夫的律师那收到了一封信，那封信让她深深震惊和警觉起来。她嫁给了一个比她大三十岁的老贵族，他拥有巨大的家产和圣艾蒂安外的一幢古堡。在她为了照顾她生病的兄弟而出发去巴黎的前一夜，玛斯亚伯爵向她热烈告别，她觉得自己从没见过这么开心的人。所以，对第二天发生的事，她完全没有任何准备。次日，伯爵在他的律师和其儿子的陪同下一起出门打猎，突然律师的儿子意外地发现了一只肥壮的麋鹿，他不能放弃这个天赐的机会，于是还没仔细对准目标他就开了枪。子弹穿过树桩，直接打中了玛斯亚伯爵的心脏。伯爵完全没有听到那声夺命的枪响。就在几天前，他才在哄骗下签了一份遗嘱，同意将他名下的所有财产都转给他的律师。现在，根据这份残酷无情的遗嘱，她再也不能回那幢古堡了，甚至连她自己的衣服和珠宝都拿不回来。

阿伯拉罕觉得这个美人儿太可怜了，他马上就说自己愿意帮她渡过难关。

女爵拉起亚伯拉罕的手说：“斯宾那罗莎男爵，你是个善良的人，一个真正的朋友。我被拦在了自己的家门外，现在无家可归，无人依靠。而且，我还失去了我所有的衣服。我从没觉得如此孤独和无望，如此脆弱。所以我想向您吐露心声。但我无权让您惦念我的悲伤。我也没资格让您将时间浪费在我这些琐事上。”

女爵的眼里已满是泪水，她开始哭了起来。亚伯拉罕试图安慰她。他感到自己的情感唤醒了他的骑士精神，他发誓要保护她，给她买一栋符合女爵身份的公寓，并为她添置一整柜的新衣服。

“玛斯亚——海莲娜女爵，”他赶忙补充道，“请您原谅，我并不是想要干涉您的生活。我不求从您那得到任何回报。不要怕我，我只想要让您开心，多了解您。”

玛斯亚迅速整理了自己的情绪。她叫来了一名仆人，让他去取来这屋子里最优质的香槟。她快速地倒了两杯酒，有意地说道："突然之间，意料之外，我便获得了像男爵您这样慷慨而好心的朋友，亲爱的阿曼德。为了表达我深深的感激之情，我必须坚强起来，尽快恢复自己的心情。"

想到能够给困境之中的女爵一点儿帮助，亚伯拉罕就觉得很幸福，这种感觉他从未有过。他看着她嫩白的肌肤，白里透红的脸颊上深陷的酒窝，还有她充满魅力的眼神。他想象着将她拥入怀中的感觉——虽然现在，他并不知道几个小时后，她就会答应和他一起回家，躺到他的床上。

亚伯拉罕为海莲娜在玛德琳教堂附近租了一所特别豪华的公寓，并为她定制了一整橱柜的新衣服。他每天都会去看她。当她教他各种做爱的招式，让他体验到超出想象的真实经历时，他感到了无法言喻的幸福。

亚伯拉罕每天都会想起伏尔泰的一句话：突然而至的爱情是最难治愈的，要想缓解这种轻率的激情所带来的痛苦，唯一的方式就是更加激烈地做爱。

生意教训

几个星期后，海莲娜问亚伯拉罕能否将她亲爱的哥哥罗伯特·丹斯切尔引荐给他。由于某些图谋不轨的竞争对手散布的谣言，她哥哥和政府搞坏了关系。他被辞退了，现在正在到处找事情来养活自己和他的家人。她还说，罗伯特有个特别漂亮的妻子。亚伯拉罕陪海莲娜去见了她哥哥，他们还在一起喝了杯酒。

丹斯切尔跟他妹妹一样，是个非常优秀的人。他温柔、有魅力，说话直接。他开门见山地吐露了自己的困扰，一点儿也不拐弯抹角：他刚刚从监狱里出来，因为经济罪而被判处了两年有期徒刑。那是因为他有一个厚颜无耻的同事在偷了钱之后，伪造了文件，无情地让他背了黑锅。丹斯切尔说，如果说他在巴士底狱的生活过得还不错的话，那他绝对是在骗人，况且他还是无辜的。然而，声誉的损害比这还要糟糕。现在，巴黎没人会再提起他的名字，更别说帮他介绍工作了。他满眼泪光地说道，有一天自己因为太过绝望，甚至想过自杀来寻求解脱。他拿了一条绳子，准备结果了自己。但他觉得在死之前至少要做件好事，用自己的能力帮助别人赚钱。

妹妹海莲娜告诉丹斯切尔男爵是个好人，是个明智者，所以他想跟其合作，大家有钱共同赚。他大致地提了一些主意——股票投资，风险小，很容易就能赚到一笔可观的数目。丹斯切尔向亚伯拉罕承诺说，自己在重建声誉的同时，也将助其成为巴黎最富有的人。

丹斯切尔侃侃而谈的时候，海莲娜一直在旁边赞许地点着头。

亚伯拉罕没太注意丹斯切尔这些宏达的计划，因为他的眼睛正一眨不眨地盯着海莲娜的身体——她穿的衣服比往常更为暴露了。巴黎最富有的人——这个形容让亚伯拉罕为之一振。他想到了伏尔泰，那个总是低估他的男人，从不相信有一天他也会出人头地。他能够想象到，伏尔泰在听到亚伯拉罕发了大财这样的消息后，一定会目瞪口呆，满脸崇敬。巴黎最富有的人……他现在只想赶快和丹斯切尔合作。

“您的坦诚，”亚伯拉罕回答道，他的脸因为酒精的作用和对未来美好的憧憬而红了一片，“赢得了我绝对的信任，我非常高兴能将我一部分的财产交由您处置。如果可以的话，亲爱的朋友，我将直呼您的名字，罗伯特。让我们举起酒杯，庆祝我们美好的未来吧。”

“在这里，我们完全不必避讳彼此，亲爱的斯宾那罗莎男爵。”丹斯切尔喝了一口酒后回应道，“这么说吧，您和海莲娜的关系已经表示您是我们家的一员了。我希望我们能尽快开始。就像我经常说的，如果不趁热打铁的话，再好赚的生意也可能无所回报。相信我，我对自己分析事物的能力有绝对的自信。”

第二天，在丹斯切尔热情的助手的陪同下，亚伯拉罕给一家巴黎－塞内加尔贸易公司投资了一大笔钱。虽然，他从没听过这个公司。不过丹斯切尔向他保证过，这家公司的管理非常到位，生意也非常稳定，是贸易行业中最赚钱的公司。它主要从事从西非向南北美洲运输奴隶的生意。

当伏尔泰听说了这件事后简直怒不可遏，他命令亚伯拉罕赶快卖掉他的股份。

“从小我就向你灌输人道主义精神，”伏尔泰激动地说，“你不能趟这趟浑水，不能给这么残忍的、没有人性的贸易投钱。”

亚伯拉罕一点儿都不想向伏尔泰这种高人一等的道德观念屈服。“先生，”他略加谄媚地说道，“虽然我不能装作自己和您一样有原则，但对您我是绝对尊重的。”

“想想吧，你可能被人骗了，”伏尔泰说，这一次他稍稍冷静了一点儿，“对这个叫丹斯切尔的男人，那个美丽的女爵，还有那家萨内加尔的公司你一点儿都不了解。”

然而，伏尔泰的断言并没有动摇亚伯拉罕，他仍是固执己见。

“我非常了解丹斯切尔先生的为人，我很确定他在操作生意赚钱这方面是尤其的熟练。我不想丢掉罗伯特好心好意为我提供的这次赚钱机会。现在股票还在持续地上涨，要是卖掉我的股份那就是犯傻的行为——而且，就算这么做也不能从那些船上救下来任何黑人奴隶。这是最万无一失的投资！”

和伏尔泰对峙完之后，亚伯拉罕回到家，做了一些计算。不管他怎么算，都发现他投入的钱几个月之后就会给他带来想象不到的巨额收益。

“贴现，”他开心地重复着这个从新朋友那学来的商业词汇。“贴现！就是找到一个收益率极高的投资对象，再大胆地投钱进去。这不就是罗伯特经常说的那样吗？而且，伏尔泰哪知道生意场这么前卫的概念。”

他搓了搓手，然后出门去找丹斯切尔。他想买下更多的股份，用他剩下的那部分遗产。

然而，命运已为他埋下了伏笔。几个星期后，在二月一个大雪纷纷的早上，亚伯拉罕收到了一封信。

亲爱的阿曼德·斯宾那罗莎男爵：

我刚刚从达喀尔收到了一个消息，我必须遗憾地通知您，埃德加·惠特克·斯道克斯上将领导的英国海军占领了这所城市，接管了贩卖人口的暴利贸易。巴黎萨内加尔贸易公司也当即遭到了财产清算。而您在这所公司所持有的股份截至今天为止全部归零了。

很遗憾，但是在政治动乱的这个时代，投资行业的形势总是难以预测的。

上帝保佑，您的遗产还留下了足够可用的资金，让您睡得安稳。如果您有需要，我随时会向您提供语言或行动上的帮助。

考虑到我个人的生意计划，我将出任波尔多市财务部的总管。所以，我此后会忙于各种事情，可能未来的几天都抽不出时间。最晚这周末，我就会出发前往波尔多了。

此致

敬礼

罗伯特·丹斯切尔

艾蒂安和赫尔迈厄尼

亚伯拉罕简直不敢相信自己的眼睛。他摇了摇头，将信读了一遍又一遍。然后，他从床底下拿出了一个小袋子，打开了它。这里面装的是股份证书。他快速地检查了一遍这些文件，才意识到这整件事都是一个骗局。

“我完了！”他叫道，“不，不能这样！”

他告诉自己整件事不过是个误会。他想起自己曾邀请罗伯特·丹斯切尔去巴黎最好的酒馆吃饭，想到他向自己诉说着塞内加尔那份生意的美好前途。有一瞬间，他不知道自己是不是在做梦，或者是不是因为陷入爱河，所以他的大脑正在跟自己开着玩笑。

他叫了一辆马车赶去了丹斯切尔的办公室。门是锁着的，尽管他奋力地敲了好几次，可没有人来应门。于是，他转身去找海莲娜，觉得她也许知道她哥哥的去向。他带着一颗忐忑的心敲响了她公寓的门。没人回答。

公寓看门的女人向他走来。“女爵今天一早就带着她全部的行李搬走了，”她说着，还哭了出来，“她走得那么急，甚至都没跟我道别——没跟我道别！我之前帮了她那么多，借给了她那么多钱！”

伏尔泰认真地听着亚伯拉罕的描述。他觉得这整件事都是捏造出来的，他直接说：“亚伯拉罕，我认为你在说谎。你只是单纯地把所有的遗产都挥霍掉罢了。不过现在，我的斯宾那罗莎男爵，我看是时候结束你的幻想了。你现在身无分文，也没有女人会喜欢你。所以，你打算从那些愿意听你说话的人那儿骗钱了。”

他的母亲觉得亚伯拉罕不顾一切地把所有遗产都花光，给他死去的父亲丢了脸。不过她还是同意帮助她身无分文的儿子。她为他请了一个律师。律师承诺会竭尽所能，保证将这个精心策划的案子彻查到底。

这位格外勤勉的律师循序渐进地开始了调查。他要求亚伯拉罕手写一份报告，记下他和丹斯切尔以及海莲娜见面的每一个细节——他们在一起待了多长时间，说了什么，他回答了什么。他们在哪里吃的饭，为什么他要将自己的所有财产都投入到那个谁都没有听过的巴黎萨内加尔贸易公司。

当律师看到了那些股份证书时，当场就笑了出来。他说亚伯拉罕当初应该要求一份更像样的交易证明，而不是这样一眼就能看破的伪造物。

两个星期后，律师终于将案情分析清楚了。通过调查，他发现罗伯特·丹斯切尔的真名叫作艾蒂安·吉拉德。他没再续租他的公寓，就这么在巴黎凭空消失了。他什么也没留下，除了一个旧箱子，那里面全都是各类的伪造文件，充分证明了他是一个多么无耻的流氓。律师还去警察局查了资料，发现艾蒂安·吉拉德已经因为诈骗罪被三次关进了监狱。

最糟糕的部分还不是这个。律师在这些案底中还发现了赫尔迈厄尼·吉拉德的名字。这就是海莲娜的真名。这世上从来就没有所谓的玛斯亚女爵。整件事都是编造出来的。女爵只不过是赫尔迈厄尼·吉拉德的一个角色，为的就是勾引亚伯拉罕上钩。

接着，最让亚伯拉罕受到打击的是，律师说：“赫尔迈厄尼·吉拉德不是艾蒂安·吉拉德的妹妹，而是他的合法妻子。”

心灵手巧的僧侣

修道院的生活让亚伯拉罕暂时忘却了那些让他生活如此糟糕透顶、毫无意义的复杂状况。他将华幽梦修道院当成了他的避难所，这里的神父塞巴斯蒂安为他提供了庇佑。他是一个高尚的人，会耐心地听别人告解。他们坐在一间狭小的工作室内，耐心地、不停地劳作着，制作着要卖给其他教堂和修道院的宗教物品：十字架、大奖章、教堂用的大烛台和各种长度的念珠。

亚伯拉罕双手灵活、眼神尖锐，对精确度很有把握。几个星期的功夫，他就能熟练掌握这些制作工艺了。他工作非常认真，注意力极度集中，能够不停歇地转动、雕凿物品。他雕刻、塑形、截锯再打磨，就这样制造出了各式各样的饰品。修道院的僧侣们在远行途中便会将它们卖掉。

每当他结束了一天的辛苦工作，放下手中的工具，就会听到教堂传来的管风琴的声音。他就坐在那里一两个小时，一动不动，直直地盯着前方，好似在冥想祈祷一般。

亚伯拉罕热爱这所修道院。修道院内的僧侣们赞赏他工作认真，态度谦恭。就连最严格的主持师傅，也对他分外赞赏。

有一次，亚伯拉罕向主持坦白说，他在来这里之前是一名商人。有一次，他提出了好几条能增加教堂收益的建议。后来，他向主持展示了他用木头制成的浮雕作品，雕刻的是耶稣在各各他受难的画面。主持被此惊住了。特别是当他凑近观察时，能深切地感受到这份作品包含的心血和它的巧夺天工。

主持觉得亚伯拉罕绝不是普通的僧人，把他留在身边肯定有好处。一开始，他只是找亚伯拉罕解决一些小问题。到了后来，在验证了亚伯拉罕的尽责心和才能后，他便将修道院的财务事宜交由他管理了。

正如伏尔泰最担心的那样，一天，亚伯拉罕因偷取了修道院的资金而遭到了逮捕。他强烈否认自己有罪。他被关到了监狱里。

他的母亲在绝望之下去找伏尔泰。尽管伏尔泰并不为亚伯拉罕的遭遇感到难过，不过他还是宽容了一次，就当帮斯宾诺莎夫人一个忙。那个时候伏尔泰还是深得王后信赖的红人，他通过自己在皇室的人脉帮亚伯拉罕解除了指控，释放了他。之后，亚伯拉罕就一刻也没敢耽误地离开了巴黎。

六个原因

萨沙和我经常在想是什么让亚伯拉罕变得这么坏。如果我没记错的话，叔祖父曾跟我们说过六个原因。他是分六次说的，所以这些原因看上去非常前言不搭后语。

第一个原因。在他很小的时候，亚伯拉罕得了一种罕见的皮肤病，毁掉了他一半的面容。这种病症就是他不出门，也不让别人看他的原因。他发现就连自己的家人也会被自己的长相吓到。在极度的痛苦中，即便得不到爱意，他也期望从父母那能得到一丝同情。可结果他还是失望了。男孩伤透了心。他不再敢向他人展现自己的真实感受。他害怕让人失望，所以很快他就学会了演戏，假装成其他人。类似这样的情况很容易就会毁掉一个健康的灵魂。年复一年，另一个虚假的世界变成了他所信仰的现实。

第二个原因。亚伯拉罕之所以会说谎，是因为口是心非的毛病早已植入了他的血脉。我们都知道在斯宾诺莎家族中，一般每一代都会出现一个长着大鼻子的人。天生就长了一个巨大的嗅觉器官的孩子总是特别幸运，干什么都会马到成功。这个鼻子给它的主人带来了幸运。但很少有人知道，不诚实的品行也是斯宾诺莎家族的遗传之一。这就好比平衡作用，是不可避免的，且每一代都会出现一个这样的人。那些一出生就无法说真话的孩子们总是特别孤独，几乎做什么都会失败。这种说谎的性格就如一种诅咒一般。

第三个原因。就像对自己家人的鄙视一样，亚伯拉罕对说谎也是由衷地讨厌。尽管如此，大英百科全书中还是有他的这样一句名言：编造人人都爱听的奇妙谎言并不疯狂，疯狂的是传播那些没人能够相信的真相。

第四个原因。每个人所属的命运不同，它决定了我们不同的人生道路。有些人是一帆风顺，满路花香，而另一些人的路却是荆棘满地。亚伯拉罕就属于后者。

第五个原因。爱颠覆了亚伯拉罕对真相的感知。爱让他不顾一切，于是他便注意不到警钟早已敲响。如果他没这么感情用事，能够更留心一点儿的话，那么也许他就能免于一难了。

第六个原因。愚蠢。想找到一条能解释亚伯拉罕不说真话的原因根本毫无意义。

莫里兹和家族遗产

小时候，我经常会觉得活着真没意思。我有这种想法的时候往往都是我希望得到父母关注的时候。我想让他们看到我，夸奖我，而不是因为我装成别人或是表现了自己。可是我一直都觉得，他们比较喜欢我的双胞胎弟弟。

对于小孩子来说，亲生父母都不爱自己这件事是非常伤人的。

我记得每年学期末的时候，当萨沙带着他那张出色的成绩单回家时，我父母亲笑开了花的脸庞。他总是能让他们引以为傲。至于我，从三年级开始，成绩就没好过，不管是数学还是历史。严厉的校长还特地找了我父母谈话。当校长建议让我复读一年时，他们的脸色明显就阴沉了下来。失败给我带来的羞耻感太过强烈了，我甚至忍受不住父亲看向我的不满的眼神。那天晚上，父亲狠狠地批评了我一顿。他气极了，因为我让我那位过于敏感的母亲受到了太大的打击，她甚至都快为此发疯了。

我承认，即便到了生命的尽头，我还是无法原谅，就因为我没有斯宾诺莎家族的人应该有的聪明才智，父亲竟然那样斥责我。

从小到大，人们就不断地告诉我巨大的鼻子是斯宾诺莎家族的遗传，每一代都会出现这样一个人。长了一只特大号鼻子的孩子总是特别幸运，而且做什么事都能成功。萨沙就长了一只大鼻子，他方方面面都比我优秀。

我还听说以同样的形式，斯宾诺莎家族中还有另一个遗传的特点，那就是撒谎的天性，每一代也会出现一个这样的人。不会说真话的这个孩子总是特别的孤独，做什么都会失败。我知道这种不诚实的品行是一种诅咒。我也很清楚，掩藏一点半点的事实来取悦他人对我来说绝非难事。

一天下午，当叔祖父跟我们描述了亚伯拉罕在新世界的一些冒险经历时，我有了个主意。我找到祖父，问他是怎么看待我们家族每一代都会遗传到的那些特点。

他看上去一点儿也不意外，他回答道："听上去你好像特别在意萨沙的大鼻子呢。别担心，你也会成为一个优秀的人，即使你遗传的是你母亲那小小的朝天鼻。相信我，我可以告诉你，不是费尔南多说的每个故事都会在现实中应验的。是的，有时候你的确会说谎，做一些蠢事。但，谁不是呢？每个人都会粗心，都会犯错。智者会从错误中吸取经验，而傻瓜则会对着每个人夸夸其谈。记住，声名远扬更多的是因为一个人的内心，而不是他所做的事。”

祖父的话为我点亮了一点儿希望。当该说的都说了，该做的都做了之后，也许我的结局并不一定只有毁灭。我感到些许放心了，但这还是没达到我的期望。

叔祖父又开口了：“你知道吧，我有个弟弟叫莫里兹。他的结局很悲惨，可怜的家伙；他是在喜马拉雅的洛子峰高原上冻死的。你就跟他一样。他并不是一个特别诚实的人。他一辈子做过很多疯狂之事，但他的有些理论谁听了都会忍不住嘲笑一番。”

祖父之前从未跟我们提过莫里兹这个人。我们还是从祖母那听说祖父有个弟弟，做了一些让他感到羞耻的事情。不过，现在祖父敞开了心，他告诉我莫里兹喜欢打牌，有一次他输得一塌糊涂。他急需钱来还赌债。他知道没人愿意借这么大笔钱给他，于是他想到了一个法子。他穿上了他最高档的西服，从抽屉里取出了几枚纯金的勋章。这几枚勋章是弗朗兹·约瑟夫大帝亲手为他们的祖父别上的，他将它们别到了西服的胸部口袋上。接着，他带着两个认识的清道夫来到了维兹大街。这条街是布达佩斯最高雅的人行道，其两旁都是城市中顶级的商店。那是 1911 年，他们来到了艾乐米·波尔加的绅士裁缝店门口。很多的欧洲贵族为了模仿威尔士国王的穿着，就会来这家店定做衣服。那两名清道夫用随身带来的工具假装测量，莫里兹则在一旁佯装记录。很快，店主波尔加出现在了门口，满脸疑惑。他问他们在他的店门口干什么。莫里兹一副很不耐烦的样子说他们是市政规划部门的人，市政府决定在此地搭建一间男士公共厕所。出于卫生的考虑，这条狭长的人行道边必须得建起一间来。波尔加看上去很痛苦，下嘴唇都发抖了，他叫道：“在我的店门前面建厕所！难以置信，它会毁了我的生意的。你们应该能了解，年轻人，在我的沙龙前怎么能有一间臭气熏天的厕所呢。想想我的顾客们，每一个都系出名门，来自于高雅的上流社会；怎么能让他们闻到厕所的恶臭味呢。”莫里兹试图让这位裁缝冷静下来，他自信满满地说现在测量阶段还没有完全结束，在决定把男厕所建在哪个位置之前，还要先评估测量的结果。

波尔加立马捕捉到了机会，他将这位来自规划局的文质彬彬的年轻人请到了店内，想和他私下谈谈。这位裁缝大师用顶级的法国白兰地招待了莫里兹，他提议如果门外那些工人能将他们测量的地方沿着大道往上移动个几百米的话，那么他还有另外的两千个金币可以奉送。莫里兹可是个清廉的市政员，是不会接受贿赂的——当然，除非这个价格能提高到五千个金币。几个小时后，付完了他两个助手的工钱，莫里兹意气风发地揣着二千五百个金币回家了，这在当时来说，可以算得上是巨款。那天阳光明媚，莫里兹一共帮助了六名店主躲过了将厕所建在他们店门口的危机。

莫里兹的这个故事令我印象非常深刻，特别是这是从来不跟我们说笑的祖父告诉我的。与此同时，我更加相信亚伯拉罕、莫里兹和我有着某些不太幸运的共同点，这一特点就深植于我们的基因里。

法国医生

亚伯拉罕开始了他的漫漫漂泊路。他出现在了南美洲各条沙尘飞扬的路上，将法语倒着念，伪装成咒语。他告诉别人如果出点儿小钱的话，在欣然接受了以后，他就会展现魔法。人们都不太相信他的话。为了消除人们的怀疑，他做过好事，许过诺言，也恐吓过别人。他还向人们兜售一种护身符，符包里写着天主守护神的名字。他说戴上这个，就能抵御疾病、残疾、嫉妒和黑魔法。可住在这些嘈杂大街上的都是穷人，亚伯拉罕的生意并没有赚到多少钱。大多数晚上，他都是饿着肚子睡觉的。

要不是加拉加斯有位混血富商的妻子生了一个怪婴，亚伯拉罕还以为自己一生都要如此游荡下去了。这个婴孩长了双蝙蝠翅膀，额头上还有两个角。之前，它的母亲允许亚伯拉罕来家中抚着她肚子，念诵古老的经文，保护她肚里的孩子免受魔鬼的觊觎，并且付给了他十五比索。这对夫妇让人逮捕了亚伯拉罕，控诉他是异教徒，把他交给了市里严格的多米尼加法庭处置。监狱官发现亚伯拉罕的包皮已被割去，在他眼里，这就是罪孽和异教徒的象征。宗教法庭的检察官认为单就这一条证据就足以证明犯人有罪了，所以他拒绝传召目击证人，进行深入调查。

当判决结果公布时，亚伯拉罕听得非常认真。他接受了割礼，在禁肉的日子吃肉，在假日工作，庆祝安息日和其他犹太节日，与魔鬼勾结以及最重要的一点——装作自己能妙手回春而骗取基督徒的银币。通过以上这些行为，他亵渎了上帝，因而被判处死刑。

亚伯拉罕承认他有罪，他坚忍地接受了判决，甚至还承诺，即使到了地狱，他也会勤勉地遵守上帝的信仰和基督习俗。他只求自己可以免于折磨，不用拴在铁链上。

在他将被送上火刑架行刑的那天凌晨，他说服了一名囚犯帮他咬开了手脚上绑的绳子。这名囚犯因为强奸了两名在墓地上默哀的妇女而被判处了一年的有期徒刑。趁守卫们不注意的时候，亚伯拉罕越狱了，他向北逃去。三个月后他出现在北美洲南海岸的路易斯安那州，在这个地方大多数人都会说法语。

他说自己的名字叫阿曼德，是巴黎一位著名的医生，曾服务过皇家人员。他有很多成就，其中就包括治好了路易十四的痛风。他表现得非常自信，所以没有人质疑他的学历或是问他有没有临床医学的证书。

在身无分文的情况下，他在新奥尔良的市中心租下了一所大房子。他将客厅改造成了一间咨询室和一间像模像样的实验室。水壶中升起了寥寥的烟，液体在冒着泡，水银那种微弱的气味在空气中漂浮。他说自己是专门研究某些怪症的专家。他从不接待有伤口的病人，仅仅是因为他害怕看到血。他将自己以往成功的治疗案例描述得惟妙惟肖，赢得了病人们的信任。他口中关于凡尔赛宫的那些激动人心的奇妙故事让所有人都欲罢不能。很快，皇家宫廷医师的名声就在新奥尔良传开了。越来越多的人来这里寻求他神奇的治疗。

荷包鼓鼓的病人随时都能在这里得到呵护备至的招待。但若来的是无法支付大额诊金的穷人，这位医生就一点儿兴趣也没有。他怀疑地接待了这些人，硬说这些病人的病史不过都是他们自己吓自己罢了。

痛风的市长

一天，市长也来到了亚伯拉罕这里。加斯帕德 · 格莱尔是出了名的没骨气的贪官。新奥尔良的所有人都很鄙视他，因为他经常从奴隶买卖者那受贿。这些商人为谋取利益而管理着这座没有法律约束的城市。

格莱尔双眼充血，痛苦地尖叫着。他得了痛风。为了缓解这一痼疾，他经常去附近的杰斐逊村进行泥浴。可目前还没找到任何方法能缓解他的疼痛。

“上一次发作是五天前，”他告诉医生，“而且疼痛一直持续到现在。”

亚伯拉罕向他保证自己绝对能帮助他，治好他的病。为此，他会使用一些巴黎现今最流行的秘术。不过，首先，他要求市长务必不能将治疗的过程透露一个字出去。说完，亚伯拉罕念出了一些希伯来咒语，点燃了一剂混合物，放出了大量的烟雾。接着，快速地爆出了一连串的占星用语后，他便说格莱尔是因为被恶魔附身才得了这个病。

他绕着市长周围画了一个魔法圈，手中来回挥舞的香炉散发着一股樟脑的气味。他长叹了一口气，试图用魔咒驱逐恶灵。他头上冒着汗，嘴里喃喃地念着一些不连贯的咒语，他让病人喝了半杯的红酒——昨天，他将三盎司碾碎过的罂粟籽放在里面浸泡了一晚上。然后，因疲惫而站不稳的亚伯拉罕宣布，他已将两名埃及魔兽从病人的身体里赶了出来，它们名叫赛尔贝布斯和奥斯陆斯。最后，他倒着念了几句希伯来语结束了这一次的治疗：“churab ata janoda，unjehole chelmen mal。”

“医生，你真是太神啦。”格莱尔叫道，他突然觉得身体充满了力量。这番治疗跟他之前在杰斐逊村五年的泥浴治疗相比，效果要好上千倍。

在第二次治疗中，亚伯拉罕蒙住了格莱尔的眼睛。他说在任何医学书中都没记载过这一次的治疗方法，因为它是只对皇室开放的秘术。

“它是基于对生物体中一块迄今还没人知晓的部位的研究所得，”亚伯拉罕解释说，“它跟天体对人类内在结构的影响有关。”

亚伯拉罕对着市长的背缓缓地做了一系列动作——他说这些叫作磁性标记。他要让肌肉组织接受天体能量中的治愈力。

亚伯拉罕嘴里的念念有词，格莱尔一句都听不懂。他也没觉得疼痛有稍微减轻一些。可是他却受宠若惊了，因为他觉得自己被选中了——他，没有什么背景，只是一个来自于波多尔的农夫的儿子，他的故乡在他小时候就沦为新法兰西的殖民地。可现在他却受到了和欧洲那些君王一样的款待。

像是馈赠一份珍贵的礼物一样，亚伯拉罕小心翼翼地将一份手写的纸条交给了市长。他遵嘱道："这两个句子，每天都要念上十遍——早上五遍，睡觉时五遍。"

格莱尔一脸期待地看着这份纸条。"我的名字写错了，"他有些埋怨地叫道，"Gorell 只有两个 l，不是三个。"

亚伯拉罕对他翻了个白眼。市长突然觉得自己说错话了。"听上去很有用的样子，医生。"他赶忙回答道，试图弥补他的过错。

各种新奇百怪的治疗变得越来越频繁。格莱尔每天都会来。驱魔需要很长的时间和很多的耐心。这位市长经常要蒙着眼坐上三个小时，而亚伯拉罕的手就在他的背部上空不停地比划着越发复杂的动作，而且从不真正触碰他的身体。他们在一起的时候经常会聊天，交流想法，聊市场状况，抱怨难以忍受的炙热和法国政客让密西西比河东海岸领地落入英国之手的疯狂决定。不管格莱尔的观点有多么肤浅，亚伯拉罕总是会拍手称绝。

格莱尔心情总是特别好，总是一副笑容满面，欢呼雀跃的样子。他很享受在这里的休闲时光，不用去想那些繁重的工作。渐渐地，他竟将自己暗地里的政治操纵，甚至连自己的金钱交易都慢慢地透露给了亚伯拉罕。他还说他至今都在追悼他的妻子，虽然她已经死了五年了。她是被一根卡在喉咙里的鱼刺呛死的。虽然他的痛风仍未痊愈，且症状几乎一点儿也没减轻，格莱尔还是觉得自己在亚伯拉罕这里找到了真正的、值得信任的朋友。

截至 1779 年 7 月，治疗已经持续了六个多月。亚伯拉罕告诉格莱尔下个星期四不要来问诊了，还建议他可以去洗泥浴代替。亚伯拉罕说他想放一天假，一个人工作，专心测试新的治疗方法。市长尊重了他的意愿，那个星期四都待在了杰斐逊村。当晚上回到家时他已经精疲力竭了。泥浴几乎抽干了他所有的力气，于是他便早早地上床睡觉了。

星期五的早上，格莱尔如往常一样来到了医生的家中。可是亚伯拉罕却没守约。房子空了，医生消失了。大面积的搜寻也没有找到他。有人说那天在市长出发去杰斐逊村没多久之后，曾在市长家附近看过他。

直到那天晚上，格莱尔才知道为什么亚伯拉罕要如此匆忙地离开这座城市。坊间流言纷飞，每个人都知道亚伯拉罕偷进了格莱尔的家，打开了保险柜，掏空了桌上所有的秘密暗格，带走了他能找到的所有现金，还和市长的女儿克莱尔一起私奔了。这个十七岁的小女孩，拥有一头红发，美丽且天真无比。格莱尔绝望地挠着头，他大叫着，恶狠狠地咒骂着。第二天，他雇来了一名经验丰富的混血赏金猎人，让他去抓这对私奔者。赏金猎人苦苦搜寻了他们一年多。可他们总是能棋先一招，设下圈套，将追捕者诱向越来越荒芜的地方。

盘中美餐

当亚伯拉罕那天早上醒来时，也就是在他们用完了偷来的最后一笔钱后的第三天。他发现克莱尔不见了。她抛弃了他。

桌上放着一张纸条，上面是她幼稚的笔迹：

经过一年的逃亡生涯，我们不断地从一个糟糕的地方逃到又一个更糟的地方。我想我知道了什么叫作肉欲了。不过更可怕的是，和你在一起令我的灵魂枯萎了！

一路顺风。

克莱尔

亚伯拉罕气极了。然而，在经历了这么多挫折、不幸和意想不到的事件之后，他渐渐明白了一个现实，一个残酷却明显的现实：一个人不可能以一个逃离正义的亡命之徒的身份过一辈子。

他绝望至极，开始追悔起他人生中所做过的决定，像个绵羊般喃喃自语了起来：他的父亲从未关心过他，他的母亲那么弱势，也从来没向他展现过任何的依赖和喜爱。小时候，他的心就已经如铅般沉重了。伏尔泰讨厌他，从不向他传授知识。到了生命的最后，他竟然还是这么无知。他没感受过成功的荣耀，没征服世界，甚至都不知道一个来自于“好家族”的人到底有何骄傲。

他想起了海莲娜，她现在怎么样了呢？她还是跟她的丈夫在一起吗？还是与他分道扬镳了呢？他想象她还是那样的美丽，甚至变得更加美丽，美得不可方物了。她是他见过的最美丽的人。为了再次和她相伴，即使只有五分钟，他也愿意放弃所有，甚至他整个人生。

克莱尔回到新奥尔良的家中后，赏金猎人继续搜寻了亚伯拉罕几个月。不过仍是一无所获。

亚伯拉罕在克莱尔离弃他的几个星期后就离开了人世。他在佛罗里达的湿地沼泽里迷了路，最后成为了两只鳄鱼的口中美餐。

远在天边，近在眼前

欧洲有一种传统，就是子随父姓，这跟摩西嘱咐巴鲁克如何对天机保密时说的是一个意思。换句话说，在斯宾诺莎家族里，女性几乎是没有什么地位的。

有很长时间，我都以为在我们家族三十六代人中不曾有女孩诞生。然而，我错了，虽然我不知道这些女孩的名字。但回想小时候，她们中至少有一个人从遥远的历史里走到了我面前：萧珊娜。她虽已久离人世，却通过叔祖父的故事万分真实地活在我身边。

叔祖父跟我和萨沙说过，对第一个触动心灵的故事，人们总是记得最深刻，而且很少有其他故事能达到这种效果。这个故事会跟随我们一生，在我们的记忆里建起一座岛屿，不停地向我们招手。

我脑中的一座岛屿住的就是萧珊娜。叔祖父第一次提到她时说，她死了，但她的灵魂仍在我们身边盘旋，我们可以通过某种媒介与她交流——对于我来说，萧珊娜就如同我呼吸着的空气一样真实。我任由自己放纵在她的故事中。我想象自己也是这些故事里的一员，我还常常会梦到她。就这样，我深陷在叔祖父用他的故事熏染出的神秘氛围里不能自拔。我坚信萧珊娜能看到我，她正在天堂里冲着我笑呢。

叔祖父在我们很小的时候就将他和萧珊娜的神秘联系透露给了我们。他每个星期三的晚上都会去阿达尔贝特·纳迪森蒂的住所参加一个神秘的通灵组织——阿斯特拉。通过这个组织中一位知名的神婆，他与萧珊娜保持着密切的联系。阿达尔贝特·纳迪森蒂是一位弗洛伊德派的心理分析家，因为他的政治观和资产阶级身份，他曾被拘留在匈牙利东北部的斯大林再教育基地四年。释放之后，他被强迫放弃了自己的职业，为了生存他用尽了全力。他曾在阴暗潮湿的工人居住区的一个废品堆放厂当守夜人。

一开始，叔祖父试着和他那两个随着奥斯维辛大烟囱里的烟雾飘走的女儿说话。可他人生的第一次通灵仪式却只有一片寂静，他感到自己快崩溃了。正当他失望地从桌边起身要离开时，萧珊娜突然出现了，并向他转达了他的女儿们从另一个世界传来的问候。和她保持联系对叔祖父来说是非常重要的。

当他说起萧珊娜时，我能看见他眼睛里的泪光。我能够看见，在听着萧珊娜从另一个世界向他传来的那些隐秘真实时，他因喜悦而焕发的脸庞。这些真实的故事，他基本上都告诉了我们。然而，难道我就没看到过他曾对这些信息表示过任何质疑吗？我不记得了。也许有，只是我熟视无睹罢了。

多亏萧珊娜，叔祖父才得知了我们所谓的埋没在历史中的真相。这些故事从没在任何书本中出现过。古往今来，总有人能接触到纯粹的、毫无歪曲的真实；他们知道别人所不知道的事情；他们记得被人遗忘的奇迹；他们肩负起了我们所有人的苦难。作为一个孩子，我坚信费尔南多就是这样一个人。

年轻女子的教育

作为斯宾诺莎家孩子们的监护人，伏尔泰将五岁的尼古拉斯送到了修道院学校读书，将十四岁的亚伯拉罕送到了以严律和封闭式管理出名的寄宿制学校中。唯独只有萧珊娜和他一起留在了费尔奈的城堡里。

伏尔泰给她布置了很多困难的任务，而且对她要求非常严格。他认为这是他的职责，他要给这个女孩通常只有男孩才能得到的关心和教育。除了她生日的所有日子，每天十个小时，都有不同的导师耐心地教她拉丁语、希腊语、哲学、文学和数学。

伏尔泰花了很多时间在萧珊娜身上。他耐心地带领她进入宇宙与万物的知识领域，帮她理顺哲学历史的主要流派，他经常用几个小时的工夫为她讲解人类知识有哪些巨大进步，他跟她讲沙特莱侯爵夫人以及她的各种物理学观点，他还经常将自己对柏拉图的著作或维吉尔的诗篇的见解说给她听。每个星期都有一天，他会指导她写作，让她练习文笔；他教她如何用笔尖自然地写出酣畅淋漓的法语诗歌；让她练习说话用词的技巧。看到了她在言语表达方面越发成熟，他倍感欣慰。他们还一起讨论历史和医药学。伏尔泰有一副威严的面容和一双如鹰般锐利的双眸，萧珊娜在他这种博学多才的魅力当中非常享受。

伏尔泰在他的日记中写道：教育一个人，需要联合世间万物的力量。育人者就是世间万物的另一种新模范。

萧珊娜进入青春期就开始写文章了——这些原创作品现在还保存在巴黎法国国家图书馆收藏的伏尔泰档案中。它们主要讨论了以下几个主题：作为政治家的毕达哥拉斯，柏拉图的国家观，西班牙征服中美洲之前的玛雅文化，法国的文化革命以及阿西西的方济各[①]与鸟儿的对话。

她解决了很多数学领域中的难题，非常欣赏牛顿描述天体学和万有引力的《原理》。

她最感兴趣的领域还是语法与句法。她精通五种语言。虽然还是个青少年，她就已经能将希腊戏剧翻译成法语了。

尽管伏尔泰对她翻译的法文版的索福克勒斯的《安提戈涅》感到些许不满，他仍为其在法国大剧院安排了这出戏剧的首演。在著名的意大利导演雷蒙多·维斯普奇的指导下，由受万人崇拜的女星西尔玛出演此戏的大众版。掀起了公众的一片欢呼。

伏尔泰在写给斯宾诺莎夫人的信中说，她刚刚满十六周岁的女儿，“……天赋异禀；她的拉丁文能让西塞罗面上增光，她的希腊语即使放在阿勒奥伯格斯中也是数一数二。唯一可惜的是，她竟然是个女孩。”

① 阿西西的方济各，阿西西是意大利的一个城市，它是天主教方济各会的创始者圣方济各的出生地。据说圣方济各曾经对着鸟儿布道，鸟儿在他传教的时候围绕着他，被他的声音吸引，一只都没有飞走。

艾米丽和科学

萧珊娜想要翻译希腊戏剧的欲望有一天突然消失了，这一变化来得太过突然而出人意料。她开始潜心研究起了伟大的科学家所写的复杂却意义深刻的作品。她用了一整个春天的时间研究牛顿对热力学原理的第二篇研究论文。她研究、实验、做笔记，但她却没得到和这位英国科学家一样的结论。经过实地试验，她证明了运动中物体的力的大小与其质量成正比，且是其运动速度的平方。这个结论彻底推翻了牛顿的理论，否定了科学机构所提出的设想。

萧珊娜对自然科学发生兴趣的原因是多方面的。艾米丽·沙特莱是其中最主要的一个。她听伏尔泰提过这位著名的研究者，那时她就坚定了走向自然科学的决心。伏尔泰提到艾米丽的时候，声音总是特别柔和。他们俩曾做了很长时间的恋人，就算她已经去世很久，她的音容笑貌仍清晰地印刻在伏尔泰的脑中。对伏尔泰来说，艾米丽就是品德与智慧女性的化身。然而，当他们俩一同在光明与幸福的包围下抵达人生之巅峰时，一场意料之外的死亡带走了艾米丽。不用说，她的过世肯定给他造成了巨大的打击。

他说起了艾米丽的美丽和性感，她盈盈一握的腰肢和丰满的胸部，她作为法国第一位女数学家、物理学家和研究者取得了骄人的成就。

萧珊娜被伏尔泰对她的描述深深吸引了。她想知道关于艾米丽的一切。只要一有机会，她就会提起艾米丽的名字。然而，与此同时，萧珊娜也感到了一丝嫉妒的不快。她问自己，他眼中的她和我眼中的到底有何不同呢？萧珊娜想，你是我的爱人，而我才是你至死不渝的爱人。

萧珊娜过了十九岁的生日，她不再是个孩子了。她能听见自己脑海中的声音，有时她会突然奇怪地感觉到自己脑子里有一个缺口，一个必须被填满的缺口。它需要的是轰轰烈烈的爱情，让她能鼓起勇气拥抱伏尔泰，亲吻他，对他说："我爱你，我需要你。"她决定要用艾米丽来填补她脑中的缺口；她要成为跟她一样的人，将萧珊娜变成艾米丽，取代她，成为伏尔泰唯一的女人。

有时，她的良心会责怪她为何一定要将自己变成另外一个人。在她看来，这无异于一场自杀。然而有些时候，她都不知道自己到底是谁。她总是在自责。可是，她无法控制自己的心。每时每分，她都能感受到自己那种强烈的欲望——她要成为伏尔泰的挚爱。

梨树下

在临近法国与瑞士边界的费尔奈城堡中，伏尔泰开心地看着他的养女，她正坐在城堡旁边的一棵一百五十岁的老梨树下研究着热力学的原理。1768 年的初夏是伏尔泰这辈子最开心的时间。他买下了一座城堡，获得了伯爵的称号。那个时候的伏尔泰伯爵与世无争，将早年种种的尖锐争斗忘之于脑后。他在法国一个安静的角落里修身养息。为了继续推动自由主义和启蒙运动的发展，他为修改后的第五版《哲学袖珍词典》添进了另外十八篇新文章。此时，所有买了这本书的人都需要一个超大的口袋才能携带它。他闻名四方，受众人敬仰。他很健康，很幸福，无忧无虑，也不必担心收入。有时，他晚上醒来时会突然觉得很开心。他实现了他所有的梦想。没有什么能打扰到他这种和平而安宁的生活。

一个仲夏夜，伏尔泰来到花园里采了一篮子的鲜花送给了萧珊娜。为了庆祝萧珊娜终于写完关于运动物体的研究论文，他特地准备了一道煎炒腰花，搭配高级的葡萄酒作为当天的晚餐。他们碰杯时，伏尔泰再一次表现了他对萧珊娜的宠爱。他说自己会在巴黎的科学院院长，著名的让·巴普蒂斯特·费内教授面前提到此事。如此一来，萧珊娜的作品就能发表了，还能在秋季的物理学家年会上拿出来供大家讨论。

然而，在伏尔泰联系费内教授之前，他好意地想先修改掉文中几个很小的缺陷，加强一些论据稍有不足的地方。他并不是想削弱她观点的深刻性。这篇论文是独一无二的。然而，一篇文章总是会有一些改进空间的。

萧珊娜非常感激他。然而，她心里有个声音劝她礼貌且坚定地拒绝伏尔泰要帮她修改文章的提议。她非常相信自己的文章，她知道她的观察和结论都是无可非议的。而且，这是她自己的作品，她不想任何人碰它。可是，她却不敢拒绝伏尔泰，她不想得罪她的恩人。于是她转移了话题，又问起了艾米丽。当说起这位已逝的人生伴侣时，伏尔泰的心情立即低落了下来。他双眼出神地凝视着前方。经过了这么多年，他还是能听到艾米丽在他耳边的低语。萧珊娜认真地听着。她想从伏尔泰的叙述中找到一句关于她——萧珊娜的话，哪怕是最无关紧要的一句也行。

暗夜的呼吸

萧珊娜躺到床上之后，感到温暖的晚风透过敞开的窗户吹进屋来，抚在她的皮肤上，再加上红酒残留在口中的丝滑感，她年轻的身体里某种热情好似觉醒了。这种热情无从说明，无法言喻，总之这跟她以前体会到的全然不同。

她下体的暖流是性欲发起的危险讯号，她知道，这会引她走向疯狂。即便如此，她仍是用自己的指尖摩擦起她左边的乳房。她全身因欢愉而颤抖着，她感觉自己的皮肤上布满了鸡皮疙瘩。她觉得快乐极了。她闭上眼睛，想象着伏尔泰的手，灵巧地、温柔地、完美地划过她裸露的皮肤。欲望让她颤抖起来。

她很清楚罪孽深重者必定会下地狱。她去拜访日内瓦的红衣主教卡洛斯·费力茨时，他经常这么告诉她。可是，她知道所有因为爱而不顾等级、性别和年龄的人都有资格获得幸福——这也是伏尔泰教给她的。

所以，她毫不犹豫地、理所当然地任由自己的身体去反应、去索要、去追寻、去争取它想要的一切。她深陷于伏尔泰的男性魅力、他的正直、他的优越感以及他成熟的思想中。她想用双手拥抱伏尔泰，让这个她用全身心去爱的男人也品尝到她女性的甘甜。

萧珊娜从床上爬了起来，安静地走向伏尔泰的房间，小心翼翼地打开了他的房门，偷偷注视了他好久。接着，她褪去了她的睡衣，爬上他的床，抚摸他的脸庞。

伏尔泰突然惊醒了。躺在他旁边的萧珊娜并没有让他感到惊吓。他当下便知道她想要做什么。他开始上下打量起萧珊娜。她才十九岁半，她很瘦，甚至有些皮包骨，她的胸部还未发育完全。她不太漂亮。但长相并不是重点，重点是他的身体对她根本没有反应。他温柔地告诉她，作为一个年长的、体弱多病的男人，他已经无福消受这种鱼水之欢了。说着，他便朝她露出了一个非常温柔而饱含歉意的微笑。

“我的孩子，”他一边说一边温柔地将她搂到怀中，“你这个年纪是最适合做爱的。我们必须要找到一个适合你的男人，这样你才能和他分享那些太过短暂的愉悦瞬间。

伏尔泰的婉拒伤了萧珊娜的心。她将头埋入了他的双手中，抽泣了起来。

巴黎的家中

第二天，伏尔泰让自己的秘书瓦格尼尔去雇了一辆马车，准备前往巴黎。他让萧珊娜将她的衣物整理到了两个大行李箱中。他们在午饭时离开了费尔奈，踏上了贯通南图和第戎的大道。途中，他们换了四次马匹。有一次，因为一个车轴坏了，他们在特鲁瓦城外等了好几个小时。

五天的旅途中，伏尔泰和萧珊娜都没说话。坐在只能听到对方呼吸的车厢里，两个人却都一言不发，这让他们觉得非常尴尬。不过他们更希望能以什么事都没发生过的心情开始对话。

屋外的敲门声让斯宾诺莎夫人吃了一惊。她住在皇宫附近的公寓中，并不太欢迎访客。虽然现在已经是下午四点了，她还只是穿着一件五彩缤纷的晨袍。看到伏尔泰和萧珊娜出现在了自己的家门口，她并不太热情，因为之前并没有人就此询问过她的意见。她的原则就是不沾一点儿麻烦事，并且她非常讨厌别人打扰到她舒适的生活。

伏尔泰想要和她单独谈谈，他让萧珊娜暂时回避一下。他简略地阐述了目前的情况，并强调说再让这个年轻的姑娘跟自己住一起，对她的身心都是不利的。他坚定地望着斯宾诺莎夫人，因为他知道一直以来她对自己的女儿是多么的冷漠。他坚决要求萧珊娜搬回来和她母亲同住。

伏尔泰的话让斯宾诺莎夫人彻底混乱了。她从没想过要来接管自己的女儿。萧珊娜对她，就如同陌生人一般。她觉得，就算只和女儿住几天，她的生活也会变得糟糕透顶。不过她不敢反对伏尔泰。

“这样很好呀。”她亲切地笑了笑。为了掩藏伏尔泰这番话对自己的打击，她尽力克制着自己的情绪。第二天早上，这对母女俩就爆发了一场争吵。“萧珊娜，我受不了了！”斯宾诺莎夫人歇斯底里地叫道。那天一早，她的女儿就把自己锁在卫生间，跪在地上，不停地哭泣着。她母亲看到此却是毫无头绪，不知道自己该做些什么。她觉得只要这孩子哀嚎般的哭声不结束，她就会彻底疯掉。几个小时后，萧珊娜从卫生间里出来了，可情况却一点儿也没好转。她告诉自己的母亲离她远点儿，还说被囚禁在这栋房子里跟在监狱里服刑没两样。

后来的几天，斯宾诺莎夫人一直在责备萧珊娜，怪她毁了自己的生活。另一面，萧珊娜也在不断地斥责她没有一点点母爱和同情心。这两个女人之间不间断地就会爆发一些毫无意义的争吵，善良的老仆吉尔伯特不得不介入其中当和事佬。他批评了这对母女，劝她们要彼此忍让，这样她们的生活才能更好过一些。

吉尔伯特建议斯宾诺莎夫人给伏尔泰写信，让他出主意解决她们母女间的矛盾。她采取了这个建议，却不知道怎么写。于是，这位老仆一边看着她写，另一边就立刻把她的语言翻译过来。首先，他催促她要提醒伏尔泰将萧珊娜的论文送到科学院院长手中，也许只有这样才能让萧珊娜开心起来，而不至于连续哭个几天几夜或是停下来和她母亲争锋相对。他说必须在信中强调，只有科学调查的规律性才能缓和萧珊娜敏感脆弱的神经。

讨论会

如往常一样，伏尔泰很快就采取行动了。他将萧珊娜的作品和一封热情洋溢的推荐信送去了科学院。

学院院长让·巴普蒂斯特·费内对伏尔泰敬重有加，他一拿到这篇文章就开始坐下仔细研究了起来。他看这篇文章的眼光虽严格却不乏客观，仅是阅读了几页之后，他就惊讶得合不拢嘴了。他从来没看过如此大胆、个性且理解全面的论文。他真希望这是由一个年长的男人写出来的。这样的话，人们肯定会更容易接受那些经验主义的实验结果以及斩钉截铁的理论总结。他担心这篇文章会掀起激烈的争议。对牛顿作品的批判是极度冒险的，这点毋庸置疑。费内相信写这篇论文的年轻女性一定是个实在且认真的研究者。他明白她的分析都是正确的，而这篇文章甚至能颠覆物理学的一则基本原理，进而掀起这个世纪最轰轰烈烈的一场科学争论。有一瞬间，他非常想将这些手稿扔进火炉里，看着火焰将其吞没。但他忍住了，这是一个高尚的科学家必然的职责。然而，他明白自己有很多同事会迸发出烧掉它的冲动。他知道学院里的咨询委员会一定会想方设法地阻止这篇论文的发表，让那位年轻的女性收声。而他将会因为毁掉了一个可能成为世纪之最的科学发现而遗臭万年。他迅速地权衡了当下的利弊后，决定不通过委员会，而是直接将这篇论文送到出版社。

入秋时，这篇论文以《斯宾诺莎所作的针对运动物体的力学论文》发表。四名主流物理学家作为科学专员被邀请至法国科学院最高雅的区域——卢浮宫，在院长让·巴普蒂斯特·费内的领导下对这篇论文展开讨论。经过刻意的隐瞒，这四人都不知道此论文作者的性别及年龄。

在人头攒动的房间中，有记者、物理学家、巴黎大学整支自然科学系的相关人员、两名皇室高级代表以及荣誉宾客——法兰西学院的常任秘书长达朗贝尔。萧珊娜则由伏尔泰陪同在座。

在院长费内发表开场致辞时，他有些过于恭敬地介绍了皇家物理学会年会中第一篇作为讨论对象的论文的作者。很多人的脸上都出现了惊诧的神情。

“萧珊娜·斯宾诺莎，呃哼……”

萧珊娜站了起来。伏尔泰在一边小声地提醒她注意自己的姿势。观众间开始大范围地窃窃私语起来。一个女人？没人想到还有这出。而且，这么年轻！在这所学院的会议室所举行的会议中最小的参加者，她能和谁相提并论呢？讲台上的四位物理学家已经傻眼了。

伏尔泰知道那些老一代的科学家，很多人都被偏见所蒙蔽，是根深蒂固的仇视女性者。他们接受不了一个女性科学家站在他们面前。艾米丽生前所受到的侮辱，他现在还记忆犹新。他站了起来，向主持人费内恭敬地强调道，当法兰西的物理学家在审视科学知识的新发现时一定要开放思维，保持公正。

看到四位物理学家脸上怀疑的神情，萧珊娜就知道他们肯定会强烈谴责她的结论。这些德高望重的男士们一定会找出各种借口驳回她的论文。她年轻，又是个女人，这一点已经给他们提供了最好的理由了。

巴普蒂斯特的女婿是四位物理学家中最年长的，所以由他先与萧珊娜对话。面对并不貌美的萧珊娜，他一开始便让她向万能的上帝发誓，所有这些计算都是由她自己独立完成的，是她本人写了这篇论文，而不是伏尔泰。

伏尔泰怒了。他立马起身抗议，强烈要求不能在如此严肃的科学论会上暗讽他人。然而，费内主席驳回了他的要求。

萧珊娜的反应说明了这一无理要求对她而言是多么的侮辱。她脸色苍白，低下了头。很显然，她不喜欢与巴普蒂斯特对视。大厅里的每个人都在等待她的回答。在她开口之前，时间仿佛是无止境的漫长。

“很遗憾，我拒绝，”她低声回答道，“对我来说，这关乎良心。”她向观众说她一直觉得将生命贡献给发掘未知的自然是她的使命；她希望自己可以用科学的方法挖掘真相，将世间万物理解透彻。

“研究者最了不起的特质就是愿意去质疑，”她说，“这也就是说，我们不能只抱着偏见和时代偏爱的理论过活。所以我不喜欢听信可以解释所有自然现象的理论，不相信有能解决一切问题的通用模式。我们应该学会质疑它们。”

她停顿了一回，环顾了一圈大厅。

“若我们赋予某位未知的上帝控制世界的绝对权利，那么科学研究就不可能会得到发展。我反对将上帝作为科学领域中支配一切的最高君主。对我来说，上帝不过就是一个词语，我不会向任何连我自己也不相信的东西发誓。”

巴普蒂斯特抓着头，说道：“所有人，包括理性的科学者都不能否认自然之造物主的存在……”

萧珊娜没让他继续说下去，她迅速地打断了他：“没有哪位科学者应当如此盲目，如此愚蠢地坚称上帝的存在是有科学依据的。”

著有知名的磁力学论文的皮埃尔 · 德尔佩什反对道：“斯宾诺莎小姐未免太过放肆了，她竟然以为自己能纠正牛顿的力学理论。这完全是年少气盛、缺乏理性的表现。然而，否定上帝的存在是绝不能宽恕的，应当严惩不贷。”

艾伦·吉拉德是四位物理学家中最年轻的，他好像完全失控了。吉拉德站了起来，食指直指萧珊娜，怒气冲冲地叫道，这位犹太女人竟然质疑这个社会的构成基础，甚至挑战了最高的王权。应该立刻把她关到巴士底狱去。说完，他稍稍冷静了一些，却仍是不乏讥讽地朝萧珊娜说道，在整座大厅的物理学家面前的人，不是一个科学家，而是一个犹太女巫。

另外三位物理学家互相交换了一个得意的笑容。同时，大厅里爆发了一阵阵掌声,有人还欢呼地吹起了口哨。伏尔泰气不过,不住地摇着头。

萧珊娜还没完全领会吉拉德的意思，但她知道审查已经结束了。她感到很无助，她意识到自己面对的是这些年长人士所认定的规则，所以她早就被定罪了——因为她很年轻，她是个女人，一个犹太人，但更多的是因为她胆敢出声质疑前人的智慧结晶。所有的事情都毫无意义了。前几分钟，她还以为自己将迎来一段崭新的生活，可现在她突然明白，她所能做的最理智的行为就是放弃。台上四位物理学家自满的神情和得意洋洋的样子深深地打击着她。他们不讲理地侮辱着她，让她畏缩羞愧。倒不如直接打她一巴掌来得轻松一些。她转过了头，以求避开这些伤害。

费内主席接着说，吉拉德先生的行为看上去也许夹带了过多的个人情感。他知道曾有一次，吉拉德因为不小心说了一些话，导致了别人误以为他对犹太人深恶痛绝。然而，费内说，他并不想指责他的同事。他很努力地让自己的话听上去很客观。跟其他德高望重的人一样，他知道维持一场会议的秩序是非常重要的。为了不让这场会议演变为闹剧，他在未过问那四位物理学家的情况下，就自发地总结道——不论如何，学院都不会通过萧珊娜·斯宾诺莎的论文。作出这一决定的原因，他却一字未提。

观众们热烈欢呼了起来。那四位物理学家也不禁拍手称好。只有少部分年轻的学生表现出了对费内这一结论的不满。达朗贝尔坐在荣誉席位上，眉头紧锁。

圣日耳曼的郊外

萧珊娜和伏尔泰很快就离开了大厅，在卢浮宫内漫无目的地走着。萧珊娜突觉一身激灵。她停了下来，闭上了眼睛，深呼吸。

她的母亲已经在家里安排好了一场不大不小的欢迎会，并请来了很多宾客一起庆祝她女儿喜获殊荣。萧珊娜不敢去面对那些人。她心情很糟糕。于是,她跟伏尔泰说想乘车去他位于圣日耳曼郊区的住所待一阵子。

当他们抵达后，伏尔泰倒了一杯酒，竭尽所能地安抚萧珊娜。他说可能是自己太幼稚了，竟然会以为那帮老派的物理学家能接受她的观点。她所推导出的这些结论威胁到了他们一直坚信不疑的物理学原理。而且，她写的文章语言优美，那些体会不到法语韵律的人怎么能欣赏得了呢。然而，伏尔泰坚持认为他没有看走眼。所以，他决定将这篇论文送到博洛尼亚大学的一位意大利的物理学教授那里。那所大学思想开放，是更适合开放地讨论新观念的地方。

萧珊娜很感激他的支持。突然，她觉得一股异样的气氛笼罩了这间屋子，红酒的后劲让她血液沸腾起来。她起身，向伏尔泰靠去。他正舒服地坐在躺椅中，她慢慢地接近他，直到胸部和他的脸只有分毫之隔。她解开了自己的上衣，脱掉了背心，露出了她不算丰满的胸部。看到此景，伏尔泰的脸上充满了惊讶与欲望。那对胸部正期盼地颤动着，让他无法移开眼去。他闻到了她身上年轻的芳香；他沉醉在这气味中，向她贴近。他的心脏开始狂跳，他沉睡已久的男性欲望又再次燃起。他很吃惊，他本以为自己早就失去了这种能力。可现在他却觉得自己能为她带来她渴望已久的欢愉。他开始抚摸她的胸部，从未如此小心翼翼。他的手指滑过她的唇，她的颈，他的手掌落到了她的臀。他向前一倾，咬住了她左边的胸部，亲吻着，吮吸着。他的嘴里已经没有多少牙齿了。他温柔得就像个婴儿。感受到他在她胸前的动作，萧珊娜浑身都颤抖了起来，她能感觉到自己下体的暖流。他将她放倒在躺椅上，扯掉了她的裙子，小心地找准了他的位置。他眉头紧拧，呻吟着，突破了关口，进入了她的身体。“小心！”他叫道，这更多的是在提醒他自己。这就是她最想要的一切。他们的身体紧贴在一起，缓慢地前后运动着，时间很快就过去了。

当他们占有了彼此后，萧珊娜觉得自己成了世界上最幸福的女人。伏尔泰帮她穿好裙子，接着送她上了回她母亲家的马车。

毫无回音

第二天，伏尔泰寄了一封信到萧珊娜的家中。她忐忑不安地看完这封信。伏尔泰说，昨天发生的一切让他惊骇不止。他为自己的软弱而感到羞耻。他竟然任由那如饥似渴的欲望战胜他的理性，搅乱他的情绪。即使这一鲁莽的行为只持续了不过几分钟，他也觉得这非常可耻。他为自己不适当的举止向她致歉。像只发情野兽般的作为，实在不适合他这个年纪和身份的男人。他希望他们双方都能忘掉这件事，并暂时保持距离。

心烦意乱的萧珊娜将这封信读了不下十遍，仍不想接受这个现实。她躺在床上，试图舒缓昨天自己在伏尔泰的臂弯中感受到的那种短暂的愉悦。她抚摸着自己的胸部，在自己的双腿间来回拨弄，将自己送上了高潮。她的整个身子都在颤动。她不知道这是因为狂喜，还是因为对自我的憎恶。

过了一会儿，她又重新坐回到了镜子前。她目不转睛地看着镜中的人，却是一副完全陌生的面孔。她害怕极了，因为她从未看过这张脸。那双眼睛里充满了悲哀，痛苦与困惑。那不可能是她的脸；这一定是别人的，一个她不认识的女人。她绝望地想赶走这张陌生的痛苦脸庞，可它仍没有离去。最后，萧珊娜打破了那面镜子。

萧珊娜只睡了几个小时，接着她就振作了起来，开始给伏尔泰写信。她乞求他接受她。是他点燃起了她的激情，她绝对不要离开他。

一个小时候，这封信被原封不动地退了回来。

接下来的两个星期内，她给伏尔泰寄了十八封信。每一封都有那三个字：我爱你。

所有的信都被退了回来。伏尔泰一封也没读。

冷冻的梦

看到心爱的男人舍弃了自己，萧珊娜觉得分外羞耻，难以忍受。她非常抑郁，她觉得自己的生命已经毫无意义了。她没了胃口，除了茶什么也不要。她变得越发瘦弱。她的双颊都陷了下去,眼睛也瘦得凸了出来。

家中的老仆吉尔伯特看着萧珊娜悲伤的神情，他知道和伏尔泰的决裂摧毁了她的精神。他想要安慰她。他说她没有哪位朋友能比得上伏尔泰。他聪明，老练，几乎见识过了整个大千世界。他可以给她提供绝好的建议。可是，他已经七十二岁了。萧珊娜能有个像他这样的父亲，才应该感到幸福。而任何一个有点儿理性的女人都不会想让伏尔泰成为她的爱人。幻想着拥有他一点儿意义也没有。吉尔伯特，一个生长于大西洋沿岸的布列塔尼人，将这种幻想比喻成跳入前翻后滚的波涛中游泳。这可算是智慧箴言，可萧珊娜却一点儿也听不进去。

秋日明亮的日光洒进了萧珊娜的房内，可她却觉得自己跌入了一片阴暗的世界。她失去了活着的意义。有时候,她甚至就想这么枯萎再死去。

到了十一月，她发现自己怀孕了。

吉尔伯特让斯宾诺莎夫人喂萧珊娜吃混着糖浆的苹果，以维持生命。她用勺子喂她，但萧珊娜全都吐了出来。

那年十二月，天特别冷。天空下起了鹅毛般的大雪，结了冰的污水覆满了巴黎的街道。冬天的气候仿佛在向萧珊娜诉说着无望的人生和一场冷冻的梦。

圣诞夜那晚，她流产了，出了很多血，还发了高烧。母亲用湿毛巾捂住她汗湿的额头。在烧得迷迷糊糊的时候,萧珊娜还喊了伏尔泰的名字。他们年老的家庭医生维兰科特给她做了一遍检查后，表示自己也无能为力，因为她已经丧失了生存的希望。退烧后，萧珊娜又再次陷入了无尽的悲伤之中。她憎恨周围的所有人，所有事物。五个星期了，她没有开口说一句话。

一月初的一个早上，她母亲出门去拜访了一位富翁，还试了一顶新帽子。萧珊娜在家突然觉得一股寒意袭上了她的身体。她僵住了，费了好大的劲才从床上起来。她的体力好像在渐渐地消失。

她慢慢地、极为小心地将床单两头紧紧地系了起来。接着，她穿上一袭红裙，爬到凳子上，将床单挂在横梁上的一个挂钩上，然后将头放了进去。她挺直了身子，好像想说些什么。然而，紧接着她拉紧了床单，踢翻了凳子。一股强烈的战栗感流遍了她已然枯萎的身躯。

博洛尼亚和物理学

1772 年 1 月的一天，夜晚降临，博洛尼亚学院的上空绽放了一朵朵烟花。这是萧珊娜死后的第三天。也许和四十年前为庆祝劳拉·巴斯成为这座欧洲最古老的文化之都的第一位女性教授而举行的烟火仪式相比，这根本不足为奇。然而，这还是一场能让人印象深刻的烟火表演。

上百枚烟火冲上了天空；它们在半空中爆开，于黑暗的苍穹上绽放出了朵朵美丽的百合花。这一切都是为了庆祝萧珊娜的论文被社会正式承认了，而她也在死后被选为了博洛尼亚科学院的一名成员。

伏尔泰就站在这些围观的、欢呼雀跃的人群中。看着漫天的烟火，他双眼满是泪水。

物理学席卷了整个 19 世纪。皇室也开始关注物理科学，逐渐壮大的资产阶级也对这一领域的成果尤为注意，报纸上介绍了许多主流的物理学家：安培、法拉第、欧姆、沃尔特，称他们为这个时代的伟大英雄。任何靠着自己的力量做出重大发现的人，他们的名字都深深刻在了民众的脑子里，同时一个以他们名字命名的计量单位就会出现。相比之下，萧珊娜·斯宾诺莎的名字却从人们的记忆中消失了。

物理学领域最伟大的突破性发现应当是在 1905 年。当时一位受雇于伯尔尼专利局的年轻人，在德国的物理学月刊《物理年鉴》上发表了四篇文章，这立即就引起了世界各地的科学家们的呼声。他的名字叫阿尔伯特·爱因斯坦。现在，后悔已晚。世界总在变化。

爱因斯坦的第四篇文章和萧珊娜的故事有某些特殊的联系。这篇文章主要解释了物体质量与能量的关系，并提出了著名的公式 $E=mc^2$（在这个公式中，E 代表能量，m 代表物体的质量，c 则代表光速）。他的这一公式正好证明了萧珊娜当初的计算是正确的，她的理论也是可行的。

尼古拉斯

尼古拉斯诞生的几个小时之前，萧珊娜的父亲送给她一件红裙子，作为她的生日礼物。命运真是神奇，在她五岁生日的时候，她的弟弟竟也降临到了人间。

自从母亲带她去法兰西剧院观看了让·拉辛的悲剧《费德尔》之后，她便惦记这条裙子好几个月了。斯宾诺莎夫人想培养女儿对希腊古典戏剧的兴趣。她向其介绍说拉辛的故事都是以希腊神话为背景的，而且大量借鉴了他的老前辈欧里庇得斯的作品。欧里庇得斯与拉辛的观点却完全不同，他的写作风格更为保守。这部戏剧描述了一位女王，因为爱上了一个不该爱的人，而最终选择结束自己的生命的故事。可是，萧珊娜太小了，她无法理解这个故事。整场演出下来，她一直都在盯着女演员西法拉表演时穿的那件红裙子。萧珊娜也希望有一天自己能有一条那样美丽的裙子，它将会使她成为女王。

五岁的萧珊娜为父亲送的这件生日礼物感到尤为自豪，她急切地想向母亲炫耀。斯宾诺莎夫人那天一直关在房里，将她的女儿拒之门外。萧珊娜站在外面，试图看母亲一眼。然而，每次家里那位维兰科特医生或是随他而来的那些陌生女子们进出房间时，门很快就会关上。

萧珊娜听到门后传来了抽泣、尖叫、哭喊和呻吟的声音。她不知道这个声音是谁的，所以她问是谁在哭。“走开！”她父亲答道。他正在外面的大厅里来回走动。只有家中的老仆吉尔伯特温柔地回答她。她说她的母亲正在生孩子，家里面来的这些陌生人都在努力帮她。

突然萧珊娜听到了一声尖叫：“我的妈呀，我的妈呀！[①]”这哭号变得越来越大。萧珊娜意识到这是她母亲的哭声，她吓坏了。

几分钟后，她被领进了房间。那些陌生的女人们正在里面走来走去，脸上都挂着笑容。得意的父亲开心地笑着，举起新生的婴儿好让所有人都看到。看到这个孩子的第一眼，所有人都惊呆了。

---

① 原文为西班牙语。

"您的儿子，"赫克托耳一边说，一边转向了他的妻子，她正躺在床上，脸色苍白，"的确是斯宾诺莎家的人呀。瞧瞧他这只大鼻子。他真漂亮，简直是完美的小孩。"

尼古拉斯是兄妹中唯一有音乐天赋的。他还是个小男孩的时候，就用绝美的嗓音征服了家里的所有人。他父亲去世时，他才五岁。后被送到圣苏比教堂的教会学校，就在伏尔泰家的旁边。这是一所寄宿制学校，专门培养费尔奈方济会修道院的唱诗班少年。

他母亲并不太乐意看着她的儿子——一个来自于好家族的犹太人穿着唱诗班的长袍，带着四角黑帽，从晨祷到晚祷，一整日都待在教堂里。

然而，伏尔泰却劝她道："这个孩子有音乐天赋，我们应当竭尽所能地开发他的潜力。如果，他碰巧能学到大量的基督教精华，这也不失为一件好事；有朝一日，这些知识肯定能派上用场，让他接触到更优秀的社会阶层。夫人，你了解这个国家的。一个人的能力是不能被埋没的。如果我们在印度，我肯定会让尼古拉斯拿起鞭子去赶牛。可在法国，他要拿起的是十字架。我们俩都希望他能加入高尚的思想家的行列。这些人因为他们的智慧、见地和宽容而得到人们的尊敬。文化的最终目标就是个人的进步。"

对尼古拉斯，伏尔泰倒是很直接。他并没因为男孩的年幼而留有情面。"你应该将我当作榜样，而不是你的母亲。这是为了你好。你必须得忘掉自己犹太人的身份。这么做才能更有利于你的未来，你才能被他人接受。等着吧，有一天你将会成为万人敬仰的哲人。"

修道院里的犹太人

就在费尔奈向西几英里的塞吉村内，利昂·芬克尔一个人带着他的五个女儿生活着。他们是这片区域中唯一的犹太人。每个人都认识他们，因为芬克尔经常在周边邻里走动，贩卖着各种各样的物品。应贵族的要求，他会帮他们审查一些古董条约，并将针对农民们的义务翻译出来。一般的平民都觉得他是一位诚实且可靠的人。

一天，他的大女儿，十九岁的奥莱丽说她想加入天主教，因为她在梦里见识到了上帝的荣光。她希望可以得到父亲的祝福。这位虔诚的犹太人随即将自己的恐慌倾诉给了伏尔泰。伏尔泰回道："芬克尔先生，我唯一能给你的建议就是想想看你最看重的是什么，你的信仰还是你的女儿。"一旦换了一个角度，芬克尔很快就作出了决定。伏尔泰答应帮助奥莱丽进入圣泉薇女修道院，请多明尼克的修女帮助她举行入教仪式。

几个月后，在附近的另一所修道院中，三名僧侣在告解中承认自己犯了色戒，和一名叫奥莱丽·芬克尔的犹太女子发生了性关系。后来，人们还发现另有两名僧侣在和这个年轻女子过了一夜之后就失踪了。

路易斯·蒙特尔是负责这个区域所有宗教组织的人。他决定彻查此事。他派了一位亲信去往圣泉薇进行调查。

此亲信返回之后，说修道院的主持修女已经承认了这则谣言。她说自从这个犹太女人来了修道院，特别是当她疯了之后，修女们的态度就产生了极为消极的变化。几乎每天早上，她都会突然歇斯底里地哭起来。到了晚上，她又像个疯子似的在走廊里来回走动，她还经常在那里脱掉自己所有的衣服，恳求别人鞭笞她。她经常和魔鬼通话，她每一天都在祈求能有一个真正信仰基督的人和她上床。然而，更糟糕的是，她竟然向修女们散布谣言，说教堂是统治者控制众人的傀儡。这一言论已经开始动摇了某些修女的信仰了。

蒙特尔不可置信地听完这番报告后，立即就动身前往圣泉薇。趁她害更多的修女和僧侣灵魂受到污染之前，他下令将这名犹太女子赶出了修道院。命令发布的当晚，她就被遣送回了家，惊骇不已的利昂·芬克尔将她锁到了地下室里。

两天后，等父亲外出时，奥莱丽逃出家门，跑到了市广场上。她开始大声地宣告耶稣回来了，不过他却在尝试水上行走时淹死在了附近的一口湖中。她强烈地呼求一名真正的信仰者从后面进入她的身体。一群围观的人聚集到了这里。一个女人尖叫着，说她篮子的蔬菜在这个犹太女人喊出耶稣之名的时候立马就腐烂了，所以要赶快让她闭嘴。另一个女人大声宣告说自己早就梦到塞吉村会引来一场瘟疫，这就是让犹太人居住此地的惩罚。几个男人满脸凶相地向奥莱丽走来。

当奥莱丽父亲回到家后，发现他的疯女儿不见了。他找了她好几天，最终在修道院附近的一口井底找到了她的尸体。验尸官发现，奥莱丽的肚子和肺里都没有积水的痕迹。在给宪兵队的报告中，他提出奥莱丽并不是淹死的，而是谋杀，而且她已经怀孕了。

谋杀案一般的调查步骤是先让当地人提供目击证明，给出他们所怀疑的嫌犯的名字。可这件案子却没有这么做。星期日，主教蒙特尔来到了塞吉的教堂里，宣布要惩罚谋杀犯犹太人利昂 · 芬克尔，指控他不仅杀了自己的孩子，还是耶稣受难的帮凶之一。

第二天，利昂 · 芬克尔的逮捕令就发布了。多亏一位邻居的警告，他才得以及时逃走，跑去了巴登－符腾堡。他非常后悔自己听了伏尔泰的建议，根据自己的心意做了决定，谁知道却引来如此巨大的灾难。

伏尔泰让自己的秘书瓦格尼尔送去了一封信，想要帮芬克尔澄清罪名。他以前都是这么做的。然而，芬克尔的畏罪潜逃被当成了有力的犯罪证据，于是在他未出席的情况下，就直接被判了死刑。

圣苏比教堂的神学学校有一则通规 —— 拒收犹太人。这是因为主教雨果 · 蒙特尔清楚地记得芬克尔的那件案子 —— 就是十年前，一位犹太女子差点毁掉了整座圣泉薇修道院的名誉。他之所以如此了解这件事，是因为当时掌管这一区域宗教组织的正是他的亲叔叔。所以，在收到日内瓦主教卡洛斯 · 菲利斯阁下的信件后，他极为不情愿地为尼古拉斯破了例，招收了他。信中，菲利斯强烈希望能由他们学校来指导伏尔泰的养子学习基督教义。虽然没人敢将反对说出来，但学校里的老师和学生的家长都非常不高兴地看到，一位犹太男孩出现在这所高门槛的天主教寄宿学校里。

尼古拉斯一辈子都记得他被伏尔泰的随从送到修道院的那一天所产生的恐慌。他一下马车就突然感到了一股心悸，他看到了巨大的主教学楼；当他站在食堂的窗户旁时，一些严肃的僧侣正恶狠狠地盯着他。伏尔泰说过这里的人善良亲切，可现在看来，却好像完全相反。

在和蒙特尔会面的时候，这位身材特别结实的秃头主教一直带着明显厌恶的口吻刺探着他。尼古拉斯觉得自己仿佛被钉在了椅子上，他想尽量表现得开心和坚定一些，然而心里却在呼喊着萧珊娜的名字。她总是能让他感到安心。他的眼泪在眼眶中打着转，他很强烈地感觉到这里并不欢迎自己。

第二天最后一堂课上，尼古拉斯坐在位子上出了神，没有认真听讲。这被眼尖的老师发现了。

“我非常以你们为傲，”老师说道，“所有人，除了你。我刚才说的耶稣的人生故事足以引人入胜，可只有一个男孩没有认真听。只有他整堂课都在那里坐立不安，咬着指甲。他为我们整个班级带来了耻辱。”说完，他重重地停顿了下来。尼古拉斯还在想被批评的这个人是谁。“你，尼古拉斯·斯宾诺莎，我们的新同学，一个犹太人。你的行为是如此可鄙。我还没见过谁的注意力能这么不集中，也没见过谁能像你这样如此不屑于耶稣所遭受的苦难。你刚才的行为不可原谅，怪不得别的男孩都不愿意和你扯上关系。”

老师撇了撇嘴，其他的孩子都满眼厌恶地看向了尼古拉斯。

第二天，他在学校的操场上受到了侮辱。一个年纪稍大的男孩假装要同他握手，却用力地拽住他，让他跌到了地上。仇恨的攻击还没结束，尼古拉斯又被狠狠地踢了一脚。他爬了起来，却站不稳，眼泪止不住地流下来。那个男孩，一看就是这群人的首领，他狠狠地打了尼古拉斯一巴掌。这一巴掌掀起了围观者的一片欢呼。

即便很多年过去了，尼古拉斯仍是不断地被其他同学骚扰。他总是一个人，在学校里也没有朋友。在僧侣们鄙视的言辞和其他男孩面前，从未有人为他挺身而出。有时候，尼古拉斯很恨自己是个犹太人。因为这个身份，他是如此的不堪一击。

漫长的游荡

到了十三岁时，尼古拉斯进入了青春期，开始长胡子了。根据圣苏比教堂神学学校的规矩，他在毫无准备的情况下被要求离开学校。

他感到很丢人，却不知道要去哪里。从萧珊娜的来信中他得知，她已经从伏尔泰家中搬了出来。他也不想一个人住在伏尔泰的家里。他一边哭，一边收拾好了他的衣物，接着迎着十一月的冷风，他踏上了去往巴黎的路途。

他经过了一片荒凉的区域。这里的森林处处散落着贫穷的村庄和农场。只有沿着河岸的土壤还算肥沃，能找到些许人烟。他看到一群没人看管的奶牛在河岸边走动。这里几乎天天下雨。他发了烧，很难分辨前路。他觉得自己可能已经迷路了。有时，他甚至会怀念起修道院里禁欲的生活，那里严格却固定的日常作息以及教堂里管风琴的音乐。然而，这些渴望很快就会消失。

他礼貌地向所有路过的人询问去巴黎的方向。有些人会回答说不知道，但大多数人都只是一言不发地绕开他走了。十二月初，他遇到了一位年迈的神父。他在尘土满满的路上给尼古拉斯画了一张地图，然后抬起手杖指向远处的地平线，让他沿着村庄间的小路一直走，然后向每个村庄里的神父问问路。老人忠告他不要忘了每天都要感谢上帝的指引。尼古拉斯点了点头，然后继续向西赶路。

一天接着一天，尼古拉斯很快就发现了他的旅途规律。每天早上，他都能很轻松地跑完全程。这是他精神高度集中的时候，不容易走神。但早上一过，疲惫感袭来，脚也开始疼了起来，他的精神就有些飘忽了，头脑也不再清晰。到了晚上，他就会找一些果园，在里面睡上一觉。

十二月末，他已经离巴黎不远了。远处，已经能看到巴黎圣母院的轮廓。他放下行李，一动不动地在原地站了好久，然后靠向身后的大树，他太想家了。

尼古拉斯永远不会忘记当他抵达母亲的公寓，脱掉鞋子后看到的景象。他的脚底黑了一片，这颜色深深烙印在了他的皮肤中，已经洗不掉了。他的脚底干得蜕了皮，发出阵阵恶臭，连虱子都给熏走了。他看着镜中的自己。四个星期的漫长旅途让他瘦了二十五磅。看着镜中那张瘦削的脸庞，他被震住了。他觉得这场游荡之旅塑造了一个全新的自己。

他已经很多年没看过他的母亲了，见到她时，他立马就看出她深陷在悲伤之中，未老先衰了。他察觉到了绝望和萎靡的气息，这在一个阿迪蒂家族的人身上是很罕见的。她现在只是一个体弱的老妇，连自己的儿子都照顾不了。萧珊娜和她住在一起，就已经让她分身乏术了。看到尼古拉斯的时候，她甚至连假装高兴都做不来。

当尼古拉斯洗澡的时候，她坐下来开始给菲利普 · 卡里尔写信。他是丈夫生前的一个朋友，现在是路易勒格朗中学的校长。这所学校是法国最好的预科学校，是专为那些想进大学的人设立的。她在信中写到萧珊娜已经神志不清了，所以她必须全身心地照料她。她肩上的担子已经快压垮她了，她根本无暇顾及到尼古拉斯。她请求卡里尔代为照顾他，将他培养成一个有思想的人，让他充满希望。

然后，她告诉尼古拉斯，让他尽快动身。她亲了亲他的面颊，提醒着他还是一位来自好家族的人。

经过漫长的旅行，尼古拉斯很沮丧，很气馁。他站在大厅中，希望自己能有不同的人生。他想待在母亲和姐姐的身边。可再一次，他又要被迫与家人分离，他甚至都还没和萧珊娜见过一面。他深吸了一口气，走出家门，乘上马车。他不知道，这是自己和母亲的最后一次见面。

温暖的回忆

菲利普·卡里尔像跟老朋友见面似的朝尼古拉斯打了招呼。听着他亲切的声调，没有人会觉得他们俩之前从没见过。他们穿过好几间房，朝屋子深处走去。在最里面的一间房中，他们在一张铺着雪白色亚麻桌布的桌子前坐了下来。卡里尔端来了一些面包和超级芳香的调料让尼古拉斯品尝。一张旧式的书桌在房间的另一角，它上面铺着的牛皮布都已经磨损了。一盏油灯悬挂在天花板上，正在来回摇摆。

一个女人走了进来，朝尼古拉斯温柔地笑了笑。她是卡里尔的妻子，莱奥妮夫人。卡里尔向她介绍客人时，言语间不乏赞美之词，让尼古拉斯有些不好意思。“你眼前的这位就是尼古拉斯·斯宾诺莎，一个聪明的小冒险家，出生在一支古老的哲人家族。他将会和我们一起生活，在这里上学。我可得好好监督他。”

莱奥妮夫人亲切地跟尼古拉斯打了招呼，她称他为“阁下”。这是他出生以来第一次听到有人这么叫他。应她的要求，虽说有些不情愿，尼古拉斯还是大致介绍了一下自己以及他在唱诗班的生活。之后，他还向他们诉说了自己回巴黎的艰辛之旅以及他母亲家发生的事情。

过了一会儿，另一个男孩进来了。他穿着十分高雅，举止彬彬有礼。

他意味深长的微笑让尼古拉斯非常不安。他很明显地感觉到了这个男孩如鹰般盯着他的目光。

“这是马克西米连·罗伯斯庇尔[①]，我们的学生，来自阿拉斯的年轻朋友。”卡里尔介绍道，“这位多才的年轻人的赞助者就是阿拉斯的主教。马克西米连学习能力很强。尼古拉斯，你和他以后将和我们在这里一起生活。你们俩要好好相处呀。”

这个来自阿拉斯的年轻人坐了下来，取了一片面包。莱奥妮夫人问他今天在学校过得怎么样，男孩叙述了起来，用词之华丽，让一边的尼古拉斯直觉得自己像个野人。

当仆人为卡里尔夫妇开了瓶红酒后，这位校长突然开始跟他们叙述起了自己在第戎的童年生活。他还是学生的时候，就喜欢研究别人不感兴趣的问题。小时候，他脑中一直有个疑问：为什么晚上没有白天明亮？晚上有那么多星星，有些甚至比太阳还大，它们的光芒加在一起应该足以照亮苍穹。

所以，他没有朋友也不足为奇了，他这样说道，还哈哈大笑了出来。即使到了青少年时期，他也没找到一位能与之讨论这些难题的同龄人。他倒没觉得这有多痛苦，他反而觉得自己与众不同。

尼古拉斯在这位校长的叙述中看到了自己的影子，可他不敢说出来。

卡里尔继续说他是如何来到巴黎的。那个时候他还是名年轻的学生，背着他抄写的柏拉图和莫里哀的书籍就来到了这里。在求知欲的驱使下，他开始研究起了科学知识及宇宙奥秘。在遇到赫克托耳·斯宾诺莎之前，他听过巴黎很多优秀人士的演讲。与赫克托耳的偶遇是他这辈子最珍贵的财富，他对此很是感激。赫克托耳帮他实现了梦想，带领他见识了各种新鲜的事物。正是赫克托耳告诉了他，艾萨克·牛顿被那颗科学之树上掉下来的苹果砸到头后，才成了第一个演算出了能解释宇宙万物之存在的公式。这位英国物理学家是现代科学之父，卡里尔跟男孩们说道。他接着说，在赫克托耳广袤无垠的灵魂中，他

---

① 马克西米连·佛朗索瓦·马里·伊西多·德·罗伯斯庇尔（1758—1794），法国大革命时期政治家，是雅各宾派的实际首脑及独裁者。

的思绪涉及了各种各样的领域，大到宇宙创始，小到蜜蜂的飞翔；不管是治国之本，还是重生之谜，他都能滔滔不绝地讲个不停。赫克托耳有着如百科全书般丰富的知识，卡里尔喝了一口酒跟他们说道，他喜欢讨论那些常人无法理解的话题。

卡里尔倾诉着往昔，岁月也仿佛再次回到了那个年代。尼古拉斯意识到父亲的友谊对这位校长来说有着多么重要的意义。因为父亲，他觉得很骄傲。他突然想起自己还是小婴孩的时候，父亲总是会为他盖好被子，再亲亲他。等他离开后，尼古拉斯就会立刻用毯子蒙住头，使劲地眨巴眼睛，努力入睡。这些场景依然历历在目，可他却再也记不起父亲的面容了。

在卡里尔家住了几个星期后，尼古拉斯就收到了伏尔泰的来信。伏尔泰邀请尼古拉斯到费尔奈与他同住，并且答应会给他提供足够的路费。伏尔泰声情并茂地在信中描述费尔奈的美好生活，说这里是适合年轻人大展拳脚的地方。他说自己很孤独，在哲学词典的写作中又遇到了很多哲学难题，实是惹人同情。他还万分真挚地说自己小便困难，说人体的这一基本功能给他造成了特别大的麻烦，让他不得不经常往厕所跑，可每次也只能挤出几滴下来。

伏尔泰随后又写来了几封信，尼古拉斯关于这个曾鲁莽地把他送去修道院寄宿学校的男人的记忆，随着这一字一句而慢慢淡去了。尼古拉斯努力压制住那些痛苦的回忆，试着回想那些在伏尔泰家中度过的美好时光——因为他太渴望父爱了。

难以忘却的早晨

三月的一个星期日，尼古拉斯醒来时发现自己勃起了。在他行刑前二十年的这一个早晨，这给他留下了非常深刻的记忆，是他生命中最特殊的一次经历。

尼古拉斯不知道怎样让自己的下体器官恢复正常。他很害怕它会一直保持这个状态，那家里的女人们——莱奥尼和艾罗斯看到会怎么说啊。艾罗斯是家里的奶妈，她来自盖斯格尼，性格尖锐，总是跟卡里尔回嘴。

她也毫不介意当众喂奶。当尼古拉斯想到艾罗斯时，他突然感到了一股冲动的暖意，想起了他做的梦。那些梦里，他和这个年轻的农村女孩上了床，从她的乳房那里吮吸着奶水，抱住了她丰满的臀部。他用手紧紧地抓住了自己的下体，彻底沉浸在了这让人陶醉的激情中，这种欢愉他之前从未感受过。正当幻想进行中时，马克西米连的敲门声打断了他。他来了一位客人。

吉尔伯特站在门廊上，他来是有重要的事要告诉尼古拉斯。这位老仆的面容中总能带有几分孩子气，可这次他却面无表情，黯淡的眼神和紧抿的嘴唇都在传达一则与以往完全不同的信息。当他们到了内厅坐下来之后，吉尔伯特直接说明了他的来意。他先是报告了萧珊娜的死，接着说到斯宾诺莎夫人无法取得下葬许可，因为自杀在这个神圣的国度是不被接受的。一个月后，吉尔伯特才把萧珊娜的尸体葬在了巴黎地下的一个公用坟墓中。所以，她没有勇气当面告诉尼古拉斯他姐姐去世的消息。可现在，斯宾诺莎夫人也走了，甚至连一封遗书都没留下。两天前的晚上，她走得很安详，甚至都没察觉到死神已守在了她身边。第二天早上，她就再没醒来。维兰科特医生断定她的死因是阑尾断裂。

尼古拉斯很冷静，听到自己母亲和姐姐的死讯，他甚至有些无动于衷，这一点让他自己都颇为诧异。他告诉吉尔伯特这一切都发生得太突然了，自己毫无准备，不过死神不就是这样吗。它总是在最意想不到的时候降临在人们身边。他说父亲死的时候他也才五岁。他对那天的记忆非常模糊，只知道同一天他就被送去了修道院学校。一切仿佛发生在一瞬间，下一秒他就成了一个与这个家完全脱离的人。从那时起，他就再也没见过家里的任何一个人——他母亲，萧珊娜，还有亚伯拉罕。现在他们都不在了，可他觉得他们更像是想象之中的人物，而不是有血有肉的真人。唯一让他觉得真实的就是伏尔泰了，因为他就在他身边，如同空气一般的真实。他告诉吉尔伯特伏尔泰给他写过信，自己也答应了这个夏天会去费尔奈堡陪他几个星期。

吉尔伯特打断了尼古拉斯的话，他提醒道："伏尔泰有大智慧，是值得人尊敬的哲人。人们肯定会赞扬他的慷慨，因为他在你们父亲死后就大方地承诺要照顾你们。然而……”这位老仆降低了声调，“他这样做并不是出于对你父亲的友谊，也不是出于仁爱，而是有所目的的。他一直都心怀不轨。他要的是属于你的一件东西。”

伏尔泰的心事

我很想了解伏尔泰再多一点儿，因为他真的是一个复杂而有魅力的人。

一方面，他做过很多有意义的事。他在这个不容异教徒和犹太人生存的世界中宣扬平等宽容。他强烈地批判了对公正的误用，震撼了他所生活的社会。他传播了自由之原则，奠定了法国大革命的思想基础。他著有很多重要的文学及哲学作品。他幼年贫困，死时却已拥有万贯家财。

另一方面，他很精明，心机颇重。他经常利用谎言来传播真相。他时而虚伪，谄媚尽显，向权贵溜须拍马以求搭上权力的阶梯。人前，他平易近人，但只要对他有利，他便会暗中捅他们一刀。他背叛了自己出生的阶级，过上了锦衣玉食、纸醉金迷的生活。

当我试着剖析伏尔泰时，除了叔祖父告诉我们的那些，我什么也想不到。然而，有时候我觉得伏尔泰就跟斯宾诺莎家族的人一样，也是那两种特征和它们所代表的两种命运的潜在继承者。

我必须要利用我所剩无几的时间来讲尽我们家族的历史。我可没有时间在这里研究伏尔泰。

突然，我想起了叔祖父曾跟萨沙和我描述过的一件事。这个时刻想起它，我一点儿也不惊讶。

老布赫是维也纳最高级的旧书屋。二十世纪三十年代，叔祖父一直在这里搜寻关于西班牙宗教法庭的书籍。然而他无意中发现了莱尼王七世查尔斯·约瑟夫·拉莫斯的回忆录。这位君王出生于比利时的一支贵族家庭，后来成为了奥地利军队的一名陆军元帅，他一直在维也纳居住到1814年。查尔斯是伏尔泰的忠实追随者，有一次他碰巧路过费尔奈时还去拜访了他。伏尔泰开放的思想和超人的想象力深深吸引着查尔斯，他称其为“美丽且卓越的想象力”。伏尔泰在屋内走动时，头上常会戴着一顶黑色无边帽。他说他在迪耶普和科尔玛[①]时，曾在犹太人社区居住过。然后，他为自己的客人读了一小段文字。这是他以土麦那的拉比阿吉伯·塞蒙的名义，对将三十三名犹太人判处火刑的里斯本宗教法庭进行的直接控诉。在伪造身份的掩饰下，伏尔泰强烈地批判了以谋杀耶稣为由屠杀犹太人的天主教徒。

> 如果你们足够巧言善辩，那么我想问问你们为什么一定要置我们于死地。我们是你们天父的父亲。如果我告诉你，你们的上帝也是我们这一宗教的，你们又要如何回答？他生来就是一个犹太人，他跟犹太人一样接受了割礼、洗礼，并得到约翰的认可，而约翰也是一个犹太人。他遵从犹太的教规，他以犹太人的身份活着，以犹太人的身份死去，而你们——你们将我们烧死，就因为我们是犹太人。

伏尔泰读完这段话后，查尔斯激动地鼓起了掌。到了晚上，查尔斯在自己的日记中写道："每个人都说他是个犹太人。"接着，他说自己的这一次费尔奈之行已经证实了这个传言。

来自布列塔尼的人

尼古拉斯惊讶得说不出话来了。倒不是因为听到伏尔泰是在个人利益的驱使下才成为了他们的监护人，而是因为自己完全不知道有这样一件宝贝的存在。

"你想知道他要的是什么吗？"吉尔伯特问道。

男孩点了点头。吉尔伯特让他发誓不许将这些告诉任何人。

"我马上要说的可能会让你目瞪口呆，"吉尔伯特说，"它也让我惊讶了好久。我是在你刚出生那会儿，从你父亲那听来的。在告诉我之前，他务必要我发誓紧闭口风，忠诚于他。我答应了。可是我也必须承认，

① 迪耶普是法国的一座海港城市，科尔玛位于法国阿尔萨斯大区东部，是上莱茵省的首府。

曾经有过几次，我也觉得很难继续承受这个重任。为此，我感到很羞愧。然而，我从来没违背过对你父亲的承诺，我没向任何人提起过此事。”

尼古拉斯有些不耐烦了。然而，吉尔伯特请他耐心地等待片刻，因为如果要说到这个秘密，他就得先叙述自己的年少轶事。他表现出来的谨慎而有礼的形象，为的就是遮掩这些丑恶的曾经。尼古拉斯必须要了解他第一次遇见赫克托耳 · 斯宾诺莎时的境况，否则他永远不会理解他们这段特殊的关系。

吉尔伯特说他的真名叫作吉斯卡尔 · 布拉斯，来自于布列塔尼西部的圣玛丽莲的一处小村庄。他的父亲是个渔夫，在海上失踪了，因为一场持续了三个星期的强力风暴，人们只好暂停了对他的搜索。吉尔伯特那个时候只有九岁，是家中七个孩子中的老大。作为另一艘渔船上的学徒，他的薪酬少得可怜，可家中的开销却非常多。所以，他的母亲开始帮人家看手相，好赚点儿钱。对于别的客户，她只要摸一摸死者的物件，就能看到他们在另一个世界的样子。然而她并不是真有神力。可有一天，她预言道自己的大儿子会触犯法律。过了一个星期，吉尔伯特就因亵渎神灵的罪名被关进了监狱。因为他在一支宗教游行队伍经过时没有低头。那时，他十二岁。那间满是小偷和杀人犯的牢房就是他唯一接触过的学校。

艾罗斯没敲门就突然闯进了房间，打断了吉尔伯特的故事。莱奥妮夫人让她来看看他们的客人要不要吃点儿或喝点儿什么。尼古拉斯脸红了，他羞愧地低下头看着地板。吉尔伯特婉拒了她的邀请，于是艾罗斯捏了捏尼古拉斯的脸蛋就离开了。

尼古拉斯很难想象，吉尔伯特这样一个无所不知的仆人竟然也曾经是个老道的罪犯。他是法国人的代表——冷静、礼貌、亲切，从不会慌张，总是温言细语的。可他竟做过小偷、骗子，在牢房里待了好多年。也许，他还杀过人。

和我们叔叔的见面

祖父死后一个星期，整个家族的人都聚到了我们家来等待遗嘱的宣布。这么多年了，我们还是第一次这样全部聚到了一起。父亲和伊洛娜阿姨长期不和，她仍是冷漠地和家里其他人保持着一段距离。卡洛叔叔在 1956 年全民起义时逃出了匈牙利，后定居在维也纳；这也是自那以后他第一次回到故乡。

气氛很轻松。与其说大家是在悼念一位已逝的家人，倒不如说这更像一场典礼。母亲准备了咖啡，端上了瑞波蛋糕店的甜点供大家享用。那个时候，食物仍属稀缺物品，所以能够吃到这么精致、高级的烘焙甜点，所有人都觉得很奢侈。

卡洛叔叔就像一位自以为是的美食家，笃定地说他认为瑞波的甜点是世界上最好吃的。他还说他感到很欣慰，因为将这个国家毁于一旦的共产党人还没毁掉匈牙利远近闻名的甜点手艺。所有人都笑了，除了祖母，她从来就不觉得自己的小儿子有什么幽默感。

全民起义那会，我和萨沙还很小，所以对那之前的卡洛叔叔我们一点儿印象都没有。可以说，今天是我们与他的第一次真正会面。我们马上就发现他并不像我们的父亲，那个沉闷的、活在自己世界中的人。我必须得承认，第一眼来看，我喜欢我们的叔叔甚于我的父亲。他的性格很讨人喜。他很风趣、亲切，喜欢和人打交道，而且他跟叔祖父一样很擅长说故事。他说话的方式，眉飞色舞间灵动的一眨眼，都让人难以抗拒。

我们尤其喜欢他的直白。我这样说并不是因为他可以毫不内疚地说起他离世父亲的坏脾气，也不是指他口无遮拦地大声嚷嚷说不敢喝他母亲做的咸得要死的汤。而是因为他敢说起别的家人总是无声滤过的禁忌话题。在我们家里，从没有人提及战争时发生的种种，他们很怕去面对那段噩梦般的过去，同时也不想让我们孩子感受到他们在那个年代所遭受的折磨和痛苦。

卡洛叔叔在我们家住了三天。然后他便向父亲告辞，说自己必须得赶回去工作。我们以为他是一家国际银行的高管，因为在我们某天晚上的一场对话中，他对世界经济高谈阔论了一番。不过当他起身回维也纳之后，祖母竟万分可笑地告诉我们卡洛在维也纳既找不到女人结婚，也找不到赚钱的工作，他就是个清道夫而已。

我们和卡洛叔叔住在一起的这几天内，萨沙和我从他那听说了很多关于东欧战场上发生的事。由于他是个犹太人，所以卡洛叔叔被选中了，于 1942—1943 的冷战期间随着一支劳动者队伍被送往了顿河。这些人走在匈牙利军队的前头，帮军队清扫地雷，试探桥梁是否能安全通过。这场大规模的征战只持续了三天。从头到尾，天空仿佛从没亮过。骄傲的匈牙利军队全军覆没。奇迹的是，卡洛叔叔活着逃了出来，在苏维埃战俘营待了四年后重返了家园。那支军队的劳动者队伍里剩下的四万四千名犹太人却没这么幸运。他们就那样无声无息地消失在了顿河河岸。

萨沙问卡洛叔叔想起那场战争时有什么感觉。叔叔没有直接回答我们，而是小心地从一个破旧的皮套里拿出了他的眼镜，戴了起来。我们觉得这眼镜让他的双眼看上去大了好多，悲伤了好多。“没什么特别的感受，”他回答道，“绝对没什么特别的感受，只是觉得有点儿轻微的晕眩。除此之外，别无他感。”

他安静了一会儿，然而接着说犹太人被送往前线当炮灰这事一点儿也不稀奇。所有的战争中，都会发生类似的事情。这也是摆脱碍眼之物的一种方法。自从布列塔尼在 1532 年被并到法兰西帝国后，不管法国去哪打仗，这个地方的监狱就会被一掏而空。政府的人给这些使尽全力只为获得独立、不受巴黎控制的布列塔尼的犯人们强行披上制服，再给他们每人一杯朗姆酒，就将他们送上了前卫部队，让他们去保护一个无时不在残忍压迫着他们的国家。

逃兵

吉尔伯特告诉尼古拉斯，那个时候他正在坐牢，不知道外面正在打仗。一天早上，牢房的门打开了，他接过来一件特别肥大的军服和一双特别小的皮靴，还有一支没有子弹的来复枪。接着，他便随着其他的囚犯被送往比利时。没有人告诉过他们和坎伯兰郡的军队作战是多么的危险。

成群的鸟儿越过了丰特努瓦的上空。许多天后的一天早上，在亲眼见到那么多战友血干而亡后，他突然意识到奥地利王位继承权的事和他自己没有任何关系，他和敌军的那些士兵们也没有任何个人恩怨。于是，他决定弃甲而逃。

他等到了一个没有月亮的晚上。当所有人都睡下后，他偷偷溜出了帐篷。突然，一位军士挡在了他面前，想阻止他。他推倒了这个人，这个人头朝后倒了下来，撞到了石头上就当场死亡了。吉尔伯特就是这样犯了罪：他想回家，而这位军士挡住了他的去路。

成为逃兵和通缉犯的日子甚至比战争还要艰难。吉尔伯特曾和一群醉鬼和糜烂的妓女一起睡过树林。他经常从噩梦中惊醒，梦到他父亲阴魂不散地怒吼着他的名字。有一次，跟一个强盗头吵过一架之后，他差点被这群匪徒杀掉。又有一次，他差点在一间谷仓里被烧死。某个冬天的早上，他在一个四面徒壁的地下室中被冻醒了。然后他觉得自己实在是不行了，他再也受不了了。这样简直毫无意义，他一定是受了什么诅咒。现在他只有一条路可走，那就是死。他发自内心地想去死。

也就是在这个时候，他遇见了赫克托耳·斯宾诺莎。

“你的父亲不仅救了我的命，”吉尔伯特说，“他还给了我从未拥有过的一切。信任、温暖、工作、丰厚的酬劳、一个家，还有友谊。他赋予了我生命的意义，成就了今天的我。我所拥有的一切，包括我自己都是赫克托耳·斯宾诺莎给予的。”

尼古拉斯想起了他父亲。他的心忽的抽痛了一下，然后他想起了父亲常常待着的那间书房。他还记得父亲的暴脾气，和他一冲动打在他脸上的火辣辣的巴掌。他记得在那些已然逝去的岁月里，与温和却漠不关心的母亲相比，他更喜欢会打自己却特别关心他的父亲。

太阳柔和的光线落进了房中。屋外隐隐约约地传来一些笑声和说话声。他们两个人一言不发地坐着，彼此凝视。

尼古拉斯先打破了沉默。他承认过去的几个月内发生的事情的确吓着他了，让他觉得悲伤而无助。现在，吉尔伯特的故事帮他理清了思绪。他感谢吉尔伯特的真诚。然而，现在他想知道自己到底拥有什么伏尔泰处心积虑想得到的东西。

祖父葬礼之后

长生不老之药的药方是我们家族的遗产。尽管如此，经过命运奇妙的百转千回，祖父死后我们家族又相继死去了几个人。

就在卡洛叔叔返回维也纳的第二天，他正要去接班时，一辆载着女士衣物的卡车失去了控制。这辆沃尔沃 385 那时正开过马利亚大街和伊斯特大街的十字路口。警察马上就抵达了现场，封锁了周边的交通，因为这场事故已经波及好几辆摩托车了。整个早晨，维也纳的这个区域都十分混乱。两辆拖车用了四个多小时才移走了这辆沃尔沃。那之后，人们才确定有一个清道夫惨死在了这辆十八吨的卡车下。

祖母一直不怎么喜欢她的小儿子，而当她收到他的死讯时，她想都没想就说了一句："这就是卡洛！他一辈子都无法离开女人。"

两个星期后，我们再次将家里所有的镜子都铺上白布，穿上了一身黑衣。这一次，去世的是伊洛娜姑姑。她本来应该在做一项常规手术。萨沙和我不知道手术的内容是什么。祖母说这是一种腹部手术，是每个到了特定年龄的女人都得做的。手术很成功，但姑姑却再也没醒来。法医判断是医生用了过量的麻醉药而导致了悲剧。我记得祖母那时非常的伤心和委屈——不是因为她刚刚失去了女儿，而是因为她不能去状告那位麻醉师，就因为他的老婆是卫生局秘书的侄女。"这就是社会现实。"祖母这样说道。

然而，最糟的还不止于此。那个在奇妙的生命中与我密不可分的年轻人——我的双胞胎弟弟死得很惨，而且责任完全在我，不过我也立即遭到了报应。萨沙死后，我便一蹶不振，我感到非常孤独、无助、不堪一击。一切看上去邪恶却不足挂齿的事情都能随时压垮我。而现在，我还是不能谈及这场死别，三十年来我一直都在为此痛苦、伤心、追悔。正是它左右了我纠结而混乱的后半生。

独一无二的书

吉尔伯特说，在尼古拉斯刚出生时，他的主人就十分信任地将一本独一无二的书拿给他看了。这本书包含了世上所有的秘密，是智慧的结晶，它的作者就是本杰明·斯宾诺莎。

"这本书有一千零一页，"吉尔伯特说，"书名叫《永生之书》。你的父亲让我发誓，如果他遭遇了任何不测，我就要将这本书藏起来，直到你十三岁时再转交给你。他认为你是唯一能跟随他脚步的人，你是注定的继承人。”

“为什么非要等我到了十三岁？”尼古拉斯问道。

“十三岁的犹太人都会举行一场受戒礼，这之后，你就成人了，需要为自己的行为负责。”

“你是说伏尔泰觊觎这本书？”

“是的。就在你父亲不幸发生意外之前，他才跟伏尔泰透露了这本书的存在。伏尔泰知道他可以在那本书里找到一切未解之谜的答案。你父亲的葬礼结束后，伏尔泰就一直缠着你母亲，想从她那得到这本书。可是你母亲什么都不知道，因为你父亲从来没跟她提起过它。而且，我已经把它藏到了一个安全的地方。”

吉尔伯特拿出了一个包裹，交给了尼古拉斯。

“你的父亲还写了一封遗嘱给你，他把这份遗嘱封在了信封里，我也夹在了这本书中。他将斯宾诺莎家族最大的秘密都写在了那封遗嘱里，也解释了为什么除了你和你的大儿子之外，任何人都不能看到它。”

“吉尔伯特，说实话，你难道就没想过要看这本书吗？如果它真能解开一切神秘，汇集了万千智慧，那么你肯定在某一刻也想要从中获知个只言片语吧？”

吉尔伯特的表情有些局促不安，他沉默了一会儿，接着用低沉的声音说道：“我从没这么想过。即使我有，即使我没能忍受住诱惑，违背了我对赫克托耳·斯宾诺莎的誓言，那也没用。你知道的，我一个字都不认识。”

我读了《永生之书》后，发现这本书对法国大革命的意义竟如此巨大。当然，我从不认为学校里的历史课本是有学习价值的，因为它并没有展现出一个时代的真相。所以，对于历史上的大事我所了解的是很有限的。

所以，对于法国大革命爆发的大体条件我知道的非常少。这段分水岭般的历史事件是如何产生的，它又到底该如何定义。另一方面，我注意到人们普遍认为启蒙运动的激进哲学家就是最重要的革命血液。也许我对这段历史事件的忽略正是因为我不赞成这种观点。那么他们与革命的联系又是什么呢？启蒙运动的哲人们——伏尔泰、卢梭、孟德斯鸠、狄德罗、达朗贝尔——他们几乎与平民没有任何联系。人们不读书，因为他们大多数人都没有钱买书，而且也没有几个人识字。几乎没有人迫切地想看一看这些思想家们复杂的著作。而且，这几个哲人全都在1789年之前就去世了。

在本杰明·斯宾诺莎这本巨作中，很容易就能找到一些片段在描述法国大革命的几个主题：自由、平等和团结。在攻占巴士底狱的一百年前，他就提到了天赋人权。他描写了一个理想社会，在这个社会中人与人之间不再因为种族、宗教、性别和财富而被划分等级。当宗教失去了可信度，并从人们的思想中消失时，他将用对人类本身的信仰填补空缺。因为他从未怀疑过人类的力量，他相信人类无畏的精神和对完美的追求会有助于他们变革这个社会。

形影不离

在路易勒格朗中学，他们被称为一对形影不离的人。他们总是在一起。只要他们醒着，就几乎什么事都在一起做。他们观点一致，经常不约而同地冒出同一个想法。他们常会对着同一个笑话大笑，甚至连肚子饿都在同一时间。他们都不高，表情也总是一模一样。要不是尼古拉斯长了个大鼻子，总是被他们的同学嘲笑，不然谁都会觉得他们是一对双胞胎。然而，他们并不是。在内心深处，他们是两个完全不同的人。

阿拉斯的主教抚养了马克西米连，他很清楚这个孩子有着不同寻常的特权地位。虽然没有多么闪耀的背景，但在主教的影响下，马克西米连坚信他将在日后创造一番新天地。他充满活力，直率且亲切，可内里他的个性却是冷酷而坚忍的。他有一人生准则——一个人必须通过生命的试练来使自己变强。他每天很早就会起来，去附近的河流中游泳，不管春夏秋冬。有时，他游完回来后，脸和双手都已经冻紫了。

相反，尼古拉斯却很安静、胆小，喜欢做白日梦。院长和莱奥尼夫人有时很担心他，因为他看上去好像注意不到任何事情。他们不知道他的身心都陷在了赫克托耳留给他的那本书里了，他太为之着迷了。他基本上都是在半夜看的书，他学到了很多，并将这些知识全部用自己的话记录了下来。

虽然马克西米连和尼古拉斯分享了他们大多的想法，不过他们各自也都有着不可告人的秘密。

马克西米可谓出口成章，所有人都拜倒在他舌灿莲花的魅力之中。他还常常吹嘘自己在写作上的造诣也无人能敌。可事实并非如此。语言上的娓娓而谈似乎是为了弥补他天生写作能力不足的缺陷。他想尽了一切办法来掩盖这个真相，但还是会担心有一天人们会发现这个秘密。当尼古拉斯来到卡里尔这里时，一切都变了。马克西米连第一眼就不喜欢这个新来的孩子，他觉得他太过低俗，和自己根本不是一个级别的。但自从他发现尼古拉斯写了一手好文章后，他的想法就改变了。他知道尼古拉斯对他是有利用价值的。他是正确的。

尼古拉斯和马克西米连正好相反。尽管他曾在唱诗班待过很多年，也当很多人的面表演过，可若要让他当众发言，哪怕只是很少的观众，他也会禁不住怯场。他颤抖着声音，不停地出汗，一个字也说不出来。修道院的那段经历给他留下了阴影，在那八年间，几乎每一天他的老师和同学们都会对他冷言冷语，所以他一直不敢当众讲话。他认为上天赋予了他斐然的文采是想让他知道，将自己的思想呈现在书页上才是他的人生使命。他很感激马克西米连，他觉得他非常善解人意。为了缓解他的苦恼，马克西米连经常会把尼古拉斯写的文章拿出来大声朗读，然后假装这是他自己写的东西。

而尼古拉斯的秘密——他没跟任何人说过的秘密是什么呢？那就是《永生之书》。

路易十六

1774 年，新国王登基。卡里尔院长在路易勒格朗中学发起了一次作文竞赛。主题是为路易十六写颂词。

这场竞赛的影响是巨大的，因为它不仅决定了国王的命运，也决定了整个欧洲的命运。当叔祖父跟我和萨沙描述起法国历史时，我特别生气。不是气叔祖父，而是气这位国王。那一天，我的反皇室情绪就此滋生了，而且一直延续了一辈子。

就我们听到的故事版本，尼古拉斯并不太喜欢这位国王。艾罗斯跟他说过路易十六爱好打猎，尤其是猎鹿。每个秋天，他都会去自己的故乡波城附近的森林里，那一片栖息着最珍贵的牡鹿品种。国王的身边围绕的全都是那些华而不实的贵族们，他们骄奢淫逸，臭名昭著。他们喝醉了之后，彼此大声地开着恶俗的玩笑，还会抓女人，不论在路上碰见谁都会糟蹋一番。有一年，一个喝醉了的伯爵想要强奸一个十二岁的小女孩，结果因为女孩奋力顽抗，他就割破了她的喉咙。然后，他将她的尸体抛到了森林里。后来，他虽承认了自己的罪行，却无一丝愧疚。目中无人的路易十六却轻描淡写地结束了这场案件。他冷笑了一声，告诉女孩的父母，他们应该对伯爵所受的伤害作出赔偿。很显然，一旦穷人试图状告富人时，黑白就会颠倒。之后艾罗斯又说市民们觉得应该用绳子倒挂皇太子，这样大概才能让路易十六体内的贵族血液有一点点沸腾。当说到“皇太子”这个词语的时候，艾罗斯连着往地上呸了三次。

尼古拉斯一点儿也不想为这样的一个人写赞词。可他别无选择。他焦虑地翻查着本杰明·斯宾诺莎的书，想找到一些关于这方面的灵感。很快，书里的一段话吸引了他的目光。接着，他就写出了一篇文章，列出了欧洲各国掀起深刻的社会变革的必要性，还说为了巩固法国在世界的主导地位，路易十六应当为其他国王树立榜样。这篇文章字字珠玑，就连一向谦虚的尼古拉斯自己也顿时觉得它能赢得比赛。然而，与其说这是胜利，他更觉得这是一种可怕的冒险，因为比赛的赢家将会获得在国王路易十六和玛丽皇后面前朗读获胜文章的特权。这对尼古拉斯来说是再恐怖不过的了。于是，没作过多解释，他就将文章交给了马克西米连，后者当下就答应愿意将这篇文章以自己的名义交给院长。

几年后，当尼古拉斯坐在巴黎皇家监狱里时，他仍能记得当院长公布了获胜者之后所发生的一切。那位获胜者就是马克西米连·罗伯斯庇尔。

这位来自阿拉斯的清贫少年，小时候，他的母亲和主教就告诉他，他以后的命运一定会与历史交叠，为此他感到非常高兴。见国王和王后就是他一直以来最大的心愿。

诵读文章的时间被定于 1774 年 11 月 1 日 11 点。这对皇家夫妇将会乘马车前来，在学校逗留一段时间，直到朗诵完成后再启程离开。马克西米连提前一个小时就来到了约定的地点。那一天正好是一年中最冷的时候。寒风呼啸，冰雹打在他的脸上。他一边咒骂着天气，一边往手心吹着热气，让自己暖和一点儿。国王的马车迟到了。原定时间已经过去了两个小时，其他的学生全都进屋取暖了。只有马克西米连一个人还待在外面。院长朝他挥手，示意他赶快进屋，可马克西米连却不以为然地回绝了。院长说他从未见过这么固执的年轻人，尼古拉斯觉得他的朋友正在拿自己的健康开玩笑，其他的学生则认为他疯了。马克西米连克制了自己因为国王王后迟到而产生的失望情绪，坚强地抵抗着冬日的酷寒，站在原地一动不动。然而，当王室的马车终于出现却停都没停地呼啸而去时，马克西米连最终流下了眼泪。

他在学校的外面顶着严寒站了五个小时，他想当面向国王朗读赞词的愿望也就此破碎。当马克西米连回到教学楼时，他的内心已充满了对路易十六的憎恨。当他破口大骂时，其他人简直不敢相信自己的耳朵，很多人因为太过惊讶而不住地摇头。所有人都觉得他疯了，他竟然发誓要让国王和王后血债血偿。马克西米连说从现在起他的生命有了意义和目标：他一定要将国王送上断头台。

"路易十六必须死，"他怒吼道，"这样这个国家才能活！"

处刑前夜

1786 年 3 月末，尼古拉斯在罗马遇到了一个女人。她在两个月后就嫁给了尼古拉斯，并为他生下了两个儿子。

这些故事都记录在一个小本子上。这个本子还是院长卡里尔去探监时偷偷塞给尼古拉斯的。卡里尔是唯一能去监狱看他的人。在罗伯斯庇尔将他处决的前一天晚上，尼古拉斯不顾纪律，奋笔疾书，填满了本子的每一页纸。尼古拉斯到最终还是无法赞同他朋友施行的恐怖统治，并公开对此进行了批判。这个本子上记录了一切——人物、地点、时间，这些写得密密麻麻的详细信息拼凑出了一个人的一生。

他写到自己是如何将本杰明·斯宾诺莎对自由平等的崇高见解转换

成了普通的、易于理解的文章，并加入了反对暴政的各种口号。由于对不公的怨恨，对社会制度长期存在的不满，一场对革命的诉求早就在平民间酝酿而生了。他所做的就是代替民众说出对自由的渴求，在每个月交给罗伯斯庇尔的小册子中向那些被压迫者展现希望。为了避免审查，罗伯斯庇尔通过一些秘密渠道将这些小册子分发了出去，同时也奠定了他在雅各宾派内的崇高地位。

尼古拉斯还写到，在完成了学业后他就做了一名律师。许多巴黎人仍记得赫克托耳·斯宾诺莎，所以都很乐意帮助继承了他衣钵的儿子。于是，他很快便招揽了很多顾客，踏上了漫长的旅途。

在伯爵雷米·伯蒂里尔的陪同下，尼古拉斯来到了意大利协商进口蓝色大理石的相关事项。托斯卡纳波浪般绵延的绿色美景在他的笔下栩栩如生，读到它的人仿佛都能闻到山楂树的花香。

有一天，他们因公事来到了梵蒂冈的圣彼得大教堂。天突然下起了雨，尼古拉斯和伯爵只好到一间富丽堂皇的教堂里躲雨。那里还有一个人。一个黑发的妙龄女子正捧着一本书坐在角落里。那本书独特的灰色封面让尼古拉斯立即就认了出来，那是一本《自然体系》，作者是霍尔巴赫男爵，尼古拉斯自己也有一本。这本书掀起的流言如流行病毒一般扩散了开来。它被奉为唯物主义的圣经，而在欧洲的很多地方，无知的市民们却乐此不疲地焚烧着它。

一个年轻的女子坐在基督教的传播地，手中却捧着一本认为上帝从未存在的书籍，这引起了尼古拉斯的好奇心。他走向她，伸出手，诚恳地一鞠躬，说道："女士，不知你来自哪一颗璀璨的星球，我竟有幸与你在此地相遇呢？"

"我来自罗马的犹太聚居地。"她说她的名字叫齐亚拉·卢扎托。

"一个好家族？"尼古拉斯微笑着询问道，"你说的是摩西·恰伊姆·卢扎托，那位卡巴拉教徒的哲人吗？"

"他是我的爷爷。不过我从没见过他。他二十年前就去世了，那时我还没出生。他离开了阿姆斯特丹，和他的家人一同搬到了巴勒斯坦，他在阿里克找到了一所犹太教堂。几年后，他和他的家人们就丧身在了一场瘟疫中。所有人，除了我父亲。他现在是罗马的一名拉比，继续着我祖父的事业。”她骄傲地说道。

齐亚拉给尼古拉斯留下的印象不言自明，因为不到十分钟他便牵起了她的手。要知道，他在女生面前总是局促不安。后来他这样解释自己那天的行为，他说我们生命中跟爱情相关的事情都没有合理的缘由，它们的发生本就神奇。所以，我们最好不要浪费时间来弄清楚它们。

然而在行刑前夜，即便自己的头颅将会落在断头台上，尼古拉斯也能十分确保自己家人的安全。他在本子上写道：“齐亚拉的身上有一种奇妙的光芒，我知道这会照亮我的整个生命。”

THE ELIXIR OF IMMORTALITY

永生之书（下）

〔瑞典〕加比·格莱希曼◎著

钱峰◎译

Gabi Gleichmann

译林出版社

八　皇储

巴尔第玛和卡拉·穆斯塔法

比德斯登家族居住在气派的比德霍夫城堡中。这座城堡位于维也纳东南方大约二十五英里处，那里是美丽富饶且天气舒适的布尔根兰省。城堡就坐落在艾斯特哈齐家族和巴斯哈亚尼家族庄园的中间。

叔祖父跟我和萨沙说过，在遥远的中世纪，这片土地和森林就被称为奥地利最适合捕猎的区域，这里最多的就是野猪、牡鹿、大鹿和狐狸。他说那时猎人们都喜欢用西班牙的赛布斯奥长耳犬，这种中等体形的猎犬身形矫健、耐力持久、性情安定，而且精力非常充沛，勇猛无敌，特别是当它们在沼泽和树丛中追捕猎物的时候。

那片美丽的土地常常被作家们赋文称赞，其中最出名的就是弗朗兹·格里尔帕策和阿达尔贝特·施蒂夫特，这两个人都是比德霍夫的常客。

对这座历史悠久的宏伟城堡，叔祖父可谓无一不知——它的墙壁、高楼还有流连在蜘蛛网间的古老幽灵都有一番故事。他告诉我们说，城堡中最古老的是一座高达一百三十英尺的高楼，它是比德斯登家族第四任伯爵在 14 世纪 30 年代早期建成的。

三百五十年后，为了阻挡奥斯曼帝国的土耳其军队北上攻打维也纳，巴尔第玛率领众人按照意大利建筑师多梅尼克·卡尔伦的设计图将这座城堡改造成了一座堡垒。

巴尔第玛是一名出色的军事战略家，也是比德斯登家族的英雄典范，受人敬仰。他没有自己的军队，所以便向周边的农夫们传授作战方法，对这些人他也非常有耐心。

奥斯曼帝国的统领卡拉·穆斯塔法戎马一生，每一场战争中，他可谓神挡杀神，佛挡杀佛。巴尔干半岛上的人民很怕他，他们浑身发抖，跪在他的脚边以表臣服。他鄙视懦夫和任何软弱的行为，所以他杀敌时总是干净利落。

傲慢自大的穆斯塔法低估了巴尔第玛的实力，以为比德斯登的农民军队肯定不堪一击。

三万名土耳其士兵包围了堡垒。可不论穆斯塔法的精英部队用什么办法，他们仍是无法突破比德霍夫堡的防御。

双方僵持了几个月。堡内的情况越发糟糕，困在里面的农民兵们更是受尽了折磨。叔祖父说，他们就只靠玉米粒和雨水充饥。不过巴尔第玛一直坚信自己能战胜敌军，他拥有永不枯竭的勇气，他不断地鼓舞士兵，率领着他们负隅顽抗。每天晚上，他都会为他们描述公元前 480 年的塞莫皮莱之战。他说话时激情迸射，仿佛当年正是他和斯巴达国王列奥尼达以及三百名希腊勇士一道击溃了波斯王塞瑟斯和他强大的波斯军。

"人固有一死，"他大声说道，"但我们不能死在土耳其人的镣铐下。以英雄之名流芳百世，总好过做一条唯命是从的狗。"

卡拉 · 穆斯塔法开始失去耐心了。这场对峙已经持续了八个月。这位传奇般的战士不明白为什么这些武力落后的农民能有如此顽强的抵抗力。他开始着急了。冬天已然降临，再过几天就要到斋月季了，苏丹王坚决要求穆斯塔法速战速决。他让一名士兵向比德霍夫堡内递去了一则口令：放下武器，要不然我就一把火烧了这座堡垒。

然而这一点儿也没吓到巴尔第玛。他马上就作出了回应：下地狱吧！你这个傲慢的小丑！这里没有人会向你投降的。

巴尔第玛高瞻远瞩，精于策略，他很清楚最好的防御就是攻击。

两个星期后，在一个下着冻雨的早上，这天是土耳其士兵们进入斋戒禁食的第十天，巴尔第玛召集了他剩下的兵力，共一千五百名忠烈之士。他们已经准备好随时冲上战场，剿灭敌军。从道德方面来说，攻击一支因虔诚信仰而饿得头晕目眩的敌军的确不够公平。然而站在军事战略的角度，这是一次绝妙的机会。那一天，他们一共砍杀了三千名土耳其兵，其余的有的逃跑了，有的受了重伤，流血不止。他们很害怕，而且非常饿。

然而，仅是这种程度的胜利并不能让巴尔第玛感到满足。一旦找到了土耳其军的致命弱点，他便携军乘风破浪，一路攻下了维也纳，解放了这座城市。

为了表彰他的英勇之举，利奥波特一世将比德斯登伯爵封为王侯。他还同时获得了“阁下”和“名门”两个头衔。

而卡拉·穆斯塔法的下场就很惨了。这场败仗让他付出了生命的代价。他刚从比德霍夫堡的战场上回来时，就被穆罕默德四世下令逮捕了。他以使奥斯曼帝国蒙羞的罪名被判处了死刑。这就是败军的下场。当判决宣布时,他连眼都没眨。处罚将以土耳其传统的丝带绞刑来实施。卡拉·穆斯塔法人生的最后一句话是:“刽子手，把结打得紧一些。”话毕，他的头就与身子分家了。被切掉的头颅放在了木盒中，呈给了身在首都艾迪姆的苏丹王过目。大将军的头颅现在还在这座城市中供人游览，并成了这里最受欢迎的景点之一。

土耳其兵败撤退之后，比德霍夫就不再为军事所用。巴尔第玛将自己的军队交给了他的大儿子掌管，自己则去监督堡垒的重建工作，将它改造成巴洛克式的城堡。不过他没能看到城堡竣工。他得了肺结核，于1701 年去世了。

城堡的主人

一百年后,海因里奇成为了比德斯登家族的主人。他扩大了这座城堡，并将其装饰成了帝国风格。1824 年 4 月，在国王的见证下，改造后的城堡正式落成了。

这次的落成典礼非常壮观，可谓是维也纳当年最轰动的事件。空旷的大厅里满满的都是历史文物，维也纳最高贵的人们都聚集到了这里。在万镜厅中，海因里奇向所有来宾宣告城堡内以前那块阴冷多灰的区域，一直以来都盘踞着上几代先人的灵魂。不过，他想起了自己的先父，告诉他的客人们不要紧张，并保证从此以后比德霍夫再也不会有鬼魂出没。一些年轻而轻佻的女士好像已经厌倦了那些穿着制服的先辈的肖像画，转而开始互相窃窃私语，大声地嬉笑起来。来宾向宴会大厅移动，那里已经准备好一顿丰盛的午宴。在如此放松的氛围中，所有人都觉得出其的轻松，于是他们都在全身心地享受着香槟的甘甜。而国王自己也发起了几轮敬酒，以庆祝比德斯登家族的种种丰功伟绩。

海因里奇规划了比德霍夫重建的一切事宜。他无法忍受那个年代将日常用品过度奢侈化的比德迈厄式家居风格。他是一位十分称职的业余建筑师，有着非凡的实用感和审美观。这座宏伟的城堡是 19 世纪早期欧洲建筑史上独一无二的建筑，这主要是因为监督其建造过程的那位男士不遗余力地贯彻着自己的规划。

海因里奇对自己远大的政治抱负尤为坚定不移，而这座巨大的城堡就是他的司令本部。国王经常会来这里做客，所有人都知道在这位王侯的政治事业背后有他的支持。在城堡常客中甚至还有皇太子卡尔，大主教布伦瑞克，以及奥地利最有权势的政治家克莱门斯 · 梅特涅亲王。海因里奇掌握了大量的机会，足以让自己这颗明星稳固地扎根在哈布斯堡皇室之中。

他的全名叫作海因里奇·弗里德里希·安东尼厄斯·锡安·内波穆克·巴尔德马恩斯 · 保罗 · 杜思阁 · 比德斯登。他是雨果四世 · 比德斯登王储和安娜 · 碧翠丝 · 梅特涅公主的长子。他的全称是比德斯登王储阁下，艾森斯塔特伯爵，马兹伯格男爵和菲尔图汉萨格选帝侯大人。

比德斯登家族始源于 9 世纪早期，是一位名叫奥特的人创建的，而他的来历却没人知道。传说在那个时代，他应该是个很正直的人物，因为人们都叫他比德（诚实的意思）。

所以他们家族已经有两百年的历史了，事实上这比他们的祖国奥地利的历史还要长。史料中对奥地利最早的正式记载也只能追溯到 996 年。

1276 年的圣诞节，哈布斯堡皇家军队翻过了格罗斯格劳克纳山脉的最高点，而弗里德里希 · 比德和他旗下八百名英勇的骑士也参与了这次远征。他的手脚都冻伤了，不过他将四肢都放在温暖的马粪中来回摩擦才得以存活了下来。三天的时间，他手下便有四百名将士丧身在了暴风雪中。虽然冻伤严重，弗里德里希仍是从山峰的背面发动了奇袭，将敌军赶尽杀绝，最终巩固了哈布斯堡国王鲁道夫在这一区域的统治。

为了表彰他的英勇功绩，弗里德里希被授予了伯爵的称号。同时，象征着“繁星”的荣誉称谓“stern”也被加在了他的姓氏之后。

海因里奇非常自豪自己的姓氏能得到整个国家的拥护。私下里，他会告诉自己的家人说，整个奥地利除了哈布斯堡的皇室，他们比德斯登家族的地位是最高的，受到的待遇也是无人能比的。不管怎么说，在整个欧洲中部的德语国家中，没有第二个家族，能在自己家里挂着列奥纳多·达·芬奇为他们祖先作的肖像画了。

爱之初恸

阿尔贝蒂娜·埃斯特哈齐是海因里奇的挚爱。他们年少时相遇，从此便暗许了终生。他们之间的羁绊就是他们在这个世界上唯一的人生意义。他们是彼此照耀的双子星，最终会将对方消融吸收。可是他们的爱情却一直未能成果。

阿尔贝蒂娜的父亲阿尔伯特四世是位无药可救的败家子。他为人轻率鲁莽，臭名昭彰，生活总是入不敷出，所以他的那些贵族朋友们都称他为“草疯子”。他挥霍无度，还对此引以为豪。

一位粗鲁的追债人，见钱眼开，不畏权贵，他威胁说要让阿尔伯特身败名裂。为了还清这几项巨额债款，他答应将自己的女儿嫁给马蒂亚斯·施瓦岑贝格，他来自于奥地利最富有的贵族家庭，还是他们家的长子。当然，他做此决定时一点儿也没考虑过阿尔贝蒂娜的感受。

阿尔贝蒂娜哭泣着，埋怨着父亲的冷血无情。她不想接受任何包办婚姻，也不想去见马蒂亚斯。然而阿尔伯特却说马蒂亚斯是最不可多得的金龟婿，要是他们两个人能单独相处一个小时，互坠爱河，那大家都会有好处。他还说小施瓦岑贝格不出几年就能继承一座城堡和波西米亚的万亩地产，可这些阿尔贝蒂娜一点儿也听不进去。

“父亲，财富对于我来说什么也不是。我的心早有所属，”她泪流满面地说道，“我爱的是海因里奇·比德斯登。”

阿尔伯特假装听不到这些。他自顾自地说爱情来得快去得也快，因为它与家庭、财富和社会没有半点儿关系。

"只有我知道什么最适合你。"他说话时的语气特别威严，这也是他这辈子唯一的才能了。他拍了拍女儿的脸颊，接着说道："你知道这个机会千载难逢，抓住了，你就能免去一切不必要的麻烦。你将会很高兴能嫁给这样一个有权有钱的丈夫。不管怎么说，我已经答应了人家。马蒂亚斯的父亲和我已经把婚礼定在今年七月了，他也已经给了我十万先令，让我先拿去还债。如果没了这笔钱，我就毁了，我们也要被赶出家门。我们家族在这里已经生活了三百年了。你肯定不想看到你的父亲，艾斯特哈齐家族的王侯落得个屋漏偏雨的下场吧？那是多么有失体面呀。"

阿尔贝蒂娜的婚讯让海因里奇大受打击。他觉得自己顿时失去了未来。他真的不明白从哪里突然冒出了这么一个人，抢走了他的爱人，以上帝和圣洁为名，硬生生地将她禁锢在了不幸的婚姻中。他相信这个世上能让阿尔贝蒂娜幸福的只有他一个人，没有人会像他一样如此需要她的爱和温柔。

海因里奇想和他的父亲商量此事，可是雨果·比德斯登一句话也不想听。这个年迈的王侯断然地说帮女儿选丈夫是父亲的权利，他还说奥地利的贵族从来都不是因为爱情而结婚的，阿尔贝蒂娜遵守这个传统也完全合理。他自己也绝不会擅自为儿子破例，无视他们贵族阶层的准则。

"我可以这么告诉你，"阿尔伯特面露厌恶地说道，"谁要是将传统视为无物，他就一定会受万人鄙视。"

海因里奇低下了头。周围顿时陷入了一片静谧。他非常失望，他深切地感受到自己的身份是多么残忍的存在。那一刻，最让他痛苦的就是想到万千人中，牵着阿尔贝蒂娜的手踏上圣坛的人竟然是马蒂亚斯。

海因里奇从小到大都是活在施瓦岑贝格家族那位年轻的继承人的光芒之后。就连他自己的父亲也常常拿他和马蒂亚斯作比。马蒂亚斯那时虽然只有几岁，可却已经展现出了与生俱来的傲气。只要一逮到机会，海因里奇的父亲就会吹嘘起马蒂亚斯的博学多才来挑衅他。他父亲永远都不会知道这些行为让海因里奇多么的痛苦。这是一种绝对的认知缺失，因为雨果·比德斯登自己也是在他父亲如此鄙视的态度中成长起来的。

海因里奇发誓自己绝不会再去想念阿尔贝蒂娜，也绝不会跟她说一句话。

到他再次遇见她时，已经过去好多年了。那时，她正和她的丈夫马蒂亚斯 · 施瓦岑贝格一起站在城堡剧院的大厅里。有一瞬间，海因里奇仿佛石化般站在那里一动不动，接着他便一脸笑容地向这对夫妇打了招呼。然后，他便装作看不见他们似的走开了。

海因里奇再也没提过阿尔贝蒂娜的名字。他找不到这么做的理由。然而，被自己少年时最强大的竞争对手抢去了挚爱这件事一直折磨着他。他曾向自己的表兄奥格斯特承认过，说这件事毁掉了他的感情生活，并渐渐让他产生了对功名的希求。

政治抱负

年轻的王储通过积极支持并守卫依附帝国而存在的社会等级来展现忠心是理所当然的事。不过海因里奇远大的政治抱负绝不仅止于此。

他的父亲雨果 · 比德斯登这么多年来一直是备受国王信赖的臣子。在他任职期间，一直被认为是在罗马共和国时期的贵族中就备受敬仰的理想政治家的化身：一个以忠于职守、重视传统和荣誉为准则的贵族。

海因里奇参与政事却有另一番目的。复仇是他的主要动因。他要斩获辉煌，以自己对祖国和人民卓越的贡献来超越马蒂亚斯 · 施瓦岑贝格，为自己赢得无可攀比的地位，让阿尔贝蒂娜后悔当初接受了她父亲的安排，耻笑这包办婚姻背后存在几个世纪之久的父权传统。

作为帝国为对抗拿破仑而派出的第三骑兵部队的中坚分子，海因里奇无畏死亡，他展现了自己出色的战略头脑以及果断的领导力。作为最受人拥戴的军官，他在军队里的职位节节攀升。

1809 年 5 月的阿斯佩恩艾斯林大捷就发生在维也纳城外，在这场战役中海因里奇仿佛无坚不摧。在卡尔皇太子中了敌人的埋伏被包围之后，他一声怒吼，猛挥军刀，一连砍杀了十名法兵。国王为了表彰他超凡的勇气，授予了他荣誉勋章。海因里奇昂首挺胸，向国王表示了感谢，发誓自己定将效忠祖国，他强势地宣告自己愿意穷尽满腔热血，与敌人誓死拼战。他激情的演说感染了围在他身边的民众，国王当下就在这位年轻王储的身上看到了一位值得信赖的臣子，他的家族自古至今一直都是哈布斯堡王室坚定不移的盟友。

几个星期后，就在瓦格拉姆之战的前一天，海因里奇从他的望远镜里看到拿破仑正骑着马，走在距其军队两百码的前头探查地形。海因里奇非常讨厌这位专横跋扈的外来者，他竟然自封为法兰西帝国的君王，并谋杀了整个波旁皇族的人，他们可以说都是他母亲的远方亲戚。这个爱笑的科西嘉岛人相貌平庸，不过，海因里奇仍是在自己的日记中写道，他仿佛看到了一位新的创时代者向他走来。

他写道，看到一个身材特别矮小的人骑在一只尤为壮硕的马匹上，回顾四周，虎视眈眈地盯着这个世界，想要成为它的主人，那感觉很是奇妙。

直觉上，海因里奇很清楚拿破仑在欧洲大陆上的一路征战划开了一个新的时代。他们家族遗留下来的这个封建社会终将会瓦解，并被现代的个人自由主义、宣扬权利平等的宪政体制以及基于自由贸易的现代经济所替代。未来之路已然形成，而海因里奇自己的生活也将会埋没在历史的尘埃中。所以，他无论如何都要穷尽一切力量阻止这种变革，不论代价地打败拿破仑。

在重挫奥地利的这场战役的初期，两颗偏轨的法军子弹结束了海因里奇的军事生涯。第一颗打中了他的膝盖，让他成了一个瘸子。第二颗打进了他的下腹，虽然没造成任何实质性的伤害。

可是军医一脸担忧地摇了摇头。他没办法取出那颗子弹。他说它只能留在海因里奇身体里的某个部位。

“不过也有危险，虽然程度很低，”他继续不安地说道，“这颗子弹的位置可能会改变，然后在您的身体里移动。”

海因里奇没有因此动容。几百年来，他的家族一直在为国王效力。他，作为让人引以为傲的奥地利军队的一名军官，早已在战争上见惯了死亡，他没什么可怕的。

海因里奇从三十岁开始，就一直是奥地利都城中一名杰出的政治家，享有无上光荣。1814 年维也纳国会期间，他的舅舅梅特涅王储请来了两位帝皇，四位国王，数位皇太子及王储，共同商讨在与拿破仑对战之后恢复社会秩序，重建权力平衡的事宜。在此会议上，海因里奇创下了壮举。他穿着那件挂着英勇勋章的一尘不染的军服站在各位君王面前，挺胸收腹，一副胸有成竹的姿态。他寡少的头发让他看上去比实际要老很多，可他的眼睛里却闪耀着久经沙场者的光芒。他的语调强而有力，透露着威严。他的话语坚定而不容反对。在这间金碧辉煌的庆典大厅中，所有集聚在此的人们都很高兴地听到他说，贵族阶级理应取回法国大革命之前他们在欧洲大陆中所持有的权利。他的发言迎来了雷鸣般的掌声。他感谢了到场的莱尼王七世查尔斯 · 约瑟夫 · 拉莫尔，谢谢他所反馈的欧洲乐观的现状。接着，他强烈抨击了启蒙运动的思想，他认为这些观点削弱了贵族阶级掌握实权的理由。他尤其将矛头指向了法国大革命的思想家尼古拉斯 · 斯宾诺莎和雅各宾派的首领马克西米连 · 罗伯斯庇尔。罗伯斯庇尔在将他们的国王送上断头台时竟宣称同情就是叛国。

最佳丈夫

海因里奇周旋在社会的最高层人士之间，频频流连于贵族高雅的社交生活圈中。人们觉得他性情开朗，博学多才，而且观点尤为中肯。他语调温和，从没有显露出一丝的傲慢无礼。他的诚恳赢得了人们的崇敬，他的礼貌让人放下戒心。他就如此获得了众多美誉，甚至有传言称他是国王的特殊宠臣。

他曾占据了海丽微女大公日记里的一小段篇幅。海丽微是美泉宫社交圈的中心人物，见证过无数的重闻要事。几乎没有人能逃得了她犀利的评论。然而，海因里奇曾在战时救了她的丈夫，而且他的甜言蜜语也尤得她的欢心。他如鱼得水地穿梭在各个宴会中的样态，惹人侧目，更颇得她欣赏。他的举止总是高贵，不对任何人持有偏见。海丽微认为他正是能让自己的侄女克莱门蒂娜无可挑剔的最佳丈夫的人选。

克莱门蒂娜只有二十一岁，年轻貌美，光芒万丈。可她却愿意与主为伴，过着与世隔绝的生活，勤勉地遵奉着主的意愿。海丽微不支持她这种热诚的信仰，她也不奢求这个女孩能有何改变。她给海因里奇写了如下的一封信：

克莱门蒂娜非常的虔诚，但并没有特别的精神洁癖。她的时间都用在祈祷和赞美上帝上了。她是由维也纳城外的加尔默罗修会的修女们抚养长大的，所以才被灌输了信仰的概念，变得如此虔诚。另一方面，她却缺少了一份温暖和激情。你能懂我的意思吧，我的王侯。我坚信她不仅能成为一名称职的妻子，也能给您生下一位继承人。你们两个是命中注定的夫妻。娶了她，你将拥有更加美好的未来。你将会得到国王密切的关注。

海因里奇来自一个贵族家庭，这个家族就以天主教最古老的支持者而定名，且几个世纪以来，他们家族的人一直都与大主教们有着密切的联系。不过相对来说，海因里奇在神学信仰上是一个有着独立思想的人。他喜欢看伏尔泰的书，虽然他不赞同他的反教权主义。另一方面，他认为天主教信条建立的基础，都是一些诸如圣灵感孕说和耶稣之子人形化这类的幼稚幻想，虽然他从未忘记过自己的身份，坚持履行了自己对教堂的职责。克莱门蒂娜虔诚的宗教信仰他一点儿也不在意。他毫无踌躇地就接受了她的虔诚行为。他甚至觉得这也有好处，因为这种信仰弥补了这个年轻的女人其他相对而言显得平庸的性格。

贵族阶层中很少有人相信所谓的真爱之说，所以当海因里奇娶了克莱门蒂娜时，没有一个人感到惊讶，虽然这对新人的性格截然不同，观念也是大相径庭。包办婚姻在奥地利的历史上一直都占有一席重要的地位。这个国家和它巨大的财富都是靠这种方式维系的。这场婚姻将一位公主和一位贵族王侯结合在了一起，将这个国家中最古老的家族联系在了一起，这些家族通过战场的英勇证明了他们对国家誓死不渝的忠诚。人们都认为这场婚姻能壮大这个国家的力量，巩固国王的地位。

尽管没有人说，但大家都心知肚明：海因里奇娶克莱门蒂娜的最重要的原因，无非就是后者与女大公的近亲关系。即便如此，谨慎的他也没跟任何人这么说过。

比德斯登堡的雷司令白酒

当比德霍夫堡修缮完成后，海因里奇就携着妻子和他们的三个孩子入住了。田野生活让海因里奇获得了极大的满足，他从未如此开心过。这座城堡对他来说，是一个兼具美丽、宁静与秩序的完美场所。他喜欢这种安静的、无忧无虑的生活，他喜欢每天午后的小憩，喜欢看着城堡前修整完好的花园，更爱在甲板上散步，享受着心灵片刻的纯净。

他觉得自己的妻子无聊透顶，于是就从首都带回两位情妇到这里同住。克莱门蒂娜总是会顺从地接受她丈夫的决定。他的不忠令她伤心难过，可她却选择保持沉默，她不想惹他不开心。她佯装默然地看着这两名美艳女子的到来，当她们正式住下的时候，她便很少出现了，仿佛莫名其妙地消失了一样——一个不想让别人看到自己的人都会这么做。到了晚上,她就会觉得特别孤独。有时她会偷偷走到海因里奇的卧房门口。然而，听到里面放浪的呻吟，她也只能痛心地转身离开。

这里经常会招待从维也纳远道而来的客人，城堡中举办过很多奢华的派对。这些派对上常能发现王侯、公爵和伯爵们的身影。他们身后总是跟着一批又一批满脸崇拜的女人、政治家、银行家、平民、艺术家以及男女音乐家。在这些聚会中，所有人都能自由地发表自己的观点，大家讨论的话题可以从诸如巴黎七月革命这类严肃的政治事件，轻易地跳到贝蒂娜·冯·阿尼姆[①]、齐亚拉·卢扎托、歌德或海涅这些当代诗人最新的作品上。

晚宴总是在八点钟准时开始。那一排排的美味佳肴都是由特地从巴黎请来的厨师精心准备的,他做出来的菜肴色香俱全,吊足了人们的胃口。专门从波尔多购进的上等红酒以及城堡主人私藏的白酒口感丝滑。当每位在座的宾客将面前的六杯酒喝下肚后，就是彻夜的歌舞升平。在一年夜晚最长的这几个月，这里的宴会气氛也升至了高潮。城堡前的花园里经常会举行烟火晚会，将客人们的情绪也抬至沸点。

---

① 贝蒂娜·冯·阿尼姆（1785—1859），德国女作家，德国浪漫主义的代表人物。

在城堡与维也纳中间，有一座广袤的森林——比德瓦尔德。它经过了比德斯登家族的二十六代人，一直到现在仍是这个家族的所有物。这二十六代里的每一个人都在奥地利的历史上留下了足迹，向后世展现了他们的高贵与机智。这座森林是比德斯登家族财产的根基，不过这里还有着一片巨大的葡萄园，而比德斯登堡酿造的雷司令酒也是奥地利最上乘的白酒之一。

从人们有记忆起，这里便是一片天府之地。不过自海因里奇接管了一切后，比德斯登家族才真正迎来了它的黄金时代。这位王侯非常具有商业头脑，他在各种投机行业博得了满盆金。他不仅将投资放在城堡上，还在比德斯琴建起了一座木材厂，引进了先进的管理方法；他挖掘了一些看似无用的沼泽地，将它们变成了肥沃的农田。比德斯登家族的财富在海因里奇这个时代翻了三倍。

政治事业

海因里奇是奥地利处理棘手的政治问题的权威之一。别的贵族们遇到复杂的问题，无一例外地都会如遇瘟疫，唯恐躲避不及，跟他们的父辈一样。而海因里奇却总是能想到完美的解决方法。他对影响社会革命因素的见解尤为独到。

在1848年3月前有一段时间，对改革的拥护声此起彼伏。中产阶级对经济和政治自由的需求越来越强，甚至开始威胁到了上层阶级所在的国家政府。

海因里奇读了伏尔泰、卢梭和托克维尔[①]的很多书，这些人的思想对他的政治事业很有帮助，他也觉得他们的观点很有趣。可书读得越多，他就越发憎恨法国大革命看似能普救众生的形象。

他的偶像是约瑟夫·迈斯特，一位不愿与人来往的军事家。他推崇王权复辟，反对革命。

---

① 亚历西斯·德·托克维尔（1805—1859），法国的政治思想家和历史学家。《论美国的民主》和《旧制度与大革命》是其代表作。

海因里奇十分不信任犹太人、互济会会员和自由党。他形容这些人为不祥的鸟兽，是奥地利国家中恶毒的寄生虫。他说服维也纳的治安部长在各地安插间谍，并让他们直接向他汇报情况。他将这些间谍召集起来，教他们向那些疑似崇仰启蒙思想的人提供一个选择：供出他们的同伙或是进监狱。这起到的效果是显而易见的。那些人为了免遭牢狱之灾而出卖了同伴。如此一来，海因里奇随时都能知道人们在想什么，说什么，所以他虎视眈眈地盯着国内的一切动态，时刻准备无情地瓦解一切对国家不利的自发组织。为了不让哈布斯堡帝国内部发生政治变革，他的策略无疑起到了不可估量的作用。

几年内，海因里奇就成了皇帝身边最有权势的大臣之一。他可信赖的朋友很少，却有一帮从不会令他失望的敌人。当他凭实力超越了前辈后，便被选为新一任的内政部长和治安部长，至此，他的政治事业已然抵达巅峰。

拿破仑的子弹

1841 年春，海因里奇从早到晚一直都在专心于一桩足以撼动奥地利帝国根基的间谍案件。有人将奥地利的军事机密卖给了俄国沙皇派往维也纳的使者。这些都是非常敏感的机密，只有为数不多的几个人知晓。其中包括对奥地利军队调动计划的详细描述、军事密码、军队的运输能力、军事补给的存货清单、再补给计划以及国界防御的具体细节。很显然，这名叛国者一定是军队的上层人物，可没人知道他到底是谁。

海因里奇不认为这只是一场单纯的犯罪，也不觉得这个罪犯只是想为自己穷奢极欲的生活弄点儿资金。他认为这是一场针对国王的惊天阴谋，而且很有可能牵扯到军事高层甚至政治高层中的很多人。

他立即找来了一个人，让他去通知国王。在听了他的报告后，国王要求他赶快彻查此事。

“陛下的要求，我一定照办。我们要立即采取行动，一定要谨慎且毫不留情。对我来说，解决这件事才是当务之急。国家的安危是我们的重中之重。不惜一切代价也要抓到这个卖国贼，将他处决。”

海因里奇用自己超强的毅力和惊人的才智开展了调查。他每天研究文件到深夜，终于想到了一个精心策划的战略。

海因里奇睡觉从来不会超过三个小时，所以每天午饭后，他都会习惯性地在维也纳内务部办公室里的那张大沙发上小睡半个小时。

一天早上，他突然觉得头痛难忍。一整个早上他都感到特别疲惫，没办法集中精力。尽管如此，他仍是坚持回顾了一遍这件案件的机密资料，他感觉自己就快要找到某些重要线索了，破案的希望就在前方。然而他还是没抵住困倦，一反常态地在午饭之前就睡下了。他很快便进入了梦乡。可刚过了几分钟，他就睁开了眼睛，急切地坐了起来。

他弄明白了。叛国者及其同谋者的身份他已经万分确定。海因里奇向来是个很冷静从容的人，可现在他的整个身子都因激动而颤抖着。他大笑了起来，事情原来这么简单。曾经有好几次，他都差点要将整件事当成一个恶俗的玩笑而撒手不管。他急忙跑到办公桌前，呼叫秘书，秘书走进屋内，满脸期待。从海因里奇当时的表情可以看出，他非常的自豪。他清了清嗓子，想让声音变得更加明亮而清晰。接着，他颁布了一则逮捕口令。就在他要宣布叛国者姓名时，他的脸色一僵，停止了发言。就是那一瞬间，拿破仑的子弹结束了它漫长的旅程，终于穿过了海因里奇的身体击中了他的心脏。在真相即将大白时，死神却将比德斯登王侯拥在了怀中。

不适当的婚姻

叔祖父为什么要跟我们说海因里奇和比德斯登家族的故事呢？我们和他们有什么关系呢？

自古以来，斯宾诺莎家族的人就是犹太人，与其说这是一种罪罚，倒不如说这是受环境决定的。我们家族的人每天都会对着我们视为神圣之物的经文虔诚祈祷，这种歌颂天神的传统历史十分悠久，也广为流传。不过，天神对我们的信赖程度比我们对他的要多得多。学习和不断地询问是我们的癖好。

至于比德斯登家族，他们是一支典型的贵族血统，他们的美德就是勇气和英雄气概，而且不论如何也不会去挑战智力活动。早在13世纪末，他们就已发誓要效忠哈布斯堡皇室了。他们唯一看重的就是自己纯正的贵族血统。所以，从古至今，他们总是和同族的人结婚，对其他人，他们都是弃之如履的。

我们从没享受过任何权利，这个世界上没有一个地方是我们的家，我们经常被人驱赶，跋山涉水地到处逃难。除了书本，这世上没有任何一个地方能让我们感到安全。而比德斯登家族却无忧无虑地生活在他们巨大的城堡中，他们是拥有着万顷领地和大片狩猎场所的贵族，他们是教堂的信徒，笼罩在他们高贵姓氏的荣耀下，他们的罪过能被无条件地宽恕。

然而我们两个家族之间的区别不仅体现在习俗、历史和传统上，我们的思想、和他人的联系、我们各自的生命意义、让我们感动的事物、我们的思维以及我们的梦想和记忆都完全没有交集。事实上，斯宾诺莎家族和比德斯登家族真的有共同点吗?

一个明亮的秋日，爱神之箭稳稳地击中了这两个家族的一对男女，从而将我们联结到了一起。我们家族的人并不开心，更别提那些贵族了。海因里奇是幸运的，好在他已经死了。不然，仅仅是想到他纯正的贵族血统将会通过犹太人的血脉，流入那个处死了法国国王之人的后代的身体里，他也会眨眼间气死过去。

我们祖父的父母间那场门不当户不对的婚姻，就是叔祖父如此频繁地提到比德斯登家族的原因。

继承人

海因里奇下葬三天后，鲁道夫在他父亲常坐的那张桌子边坐了下来。他知道自己总有一天会接替他父亲的位置。作为海因里奇的长子和家中唯一的儿子，只有他能延续比德斯登的血脉。现在他接管了家族的一切资源，成了一家之主。他是家里唯一重要的人，他的妹妹们根本无足挂齿。

鲁道夫一直都在期望有一天自己能权倾朝野。然而，现在，想到他要接管这座城堡、家族的所有财产以及承担随之而来的各种职责，他竟畏缩了。他害怕人们会说他没有自己的父亲出色。所以他发誓绝不会动摇，永不怀疑自己。他要用一双铁手，管理好所有的事情，获得大家的尊重。

半个小时之后，海因里奇所有的家人都聚集到了他的办公室内参加家庭会议。站在鲁道夫右边的是他的母亲和教父考尔巴赫主教，他的每一次呼吸都透露着镇定和信心。鲁道夫的妹妹厄休拉和梅赛德斯站在他的左边。女人都在哭泣，这不奇怪。鲁道夫觉得这些女人总喜欢用眼泪赚取他父亲的同情，让他满足她们的愿望。他下定决心，绝不会让自己被他的母亲和妹妹们左右。

“父亲去世了。现在这个家归我负责。也就是说这里大大小小的决定都应由我来做。从此刻开始，我就是这个房子里的主人。你们不可以插手这个家的事情，也不能探听不属于你们管辖范围的问题。不论何事，你们都不能在中午之前打扰我。还有什么问题吗？那么今天就到这里吧。都散了吧。你们已经耽误了我太长时间。我还有很多事要去处理。”

鲁道夫的母亲和妹妹们都低下了视线。考尔巴赫主教板着一张脸，他的表情也是平生第一次染上了些许情绪。而城堡的新主人正在一边洋洋自得地微笑着。

败类

鲁道夫可以说是比德斯登家族中的害群之马。从他出生之日起，他的任性和自私就表现得淋漓尽致。他一点儿也不心疼她的母亲，完全没有从她的肚子里出来的想法。那个时候，他们的家庭医生鲁特巴赫说这个男孩有点儿难驾驭，必须要借用钳子接生。等到他终于降临到这个世界上来时，他就开始撒泼尖叫起来。他很活泼，虽然钳子在他的小脑袋上留下了一些痕迹，但他仍是一个很好看的婴孩。医生当下就把他递给了在一旁静待的奶妈手中。

后来，克莱门蒂娜和海因里奇经常会觉得，鲁特巴赫当时在用钳子接生的时候，一定对鲁道夫的脑袋造成了什么不良的影响。鲁道夫身材圆胖，脸蛋红扑扑的，他既没有继承到其父亲的平易近人和彬彬有礼，也没有继承到他母亲天生的内敛性格。他是一个很难取悦的孩子。他不会说话，只会号啕大哭。这个习惯从他很小的时候就养成了。面对争执，他都是以武力强制解决的。他不喜欢别人违背他。他经常发脾气，城堡里的仆人们都特别害怕他。

为了使他成为一个有教养、有文化的年轻人，城堡里请来过很多外国名师。两年内，其中五名自动要求遣返回乡。没有人能忍受得了鲁道夫的暴脾气。最后剩下的一名导师，一位骨瘦如柴的驼背瑞士人，眼光闪烁地看着海因里奇，万分恭敬地说他认为这个年轻人不会多有前途。说完，他提出了离开城堡的要求。

当鲁道夫被送去位于福斯坦布伦的著名的卡纳普斯寄宿制学校后，他的父母立即觉得轻松了好多。这座学校就在萨尔斯堡城外，这里的学生都是奥地利最上层的贵族家庭的儿子们，他们将在这里接受教育，直到达到可以参军入伍的年纪。

鲁道夫在学校里没有朋友。他总是和别人打架，吓跑了周围的所有人。他想要得到别人的关注和尊敬，所以他想努力让自己看上去更加粗暴、狂野。其他的男孩都叫他“疯子”，对其唯恐避之不及。

鲁道夫第五次欺负同学之后，校长就给海因里奇写去了一封信，向其宣告福斯坦布伦的这所学校已经不再适合他的儿子了。

后来，他还进过三所其他的学校，但每次的结果都是一样。在每所学校里，他都喜欢欺凌弱小，行为十分过激。

长大成人

比德斯登是一支古老的勇士家族。他们的家徽上刻着一只狮子和一顶皇冠，家训则是坚守帝国。所以，鲁道夫的未来早已定盘了。在十八岁的时候，他便被送往了维也纳的军事学院。克莱门蒂娜希望他穿上军服能光宗耀祖。海因里奇则认为军队严格的纪律，里面的将军、上校、队长以及其他优秀的士兵能让鲁道夫快点儿懂事，找到生命中一个稳固的立足点。

然而，还不到三个月，鲁道夫便制造了一次十分恶劣的丑闻。虽然当下就被退学了，鲁道夫却觉得很开心。

这件事让他的父母惊诧不已。克莱门蒂娜为此很是心烦。海因里奇则转向他的堂哥奥格斯特寻求意见。奥格斯特虽然作为布尔根兰的大主教，实际却是个作恶无数，六根不净的人。

听完了海因里奇的抱怨，奥格斯特头一歪，咧嘴笑了出来。他给出的意见很简单，任何人都能想到。在那个年月，为了让年轻的贵族青年了解床笫之事，找妓女来帮忙是很正常的。奥格斯特的建议就是满足鲁道夫对肉欲的渴望，这样他蠢蠢欲动的灵魂才能得到稳定，举止也不会再如此冲动。

“亲爱的哥哥，你的意思是说我应该带鲁道夫一起去胭脂坊吗？”海因里奇惊讶地问道。

“你儿子天生所固有的男性活力以及对暴力的诉求应该得到合理的发泄。他需要的是释放欲望。给他找个女人吧，让他成为一名男人。”

海因里奇叹了口气。奥格斯特拉起他的手，紧紧地握了握，说：“相信我。”他说话的口气跟周日布道时一个样。

那天晚上，鲁道夫被叫到了他父亲的办公室里。海因里奇给他倒了一杯雪利酒。

“儿子，”他点燃了一根烟，说道，“有一天，你将要成为比德斯登家族的统领，你必须要对你身边所有的人负责。”

“这有何难。”鲁道夫打断了他，说道。

海因里奇装作没听到。他没有回应，而是继续说道：“所以，你得去尝试不同的事情，学会面对各种各样的人。明天，你和我一起去维也纳，你将要获得另一番全新的体验。我们要去一个大家称为‘奇妙之屋’的地方。像我们这样的人在那个地方可以暂时忘却尘世，却不为找寻真爱。”

阿拉贝拉·拉杜斯

海因里奇已经入土为安，他倒是逃过了鲁道夫的婚礼。这场婚礼成为了当时奥地利上层社会的一项谈资。

鲁道夫的未婚妻不是第一个通过婚姻改变自己的出身，从而升为贵族的人。鲁道夫也不是第一个为了爱情而结婚的痴情仔。即便如此，贵族们仍是无法理解他为何会选择这样一位妻子。一个像他这等身份的富家子弟就因为一个平凡女子的动人容貌而做出这种行为？这简直不可思议。很多人都认为这场婚姻不过是一次奇异的玩笑罢了。

阿拉贝拉·布劳恩从小生长在一片破烂不堪的街区里，这里的房子东倒西歪，摇摇欲坠，几乎很难在维也纳的这片贫困的博吉迪劳街区中坚持下去。这个街区充满了乞丐、妓女、皮条客以及工人阶级的醉鬼们。她的父亲，是一个得了结核病的鳏夫，喜欢借酒消愁。为了抚养他的七个孩子，他做着一份编织假发的工作。他深爱的妻子已经和一个吉卜赛浪人私奔了，因为她无法忍受自己丈夫每次醉酒后对她施加拳脚。

阿拉贝拉觉得是因为自己，母亲才抛弃了这个家。她是家里唯一的女儿，父亲总是以折磨她为乐。他不仅踢打她，还把她拽到暗处，在她身上摸来摸去，直到她歇斯底里地哭叫出来，他才会放了她，然后冲着她喊道，她跟她母亲一样是个下流的娼妇。有时，他也会良心发现，塞给她两枚格罗申币，让她给自己买点儿甜点吃。

阿拉贝拉成年后，她父亲注意到街上有很多男孩子会色眯眯地盯着她看，他为此很是自豪。有时，当他想到阿拉贝拉娇美的身材和那一头黑色长发时，他也会感到一丝担忧：一个贫穷的女孩能从她美丽的容颜中获得什么好处呢？

阿拉贝拉很早的时候就下定决心了，今生她绝不会一直都在社会的最底层挣扎。她要更高的地位。她想要洗心革面，做一些重要的、美好的、有意义的事，得到他人的赞美和一点点尊重。她的声音很好听，也非常熟悉意大利歌剧里的几首咏叹调。她梦想着有一天自己能在歌剧院里当一名歌者。尽管她为此竭尽了全力，甚至让剧院院长见识了她身体上最隐秘的部位，可她的付出一直未得到回报。

一天早上，她赤裸着站在镜子前。她突然意识到女性魅力是自己最大的优势。她才二十一岁，丰乳肥臀，胸前两点如坚果般圆润挺立。她想了一会儿，权衡了利弊。她从没打算成为所谓的德行与责任的楷模，于是她果断地决定要全身心地朝另一个新的方向努力奋斗。

博吉迪劳街区里的女人们在还不会识字的时候就做了妓女，阿拉贝拉认为现在她们更像是一具具行尸走肉，过了今天没有明天。她想要利用自己的身体做一番大不相同的事情，让它变成一种艺术，不是为了这些下流淫荡、身上发着恶臭还时常突然早泄的粗鄙之人，而是为了那些真正的行家，他们出手阔绰，懂得享受，知道如何欣赏爱情的乐趣。

后来，阿拉贝拉发现自己非常喜欢跟贵族们谈情说爱，于是她去了胭脂坊。这里招待的宾客都是家财万贯、品味独到的人。

阿拉贝拉的美貌令人惊叹，桑亚女士第一眼就觉得她会为胭脂坊招揽更多生意。这所妓院的所有者给阿拉贝拉起了一个艺名——阿拉贝拉·拉杜斯，并为她捏造了一个背景，说她是一名来自巴黎的年轻有为的歌剧演员。那天晚上，她将自己假装的第一次献给了施瓦岑贝格王侯，对于这些小乐趣，他出手总是非常阔绰。

凭着自己的天赋，阿拉贝拉很快就获得了成功。起先，她还觉得很吃惊。不过很快她便学会了善加利用自己对男人的掌控力。作为维也纳城中最热情的女人，她的名声很快在这里的贵族圈中传开了。

红灯区之行

鲁道夫在爱情方面的经验可以说是极其缺少且毫无趣味。当与女人在一起时，他就会变得额外的笨手笨脚、心不在焉，索然无趣。每当他偷偷溜去红灯区想找点儿乐子时，一股寒意就会爬上他的脊梁。有时，他就站在妓院的入口，在内心的欲望和对女人天生的胆怯间来回摇摆，纠结到底要不要走进去。

这座情色庙宇拥有各种各样的、只要你能想得到的服务。对于一些有特殊癖好的顾客，它甚至能为其提供年轻的男孩。鲁道夫遇见阿拉贝拉的第一晚，妓院的老鸨就给他提供了几个选择：一位年轻的女孩，她的胸部就像男孩一样平坦；一位资本家的老婆，她有着一个美臀和一双鲜嫩的大腿；一位东方女人，她是也门苏丹王的一位妾室；以及一位来自巴黎歌剧院的女歌手，她的体内充满了热情之火。

他选择了最后一个，因为他认识的一位以懒散度日、荒淫之说而闻名的男爵曾告诉他，一个人在这位美丽女人两腿之间那汪清泉里徜徉时，是他在这短暂的欢愉中最接近天堂的时刻。

收了钱后，桑亚夫人就将鲁道夫带到了顶层的一间房。只有最尊贵的客人才能来到顶层，鲁道夫之前也从未来过这儿。这间房子比他平常去过的那些都要大。在房间的中间有一张特大型的圆床，四周围绕着六根高大的烛台。这些蜡烛的红色火焰燃烧着一股醉人的香气，飘散在屋内。鲁道夫一走进来便有些神不守舍，桑亚女士随后关门出去了。他完全着了魔，整个房间都仿佛笼罩在了一层情欲的魔力中。

阿拉贝拉·拉杜斯坐在床沿边。她站了起来，扭动着腰肢慢慢向鲁道夫走来。她是他今生见过的最美丽的风景。他仿佛着了魔似的站在那里，呼吸不畅。她大大的黑色眼睛里露出了一股雌性动物的本能。

阿拉贝拉非常了解自己强大的魅力，她轻轻摆了摆头，甩落了头上的头绳和发夹，任由长发纷纷落在自己的肩膀上。当她轻解罗衫之时，鲁道夫突然觉得一股欲望的电流贯穿了他的身体。当她褪去上衣，露出那雪白的胸脯时，鲁道夫已经无法转移自己的视线了。他从没看过如此美丽，如此令人兴奋的东西。

她拉起他的手，牵着他走向了床，开始帮他脱衣服。接着，她将他推倒在床上，开始用她那柔软的舌头缓慢地探索着他的身体。时间在这一刻仿佛静止了，周围的一切仿佛也已变成了虚幻，鲁道夫觉得自己好像已经上了天堂。这个动作持续了一段时间后，她便骑在了他的身上，开始轻轻地在他的下体上抚摸。鲁道夫立即就射精了，这是他有生以来最长的一次。这么快就到了高潮，让鲁道夫觉得很丢脸，他不敢直视她的眼睛。他眨了眨眼，很快就睡着了。

第二天，只要鲁道夫一想到阿拉贝拉，他就会满脸通红，心跳加速，眼光闪烁。他觉得心潮澎湃，这个女人让他如此心神不宁，他对她的渴求毫无消减之意。这种感觉对他来说既新鲜又陌生。他数着时间，心急如焚。到了晚上他再次奔向胭脂坊。

那个晚上，两个人更是打得火热。这一次，他用自己的手指在她的全身探索了个遍。她的胴体不断地与他摩擦来去，最终他在她的体内爆发了。事后，他因为太过精疲力竭而差点昏厥过去。

求婚

到了第三天，鲁道夫来到胭脂坊的时候，阿拉贝拉已经有人买下了。他失望极了。他干哑着声音，失落却顽固地向桑亚夫人抗议着，但只是徒劳。阿拉贝拉一整个晚上都有客人。他面露愠色，本能的反应就是踢打眼前的这个女人。不过他没有，他害怕这会造成不好的后果，所以他忍住了怒火。他很不开心，甚至拒绝了一个年轻的红发女子和一个成熟的金发女郎为自己服务。他让车夫把自己拉到了最近的一家酒馆，他在那里喝了一杯酒，试图回忆他在阿拉贝拉床上感受到的那股情欲的芬芳。

那天晚上，他一夜未眠。第二天，在床上躺了一天，他浑身都闷出了汗。他对阿拉贝拉的占有欲极其强烈。某种强烈的欲求折磨着他的身心。他想要独自占有她，不让任何人染指她，让她远离任何人，只活在自己的监控下。他想将她融进自己的血液中。所以他决定娶她。他觉得这是个绝妙的办法。结了婚之后，他就能对她予取予求。

那天晚上，他跑去了胭脂坊。他脱下他的裤子，将自己的下体器官放在了阿拉贝拉的嘴里，问她愿不愿意嫁给他。她略有兴趣地听着，看上去似乎还有些受宠若惊，可她一点儿也不想嫁给他。鲁道夫举止奇怪，她自己也完全不了解所谓的贵族。阿拉贝拉觉得他就是社会最下层的人。而且，他并不是自己想要的白马王子，相反，他是自己最讨厌的那类人。因为不管是他的性爱技巧还是他的同伴，她全都不满意。然而，那些一心只想攀龙附凤的人天生就有一种怯弱心理，虽然他们平时并不会承认。于是她没有直接拒绝他，而是表现得非常认真。

第二天，桑亚夫人告诉了阿拉贝拉，其实鲁道夫有王侯的血统，和国王有着密切的联系，而且他富可敌国，在维也纳拥有一座巨大的城堡和一幢豪华的别墅。老鸨的这些话仿佛有了魔力一般深深嵌在了阿拉贝拉的心里，她妥协了。她眼中的鲁道夫突然变了一个人。她不再关注他丑陋的外表，而是更注重他古老的贵族血统、奢华的城堡和万贯家财。她想象着，这个社会中地位最高的人们将向着比德斯登的王妃下跪行礼。所以，当他们第二次相见时，在面露痛苦，假装高潮来临的那一瞬间，她羞答答却清晰地在鲁道夫的耳边说了一句我愿意。

艰难的考验

鲁道夫对阿拉贝拉的求婚，对他的家人们来说却是一次艰难的试炼。所有人都不明白他为什么会拜倒在一个妓女的裙下。

海因里奇早逝后，克莱门蒂娜一直深陷在悲伤中，她的双眼整日都是红肿的。她觉得这场婚姻是命运又一次的残酷打击。她希望鲁道夫能改变心意。

她小心翼翼地劝告道："你应该知道一场门不当户不对的婚姻是不会幸福也不会长久的，不论一开始你们是多么的幸福。"

"别再提这个了，母亲。"鲁道夫一边说，一边摇着头。

她没有退缩，反而提高了音调，有些愠怒地说道："想想我，想想我们一家；你难道看不出来我有多痛苦吗？你难道不知道这是一场灾难吗？简直是耻辱！"

她哽咽了起来，伤心欲绝，仿佛这世间所有的悲伤都落在了她脆弱的肩膀之上。

"痛苦？灾难？耻辱？"鲁道夫说，"我的幸福对你来说就是这些吗？认识阿拉贝拉是我遇到的最美好的事！"

克莱门蒂娜深吸了一口气，像看着一个陌生人般盯着她的儿子。她默默地祈祷上帝不要让这样的悲剧发生。她的眼眶里充满了泪水。她立马折回了自己的房间，在里面待了很长时间，泪流不止，抽泣不断。

鲁道夫拒不妥协，他不认为自己做错了。他坚信认识一个人最好的方法就是摈弃惑众的谣言，从它的对立面来看待这个人。他知道胭脂坊的常客都说阿拉贝拉是个堕落的、放荡的女人。所以他才觉得在现实生活中，她也不过是个非常善良、无辜、真诚而脆弱的女子。

这对新人在布尔根兰的主教奥格斯特·比德斯登的见证下完婚了。他略带轻浮，又不失礼貌地向这对新人朗诵了一段叙述比德斯登家族史的优美诗歌，一篇圣经中的摘文以及一些幽默的话语。这场婚宴在比德霍夫堡举行，约有五百来宾。

婚礼结束后，他的母亲和妹妹们被要求和这位来自胭脂坊的风尘女子对话时，竟因羞耻而涨红了脸。

另一边，奥格斯特却显得很开心。在别人听不到的地方，他告诉前来参加婚礼的女人们，他很愿意偷偷溜到教堂的圣器室，为她们做一次私人的告解。

这些戴着夸张的羽毛帽，穿着能让男人垂涎三尺的低胸裙的女人们都是阿拉贝拉的同事，她们在这里可是赚足了所有人的眼球。

残酷的婚姻

鲁道夫和阿拉贝拉在法律上一直都是夫妻，直到死亡将他们分开为止。可他们并没有一起生活很长时间。

结婚后的几个月间，鲁道夫一直都和阿拉贝拉待在一起，他发现她完全就是个普通人。她故作高雅，总是想参加各种社交活动，还经常定做一些品味低俗的衣物，供别人评头论足，这些让鲁道夫觉得很恼火。鲁道夫和他母亲的伦理观有些类似，他认为衣服就是用来穿的，而不是为了吸引他人的注意。阿拉贝拉的激情冷却得越来越快，这让鲁道夫尤为不满。他们上床的次数越来越少，他甚至都快忘了她丰润的嘴唇是个什么味道了。

为了重燃他们的激情，一天晚上，鲁道夫自导自演了一出悲情戏码，假装阿拉贝拉背叛了他。他抱怨说自己对她在胭脂坊之前的生活完全不了解；他也不知道，在自己为了家族生意去布尔根兰出差的那段时间她做了些什么。鲁道夫以为这么一说能让阿拉贝拉因为害怕失去他而改变态度，对他投入更多、更深的感情。最重要的是，他希望能重新唤醒她的性欲，让她再度散发出女人的诱惑魔力。

然而，阿拉贝拉没能领会鲁道夫的用意。她并没有恳切地，颤抖着声音向鲁道夫乞求原谅，反而十分愉快地描述起了她在胭脂坊的种种风流韵事。鲁道夫欠缺的床上功夫总是让她提不起性欲，所以她以为他想知道她最享受的性爱到底是什么样的。

她没有漏掉任何细节，鲁道夫越听越是恼怒。他嫉妒极了。阿拉贝拉开心的表情和兴奋的语调让他不禁怀疑，她那神情无意之中好像就是在埋怨他们的闺中之事有多么无聊。也许，她和以前招待过的那些男人还有瓜葛。

那一瞬间，鲁道夫染上了一种病。他一辈子都没能摆脱这种病的折磨，它嵌入了他的生活，不断侵扰着他。

鲁道夫总是忘不了他的妻子曾是维也纳的夜生活女王，他老是会想起对她垂涎三尺的男人们拥簇在她的身旁以及她朝他们绽放如花笑颜。鲁道夫怀疑阿拉贝拉还在一直联系着她的老顾客，和他们在一起厮混——这些他之前从来没想过。社会中的一些恶意的流言更证实了他的想法。嫉妒之火渐渐地吞噬了他的灵魂。他每一天晚上都会做着重复的噩梦。梦里，他看见一些不认识的男人正在抚摸她的胸部和她黑色的长发。他不安地醒来，浑身冒着冷汗。他能感觉到自己的体内正有怒火熊熊燃烧，可是他不想让自己的情绪失控。在他身边安然睡下的阿拉贝拉美丽得如同天使一般。她的美让他心醉。他的欲望混杂着无法忍受的痛楚。他被她性感的身躯吸引，可他却越来越觉得她谎话连篇。他想让地狱的火焰将这个骗子妓女和她诱人的身体燃烧殆尽。对她的报复充斥着他的脑海，而且变得越发的真实。每过一天，鲁道夫的妒火就会燃烧得更旺。他讨厌身边的所有男人，认为他们都是蠢货。他紧盯着每个跟阿拉贝拉说话的人，还经常因为误解了一些无辜者而丧失理性做出一些不当的行为。只要是他认定的情敌，他一个也不会放过。

每个人都注意到了，年轻的比德斯登王侯的行为越来越奇怪。他的阴晴不定和火爆脾气吓跑了很多人。很多上层人士都开始对他避而远之了。很快，背地里拿他说笑成了各种宴会上的常事，正如以前人们总是在宴会中对他的父亲赞不绝口。鲁道夫的丑事甚至传到了国王的耳朵里。

田园生活

短暂接触了维也纳的贵族圈后，克莱门蒂娜觉得比德斯登家再也不是以前那个受人敬仰的家族了。她觉得这些都得怪阿拉贝拉。她催促鲁道夫尽快搬回比德霍夫堡住，因为她担心自己的儿子会受到皇室贵族的公开排挤。鲁道夫同意了，他也越发不想住在城里了。

城堡上下盛情迎接了这对新婚夫妇的归来。布尔根兰宁静的田园生活让鲁道夫心情舒畅，精神奕奕。他和阿拉贝拉每天都会漫步在城堡的花园中，他想让她爱上这种舒适的乡村生活，劝她回心转意，不要再理会那些贵族的流言飞语，迷恋他们的奢华生活。

阿拉贝拉对这段乡村生活的印象就只是一个冗长而阴冷的秋天。这并非她所梦想的那种生活。她想要结识权贵，想要穿金戴银地在各种宴会中穿梭；她想去伯格剧院或歌剧团听戏；她想要备受瞩目与尊敬；她想要成百上千的人围绕在她身边；她想要高人一等的地位并倾倒一片男人，成为维也纳最有魅力的女人。她不想当什么乡村的王妃，整天与这些粗鄙的、浑身散发着酒味的农民为伍。她想回去了。

在比德霍夫的这三个月，鲁道夫好几次回绝了阿拉贝拉想要回维也纳的要求。之后，阿拉贝拉告诉他自己被邀请去参加一场晚宴，而且她也欣然同意了，因为她万分想脱离这种独居的生活，去外面见见别的人。可鲁道夫想让她那天晚上跟他待在一起，哪都别去。他很确定她对城市生活的诉求只是个幌子，只要她一回到维也纳，肯定就会头也不回地投入别的男人的怀抱。

阿拉贝拉觉得自己被囚禁了。为了表现她的决心，她挺直了身体，高昂着头，威胁说要离开他。鲁道夫直直地看着她，眼神坚定没有畏惧。他一时不知道要说什么，阿拉贝拉义正辞严的话语把他逼入了窘境。突然，一阵怒火攻心，他失去了理性。他破口大骂，叫她贱人。他觉得自己的肌肉都拧在了一起，一股力量涌上了他的身躯，集中在他的下腹和生殖器上。他压倒了阿拉贝拉，撕扯掉了她的衣服，强行进入了她的身体，把她的嘴唇都咬破了。

“你这个卑鄙的混蛋。”她充满厌恶地说道，接着抓起了鲁道夫的脸。

鲁道夫肆虐着她，这种动物般疯狂的律动让她非常害怕。可她还是想伤害他，让他难堪。

“我们结婚后，有很多比你好几倍的男人和我睡过，而且他们从来不会强迫我。”她一字一句地说道，就如一只极力克制自己的野猫。“他们所有人都说自己从没体验过像我这么甘甜的女人。这才是我最想听到的，而不是在我耳边的喘息。而且，他们能让我体会到极乐，你不行！”

阿拉贝拉的嘲讽更激怒了鲁道夫。他掐住她的脖子说：“我要掐死你，看着你的舌头从你那张恶毒的嘴里伸出来！”

一丝不清楚的嗤笑从阿拉贝拉的唇间发了出来。

鲁道夫站起来，穿上了裤子，抬起阿拉贝拉，把她带到了旁边的屋子里。他把她摔到了地上，锁了起来。

鲁道夫恢复冷静后，觉得有些后悔，还想着是不是要去道歉。他知道自己是因为害怕失去她才会如此疯狂。他一个人吃晚餐的时候，便在思考怎样才能安抚阿拉贝拉，让她开开心心地住在比德霍夫。可是他什么办法也没有。于是，他决定先去睡觉，等到明天再说

阿拉贝拉觉得深受侮辱，十分生气。鲁道夫是个十足的王八蛋，比她见过的所有男人都要残忍。她捶打着房门，发誓自己再也不会让他这么轻贱她。上帝作证，她可不是他的财产。经过不懈的努力，她用一根发夹撬开了门锁，在那一天晚上跑去了维也纳。

第二天一早，鲁道夫发现阿拉贝拉失踪之后的失望溢于言表。他心跳加速，喘起了粗气，额头和双手不断地冒着冷汗。他不知道自己该怎么办。那位来自波西米亚的仆人博胡米尔朝他微微一笑，他照顾鲁道夫很多年了，还从来没看过他如此沮丧。他问鲁道夫是否需要什么喝的，鲁道夫便要了一大杯白兰地。

众所周知，男性的自尊就像是一株特别敏感的植物，一不给它浇水，它便会枯萎。鲁道夫则用酒精来灌溉这株植物。过了一个星期，当无数杯白兰地下肚后，鲁道夫叫人牵来了他的马车，直奔维也纳。他躺在柔软的窗帘上，闭着眼睛，想起了阿拉贝拉。他感到自己对她的爱正在心中翻滚，他想要把她找回来。可事情总是不尽如人意。

伯格剧院的一晚

鲁道夫派了一名正装的仆人去打听阿拉贝拉的下落。到了晚上，他才赶回比德斯登的大宅。他敲了敲门，没人回应。又等了一会儿后，他

犹豫地推开了门，看到了桌上立着的两只空空的酒杯。鲁道夫正坐在摇椅上，壁炉的火光映衬出了他的侧影。烟圈懒懒地从他的左手边升起。仆人清了清嗓子，说据可靠消息，王侯的妻子今晚要和马蒂亚斯·施瓦岑贝格王侯一起去伯格剧院看演出。

听到这个消息，鲁道夫立即火冒三丈。嫉妒的痛苦如刀扎在他的心上一般。他确定阿拉贝拉就是施瓦岑贝格的情妇。这个想法让他难以忍受，因为他非常鄙视施瓦岑贝格这个名字，他也不知道这是为什么。他决定立刻赶往剧院。

伯格剧场那天晚上的演出是此季最激动人心的大事，它不仅是一次宏大的社交宴会，也是一场艺术性的盛典。如预期一般，马蹄形的大厅内,群情激昂。今天是斐迪南大帝五十岁的寿辰。著名的剧作家弗兰兹·基拉帕瑞为向其致敬而写了一部新剧，就在今晚上映。

即便马蒂亚斯·施瓦岑贝格刚刚丧偶，他仍然是一副活力充沛，激情澎湃的样子。他绝不像一个悲伤的老男人，而更像是一个正值青春的少年。他乐此不疲地参加各种社交活动，从不会漏掉任何一场宴会。

施瓦岑贝格家在第一排有一间大包厢，这让维也纳城中的所有人都羡慕不已，因为这间包厢就在国王的隔壁。

那天晚上，阿拉贝拉穿了一件紧身的红色长裙。她将裙子的胸口开得很低，大方地炫耀着自己丰满的胸部。她坐在王侯的旁边，小酌着一杯香槟酒，享受着看台上年轻男人痴迷的眼神。她喜欢男人在想象中将她扒个精光。

这出戏剧情节精彩，旋律动人。一个穿着奇异的年轻人在台上杀了一个人。一个老妇哭了，另一个跪了下来。演员们都在很卖力地演出。阿拉贝拉看得入了迷。而马蒂亚斯的背部却在隐隐作痛，他曾在一次危险的捕猎意外中受过伤。

阿拉贝拉靠向她的主人，低声说了自己对这部戏的评价。她胸部的美好线条正贴着他来回扭动。

就在那一刻，鲁道夫冲了进来。他觉得眼前的这两个人举止太过亲密了。他万分确信施瓦岑贝格正在抚摸着阿拉贝拉的胸部，却被他逮了个正着。鲁道夫愤怒地摇着头，像疯了般嘶吼了起来。

台上，主演正在朗读诗歌，赞美清晨的甜美空气。然而他突然停住了，目瞪口呆地站在那里。剧院里的每个人，演员、观众都齐刷刷地看向国王隔壁的那间包厢。

这是鲁道夫和阿拉贝拉第二次目不转睛地盯着彼此。直觉告诉她，最好的办法就是哭泣，利用自古以来便总能奏效的女人的眼泪。她站了起来，眼里闪着泪光，她抱住了自己的丈夫，告诉他她爱他，尊重他，说自己的心里只有他。然而，鲁道夫不相信。阿拉贝拉的话和眼泪对他都没有用。他不想看她的眼泪，他只想要她承认错误，不管她的良心是否无辜。

他觉得自己在这么多人面前被欺骗了，很丢脸。他仿佛突然看穿了自己从未想象过的谎言和罪恶。他粗暴地将阿拉贝拉向她的座位推去，差点就弄翻了椅子，他大叫着说她口口声声的爱情都是谎言，是虚伪的演技，她就是一个彻底的妓女。

施瓦岑贝格挡在了他们俩中间。他试图劝说鲁道夫，说他现在就像个孩子，说他的表现一点儿也不像是一个高尚的贵族。

满心怨恨的鲁道夫转而向他泄愤。他打了他好几拳，接着踢向了他的下腹部。施瓦岑贝格被打趴下了。他弓着腰，靠在墙上，喘着粗气。他嘴唇出了血，假发半搭在头上，左耳充斥着撕心裂肺的吼叫声。他用手碰了碰脸，发现自己的嘴唇已经破了。小手指上的尾戒也满是鲜血。正当他调整好呼吸，准备重新出战时，鲁道夫已经离开了。

伯格剧院里的所有人都惊慌失措了。圣詹姆斯的皇室大使，西肯巴登王爵因为过度惊吓而心脏病突发，昏了过去，结果第二天早上就去世了。几个女人当场就昏倒了。所有人都没有说话，他们感到很痛苦。一个接着一个的观众转开了视线，假装自己不存在。剧院太过安静了，连针掉下来都能听到。由于这种过度的沉默，即使那些坐在观众席最远位置的人也能感觉到国王的怒气。因为他在剥一颗萨赫甜品店的巧克力糖时，手却在不停地抖动。

皇帝的判决

第二天一早，鲁道夫收到了一封信，信上的字迹四仰八叉，十分幼稚。

阿拉贝拉在信中说，她认为这场婚姻应该到此为止了。

鲁道夫第一个想到的就是阿拉贝拉获得自由后一定会更加放荡，以前因为在乡下而不能做的事她肯定都会做个遍。他难过极了，想着她自由了之后会干些什么，他的脑海里出现了各种生动画面，让他难以忍受。

正当他浮想联翩，痛苦不已的时候，他又收到一封信。这封信是从霍夫堡寄来的，是皇帝的口谕。他要鲁道夫到皇宫来解释当日在伯格剧院的行为。

“在以前，年轻的王侯可不会如此冲动地暴打一位德高望重的老王侯。”国王说道，然后严厉地问道：“难道这种让人无法接受的行为和你的性格有关吗？年轻的比德斯登王侯，我可是听说过好几起不堪入耳的事件。”

鲁道夫很冷静，至少看上去是这样。他承认自己乱用暴力是不对的，有损贵族的形象。他很后悔自己打断了戏院的演出。不过他一点儿也不觉得自己打错了人。为什么这么说？因为一个人有权维护自己的东西。他爱阿拉贝拉，可那个老头却想将她占为己有。他不会为此感到愧疚，也不会良心不安。

“因爱生妒，为情而争，”国王说，“你当然可以原谅你自己，我们也能。可是，年轻人，我想告诉你，维也纳的女人都是虚伪而轻浮的。她们是巫女，折磨着男人，这是事实。而布达佩斯却跟这里完全相反。我年轻的时候遇见了一位美丽不可方物的匈牙利女子。她可以让所有男人血液沸腾。可是她很害羞，沉默寡言，即使她在做祷告时也是如此。她跟你的妻子一点儿都不同。所有人都知道她的来历。我觉得，就我所看到的，她的那种穿着，那种袒胸露乳的衣服摆明了是要挑战人们的道德极限。你应该让你母亲教教她怎么正确着装。”

鲁道夫突然很想去厕所。他紧张了起来。他像一只笨拙的鸭子，将身体的重心从这个脚换到了另一只脚。他的双手不停地颤抖着，好像他喝了酒一样。他感到越发的恐慌，他就快憋不住了。

他打断了国王的讲话：“陛下，原谅我的无知，可陛下似乎从未恋爱过。您貌似并不了解阿拉贝拉对我来说意味着什么。我请求陛下别让我母亲来掺和我的婚姻。”

国王蹙起了眉头，冷眼看着鲁道夫。他不喜欢这种没礼貌的行为。还没有谁敢用这种语气跟他说话。斐迪南也不会允许他故友的败家子用这种粗鲁的方式跟自己说话。即使这个年轻人还是他的亲戚。

国王命令他马上离开城堡。三十分钟后，鲁道夫走到了附近一间皇宫的门后，毫不犹豫地开始撒尿，与此同时还放了一个震天的响屁。负责护送他出宫的侍卫第一反应就是想给这个不知羞耻的王侯来一拳。他费了好大的劲才忍了下来。

斐迪南国王身材矮小，且多愁善感，还患有间接性的癫痫症，他并不适合做奥地利的统治者。这是大家都心照不宣的事。他不喜欢讨论治国大理，他觉得政治非常复杂。这是他的原话。他就像一个永远不想长大的孩子，总是挂着一副天真的微笑。这个国家实际上是由四个人管理的，人们称他们为“四叶草”，他们是路德维格公爵、汉斯·卡尔、梅特涅王侯以及弗拉特伯爵。国王只负责流连于各种宴会派对之中，安排一场又一场的精彩典礼，或者和他的助手说说八卦。

治理委员会中的权贵认为这是一次绝佳的机会，可以向人民证明国王是不会容忍任何企图削弱奥地利社会阶级的行为的。要知道，如果不奖惩分明，即使是社会最上层的人也会妄想做出一番难以控制的举动。于是，他们决定让斐迪南成为人们眼中奥地利传统道德观的维护者。

“没有规矩不成方圆，”路德维格坚定地说道，“没有人能在皇宫里撒尿而不受惩罚。”然后，他便写了一纸判决，让国王签字。比德斯登王侯因为使王室蒙羞，而被永久逐出皇宫。并且，在十年内都不得踏入维也纳半步。

败落的家族

维也纳自由媒体中的政治评论员隐晦地推论出了这则判决背后隐藏的意义和其可能造成的长期影响。

维也纳的社交圈中充斥着各种流言。比德斯登王侯的命运成了每个人茶余饭后的谈资。他受到了这么严厉惩罚，每个人都不感到意外。对他在剧院那种不可原谅的举止以及他不知羞耻地攻击了尊敬的施瓦岑贝格王侯的行为，人们仍然怀恨在心。贵族们彼此发誓永远不会再和鲁道夫握手，他们甚至放话说，就连当初征服巴尔干半岛时遇到的那些无赖和混蛋也比鲁道夫好很多。很多人都很高兴地看到这个疯子被流放了，他将在羞耻中顾影自怜，孤独终老。有些人则认为这些事已足以让他那可怜的母亲气死过去。

鲁道夫被逐出皇宫的事让他的整个家族都无法接受。最难接受这件事的还是他的母亲——一位来自哈布斯堡皇室的人，也是当今国王的侄女。这种耻辱是巨大的，情况很糟糕，因为一个百年家族的荣誉就这样被毁于一旦了。

鲁道夫将自己锁在了城堡的书房中。他坐在桌前，想给阿拉贝拉写一封长信，他想告诉她，即便对她来说自己不过是一个不起眼的人，没什么可取之处，但她仍是他此生唯一的挚爱，生命的中心。他想告诉她，她的魅力已经将深藏在他心中的一切温暖和善意都引导了出来，只有她才能唤醒这个真正的他。可无奈口拙，他竟不知如何将自己的心意表达得淋漓尽致。他怔怔地望着一张白纸，望了好长时间。

过了一会儿，他开始隐约觉得阿拉贝拉可能真能回到他身边。心里一个声音正在低语着，说他的爱情与其说是被阿拉贝拉点燃的，不如说是被他们俩之间的距离所孕育的。他突然想起来，他和她在一起的时间越久，就会越觉得她不可爱。而当她不在的时候，他就会因为思念而幻想不止，从而一团炽烈的爱情火焰才在心中升起。

圣诞节前几天，鲁道夫的母亲突然闯进了他的书房。他正坐在桌前，桌上杂乱地放着很多空酒瓶。她本来想说些什么，却突然哭了出来。几分钟后，她的情绪才稳定了下来。然后，她极不乐意地恳求她的儿子去向国王道歉。

鲁道夫拒绝了。他告诉母亲说自己并不觉得委屈，这个判决很是公平。在他看来，国王干涉了他的私事。所以，不管后果如何，他作出了一个艰难的决定——就是离开皇宫，不再做斐迪南忠实的臣子。就在这天晚上，鲁道夫在城堡的花园里举办了一次酒会。他酩酊大醉地朝着一群受惊的、冷得直哆嗦的工人们咆哮着，说他已经做了决定。他激情澎湃地演说着，最后以一句类似预言的话作为结束："春风将会把那位冷血的帝王从他的王座上卷走。”说完，他便让人将面包和肉分给在座的人；当然，酒是绝对少不了的。

他的这段怨言很快就传遍了整个维也纳。在贵族们的眼中，无视传统、将妓女娶进门的鲁道夫已经堕落到底了；他已经完全疯了。他傲慢无礼地谴责国王不可原谅。这种当众指责国王的行为就是他叛国的证据，足以证明他是个危险的反动派。

鲁道夫变成了孤身一人，他被驱逐了，再也没可能回到贵族的世界中，于是他更加肆无忌惮地违反常规，仿佛完全与现实脱离了。他白天睡觉，晚上就流连于匈牙利边境上红灯酒绿的妓院。每天晚上，他都会找不同的妓女来缓解他的伤痛。他总是想找一个像阿拉贝拉那么美丽的女人，有跟她一样完美、诱人的身躯，像她一样任性而果断。可他从没发现哪个女人有她那般的魅力，有她那样性感的嘴唇和谜一般的双眸。也许，用金钱买来的女人对他来说毫无意义。可他还是阔绰地往外掏着钻石、宝石和珠宝，这些珍宝若是放到世界上任一座一流的博物馆里都是不可多得的宝物，而他却将它们扔给了那些维也纳贵族们最不屑的低俗妓女手中。

也许是因为他的血管中充斥着各种酒精，所以他总是蓬头垢面，臭气熏天。他特别喜欢甜食和奶油，就像他喜欢酒一样；这样的饮食习惯让他迅速地长了六十多磅，肥得都快让人认不出来了。

当他不在温柔乡中放荡时，他就喜欢和一些匈牙利警方通缉的走私贩或赌徒厮混在一起。直到他在赌局中输掉了一大部分的遗产后，他才意识到这些人有多下流。

鲁道夫的母亲和妹妹们对他这种整日醉醺醺的样子和残暴的行为忍无可忍。当她们求他不要再喝酒时，他反而让她们去死，怒吼着说他恨她们，恨她们的虚伪，恨她们的小题大做。然后，他就会扣减他母亲和妹妹们的生活费。

布尔根兰的主教想运用自己的说教能力将鲁道夫拖回正轨。然而，鲁道夫只是放声一笑，玩味地说自己从阿拉贝拉身上得到的最后一件纪念品就是梅毒。

鲁道夫完全忘记自己身为城堡主人的职责。这座城堡已经不复往日的辉煌，渐渐地衰败了下去。可没有人敢批评他。他是独裁者，一切决定都由他来做，他想做的所有人都得听从。每个人都觉得这就是规矩。即便他已经变成了一个弱不禁风的酒鬼和穷鬼，可他王侯的身份仍是给了他财富和权利所象征的权威。每个人都得迎合他的心意，卑躬屈膝地听从他的差遣，遵守城堡中延续已久的等级制度，侍奉好他们的主人。

风云变幻

1848 年 3 月，奥地利局势越发动荡。国内怨声载道，人民蠢蠢欲动。一个新的纪元即将到来，它标志着新型阶级斗争的开始。维也纳的人民站了起来，来到街道上游行示威。一眨眼的工夫，他们就从顺从的市民变成了革命者。石子在空中飞舞着，满大街都是破碎的窗户。公共场所到处都是垃圾，街上也是血流成河。游行的队伍气势汹汹地前进着，聚在一起，大声地吼出他们的需求。这些暴乱中的人民不过是想要为自己争取更好的生活。当今社会的格局让他们怒不可遏，统治阶级的地位已是岌岌可危。

维也纳城内的景象世界上随处可见。许多城市都莫名其妙地着了火。整个欧洲宛如一片火海。对社会制度的斥责在巴黎、慕尼黑、米兰和布达佩斯这些地方也能听到。只有军队才能抵御住群众的冲力。

尽管比德霍夫堡离维也纳只有二十五英里，可这里的人们却出奇的冷静。当然，政治动乱的回音肯定是传到比德斯登家的耳朵里了，城堡里的工人们也很清楚，在都城中对改革的诉求正如一条湍流奔腾而出，阶级摩擦愈演愈烈。然而他们一点儿也不关心这些，也不想浪费时间去弄懂这些行为的意义。活在当下是他们的信条，他们觉得政治事件就是在争论到底是先有鸡还是先有蛋。

斐迪南非常讨厌这场变革。他终日惶恐，脸都歪向了一边。国内动乱的各种消息让他觉得心烦意乱，透不过气来。他的癫痫症也因而发作得越来越频繁了。终于，他再也忍无可忍。一天，在一个寒冷的夜晚，有人来报说美泉宫的一扇窗户被一帮暴徒砸碎了，听完他就立即连夜逃出了维也纳，去往奥洛莫乌茨避难。这是一座位于马赫北部的摩拉维亚河边的村庄。

可是，他的逃跑并不说明他向动乱分子投降了。斐迪南退了位，在没咨询奥地利真正管理者的情况下就任命他十八岁的侄子做了他的继任者。在这样一个政治形势极为紧张的情形下，顶着统治阶级质疑的目光，弗朗茨·约瑟夫登基了。

保守派贵族中的舆论制造者认为新上任的这位哈布斯堡统治者经验不足，没有分量，他没有稳定局势和治理国家的能力。就连皇室中一些忠实的老臣也觉得弗朗茨·约瑟夫继承王位是个灾难。

然而有一天，正值百花齐放的季节，弗朗茨·约瑟夫发动了一场军事行动，在他所管辖的这片广袤的国土上逮捕所有反叛分子，且不遗余力，不讲情面。

与匈牙利叛乱分子的斗争是最为激烈的。约瑟夫派遣了克罗地亚的指挥官约斯普·杰拉季奇和他手下四万名英勇且训练有素的士兵前去了匈牙利。克罗地亚人在匈牙利人的压迫下生活了七百五十多年，他们被强迫接受匈牙利的文化和语言，对他们十分憎恶。这一战使克罗地亚的爱国者第一次尝到胜利的喜悦。战场上血流成河，尸横遍野，克罗地亚人一路烧杀，摧毁了沿途所有的房屋、大桥、农场，甚至公共洗衣房。

一年的武力作战后，社会终于稳定下来了。这位新国王证明了自己的能力，维护了王族的权威。欧洲大陆上又迎来了一片安详与宁静。

一些秘密

叔祖父并不太欣赏弗朗茨·约瑟夫。当他说“陛下就像是我们的父亲”时，没人会听不出来他的嘲讽之意。

弗朗茨·约瑟夫统领整片中欧长达七十余载，作为一名严格且强大的保守主义者，没有人能逃出他的掌控。他形象高大，他的侧脸像几乎无处不在。他把守着奥匈帝国，仿佛它是一座监狱。

约瑟夫国王剥夺了叔祖父好几年的生命。总而言之，南森·斯宾诺莎成为我们的爷爷就得全怪他。

萧珊娜从坟墓的那头跟叔祖父说了关于弗朗茨·约瑟夫的十二个秘密，他将这些都告诉了我们。

I.

弗朗茨·约瑟夫是收集蝴蝶的疯狂爱好者。平定了帝国的叛乱后，他擅自废止了现行宪法，宣告自己为最高统治者。他发布了一项新法令，禁止人们逮捕飞蛾。中欧本土的蝴蝶种类有五千多种，其中将近有三千种蝴蝶被列为保护物种。这项法令只实践过一次。1863 年春，三名吉卜赛人因逮捕了一只飞蛾并撕掉了连接其后翼和前翼的系带，而在塞克什白堡被判处七年有期徒刑。被告者为自己辩护说，这种飞蛾的系带里含有的春药成分，自古以来就是罗马尼亚人的常用之物。审判结束后，义愤填膺的民众闯进了这座小镇中的吉卜赛人聚集地，焚毁了七幢房子。这则新法令让哈布斯堡皇宫里的吉卜赛女人认清了残酷的现实——他们的族人已然衰落了。

II.

弗朗茨·约瑟夫说："镣铐和行刑者是过去只有暴君才用的残忍手段。现今，这些惩罚只会让专制者面上无光。如果一个人想成为真正的君主，他就必须要有魅力，平易近人。一位优秀的统治者要好坏兼收。"在杀了上千万国民之后，当时还不满二十岁的约瑟夫便将自己称为国父。由于那时他的胡子还不够浓密，所以他就将假的鬓角黏在两颊，一戴就是八年。久而久之，他两鬓熠熠的银发成为这个帝国的象征，也是各种奇闻异事和传奇的主题。

III.

二十四岁时，弗朗茨·约瑟夫娶了他的表妹伊丽莎白，她的小名"茜茜"更为人熟知。她十六岁的时候，就被赞为欧洲大陆最美的女孩。在他们俩共度的第一个良宵，弗朗兹送给她的结婚礼物却是一种无法治愈的性病。这种病是他年少时在胭脂坊沾上的。

IV.

茜茜天性敏感，她非常不喜欢维也纳的宫廷生活。她曾在科孚岛住了很长一段时间，期间一直在学习古希腊的诗歌。她喜欢找残疾人做伴。她的希腊语导师就是一位矮小而满脸皱纹的老者，他的名字叫康斯坦丁·克里斯托马托。她将他一同带到了维也纳，每天早中晚餐的时候，他都会为她朗诵一段《奥德赛》的节选。茜茜特别喜欢荷马的诗，可弗朗茨却觉得这难以忍受。他讨厌这些扬抑格的六步诗单调乏味的韵律。有一段时间，他甚至想在奥匈帝国禁止使用希腊语。

V.

1867 年，弗朗茨 · 约瑟夫在奥斯格里奇正式加冕为匈牙利国王。从此以后，他便被称为尊敬的皇帝和国王陛下。他的帝国有五千多万的人口 —— 奥地利有三千万，匈牙利有两千万，其中还包含波斯尼亚和黑塞哥维那的两百万人口。这座帝国中有不同的语言群体，其中德语被定为通用语言。帝国的所有资产都被贴上了“KuK”的标记。这位奥匈帝国的陛下有六名情妇：一位匈牙利人，一位伦巴第人，一位克罗地亚人，一位斯洛文尼亚人，一位波西米亚人和一位犹太人。弗朗茨 · 约瑟夫爱着帝国中所有种族的人（也和所有人做爱）。

VI.

弗朗茨和茜茜只有一个儿子 —— 鲁道夫。不过怀了他孩子的情妇却遍布整个帝国。他总共有七十二个私生子。其中最出名的就是加夫里洛·普林西普。加夫里洛的母亲没有告诉他亲身父亲的名字。这位没有父亲的年轻人经常和塞尔维亚的民族主义者为伍。他向哈布斯堡的王储弗朗茨·斐迪南和他的妻子连射六枪时，双手涔满了汗水，吓得屁股尿流。他不知道这两个人也算是他的亲戚。这次的刺杀事件发生在 1914 年 6 月。弗朗茨 · 约瑟夫自童年以来第一次热泪盈眶。他很难过，奥匈帝国就这样结束在了他亲生儿子的枪下。

VII.

皇太子鲁道夫爱上了十七岁的男爵之女马利亚 · 微翠莎。他们知道这段爱情是没有结果的。皇太子已经有了妻子，离婚是完全不可能了。于是，他和微翠莎决定殉情。在官方声明中，这对恋人是死于狩猎意外的。然而维也纳民间却流传说鲁道夫先射杀了马利亚，然后了结了自己的生命。自 1889 年，人们对这出“梅耶林惨剧”的猜测便层出不穷。有人认为这对恋人是因为政治原因被暗杀的。很少有人知道马利亚 · 微翠莎也是弗朗茨 · 约瑟夫的情妇。他喜欢找年轻的女孩来满足性欲。当他发现鲁道夫爱上微翠莎后，便下令让她悄悄地消失。他想让她去墨西哥，因为奥匈帝国的命运已经危在旦夕了。他将这个任务交给了乌兰德第三骑兵队的一名波兰军官。可这个波兰人却没有帮她整理行李，反而想强奸她。在她剧烈反抗时，他用一个水晶花瓶打破了她的头，微翠莎当场毙命。鲁道夫后来在阴森的梅耶林公馆找到了她的尸体。感染了梅毒，加上悲痛欲绝，鲁道夫便结束了自己的生命。皇太子的葬礼盛况空前，备受瞩目。而马利亚的尸体则被葬在了墓园里专门为自杀者留出的一个小角落里。弗朗茨·约瑟夫下令禁止微翠莎的家人为其哀悼。

VIII.

1898年，茜茜皇后在日内瓦河的一个码头上送了命。这位年老的皇后为了遮掩自己的皱纹经常带着面纱。于是一位意大利的无政府主义者将她误认成了别的女人，用一把锋利的指甲锉插进了她的胸膛。这件事发生在九月十日。这个月维也纳有五十六个人自杀，其中有一位上吊自杀的十一岁男孩和一位跳窗自杀的六岁孩子。这些人大多数都是穷人，很少是因为哀悼皇后而自杀的。可是弗朗茨·约瑟夫却真的在为自己的妻子伤心。此间，他从伯格剧院的首席女演员凯瑟琳·施拉特那里获得了不少的安慰。凯瑟琳是约瑟夫二十七年来的挚友，虽然除了她的肩膀，约瑟夫从未碰过她的身体，可他还是很敬爱她。此时的他已经六十八岁，六个情妇就已经让他分身乏术了。皇后遇害后，他再也没碰过一个女人。

IX.

弗朗茨·约瑟夫是一只奸诈狡猾的老狐狸。他承诺过很多事情，却从没守过信。他向约斯普·杰拉季奇承诺，如果克罗地亚军镇压了匈牙利叛乱，他就允许克罗地亚在奥地利中自治独立。果然，杰拉季奇让匈牙利人跪地求饶了，可他到死也没有实现自己的梦想。1867年，帝国枢密院决定让战败的匈牙利统治克罗地亚。杰拉季奇的妻子为表抗议便上吊自杀了。她也曾为弗朗兹·约瑟夫诞下过私生子。

X.

弗朗茨·约瑟夫在他的大国中最欣赏的就是犹太人，因为犹太人是一支遍布世界的种族。所以他额外偏袒犹太人。在他的帝国中从未发生过一起屠杀犹太人的事件。他甚至还有两名犹太挚友。一位是他的财政大臣雅各布·斯宾诺莎。他有一本圣书，是他的祖先哲学家本杰明·斯宾诺莎所写，他曾让约瑟夫大致翻阅过它。约瑟夫看后对他说：“我觉得这世上没有一本书所包含的智慧可以与它媲美。不过，它会带来危险，你应该烧掉它。人类还没有准备好接受真理。”他的另一位朋友是来自加利西亚的拉比，他让约瑟夫见识到了《犹太法典》的智慧。尽管弗朗茨·约瑟夫打心眼里讨厌任何宗教，他偶尔还是会打趣说自己想加入犹太教。不过，想到割礼他就退缩了。

XI.

弗朗茨·约瑟夫八十六岁的时候已经在位六十八年了。他一直都保有着激情与活力。然而，岁月无情，他还是败给了时间。他的身体状况急剧下降，突然就卧病不起了。即便如此，他仍没有将治理国家的责任转交给别人。一天早上，他高烧不退，觉得自己仿佛看见了三张脸：一张是自己的，另一张是茜茜皇后的，还有一张就是马利亚·微翠莎。他召见了维也纳的大主教来到他床边，“神父，”弗朗茨对着这位四十一岁的教士说道，“人终有一死，这很正常。我认识的很多人都已经离世了。”这一天是 1916 年 11 月 21 日。

XII.

帝王驾崩，举国哀悼。六匹身穿黑甲的骏马，拉着一辆从霍弗伯格出发将弗朗茨·约瑟夫的遗体运送至维也纳地下皇陵的马车。为了表现对约瑟夫的敬畏，他的臣子们列队缓缓走过他沉睡的棺木。然而第 142 号棺木里躺着的并非约瑟夫本人，而是两天前去世的犹太裁缝希姆尔·洛特斯丁。应他临终前的要求，约瑟夫的尸体被人在某天夜晚秘密葬在了马利亚·微翠莎的坟墓中。1845 年，这座坟墓被几名俄国士兵用作了厕所。战争结束后，人们发现这座坟墓里有两具骷髅，却只有一个破碎的头盖骨。现在，每年都有上百万的游客来到维也纳的这座坟墓边，参拜这位无名的裁缝希姆尔·洛特斯丁。而弗朗兹·约瑟夫的头盖骨到底遗落何方，却无人知晓。

葬礼

伯格剧院那晚之后，阿拉贝拉的命运就不为人知了。她和施瓦岑贝格的关系只持续了几个月。当她再也没办法隐瞒她已怀孕的事实后，就被赶出了门。她将自己刚出世的女儿交给了她的哥哥照顾。接着，她和一位有性虐待癖好的老男爵在一起住了一段时间。后来，她不再找情人，而是又回到了妓院。又一次，整整一代来自同一个家族的男人在付了钱之后，蹂躏了她的身躯。

阿拉贝拉的辉煌只留在她风华正茂的时候。此后，她便沦落到了在维也纳的后街中混沌度日。

在她二十七岁生日的前一个星期，传言说因为一位没多少临床经验的老妪帮她做了一次流产，所以她得了急性感染病暴毙了。没人对此感到惊讶。

她是穿着自己的嫁衣下葬的，这是她临终前的一个愿望。她被葬在了维也纳最边上的一块陶土地里。只有三个人来向她告别：两名她以前在胭脂坊的同伴，一名痴呆的老妪，她甚至都不认识阿拉贝拉，只是习惯参加葬礼而已。幸好葬礼当天来了两名妓女，那位神父原本只想敷衍了事一场。其中一个年轻的妓女帮他吹了萧，支付葬礼的仪式费用。他这才尽力工作了起来，激情澎湃地朗诵了一篇悼词，歌颂这位已故的比德斯登王妃的忠诚。

转机

当收到阿拉贝拉的死讯后，悲伤几欲将鲁道夫吞噬殆尽。比德霍夫的生活也是暗无天日，这让鲁道夫更加一蹶不振。他失去了对匈牙利妓女的兴趣,也没有钱去继续赌博。他把自己关在家里,一个人坐在摇椅上；脸色惨白，精神恍惚地盯着前方，或是和家里的猫进行着意义不明的对话；他觉得它是世界上唯一让他感到亲切的生物了。

鲁道夫的家人非常担心他的健康。情况很糟糕，所有人都知道鲁道夫病了。然而，城堡中只有可靠的波西米亚老仆博胡米尔知道鲁道夫在以吸食鸦片来缓解痛苦。博胡米尔自早年鲁道夫在位于萨尔斯堡福斯坦布伦的著名的卡纳普斯寄宿制学校里上学时便一直照顾着他，现在已经二十五年过去了。鸦片让鲁道夫暂时忘却烦恼，可效果持续得并不长。他渐渐有了毒瘾，滥用鸦片让他本就脆弱的身体越发的糟糕。

债主们像饿狼般聚集到了城堡的大门口。庄园内的每个人都想知道鲁道夫还能活多久。他母亲的不安感越来越强，她觉得这个家族的命运已经到头了。

在一个暴风骤雨的夜晚，鲁道夫坐在床上，环顾四周，以为已经到了早上。外面的天空火烧一般的红，不远处还传来了阵阵喊叫声。起先，他一头雾水，完全不知道发生了什么。他穿上衣服，走到了阳台上。闪电击中了比德斯登的森林，木材厂着了火。等到他到了现场后，一切都已经被烧得面目全非了。以前房屋和车间林立的地方现在就能看得见烟囱了。到处都是被烧焦的木材。整座工厂都被烧成了平地，只留下一摊废墟。

1856 年的这场大火后，鲁道夫仿佛变了一个人。难以置信。不过每个人的生命中都可能会碰到一次洗心革面的机会。当鲁道夫爬上城堡的高塔顶端时，他便有了这个想法。站在高处，他向下望去，环顾着周围的景色和他们家族世代打造起来的基业。风景独好。他看到了田野、森林和连绵的山脉，而他就是这片土地的所有者。这座城堡是他们家族世世代代传下来的遗产，他的父亲和祖父传给了他，他们又是从他们的父辈那继承下来的。在周围肥沃的田地和广袤的森林中，比德霍夫堡就像是一个珠宝盒般伫立在其中。

鲁道夫生长在一个不需要担心钱的环境中。他从来就不知道森林是如何转变成城堡屋顶上的瓦片或维也纳御膳房里的柴火的。直到他再也借不到钱，付不起车夫、仆人、厨师、园丁和护林人的工资时，他才意识到灾难已经临近了。他意识到比德斯登家族世代享用的这一切和所有标榜着他们家名号的东西正在无情地从他手中溜走。如果家业败光，他的祖先泉下有知，一定会非常伤心，终而灵魂永灭。

他感觉自己的心脏麻木了，一种夹杂着恐惧的痛苦让他非常不安。他从没有过这种感觉。他开始号啕大哭起来，眼泪从他的两颊汹涌而下。这就是鲁道夫人生的转折点。善良的精灵终于突破了包裹着他的邪恶力量。

第二天天还没亮，他便起床规划起工厂的重建工程。他起草了一些建设方案，并和厂长一同计算了大致的开销。就这样直到深夜他才返回城堡。他的认真出乎了所有人的意料。当他的母亲听说这件事后，惊讶得脸都白了。她感谢上苍，然后就奔到房里抽泣了起来。

几个月过去了。在一个寒冷的日子里，整座庄园白雪皑皑。工人们害怕会被冻僵而暂停了工厂。他们的手指已经冻得行动不便了。鲁道夫将所有人都召集到了城堡内。火炉上正煮着酒，里面已经加好了调料，供众人饮用。鲁道夫对诧异的众人解释道，为了防止那些贪婪的债主打庄园的主意，他雇请了一名管理员。他说这个人明天就会从法兰克福来比德斯登，他能力出众，曾帮助他在德国的外甥路德维格王储解除过困境。他的这个侄子天性懒惰，后来便陷入了严重的财政危机。最后，鲁道夫强调说，城堡里的每个人都要遵从这位管理者的任何命令，不管他的要求有多么微不足道。在座的人们松了一口气，他们都很期待明天的到来。然而，这名管理者的真实身份却让比德霍夫的人大吃一惊。

九　财政部长

头晕目眩

这些复杂的过去影响了我的一生，当回忆起它们时，我的头又开始晕眩了起来。里昂一位拉比的儿子，他遇见了摩西。格拉纳达一位道德败坏的医生，毒死了自己的国王。一位活了三百五十多年的犹太漫游者，那位阿姆斯特丹的患有幻想症的哲学家，还有巴黎的那位热爱书籍的律师，他有一个求知欲旺盛的女儿和两个奇怪的儿子。这些故事通过叔祖父生动的描述渗入了我的童年，它们对我性格的影响甚至比我的父母还要深远，我总觉得他们很遥远。

如果雅各布·斯宾诺莎没有接受鲁道夫的邀请，去管理衰败的比德斯登庄园，将它从废墟转变成繁华，那么我的生活会是怎样？

他的大儿子伯恩哈德也许会娶另外一个女人，那么我们——我的祖父，父亲和我——可能就不会来到这个世界上。

可是我转念一想，也许我们还是得降临到人世间，体验悲欢离合。只不过我出生了，成了另外一个人，过着跟现在不一样的生活。

那么我会变得更幸福吗？

我不知道。我承认我为此而感到高兴。在帷幕落下之前，我若突然知道在这个困苦的世界中，被命运所牵制的我的生活在一开始便能有改变的机会，变成另一种能给我带来快乐和幸福的生活，那我一定会觉得非常痛苦。

齐亚拉在黎明时分来到了格雷夫广场上，她占了一个最接近行刑台的位置。在瓢泼般的大雨中，她站了好几个小时，异常冷静地等待着。

那天早上要发生的事情一定会让任何人伤心欲绝。但齐亚拉不会。

她不愿意流眼泪。哭泣不是她的性格。她认为女人不应该随意让眼泪流下来。

她穿上了雪白的婚纱，这样尼古拉斯就能在灰色的人群中一眼看到她。她这是在向她的丈夫说，生活是站在他们这边的，借此来给予他更多勇气。

她不期盼奇迹，也不曾想过会有神力助她。她相信在最后一刻，罗伯斯庇尔一定会将尼古拉斯从断头台上解救下来。她仍然相信他们是密不可分的两个人，即便他们之间的差距越来越大，但她不想考虑太多。有些朋友让她去向马克西米连求情，让他饶了尼古拉斯，她没有这么做，不是因为她知道这两个人的友谊早就名存实亡了，而是因为她固执地认为，求饶对女人来说是一种诋毁，是不值得同情的。

激进的罗伯斯庇尔不喜欢被人反抗，也无法容忍他人的指责。他傲慢无情，蔑视人性，决心不择手段地实现他远大的革命诉求，创造一个全新的世界。每个人对此都心知肚明。自由精神曾让每个法国人都心潮澎湃，可现在它却逐渐消失了，他们认识到了这一点。尽管齐亚拉非常了解罗伯斯庇尔的傲慢和残忍，可她不明白尼古拉斯只是道出了真相，指出大革命的所有成果，包括平等、团结、民主和人权正在消失的事实，为什么就要付出生命的代价。

十一点，雨停了，太阳从乌云后探出了头。集市上想起了鼓声，犯人已经从巴黎监狱出发了。几分钟后，囚车来了，尼古拉斯在上面。激动的人群站在那边，紧紧地簇拥在一起。很多人是来看行刑的，好像这是巴黎发生的第一次公开处刑似的。到处都响起了口哨和喝彩，很多人正对着尼古拉斯鄙视地挥舞着拳头。

戴着手脚铐的尼古拉斯昂首挺胸，随着鼓声的节奏，缓慢地前进着。为了防止他逃跑，他的手被绑在了身后，这也表示他是经过人民裁决的罪人。他看上去纹丝不乱，毫无恐慌，仿佛与周遭的环境格格不入。作为反对罗伯斯庇尔暴政的人，他并不期待宽恕。他浑身散发的高贵竟令凶恶的刽子手也移不开目光。

齐亚拉和尼古拉斯目光交汇了，她立刻踮起了脚，嘟起了嘴，以示她的爱意。尼古拉斯朝她微微一笑，回吻了过去。

鼓声突然停了下来。尼古拉斯转向马克西米连，后者脸色苍白，有些无精打采。作为法国最高的独裁者，他得到了至高无上的权力，无数个熬夜备战造成的疲劳已经消失无踪了。然而这位雅各宾派的首领一心想的就是唯一能让他恢复活力，忘记疲惫的一件事——以革命的崇高理想之名处死他的敌人。

尼古拉斯朝他点了点头，友好地说道："马克西米连，下一次铡刀将会架到你的脖子上。再会。"

他跪了下来，将头放到断头台上。他的脖子露了出来，每个人都能看到他的喉咙，和藏在他白色的皮肤下若隐若现的脊椎骨。

围观群众陷入了安静。刽子手站在那边一动不动，他好像觉得这位大革命的思想家最后会得到解救。齐亚拉的双手微微地颤抖了起来。她觉得一阵晕眩，好像有一双手掐在了她的脖子上，用力地挤压着她的胸口，让她无法呼吸。罗伯斯庇尔站了起来，向刽子手吼道，命令他赶快行刑。没有一个妄想逆转革命的叛徒能得到怜悯。铡刀砰的一声落了下来，台下响起一片愉悦的欢呼。

围观者都散去了，只有齐亚拉一动不动地在原地站了好久。

第一部小说

二十八年后，当齐亚拉听说拿破仑在流放至圣赫勒拿岛时丧命后，便想耐心地向她的孙子雅各布解释，一场以自由和平等为名的革命是如何让一个国王获得了绝对的统治权。不过她觉得这个任务对她来说太过艰巨了。

要怎么解释呢？一个曾立志要彻底铲除旧制度，废除旧式封建秩序的人，后来却跟随了一位科西嘉上尉。这个科西嘉人在葡月 13 号（1795 年 10 月 4 日）率领军队在巴黎圣罗克教堂的台阶上发起了攻击，杀掉了三百多名保皇主义者，然后紧接着向全法国承诺了一个崭新的黄金年代。如果人们问起为什么革命一定会带来恐惧与暴力，为什么大街上、市集中一定会堆起上千人的尸身，那她该如何回答？解放革命又为何会变成一场暴乱？最终，她要如何解释为什么历史总是伴随着血腥，为什么人类从来不会吸取教训，一而再地让暴力的九头蛇滋长出新的头颅，喷射毒汁？

齐亚拉和她两个年幼的儿子安然地度过了尼古拉斯死后的那几个月，就连叔祖父也不知道她们是如何活下来的。在齐亚拉晚年写的自传《回忆》中，她也没提及关于那段时间的一个字。

另一方面，她在这本回忆录中采用了不带感情色彩的现实主义以及大量的自嘲手法。在她下定决心将自己在革命期间的所见所闻记录下来之前，她也犹豫了好久，然而她还是觉得自己摆脱不了那段记忆。在选用合适的人称角度方面她也遇到了麻烦。一开始，她想采用一种客观的角度，以免让她个人的脾性和遭遇影响到事实的描述。为此，她将其当作论文写了起来。朋友们对她的初稿的反应不是很热烈，他们都觉得这本书有些无趣，少了一份活力。然而，这些评论并没有让她丧失信心。恰恰相反，她意识到自己为了不让个人感情影响到事实而做了一次特别幼稚的尝试，所以她决定说出自己性格的变化，勇敢地摈弃所谓的适合女性的写作手法。

人们认为 19 世纪早期的妇女写的文章应该带有明显的女性色彩，这样读者读起来才能毫不费力。她们熟练地编织着各种角色，加入各种情感和自我牺牲的慷慨精神。她们无欲无求，以自我牺牲为豪，随时准备向他人屈服。女性作家将自己变成了爱和宽容这类无懈可击的真理的代言人。

齐亚拉强烈地想将自己对大革命的见闻告知世人，于是她抛弃了当代女性作家没有实质的浮夸修辞。她想将艺术与现实结合；她想要戳破气球，重塑世人的意识；她要揭开这场历史性革命的秘密，让人们能客观理性地分析，冷静地对待它；她要制造一场风暴，将遍布世界却无人质疑的谎言一并带走。

经过几番将历史事件与自己的故事结合起来写作的尝试，她终于找到一种可以体现人民命运的写作方法。她的开篇语是这样写的：

诺埃尔对于道德的逻辑分析引起了克里斯汀对革命的强烈质疑，让她大受启发。她刻意展现给世人的冷漠并不是她真正的样子。

这句话让齐亚拉又惊又怕，因为它隐约间道出了自己的故事。

这部小说是以她婚前的名字齐亚拉 · 卢扎托的名义，于 1804 年由斯特拉斯堡的阿哥哈出版社发行，书名为《弑子者——时间之神克洛诺斯》(他是希腊神话中的人物)。这是第一部描述巴黎大屠杀那段时期的书籍。它就像是一颗爆炸的地雷，一个加农大炮，它的名声迅速地传遍了整个欧洲。齐亚拉因她独一无二的艺术风格受到了人们的赞赏。最出色的还是她的措辞。萨德侯爵曾反对过雅各宾派滥用死刑的做法，他费劲千辛万苦才得以逃脱丧生断头台的结局。他评论说："如此流畅纯粹的法语，自拉罗什福科那个年代以来就已经基本上消失匿迹了。"

人人皆知

海因里奇 · 比德斯登总是会抓住任何能批判法国大革命那些领袖们的机会，这些人的思想让他畏缩而反感。他是齐亚拉这部小说最忠实的读者之一。他觉得这是一本巨作，在某些片段上，它甚至可以称得上是一部神作（尤其是那些描述贵族们在失去控制的暴徒手中的种种遭遇的片段），还有一些地方则彰显了作者的国际水准。海因里奇认为齐亚拉 · 卢扎托甚至不亚于最优秀的男性作家。他太喜欢这本书了，还答应承担将其翻译成德文的一切费用。他坦白说正是这本小说让他更加了解政治。他称多亏了这本书，法国大革命野蛮的行径才得以人人皆知。

在 1814 年维也纳国会期间，欧洲主要的几个君主在此讨论贵族阶级该如何夺回他们在法国大革命中被剥夺的权利。海因里奇的一番演说迎来了阵阵喝彩。他这篇冗长的演说本质上即是对启蒙思想的抨击，他认为这种思想削弱了贵族权利的根基。他痛下针砭，批评尼古拉斯 · 斯宾诺莎用他的胡言乱语挑起了人民的怒火，使其将矛头对准了雅各宾派的首领马克西米连·罗伯斯庇尔的恐怖统治。他引用了齐亚拉小说里的四段话，来揭示这场革命的血腥——可他并不知道这个女作家就是尼古拉斯的妻子，而且也是 1793 年 1 月 20 日，众多投票赞成处死路易十六中的一个。

当时好几名艺术家都从齐亚拉这部处女作中受到了深深的启发。其中最著名的就是西班牙画家弗朗西斯科 · 戈雅。

1819 年，西班牙王室的反自由运动愈演愈烈，戈雅非常灰心丧气。他担心自己可能会被谋害。于是从马德里逃走了，来到卡斯提尔的一处乡村中，搬进了新买的房子里，与外界隔绝了。这一年，他刚满七十三岁。尽管很多贵族都曾邀请他为他们作画，他仍是一一回绝了。他记忆力衰退了，耳朵也不好使，脾气还很坏。他更喜欢和他的画布、笔刷和黑色的颜料桶待在一起。他很少离开自己的工作室，那里面堆着大量的画布和画框，架势看上去很是危险。各种作画的材料散乱地躺在地板上。他从不跟别人说自己每天都干了什么。他的妻子只知道他基本上不睡觉。厨师每天早上和晚上给他送饭，外加一瓶浓香的里奥哈葡萄酒。他整天穿着一件宽松的黑裤和一件无袖的衬衫，它们都是用上等的埃及棉制成的。即使到了寒冬，他也只穿着这些衣物；他从不觉得冷，葡萄酒能让他保持温暖。

齐亚拉的小说是戈雅的情妇当作生日礼物送给他的。这个女人比他小四十岁，基本上一个星期陪他睡一晚。不过他们几乎从不说话。所以当她拿出这本书，让他读一读时，他略有些惊讶。说完，她便一声不响地离开了。戈雅当下就知道她这一次是彻底地离开，永远不会回来了。他在那里一动不动地坐了一会儿，捧着这本书，陷入了安静的沉思中。

出乎意料的是，戈雅燃起了一股好奇心。他从来不读小说，他唯一喜爱的就是塞万提斯的《堂吉诃德》，然而他认为其他的小说都是谎言，是由一些想出名的无耻之徒编造出来的，根本不具有欣赏价值。不过，齐亚拉的这本书不同。它是自己的情人送给他的临别礼物。他想看看它到底写了什么。

戈雅随意翻开书页，开始读了起来，偶尔还打一两个哈欠，然后他读到描述冷血的革命派领袖是如何将自己的挚友送上断头台的故事。这篇故事每一个细节都能令人毛骨悚然。被定罪的犯人的头颅和身体分了家，掉进了一个洗衣篮里，而他的妻子就在离他不远的地方穿着嫁衣站在那里，直到最后一刻她仍在相信她丈夫的朋友会赦免他。这一章节让人胆战心惊，字里行间都充满了强烈的厌恶以及深切的无助，戈雅觉得非常震惊。于是他欲罢不能地继续读了下去。最后，过了十八个小时，他终于将这本厚重的小说读完了。他深深地着了魔。这之后的三天，他茶饭不思，难以入眠。他盯着虚空，脑子里都是恐怖的画面。他看到被砍掉头颅的身体正喷着血柱。到了第四天，他突然觉得异常欣喜。他拿起自己最粗的画笔和一桶黑色颜料。他到处寻找一张足够大的画布，但是没找到合适的。于是他冲进客厅，取下了墙壁上的画，开始在白色的墙上挥舞起画笔。这一天标志了他艺术生涯中“黑暗时期”的到来。

这幅完整的画作上描绘的是一个巨大的魔鬼，手中抓着一个裸体的男子，他正在吞噬着他的头颅。戈雅以齐亚拉的小说名为其命了名。虽然这幅画辛辣地讽刺了人类的愚蠢，不过戈雅却认为这并非有损人格，而是彰显了自由和纯洁。为了表示这幅壁画是他对法国大革命的个人理解，他使用了罗马神话中的“萨杜恩”来代替了希腊神“克洛诺斯”(时间之神)，这幅《农神吞噬其子》是戈雅最著名的一幅杰作。

前往法兰克福

齐亚拉的这部小说将阿姆谢尔·罗斯柴尔德带进了她的生活。她应凯伦·霍亨索伦王储的邀请来到了弗赖堡。这位王储经常带着其他客人一同到她的家中讨论时事。齐亚拉很自豪——她自豪自己是个作家，自豪她的小说也受到了外国人的喜爱。

尽管这是齐亚拉第一次在公开场合谈论起她的作品，可她并不紧张，对着这些文学界的泰斗，她也不像平常一样沉默寡言。一群友善的女爵和王妃好奇地簇拥在她身边，她惊讶地发现她们竟然都读过她的小说。当人们围着她问东问西时，她看见了一个时髦打扮的男士正凝视着她。如此高档聚会上的轻松氛围让她非常兴奋，尤其是她之前从没有如此被人关注过。

她在后来的回忆录中说，就在这个晚上，她仿若突然从暗黑的隧道中看到了令人晕眩的光芒。

齐亚拉详尽地描述了这部小说的创作背景，包括尼古拉斯的命运及他对她的生活态度产生的决定性影响。她说她相信每一个作家的心中都有不为人知的伤痛，声音坚定而清晰。当她看到忧伤的情绪笼罩了整个大厅，有些女人的眼眶里甚至已经有了泪水，她说尽管生活充满了失败与艰辛，她仍相信生命是一场庆典。话毕，台下爆发了热烈的掌声。

当掌声渐渐散去时，一个男子站起来问了她一个问题——是之前注视她的那个人。整场演说下来，这个男子一直在看着她，不是特别显眼，却从未移开过目光。他问道，她觉得一个作家最重要的素质是什么。

她回答说："看得见人类的共性，也看到他们的个性。"

后来，王妃向齐亚拉介绍了这个问问题的人，他是阿姆谢尔·罗斯柴尔德，从法兰克福赶来这里就是为了见齐亚拉一面。他很健谈、非常机智，而且很有教养。他声线温柔，措辞优美，带着一种强硬却没有丝毫欲望的性感。他有某些东西深深吸引了齐亚拉，他与生俱来的优秀让她难以忘怀。

他突然插了一句，问他们是否还能再见，齐亚拉吓了一跳，脸上泛起了红晕。虽然她习惯与男人保持距离，不过她还是应允了。也许是那天下午喝了酒的缘故吧。

第二天，齐亚拉和阿姆谢尔·罗斯柴尔德来到弗赖堡的英伦花园里散步，讨论了写作和死亡、爱情和孤独的话题。他们之间的对话不像是初识者的闲聊，反而充满了激情与坦诚，他们都觉得这很不可思议。他承认自己已经结婚，但他认为这不会妨碍他们发展一段互相尊重的友情。齐亚拉觉得他见解独到，对生活充满热情，是个可敬的人。于是她同意继续和他往来书信。

他们多久见一次面；他们之间有什么进展；在阿姆谢尔积极的追求下，齐亚拉又答应了他什么，他又是如何回应的——这些，叔祖父都没有告诉过我们。也许他觉得我们太小了，比较敏感，所以不想将他们之间的爱情故事分享给萨沙和我。不管怎样，叔祖父说阿姆谢尔很快就提出让齐亚拉搬去他的故乡法兰克福的建议，尽管她并不是当时资产阶级所喜爱的那种苗条女子。

三年的时间加上一百五十封通信，齐亚拉才终于答应。在这段时间里，她不断地问自己真的了解他吗？答案总是那一个：阿姆谢尔让一切都变得生动起来，她的生活也因此变得更加有趣。他给她带来了希望，让她体会到成长和无限的可能。她知道，不管他在哪儿，她的未来注定属于他。

要劝服她的两个儿子吉勒德和吉多和她一起搬家可不是件容易事。齐亚拉激动地说他们将要摆脱现在单调的生活，他们要搬进去的那个房子也非常漂亮。她说年轻的物理学家约翰·弗里德里希·博森伯格在罗斯柴尔德银行的资助下于法兰克福成立了一家天文台，这句话立即引起了基多的兴趣。可是老大杰勒德却仍是半信半疑。他对这次搬家非常怀疑。不过当齐亚拉说，他可以去法兰克福最好的学校进修时，他的态度就转变了。阿姆谢尔大方地允诺会承担杰勒德的所有学费。齐亚拉知道这一点会让杰勒德上钩，他一心只想学法律，可她没有钱将这些孩子送进最好的学校里学习。

齐亚拉觉得阿姆谢尔没有为他的妻子安吉拉遮风挡雨，反而在约束着她。他和齐亚拉去过的这些地方，他从来没带安吉拉去过。可是齐亚拉并没有见过她，也不知道安吉拉到底想要什么。也许她对这样的现状已经很满足了。

安吉拉实际上是阿姆谢尔的表亲，他们的婚姻是媒妁之言，而绝非因为爱情。阿姆谢尔向齐亚拉保证，他的妻子绝不反对齐亚拉和她的孩子们从廉租房搬到这栋大房子里来住。他还说事实上，安吉拉很赞同这个方案。她觉得这样他才能和他的女朋友自由地谈情说爱。然而，齐亚拉还是有些不安。不过结果证明，是她多虑了。

安吉拉年长阿姆谢尔几岁。她很自来熟，和陌生人都能愉快地交谈，这在贵族圈中是很少见的。她的谈吐清新自然，连最冷酷的人也能被其感染。她特别喜欢孩子，好多年来她每天都在想着要生孩子，可她没这个能力。也许这就是她为什么如此欢迎齐亚拉带着孩子住到她家来，两个孩子的存在让她更加开心了。她每天下午都会教他们德语。不到几个星期的时间，她就已经将吉勒德和吉多当成自己的孩子一样照顾爱护了。

安吉拉很感激齐亚拉和孩子们的到来。她很了解这座空旷的屋子会让人觉得多么的孤独。所以，她甚至同意让齐亚拉和他们夫妇俩同睡。她将齐亚拉当成姐妹，从未对她仇目相对。

叔祖父曾说过齐亚拉、阿姆谢尔和安吉拉三个人不仅活着的时候相亲相爱，死后也是不离不分。他们三个最终也是睡在同一座坟墓中。

齐亚拉

罗斯柴尔德的家非常大，这里有数不清的客厅和卧室，以及各种边边拐拐的房间。齐亚拉觉得这里的家具都太过庄严。屋子里到处都是镶在金框中的巨型油画，它们让齐亚拉尤为反感。这些油画上描绘的都是阿尔卑斯山的美景：高耸入云的山峰，白雪覆盖的山顶，茂密的山谷，还有从厚重的白云中投射下来的太阳光线。她甚至都能听到那些画布里的瑞士奶牛哞哞的叫声。齐亚拉觉得这些油画太过庸俗，没有韵味；她很失望。不管她怎么想，她都不明白像阿姆谢尔这样一个总是在追求个性的人，怎么会买下这些画，还把它们挂在自己的家中。后来阿姆谢尔才跟她解释说，这些油画都是他父亲的遗产，罗斯柴尔德家族的银行就是他父亲创建的。他父亲一辈子都在刻意逃避一切能让他记起自己来历的东西。他出生在犹太区的一条狭窄的犹太巷里，法兰克福的犹太人日落后就会待在这里。同样，在星期天和所有基督教节日里，他们都得待在这里。

齐亚拉身边的人都知道她在法兰克福的生活并不开心。她皱起的嘴唇表现了她对这座新家的强烈不满。她总是在抱怨：她觉得德国人很死板无趣，她觉得这里毫无归属感；她觉得这座城市很糟糕，特别阴沉；她讨厌这里寒冷的天气，她总觉得冷。不到七月份，这里的冬天是不会结束的，天气也不会暖和。要是罗马，四月份起天气就温暖起来了。春天的时候，那里一定是艳阳高照，一派蓬勃。

她总是在说自己的故乡，说那里的人民都很亲切，每条街道都很漂亮，空气也格外清新。“罗马的生活是其他地方无法相比的。”她说这话的时候，语气不容置疑，也没人敢和她争论。不过，人们仍会在背后笑话她。她曾一本正经地说如果一个人将一根稻草扔进法兰克福的美因河，那么它一定会像石头一样沉下去，而即使是往台伯河的清水里扔一个铅块，它也能照样浮起来。

齐亚拉没有告诉过任何人，为什么她和尼古拉斯在 1788 年结婚搬去巴黎后就再不回罗马了。这对所有人来说都是一个谜，尤其是她还经常跟别人说自己非常想回去见见她的两个妹妹。

她们的关系很亲密。母亲死后，齐亚拉就扮演了母亲的角色照顾她的妹妹们。她们的父亲没法照顾她们，不仅是因为他不擅长家务，更是因为他一心旨在跟随其父亲拉比摩西·恰伊姆·卢扎托的脚步。他经常受邀去研究《犹太法典》，而且总是在亚平宁半岛上来回地奔波。

卢扎托家族

许多年过去了，齐亚拉对爱兰歌娜的思念却越来越深。作为大姐，她一直尽所能地爱护着她。

爱兰歌娜是她们三姐妹中最小的，也是最漂亮，最优秀的一个。不过她在五岁的时候就残废了。身边所有人都很钦佩她对待残疾的耐心。因为残疾，她终日都得躺在床上，也不能离开屋子，所以她将自己所有的时间都花在了书本上。她读了很多古代历史，尤其喜欢毫无造作的自传。通过阅读，她积累了相当多的文化素养。她希望通过探究伟人们的人生故事，深入他们的世界来丰富自己的知识。她最喜欢的就是那些提醒人们不要向软弱和恐惧屈服的名言警句。

爱兰歌娜的二姐唐娜泰拉是家里最苗条的女儿。在她还小的时候，隔壁家的一个女人就告诉她，有一天她会嫁给一个王子，搬进城堡中，生下六个可爱的孩子。这个人其实是在逗她玩，可唐娜泰拉当真了。所以她非常注意自己的形象。她爱炫耀自己，总是穿着精美的衣服还刻意裸露一些部位。她想把自己打扮成王妃的模样，这样她才能找到自己的王子。

齐亚拉嫁去巴黎后没多久，唐娜泰拉就遇见了她的白马王子。他是来自伦巴第的弗洛莱恩·迪亚曼蒂，他说自己是一位男爵，他母亲是权倾一方的加布里埃尔·史佛拉王侯的亲戚。迪亚曼蒂长得非常帅，唐娜泰拉立马就觉得他是不是王子已经不再重要了。他长相俊美，有着一身棕色的肌肤，挺拔的鼻子下长了两撇胡须，让他显得格外的性感。他知道如何用甜言蜜语打动一个不谙世事的少女的芳心。唐娜泰拉爱上了他，眼前的这个男爵是她看过的最无忧无虑的男人，他让她感受到了一种全新的生活。所以，他们初次见面的两天后，唐娜泰拉便答应和他结婚，生六个孩子了。

像往常一样，她们的父亲出远门了。爱兰歌娜试图提醒她的姐姐，她根本不了解这个来自伦巴第的神秘男子。可唐娜泰拉却觉得，老是向他问东问西是非常不礼貌，也很不合适的。她忽视了爱兰歌娜的疑问，仅当她是出于嫉妒。她指责爱兰歌娜不仅不支持她，还要妨碍自己姐姐的终生幸福，应该为此感到羞愧。

爱兰歌娜劝她至少等父亲回来再做决定，可是唐娜泰拉第二天就和迪亚曼蒂结婚了。迪亚曼蒂的告解神父曾主持过他的按手礼，他的思想很开放，觉得新郎新娘的宗教背景不同并不影响他们成婚。他恰巧来到了罗马，但只在这边待几天。时间不等人。考虑到新娘是个犹太人，为了安全起见，防止其他人闲言碎语，婚礼便在没有人见证的空教堂内举行了。这场婚礼很短暂，也没有任何多余的宗教仪式。

当她们的父亲回到罗马后，完全被发生的一切吓呆了。听说唐娜泰拉已经结婚后，他双手颤抖，汗珠从额头上渗了出来。他看到唐娜泰拉连眼神里都透露着幸福。她拥抱她的父亲，请求他接受自己的丈夫，即使他并不是个犹太教徒。为了安抚拉比的心情，让他承认他们的婚姻，迪亚曼蒂答应要转信犹太教。他还说自己最近卖掉了从祖父那里继承下来的一座位于皮埃蒙特的城堡，他计划用这笔钱在罗马为他的新婚妻子和他们未来的六个孩子建一座大房子。不过，他想先暂时住在拉比家，虽然这个房子已经有些拥挤了。接着，他当着唐娜泰拉父亲的面吻了她，还拍了拍她的屁股。羞怯的卢扎托看到脸都红了，赶忙遮住了眼睛。

结果，迪亚曼蒂很长时间都没拿到这笔钱。为了着手建房，他就去借了一批短期贷款。他需要很大一笔钱，所以就找了三家放贷人：两名犹太人和一名与犹太人交情不错的西西里人。这三个人很乐意将钱借给拉比这位友善的女婿，更何况他还答应会支付高额的利息。迪亚曼蒂让他们写了借条，并保证他的岳父会为他作担保。虽然这位拉比既不通晓世事，也非常不欢迎迪亚曼蒂住在他家。

房子没建成。迪亚曼蒂一拿到钱后，就消失得无影无踪，连招呼都没打。意识到弗洛莱恩已经永远地离开自己了，唐娜泰拉脸上的笑容也没了。她伤心欲绝，泪如雨下。爱兰歌娜表示了同情，但也洋洋自得地埋怨唐娜泰拉应该早听她的话。她们的父亲倒是松了口气。犹太委员会的主席卡斯蒂洛夫先生早就提醒过他，要时刻谨记自己的社会责任，不能让一个拉比的女儿嫁给非犹太人，而且这个人还偏偏搬进了犹太区内，让这里的居民颇为不自在。

几个星期后,所有的借据都到期了。意识到自己被一个诈骗者玩弄了，卢扎托感到呼吸困难，他觉得自己就快完蛋了。他难过极了。因为他没有钱，他必须放下他的自尊，跪在他的朋友和邻居面前求他们帮自己摆脱这可怕的困境。

很快，不好的传言便在犹太区内散播开来。一些迷信者到处造谣说迪亚曼蒂是教皇派来剿灭犹太人的。有人称西西里的那名放贷人威胁拉比，说他若不在一周之内还清所有的钱款和利息就会割断他的喉咙。为了救这位精神领袖一命，也许更是为了挽救罗马犹太区的声誉，委员会的主席立即下令向全民征收特税。尽管十万分的不愿意，人们还是排着队来缴税了。就这样，谣言慢慢地消失了，一切都回到了正轨。

借此机会，也是在卡斯蒂洛夫的劝告下，卢扎托拉比像往常一样，没向自己的女儿们汇报一声便立即动身去了克拉科夫。那里的犹太群体已经多番邀请他去做一场关于他父亲的哲学思想的演说。

克拉科夫是一座庄严的大学城，这里的犹太人受过很好的教育。他们不仅厌倦了无视他们祷告的天神，也厌倦了拉比们对弥赛亚救世的吹嘘。所以他们更想听一个不会宣传永生之说的拉比，跟他们一起讨论如何用科学知识来改变犹太人的命运，同时也不会违反犹太主义的精神文化。

另一方面，这些居住在东欧这座小犹太村里的人完全没有受到启蒙思想和科学变革的影响，他们觉得这些东西完全不适合他们的传统和习俗。虽然如此，卢扎托依然用他那温柔的蓝色双眸和一口地道的意大利口音说服了人们。他在旅行的途中描绘着新世纪的思潮，人们开始接受了他的观念。他就是这样大力推动了哈斯卡拉运动的发展。这是东欧的一场犹太启蒙运动。

卢扎托完全投入到了这项伟大的事业中。他从来没想过自己的女儿。他从基辅写过一封信给她们，不过那都是五年后的事了。这封信是她们关于父亲的唯一音讯。

唐娜泰拉很后悔自己当初的一时冲动。可最让她沮丧的是，罗马竟没有一个犹太人愿意娶一个结过婚的女人——而她的老公还是一个天主教徒。更何况，她也不是处女了。

当她走在街上时，人们全都会注视着她，在背后嘲笑她。有些人甚至会在她路过时啐一口口水。她很难过，于是便躲在家里不出来了。她觉得自己这样就像个犯人。唐娜泰拉很沮丧，也很不安，她害怕自己下半辈子都要用来服侍她那位残疾的妹妹了。对于一个渴望拥有属于自己生活的年轻女子，这简直就是噩梦。上一秒，她还在痛恨爱兰歌娜，毫无缘由地斥责她，下一秒，她就会后悔，然后不断道歉。

唐娜泰拉想念弗洛莱恩的吻，想念他温柔的抚摸和矫健的身躯。想到自己可能不会有孩子了，她就感到恐怖。她觉得命运给了她一次重击，就像它对爱兰歌娜一样。她不懂自己的妹妹怎么能如此淡然。她常常会因为觉得自己的生活太过悲惨而泣不成声。她想要远离这一切，然而这个想法却让她非常纠结。她不知道作为一个虔诚的犹太女子，她能不能在外面的世界中找到一席之地。

就在这时，她听到了自己内心里的声音。她非常吃惊。她意识到命运早就给她准备了另一条生活之路，只不过她遇到了弗洛莱恩，所以错过了它；所以她才会陷入这种悲剧里。

爱兰歌娜不知道唐娜泰拉私下里正计划着什么。一天早上，她醒来就发现自己的姐姐不见了。在她的枕边有一张便条，上面是唐娜泰拉幼稚的笔迹：

亲爱的，对不起，我实在撑不下去了。

你的唐娜

爱兰歌娜感到非常恼火和伤心，好像她完全不值得被爱一样！黑暗的力量仿佛正在吞噬着她。所有人都抛弃了她，先是齐亚拉；然后是她们的父亲，现在，就连唐娜泰拉也是！她想要尖叫。可她一成不变的生活以及这么多年来陪伴着她的古代文人的书籍告诉她不能向冲动妥协。她试图平复自己的情绪。要冷静，要淡定。可几个小时后后，她再也受不了这种撕心裂肺的感觉了，她呼救了。

邻居们将爱兰歌娜和她的床一并搬到了他们街对面的家中。他们很热情地欢迎她的到来，并承诺会照顾她。她就在这里过完了余生。大部分时间，她都在阅读普鲁塔克的《希腊罗马名人传》。这本书体现了希腊哲学以及作者本人的道德观，里面的故事发人深省。尽管爱兰歌娜优点诸多，但她却一生未嫁。

唐娜泰拉的邻居们都以为她铲断了禁锢，在外面的大千世界里过上了更舒适的生活。她再也不用照顾爱兰歌娜了，所以肯定倍加开心。然后现实却恰恰相反。

唐娜泰拉赶往了附近的马杰奥尔圣母教堂的加尔默罗修会，她对这座门阶森严，不近男色的地方特别向往。她想要生活在这里。为了救赎自己的灵魂，她转入了天主教，改了个名字叫马格德莱娜修女，斩断了与外界的一切联系。

于是，她一直都没能弄清真相：那个主持了她和弗洛莱恩婚礼的神父根本就是假的，他不过是迪亚曼蒂的一个朋友伪装的。那场婚礼也不过是逢场作戏。她实际上没有结婚。

为了保护自己不被世俗诱惑，马格德莱娜修女从未离开过马杰奥尔圣母教堂一步。她的内心有一股强烈的躁动，于是她便向上帝寻求帮助。她看上去总是一副坚强、淡然的样子，从未表露出一丝丝内心的骚动。她乐善好施，慷慨助人，所以和她住在一起的修女们都十分喜欢她。

她过上了一种圣洁的生活，结局也算是圆满。就在她来到修道会后的第十五年，她去世了。

巴黎的美国人

我有一个亲人，他和唐娜泰拉一样，最后的人生也是在修道院里度过的。我发现我又开始跳跃到很多年后的记忆上去了。这个人就是我祖父的哥哥，莫里兹·斯宾诺莎，可家里没人会提他的名字，因为这个名字代表了罪恶和羞耻。就连叔祖父，也尽量不会说他。我知道，祖父很鄙视莫里兹，因为他不仅是斯宾诺莎家族里的败类，更是人类历史中最大的骗子。

有一次，祖父突然跟我说起了他的哥哥，这让我非常惊讶。那天我很沮丧，因为我又被发现撒了谎。祖父安慰我说："实际上，你很像他。他不是个诚实的人，他一生做过很多疯狂的事情，然而人们还是会因为他巧妙的恶作剧而开心。他非常有吸引力，几乎每个指头都散发着魅力。"

然后他告诉我说莫里兹有一次骗过了瓦兹大街上的很多店主，他们都以为自己的店门口会建起一座公厕。我哈哈大笑了起来，竟觉得跟这样机智的莫里兹相像也是种赞美。

由于我碰见了一位健谈的美国人，所以我现在知道了更多莫里兹·斯宾诺莎的故事。那是七年前我在巴黎发生的事情。我先去了慕希奥赛，在第七区漫步了一个小时后，我来到环境优美的花都咖啡馆歇脚。一对相貌奇异的夫妇坐在我的邻桌。那个男的目测约有六十来岁，目光炯炯。他的脸上长满了雀斑，头发是朱红色的。在那正中间有一撮头发特别齐，就像是用尺子画出来的。他的妻子看上去只有三十来岁，皮肤非常黑。她轮廓分明，长得比较男性化，眼睛还在转个不停。过了一会儿，那个男的转向了我，开始自言自语起来。他的这段话非常长，但很有趣。

他的直率让我很意外。这位短脖的美国人一点儿也不拘谨，不会和欧洲人保持距离。他很主动地就开始侃侃而谈，甚至可以说很鲁莽。他和我说了一些故事，他称之为"我的生活方式"。

他的声音很低沉，他告诉我说，他曾在印第安纳州的布卢明顿市附近的一所农业学校里担任过考古学教师。作为一名五十岁的单生汉，为了找到他可爱的新娘，他开始了自己计划已久的巴西之旅。这就是他人生的转折点。 他在这个奇妙国度里停留的三星期让他大开了眼界。之前他从未离开过自己的故乡，现在却置身于极乐世界，被自然、音乐、女人以及眼中的美景所吸引。更主要的是，想到要在这里开始新的生活，他就会禁不住狂喜。他在马托格罗索省的都城库亚巴市遇见了他未来的妻子。那天他正在为母亲选礼物，她很喜欢金镯子。于是他走进了一家旅游商店，就看到了她，他的命运之女。她是这家店的售货员。他说自己对她一见钟情，然后他捏了她的脸，虽然她看上去很不快。等到他们备齐资料，拿到美国的居留签证后，已经过去五个月了。尽管他母亲百般劝说，他还是辞去了教师的工作，好全心全意陪他的爱人。可很快矛盾就出现了。他的母亲受不了他的妻子，他的妻子也同样看不惯他母亲。他母亲恪守摩门教的规矩，每天早上四点半就起床，晚上不到九点就要把所有的灯都关掉。而且，她还不准他们夫妇在家里享乐，比如说看部欢快的电影或是听音乐。她的专横无理就快要让他的妻子神经崩溃了。至于他，他已经在母亲的管教下生活了五十年了。不过，当他母亲叫他的妻子“恶毒的婊子”时，他非常生气，火冒三丈。然后就在那天下午他出去买了一栋房子。“你真应该看看我们搬出去时，我母亲那张沟壑纵横的老脸上是什么表情，”他一边说一边以示友好地拍了拍我的背，“她直勾勾地盯着前方，恐惧地胡言乱语。”自由固然珍贵，但很快他的积蓄就花光了。为了东山再起，他向自己的朋友借了点儿钱，开始从事从巴西进口宝石的生意。他专卖海蓝宝石、翡翠和碧玺。他自豪地跟我说，他每卖一块石头就能赚到三十五美元的净利润。两年后，他妻子的叔叔在马托格罗索去世了，给她留下了一大堆破旧的书籍，其中有一书保存完好。这本书是 18 世纪的植物学家约瑟·马里亚诺·康西卡奥·维罗索所著，介绍了巴西各种潜藏的自然资源。这本书燃起了他的希望。几个星期以来，他脑子里只有那些隐藏在丛林中等着人来挖掘的财富，可他不知道要想进入那些维罗索曾探索过的危险地带需要多么大的勇气。经过几个月的精心准备，他又飞去了巴西。他雇佣了一些当地的地理学家以及一些强壮的工人，通过他们的帮助，他勇闯了玻利维亚边界附近的巴拉圭河沼泽地。这个地方每天下午就会下起暴雨，阻挡他们的去路，经过千辛万苦，他终于在一块高地上发现了一处巨大的绿柱石冲击矿床。这种无色的矿物里含有非常高品质的翡翠和海蓝宝石。这次的矿物开采到了五年后才真正盈利。那时，世界的铝价暴涨，他和马托格罗索的一家工厂合作，通过复杂的冶炼工程将这座矿产转换成了铍，这种物质是专门用来制造飞机的轻量组件的。在他去巴黎的前一个月，他和堪萨斯州，威奇托的庞巴迪宇航公司签订了合约，要在未来的五年内向其供应一万吨的铍。这种轻型金属将被用于制造一种新型的战斗机。这份合约让他一夜暴富。他和妻子便是来巴黎庆祝的。

我在那里坐了很久，完全被这位美国人奇妙的故事迷住了。不过听他滔滔不绝地说了一个小时之后，我开始有些受不住。我想是时候和他说再见了。于是我伸出手想要介绍一下我自己，结果他竟然抢先我一步。

“萨尔·特雷比奇。”他说着，然后用力地握了我的手，我觉得很疼。“不过，叫我特比就行。我的朋友都叫我特比。我的妻子叫莎莉。意思是‘小公主’。”他一边说，一边转向了他的妻子，还捏了捏她的脸颊。“她本来是个男生，可我的小公主她非常不喜欢自己的性别。”他咯咯笑着，然后继续说道：“十九岁的时候，她变性了。在巴西，想变性的人就会去做手术。没有人会为生错了性别而感到羞耻。那里有很多私人诊所都能提供这种手术以及荷尔蒙治疗，而且收费也不算太贵。这些医师是仿造自然的天才，他们创造过很多完美的女性。真难以置信！”

我瞥了一眼他的妻子，这个可怜女人的表情告诉我，她非常不喜欢她丈夫的喋喋不休。我觉得她一点儿也不想在咖啡馆和某个陌生人讨论这些事。所以，我递上了我的名片，主要是为了打断他。

“阿里·斯宾诺莎？”他大声地念了出来，“你跟著名的斯宾诺莎家族有关系？”

我点了点头，以示回应。

“天哪，难以想象，一个像你这样长相忠实的人竟然会跟那位恶名昭著的间谍和骗子有关！”他这样说道。我吃了一惊。

历史学教授

历史学教授布拉德·沃德斯通写过很多兼具内容与内涵的书籍，其中最著名的就是《黑手党》。他本着法国年鉴派的精神写下了这本书，通过不同的角度来分析各种事件，以强调历史的连续性，这样他所要描述的时代就能带着它的经济、政治、社会结构和学术模式全面地展现在读者眼前。它的书名很容易让人联想到这本著作描写的是塞尔维亚的恐怖组织“黑手党”。1914 年 6 月 28 日，在萨拉热窝大街上暗杀了皇太子弗朗茨·斐迪南的加夫里洛·普林西普就是这个组织的一员。然而，事实并不是如此。沃德斯通的这本书描述的这支犯罪组织是阿尔·卡彭暴徒的先驱，主要是由贫穷的西西里移民组成的。他们在 1910 年曾占领了沃德斯通的故乡芝加哥，猖獗地进行着各种暴力犯罪活动，特别是敲诈。

为了他的下一部作品，沃德斯通在三个大洲的档案馆内，搜寻关于曾在芝加哥生活了很多年并且参与过黑手党组织的欧洲罪犯的一切资料。关于这支国际性的犯罪组织，有很多传奇故事。沃德斯通的调查和写作共花了五年时间才完成。虽然他已经有些名声了，但这次他却找不到一家愿意出版、销售他作品的出版商。他们说普通人是不会对这种书感兴趣的。有些出版商则评论说，他采集的这些材料更适合用来写侦探小说。不过，他不愿意做任何修改。直到很多年后，还是内布拉斯加州林肯市的一家相对小型的大学出版社出版了这本作品，并更名为《犹太变色龙——莫里兹·斯宾诺莎的多面人生》。

特雷比奇说他亏欠了他的朋友布拉德·沃德斯通很多人情。沃德斯通是他在布卢明顿时多年的高尔夫球伴。每每遇到困难他都会向沃德斯通诉苦，寻求他的建议。他第一次的巴西之旅就是布拉德的意思。他的朋友坚信只要去了巴西，特雷比奇就会更有可能找到他的另一半。如果没有布拉德的鼓励和支持，他就不会产生旅行的念头，奋不顾身地前往巴西了。

特雷比奇没有掩饰他对智慧非凡的布拉德的赞叹。他说他的朋友尤其擅长整合从古至今的历史事件和主流文化，而且博学多才的他也非常自信。

“布拉德，”他说道，“可以说是一个法国派的学者。他总是穿黑色的衣服，叼着一根吉泰安香烟，嘴里永远都在说着巴黎流行的最新学说。在他年轻的时候，他曾在那里，拜了一位教授为师。这个人对他的思维和工作方式都产生了深远的影响。他叫布罗代尔什么的。布拉德总是想通过延续他导师的风格来悼念他。所以有时候他会用‘布拉代尔’这个化名，不过大多时候都是开玩笑的。我真心推荐你去看看他写的关于斯宾诺莎那个人的书，虽然我还是不敢相信你和那样一个可怕的男人竟然是一家人。”

特雷比奇停顿了一会儿，仿佛又仔细端量了我一番，接着他又说道：“那个无赖骗了布拉德的祖父——神话般的肉类加工业巨头汉克·麦凯布——几百万美金。他将一座地产和不属于他的房子卖给麦凯布，然后就卷款而逃了。这件事让麦凯布熟肉包装工厂破了产，四千名工人失业了。

汉克·麦凯布绝望之际，从他位于二十八层的办公室上跳楼了，没留下一分钱给他的妻子和七个孩子。这件事闹得沸沸扬扬，可警察一直没逮住斯宾诺莎。”

两个版本

每当回忆起巴黎的这出奇妙的相遇时，我都会止不住地觉得幸运。在我和特雷比奇分手之前，我郑重地将他的名片放到了我的钱包里——我通常是不会这么做的。因为沃德斯通的那本写莫里兹·斯宾诺莎的书基本上已经没有了。我不知道这是不是因为十年前，这本书的印刷量很少，所以销售一空了，还是因为没卖掉的书已经被抛售或是搅成了纸浆。所有的出版商和美国的旧书商都没有这本书。所以我写信给特雷比奇，向他求助。几个星期后，这本书就到了我的手中。

百变人莫里兹·斯宾诺莎其实是我祖父的哥哥，我的亲叔祖父。沃德斯通的这本传记我读了四遍。每一次，我都会被新发现的细节惊住。这些对过去栩栩如生的记叙真的让我觉得很痛苦。不管白天还是夜晚，我的脑海里全都是他放荡的一生所犯下的耻辱。有时，有些片段特别幽默地描述了他是怎样用高超的骗术来骗钱的，每读到此我又会禁不住地狂笑。然而，那些故事让我对他伪装成各种身份时所做的事情更加恼怒了。他做过冒险家、议员、主教、反革命者、间谍、谋士等等。

沃德斯通书中说莫里兹·斯宾诺莎于 1943 年死在了印度的大吉岭，死因不详。他的尸体被火葬了，有四十名印度教教徒参加了葬礼；他的骨灰被撒在了恒河中。然而，祖父却告诉我他的哥哥莫里兹在西藏的佛教寺庙里当了好多年的和尚，大概在 1951 年时，他冻死在了喜马拉雅的洛子峰顶上。

乌兹别克的牧羊人

牧羊人的名字叫作里奥尼德·马斯诺威。他是个乌兹别克人，生长于布哈拉以南十英里处。在列宁集体农庄中，他照管着 1250 只羊。他很可靠。那时苏维埃联盟需要英雄模范，所以他便被选为了乌兹别克苏维埃社会主义共和国最出色的牧羊人。然而胸口佩戴的那枚勋章并无多大用处，他的十个孩子还会经常饿肚子。马斯诺威为了生存已经黔驴技穷了。好在他还有些艺术天分，几分钟就能用一小块木头刻出一尊栩栩如生的雕像来。所以，他决定做一些斯大林的木雕像，每一个大概有八英寸长。当他做完了三百个时，他便想带着它们去布哈拉的集市上卖。他告诉他的妻子："如果谁不想买，我就威胁说要向警察举报他，说他是反苏联的敌人。"过了一段时间后，他反而被抓了起来。警察局长以亵渎罪正式起诉了他，对他说："我们的领袖是那么伟大，你却把他做成了这么小的木雕！"马斯诺威解释说："我们那地方木头不多，所以我才把斯大林上校做得这么小。以前，我们那儿还有很多木头呢。"作为这次反革命行为的惩罚，最出色的乌兹别克牧羊人被送进了古拉格集中营，十五年后，他因为过度劳累和营养不足死在了科雷马河上。他的尸体被扔进了乱葬岗。他的孩子们在没有父亲的环境中成长。

我很想知道这两个版本哪个才是真的。莫里兹到底是怎么死的？一番无果的调查后，我决定采用唯一一个还能找到真相的方法。几天后，我找到了一个著名的媒介。我知道无所不知的叔祖父就是从我那位过世已久的亲戚萧珊娜那儿得到信息的。所以，在我的意识里，通灵术就是一种非常有效的科学调查法。

我想要试着与叔祖父取得联系。召唤莫里兹邪恶的灵魂是我想都不敢想的。

那次的降神会上，昏暗的房间中唯一回应我的就是奥尼德·马斯诺威。他首先介绍了自己，接着他向我传达了他的好友和棋伴费尔南多的问候。

我在叔祖父以五百美元卖给盐湖市摩门教会的自传中，找到了马斯诺威的名字。他们俩在科雷马河第八区营里，共享了五年的床铺。

这位乌兹别克人说我的叔祖父正在忙着给他的女儿安西和曼西讲故事。不过他也托马斯诺威向我传来了问候："我在这里很好，什么也不缺。这里的一切都让我觉得幸福。我最大的梦想已经实现了，我是带着笑容离开尘世的，我很快乐。"

极乐

巴特拉加茨的昆兰霍夫酒店。当拿破仑的大炮响彻了普鲁士、奥地利和波兰时，在瑞士东部的格劳宾登省，一切却是那么平和。战争似乎与这里毫无关系。阿姆斯谢尔·罗斯柴尔德一直有个习惯，就是在这座小温泉镇过圣诞节，远离世界的喧嚣，在这里治疗他的风湿病。经过经验丰富的医生的按摩，他感到全身舒畅。1808 年 12 月，他第一次带着齐亚拉和她的两个儿子一起来到了这里。

在酒店大堂里，阿姆斯谢尔偶遇了从巴黎来的一位熟人安东·韦德塞克。他戴着黑色眼镜和一条毫无瑕疵的领带，遮掩了他作为普鲁士贵族的那种狂妄的贪婪。两位男士愉快地寒暄了几句，互相交流了一下对他们一起走过的那段艰苦岁月的感想。他们说好下午茶的时候带着各自的家人再见一面。

在这间环境高雅的酒店里，空气都是温暖而芳香的。坐在别桌的两名正在聊天的客人衣着讲究，他们看上去很无聊。这两点都是在这样一种传统氛围里和富人们社交时所必不可少的因素。

阿姆斯谢尔向他的老友介绍了齐亚拉和她的两个儿子。韦德塞克先生站了起来，礼貌地向他们问好了一声，可他的热情明显减少了，因为他发现罗斯柴尔德的女伴和她的儿子们一口不地道的德语中竟有浓重的法国口音。于是，他直接就将他们划分为下等人。韦德塞克夫人在和这个不知道从哪儿冒出来的异国女子打招呼时，在椅子上坐立不安，她直接就说："我们本来是想来见你的妻子的，我亲爱的银行家。"同时，她的女儿德西蕾偷偷打了一个哈欠。

阿姆斯谢尔莞尔一笑，这些话要在其他场合完全会被看成一种冒犯。齐亚拉坐了下来，观察着韦德塞克夫妇，试着理解为什么他们的态度突然冷淡了下来。有几分钟，大家都尴尬地沉默了。

穿着燕尾服的服务生，彬彬有礼，动作娴熟。他为他们送上了精美的甜点，稍稍缓和了现场的气氛。

韦德塞克先生首先开了口，激烈地抨击起拿破仑，说他是妄想要征服欧洲的贱民。他说这个矮小的男人好像完全忘了自己是在阿雅克修后街上度过童年的。“波拿巴那个小杂种。”为了显现自己的愤怒，他这样说道。看上去他好像已经用完了自己仅会的几个法语词了。“他的胜利就像是肥皂泡，而他自己甚至比这些泡沫里折射出的彩虹消失得还要快！”韦德塞克先生自我满足地大笑了出来。他说他相信法军在欧洲的猖獗最终一定会被彻底镇压。接着，他表达了自己对普鲁士士兵们的崇敬，这些强壮矫健的士兵们唯一的愿望就是让祖国人民幸福。“你不知道我们的士兵有多好，”他转向齐亚拉，着重地说道，“你没看过他们在菩提树下大道上行进的英姿。”从这里开始，他就滔滔不绝地描述起了普鲁士的辉煌。结束时，他向阿姆斯谢尔表达了谢意，因为他曾借钱给腓特烈·威廉三世[①]国王，资助他建立军队。“相信我，罗斯柴尔德先生，柏林的每个人都很高兴看到你在拿破仑战争期间获取了大量的财富，并将这些慷慨地转借给了我们。”

齐亚拉当然很赞成韦德塞克对拿破仑的看法，然而听到他这番话，她却觉得他的想法很简单。他身上有种狭隘的民族主义，让她觉得很不舒服。她看得出他是在指桑骂槐，他对拿破仑的愤怒实际上都是冲着她来的。韦德塞克好像觉得她作为一个来自敌国的女子，一定是个间谍。她想说些什么，以示她对战场上牺牲的年轻人的悼念。话都到了嘴边，但她还是觉得此刻保持沉默才叫明智，因为她不确定自己能不能用德语和他们交流。于是，她落下了视线，往后靠了靠。

阿姆斯谢尔马上就注意到齐亚拉脸上的微笑凝固成了社交状态，于是他快速地切转了话题，说起了酒店里装饰华丽的房间。

韦德塞克先生自信满满地说，这些东西肯定在帕拉塞尔苏斯被请到这座温泉里当疗养师时，就已经是现在这个样子了。那时，帕拉塞尔苏斯让远道而来的游客大量饮用这口富含矿物质的泉水，来缓解他们的伤痛。

阿姆斯谢尔饶有兴致地听着他的叙述，惊喜地听着韦德塞克夫人的发言。而齐亚拉却觉得很想要指出韦德塞克的无知。她禁不住想要告诉他，帕拉塞尔苏斯 1535 年就来到巴特拉加茨了，而这座酒店是两百年后才建

---

① 腓特烈·威廉三世（1770—1840），或译弗里德里希·威廉三世，霍亨索伦王朝的普鲁士国王（1797—1840 在位）。

的。不过她还是忍住了。她告诉自己，被世俗的社交圈所接受的代价就是知识对愚昧的无声屈服。

桌上的年轻人——吉勒德、吉多和德西雷——都没有说话。他们知道有大人在场时，自己是不能说话的，除非被直接要求。

吉多就坐在德西雷的旁边。他不时地瞅向她那边，只为了看一眼这个美丽不可方物的十六岁少女。她有一头金发，诱惑性感的双唇，她的双眸透着悲伤，让她看上去不可捉摸。她有盈盈一握的腰肢和非常丰满的胸部——它们很快就会吸引住所有巴黎人的目光。当她的手帕掉落时，他们同时弯腰去捡。他们食指指尖触碰的那一刹那，吉多觉得有一股电流穿过了他的身躯。好多年以后，他还是记得这指尖的一触。这是他青少年时期最接近极乐的一刻。

吉多和安东

吉多和安东的友谊很不寻常。安东·瓦登伯格出生于一个很悠久的军事家族。他的父亲是一名将军，叔叔则是普鲁士的陆军元帅，曾与拿破仑英勇对战过。他母亲姓霍亨斯陶芬，这是普鲁士最古老的贵族之一，传言说他们家是腓特烈一世，巴尔巴洛萨的后代。这位德意志日耳曼帝国的帝王曾率领过第三次十字军东征，不过他自己却没能抵达耶路撒冷。因为1190年6月10日，他不幸丧失在了土耳其的塞尔夫河中。叔祖父告诉过我和萨沙，同样是在这一天，斯宾诺莎家族的创建人巴鲁克也在里斯本去世了。

安东的父亲瓦登伯格将军衣着整洁，且威猛高大，傲睨一世。他身上融合了军人的正气和贵族的优雅。瓦登伯格将军对自己的独子——体弱且优柔寡断的安东不是很满意。安东常年受到哮喘的折磨，对军事实践也没有太多的天赋。他唯一的兴趣就是代数和物理。他的偶像是开普勒、惠更斯[①]、哥白尼和牛顿。他信奉的圣经则是伽利略的《关于两个

① 克里斯蒂安·惠更斯（1629—1695），荷兰物理学家、天文学家和数学家，土卫六的发现者。他还发现了猎户座大星云和土星光环。

世界体系的对话》。他收藏了一名意大利科学家的第五脊椎骨，这是他在波西米亚的叔叔送给他的十五岁生日礼物。这名科学家就安睡在佛罗伦萨的圣十字教堂，有人盗了他的墓，从他的遗体上拿下了这根骨头。

法兰克福的基督教徒从不和犹太人来往。他们生活的世界不同，彼此间的交流也很少会突破道德或宗教的界限，事实上，这都是一回事。

瓦登伯格将军之所以喜欢罗斯柴尔德，甚至比起自己的朋友更愿意和他来往的原因，并不仅仅是阿姆斯谢尔的可贵品质和不谄媚的态度。他与这位富有的银行家密切地往来，还有更重要的原因。瓦登伯格的经济状况实际上非常危急。他们家的财产虽是经过几个世纪一代代积累下来的，然而自从他的妻子接手后，她便挥霍无度，奢侈至极。为了支持她这种奢华的生活，买下她看中的一座巨大的庄园，瓦登伯格将军只好去借钱，欠了一大堆的债。于是拆东墙补西墙，他更加离不开阿姆斯谢尔慷慨的资助了。这就是为什么他允许他的儿子去探望并邀请，与他同龄的这位从斯特拉斯堡来罗斯柴尔德家生活的犹太男孩到他们家做客。

两个男孩很快就熟络起来。他们的关系非常密切，与其说这是因为他们不了解大人的世界，不如说是因为他们共有一种信念。他们认为生命最深的秘密是很难让人发现的，它们隐藏在某些神秘的地方，但只要使用正确的方法，总有人能揭开真相。他们希望能通过自然科学找到这些秘密。他们建立了深厚的友谊，立志要一同找到哲人的石头。

那是一个夏日。和煦的微风吹拂在这对友人的脸颊上。他们坐在一棵苹果树下的草坪上，这里是环绕着罗斯柴尔德庄园的一座美丽的公园。两个十九岁的青年正在讨论牛顿的万有引力学说，以及它对人类产生的影响。他们的肩膀总是时不时地碰撞在一起。突然,安东抓住了吉多的手，微笑着深情地望着他的眼睛。他们十指交叉，动作有些呆滞。他们觉得一切仿佛都是梦境。空气中充斥着一种奇妙的能量。安东在吉多的耳边低语着，吉多听不懂他在说什么。安东将吉多拉向他，两个人的眼神都透露出了一种对温暖和生理感官的渴求。他们接吻了。安东的嘴是甜的，他的皮肤带着汗水的味道，让吉多兴奋了起来。他紧紧地抱住安东，双手抚上了他的头发。吉多的呼吸越来越重，他喘着气，声音越来越尖厉。他可以感受到自己下身的僵硬以及他咚咚的心跳声。他的腹部有一股热流，从他的脊椎缓缓地升至他的头部。他的双手在他朋友的身体上缓慢地游移着。他非常感激安东是个男子。他此前从未有过这等感受。他爱他，因为他是个男人。突然，吉多意识到他们两个被命运拉扯到一起的人，会因为占有了彼此的身体而将自己送进激情最黑暗的禁区，他们将会成为罪人，接受无情的、残忍的惩罚，被逐出天堂。吉多已经做好了受罚的准备，因为他知道自己不想离开这刚刚萌芽的情欲。

绯闻

他们俩的幸福时光并没有持续太长时间。他们的爱情和在彼此怀抱中感受到的快乐注定逃不过那些仆人们犀利的目光。他们如实地向瓦登伯格将军汇报了一切，然后有一天将军竟然看到安东和吉多一起躺在床上。接着，悲剧就发生了，他们年轻岁月所能体会的所有美好也就此告终了。瓦登伯格勃然大怒，怒吼着说他的儿子是个变态。他说他会持剑将安东碎尸万段，这就是他玷污了家训——“永世纯净”——的惩罚。接着，他转向吉多破口大骂起来。那些话太过恶毒，这里我就不再重复了。然后，为了守住瓦登伯格家族的声誉，他向吉多发起了决斗。这样一来，瓦登伯格将军其实就触犯了军队中最基本的荣誉准则：犹太女人生下来的孩子是没有荣誉可言的，所以任何人都不能与这样的人决斗。

齐亚拉听闻这些事后心烦意乱，而阿姆斯谢尔却难得非常镇定。她让他立即向瓦登伯格先生致歉，说服他放弃决斗。这种野蛮的习俗让她非常害怕。而且，她知道吉多这辈子从来没碰过武器，他怎么可能是那个几乎一出生就与刀剑为伍的将军的对手呢。她记得六个月前阿姆斯谢尔才借了一大笔钱给他，现在这笔钱就快要到期了，她求他以减少债款为条件来平息这次矛盾。

在齐亚拉书房的中间有一张桌子，这张桌子上有很多抽屉、文件、壁龛、暗格和盖子。这张黑木制成的大型书桌上还有浅色的镶嵌物，看上去就像一座空旷舞台，它有天窗、活动面板和精心设计的秘密空间，只有最聪明的盗贼才有可能窥探到它里面装了什么。很奇怪的，齐亚拉有乱扔东西的习惯。她的桌上永远都混乱不堪，成堆的信件、文件、书本、词典、钢笔、茶杯、酒杯、剪刀、零钱，甚至还有衣服。可有一天她移走了桌上所有的东西，将一个大大的瓶子放在了它的中央。只是轻轻看它一眼，她的心脏便会刺痛，充满了悲伤，极大的失败。这个东西代表了她曾犯下滔天大错，害死了她的小儿子吉多。

吉多双颊通红，眼神低垂。他只有十九岁，脆弱的年纪。他长相俊美，有一只巨大的鼻子。以前，他黑色的大眼睛透露着智慧和温柔，可现在那里却只有悲伤和痛苦。他很小的时候，齐亚拉看着他忧郁的面相就觉得他的生命不会太长，如果他活了下来，那么也会成为她一个极大的负担。

"吉多，告诉我实话，"齐亚拉说，"这是真的吗？你和安东……"

"是的，母亲，"他打断了齐亚拉的问题，毫无畏惧地承认了，"我们是相爱的。"

"相爱，"齐亚拉重复道，"你毁了我们的生活。你没有顾忌道德，也没有为家人考虑，就犯下了这样可怕的罪过。如果你的父亲看到你这种不知羞耻的行为，他就是在九泉之下也难以安息。"

他们双方都沉默了。屋内弥漫着一股紧张的不适感。吉多这种丢人的取向并没有让齐亚拉觉得太过烦恼，而最让她痛苦的是他竟然没有告诉过她，甚至还因此撒了谎。他跟齐亚拉记忆中的完全不同了，她觉得他很陌生。他内心到底在想什么，他只和她坦白了一小部分。而余下的，最重要的部分他却分享给了别人。过了很久，齐亚拉才打破了沉默。她让吉多出去，离开她的视线，因为她再也受不了和他待在一起了。从齐亚拉这样一个总是以坚定的、不知所畏的目光看待世界的人嘴中听到这样的话，不免有些奇怪。

瓦登伯格将军没有接受阿姆斯谢尔的提议。他非常遗憾他们碰上了如此难办的情况，他们的友情可能也会随之瓦解。情势所逼，他必须要维护自己家族的声誉。"为了我们的荣誉，"他宣告道，"我们必须在命运面前卑躬屈膝。"

"我亲爱的银行家先生，"他说，"请你以另一种视角来看待这场决斗吧。传言说犹太人都是懦弱的，你就当我给吉多慷慨地提供了一次机会，让他彻底地证明传言就只是传言。"

阿姆斯谢尔还没想到该如何回答时，瓦登伯格就准备走了，临走前他义务性地问道：“我的副手什么时候，去哪儿接您的继子？”

这个家里，唯一能和吉多说说话的就是安吉拉了。她总是可以忽略所有人的过错。然而他却不想和她讨论她口中的他的“不幸”。

阿姆斯谢尔的父亲一手创办了这座银行巨头，现在一切都由他来负责。为了将这则绯闻和围绕着他们家的恶意谣言的舆论影响降到最小，阿姆斯谢尔忙里忙外，也没有时间来开导吉多。

他的母亲将自己锁在书房里，不愿意见他。而他的哥哥杰勒德正在柏林上学。

安东被送去了位于普鲁士的叔叔那里，吉多彻底和他失去了联系。一位仁慈的管家偷偷告诉他，安东的叔叔已经说服他迎娶某位普罗施维茨家的女伯爵了，这个女孩是安东的表亲，笨得跟头驴似的，完全没有任何女性魅力。这个消息深深地伤害了吉多。他很害怕他和自己的爱人将永世不得相见。他陷入了极度的不安中。当他梳理起目前的境况时，他意识到唯一可能理解他的人就是齐亚拉，然而他的母亲此刻的心情就如当初他父亲入狱时一样沉痛。他让她丢尽了颜面，她的沉默，她的置之不理，就是对他这种丢人的行为最严厉的惩罚。想到此，他觉得更加难过和孤独。而且，瓦登伯格将军的副手随时都有可能出现，他害怕极了。

吉多对自己的未来已经不抱希望。他强烈渴望再次听到安东的声音，感受他顺滑的肌肤。母亲对他的回绝令他很不开心，这些种种就已经令他疲惫不堪。他决定，作为一个已经被判了死刑的人，他要给母亲留下最后一则信息。他给她留下了一张纸条，说她是对的，即便在她万分严肃地说，如果一个人将稻草扔进美因河，它就会立即沉下去时，所有人都在背后笑话她。

然后，吉多走到了花园的最南边。那里，美因河苍白的河水正缓缓地流淌着，他跳了进去，沉下去，淹死了。

遗忘的故事

我经常在写作时自我中断，我一般会走到窗前站几分钟，看着窗外。虽然从医院的三楼望出去，只有一座公墓和几栋公寓的侧影。这里没有树，没有花，没有鸟，没有人，没有一样活物。我很低落。

此时的我，双腿已然全废了，如果没有别人的帮助，我连床都下不了。越来严重的残疾让我心烦意乱。无助感伤害了我的自尊。然而，我没有办法抵抗癌症对我的囚禁。我唯一能做的就是在记忆的画面里搜索，找出一些事件或者故事，通过它们来抒发我的心情。我不写作的时候，就会陷入沉默、僵硬和孤独的状态，没有人陪在我身边。在这些时候，我能感觉到自己的生命就像手中沙一般飞快地流逝着。

这个家族一千年来发生的事情实在太多太多了——孩子们的诞生、婚礼、葬礼，平常生活的点滴、挫折还有梦想。叔祖父生动的描述，总能赋予这些过去鲜活的生命力。不过，我很担心自己没有时间也没有足够的写作天分来一一记录下它们。

突然，我甚至都想不起来我有没有写到伊斯雷尔的弟弟，那巴泰。他可以说是那个世纪最炙手可热的建筑师，曾在 1302 年至 1312 年期间受雇于伊朗北部的奥利叶图，即我们口中的穆罕默德 · 完者都帝王，帮他修建了气势宏伟的苏丹尼叶陵墓。这座陵墓声名远扬，它是世界上第一座双层圆顶建筑，也是泰姬陵的建筑原型。

我提到过萨尔曼的曾重孙里卡多吗？他后来改名为什鲁斯伯里的理查德，获得了约克郡伯爵和爱德华四世之子的称谓。他在波尔图搭上一艘船来到了英格兰，称自己是那位从伦敦塔神秘失踪的传奇王子的小儿子。他要求得到奥地利的马克西米连帝王、法国摄政王卡尔五世以及斐迪南、伊莎贝尔这对西班牙皇室夫妇的支持，让英国议会撤掉他私生子的名分，这样他就能正式成为英格兰的合法国王。他差点就取代亨利五世上位了。

我想我可能也将艾萨克忘记了。他是本杰明和本图的弟弟，毕业后便在荷兰东印度公司旗下的一艘黑心船上当了一名船医。他的第一次航行本来应该去巴达维亚的，然而慢性的晕船症让他不得不提前在新印度的马拉巴尔海岸下了船。然后，他便在这里定居了。他在柯钦市做着他的本行，并治好了一名印度王公的独女。这个女孩得了一种很奇怪的麻痹症。后来，三十岁的他就娶了这位十三岁的女孩，并在他岳父去世后继承了他的名号和财产。然而印度人民都很痛恨他，因为他是个连印度语都不会说的外国白种人。他去世之后，举国欢庆了八天八夜。

我应该将加斯顿的故事也写下来。他是赫克托耳的哥哥，生活在斯特拉斯堡。他比安德烈·马里·安培还早一点儿发现电磁。他推算出了计算电流和电力负荷的公式，并将推算过程一字不落地记了下来，可他从没有将自己的研究送交给科学院。因为他运用了自己无限的热情，在自己家中发明了一种奇特的装置，这个装置是由很多的部分连接而成的，需要各种开关来控制。“这个发明实在太棒了。”他镇定地叫道。于是，在他的七个孩子好奇的目光中，他拉下了电源，产生了强烈的火花，烧着了旁边厚重的窗帘，顷刻间就将整栋房子变成了人间地狱。他和他的孩子们一个也没逃出生天。

梦子记

吉勒德的专业是国际法。罗斯柴尔德银行中还没有这个领域内的专家。他可谓是前景广阔。在阿姆斯谢尔衷心的赞成下，杰勒德娶了奥本海默银行行长之女戴安娜。这场家庭包办的婚姻很快就能结晶，一年后他们的儿子雅各布出生了。

我不知道为什么叔祖父几乎从未提过齐亚拉这位大儿子。他只是说雅各布还在襁褓中时，他的父母亲就去世了。

1819 年 8 月 2 日，德国维尔茨堡爆发了一次狂吼暴动。几天的时间，德国三十六个省的全体人民义愤填膺地走到大街上抗议犹太人，称他们受到了法国大革命及关于人权和民权言论的影响，正得寸进尺地要求社会改革。不到几天的时间，血腥暴力的大屠杀运动大肆猖獗，几千名犹太人遭到了攻击、殴打和杀害，他们的财产也被抢夺一空。

在法兰克福，犹太聚集地并不是唯一的目标。暴乱分子直接闯入了罗斯柴尔德的家，烧杀抢掠。安吉拉、吉勒德、戴安娜以及两名老仆烧焦的尸体，最后在一堆废墟中被找了出来，另外还有一位仆人已经被烧得面目全非了，她的尸体蜷缩着，宛如一个哭泣的婴孩。

阿姆斯谢尔一直很渴望能有一个像他自己的爱子。在早些年，他和安吉拉一起生活的时候一直都在憧憬着有一天他的妻子会怀孕，然后成为一个孩子的母亲，虽然很辛苦，但却满脸幸福地将他们的儿子抱进怀里喂乳。在他的想象中，他甚至能听到新生的儿子从母亲温暖的子宫里出世时，他的第一口呼吸与第一声啼哭。他甚至能感觉婴孩柔软而纤细的手指正在他手中。

然而，阿姆斯谢尔一直都没有自己的孩子。

有时，他觉得齐亚拉的大儿子就是自己亲生的一样，把他当成自己的继承人般对待。所以吉勒德的死比起安吉拉更让他心如刀割、痛不欲生。

雅各布的新父母

黑色八月一过，秋日的悲凉便来袭了。这一年的冬天寒冷依旧。齐亚拉和阿姆斯谢尔之前常常去巴特拉加茨过圣诞，然而今年他们却留在了法兰克福。去瑞士要经过长途跋涉，带着九个月大的孩子肯定不行。阿姆斯谢尔放弃了能让人恢复活力的按摩和自己钟爱的各种治疗，也放弃了每年一次的能帮银行招揽更多国际客户的机会。昆兰霍夫酒店的按摩治疗和赌场总是能吸引很多皇家子弟、各国权贵和社会名流。

雅克布认为齐亚拉和阿姆斯谢尔就是自己的父母，因为他们对自己就像对亲生儿子一样无微不至。他们之所以对他倾注了绵绵不绝的爱意，除了雅各布的亲生父母已经死去这个原因外，还有其他两种。雅各布很可爱，但和其他孩子不同的是，他长了一只巨大的鼻子，他的右肩还有些畸形，所以他好像有一种天生残疾的感觉。久而久之，齐亚拉和阿姆斯谢尔都习惯了他的样子，所以根本没有在意他奇怪的姿势，可是陌生人却一眼就能注意到。虽然从没有人嘲笑过他，但是其他人看到他时的反应让雅各布很难释怀。

雅各布不知道他那只巨大的鼻子是我们家族每一代都会出现的，它所招致的麻烦正标志了他震古烁今的一生。齐亚拉经常安慰他，告诉他他长得跟自己的祖父——大鼻子的革命家尼古拉斯·斯宾诺莎——一模一样。这一点让雅各布很开心。

雅各布的身体里有着斯宾诺莎和卢扎托两支家族的血脉。这两个家族世世代代都专注于学习，他们喜欢书籍，比起赚钱更爱思考。所以，齐亚拉在雅各布很小的时候就开始教他学习三种语言，给他看这三个国家的文化所孕育出的最优秀的巨著。她会经常告诫雅各布："唯一真正属于你的就是你脑中的知识。"他们两个人会一起踏上回望过去的精神旅途，她想方设法地让他懂得一切物质都会消失的，没有什么是永久的，每个人都是活在当下的个体，也不存在后世之说。齐亚拉还决心教会他基本的犹太传统思想和伦理道德。

对阿姆斯谢尔来说，钱是赚不完的，它只是一种手段。卡尔·马克思认为阿姆斯谢尔是一个冷血的人，他富可敌国，可他的商业道德却有待质疑。他大错特错了。这里我并不想多加辩解，我只想叙说事实。

老罗斯柴尔德教过阿姆斯谢尔，在犹太人的世界中，一个人的声誉和财富并没有关系，但却和他的智慧和知识密不可分。犹太本土上的富人只有博学多才时才能受到尊敬。他父亲告诉他，《犹太法典》教人们要抵制住财富的诱惑，避免跌入它的陷阱。这位创办了罗斯柴尔德银行的犹太人强调说，他赚钱的真正目的是为了提升他和他家人的文化程度，也是想要提高他们的社会地位。

阿姆斯谢尔清楚地看到，雅各布敏捷的思维反映出了斯宾诺莎和卢扎托两支家族的优秀。他很支持齐亚拉的做法，还让她尽量培养雅各布的文化能力。他自己对此事也是非常认真，为了开阔雅各布的眼界，他引领他见识了金融世界，一步步地指导他学会这里的游戏规则。他坚信理论一定要与实践经验相结合才能事半功倍。

看透世事

阿姆斯谢尔忧心忡忡地看着德意志帝国内的文化矛盾。他真诚地希望德语国家能成为世界上第一个孕育出自由和法国大革命崇仰之理想的国度，并顺理成章地成为一个犹太人能免遭压迫的地方。最让他感到不安的还是德国圣徒口中神圣的职责以及将犹太人描绘成跨国的、非德国种族的恶意言论。人们都说雅利安人的智慧是富有创造力的，而犹太人的却完全没有独创性，只局限于模仿。雅利安人尽责、高尚、有逻辑而富有活力，犹太人却是狡猾、邪恶、没有逻辑而消极的。雅利安人因为他们对理想的执著和对美好生命的眷恋而为人称道，他们热爱自己的祖国，尤其是这里的森林和阿尔卑斯山；而犹太人从古至今却一直因为他们的居无定所而备受苛责，人们认为一切的罪恶都与他们有关。一切都是他们的错。生为犹太人，死亦犹太人——从开始到结束，直到永远。

在父亲临终前，阿姆斯谢尔答应他会永远恪守犹太信仰，虽然他在很小的时候就已经不再接触任何基督教文化了。在他的社交圈中，有很多人都宣布放弃犹太教，因为社会对犹太人的憎恶几乎无孔不入。他们转教了，换了一个基督教的名字，被上帝同化。他住在维也纳的亲弟弟所罗门，在被奥地利国王授予男爵头衔时，也被宫廷说服加入了基督教。可阿姆斯谢尔不同意，作为一家之首，他行使了自己的特权。他写信给所罗门，说："我希望你意识到我们的祖先几千年来一直都不曾放弃过我们种族的人民和传统。我从来没有刻意伪造过自己的身份，我是一个来自法兰克福的犹太人。而我和任何转入基督教的犹太人都没有半点儿关系。"

六十岁的阿姆斯谢尔成为世界的楷模，以法国思想来理解就是一个社会人，从德国角度来说，他就是一个看透世事的人。

有时阿姆斯谢尔会想，等到有一天雅各布长大了，他将把自己从父亲那继承来的红盾转交给他。这红盾象征着东欧犹太人为表示对法国大革命思想的支持而挥舞起的红旗。他的父亲在1792年创办银行时，将这红盾挂在了新办公室的正门口。阿姆斯谢尔希望这个礼物能督促雅各布继承他父亲的衣钵，并让他将姓氏从鲍尔改成罗斯柴尔德。

阿姆斯谢尔离开人世时，也有一种沉静的高贵。这么多年来，他已经能很好地处理自己的老敌人——风湿病了。可他的身体却没办法战胜他的心脏病。他从没向别人提起过他胸部的疼痛，因为他就是这么一个谨慎的人，一个宁愿轻视自己的身体，也不愿意让其他人难过的人。所以他的死出乎所有人的意料。一天晚上，他上床睡觉，然后就再也没起来。

阿姆斯谢尔的葬礼也是他的风格。在他书桌的一个抽屉里，人们发现了一张纸，上面是他预先拟好的遗嘱。他希望葬礼能如他所愿的操办。他只想要一尊简单的黑木棺材，他还特别强调只有他最亲的家人才能陪他走完人生最后的旅途，送他入土为安。

董事会会议

阿姆斯谢尔下葬之后几个星期，他的四个兄弟就聚到了一起商讨银行的未来。这样的聚会很是难得，因为他们各自在欧洲不同的地方管理着自己的分行。所罗门是维也纳分行的行长，也是这四兄弟中最年长的一位，于是他自动承担起了一家之首的角色。其他人凝神注目着他，聚精会神地听着他的宏图战略和高瞻远瞩。他问起阿姆斯谢尔最后的一纸夙愿是否算是合法文件，然后又自答说，由于没有公证员的目击，所以这些话不应当被视为有效的遗嘱，这引起了大家的一致赞同。所罗门总结说，因此他们没有必要满足已逝的阿姆斯谢尔想让雅各布，一个和他没有半点儿血缘关系的人来继承他那部分股份的心愿，而让这个年轻人加入银行董事会的要求就更是无理了。

“虽然，”所罗门提高音调说道，“没有证据能证明在银行内部流传已久的谣言是否真实。但齐亚拉和雅各布的确在一直利用阿姆斯谢尔的久病体弱。忠实的员工厌恶地目睹了，这两个人是如何一步步利用了我们亲爱的哥哥对他们的信任。我有一个十分可靠的朋友告诉我，从很早以前，他们俩就控制了阿姆斯谢尔，将他玩弄于股掌。齐亚拉就是幕后主谋，那个恶名昭著的老女人吃穿都靠我们。很显然，她的目的就是让雅各布接管并独占我们的家族生意。可是幼稚如她，竟高估了雅各布的能力，低估了我们的才智。我们绝不会做出任何让步。”

这番话立即得到了大家的一致支持。确认大家的意见后，所罗门提出建议，说要修改公司的法规：只有罗斯柴尔德家族的人才有权占有银行的股份，成为董事会的一员。这些建议受到了热烈的欢迎，赢得了众人的一致同意。另外，所罗门还强调他们四兄弟应该竭尽所能地防止权力争斗的破坏，因为这样的矛盾肯定会侵害到所有人的权益。因此，雅各布现有的一切职责必须要被立即撤销，虽然他对公司也做出了巨大的贡献。

“必须小心处理此事。”迈尔说。他住在巴黎。“我觉得，雅各布也许会不满意我们的决定，然后做出一些不当之举，给我们制造麻烦。”

“交给我来安排，”所罗门回答道，“我会以他的名义在银行开个户头，存小笔钱，就当作补偿。这样在他找到工作前，也不至于没钱用。齐亚拉和他也别想我们能永远养活他们。”

四兄弟觉得这是个很棒的主意。管理伦敦分行的南森说，“你想得真周到，所罗门。你的机智真让我大开眼界。”管理那不勒斯银行事宜的卡尔曼也表示了赞同。

“作为现在的一家之首，我理应要保持清晰的头脑，果断地作出决定。”所罗门继续说道，“我仔细地考虑了这些事，不过我还没找到时间完善所有的细节。我的建议是，阿姆斯谢尔的股份应当由我们四兄弟平分。而且，我希望他的房子能转给我的儿子安塞姆·所罗门，他住在柏林。如果没有异议的话，他会搬到法兰克福来，接管这里的一切事宜。这座房子交给他是再合适不过的了。他美丽的妻子德西蕾也会搬到这里来生活。这段时间她正在照料她的孩子和母亲——可爱的韦德塞克夫人。”

所罗门没有勇气直面齐亚拉。他派了银行的一名律师去找她，律师所带去的消息让齐亚拉非常伤心。她和阿姆斯谢尔在一起生活了四十年，现在她却像一个女佣一样被赶了出来。

齐亚拉早就知道所罗门不喜欢她。她是个女人，就光这一点，就足以引起他的怀疑。她的才学，她的不为名利都无法改变他的看法。他不但不鼓励他的哥哥在上帝和他的子民面前正式迎娶齐亚拉为合法妻子，还反对她和阿姆斯谢尔住在一起，称其为罪恶。他总说现代人的道德已然败坏，却从来没想过他在维也纳著名的妓院胭脂坊与女人厮混时，也在助长这些所谓的伤风败俗。

所罗门最看不惯的就是齐亚拉对阿姆斯谢尔的影响力。这让他嫉妒万分。他认为齐亚拉是故意与他作对。他不明白，他自己的无知和目光短浅才是他最大的敌人，而不是齐亚拉。只不过，阿姆斯谢尔碍于他的面子没有明确告诉过他。所以，每个涉及银行业务的重要决议都是在他不在场的情况下制定的。

齐亚拉突然记起了所罗门所有让她震惊不已的奇怪举止以及他总是无视道德，以经济利益为先的原则。可最让齐亚拉不敢相信的是，他竟然如此不顾及兄弟之情，彻底无视阿姆斯谢尔白纸黑字写下的遗愿。她搞不懂这是为什么。现在，她才看到所罗门的卑鄙。

于是，即便她仍在深深悼念着阿姆斯谢尔，她还是在他死后的第三天被赶出了他们一手打造的家。这个家的其他人——雅各布、他的妻子艾丽奥诺拉和他们的两个孩子——都被迫流落街头了。

回忆中的午餐

我要暂时将齐亚拉和雅各布的事放到一边。因为我突然想起了祖父和我们相处的一件事。

我真心不觉得祖父喜欢我和萨沙，因为几乎每次我们出现在他周围时，他都非常不爽，也许他根本就不喜欢小孩子。可就在刚刚，我突然想起了有一次祖父竟跟我们聊上了天，这是非常罕见的。那是一次学期末，我们刚刚完成了三年级的学业。我的双胞胎弟弟成绩非常好，而我在历史和数学这两门课上都挂了红灯。当时我们正坐在厨房里，一言不发地吃着午餐。祖母不在，她出去和那位小灵通看门人八卦去了。她经常和这个女人在一起交流邻里间的新闻。祖父走进厨房时，我们吓了一跳。他白天一般都会在他最爱的酒馆消磨时间，那间酒馆叫沉思者，特别讽刺的名字。在那里，一个星期连续六天他都会点上一份牛尾汤当作午餐，这是酒馆菜单上最便宜的菜品。吃完后，他就会和朋友们打牌。我们不知道那一天，他为什么会一反常态。不过，他盛了一碗汤，坐在了我们旁边。

喝了两勺后，祖父气急败坏地说道："这个该死的女人！她完全没学会怎么做饭，即便做了那么久，错了那么多次。她做的所有菜都是焦的，真是愧对厨房。比这还难吃的东西，我只在监狱碰到过。"

然后，他又咒骂了几句。因为他的穿着和举止都带有先天的贵族气质，所以他用的都是德文。

虽然我们不知道他说的是什么意思，我们还是觉得很难过，不敢看他的眼睛。几秒钟后，萨沙抬起头，小心翼翼地说道："祖父，我得了全班第一。我所有的科目都是满分。您骄傲吧？"他说这些话既是为了刺激我，也是为了改善一下当时沉闷的气氛。

祖父当时惊讶的表情，我现在还记得很清楚。那个表情仿佛在说，他根本不知道我们竟然已经上学了。

“当然，你很棒。”他一边说，一边又喝了几勺汤。“你长大后想做什么呢？”

“宇航员。”萨沙回答说。他在那个时候特别崇拜尤里·加加林。这个俄国农夫的儿子那时刚刚成为了第一个踏足外太空的人。

“听上去很棒。那么，离开地球，也许你就能远离我们现在生活的这座社会主义地狱了。”然后他转向我，“你呢，阿里，你想做什么？”

挂科的事让我觉得很丢脸，我还在担心下午怎么面对我的父母。于是，我回答道：“另一个人，我想成为另一个人。”

“那正是我的哥哥莫里兹曾说过的：我想成为另一个人。”

土耳其软糖

里宝维洛斯位于布达佩斯高级的第五区内，柯恩著名的食品店就在那里。富足的资产阶级经常会到这里来购物。莫里兹每天上学的路上都会经过这家店，有时从他父亲的上衣中偷到一块钱，他就会到这里来买些糖果。一天下午，他发现店里没人，没有顾客，也没有雇员。他惊讶地四处看了看。一种奇怪的，甚至有些可怕的安静笼罩着这家店。“有人吗？”他大声地叫道，然后用力地咳了几声，试图招来店员的注意。不过，好像没人听到他的声音。莫里兹闻到一股火腿味——他在家里是绝对吃不到这种东西的，其中还掺杂着巧克力的芬芳。他走到了玻璃柜前，里面摆放着各种刷了蜂蜜的甜点和土耳其软糖。他睁大眼睛盯着这些甜食，口水都流了出来。他放下书包，左手小心翼翼地移开玻璃盖，然后用右手抓了一大把土耳其软糖，塞满了他裤子的口袋。这些糖果绝对是甜点中的精华。放下玻璃盖后，他立即就冲出了店门，他觉得自己非常幸运，开心极了。

接下来的两年，莫里兹天天都在想着怎样再冒一次险——他一个人站在商店里，抓起满满一大把的糖果放进口袋。于是，他经常在这家店门口闲逛，都很少去学校了。他热切地观察着什么时候店里会没有人。他知道要想不被抓住，必须要有巨大的勇气和熟练度。这些大胆的举止让他感到很兴奋，他觉得自己所向披靡。

到了晚上，所有人都以为他在埋头苦学，认真写作业。其实，他都在全神贯注地模仿他父亲的笔迹。这不是件容易的事。他父亲是位名记，笔迹非常有个性，字体都十分的小。不过，经过几百张纸的练习，莫里兹已经能十分精确地临摹出他父亲不同寻常的字体了。就是这样，一年之内，他仿造父亲的笔迹，写了一大堆假冒的病假条，学校却一点儿也没有怀疑过他。

一天，莫里兹的好运不再了。正当他装了一大口袋的糖果要跑的时候，他撞到了正站在店门口，看着这一切的赫尔曼 · 柯恩。

"你这个小偷！"柯恩揪起莫里兹的耳朵，厉声说道，"原来就是你这只小老鼠在一直偷我的糖果。怪不得我最近发现店里的土耳其软糖少了这么多。你到底这么做了多久了？"

"真对不起，"莫里兹窘迫地回答道，"我之前从没偷过这里的东西。这是第一次。我妈妈让我来买一些烤青鱼，医生说这对她的健康和神经有好处。可店里没有人来招呼我，然后一瞬间我就被这些糖果迷住了。善良的柯恩先生一定能看得出来，我的母亲不是个有钱人，她没钱给我买这些土耳其软糖……"

店主柯恩完全不相信莫里兹的鬼话。他身上穿的衣服就足以证明他家绝对不穷。

"你撒谎，"柯恩使劲拽了拽莫里兹的耳朵，说道，"你叫什么，住在哪里？我要告诉你父亲你一直在偷我的东西。"

"我父亲已经去世了。他是个酒鬼，赌博输光了钱后就自杀了。"

柯恩又拧起了他的耳朵。

"啊！……南森 · 斯宾诺莎！"莫里兹眼都没眨地叫道，"这是我的名字，我住在沃达曼中路 8 号。"

赫尔曼 · 柯恩拿走了莫里兹口袋里所有的糖果，才放了他。接着他走进商店，恶狠狠地斥责了他的店员竟擅离职守。他马上写了一封信给斯宾诺莎先生，用语毫无情面可言。然后让一名员工将这封信送去莫里兹刚才被迫说出的那个地址。

那天晚上，斯宾诺莎的家里像炸开了锅一样。我们正在吞咽着祖母做的汤——这本身就不是件美味的差事，祖父在一边跟我们讲着这个故事。他说那个遥远夜晚的记忆到现在还深深地刻在他脑海中，他从未如此委屈过。作为一个十岁的孩子，受到如此不公的指责，给他留下了太多的伤害。他告诉我们，即便已经过了这么多年，只要一想起那一晚，他的心还是会止不住地疼痛。

这么说可能有些多余。祖父的这个故事，我已经忘得差不多了，毕竟那顿午餐距现在已经有三十余载了。不过，我会努力回忆，尽量还原这个故事。

南森，就是我的祖父，被他严厉的父亲叫到了书房。他完全莫名其妙地站在那里，当父亲大声地念完赫尔曼·柯恩的信时，他一点儿反应也没有。接着，他便在父亲严厉的斥责声中，挨了好几个巴掌，即使他一直强调说自己从没去过那家熟食店的附近。他一整个下午都在大楼里，和楼下的朋友待在一起。他的父亲不相信他。他觉得祖父肯定在说谎。南森跪了下来，让父亲叫他们家的仆人维拉下楼去问，看看他是不是在骗人。他的父亲勉强同意了。没过一会儿，维拉就回来说，南森那位同学的母亲证实了他的话。听到此，他的父亲没有表现出任何的懊悔、屈服和让步，他命令南森回到厨房继续吃他饭，然后赶紧上床睡觉。

父亲总是会被一个成长中的男孩视为模范和榜样，这是很自然的事情。南森很敬畏他的父亲——一个记者，为社会中有需求的孩子出声，他是正义的象征。所以他才会觉得自己被辜负了。他安静地回到了自己的房间，他的心好痛，他觉得自己的胸口就像要炸开一样。

他父亲让人去找莫里兹来。仆人们好一会儿才找到了他，因为他躲在了床底下。

“你知道我为什么叫你来吗？”他的父亲一边关上门，一边问道。

“我知道，父亲，”他坚定地回答道，“但我之前从没偷过柯恩先生的熟食店。我以我的名誉发誓。”

“莫里兹，我还没提过偷店的事。你怎么知道我问你这个。”

“我的直觉，父亲。”

说完，他的父亲就用力地打了他几巴掌，每打一次，莫里兹都会固执地回答一次没有。然后气急之下，他的父亲开始解起了皮带。看到这个举动，莫里兹觉得父亲可能要向他施暴了，于是他转念一想，说自己那天下午拿了柯恩先生店里的土耳其软糖后可能是忘了付钱了。

“拿糖就是偷，你还拿了那么多。真是可怕呀，我竟然有个做小偷的儿子。但更可怕的是，你竟然连承担责任的勇气都没有。于是，你就将罪名推到你哥哥头上。”他的父亲怒吼道，“为什么要告诉柯恩先生你的名字叫南森？”

“我以为你懂我的，父亲。其实很简单。我这么做，并不是因为我不想承担罪行。恰恰相反，我为自己所做的一切感到骄傲。可有时，我也会有些厌倦我是莫里兹。我想成为另一个人。”

不同的角色

“我想成为另一个人。”这是国家剧院的艺术总监安德烈·夏夫在打开戏剧学院的大门，欢迎他的新学生时常说的一句话。接着他就会说道：“你的脑子里只有一个想法：我想成为别人，即我正在演的这个人。”

剧院的这个传奇人物来自俄国。因为某些原因，他没跟任何人说过他也曾在布达佩斯住过一段时间。就在莫里兹出生后没几年，他便以舞台的表演天赋和吸引女性的魅力迅速成名。他会为女人们诵读普希金的情诗，在她们耳边低吟出甜言蜜语，他浓重的俄国口音让她们无法抵抗。

在戏剧界，少女杀手夏夫，无人不知无人不晓。他最喜欢勾引戏剧学院里的女学生，她们中很多人都跟他有过一腿。所以当莫里兹·斯宾诺莎仅用了几个星期就得到了他的特别赏识后，很多人都目瞪口呆了。诚然，每个看过莫里兹的人都觉得他魅力非凡，为人优秀，很多人都对他独有的措词和惊人的舞台表现力赞不绝口。可他们都不明白像夏夫这样一个和十个女人生过十个儿子且喜新厌旧的人，怎么会尤为中意莫里兹呢。人们都在传其实他们两个是父子关系。

莫里兹在剧院里完全是如鱼得水，这里的一切都是演戏，只要让别人相信即可。他只要醒着就会待在剧院里，除了星期六的早晨。根据习惯，这时他一般都会去犹太教堂做祷告。

一天严格的训练下来，他会喜欢到地下室去。那里有一个巨大的衣橱，里面收着剧院的上百套服装，一件漂亮过一件。他喜欢站在镜子前，挑一套衣服，然后练习各种角色。服装师的设计感和用心程度是毋庸置疑的。所有衣服的布料都是经人工挑选的：古代的纺织品、锦缎、丝绸、缎子，以及上等的织布。国家剧院的服装厂里有一支精良的制作团队，他们为各种盛大的表演缝制奢华的服装。

有一天，命运之手将夏夫引向了距离布达佩斯市中心很远的一座跳蚤市场。他在那里闲逛了一会儿后，偶然间在一个小摊贩那儿认出了，他的大儿子埃尔文几年前在一场糟糕的首演中扮演哈姆雷特时穿的一套衣服。他很确信，因为这些天他还计划要重新导演这出戏，并让莫里兹穿上这套衣服扮演主角呢。这是一套紧而合身的衣服，设计简单。上身是紧身的运动衫，下身则是柔软的黑色牛皮做成的长裤。摊贩主骨瘦如柴，牙齿都掉光了，他的呼吸里带着一股廉价红酒味。他随衣附送了一双尖尖的系带牛皮靴，它与这套服装是配套的。

夏夫叫来了警察，用蹩脚的匈牙利语解释说这些衣服和靴子都是国家剧院的财产，这个男的一定是个小偷。摊贩主急忙否认。他说这些衣物和靴子是他从自己的叔叔那里得到的，他叔叔刚刚在特兰西瓦尼亚去世了。然而，接着另一个摊贩主也插入了他们的对话中。他说他认识这个男的，他是个小偷，贩卖了很多赃物。他还有个年轻的同伙，那个人每个周六的早上就会带着十件这样的衣服出现。那些衣服都非常高级，看上去就像是偷来的。巡警将这位店主押去了附近的警察局，夏夫也一同前去了。

在听证会举行之前，一位粗壮的警察对着这个小贩的肚子和脸重重打了几拳，逼他招供。这一番拳打脚踢后，这个人就变得特别合作了。他认罪了，说他卖的这些服装都是从国家剧院偷来的。警察问他怎么偷的，他便回答说没有比这个再简单的事了。他的同伙是剧院里的一个学生，他能随意进出地下室，那里就是放服装的地方。每个人都以为他是在练习各种角色，可实际上他是在挑选哪件衣服能卖个好价钱。接着，他就会将一两件衣服塞到自己的衣服下，然后淡定地离开剧院。“你这位同伙叫什么名字？”警察问道。而在一边听审的夏夫，不用等小贩开口，他就已经知道答案了。

莫里兹的演艺生涯虽前途似锦，但也是昙花一现。它甚至还没开始便已结束。可不管怎么说，由于他年纪还小，他也不必深陷牢狱。

心理分析

几年后，在巴黎的德雷福斯审判中，一位犹太籍的法国官员被指控犯了叛国罪，并处以终生劳改的判决，可他是无辜的。我祖父的父亲，记者伯恩哈德·斯宾诺莎结识了意大利籍医生凯撒·隆布罗索[①]。他是犯罪人类学的创始人。他们保持着联系，每隔一段时间就会通一次信。被自己大儿子的举动震惊的伯恩哈德，联系上了托里诺大学的精神病学教授隆布罗索。不久之后，他收到了一封十二页纸的回信。隆布罗索在信中说，虽然他从没见过莫里兹，不过他很确信这个年轻人的犯罪冲动应该归咎于其内在的生物特性，也许跟营养不当有关，也许是因为他与生俱来的外形特征。隆布罗索引用了最近他通过研究得出的科学结论，万分肯定地说，莫里兹的性格体现了天才与疯狂之间的密切联系。然而，至于这到底是哪种精神病，他无法确定。于是，他推荐斯宾诺莎先生将他的儿子带去维也纳的心理分析学家西格蒙德·弗洛伊德或他在布达佩斯的同事桑多尔·费伦齐[②]那里，再接受一次全面分析。

这次看诊是在三楼进行的。从那里望出去，可以看到多瑙河和布达市内的小山丘。等待室内弥漫有一股糖果的甜味。这让莫里兹想到了他曾经从赫尔曼·柯恩的熟食店内偷过的土耳其软糖。他之所以答应来看心理分析师，完全是因为他父亲的逼迫。他一开始就下定决心，绝不会信任这位桑多尔·费伦齐。

“如果你们准备好了，斯宾诺莎的先生们，请进吧。”

眼前这位医生很矮小，他厚重的镜片后，有一双敏锐的黑色眼睛。他说话很大声，动作有些迟钝，看上去有点儿紧张。

---

① 隆布罗索（1836—1909），意大利犯罪学家、精神病学家。他认为“犯罪人中有三分之一是生来犯罪者”。

② 桑多尔·费伦齐（1873—1933），匈牙利心理学家，早期精神分析的代表人物之一。曾与弗洛伊德保持近20年的师徒与父子般的关系。

“斯宾诺莎先生，我经常读你的文章，我知道你作为一名记者，可是功高盖世。你是公正的护卫，总是站在弱者的一方，对抗社会强权。我明白，你为你的儿子提供了适当的教育，教给他作为公民的义务，而其中诚实和正直是最重要的两点。可尽管如此，这个孩子不知道为什么总是经常忍不住，冒出犯罪的冲动。我理解的对吗？这就是你们来我这的原因？”

伯恩哈德感到有些尴尬，他在椅子上不安地扭动了一下。而莫里兹却面无表情地坐在那里一动不动。

“我认识米兰的隆布罗索教授，他建议我来寻求您的帮助。”伯恩哈德解释道，“我的儿子莫里兹是个好人；他脾气温和，有幽默感，有创造力，喜欢学习，多才多艺。可是他就是很难做到诚实。如果他只是撒撒谎，我倒无所谓，我觉得等他长大了，他就会知道怎么控制自己的幻想。可现在他已经犯下了很多严重的罪行，这让我忧心不已。所以我只好来请求医生的帮助。我希望医生能治好他。”

“斯宾诺莎先生。我必须坦白告诉你，我不认为我能治好你的儿子，可我能试着去弄懂他。”

治疗阶段持续了九个月，可费伦齐却觉得特别沮丧，他没有取得任何进展。他的其他病人都有不同程度的奇怪幻觉，可莫里兹却比这些人更复杂。他还从未看过有谁的人格能如此分裂。莫里兹一个星期来三次，可费伦齐觉得好像每一次坐在沙发上的都是不同的人。有时，莫里兹很安静，心不在焉，直直地盯着前方。有时，他能半个小时一直笑个不停，然后感谢费伦齐无微不至的关心。有时，他会将头埋在膝盖上哭泣，说他的眼泪是为了已故的母亲而流，他从来没为她好好哀悼过。大多数时间，他都好像在各个时空中来回穿梭，不断地说着各种毫无联系又难以置信的故事。这些故事是自葡萄牙王国建立以来，他们家族世世代代在欧洲各地东奔西跑的经历。他说自己的祖先有起死回生之术，能将一个体弱身残的老男人变成一个精力旺盛的青年。他万分坚定地说自己有个祖先因为喝下了七滴神秘的药水，获得了永生，活了三百五十多年。另一位祖先，虽然不懂印度语，却成为了一位富有的印度王公。还有一位祖先，他发动了法国大革命，最后却成了刀下鬼。最后一位祖先发现了电流，却制造了一次火灾，烧死了他的七个孩子，酿成了悲剧。有一次，莫里兹如约到来，坐在那里又开始说起了故事。他说他的母亲是一个盲人公主，而她的妈妈是维也纳风流社会中人人皆知的名妓。

到了晚上，费伦齐坐着研究他的医疗笔记时，经常会抓耳挠腮，十分困惑。最终，他得出了结论，认为莫里兹从头到尾都在用这些奇怪的幻想愚弄他。他明白，这是这个年轻人保护自己的一种方式。可是，这些幻象中哪一个才是真实的他呢？

费伦齐非常不解。不论他的灵魂有多么黑暗，他仍是无法理解是什么给了莫里兹力量，让他编造出这些奇妙的故事，做到这样的心理转变。他明白，自己无法对这个怪异的年轻人的心理做出全面的诊断。他想将这个男孩转交给西格蒙德·弗洛伊德治疗。然而，他马上就发现这不是个好主意，至少他暂时是这么想的。这对他来说是一种耻辱性的败北，就好像在承认自己的专业能力不足。不过在圣诞节到新年这段休假时间，费伦齐又仔细考虑了一番。他坐在摇椅中，突然灵光一现。他意识到，现在唯一的出路就是将自己的医疗笔记和莫里兹的听诊记录送到维也纳博格塞大街 19 号。虽然弗洛伊德从不愿意对一个素未谋面的病人做心理分析，但只有他才有可能看穿这个年轻人，他可以通过严格的实际理论，发现这个男孩所有行为的潜在动因。

历史的链条

我一直在想，莫里兹是如何知道那么多关于斯宾诺莎家族的事情的。我觉得有以下几个原因。

就在尼古拉斯被送进监狱前不久，他想起了丹东的悲惨命运，然后全身突然如遭电击一般地战栗起来。他意识到可能自己的下场也会和丹东一样。于是，他催促齐亚拉发誓要为他们的两个孩子保存好斯宾诺莎家族的历史资料，并将本杰明的《永生之书》藏到安全的地方，等到杰勒德长大后再转交给他。

齐亚拉并非圣母马利亚，信奉上帝本就不是她生活的中心。她喜欢喝酒，喜欢聊八卦，而她所处的这段三角关系也很不符合当下的道德观念。她的身边也没有一个斯宾诺莎家族的人支持着她。可不管怎么样，她还是信守了自己对尼古拉斯的承诺。也许这是出于忠诚，也许是因为她感觉到了我们家族的特殊性。

我们的家族历史悠久，背景神秘。在欧洲还没有建起任何国家之前，我们就在历史中扮演着一个重要的角色。我们并没有因为掌握着天机而骄傲自得。我们家族世世代代，不管生在何方都一直守护着这个秘密，对于今天的人类来说它完全就是天方夜谭。我们从未提及过它。不是因为预言者摩西曾召唤我们离开里昂的尘土路，去感受上帝的愤怒，接受严惩。他警告我们的祖先，如果将这个秘密透露出去半个字，我们的家族就会永远从地球上消失。我们不说是因为我们知道，掌握天机的人无需这样。我们明白这点，我们的生命便是在缄口不言中延续的。这虽然不是我们自己亲口许下的誓言，但我们从先辈那里继承了它。我们知道我们所掌握的这个秘密是为了让世界变得更好才存在的，所以我们肩负起了过去的重任，开拓着未来。

齐亚拉送走了她的两个儿子后，便决心要重整旗鼓。现在，只有雅各布能了解斯宾诺莎家族的历史责任，继承本杰明的那本书。我可以很生动地想象到这对祖孙间的对话。她成功地说服了雅各布，让他相信自己是这条永不能断的家族长链中最关键的一环。所以雅各布必须要向这种赋予了每个斯宾诺莎人生命的意义和重要性的家族遗传臣服。因为雅各布非常爱她的祖母，所以他一生都在一丝不苟地遵守着这种家族传统。

雅各布死后，这本书就由他的长子伯恩哈德继承了。这位失去了爱妻的记者总是忙得不可开交，一直没有时间与他自己的三个儿子深切交流。伯恩哈德太过专心于拯救世界。他甚至从未将他小时候听到的那些家族传奇说给儿子们听，因为他自己都觉得这些故事太不可思议了，他可不想欺骗自己的儿子。

也许，莫里兹能获悉他们家族过去的各种故事并不那么匪夷所思。对他来说，像在他父亲的橱柜里东翻西找，撬开书桌抽屉的锁以及在他的上衣口袋里偷点儿值钱的东西这些事情，是再正常不过的了。如果伯恩哈德知道自己的大儿子从小就喜欢偷东西的话，他肯定会死于羞耻过度。

一天，莫里兹在他父亲书桌的一层隐秘的抽屉里找到了《永生之书》。他开始随意翻起这本书，却被这里面充斥着的黑暗秘密吓得浑身发抖。

还好，他天生的自我保护能力让他觉察到了一丝危险。他将这本书放回了原位，小心地锁进了抽屉，离开了书房。几分钟后，他的父亲回家来拿一些他之前遗忘在桌上的文件。

莫里兹一直在想着这本书。他的好奇心越发强烈，几个星期后他又来到了书房，拿出了这本牛皮封面的巨著。他随意翻着，看到了第二章的一句开头：

第一位斯宾诺莎人调制了长生不老的草药，最后一名斯宾诺莎人将会把这一祖传秘方付之一炬。

他知道《永生之书》除了很多其他的故事外，主要是详细叙述了他们家族的早期历史。本杰明在书中对未来的一些预言引起了他的兴趣。他积极地搜寻起关于他自己人生轨迹的篇幅，他知道这一定在两百年前就被人写了下来。他找到了一段唯一和他命运有关的叙述，读完后却理解不了。这是因为他阅读此书的时机还未到。

本杰明在这段文字中写道，巨大的鼻子是斯宾诺莎家族世代相传的外貌特征，每一代一定会出现一个这样的大鼻子。长了这种巨鼻的孩子运气都非常棒，总是能心想事成。这个鼻子会给他带来前所未有的好运。然而，欺骗也是斯宾诺莎人的一个遗传特点，这就是自然神秘的平衡力量。每一代都会有一个人遗传到这种特点。这些天生就不会说真话的孩子们总是特别孤独。对他们来说，欺骗就像是一种诅咒一样。

诊断和起义

费伦齐读完了这封简短的回信后，万分失望。出乎意料的，弗洛伊德对莫里兹的诊断非常含糊和笼统，除了他所有的病人，它们还可以用来概括整个中欧犹太人的心理状态。这位心理分析之父写道：

犹太人在与外界隔绝的犹太区内生活，他们的活动受到了极大的限制，加上遭受了两千多年的迫害，于是一种特殊的犹太式行为便产生了。

他们的身体语言，想要逃跑的强烈欲望，害怕与他人对话，高层次的活动，想要出类拔萃的雄心壮志，尤其是对生存的诉求都是这种行为模式的表现。然而，这种模式还体现为他们的缺失耐心、难以掌控、对外在威胁的极端反应、强烈的愤怒情绪、与他人争斗的倾向以及深暗的恐惧。

弗洛伊德总结说莫里兹 · 斯宾诺莎身上有这所有的症状，可是他缺乏犹太人对其他生命的好奇心，以及他们典型的幽默感和妄自菲薄的特性。这是因为青少年通常都会产生一种自恋的人格。这个年轻人非常想要成为万众瞩目的焦点，毫不为他人考虑。这种性格的病人几乎从没想过要改变他们的行为。不过，莫里兹·斯宾诺莎很年轻，等到他的性欲觉醒时，他的行为举止很有可能就会变得正常了。

许多年后，在布达佩斯的瑞波咖啡馆里，费伦齐正心不在焉地翻着布达佩斯的主流报 *Esti Lap*。这份报纸每天一版，报道着世界各地的重要新闻。他不经意间看到了一份长篇报道，描述的是 1923 年 11 月在慕尼黑发生的纳粹党啤酒馆政变。报道时间正是希特勒和他的同伙开庭的日子。

文章中写道，这次的起义，妄想推翻当局政府。一开始，一群身穿棕色衬衫，带着十字袖章的人冲进了著名的贝格勃劳凯勒啤酒馆，大吵大嚷地中断了巴伐利亚州前任首相的演讲。希特勒站到桌子上，对着天花板开了一枪，大叫道国家革命已经开始了，统治政府已经下台，德国从红色恐惧中解放的时代已然来临。第二天，希特勒在一片击鼓声中率领着他的三千名追随者一路行进到了市中心。他们中一些人拿着手枪，另一些人则举着十字旗。就在这时，一名治安官下令向这些叛乱者开枪。顿时，一片枪火不绝。不到两个小时，这场国家革命就被镇压了，街上横躺着二十具尸体。这场政变的领袖被逮捕了，并被判处了叛国罪。被告席上坐着的有希特勒、鲁登道夫、罗姆、瓦格纳以及其他一些人。而这场失败了的起义背后的主谋莫里兹·斯宾诺莎却仍然逍遥法外。报道说，当时有传言称他已经离开德国，逃到了中国。

费伦齐看到莫里兹的名字出现在报纸中时，惊讶得目瞪口呆了。纳粹政变的背后主谋？逃到了中国？不可思议。费伦齐又读了一遍写莫里兹的那段话。他还是有些吃惊。放下了报纸，他想起了那个总是满嘴胡编乱诌，不愿意说真话的奇怪年轻人。即使到了现在，他想起莫里兹时嘴角还是会不自觉地上扬。

费伦齐回到了他的办公室，拿出了莫里兹的档案，又看了一遍当时的医疗记录。他看了一眼自己的笔记，然后拿出了弗洛伊德的那封回信。上面随便的诊断让他有些生气。都是废话，完全是一堆陈词滥调。他记得自己收到弗洛伊德回信时的失望，虽然那个时候他没有勇气对维也纳的这位大师级人物妄加评论。他给自己倒了一杯白兰地，坐到了自己接待病人的沙发上。事实就在眼前。正是弗洛伊德的这封信让他联系了莫里兹的父亲，建议他们结束治疗。他责怪自己不应该听从弗洛伊德的意见，认为这个错误归结于同僚关系；这种亲密的友情有很多缺点，其中一条就是让其中一方无法保持健康客观的思维。他应该更用心地与莫里兹交流的，他应该将他们之间对话的话题引向这个男孩和他母亲的关系上。有可能，再多一些治疗，莫里兹的生活轨道就不会如此偏离，费伦齐这样想到。

弗洛伊德的回信和费伦齐的治疗都没有出现在布拉德·沃德斯通这本书中。也许，这个美国人对他们一无所知。也许他是故意漏掉了莫里兹传奇一生中的这些插曲。不管怎么说，弗洛伊德的诊断是不科学的，费伦齐给伯恩哈德·斯宾诺莎的建议也是。费伦齐建议他带他的儿子去找一个床笫经验丰富的女人，而不是将莫里兹送来治疗。在治疗中他从头到尾都在说着那些奇怪的故事。

莫里兹心理治疗的这段故事还是叔祖父告诉我们的。他也是从玛特斯·弗伦比谢勒那里听来的。他是叔祖父 20 世纪 20 年代在维也纳瓦尔德沃吉尔酒馆中的棋伴。

新朋友

弗伦比谢勒和莫里兹是表亲。在一战前，他们俩常常在维也纳结伴而行。就在那里，莫里兹认识了弗伦比谢勒的儿时好友阿迪，他在那个时候还远没有成为德国社工党的领袖。莫里兹和阿迪几乎无话不谈。在弗伦比谢勒背后，他们还经常讨论关于犹太人的话题。这也是他们之间最常说的事情。阿迪从来不会掩饰自己的反犹太情绪。(尽管当他和弗伦比谢勒在一起时从来不这样，因为后者非常不喜欢听到这种反犹太的言论)。不过莫里兹却十分欣赏阿迪对犹太人的讽刺。每当阿迪说了一些鄙视犹太人的话后，看到莫里兹微笑时，他就会从座位上站起来，双手握着莫里兹的手，兴奋地叫道："我的兄弟！"

莫里兹和阿迪都很有犯罪头脑，他们互助合作，一起设计过很多点子，可谓所向无敌。其中一条就是控制斯宾诺莎家族的财宝，将其转手卖给那些富有的、隐瞒自己犹太人身份的德国伯爵。

不过祖父要先行他们一步。他在自己的父亲留下的一些文件中发现了《永生之书》这本书，他当下就觉得这本书绝不能落入自己那位不可靠的哥哥手中。于是，他将这本书藏了起来。莫里兹很不高兴，他非常愤怒；他觉得自己的东西被抢了。他坚称自己是家中的长子，这本书理应归他所有。弗伦比谢勒也表示同意。阿迪是他们中最失望的人，因为他暗中对这本书觊觎了很久。他生气地咬着胡须，他不敢说出自己的想法：有一天他一定会杀了犹太人南森 · 斯宾诺莎，得到《永生之书》。他相信这本书掌控了宇宙万物的一切奥秘，以及生命的终极秘密。

在我继续说齐亚拉和雅各布的故事之前，我必须说清楚，所有想在这里找到任何历史真相或哲学思想的人，应该另觅高明。我本意不在一字不差地描述或解释，我死之前只有一个想法，那就是不让我的家族被世界遗忘而彻底消失。我的时间不多了，在记忆的漩涡中来回搜寻，经常让我头痛难忍。所以,这本书才会如此杂乱无章。我想到什么就会写什么。我敢保证这本书除了随意性外没有任何结构可言。我再次说明，我没有编造任何故事；我只是将我所听到的一五一十地写下来。

新的挑战

在和路德维格 · 托恩和塔克西斯王子在雷根斯堡生活了两年后，齐亚拉和雅各布一家人在十二月初抵达了维也纳。路德维格王子长期过着奢华的生活，最终将自己拖入了悲惨的财政危机中。雅各布为了让王子的财政状况恢复正常，就卖掉了哈布斯堡领地上的一些邮路，王子的祖先已经经营这些邮路几百年了。这是一次创举，它基本奠定了现今欧洲邮政系统的基础。几年后，雅各布又代表路德维格王子与德国签订了一份协议，同意将剩下的托恩和塔克西斯邮递网交由德国接管，作为交换，路德维格王子须得到丰厚的土地赔偿。这份协定让路德维格成为了欧洲最大的地产拥有者，同时雅各布在财政和经济领域的天分也为人们所知。

斯宾诺莎一家人在萨沃伊酒店住下了。他们在早餐桌上随意翻看着报纸，而齐亚拉和雅各布却有更重要的事情要考虑，他俩对弗朗茨·约瑟夫和他的新娘伊丽莎白，即茜茜皇后第二次蜜月旅行的关心超过了在维也纳进行广泛报道的记者。这一次，这对皇家夫妇要去往科孚岛，因为王后对荷马史诗《奥德赛》特别感兴趣，尤其是其中描述奥德修斯在科孚岛遭遇海难的那几段诗节。

齐亚拉和雅各布心事重重。再过几天，他们就要向南边出发，穿过冰雪覆盖的布尔根兰。那里，鲁道夫·比德斯登王储和新的挑战正在等着他们。

犹太人来临

比德霍夫堡的时间一直都是静止的。在这座庄园里工作的人们——厨师、仆人、洗衣妇、女佣、保姆、奶妈、清洁女工、马夫、雇佣工和学徒——都是这片区域土生土长的人。他们的父母亲已经服务过比德斯登家族的好几代人了。那些为王储服务过的人从来不担心这里会没有工作，自己会拿不到薪水。如果他们中有人生病了，王妃甚至可能会带着红酒、面包和营养丰富的肉汤来探望他，虽然这也意味着她要提着裙摆穿过外面泥泞的小路，不厌其烦地赶走那些觅食的猪群。当有人临终时，他也可以放心地闭上眼睛，因为他知道自己的孩子在这里不会挨饿受冻。

四季轮回，岁月流转。城堡主人和他的仆人紧紧地联系在了一起，他们有共同的利益，一样善良，且彼此照顾。每个星期天，他们都会一起去教堂祷告，那里每个人都有自己指定的座位。到了复活节前一周，他们会按照等级顺序站好，一起走过洒满花瓣的小路。夏天，大量的水果和蔬菜除了供城堡厨房使用外，都分给了庄园里的仆人们。秋天是采葡萄的季节，当贵族和平民踩着葡萄欢乐时，那看上去就像是一场盛宴。晚秋是一年一度狩猎野猪、牡鹿、驯鹿、狐狸和野鸡的时节。这个时间，城堡的主人们会一边享受着野味晚餐，一边谈天说乐，而庄园里的其他家庭，餐桌上也摆着满盘满盘的动物内脏与甜面包。圣诞节的前一个月，庄园里到处都回荡着杀猪的声音，弥漫着火腿的香味。

比德霍夫堡就像是一个大家庭，这里的每个人都有自己的职责，知道自己是谁。他们彼此熟知，明白自己也是这个大家庭的一分子。

比德霍夫堡这里从来没来过外人。雅各布·斯宾诺莎是第一个，他被委命为城堡管家的事掀起了不小的骚动。

那个寒冷的冬天，雅各布和他的家人一起抵达了比德霍夫，除了鲁道夫王储和他的母亲克莱门蒂娜之外，所有人都被召集到了城堡门口。当他们一行人走下马车时，只有少数几个人带着奇怪的目光注视着他们。很多人都踮着脚尖，想要更清楚地看到他们。就在昨天，城堡主人用酒席招待了这些仆人，并宣布城堡的新管家很快就要带着他的妻子和三个孩子抵达了。可没有人知道他还带了一个老妪。这里的人很长时间都没看过这么神奇的生物了，她穿得像个男人，头发短得跟胡须似的。也没有人在期待雅各布能向他们简短地问候几句。不过，他介绍了自己、他的妻子艾丽奥诺拉和他的孩子们。而且在一开始，他便告诉人们那位老妇是他的奶奶，而绝非像一些人猜测的那样——是他的母亲。然而，最让人惊讶的是他竟然毫无犹豫地坦白说自己是个犹太人——这一点鲁道夫之前忘了说。接着他说道：“我希望没有人把这当成我们实现共同目标的障碍。”没有人能忽略他说这话时声音里混杂着的自豪和谦虚。

雅各布的大鼻子让仆人们觉得有些不舒服。诚然，他并不是那些一般的无耻小贩，也不是在生活的重压下，弯腰驼背的犹太人。那些人总是穿着一身破旧的黑袍，带着圆顶小帽，鬓毛乱飞，还有一口浓重的东欧口音。在这片区域，受过割礼的人就像海怪一样罕见。有时这些犹太人会误闯进这里，欺骗一些老实人去买一些毫无用处的垃圾。可雅各布的穿着，他高雅的措词以及举手投足间的自信，都显示了他是一个来自大城市的绅士。这些品质为他赢得了尊重。城堡里没有人敢私下侮辱雅各布，他们甚至连想都不敢想。

可他还是个犹太人，一个陌生者。

鲁道夫特地强调过，每个人都应该遵从管家的指示，满足他所有的，哪怕最微不足道的愿望。做到这一点完全不是问题，因为他们早已习惯了无条件的服从和王储的权威。可是，对于庄园里的大多数人，他们对于摩西子民的印象都取自于天主教对犹太人的刻画。去平等对待一个屠杀耶稣的人，对他们来说是难以想象的，更别说还要被一个犹太人发号施令。这种想法让人排斥，觉得丢脸。

两次会面

与城堡主人的第一次会面并不如这位新来者期盼的那样，虽然一开始一切进展得都很顺利。鲁道夫在他的书房接待了他们，对他们表示欢迎，他的眼神里闪烁着期待的光芒。他特别热情地拍着雅各布一边的肩膀说“先生，您在雷根斯堡已成就斐然。在这里你也会一样尽心尽力，对吧？”

鲁道夫邀请他们来到了一个小客厅里，吃一顿便饭，活跃活跃气氛。在一片欢迎的祝酒词下，饮完一杯比德霍夫最著名的雷司令白酒，主客双方一同围坐下来。艾丽奥诺拉将还没断奶的克劳迪娅抱在膝盖上。她的两个儿子伯恩哈德与尼古拉斯和一个女仆一起去了厨房里。

两名仆人端上了一个巨大的银盘，香肠、猪肉和腌制的火腿有序地摆放在盘中，中间放着一只母猪头，作为装饰。

“这种蒜香香肠绝对是布尔根兰中最美味的香肠。”鲁道夫骄傲地说道。他告诉他们，这种香肠，是先杀掉好几头猪，然后取出新鲜的猪肉，按照胖妇玛蒂尔达带到比德霍夫的祖传秘方制作而成的。而且，这位无子的厨师就像他的母亲一样。事实上，比起自己的亲生母亲，他更喜爱她。说着，他向玛蒂尔达敬了一杯酒。

一阵令人痛苦的静默。因为尽管这些客人并不是特别忠诚的犹太教徒，但他们从不吃猪肉。雅各布试图解释为什么他们不想触碰摆在眼前的美食。鲁道夫扭头看向他，那个表情很明显地表示了他的不理解，怎么会有人不想吃玛蒂尔达做的香肠呢。桌上的有些东西他虽然叫不出名字，但只闻见味道就让他难以忍受了。他的精神有些紧张。他重新往酒杯倒满了酒，一口气就喝完了。他又给自己倒了一杯，然后又快速地喝了下去。他镇定了下来。为了缓和当下尴尬的气氛，鲁道夫开始聊起自己家族的历史。他回忆起自己的祖先是如何手持宝剑，心怀国家，带着满腔热情和骄傲，效忠于国王，创下了一番丰功伟绩。他们敬重国王。上帝保佑他。没有哪个耶稣子民能像比德斯登家族这样忠诚。他自己也许不是太尊重那些已逝的统治者和奥地利的君王。他又喝了几杯酒，拿他们家族的辉煌过去与当下危险的境遇做了对比。他抱怨起自己被赶出维也纳的事。他说他不想念那里的音乐、艺术、剧院和处处弥漫的诗歌朗诵。一点儿也不想。他也不想那里的社交生活，各种傲慢自大的傻瓜在各种酒会上跳舞狂欢，趾高气扬地对彼此说着一堆蠢话。他真正渴望的是这座城市。枯燥乏味的乡村生活总是让他觉得不安。说完，又是几杯酒下肚。他咒骂起斐迪南，说这个前任国王，这个卑鄙小人毁了他的婚姻。然后，他又给自己倒了酒。他说他结婚只有一个目的，他的家人却全然不知——那就是真爱。这就是为什么他的家人觉得他难以理解。这也是为什么维也纳的贵族们厚颜无耻地诽谤他。他又喝了很多酒，口齿都有些不清楚了。他满脸泪水地告诉他们说，他的妻子非常美丽，可她却不是那种甘愿坐在家中刺绣的女人。她是个妓女。她可以和任何人上床。他在维也纳最有名的妓院里遇见了她，她是那里的头牌。他对她付出了真心，将自己引以为傲的家族姓氏给了她，可她却把他耍得团团转。他，抱着对忠贞的幻想，一心只想要去爱一个人。可是爱情总是伴随着失去，他说道。然后又灌了自己一杯酒。接着，他从椅子上站起来，又给自己倒了一些酒，举起酒杯。他正准备向自己仍然深爱着的亡妻敬酒，不料却昏了过去，直直地向前倒下，趴到了桌子上。他的脸和那只母猪头只有几英寸的距离，看上去像在亲吻它的猪鼻似的。

“呸，真令人厌恶。”齐亚拉说。她被鲁道夫这种毫不注意自己言行举止的行为震惊了。她化了妆的脸变得苍白，她一边离开客厅一边还在厌恶地重复着：“啊，他真是个卑劣的男人。”

齐亚拉晚年时开始写她的回忆录。那时她已经八十岁了。自从五十年前她出版了第一部小说后，除了给自己的妹妹爱兰歌娜写几封信外，她就再也没写过其他的东西了。她做过很多次尝试，可每一次她都很不满意自己写出来的东西，走进了死胡同。她再也把握不住语言的韵律，想象不出诗歌里那生机勃勃的画面了。写作的快乐和创作的动力正从她的身体里流逝。最终，她放弃了。因为害怕失败。

齐亚拉在她的回忆录中写道，在到达比德霍夫几个小时后，她就碰到了克莱门蒂娜，这让她顿时轻松了不少。在她看来，鲁道夫就是一个恶徒，而她当下的冲动就是离开城堡。可是雅各布不会同意的，尽管他自己也认为这位王储的行为实在不符合他的地位与出身，离开城堡的这个念头也曾在他脑中一闪而过。他希望齐亚拉能抛开她的厌恶之情，试着融入这里。

克莱门蒂娜喜气洋洋的脸色和鲁道夫完全相反。这位王妃毫不掩饰她的开心，她很欢迎齐亚拉住在比德霍夫。她的到来能够使她孤独的生活不再单调。不如这么说吧，自从那不幸的一天后，克莱门蒂娜已经很长时间没有体会过开心这种情绪了。那一天，四匹马拉着比德斯登的马车横跨在新锡德尔冰冻的湖面上时，冰面突然碎裂，她的两个女儿都淹死了。克莱门蒂娜很早之前就跟她在维也纳的贵族家属不怎么来往了，如果她的贴身女仆的报告可信的话，那么她的悲伤真的是他人无法想象的。不过她和齐亚拉都差不多大，而且像她们这个年纪，能顽强地和无情的时间抗衡到现在的人也已经不多了。既然如此，她真切地希望齐亚拉偶尔会享受和她一起喝下午茶的时光。

尽管她们之间有很大的区别，这两个人相处得却十分融洽。她们都陷在对过去的回忆中，绝大多数时间，她们都在讨论过去的事。她们都经历过暴力的生活和动荡的年代，不断地忍受着时代赋予她们的不幸。

一天，克莱门蒂娜说起齐亚拉的小说，对她的丈夫以及维也纳所有和他志同道合的人都产生了巨大的影响。自然，对她也是。她说海因里奇非常有才能，这在他们这种贵族圈中是很少见的。同时，他也非常具有行动力，他将很多书都翻译成了德文。罗伯斯庇尔下台的那天是很重大的日子，标志着恐怖统治的结束。她说，这一天对他们所有人来说都是神圣的。但只有当一个人读了这部小说后，他才能真正逃脱恐惧的阴影。这种恐惧自从法国大革命爆发以来，就一直缠绕着贵族阶级。直到那时，他们才相信黑暗的压迫岁月终于结束了。

她还说，如果还能看到齐亚拉的书自己会非常开心。她看到齐亚拉弯曲的双肩，她知道她因为写不出来文章而感到痛苦。齐亚拉说，最近几十年的生活让她一次又一次地与机会失之交臂，她没能实现任何承诺。克莱门蒂娜说道，即便她们这个年纪早已是光华不再，可齐亚拉仍应坚持写她的回忆录。没什么好怕的。没有人能要求她一定要写出一部巨作。她朝着齐亚拉，露出了一个深情的笑容，说道："整理你的思绪，写一本新书，让我们尽情地欣赏它吧。"

就在那一天，齐亚拉房间的灯一直到凌晨才熄灭。

比德霍夫的日常生活

雅各布急切地想要弄清楚比德霍夫的一切，他刚来的那几天一直忙着在庄园里东奔西跑，去认识这里的各种人，了解他们都在做些什么，关心一下他们的家庭，他知道正式的管理制度在奥地利还不为人知，而犹太管家的存在很容易就会引起嫉妒、不满，甚至还有赤裸裸的仇视。这是他不惜一切代价也要避免的情况。

他将自己的愿景告诉了所有人，谨慎地安排好他们各自的职责。不管什么时候，只要他们有问题都可以直接来找他。他们什么都不必害怕。

在和雅各布相见的时候，这些工人都面无表情。他们感到很不安，不知道自己到底要如何对待雅各布。他的热情和投入出乎他们所有人的意料，因为之前从未有人关注过他们，他们也不习惯被一个地位高于自己的人尊重。然而，打动他们的并不是雅各布的言语。他们很多人甚至都不懂他到底在说什么。他的友善、他与生俱来的亲和力以及他的热心都要比他的话更让他们觉得真实。然而，也不是所有人都这样想。有些人仍是在心里默默怀疑。有些人的怀疑情绪甚至还要再明显一些，他们认为这个大鼻子的犹太人可能是在假装友好，这样他的阴谋诡计才能得逞。仍是有不少头脑清晰的人怀疑，这个看上去温文尔雅的管家有一天也许也会变成一个狂暴的恶魔。

雅各布将比德斯登庄园的一部分田产和森林卖给了附近的庄园主埃斯特黑齐和伯瑟海尼王妃，并用所得的收入还清了所有的债务。因为鲁道夫对家庭财政的不当管理而造成的持续损失一直都是用其他人的钱来勉强填补的，雅各布甚至用这些钱赔偿了他们所有人。他像瑞士的钟表制造师制作上等的钟表时那样，万分仔细地计算了庄园的收入和开销，然后他和维也纳支行的行长所罗门·罗斯柴尔德签订了一份合同，取得了一笔可观的贷款。他将这笔钱投资给木材厂、农耕活动以及他在庄园内建立的一些小型工业项目。他和维也纳城中最受人尊敬的中产阶级商人签订了合约。几年的时间，多亏了他在财政和商业领域的妙手回春之术，比德霍夫渐渐繁荣了起来。

在他来这里的第三个春天，比德霍夫经历了一场灾难，之前布尔根兰从未出现过这种灾情。连续不断的春雨后，紧接着便是酷热的天气，无数的小昆虫和蚊子便开始大量地涌现。他们遮掩了阳光，攻击一切活物。几天不到，所有人都被咬了无数次，肿胀起来，他们吸入了成群的小虫子，都快不能呼吸了。人们根本无法迈出家门。每个人都坐在门口，固执地等待着。唯一打破庄园外的宁静的就是每个星期天为了召集做礼拜的人而响起的教堂钟声。

雅各布听闻神父一直在周日布道的时候宣传着埃及十次瘟疫的第四种疫情，即昆虫侵占了法老领地的故事。他感到非常不安。他觉得自己应该做点儿什么了，而且不能有片刻延误。他不能只是抱着双臂坐在房子里，任由神父在外妖言惑众。他很清楚这些讨厌的猜测流传得有多快，后果有多么可怕。

齐亚拉想到了一个主意。她曾经陪同阿姆斯谢尔一起去参观了一个养蜂厂，现在她想起来那些养蜂人在进入蜂房时穿的衣服。她建议女人们去收集一些布料，缝制成面具和手套。她的建议立即就被采纳了。几个小时后，所有人都像养蜂人那样带着面套开始重新工作。人们的心情大好，他们很高兴自己又忙碌了起来，虽然这场虫灾还要有好几天才能结束。

几个月过去了，忙碌的时光一年接着一年。雅各布在比德霍夫居住的第五年，庄园内一大批的工人和他们的家人，尤其是老人和小孩，突然出现了咳嗽不止、痰中带血、高烧不退、胸口疼痛以及盗汗的症状。他们接二连三地死去，顿时一片人心惶惶。医生认为这可能是肺结核，通过咳嗽和打喷嚏的空气流通传播。

神父却不这么认为。他强烈声称这是上帝对那些口无遮拦、放纵嫖娼以及道德败坏者的惩罚。这种论调吓坏了很多人。神父到一个园丁的家中，探望他以及他感染的家人，看到他们虚弱且濒临死亡的样子，神父断定庄园上有只吸血鬼正在吸食人们的生存欲望。很多人都赞同他的观点。

雅各布立即采取了措施，来阻止这种传染病以及神父掀起的谣言的传播。医生告诉他，工人居住地的狭窄和脏乱就是肺结核病菌的温床。在未向鲁道夫请示的情况下，雅各布就将庄园的一部分利润用来改善工人们的居住条件。他下令拆除以前的老房子，建起了新屋。他还建造了一所诊所和学校。

两条生命

当工人们听说齐亚拉也被传染时，都向雅各布投去了同情的目光。几个星期以前，家里的人就听到有咳嗽声从她的屋子里传来。晚上，她浑身冒汗，都是由艾丽奥诺拉来照顾她。医生对于她的病也无能为力，他能做的只有几句安慰之词。他告诉雅各布，她可能活不过今年春天了。

孩子们都叫他奶奶。他们喜欢听她讲故事。每个星期五的晚上，齐亚拉都会讲一段摘取自《正义之法》的故事。这是她的祖父拉比摩西·恰伊姆·卢扎托最著名的一本书，以一名智慧的犹太人和一名虔诚的犹太人之间的对话为发展线索。三天后，她去世了。就在她人生最后一次和家人共度的安息日上，她跟他们说了一则黑暗的预言，她说以色列的一个敌人将会来威胁整个人类。他将会重创犹太人，让我们几千年不得翻身。他的名字就是……齐亚拉突然沉默了下来，茫然地盯着虚空。雅各布、艾丽奥诺拉和孩子们都瞪大着眼睛看着她，等她说出这个人的名字。不过，显然，她忘掉了。

“孩子们，”几分钟的沉默后，她万分认真地说道，“你们肯定不知道生活在这样一个毫无畏惧的时空和年代是多么幸运的一件事。你们的祖先却没有这样的好运，我担心我们的子孙也将会遭受更可怕的灾难。”

“奶奶，”十四岁的伯恩哈德开口说道，“听上去你好像忘了那个可怕之人的名字了。那你还记得剩下的故事吗？我们要怎么才能打败他呢？”

“我不知道，”齐亚拉说，“我不知道。我从不想去打探上帝的秘密。”

齐亚拉刚刚离世后，克莱门蒂娜便尾随她而去了。她是在熟睡中去世的。城堡里的女佣们说挚友的离去让她彻底崩溃了，所以她的心脏便停止了跳动。

鲁道夫听到自己母亲的死讯时，一开始是很困惑地站在那里。几分钟后，他的悲痛才彻底爆发。他激烈地斥责起一个仆人，因为这个人竟然不明白他需要一瓶红酒来冲刷掉那天一早的坏消息。

齐亚拉最后的心愿

所罗门的心脏病至少让雅各布实现了齐亚拉的一个愿望。在罗斯柴尔德的一家之主人生的最后两年，他不再是那个果断的、精明的商人了。就在十年前，他才将雅各布赶出了他们家族的银行。他的健康状况很不稳定，所以他没法亲力亲为地与一位不亚于奥地利国王的大客户处理一笔巨额贷款事宜。由于他的兄弟们都是有心无力，所以家族委员会才投票决定请求雅各布帮忙。雅各布提出了一个不容商量的条件：齐亚拉必须和阿姆斯谢尔和安吉拉葬在一起。家族委员会没举行任何讨论，一致同意了这个条件。

齐亚拉的第二个愿望却没有得到实现，主要是因为它操作起来的障碍太多。她想将自己的心脏放到位于巴黎拉雪兹神父公墓的尼古拉斯的棺木中。

公主

齐亚拉和克莱门蒂娜刚刚去世没多久，比德霍夫就发生了一件惊天动地的大事。一个春日的早晨，一辆马车载着一名衣衫褴褛的男人和一位一头黑长发的十二岁姑娘来到了比德霍夫。鲁道夫当时正在和雅各布开会，一位身穿制服的仆人进来报告说，外面有位矮小、瘦弱、满脸胡茬、衣着破烂的陌生人带着一位小女孩一直吵着说要见他。鲁道夫说让那个人到客厅去等他，并让这位仆人看好这个客人，防止他顺手牵羊。然后，他又集中注意地听起了雅各布对庄园目前的财政状况所作的全面评估。会议结束后，他完全忘掉了还有客人在等他。他慢悠悠地吃完了一顿午餐，喝了几杯白酒后，感到有点儿困便去小憩了一会儿。当他下午醒来时，仆人告诉他客人已经等了五个小时了，现在正有些不耐烦地请求鲁道夫去见他。不过，鲁道夫可一点儿也不急，因为他不知道这次会面对他人生的意义有多么重大。又过去了两个小时，他终于准备好接见这位客人了。

“尊敬的殿下，”来客说道，“终于见到您了，我感到万分荣幸。我听说过您的很多事迹，这么多年来，我一直在想象和您在这城堡中相见会是个什么样的景象。”

“请你有话直说吧。”鲁道夫不耐地打断了他。他傲慢无礼地挺胸站在那里，确信这个衣衫褴褛的男人和那位脏兮兮的孩子就是乞丐，所以用这种鄙夷的态度对待他们是绝对合理的。客厅里弥漫着一股冷冰冰的气氛。“兄弟，我可是很忙的。我没有时间在这听你的阿谀奉承。你来这里是为了什么？你和你的女儿想从我这里得到什么？

“不，尊敬的殿下，我不想从您这得到什么。事实上，恰恰相反。我来这里是为了还给你一些东西。”他指向身旁的女孩，说，“阿里亚德妮不是我的女儿，她是殿下您的亲生骨肉。我来这里是为了将她送还给您。我的名字叫作阿洛伊斯·布劳恩。阿里亚德妮出生时，我的妹妹阿拉贝拉请求我和我的妻子来照顾她。我永远不会忘了阿拉贝拉不得不抛弃自己的孩子时的那种绝望。可是她没有选择。她照顾不了这个孩子。所以，我们答应照顾她。从那天起，我们便一直照顾阿里亚德妮。可现在，我的妻子去世了，我还有十一个孩子，可我却养不起他们。阿里亚德妮不能再和我们一起生活了，我也是被逼无奈。我只有一个房间，还有那么多张嘴等着我去养活。我一辈子也就这样了，我给不了她什么。可是上帝在上，他一直庇佑着尊敬的王公贵族。殿下的女儿在您的身边一定会过得很好。阿里亚德妮是个很可爱的女孩，殿下您一定会喜欢她的。”

鲁道夫不再听男人说话，他正在观察这个女孩。她站在那里，低着头，好像要将自己的脸藏到她厚重的黑发下似的。

“喂，你，头抬起来。”鲁道夫命令道，“我要看你的脸。我得看看那上面有没有比德斯登家族的特征。要不然我怎么知道你是我的女儿？你的母亲可不是纯洁的圣母。”

“阿里亚德妮在陌生人面前总是有些防备，”男人试图帮她解释道，“请殿下原谅她低着头对您。因为她什么也看不见。她一出生就瞎了。我的妹妹将梅毒传染给了她。”

鲁道夫走近这个女孩，抬起了她的下巴，把她的头发拨向两边，想仔细看看她的脸。阿里亚德妮跟他刚刚去世的母亲几乎长得一模一样。鲁道夫的脸顿时血色全无。发现自己还有个女儿后的震惊让他哑口无言。他下意识地跌坐了下去。

两个脾气火爆的人

女儿的出现唤起了鲁道夫对阿拉贝拉的各种回忆，这让他难以忍受。阿里亚德妮的坏脾气让鲁道夫未老先衰。她来比德霍夫的时候，鲁道夫还不到四十岁；几个月后他看上去就像有六十岁了。一开始，只有仆人们私下说鲁道夫虽然在不可思议地衰老，却也是罪有应得。然而，很快整座庄园的人都知道这个盲人女儿给他们的主人带来了太多的悲痛，于是在六个月的时间内，他竟然老了足足二十岁。

阿里亚德妮跟克莱门蒂娜长得简直一模一样，可是她却遗传了她父母的脾性。她动不动就会发脾气，让鲁道夫不得好受。对待她这种行为，他也总是会大发雷霆，旁人看上去还以为他想杀了她一样。有一天，他们吵得不可开交，鲁道夫直接抓起一把猎枪，对准了阿里亚德妮的脑门。她看不见，不知道他在做什么，不过一个仆人却紧张地大叫出来：“不要开枪，殿下！看在上帝的分上，她可是您的女儿呀！”听到此，鲁道夫的怒火才收敛了一些，他闭上了眼睛。当他完全冷静下来后，他想起自己还是个小男孩时穿着短裤的样子，想起了他发脾气时的任性妄为，他清楚地记得父母亲痛苦的面容。他突然觉得，他对他那对可怜的父母所犯下的一切过错，现在都报应到了自己的头上。

阿里亚德妮在比德霍夫住了已经有六个月了。她非常想家，她很想回伯基蒂劳。她当然不是想念那里的贫穷和挨饿受冻的生活，更不是想总是欺负她的暴君舅舅阿洛伊斯，她想的是她的表兄们，以及其他一切她所熟知的、喜爱的东西。她觉得这座城堡就像一座监牢一样。她从来都不能自由地进出这里。她觉得自己被囚禁了、束缚了、隔离了。这里就快让她窒息了。她恨比德霍夫。这座城堡就是她的敌人。在这里，她只是一个陌生的、毫无重要性的人。除了她父亲，她没见过任何人。她讨厌他，不仅是因为在她生命的早期他从来就没有关心过她，更是因为他是一个自私的、迂腐的人，他不懂得爱，只会滥用强权。他唯一能做的就是无助的威胁,这一点让人鄙视。她还讨厌那些仆人。他们在她的背后窃窃私语，嘲笑她,侮辱她。很显然,没有人在意她心中的苦痛。她总是觉得特别无助，特别生气，特别想哭。她满身是伤，她怒不可遏。孤独让她崩溃。她想死。她想睡上一觉就永远不要醒来。她的不言不语是一种哀悼，一种对背叛的仇视。没有人关心她。没有人想分享她的秘密,她的激情。她站在一边，睁着一双空洞无神的眼睛，没有人在意她说了什么。

在雅各布的房子里

雅各布的生活就是工作。所罗门死后，他既要负责比德霍夫，还要抽身管理罗斯柴尔德维也纳支行的事宜，这都需要极充沛的精力才能实现。在他帮助托恩和塔克西斯王子处理将邮政网卖给德国的这项事宜的那四个月，他每天晚上的睡眠不足三小时。可他从没跟别人抱怨过。他也从没说过长时间的工作让他的脊椎渐渐弯曲了，他在一丝不苟地检查合同各项重要条款、本票、报告以及账户明细的同时，视力也渐渐退化了。也许,阅读《永生之书》的习惯维持着他强大的精神力量。每天晚上，他都会乐此不疲地翻阅着本杰明的这本书，不管是多么微小的细节，他都不会放过，因为他知道，这本书的每一句话日后都将能帮助人们去理解整个世界。

一年的除夕夜，鲁道夫接到了斯宾诺莎一家的邀请。这是他们第一次邀请他。此前，他从来没去过他们家，虽然那就在城堡的隔壁。尽管鲁道夫和雅各布相处得很融洽，事实上可以算得上亲密，但他们除了谈工作从未在其他情况下见过。不过只要鲁道夫需要帮助的时候，雅各布总是他最信任的人。雅各布坚信，每个人都应当用温暖的微笑接待世人，相信人类的美好，多多助人为乐。所以，雅各布才邀请他的雇主和他的女儿跟他们共进晚餐，这种举动在那个时间是非常难得一见的。雅各布这么做也是为阿里亚德妮考虑，他和艾丽奥诺拉都很同情这个盲人女孩，她看上去是那么的孤独。

雅各布的家充满了欢声笑语，孩子们在屋内嬉笑打闹。晚饭后，雅各布让家人站在一起唱歌，感情丰富，声音却有些沙哑。在吵闹声中，没人注意到十二点的钟声已经敲响了。二十分钟后，他们才注意到这个疏忽，然后祝福彼此新年快乐。

鲁道夫和阿里亚德妮穿过夜晚的寒冷，缓慢且安静地走在回城堡的路上。他头很疼，他还不喜欢有这么多人陪伴的夜晚。可阿里亚德妮却很开心，她已经好久没有过这种感觉了，她终于交到了朋友。

鲁道夫找来雅各布，请求他的帮助和建议。他已经失眠好几个晚上了，一脸苍白。他说他非常需要一个亲信，一个他能够与其诉说烦恼的人，就像父亲那般。他承认他很难向雅各布敞开心扉。他之前从没做过这种事。不过他只需要一些实用的意见，所以也许这么做能起到一点儿帮助，虽然他不奢求雅各布能理解他。因为雅各布是一个深爱孩子的人，他觉得他们是上帝的恩赐，而鲁道夫自己却深受父亲这一身份的折磨。阿里亚德妮很不听话，性格焦虑，虽然她是个盲人，可是只要他们在同一个屋子里待上几分钟，他们就会吵起来。和她一起的生活让人难以忍受，她甚至比她的母亲还难缠。她在惹麻烦和违抗他这些方面特别聪明而有想象力。必须要通过更加严酷的惩罚她才能吸取教训，可他却下不了手。鲁道夫说他痛恨自己的软弱，可是他清楚地知道自己再也忍受不了阿里亚德妮了。他害怕有一天自己会失控，然后伤害到她。他要怎么做？阿里亚德妮是他的女儿，他唯一的亲人。当他觉得自己无法忍受她时，他却还是会为失去她而感到难过。

雅各布沉默了一会儿。然后他便直截了当地建议阿里亚德妮可以住到他们家去。他认为，她需要的是朋友，一些能和她玩到一起去的孩子们。鲁道夫觉得雅各布说得很对，因为自从除夕那一夜，只要一见到斯宾诺莎家的孩子她就会尤为开心。她还威胁说如果他不让她见他们，她就会打碎城堡窗户上的每一块玻璃。

就这样，事情就这么决定了。鲁道夫让一个仆人找一名女佣，帮阿里亚德妮收拾好了行李。

阿里亚德妮喜欢和雅各布以及艾丽奥诺拉住在一起。她和两个年纪最小的孩子安德里亚斯和克劳迪娅在一起玩，和她的同龄人尼古拉斯一起学习。可和她最亲近的还是大儿子伯恩哈德。她觉得自己得到了关心，这些人就把她当作家人照顾。她对艾丽奥诺拉和雅各布的喜爱，甚至超过了她对自己养父母的感情，她称呼安德里亚斯和克劳迪娅为“小弟弟，小妹妹”。几年后，她甚至将自己的姓氏换成了斯宾诺莎，她很开心自己有了这个名字，并为之自豪。可惜天妒红颜，她很早就去世了。

长久的友谊

叔祖父不喜欢弗朗茨 · 约瑟夫。他认为这位君主剥夺了他好几年的年轻岁月。他告诉我们说，1859 年，在意大利北部发生的索尔费利诺战争暴露了奥地利的软弱。弗朗茨 · 约瑟夫被迫放弃了伦巴第。与普鲁士的屡战屡败，让威尼斯也落入他们之手，德国甚至传来了让哈布斯堡皇室下台的呼声。国王被迫改变了他的观点。在茜茜皇后的坚持下，他毅然地投入到工作中，运用他往日的才智，制定了一系列新的政策，确保国家的安全和政治的稳定。他和匈牙利言归于好了，在布达佩斯他加冕为匈牙利的国王。奥地利和匈牙利组成了新联盟，即所谓的奥匈帝国，奥利地人和匈牙利人分别掌管着各自的国土，统治着各自的子民。

然而，皇帝和陛下的称号不是随随便便就能得到的。1867 年的妥协宪章几乎掏空了维也纳的财政国库。面对这种窘境，弗朗茨 · 约瑟夫只好放下自己的身段，邀请了一些潜在的债权人到霍夫堡来喝茶。

叔祖父说，做一名统领五千万民众的专制君主绝非易事。

雅各布走进来时，弗朗茨·约瑟夫的香烟差点掉了下去，因为这位奥匈帝国的君主看到这位犹太人硕大的鼻子时惊讶地张大了嘴巴。他从来没看过这么大的鼻子。他快要忍不住大笑出来了。

这种情况，雅各布早就见怪不怪了。他说：“这个鼻子是遗传我祖父，尼古拉斯·斯宾诺莎的。不过陛下您不用紧张，因为我祖父的革命血液并没有在我的体内流淌。我很荣幸自己能受到您的邀请。我可以向陛下您保证，我完全没有想过要砍下谁的头颅，我只想效忠于您，竭尽所能地巩固您以及帝国的地位。”

这段即兴的演讲让弗朗茨·约瑟夫印象深刻，赢得了他的赞许。他故意玩笑道：“如果你好好效忠国家，那么加官进爵不在话下。如果你惹得天子不快了，那么十年的牢狱之灾就是你的下场。当然了，这种惩罚和你祖父被送上断头台的那种相比，实在是不足挂齿。不过这也能证明我们哈布斯堡皇室的人比法国大革命的那些人要仁慈多了。”

两个人都笑了起来。这便是他们长久友谊的开端。

弗朗茨·约瑟夫一生悲苦跟随。他的哥哥马克西米连，即墨西哥的君主遭到了罢黜，最后被他那些忘恩负义的子民组成的一支枪击队射杀了。他唯一的儿子鲁道夫也不知为何自杀了。他的妹妹瓦伦蒂娜也葬身在了巴黎的火海中。他的妻子茜茜皇后被一名意大利的无政府主义者用尖锐的指甲刀插穿了胸膛。而他的继承人弗朗兹·斐迪南也被一名塞尔维亚的民族主义者暗杀了。

一天，这位帝王突然失去了生活的欲望。两个星期的时间内，他一直待在房间里没出来，也没和任何人说过话。叔祖父说他正在酝酿自杀。他让一个仆人给他找来了一条粗绳。可是，吊在顶灯上，两脚悬空的景象让他一阵头疼。他开始出冷汗，胃部打结。得用其他的办法自杀，可是他不知道哪种法子才是最安全，最不痛苦的。他不能向自己的大臣们咨询意见，这让他觉得更加痛苦了。谁能帮助他？他又敢相信谁。他召来了雅各布，向他倾吐了自己的想法。雅各布想了几分钟后，提出了自己的看法。他告诉约瑟夫，自己有一本犹太教的智慧之书，它可以解答任何难题。他说自己很快就会回来，然后便赶回了家。雅各布认为生命比什么都重要，所以他做了自己绝不应该做的事。为了帮助他的朋友摆脱那些充斥在他头脑中的黑暗思想的折磨，雅各布将本杰明的这本秘书——《永生之书》带到了霍夫堡，并向国王大声朗读了其中的选段。他甚至还让约瑟夫翻阅了这本书。

过了一会儿后，国王的情绪大大地好转了，他看待生活的角度发生了积极的变化。他告诉他的朋友雅各布说："你的书让我重新产生了对生活的信念。我怀疑这世上没有任何比这本书里的内容还要深刻的智慧了。可是你应该烧了这本书。人类还没有成熟到能接受真相。"

火热的夜

每天夜晚，伯恩哈德都会颤抖地期待着，等待着家里的人入睡。阿里亚德妮的身体就是他的全部。她的芳香让他着迷。他爱她柔软的胸部，她纤细的腰肢，她潮湿的下体和她微翘的下嘴唇。他最爱的还是她的小手和它们对他的抚摸。对他来说，没什么能比得上他和阿里亚德妮单独相处的这些夜晚。她肌肤的触感能让他遗忘整个世界。

一个暴风雨的夜晚，伯恩哈德等了好长时间，家里的人才纷纷睡下。他欲火焚身地走进了他爱人的房间。可是阿里亚德妮只是不停地在他耳边抽泣地说："我不能，我不能。不论我有多想，但是我不能满足你，亲爱的。"

"怎么了？"伯恩哈德沮丧地问。

"我有孩子了。"

那年，她十五岁，他十六岁。我不知道他们中是谁觉得逃脱这种意料之外的、无助且复杂境遇的唯一方法就是私奔。可是，就在一天晚上，他们溜出了比德霍夫，跌跌撞撞地跑到了布达佩斯。在城市中一个偏远街区内，他们顺利地结为了夫妇。主持婚礼的是一个酒鬼市长，他没有太多的要求，也不需要这对年轻人提供任何文件。虽然他们远远没有达到法定的结婚年龄。

六个月后，莫里兹来到了人世。

退场

那是雅各布一生最美妙的一天。那天是他五十五岁的生日，就在当天下午，约瑟夫帝王将要授予他贵族的头衔，任命他为财政部长。庆典就在霍夫堡的左侧举行，经过五年的整修和重建，值此庆典，这里便再次开放了。三百多位名流权贵被邀请来参观哈布斯堡富丽堂皇的宫殿，见证犹太人雅各布 · 斯宾诺莎的授爵仪式。

授爵仪式就如一场盛宴一般。弗朗茨 · 约瑟夫特别开心。他昂首挺胸，意气风发，鬓发浓密 —— 人们一直以为这种特征是帝王权力的象征。他浑身散发着无可挑剔的光芒，辐照着台下虔诚行礼的臣民。

在他正式授予他的朋友为“斯宾诺莎侯爵”前，他先高谈阔论了一番。然后他将马利亚 · 特蕾莎等级中的大十字勋章挂到了雅各布的胸口。这是非常荣耀的事情。在那个时候，也仅有六个人获得了大十字勋章这样的高等级别。他们全都是来自于奥地利最纯正的贵族家庭的军官。从没有哪位犹太人获得过如此殊荣。此前，奥利地部长级别的官员中也没有任何一位犹太人。

弗朗茨 · 约瑟夫坐在王座上。雅各布一个人站在大厅的正中。很显然，他完全被这种气势宏大的场合吓住了。他颤抖着声音向众人简短地表达了他对此深深的感激之情。他让仆人们给每个人的酒杯中都斟满香槟，他要敬酒，不仅是向他尊敬的国王陛下，更是为了缅怀那个如他母亲般教导他的人。虽然很不幸的，她无法与他分享此时此刻的喜悦。她就是齐亚拉 · 卢扎托。

香槟的木塞被拔开时的声音充满了整个宴会厅。有一些还弹到了空中。其中一个沿着一条弧线，从附近宾客的头上越过，砸中了来自于阿尔诺施特 · 格鲁沙在波西米亚的著名工作室的巨型水晶吊灯的牵引线。吊灯砸了下来，发出了巨大的声响。被吊灯砸中的正是奥地利刚刚上任的财政部长。在破碎的水晶中，只有他那只大鼻子露了出来。

十　记者

被揭露的秘密

那大概发生在1964年的初夏，那时祖父已经不在人世了。我的弟弟萨沙和我已经十四岁了，我们正在祖母和我们共用的卧室里踢球。我们装成这是一场在维也纳恩斯特·哈佩尔球场举行的欧洲杯足球决赛，对战双方则是国际米兰和皇家马德里。作为意大利快脚桑德罗·马佐拉，我轻轻松松就带球掠过了萨沙——他代表在防守的整个西班牙队——向着代表球门的床头柜踢出了一记猛球。可是那只球却被弹到了半空中，撞到了挂在墙上的那幅大型油画。

这幅肖像画上画的是我祖母的母亲，米利亚姆·诺依曼，作画时间为1907年，作者是一个业余的画家。那时她才三十九岁，可看上去却年纪很大，完全就是一个阴沉的老妪。

这幅画啪的掉到了地上。叔祖父为了借点儿小钱正在厨房和祖母软磨硬泡，他之前将自己的自传卖给盐湖市摩门教而赚来的五百美元，早就花得一分不剩了。巨大的声响让他们两个冲进了卧室。祖母立刻就暴跳如雷了。“你们怎么能这么对我？为什么你们非要让我的母亲不得安宁呢？难道对你们来说就没有什么值得尊重的东西吗？可怕的孩子！”她似乎是这样叫骂道的。正当她要扇我们耳光时，那个看门的大婶意外地救了我们。祖母听到了门铃声，马上就忘记了我们的恶行，急匆匆地跑到前门，和我们的邻居聊起了八卦新闻。那个无所不知的看门大婶总是特别慷慨地和祖母分享她的所见所闻。

叔祖父帮我们将油画摆回了原位。他严厉地看着我们，叫我们下次一定要小心。

“打扰死者，这太不吉利了，”他说，“我们绝不能将他们从沉睡中吵醒。他们好不容易才得到了休息。没有人有这个权利，让他们以鬼魂的形态再次醒来。”

我经常会好奇为什么我这位曾祖母的眼睛是那样的悲伤。她黑色的眼眸是我每天闭眼睡觉前看到的最后一件东西，也是我每天早晨睁开眼看到的第一件东西，因为这幅阴暗的油画就挂在我和萨沙睡的那张双人床的正对面。她讨厌我吗？我向叔祖父问道，对于这些复杂的问题，他总是能回答得上来。他向我保证,她的悲伤与我无关。那是因为她太孤独了。

“一个人的悲伤能有多深，是无法言喻的，”他说道，“我告诉你吧，米利亚姆是个非常孤独的人。她孤苦伶仃了一辈子。”

不用我们开口追问，叔祖父便抓住了机会开始讲起了故事，这是他的最爱。他开始用忧郁的嗓音诉说起了米利亚姆是怎样在她父亲的阴影下度过童年的。他在加利西亚——更确切地说，是在舍特劳那座阴暗的村庄——成群的孩子与破烂的草屋中忍受着压迫，得不到关爱。这个地方很少有外人来访，这里只有犹太人，他们的命运由萨迪克梅纳赫姆掌控，据说他身负神力，广受东欧哈西德派犹太人的敬畏。

很长一段时间后,他才起身,站着停顿了一会儿,然后他往屋外看去,仿佛是想确定祖母在不在附近。接着，他降低了声调说：

“孩子们，我要告诉你们一个秘密。”

我以为他要告诉我们萨迪克的魔力是什么。结果他说的这个秘密却跟我想的完全是两回事。

“就在她父亲去世之前，”他小声地说道，“米利亚姆突然特别想要一个孩子。这个孩子的父亲是个外来者，一个穷困的年轻人，比她的年纪要小很多。他基本上还算是个男孩，没有家，只是一个从白俄罗斯逃荒出来的难民。他在舍特劳待的时间很短，甚至就够喘了几口气，他便离开了。”

激烈的争吵

萨沙和我简直不敢相信自己的耳朵。祖母竟然一直都不知道自己的父亲是谁，这个事实让我们非常为她感到难过。我直接去找了祖母，想要安慰她。她站在火炉前，将她的拇指往土豆汤里插了插，然后舔了舔。“嗯。不烫也不凉。”她满意地说道。我告诉了她我们刚刚听到的事情，心里还以为我的体贴能让她开心。然而，她不但没有谢我，反而歇斯底里地大叫。她对我特别生气，说我不该听信这种诽谤的故事。可奇怪的是，她没有冲萨沙发火。然后，她又严厉地指责了叔祖父，说他不该散布这样可恶的谣言，试图误导两个无知的孩子。

“我的母亲，上帝保佑她，是一个值得尊敬的女人，她是舍特劳一名德高望重的商人的妻子。他是一个好人，作为他的女儿我很自豪。”

她用德语狠毒地咒骂了几句。我们听不懂她在说什么，不过叔祖父肯定听懂了。他明显有些畏缩了。

萨沙和我坐在沙发上，怯懦地看着两个大人指手画脚，歇斯底里互骂的戏剧性场面。在我们安静的家中，并不常发生这种事。也许我们应当感到害怕，可这场争吵看上去是那么的不真实，竟让我们有点儿哭笑不得。

祖母气得冒烟。叔祖父双手向上举着，请求天神来证明他的清白。可是祖母的声音变得更响了。“你太让我震惊了。弗兰西，你竟然让我在我孙子的面前颜面尽失。太可怕了！你就不觉得丢人吗！你竟敢用你那张嘴念我敬爱的母亲的名字！”

德语的咒骂又一次充斥了整个房间。叔祖父的脸色变得惨白。他出了一头汗，汗水顺着他的前额流了下来。他踉踉跄跄地走向了前门，重重地带上门，离开了。

很长时间之后，我才再次见到了叔祖父。就是一年后，在萨沙的葬礼上。

加利西亚

三十年后，我偶然间看到了萨迪克梅纳赫姆这个名字。它出现在卡尔·埃米尔·弗兰佐斯的一本书中。这位作家来自于波兰和乌克兰之间的一个叫作加利西亚的地区。他出生于一个古老的犹太家庭，用德语写作。

他住在维也纳和柏林，不过他经常出门旅行，主要是在东南欧那一带。犹太人的世界对他毫无吸引力。他用一种客观且批判的眼光观察着这个世界，他认为流入到这里的捐赠都被某些不称职的管理者浪费了。他发现东欧的犹太人渴望的是一种他们永远得不到的东西，而他们这种与世隔绝的生活应当立即改变。

在他发表于 1888 年的纪实报道《加利西亚的新文化航行记》中，弗兰佐斯说当时犹太人居住的加利西亚还是片未被开发的处女之地。他对这个地区因为几个世纪的离群索居而不为外人所知的习俗与世界观所进行的一番描述引人入胜。大概有超过十五代的犹太人一直都被圈禁在欧洲这块被人忽视的、落后的区域。

作者还对这里阴暗的氛围做了一番描述——狭窄的街道、发霉的房屋、精神上的近亲繁殖以及可笑的幽默感。这是一个混杂着奴性与傲慢，狡猾与敏感，神秘与贪婪的世界。

弗兰佐斯认为在东欧这块封闭区域里生活的犹太人的信仰，已经堕落成了一种吹毛求疵的排外性体制，失去了它往日的内在力量。他发现宗教蒙蔽着这里的人民，遏制了他们的发展。

加利西亚的很多哈比都是哈西典人，他们是最虔诚的犹太人，自 18 世纪开始就一直统领着东欧的犹太人。这种宗教分支的全能代表中，都以超能力和与天神对话的能力闻名。人们都称他们为萨迪克。据说，他们可以充当人类与天神之间交流的媒介。

也许这些报道中最有意思的地方是在第七章，这一章描述了作者和萨迪克 · 梅纳赫姆见面时所发生的事情。

萨迪克

他的追随者都认为舍特劳的梅纳赫姆是最受上天恩宠的一个人，是他们见过的最值得尊敬的萨迪克。他们认为他是三十六名正义之士的守护者，这些人从天地初始时便在世界各地游历了，多亏了他们，世界才得以存在至今。更重要的是，这个地区的人们认为等到时机成熟了，梅纳赫姆就是那个通知弥赛亚回归人类，拯救世界的人。

弗兰佐斯想要破解这些萨迪克所谓的精神力量的秘密。可是他却得出了一个和舍特劳人民完全不同的结论。他觉得这些精神领袖夸张的宣词中没有任何逻辑可言。梅纳赫姆能随时颠倒黑白，并让自己的追随者坚信不疑。他简单的预言无止尽地累加着，可这些胡言乱语却被错当成了神秘的智慧。这些话都太模棱两可了，所以迟早有一天会应验。

在这本书中，弗兰佐斯还提供了一些彰显了梅纳赫姆贪婪本性的证据。他说，这位萨迪克尤为喜爱受贿，他只会诅咒舍特劳中因为太穷而什么也给不了他的人。

弗兰佐斯的结论就是，梅纳赫姆实行着某种形式的宗教观察，只是为了利用天神的神威，使人们的良心遭受蒙蔽。

这篇报道掀起了多方争议。加利西亚一些传统的犹太群体当众焚毁了很多册这本书，这一点儿也不奇怪。人类只需要一个真相；他们宁愿去崇拜，去顺从，也不愿意去选择和质疑。信仰通过对这个世界简单至极的理解让那些困惑的人得到了安慰。在绝对真相的世界中，是没有异议、讨论和质疑这样的声音的。

米利亚姆

米利亚姆·诺依曼很穷，但她绝不简单，也绝没有错过她人生的大好时光。诚然，她长得不算太好看，可她也不至于会孤独一生，向命运低头。她不高，体态圆润，身材丰满。黑色的头巾紧紧地扎在她的下巴处，让她看上去像是一名女佣或一个农村姑娘。她已经快三十岁了，却还没有结婚。她为什么一直没结婚，我也不清楚。

她家乡的人都很惊讶她竟然还没有嫁人。舍特劳的居民们为了婚姻会用尽家族的一切关系，他们甚至还可以雇佣媒人。有的时候，社区里的领导者会应邀给他们在加利西亚里临近社区的同事写信。不管用什么方法，适婚的单身汉迟早会出现。这里从来没有哪位犹太妇女表示过绝望。

米利亚姆是家中最小的孩子，他们家境不太好。她的父母非常熟练于古老的医术和为死者哀悼。他们的四个孩子都夭折了，且都是男孩。

大女儿蕾切尔是每个人的心头爱。她在很小的时候就被教育成了一名贤妻良母。她知道怎样洗衣服，熨衣服，做饭，履行宗教礼节等等。舍特劳没有那个女孩能被教育得这么出色。她的父亲常常开玩笑说，她出生时，脐带就缠在她的脖子上，跟历史中最伟大的犹太皇后一模一样。

小她两岁的米利亚姆看上去却很柔弱，呼吸短促。她的父母也不知道她的未来会是如何。作为一个孩子，她性格沉默而内向。别人跟她说话时，她都回答得十分怯懦，她几乎从未表达过自己的看法。她总是拿她姐姐淘汰下来的衣服穿，其中大多数早就应该被丢掉了。而她的脚要比蕾切尔的大很多，所以她穿的鞋都特别的挤脚。她对生活的记忆从很小的时候就是不快乐的，她害怕受到斥责，害怕听到批评和鄙夷的话语。她们的父亲教她识字写字，可他的注意力总是不集中，仿佛他教的是一个陌生人似的。米利亚姆刚刚读过的东西转身就忘了，这一点让她的父亲觉得很羞耻。她理解了每一句话，可是每看到新的一句时她便忘了上一句，于是，她总是抓不住整篇文章的意思。

她的母亲是个少言寡语的人，也是唯一一个还能给她点儿关爱的人。她的名字叫汉娜，来自附近的一座犹太镇普拉托劳。她的父亲是一个磨坊主，她是家中九姊妹中最小的一个。她视力不好，而呆滞的、甚至还有些痛苦的面相掩盖住了她的真性情。她无私地奉献着，竭尽所能地满足她丈夫和蕾切尔的一切要求。可是，除了做饭、洗衣和哭泣，她几乎没做过别的事情。

米利亚姆还是个小女孩的时候，她就觉得自己的母亲老得特别快。她的皮肤失去了弹性，身材也走了形，每过一个月，她脸上的皱纹仿佛就又多了一些。

米利亚姆七岁时，汉娜去世了。她得了肺炎，这种病在当时那个年代是相当致命的。她的体质很脆弱，而且也已经损耗得差不多了，所以一切都不过是瞬间的事。

没有人知道米利亚姆到了晚上会哭得多么伤心，没有人知道为了让母亲复活，她偷偷念了多少遍犹太经文——这是为死去的人们哀悼时念的祷文。

小贩

她的父亲塞缪尔是一个小贩，一个出了名的吝啬鬼，在舍特劳没有人能比他还小气，所有人都在背后耻笑他。然而，他在社区中却很受尊敬，因为他能根据不同的场合背诵出《圣经》中与其相符的片段。他的声音很好听，所以他经常在每个星期六的早礼拜上，担任领唱。

妻子去世后，他一直一个人生活，终生未再娶，甚至，变得比以前还要吝啬。他穿着一件破烂的长袍，为了固定它，就在腰上系了一节绳子。他看上去就跟乞丐似的。他给家人做的面包都是放在柴火上烤出来的。

塞缪尔阴晴不定的脾气让他的女儿们很害怕。他非常严格，即使她们只犯了一点点小错，他也会立刻施以惩罚。米利亚姆从不抱怨。每次她们的父亲发脾气时，她都是害怕地低着头，也不吃饭，只是一个人那样坐着。而蕾切尔反而随着年纪的增长，变得越发叛逆了。

塞缪尔极其遵守犹太教的传统。在他们家，饮食管理是非常严格的。传统闻上去总是有一股薰衣草和发霉的味道。

虔诚对米利亚姆来说毫无意义。在她尝试朗诵犹太祷文，却终而无果后，她就觉得天神是个聋子，听不到她的祈祷，所以母亲没能复活。她还记得站在壁炉前弯腰驼背的母亲，她没有了牙齿，未老先衰——她到底通过信仰犹太教得到了什么安慰呢？

舍特劳的所有人都知道塞缪尔看似安静的生活其实是乌云密布。因为他一直都想不通，为什么他最爱的女儿蕾切尔固执地违反了她父亲的意愿，嫁给了一个邻居的远房表亲。她在还不满十七岁的豆蔻年华就成为了全市最漂亮的姑娘。后来，她还和这个来自布达佩斯的犹太裁缝一起搬去了匈牙利。有人说蕾切尔只是抓住了她碰到的第一个男人，就是为了从这个了无生趣的家中逃走。

当得知蕾切尔的婚姻没有任何结晶时，塞缪尔更伤心了。随着年龄的增长，他就越发迫切地想要一个曾孙。

米利亚姆二十岁生日后，她父亲就开始给她物色老公了。可她总是不满意。她总觉得这些人身上缺少了些什么。拒绝这个人是因为这种原因，拒绝另一个人又是因为另一种原因，还有的原因甚至让人无法理解。她噘着嘴，成功地将所有适合结婚的对象都拒之千里。

奇迹

有一次，在一场为了庆祝普林节而举行的舞会上，米利亚姆坐在一个偏僻的角落里，没有舞伴，就在此时，她看到了一个年轻男子。他叫贾沙·卡皮洛夫斯基，只有二十一岁。他一个月前才从白俄罗斯来到舍特劳，接下来准备去美国。贾沙个子很高，一头金发，脸颊消瘦，颧骨高凸，还有一双暗淡的蓝色眼睛。他邀请她共舞一曲。当他的手环到她腰上时，那种感觉让她头晕目眩，不知身处何处。不过是一瞬间，生命的力量就撬开了她的心门，她浑身因欲望而颤抖了起来。现在，她已经准备好接受了。她不再排斥了，她准备好了。就在当天晚上，她破了处，成为一个堕落的女人。

眼看这件事再也瞒不住了，米利亚姆就找到了她父亲，结结巴巴地道出了自己的罪过。她希望这则消息能让他开心——因为她肚子的孩子就代表着周而复始的生命。当然，贾沙早就不告而别了，不过米利亚姆解释道："奇迹时有发生。"

"奇迹。"塞缪尔重复道，他不相信地盯着米利亚姆。他脑中的第一个想法就是跑到教堂里，祈祷上帝能保佑这个未出世的孩子。然后，他就改变了想法，急急忙忙地跑去找萨迪克梅纳赫姆寻求帮助。他智慧高深，能够回答所有关于生命的问题。

"奇迹。"这位圣人说道。他若有所思地捋着胡须，起身，走到书架旁，拿出了卡巴拉教的书籍，随意地翻查着，读了几句话后，点了点头，然后他万分坚定地驳回了奇迹的说法。

"这种奇迹不会发生在未婚的时候。"他说道。

他援引了摩西五经和其他《圣经》里的话，口述了各种咒语和许多天神的名字，终于他成功地说服塞缪尔相信，这个孩子是邪恶的化身。

"你渴求的是荣耀，是一个孙子，可现在你得到的却是耻辱和一个私生子。"萨迪克毫无讳言地说道。

塞缪尔承认自己觉得非常耻辱，他都不敢与舍特劳这些虔诚而正义的人们对视。

“可不管怎么说，米利亚姆是我的女儿啊。我该怎么办？”

梅纳赫姆建议他将他的女儿赶出去，不让这个私生子踏进家门。

“一颗老鼠屎，坏了一锅汤。”梅纳赫姆坚定地说道。

这个消息不胫而走，在舍特劳掀起了一阵狂波。每一个市民都很生气。一些爱说大话的人甚至还想教训米利亚姆，不过被社区的首领阻止了。这件事应该由她的父亲来处理，她也应当由她父亲来惩罚。

萨缪尔去世

也许是太阳和酷暑伤害了塞缪尔的身体。就在一天早晨，他清楚地表明让米利亚姆带着她肚子里的私生子离开这座房子后，就开始觉得胸部疼痛，下不了床。他发了很高的烧，神志不清。

梅纳赫姆来了之后，握了握塞缪尔的四肢。他摇了摇头，说这位家畜商已经被恶灵附身了。他说有一只恶灵正在萨缪尔的胸部和腹部周围盘绕不散。可是，站在他身后的米利亚姆却什么也看不到。她问梅纳赫姆，他如何能这么肯定自己说的是对的。这让他非常生气。

“你觉得我是骗子吗？”他看着别处大声地说道。根据犹太法令，一个虔诚的男人不能看除了他妻子以外的任何女人。“你真是不要脸。还很愚蠢。附在你父亲身上的恶灵，是被你的罪孽引诱进来的。”

米利亚姆的脸色变得苍白，喉咙因为恐惧而发不出声。她向前迈去，摸了摸父亲的额头，走进了梅纳赫姆的视线中。他一惊，赶忙移开了自己的视线。他害怕魔鬼撒旦会闯进自己的身体里。

“我回到家就会念诵一些古老的咒语，用药草烧香。不过，你必须坐在你父亲的床边，祈祷上天能救他一命。你的父亲是个好人。天神肯定会赶走恶灵，还他健康的。”梅纳赫姆无比坚定地说道。

米利亚姆按照萨迪克教她的那样做了三天三夜。眼看父亲的病情没有一点儿起色，她觉得自己应该采取一些更实用的方法，而不是试图召唤那位耳聋的天神，他在关键时候从不现身。她请来了一位信仰治疗师，他用水蛭帮塞缪尔放了血。可他还是没有好转。然后，她将羊奶伴着大蒜和山葵放在文火上煮了大半夜，第二天早上再给他空腹喂下。可是，他却尖叫着全吐了出来，还抱怨说这汤好难喝。

好几天过去了，米利亚姆试了很多药方，可塞缪尔不愿意喝他女儿调制的这些药水，他变得越发虚弱了。他的胡子，前几天还是黑的，现在却开始变白了。他的身体越来越软，就好像没了关节似的，像个空沙袋一般悬在那里。他躺在床上，仿佛已经没有了生命，只剩下无休止的折磨。米利亚姆做了鸡汤,放了很多调料——这是她父亲最爱的一道菜。可现在他却连碰都不碰。

一天下午，出乎意料地，塞缪尔突然恶狠狠地盯着米利亚姆，朝她咆哮。他用意地绪语唾沫横飞地怒吼出了极其恶毒的话语。“没有人能逃脱命运。”他一遍又一遍地说道,每说一次,他的声音就会虚弱一分。然后，他吼叫道，死亡天使来了，他看到掘墓人正拿着镰刀等在他的床边。

那天晚上，米利亚姆惶惶不得安睡。她发烧了，浑身颤抖，她听到了房间里苍蝇持续不停的嗡嗡声，还有黎明时分蝗虫的喧闹声。等到清晨时，她才疲倦地睡下，而她父亲的心跳也在此时停止了。

第二天在葬礼上，米利亚姆受到的折磨是她一辈子都忘不了的。最让她害怕的不是父亲的去世和孤独感，而是在毫无预兆的情况下，那些她从小就认识的人们对待她的方式。

那天下着瓢泼大雨，可舍特劳的每个人都来参加了这位家畜商的葬礼。梅纳赫姆的葬礼发言充满了火药味。他满口胡诌,号召人们反对邪恶，因为如果人们被它打败了，那么世界就会濒临崩坏，混乱就会乘虚而入。他警告道，这座城市一定会葬身在恶魔撒旦的手中，而人们也将会从地球上被抹去。所有的市民都满脸尊敬地听着他的发言。

在雨中，每个人看上去好似都在哭泣，泪流满面。除了米利亚姆。整场葬礼中，她都控制得很好。她的脸很平静，内心却已是翻江倒海。她一个人站在那里，沉默不语，脸色在黑色衣服的衬托下越发苍白。她浑身都湿透了，没有哭，也没有悲痛。她只是静静地盯着坟墓，不算沉重，也不算高兴。人们在她背后心照不宣地交换着眼神。虽然舍特劳的犹太人是出了名的慷慨大方，可他们中却没有一个人愿意去安慰米利亚姆。因为所有人都万分确信是她害死了她的父亲，让他遭受了不幸。

孤独和流浪

葬礼结束后，米利亚姆躺到了床上。她的脑中各种画面搅到了一块，在那里有灵魂的黑暗和身体的欲望，还有她在童年时体会到的那种害怕。她想要结束自己的生命。她径直来到厨房,拿出一瓶煤油。她打开了瓶盖，却没勇气喝下去。刺鼻的气味迅速填满了整个屋子，她觉得很恶心。

她不想活了。她想直接落到街上，摔在所有人的眼前。可软弱又令她迷茫了，她连续哭了三天。最后，她决定重新面对这个世界。

父亲死后，米利亚姆便失去了依靠，这是她人生第一次掌管了自己的命运。她彻底成为独自一人。所有人都是她的敌人，她感到处处都是恶意的目光。她害怕离开舍特劳，可她必须走。她不能留在这里。她被自己故乡的犹太人唾弃了。她是一个罪人，一个不知廉耻的妓女，她将自己的父亲害死了。米利亚姆觉得自己的灵魂受到了污染。她收拾好自己不多的行囊，悲苦万分地离开了舍特劳。

难以置信，米利亚姆生命中的幸福只有几个小时。准确地说，是从1897年3月26日晚八点半到十一点的这段时间。在这三个半小时中，她感到了生命的充实和自由，感到了满足和被爱。那之后，一切都变得越来越悲惨。生活给了她一记重拳，将她打到了水沟里。她怀孕了，贾沙不告而别，她的父亲赶走了她和她未出世的孩子，然后就去世了。

她深深地自责着。所有的一切都是她的错。她把自己给了贾沙。神秘而危险的性欲让她犯下了罪孽。她向自己发誓再也不会爱上谁。她再也不会让男人接近她。

最后，梅纳赫姆死了。因为他没有儿子来做继承人，所以舍特劳又选出了一位新的萨迪克。老人们死了，他们的碑石逐渐风化成了泥土。几十年了，舍特劳的人们只会说起心碎的萨缪尔和米利亚姆那个私生子。这件不光彩的故事一代代地流传了下来。

两个版本

地图上再也找不到舍特劳这个地方了。关于它的结局，有两个版本。

在纽约冠前街区住着一群极其正统的居民。他们仍然敬仰并悼念萨迪克梅纳赫姆。他曾预言舍特劳会葬身在恶魔撒旦的手中，然后从地球上消失。人们说这则预言实现了，因为那些不遵守自然规则的家庭注定要被上帝的正义之手摧毁。

第二个版本，更趋近于史实。

1942 年秋，两辆重型卡车拉着一帮身穿黑色制服的男人开进了犹太教堂旁的广场中。他们都是德国人，有自己的家庭，不过因为年纪太大而无法上前线效忠。他们是来自第 101 号储备营的警察，来此都是出于自愿。他们的专业就是种族净化，他们的过去军功累累。他们将犹太人聚集到了市场上。指挥官迅速清点了人数，然后他发现一个个射杀这些人太耗时间了。于是他们将犹太人赶进了教堂，封上了出口。军官下令将舍特劳烧为平地。三十六小时后，最后一簇火焰熄灭了。那里除了一堆灰烬，什么也没留下。

去往布达佩斯

米利亚姆只是一个灵魂，一个算不上有过生活的人，历史中没有她的任何记载。她有自己的故事和过去，可是后人对此却一无所知。现在，只有我才知道她曾在这世上活过。

去布达佩斯需乘火车穿过一片荒地，这段旅途差不多耗费了五十多个小时。米利亚姆几乎没睡过，吃得也特别少，父亲的葬礼已经花掉了他留给她的为数不多的财产。在火车上，她挤在一个修女和一名上校的中间坐着，这个上校试图和他的同车者搭话，却没得到回应。她盯着窗外，看着不断后退的草地和树木。外面的景色沐浴在一片阳光中。天空的光芒简直让人无法直视。太阳、车厢里令人窒息的空气，还有久久未眠而产生的疲劳感让她的视线模糊了，她出了神。

她试图回忆姐姐的面孔。一个像她一样孤独的人，一定有什么解救她的办法。她如此自言自语道。她向上帝发誓，她再也不会为自己祈求什么，只要他能保佑自己安全无恙地见到蕾切尔。

1897 年的夏天，我想应该是七月十号，米利亚姆抵达了布达佩斯西站，这个巨大的建筑物是由法国人居斯塔夫·埃菲尔[①]设计的。

那个时候，布达佩斯有一百多万的人口，是欧洲最重要的首都之一，它在各个方面都在奋力直追维也纳，且毫无畏惧，胸有成竹——那它怎么不和巴黎或伦敦比呢？奥匈帝国各地的人们都喜欢聚集到多瑙河畔的这座明珠城市：鲁特林的农夫、波兰的工人、前途似锦的犹太人、捷克的工匠、奥地利的银行家、塞尔维亚的小偷、克罗地亚的留着干净胡须的皮条客以及温文尔雅的骗子。当然，这里还有数不尽的美女，她们穿着漂亮的裙子，抹着胭脂，涂了口红，在街道边漫步，搜寻着戴单片眼镜的绅士，以满足他们的欲望来大捞一笔。

这座城市灯红酒绿，好不热闹。它具有大都市般的高贵和优雅。难怪人们都称匈牙利为缩小版的美国。

这个世界新鲜与陈旧兼具。这里的空气处处充满着可能性，让人简直不能呼吸。可是希望并不是这里唯一能提供的东西。在这座城市兴奋的、无拘无束的表面下，也有阴暗的一面。按照作家古拉·克吕德[②]的话说就是，“这里不存在真爱，没有一个男人是诚实的，没有一个女人是可敬的”。

火车减速后，慢慢停靠了下来。一脸困惑、一身疲惫的米利亚姆排在最后走下了火车，感受到了一年中最炎热的天气。这是她人生中的第一次火车旅行。在她漫长的一生中，她只再坐过一次火车，那是在四十七年后。不过那一次她坐的是一辆开往波兰的拥挤的牲畜车厢。这辆火车的目的地离她的出生地只有几英里，那儿已经改了一个德国名，叫作奥斯维兹[③]。

现在，在面前等着她的，是在这个充满了偏见与不公的土地上存在

---

① 亚历山大•居斯塔夫•埃菲尔（1832—1923），法国工程师，金属结构专家，也是一位作家。埃菲尔铁塔是他最著名的建筑。

② 古拉·克吕德（1878—1933），匈牙利作家，记者。

③ 波兰语又叫奥斯威辛，是波兰的一个镇。第二次世界大战期间，纳粹德国在奥斯威辛设立关押犹太人的集中营，即著名的奥斯威辛集中营。

了几十年的孤独和磨难。在这个国家里，她无法安心，无法扎根，她将一直是个外来者。

她所有的行李都放在一个编织的小篮子中。她下火车的时候右手紧紧地抓着它。在月台上，她遇上了一波人流，迎面扑来了上百张面孔。有些人神清气爽，优雅非凡，但更多的人都是满头大汗、头发凌乱的样子。他们中有年轻人、工人、带着孩子的女人还有老人，他们都试图穿过人群。米利亚姆顿住了，她觉得很害怕，因为她从没见过这么多的人。正当她快要被巨大的人流带走时，她看到了奥匈帝国火车站一个穿着制服的管理员。她走到他跟前，怯懦地问他犹太教堂怎么走。在布达佩斯人人都说德语。可是米利亚姆的母语是意地绪语，这里没人听得懂。幸好，这个管理员很和蔼，更重要的是，他愿意帮忙。经过几番尝试后，他弄懂了她的意思，在纸上写下了地址并画了一幅简图给她。从管理员的笔记本上撕下了这页纸，米利亚姆径直走向了这座热气腾腾的大都市。

大都市的生活

米利亚姆在布达佩斯的街道上的第一次迷路让她彻底慌了神。这座城市就像火车车厢一样，嘈杂、混乱。小贩们叫卖着他们的商品，卖报员大声地喊叫着，许多人沿着那些长长的林荫大道开心地走来走去。这里巨大的房屋就像是宫殿一般奢华至极，它们的装潢、饰品、里面的雕像和花园让她目不暇接。她从来没见过这样的东西。这里什么也不缺，一切都是应有尽有：珠宝、裁缝、时装设计师、理发店、美容店、衣服店、咖啡馆、餐馆、花店、高级的酒店和剧院，一个比一个让人震惊。米利亚姆在每一幢建筑前都会站好久，伸长脖子，目瞪口呆。

她觉得这里的人看上去都很高贵而优雅。绅士们穿着笔挺的西装，女士们穿着她们漂亮的花裙子。不过，这些漂亮姑娘们扭屁股的样子让她尤为惊讶，要是在舍特劳，这种行为一定会被认为是不知羞耻的。

几十年后，米利亚姆仍能记得那天难以忍受的高温。她在这样的酷暑中，蹒跚漫步了几个小时，汗水从她牢牢扎住的头巾下不停地流着。

她向人问路，却没有人给她指对方向；她觉得越来越累，感到很痛苦，但她更多的是觉得很迷茫。

当她走到一个大型市场门口时，她才意识到自己的饥饿。这个市场上有水果摊、肉店和食品摊。她停下了脚步，屏住了呼吸。她可以感觉到自己狂跳的心脏和起伏的胸口。她的鼻子被各种香味袭击了：从两张嗞嗞作响的煎锅里滴落的油水，甜美的果肉，不知名的水果和蔬菜的清香。她觉得市场里各种各样的食物都非常诱人，即便她知道其中大多数都不是犹太人的食物。她流着口水，睁大眼睛盯着那个肥硕的屠夫。他技巧娴熟，挥舞着闪闪发亮的刀锋，干净利落地将一大块肉切成了薄薄的肉片。

米利亚姆继续往城市深处走去。在一条街的拐角处，一匹马拉着一辆车直接朝她驶来，马车夫朝她吼叫，让她走远点儿。她太害怕了，膝盖差点失去了支撑的力气，不过她还是赶紧跑开了。

街道上突然弥漫起一股垃圾的味道。她发现自己来到了一片丑陋、窄小的区域。这里到处都是摇摇欲坠的房屋，看上去非常贫穷，住在这的人脸色都特别苍白。

在一条简单的街道上，一个又矮又胖，长相奇怪的小女孩经过了她身边。小女孩朝她露出了一个简单却安详的微笑，非常像一个宗教朝圣者，刚刚经过一段长途跋涉来到了天堂的门前。米利亚姆突觉一阵恐慌，她很紧张，就好像看到了魔鬼似的。在舍特劳，她们的邻居家就有一个弱智男孩，镇上的每个人都觉得他很可爱，但可惜他天生愚笨。可是，她却没见过像这个小女孩一样可怕的人。我们现在会说这个女孩患了唐氏综合征，不过这个病种在米利亚姆的那个世界中还没出现呢。

女孩小心地捧起了米利亚姆的手，仿佛她手中是一个易碎的陶瓷器皿。她温柔的抚摸让米利亚姆打了寒战。女孩看上去好像在思考着什么秘密，她低声地嘟囔了些什么，米利亚姆没听懂。然后她向上一指，指向了屋顶上栖息的鸽子。

米利亚姆认为这是一个不祥的征兆。她突然为自己肚子里的孩子担忧了起来。她深受母亲的影响，从小就认为和一个长相丑陋的陌生人哪怕是非常简短的会面，也会使母亲肚子里的孩子变得畸形。她害怕极了，赶忙抽出了自己的手，大步流星地跑开了。当她回头去看时，发现那个女孩还站在原地，微笑着，轮流向米利亚姆和屋顶上的鸽子挥手。

一会儿后，米利亚姆已经精疲力竭了。她感到身体很重，好像她的血液变成了铅一样。她再也走不动了。口渴、劳累，她觉得头晕目眩。她感到自己正在被吸入这座城市的乱流之中。为了不让自己直接掉下去，她坐到了路边。她的眼里全是泪水。

几英里外的一个街角处，一个女人正站在一个朴素的货摊后，卖蔬菜。她应该是看到了米利亚姆的悲惨,因为她走了过来,给她喝了点儿水。这水就如甘露般美好，可米利亚姆却连感谢她的力气都没了。她觉得自己身体里的力量正在流走，她失去了意识。

一间半的屋子

在梦中，米利亚姆又回到了她以前在舍特劳的生活，重新经历了一些童年的可怕回忆。尤其是她父亲粗暴地抓住她编好的发辫的记忆，她心生害怕。不过后来，她就觉得好多了。因为就在那一天，隔壁的一个男孩就满脸愤怒却不知所以地剪掉了她的头发。这件事在过于宁静的舍特劳中引起了一阵欢呼，不过它对米利亚姆来说，却意味着整个生活的转变。这段记忆让她惊醒了过来。

她躺在一张陌生的床铺上。枕头很硬，还有些馊味。她的背很疼，脖子很酸,她感到很害怕。她不知道自己在哪里,又是怎么到的这个地方。她记不起刚刚发生了什么。

她慢慢地坐了起来，眯着眼环顾了一圈。墙壁很多地方都剥落了，那些老旧的家具好像随时都会散架一样。一支七臂烛台立在一个橱柜上。那里还有一袋土豆和一盏煤油灯。这个地方有一股贫穷且发霉的味道。她睡了多久了?

市场上的那个女人走进了屋，朝她笑了笑。“曾经，我们的家也是很漂亮，很干净的。”她说道，“不过，请管家实在是太贵了。”

她微微向后仰头，脸上挂着一种友善的微笑。米利亚姆看到这个女人没有几颗牙齿，她的脸和脖子爬满了很深的皱纹。不过她的眼神却很明亮，使她全身都散发着一股幸福感。她非常开心地向米利亚姆介绍了住在这一间不足一百平方英尺的公寓里的七个人。

“第一个，就是我。我叫路易莎。那里是我的母亲艾比斯，她患有很严重的风湿病。她很害怕失去自己的头发，所以总是为此哭哭啼啼。大部分时间里，她都会坐在那张坏了的旧摇椅中，一连坐上好几天，怀念着过去，叹息，等着我们简陋的食物。有时候，她想跟我的五个孩子说，她年轻的时候所待的特兰西瓦尼亚是怎样的一个地方。不过他们都太小了，听不懂她的故事，也没有耐心听一个老人讲故事。”

路易莎说起自己的生活时，总是特别开心。不像米利亚姆，她从来不会找不到话说。她跟米利亚姆说，自己已经对生活残酷的不公产生了免疫力，现在她积极乐观，无所畏惧。她最受不了的就是自哀自怜。“不要发牢骚，”她说道，“一个人应该要勇敢迎接自己的境遇，在最终放弃和消失之前努力完成我们的命运。”

她说她的丈夫上过两年高中，是个受过教育的人，他就是一个不敢面对生活困苦的抱怨者。

“他的名字叫蒂伯，”路易莎说，“他虽然有些自私，不过却是个可爱的人。可是我却受不了他。他懦弱、无用，很容易叫苦喊累，然后像个老妇似的埋怨。我们经常吵架。当然，大多数都得怪我。他的心脏很弱，晚上老是失眠。然后有一天晚上，他腹部抽筋，打着寒战，然后就死了。没有办法。我们有一天都会死。不过我就是没想到他竟然这么自私地把我丢了下来。”

路易莎停顿了一会儿，深深地叹了口气，朝地上啐了三口后，继续说道：“孩子们每天晚上都会哭。到了早上，他们就会用尽全力地排泄，每一个人。这个地方有一段时间闻上去就像是个厕所。年轻的孩子总是会互相影响。一个人这么做了，其他人就都学会了。蒂伯的死绝不是他们第一件需要承受的痛苦。他们想让我注意他们。这就是孩子。你看——给他们一只手，他们就会抱着你整只手臂。孩子们从来没说过他们的父亲。不过他们没忘了他，因为有家庭的人死了之后，还是会一直跟自己的家人待在一起，只不过他不说话，很安静，像羽毛一样轻盈。他就在一边跟着他们，看着他们。”

米利亚姆想到了自己的父亲。她想知道他是不是也在她周围。她四处看了看，但并没发现他的痕迹。

路易莎说她不相信上帝，不过即便如此，每天她还是会感谢造物主赐予了她良好的记忆力。它是唯一一个总是能运作良好的能力，而且在她人生四十年中从来没有让她失望过。她认为有的人一出生便有一种特殊的记忆力。她可以记住自己父母见面之前的一切事情，而且每件事她都记得很清楚，她遇过的每一个人，他们生活中哪怕是最细小、最无聊的细节她都记得。为了展现她特殊的才能，她开始说起别人的故事，大部分都是那些住在这栋楼里的人。她大方地承认自己喜欢悲伤的故事，越能让人痛哭流涕的越好。悲伤的故事总能让她心跳加速。

她说，这栋楼的住户一直都要忍受着酷热和严寒、残废和饥饿、贫穷和疾病，事实上，可以说是人类所能遭遇的一切灾情。他们被打垮了，累趴了。有些人放弃了希望，有些人则被漫无目标的生活磨损着。然而，他们还是有值得喜爱的、值得尊重的地方。他们全都是好人。

“没有什么东西是绝对好，或绝对坏的。”路易莎说，“相反，好事情里总是会带着坏，坏事情也不过是有些变质的好事情而已。”

米利亚姆听着她，也想试图说一些有水平的话。她将路易莎口中对这里居民们的绝望和贫穷的描述，和自己的经历做了对比。她觉得很惭愧。她觉得自己没有权利用她在舍特劳那些琐碎的生活故事来困扰路易莎。所以，她什么也没说。

新的生活

太阳渐渐落山了。路易莎没有问米利亚姆任何问题。她很开心不用去解释自己为什么要离开故乡。路易莎站在那里，米利亚姆就会觉得很平静。自她遇见贾沙的那天晚上后，她再也没有过这么安宁的感觉了。她觉得自己得到了重视，因为从没有人会愿意和她在一起待这么长时间，还给予她这么多的关心。米利亚姆突然觉得神清气爽。经过一番艰难险阻后，她浑身因为放松和自由而颤抖了起来。

米利亚姆觉得命运安排她和路易莎相见了，这是上天对她极大的恩赐。虽然她从没这么说过。她来布达佩斯本是为了找她的姐姐，她想要一个家，组建一个家庭。可她一直没有找到蕾切尔。不过她剩下的愿望，都在路易莎这里实现了。

路易莎将床分成了两半，米利亚姆睡在一边。一块从天花板上悬挂下来的黑布，隔开了她和公寓的其他住户。在这个不足二十平方英尺的屋子里，米利亚姆和她的女儿萨拉生活了十几年。

插曲

后面，我会再次说到米利亚姆和她的女儿萨拉的故事。不过，现在我想起了一些事情,必须得说出来。我在本书中所做的叙述都是随机性的，想到什么就写什么。我的写作没有逻辑可言，因为医生喂我吃的止痛药扰乱了我的判断力。我接下来要说的这个故事是叔祖父告诉我们的，而实际上他才是这个故事真正的主角，尽管他从不愿意谈论自己的事。我首先要承认，这些故事若是在经验丰富的专业作家手中，一定会变得更加生动形象，因为他们能够赋予这些故事深刻的思想。那些追求真实历史叙述的人最好去看别的书。我可帮不了他们。我刚上小学的时候，历史就是我最薄弱的一门科目。所以，我所描写的这些故事大部分我都无法理解。这些都是我从叔祖父那听来的。这个人用他那让人难以忘却的聪明才智照亮了我的童年，他教给了我很多东西，我这一辈子都没有忘记过。

在军务部

马提尼翁咖啡馆久负盛名，它是圣日耳曼郊区最辉煌的建筑物。一个星期天的晚上，有人往队长家送了一封信，传召他于第二天早上九点到达查尔斯 · 芒顿 · 布瓦德福尔将军的办公室。可传召他的原因却没有说明。难道是战争部的参谋长要给他下达什么任务吗？他想来想去，一夜未寐。不安的夜晚结束了，第二天一早他便出发前往圣多明尼克路。八点半，圣克劳蒂尔德教堂的钟声敲响了，他决定先去那家著名的咖啡馆里小憩一会儿，时间还来得及。恭敬的服务生面带微笑地朝他鞠了鞠躬。十月的这个早晨，巴黎的天气非常好。服务生就此和他交谈了几句，然后把他领到了一张靠窗的桌子边坐下。他点了一杯咖啡和一小块羊角面包。他将自己的夹鼻眼镜放到鼻梁上，开始自娱自乐地观察起外面的街道上来来往往的行人。他一边喝着咖啡，一边看着街上穿着入时的男人和女人。他觉得他们都是在去附近的政府部门上班的路上。他试图想象，自己若是成了他们其中的一个会是什么感觉。

九点整，他准时出现在了战争部的大厅。不过他被告知布瓦德福尔还没来，所以在此之前，都由阿曼德·梅西埃·派蒂·克莱姆少校来接待他。少校出现后，先介绍了自己，然后友善地请求队长的帮助，因为他刚刚遭受了一点儿小意外。他抬起他的右手，上面捆着白色的纱布。他需要写一封信，而且情况比较紧急。他们来到了少校的办公室，那里有三个穿着便服的人。队长向他们点了点头，打了招呼，不过他们看上去既没有接受他的问候，也不想介绍自己。克莱姆少校让他坐到桌子前。队长坐下了。他将笔尖往墨水瓶里蘸了蘸，然后抬起了头。一脸天真地等待着。少校开始口述了起来。信件写好后，派蒂 · 克莱姆走到了队长身后，左手按在了他的肩膀上，看着信上的文字。他是个业余的笔迹学家，万分确定自己的判断毫无错误后，他宣布队长被逮捕了。队长放下钢笔，点了点头。他以为这是一个玩笑。他听话地站了起来，在他还没弄清楚情况之前，边上的三个人就掏空了他的口袋，将他铐了起来。克莱姆少校说："你因犯叛国罪，被逮捕了。"他的语气清楚地表明了，他不仅已经给队长定罪了，而且还非常鄙视他。

这起案件是 1900 年最轰动的丑闻之一。事实上，就发生在它几个星期前的巴黎的德国使馆内。法国人马利亚 · 巴斯蒂安是使馆里的员工。她主要负责打扫卫生，每天都要帮施瓦茨科彭大使倒垃圾，然后再将这些垃圾拿到地下室的火炉里烧掉。施瓦茨科彭不知道马利亚 · 巴斯蒂安其实是法国的间谍，但她并不是因为强烈的爱国心而接了这个差事，而仅仅是因为德国开给她的工资太少了。所以只有很少的文件被扔进了火炉，它们大多数都被送到了休伯特 · 约瑟夫 · 亨利少校在战争部反间谍部门的办公桌里了。

9 月 27 日，亨利少校在从施瓦茨科彭的废纸篓里收集来的一堆皱巴巴的文件中有了一项重大发现。他发现了一封被撕成碎片的信，不过他十分娴熟地将它们重新拼到了一起。这封信表明，有人想要以高价向这位德国大使贩卖法国军事中极其敏感的机密信息。亨利和他的高级长官讨论了此事。很明显，这封信的作者肯定就是战争部的高层官员。于是，他们将此事报告给了参谋长布瓦德福尔和战争部长奥格斯特·梅西埃。他们下令立即采取行动，必须要刻不容缓地找出这个卖国贼。这件事是当下的重中之重。五个可靠而贤明的军官被秘密召集起来，组成了一支特别小组，开始进行内部调查。可是，他们什么也没查到，因为战争部的四名部长都认不出这个卖国贼的笔迹是谁的。于是，调查暂时中止了。几天后，战争部长坐不住了。参谋长召见了这支特别小组，严厉地训斥了这些军官，威胁说要贬他们的职。不安涌上了他们的心头。

陆军中校阿尔伯特·阿博维尔是战争部众多志向满满的谋士之一。他刚刚结束自己的长假回来，就加入了调查小组。飞快地浏览完这封信后，他说这个卖国贼肯定在炮兵队里。要不然他怎么这么了解加农大炮呢？而且，阿博维尔继续说道，这个人肯定对战争部的各个部门都非常了解，要不然他怎么对这么多不同类型的武器如此了如指掌？小组中的其他人都赞同地点了点头。派蒂·克莱姆少校说他从没见识过这么敏锐的推断。阿博维尔还说，这个卖国贼一定是最近参加了战争部训练课程的军官，因为这些人都很了解这里每个部门的工作。

这些集训参加者中，有一个人的名字吸引了所有调查员的注意。尤其是因为阿博维尔说这个人是炮兵队的队长，很聪明，却因为不同寻常的举止而遭到了很多人的厌恶。人们都觉得他很呆板、顽固、难以接近、傲慢，甚至目中无人。不管怎么说，他的说话举止完全不像个法国人。他几乎不具备成为战争部高级军官的资质。屋内陷入了一阵沉默。过了一会儿，阿博维尔看了看四周，指出了最具说服力的一项证据，证明他们已经找到了犯人。“阿尔弗雷德·德雷福斯队长是个犹太人。”

参谋长布瓦德福尔是个刨根问底，力求真相的人。在他升任为将军时，他就发誓要保护和坚持真相与公正，这两点是法国社会的根基。他想要更确凿的证据。“没有哪个军事法庭会因为一个人的性格而给他定罪，”他说道，“我们需要的是科学的证据。”

派蒂·克莱姆少校非常想提出他心中“无法反驳的证据”。作为一名业余的笔迹学家，他建议将德雷福斯的笔迹和这封信的字迹作比。布瓦德福尔将军觉得这是个很好的建议，于是立即就让人传召德雷福斯。

午餐前，调查小组集聚在了将军的办公室。他们紧张地等待着克莱姆少校来公布他的调查结果。他说他已经仔细地观察过这两个人的笔迹了，他非常确信阿尔弗雷德·德雷福斯就是犯人。阿博维尔中校立即应声道，他从头至尾都没有怀疑过自己的判断，德雷福斯和这个卖国贼就是同一个人。少校拿出了这两封信，将其传给了在座的调查员们过目。“太棒了。”他们一个个附和道。可是，布瓦德福尔将军还是不能完全确信。他没有掩饰自己的怀疑，他说自己没看出这两种笔迹有什么相同点。而且，他还发现它们之间有很多不同的地方。比如说，字体的倾斜程度和字母的高度。少校说，这些一目了然的区别恰好证明了德雷福斯的阴险。他说德雷福斯肯定得知有人正在调查他，所以他才会在听写的时候故意改变了自己的字体。少校指向字母“L”，他说除去那两点明显的区别外，这个字母绝对是出自同一人之手。

阿博维尔陆军中校鼓起了掌。其他人也加入了他。将军从书桌的抽屉里拿出了一盒雪茄，让他们抽。他特别强调说这些都是产自于古巴阿瓦霍地区的高品质雪茄，那些在自己黝黑的大腿上，将这些烟草放在薄纸中小心翼翼卷起的女孩们都已经不是处女了。这都是法国军官的功劳。屋子里的人都哈哈大笑了起来。雪茄点燃了。这起间谍事件也就此结了案。

囚犯

德雷福斯一案常常在我们家中被提起。这一案件和它的裁决，将法国分成了亲德雷福斯派和反德雷福斯派。审判结束后，反犹太思潮迅速地在欧洲蔓延开来。特奥多·赫茨尔认为，救赎犹太人的方法就是建立属于他们自己的国家。叔祖父不停地跟我们讲着这些事情，特别是那位犹太队长在法国用来惩罚犯人的殖民地魔岛上的生活。我一直不懂叔祖父为什么对德雷福斯这么感兴趣。当我问起时，他好像总是刻意回避着什么。他从没回答过我，相反他会向我们证明他对魔岛的了解，比对他手掌上的生命线还要多。我知道他从未去过那里，那里只有被流放的谋杀犯、冷血的罪犯和不知悔改的骗子。可是我什么也没说。我从来不会去质疑他。他肯定知道他自己在说什么。他对这座岛的描述活灵活现。萨沙和我仿佛觉得身临其境一般。我们能感受得到那些无法穿越的浓密的丛林和它隐藏的可怕危险。我们感受到了皮肤在高温下的炙烤。我们感到非常悲伤，灵魂也仿佛失去了活力。我们闻到了一股比太平间还要难闻的恶臭。嗜血的蚊子飞落在我们的身体上。太可怕了。但最可怕的还是虐待成性的看守者手中挥舞的长鞭。我们看到了海上食肉鲨鱼的背鳍。大海茫茫，逃跑就是天方夜谭。

这位犹太罪犯带着手铐脚铐，过着非人的生活，遭受着残酷的惩罚。叔祖父极其详细地将其描述给了我们。我的脑子里充满了各种各样可怕的画面。我害怕极了。膝盖开始颤抖。我开始胡思乱想起来，即使到了现在，我也会这样。我害怕有一天我的命运也会跟德雷福斯一样。当没有大人在旁边的时候，萨沙就会奚落我，说我说了这么多的谎话，终有一天也会被流放到法属圭亚那的这座海中魔岛上。

我对叔祖父生活的了解既不连贯，也不完全，好多的空白基本上都是他一生中最有趣的几个阶段。尽管他总是在说别人的故事，但对自己的事情却出奇的沉默。所以，三十年过去了，这个奇怪的、矛盾的人却显得更加神秘了。

好多年后，盐湖市的摩门教堂给我寄来了一小堆信纸，上面密密麻麻地写满了好多字。这些文字描述了弗朗茨·夏夫，即费尔南多一生两万五千个日日夜夜。收到这些东西后，我才知道为什么叔祖父会对阿尔弗雷德·德雷福斯感兴趣。这些文件被他以五百美元的价格卖给了家谱协会，在其中一章中他写道，变幻无常的命运将他和这个犹太队长不可思议地联系到了一起。他们都被军队逮捕过，一个是被法国军，一个是被红军。虽然他们是无辜的，但却都受到了劳教的惩罚，被关到两个不同的地狱中——这个法国人被押进了南半球那个连上帝都遗忘了的四十九度高温的小岛上，而他则被关进了南极圈上零下五十一度的无边无际的西伯利亚冰原中。在这两个地方，很多囚犯都因为疾病或营养不良而惨死了。和其他犯人们一起，他们在各自的监狱中待了同样长的时间——准确地说，是1859天。

释放

我的短期记忆力又不行了。我突然不记得我是否说了叔祖父在不同营地里的牢狱生活了。我也许提过达豪，他在 1938 年 3 月德奥合并后就被送去了那里。事实上，我觉得我也提到了他的棋伴和他以前在维也纳的邻居阿伦·瑞赫兹，这个人代替他接受了死刑，救了他一命。不管怎么说，起码现在我都提到了。

阿迪[①]马上就要到四十岁了。整个德国都在准备庆祝元首的生日。每个人都想将其办成一场世纪盛典，规模甚至要超过 1936 年的柏林奥运会。庆典的前一天，即 1939 年 4 月 20 日，他先去试探了一番对他敬爱有加的德国人民为他准备了什么。他决定在法兰克福稍作停留。纳粹党是这个城市至高无上的王者。五万名党员挤在瓦尔德露天体育馆中，他们看到飞机在上空盘旋，散发着印有十字标志的纸旗。一阵哭喊！当元首出现在领奖台上时，所有人都尖叫了起来。他的发言短而有力。十五分钟的时间内，他赞扬了德国民族，表扬了那些勇敢的男人和女人们随时准备为祖国牺牲的大无畏精神。大致意思就是这样。台下的人海呐喊欢呼的声音似乎永不会停止。人们喜极而泣。然后，元首离开了体育馆，因为接下来他还要与德国其他地方的人民会面。

这是马修斯·福伦比谢勒的主意。这对好友那天正在伯格霍夫内，这是希特勒在巴伐利亚州北部的贝希特斯加登的私人住所，四个月后，第三帝国蓄势待发的军队就会在离这不远的地方挑起新的世界大战。那是一个宁静的早上，天空万里无云。透过宽敞的玻璃窗，你甚至能看到北边的萨尔斯堡。厨房内弥漫着一股非常明显的悲伤氛围。福伦比谢勒正在切洋葱，做尼斯沙拉当那天的午餐。阿迪则一脸不高兴地用剪刀清理自己的指甲。他说想到生日他就会不寒而栗，因为他一点儿也不想承认自己又老了。他放下剪刀，摸上了自己的生殖器。他不满意的神情说明他的这个兄弟已经软弱而无力了。他说自己都快忘了要怎么用它了，

① 阿迪为阿道夫的昵称。

爱娃[1]现在就像尘土一样干燥，让他完全失去了兴趣。除了额头上的一个晚安吻，她什么也给不了他。福伦比谢勒马上安慰他说，这并不代表她对他的爱已经冷却了。阿迪放弃地长叹了一口气。

厨房门口有两名站岗的士兵。他们听到了元首的这些话，脸色变得跟厨师正在切的长棍面包一样苍白。不安之中，他们只好盯着地板。

爱娃·布劳恩最喜爱的德国神父正在厨房的桌子下打盹，他突然放了屁，福伦比谢勒和阿迪立即相视而笑。

阿迪换了个话题，他抱怨说没想到与捷克斯洛伐克的联合引起了世界的强烈声讨。他很困惑，除了那个小丑墨索里尼外，竟没有一个国家领导人能理解他。

福伦比谢勒挑起一边的眉毛，说道："阿迪，你应该释放达豪里一些有知名度的犯人。国外有很多人都对将作家和名人当囚犯关起来这件事很不满。站在人道主义的角度，为了庆祝你的生日，放掉一些人吧。这会让那些针对你的世界舆论收声的。"

"我无法接受，"阿迪说，"我们不能因为伦敦的几个自由党议员的牢骚就释放了那些人渣。这会酿成大错的，非常严重的错误。"

"但却很有必要。阿迪，想想吧。我都用不着向你解释。达豪不是一间普通监狱。那里的人都没有罪。这会损坏你和德国的名声。伦敦的自由党人怎么能忍受让文化名人穿着囚服呢。他们想看到他们穿着一身庄严的、剪裁得体的西服。让他们穿上深色的西装吧，让一个摄像师在他们走出达豪时拍几张照片，用船将他们送回英格兰。这样一来，皆大欢喜。"

"别傻了，马修斯。这些人都是德国最大的敌人。犹太人、社会主义者、同性恋、吉卜赛人和工团主义者。"

"那就放掉五十个吧，做做样子。你不会想念他们的。德国监狱里也有那么多的犯人。"福伦比谢勒坚持道。

午餐后，阿迪命令他的亲信赫尔曼·格林，让他列出一份达豪犯人的名单。

---

① 爱娃•布劳恩（1912—1945），纳粹德国领袖阿道夫•希特勒长期的女友，两人在自杀前结婚。

第二天早上，两大册，共计七千个人的名单送到了阿迪手中。阿迪本来就有起床气，看到这些，他就发怒了。他叫道挑剔的官僚主义将德国淹没在了一堆文件中。然而，福伦比谢勒让他冷静了下来。他说，挑五十个名字不会浪费多少时间的。他将一册名单拿给了阿迪，自己则拿着另外一册。他们开始随意地翻了起来。

“布鲁诺·贝特尔海姆，心理学家和作家……赫尔曼·布洛赫，作家……阿尔弗雷德·柯恩，牙医……伦敦肯定没有人会为了一个牙医难过吧。这个犹太人得留在达豪。”阿迪说。

赫尔曼·格林对希特勒的敬意，不亚于对上帝的崇拜。他极度认真地记下了那些将被释放的囚犯的姓名。

福伦比谢勒看到了一个熟悉的名字。他的心脏开始狂跳。不可能吧，他这样想道，然后清了清嗓子。“弗朗茨·夏夫，卡巴莱艺术家。”他大声地说道。

那天一早，一名士兵将叔祖父从他的牢房里抓了出来。这个士兵很矮，年纪有些大，手持一支来复枪。他让夏夫去奥格斯特·贝伦朵夫大队长那里报道。“有特殊待遇。”他神秘地说道。叔祖父害怕极了。他的手开始不停地颤抖，他的嘴唇变得很干。贝伦朵夫，一个奥地利人，他最喜欢鞭打由他特别选中的犯人，直到他们的背部和屁股血肉模糊时，他再将自己的生殖器猛地插入他们的肛门中，强奸他们。每个人都知道。然而，没有一位受害者抱怨过，因为贝伦朵夫结束特殊待遇后，就会朝他们的颈后开上一枪。

雨下了一整晚，那天早晨的天空还是灰蒙蒙的。叔祖父知道他的生命就要结束了。他的心脏开始狂跳。他慢吞吞地走着。那位士兵也不紧不慢地跟在他身后，一言不发。走在泥泞的小路上，他们穿过了缠着铁丝网的大门，来到了营地指挥官的办公区。

贝伦朵夫高兴地笑着，摩擦着手掌，给他端上了一杯咖啡。那不是真的咖啡，味道很难喝。不过贝伦朵夫看上去似乎并不介意。

“知道为什么你会到这里来吗，夏夫先生？”他问道。

还没等叔祖父回答，他就说元首大发慈悲，赦免了他。他马上就去洗个澡，刮个胡子，领一套新衣服。他和其他的犯人将会被送往慕尼黑的火车站。搭下午六点钟的第一班车回布达佩斯。

“你是不是特别失望，夏夫先生，我们竟然把你送回家了？”贝伦朵夫干笑了一声，喝了一口咖啡。“希望你别再说我们元首的坏话了。你要跟全世界称赞德国人在达豪的热情。我们给夏夫先生免费提供了整整一年的住宿和饮食，也没问他索要任何东西。”

叔祖父安静地坐在那儿，陷入了沉思。他不相信这个奥地利人的满口胡言。他认为这也是贝伦朵夫卑劣的折磨手段之一，蛊惑他的犯人，让他们相信自己就要回家了。然而，几个小时后，带着难以言喻的放松情绪，叔祖父坐上了开往布达佩斯的火车。他完全不知道是谁赋予了他如此意外的幸运。

厨师的救援行动

法国作家马雷克·豪特生长于华沙的犹太区，他前不久拍了一部纪录片。我记得影片的名字好像叫作《黑暗时代的拯救者》，说的是那些将犹太人从纳粹灭绝行动中拯救出来的人们。就是在这部影片中，我看到了马修斯·福伦比谢勒的采访，他被授予了以色列的最高荣誉，宣布他是正义的使者。这个年迈的厨师介绍了当他在达豪战俘名单上看到自己老朋友弗朗茨·夏夫名字的那一刻，是如何立即想到了救援行动这个主意的。在二战期间，这场行动是非常轰动的。

福伦比谢勒声名狼藉，因为他是希特勒的厨师，混血犹太人。柏林攻陷后，他在希特勒的地堡中被逮捕，成为了俄军的战俘。在列夫·科贝尔夫队长主持的审问中，他证实了希特勒已死的事实，在他办公室里那具烧焦的尸体就是他。他还描述了希特勒死之前的几个小时的样子——当听说红军已经离他的地堡不到四分之一英里时，他气极了。那时，就连希特勒也不再奢求胜利了。他狂乱地挥舞着一把手枪，他的头发耷到了他的前额上，他尖叫着，都是犹太人的错，是他们毁灭了德国。福伦比谢勒认为他会开枪。其他人担心他肯定会精神崩溃。不过阿迪冷静了下来，他点了他最爱的餐点——尼斯沙拉。福伦比谢勒将沙拉端给他时，希特勒问他是否愿意和他共进最后一餐。他们三个人坐下来一起吃了午饭。一对苍蝇落到了爱娃·布劳恩的盘子上。她一脸不快地赶走了它们。很显然，这对苍蝇让她失去了胃口，因为她再也没碰过她的沙拉。整场午餐下来，她一直都静静地坐在那里。阿迪和福伦比谢勒这对朋友回忆起了他们年轻时在林兹当学徒时的过往。希特勒闲谈着。他在想他们有多少犹太同学现在还活着呢。他记不起他们的名字了，除了一个人——路德维格·维特根斯坦。他对他印象深刻，这个富有的小犹太人，比他们小两岁，却能和他们待在同一个班，因为所有人都觉得他超级聪明。可他却不会打架。希特勒说每当他父亲打了他之后，他就会转过身，到学校里欺负其他的男孩。每次被打的最严重的就是路德维格·维特根斯坦。他就像一条瘦小的狗仔，从不会保护自己。他想知道那个犹太神童现在变成什么样了。午餐结束后，他们三个人都站了起来。希特勒感谢福伦比谢勒和他做了这么长时间的朋友，和他握了握手。爱娃·布劳恩亲吻了她丈夫的额头，然后就吞毒自杀了。她立刻就咽了气。之后，希特勒试图通过吞食氰化物胶囊自杀，不过这个的毒性还不足以马上结果他的性命。他备受折磨地蜷缩了起来。腹部的疼痛非常剧烈，他请求他的朋友帮他做个了结。福伦比谢勒拿起桌上的手枪，双手颤抖地对准了希特勒的太阳穴。他将手指扣向扳机，“开枪啊！”希特勒尖叫道。可是手枪没有子弹。福伦比谢勒朝地板上吐了口口水，暗自发誓。脸色越发苍白的希特勒因为疼痛而吼叫着，乞求死亡。听到此，福伦比谢勒跑到了厨房，拿来了一张铸铁的煎锅。两下重击后，他敲碎了希特勒的头盖骨。他盯着他的尸体看了几分钟，一边为他的朋友念诵犹太祷文。接着，他走到了厨房找来了煤油。他将两桶油都倒在了他朋友的身上，点燃了他的尸体。他看着蔓延的火势，满眼泪水。他刚离开希特勒的工作室，就被俄国兵抓住了。

十八个月后，福伦比谢勒和二十三名医生在纽伦堡市接受了审讯，被控告成反人道主义者。这些医生在各个集中营进行人体试验——将人体温度降到二十六度以下，将女人从高空的飞机中抛下，没有麻醉就切割身体器官，给成人灭菌杀毒，挖出孕妇的胎儿，在孩子的眼睛里注射黑色染料，在双胞胎的心脏里喷射三氯甲烷，肢解侏儒，谋杀，伤害，致残了无数的人。一些医生得到了赦免，有一些被判处了长期监禁，剩下的八名则变成了死刑犯，被处以极刑。

当然，福伦比谢勒绝不应该在这八个人中。毕竟，他不是医生。但是，作为一个厨师，他也不能和高级的军官和政治家一起判决。

审判持续了八个月。上百份文件被调来当做呈堂证供。可没有一份能证明福伦比谢勒有罪。他唯一的罪行——如果这也算犯罪的话——就是用美味可口的食物给希特勒提供了丰富的营养，让他保持了健康。

在审判的最后阶段，三名目击者来到了法庭，在发誓后证实了这个厨师曾救过他们的命。他不知道用了什么方法，安排集中营释放了他们，并准许他们离开德国。他共救了四百个人的性命。

福伦比谢勒被无罪释放了。美国法官弗朗西斯·比德尔劝他将这场不可思议的救援行动的过程告诉法庭。他全盘托出了。他的叙述让法庭上的所有人都狂喜不止。他说希特勒五十五岁生日后，他和他的朋友阿迪定了一个契约。若是他能做出一顿晚餐，点燃爱娃·布劳恩的性欲和生理需求，从而让希特勒宣泄他的欲望，成为一个真正的男人，每成功一次，他就能去各个集中营的盖世太保的档案库，选择两个人。这两个人就会立即被释放。当法官问道，既然他已经救了这么多的人，是不是有什么特殊的菜单时，他咧嘴一笑，回答道："六分之五块黑巧克力，甘草汁，再加上一点儿茴香调味。这道菜每次都能奏效。"

许多年后，福伦比谢勒将他这份巧克力配料卖给了苏黎世的瑞士莲公司。这笔交易让他成了百万富翁。他退休后回到布尔根兰，买下了他童年时期住过的房子，就在比德霍夫堡旁边。不过他那份被瑞士莲公司取名为爱娃巧克力的产品却没能面世，因为它一直没有得到瑞士健康机构的批准。

科雷马河

关于这个故事，我还有一件事忘了说。这是关于列夫·科贝尔夫队长的。二战爆发后，他自愿加入了红军。他的上级很快就注意到了他的才智、决断力和勇气。战争后期，希特勒渐处劣势，斯大林的军队气势汹汹地赶往柏林。一口流利的德语和出色的外交能力是科贝尔夫极大的优势。他被委派了审问落网军官的任务。这些审问官中很少有人擅长德语。他们很多人都是用拳头来代替语言的。有些人则是用枪托。一些人为了讨好上级，甚至将本应该接受讯问的人，尤其是那些低级军官打得半死。可科贝尔夫不会这么做。 他很友善，对德国人也是尊重有加。他从来不滥用暴力，不论是心理上的还是身体上的。他从来不和这些战俘谈论什么政治问题。相反，他很喜欢在审讯时提起瓦格纳的音乐。他喜爱瓦格纳，即便他觉得他的一些配乐太过热情，可能会操纵观众的情感。他轻柔的、不带一丝炫耀地诉说了他对瓦格纳各部音乐剧的深刻理解，如《特里斯坦和伊索尔德》《帕西法尔》《名歌者》。他认为在这些戏剧中，作者的基调和强烈的民族精神得到了彻底的体现。就这样，他的每次审讯都变成了一场文化讨论会。科贝尔夫的做法与一般人完全不同，所以在与战俘的关系上，他总是能赢得对方的信任，让他们和他站到一边，就算是最倔强的敌人也是一样。那些最高级别的军官，通常来自于贵族家庭，他们最易被感动，口风不严，很快就会将纳粹国防军的秘密全盘托出。科贝尔夫受到了上级的褒奖，获得过七次英勇表彰。然而，他的成功也引起了其他官员的嫉妒。关于他的一些奇怪的谣言开始在四下流传。起先，人们都是在背后议论，后来以讹传讹，这些流言变得更加夸张而公开，最后变成了堂而皇之的攻击。这些都是十分严重的指控。他的审问方法受到了批评。他的爱国忠心受到了质疑。有些人觉得他对那些德国高级军官太过友好了，有些人则宣称自己听出生在基辅的科贝尔夫谈起过乌克兰大饥荒。这场饥荒发生在 1932 至 1933 年的乌克兰，大概有四至五百万人在此间丧身，科贝尔夫认为是斯大林有意纵容了这场灾祸。有些军官则称他们曾听科贝尔夫说，红军强奸了两百万的德国妇女，洗劫了不下两百万的家庭。当和希特勒厨师的对话结束后，科贝尔夫被召回了莫斯科。他被告知内务人民委员部为表彰他在审讯时创下的功绩而将授予他三级红星勋章。毫无疑心的科贝尔夫就赶回了莫斯科。直到人见人惧的拉夫连季 · 贝利亚来接他时，科贝尔夫才察觉到一丝异样。贝利亚是苏维埃内务人民委员部安全科的科长，他曾将无数人送向死亡。当科贝尔夫伸出手想要和他打招呼时，贝利亚却将手铐戴到了他手上，满眼嫌恶地盯着他。"你与纳粹党的友好关系，人人唾之。这无疑是在信任你的组织背后捅上了一刀。”贝利亚说道，“你是个叛徒，你有愧于祖国。真希望能看到你吊死在断头台上。”科贝尔夫被两名士兵押了下去。他们来到了一间地下室，那里面已经坐了很多官员。就在这一刻，科贝尔夫才意识到自己的情况有多糟。

审判只持续了几分钟便结束了。一位检察官念出了最终判决。他很紧张，科贝尔夫真心觉得对他很抱歉。这些指控都太过荒谬了，他想问检察官他有证据吗？人们真的会相信他刚才念出的那一大段谎话吗？然而，他还没来得及说话，法官便直接接了下去，以宣传资产阶级人文主义和对敌军过度怜悯的罪名判处他去西伯利亚流放十年。“在那里，你将会有足够的时间反省你的罪行。”法官总结道。

“反省什么？像对待一个人一样对待德国人？”科贝尔夫问道。法官不耐烦地皱了皱鼻子，让士兵将犯人带走。科贝尔夫从小就跟他母亲一样，有一种天生的乐观，即便是逆境、不公和严厉的惩罚也不能彻底将这种天性泯灭。他坚定地认为不应该让自己被对党派公正制度的怀疑打垮。尤其不能让自己成为软弱的俘虏，他曾在德国囚犯的身上看到过它，而且很不喜欢它。他认为西伯利亚的这十年是某种意义非凡的使命，虽然目前他还不知道那会是什么。他在科雷马河和叔祖父住在同一间牢房。囚犯们都叫这间牢房为“联合国”。因为这里面的人来自于易北河东岸的各个国家。他们每个人都有一个外号。科贝尔夫被其他的囚犯称为“露比”(英文有宝石之意)。我不知道他们为什么会给他起这个名字。也许是因为他天生乐观的性格，又或者是因为他有一颗无坚不摧的心脏。叔祖父在他卖给宗谱图书馆的那本自传中提过科贝尔夫。因为他是唯一一个能和叔祖父畅通无阻地沟通的人，整座营地中，只有这位前任审讯官的德语是最流利的，词汇量也是最丰富的。他们彼此介绍书籍——当然，这些书他们不可能得到。他们激烈地讨论着海因里奇·海涅粗俗的幽默感和他极具讽刺的德语诗。《冬天的故事》是他们俩都喜欢的一本书。他们讨论了葛兰西关于如何建立社会主义社会的看法。他们通过彼此交换故事来点亮这黑暗的牢房。他们俩都知道舍赫拉查德，为了拯救自己的生命，她口述了一千零一个故事，她象征着人类为逃脱命运之悲剧的强烈愿望。他们会和对方分享各自的感觉和思想，因为政府让他们缄口不言，因为他们知道当故事不再存在，死亡就会来临。然而，他们俩都未曾提到过他们都认识的一个人：福伦比谢勒。

看到这些，读者也许会觉得这个故事和斯宾诺莎家族毫无关系，然而现在我就要说出列夫·科贝尔夫的一本书的名字。他在1954年得到释放，两年后精神完全恢复。在古拉格的那段日子没有夺取他的理想，也未曾动摇过他相信社会会越来越公正的信念。他申请加入共产党，许可下来后，他便找到了一份大学教师的工作。在他的课堂上，他崇仰文学表达的自由。他告诉年轻的学生们，伟大的诗人们所用的真实且勇敢的词语就是守卫和平的武器。1968年，苏联残忍地入侵了捷克斯洛伐克后，他对社会主义秩序的优越性的幻想才荡然无存了。

未顾忌到自己的安危，他参加了苏联内部的人权之争。他强调友好的人可以与邪恶的统治者抗衡，然后打败他们。政府很快就此作出了回应。起先，科贝尔夫被关了起来，与外界隔离。后来，他便被流放了。他的《永世守卫》这本书是用德语写的。他形象地描述了在斯大林恐怖统治最厉害的那段时间西伯利亚营地的状况。科雷马河的营地简直可以与奥斯威辛和广岛集中营相媲美，当选为20世纪最恐怖的集中营之一。科贝尔夫记录了其他几个囚犯的命运。我看出他书中写到的先生就是我的叔祖父。这个故事说的是一个来自匈牙利的说德语的犹太人，他是一个卡巴莱艺术家，一开始在达豪集中营待过，后来在战时又被强迫征召进了南斯拉夫的铜矿中做活，这座铜矿乃是德国军队的命脉。解放后，红军士兵在布达佩斯的街道上逮到了他，将他送去苏联当苦力。那时因为所有人都死在了战争中，所以苏联国内有很多工厂都空置待用。然而叔祖父太过虚弱了，他做不来这样的重活，于是他便被运到了西伯利亚。科贝尔夫写道，先生在肮脏的牲畜车厢内待了几个星期，几乎滴水未进，他到西伯利亚的时候已经变得十分虚弱了。而营地里的生活、寒冷的天气、苦力、缺眠、疾病、寄生虫、恐惧、羞辱和其他折磨又更加损坏了他的身体。当他回到故乡匈牙利时，他的身体已经衰弱不堪了。

历史的修改版

不知道为什么，我又想起了叔祖父曾说过的另一个故事。这个故事是关于卡巴拉教徒摩西的，萨沙和我都视我们的这位祖先为伟大的英雄。叔祖父突发心脏病后，在医院住了好几天。我们万分确信能找到很多关于摩西的书籍，于是我们兴高采烈地来到了图书馆，想搜寻更多关于他的信息。可是，结果很失望，我们什么也没找到，即便是厚重的工具书也没有对他的记载。哪里都找不到他的名字，而满脸不耐烦的图书管理员则恼怒地说他肯定是个虚构的人物，因为他从没听过他的名字。我们受到了打击，很沮丧。我的心情非常悲痛，因为我知道我们家族常常会受到政府不公正的对待。萨沙站在图书馆外面，吼了一些难听的话。叔祖父出院后，出乎意料地来了我们家，就跟往常一样。我内心的眼睛看到了他，仿佛他是复活了一般：脸色苍白，没有刮胡子，他的脸上被沉重的回忆雕刻下了道道沟壑，他有些驼背，那件肮脏衣服的底下是一具极瘦的身躯。我们立即用问题轰炸他。他说他会给我们一个解释，只不过我们先要答应在任何情况下都不能将这些告诉外人，因为所有的事情都是秘密，公开讨论可能会惹祸上身。我们没有打断他，聚精会神地听着。他告诉我们，共产党中很多领导人物的名字都从各种故事和书籍中被抹去了，因为他们背叛了国家或没能完成党员的职责。对这些人的诉讼并不是完全按照规章制度来的，叔祖父小声地说道。他以我们的祖父为例，说他就是一个著名的共产党人，却因为某些莫须有的罪名被关进了监狱。更改政府记录和出版物的酬劳很低，都是由一些不太聪明的官员来执行的。他们通过对一般程序的书面应用来完成工作，可有的时候他们也会因为太肆无忌惮而犯下大错。所以摩西 · 埃斯皮诺莎的名字才会消失，取而代之的却是空白的横线。我们对这一解释非常坚信不疑，这个秘密将我和沙萨捆在了一起，我们发誓不会将其泄露出去，这令我非常开心。

也许我之前在写卡巴拉教徒的时候就提到过这件事了。不过叔祖父抓住了这次机会教会了我们一些事情。

他告诉我们说，拉夫连季 · 贝利亚是斯大林的右手，一个狡猾的、深不可测的小人。至今，他仍属于俄国的最高机密。他因为博学多才而声名远扬，实际上却从未受过教育，只不过杂乱无章地读过各种各样的书籍。他读了图书馆所有的藏书，然后再告诉斯大林哪些书应当被定为禁书。秘密警察从那些诗人和艺术家手中没收的未曾出版过的手稿他也全部读过。这些人通常在被迫签下罪状书后就会立即消失。贝利亚大量且长时间的阅读让他得了近视眼，所以他才戴着一副眼镜。贝利亚在安全局办公室的墙壁上挂着一根破烂的皮鞭。就是在这间办公室里，他制定了1937—1938 年乔治亚清扫作战，1941 年的卡廷惨案——超过四千四百名波兰官员葬身于此，以及暗杀托洛茨基和大面积人口强迫性迁移的计划。他还在这里制定了系统性刑罚、滥用奴隶劳动力与谋杀的各项指令。他可以用最微不足道的缘由将自己的同胞置于死地。每个人都惧怕他，因为他的冷血和恐怖的过激反应是大家有目共睹的。他的坏脾气也是出了名的。还有他的性取向。他总是在晚上坐着一辆伏尔加汽车上街，透过黑色的车玻璃搜寻女人；被他选中的女人从来就没有再出现过。据说他奇特的兴趣不仅表现在女人身上，他也喜欢年轻的男孩。叔祖父告诉萨沙和我说，贝利亚死后，人们在他的衣橱里发现了上百个小孩被砍下的双手。这种诡异的私人收藏显然让斯大林不高兴了，他也并不在乎是否要留下可以证明这些制度的受害者曾存在过的证据。于是，这位完美无缺的领导人下令要销毁他们所有的痕迹。

叔祖父的故事总是能唤起我的想象力，我可以一直坐着听他讲几个小时，但并不是在他说贝利亚的时候。突然，我觉得很害怕。那些孩子们被砍下的双手，这太邪恶了，我真想赶紧冲进洗手间里躲起来。

那天晚上，我做了个噩梦。我在我们平常玩耍的操场上，孤身一人，其他的孩子们都回家了。黄昏临近。一辆黑色的伏尔加轿车停在了我旁边，发出刺耳的摩擦声。司机的鼻子上架着一副圆形眼镜。他朝我微微一笑，让我上他的车。我想要拒绝，但我的喉咙却堵住了，说不出话来。接着，这个男的说我的弟弟萨沙正在家等着我，在壁橱里，而且那里还有一大堆糖果。他说话的时候，我发现他的嘴巴大到可以将一个孩子吞下去。他下了车，想把我抱上车。我突然发现他没有手。他张开怀抱想要抱住我。然后我就惊醒了，浑身冒汗。我很害怕，同时也松了一口气。房间里很黑，很安静。萨沙和祖母正在熟睡。我走到了窗边，透过百叶窗的缝隙向外看去，试图寻找那辆黑色的伏尔加轿车，虽然它一直没有出现。

真正的贝利亚是个比叔祖父向我们描述的还要复杂和镇定的人。这一点是我通过科贝尔夫的书得知的。一方面，贝利亚杀了很多人，“这些完全没有必要的”，这是他自己的原话。另一方面，他非常想改革苏联的制度。1953 年 3 月，斯大林去世后，他批判了集体农业，取消了费钱费时的工程，倡导释放东德军，统一德国。最重要的是，他关闭并清空了西伯利亚古拉格群岛上的一部分集中营，其中一大半的囚犯都被释放回家了。多亏了他，叔祖父才重获自由，回到了匈牙利。然而，斯大林去世了一百多天以后，贝利亚也被逮捕了。大家都知道他破产了。然而他是怎么死的，却无人知晓。

叔祖父告诉我们说，贝利亚的处刑给《俄国百科全书》的编者造成了困扰。大概在 20 世纪 40 年代末，订阅者才收到这本工具书的 B 卷。上面有一篇关于贝利亚的文章，承认了他是苏联伟大的英雄。他日落东山后，所有的订阅者都收到了出版方的一封来信，要他们将介绍贝利亚的这几页撕下来寄还给他们。作为交换，他们将会得到一篇印有柏林海峡图片的文章。

真相比虚构还要陌生，叔祖父总是这样跟我们说。当一个人知道了真实发生的故事后，他就不需要再编故事了。而且，抓一个说谎的人，比逮一只跛腿的狗还要容易。

爱才是未来

当地下情人阿里亚德妮和伯恩哈德发现她怀孕时，他们年轻的生活就发生了翻天覆地的变化。他们很害怕由此带来的后果。他们害怕会与彼此分开。这是他们第一次被爱，是他们人生中最闪亮的经历。爱让他们学会放眼未来，依靠自己。爱，伯恩哈德说，是传统的敌人，它代表的是未来。爱才是未来，阿里亚德妮说。爱能战胜一切，伯恩哈德回答她说。

就在那天晚上，他们从比德霍夫逃走了。

阿里亚德妮和伯恩哈德选择逃往匈牙利的原因至今还是个谜。就连叔祖父也不太确信他自己是否能说得清楚。有一次，他说那是因为阿里亚德妮在维也纳有一段不愉快的童年。后来他又说，他认为这对小夫妻，女的不过十五岁，男的也才十七岁，他们认为没有人能想到要去匈牙利的首都找他们。

这对年轻人第一次到达这座城市时是非常激动的。他们抵达时正逢庆祝布达和佩斯合并的那个盛大的节日。布达和佩斯分别坐落在多瑙河的两岸，它们被合并成了一个城市——布达佩斯。宽阔的大马路上挤满了人，他们唱歌、自豪地挥舞着旗帜、彼此拥抱，甚至还去抱陌生人。阿里亚德妮和伯恩哈德立即感受到了热烈的欢迎，他们将这一城市的统一看成他们结合的象征。她抓着他的手，这双手让她觉得特别安全和幸福。在一座偏远的社区里，他们找到了当地一位醉鬼市长，他为他们主持了结婚典礼，甚至都没向这对未到法定结婚年龄的夫妇要任何文件。世界充满了光明和美好。未来就在他们眼前。

当鲁道夫听说阿里亚德妮嫁给了伯恩哈德，并在几天后于布达佩斯产下了一名男孩的时候，他彻底变了。直到前一秒，他还对阿里亚德妮和她的消失漠不关心，而现在他却大发雷霆。作为一名王储和奥地利最古老的一支贵族家庭的家长，他无法忍受自己的女儿嫁给一个犹太人，还生了一个犹太男孩。他很恨雅各布，虽然他曾拯救他于水火之中，让庄园繁荣发展，还帮他照顾了阿里亚德妮。邪恶的想法不停地在鲁道夫的脑海里打转。他认为是雅各布设下了圈套，拐走了他的女儿。他让一名仆人去地下室取来一瓶年代久远的白兰地，然后一口气喝了下去。他骂阿里亚德妮是个妓女，跟她母亲一样，是个没心没肺的女人。她们诱惑了他，玩弄了他，利用了他的慷慨。他又让仆人拿来更多的白兰地。他一边喝，一边骂，就像一只失控的野兽。他尖叫着，咒骂着所有的东西和城堡里所有的人。可是他却不愿意见雅各布，虽然他正在要求与他见面，共同商讨此事。浑身散发着酒气的鲁道夫用尽全力向雅各布嘶吼着。他诅咒他，不停地骂他是犹太混蛋，肮脏的贱人。他将自己固执的猜测脱口而出，他说雅各布一直在算计他，妄想掌控他拥有的一切东西，所以他带走了他的女儿，将她锁在他们家，设计让她和他的儿子上床。鲁道夫的吼叫回荡在城堡空荡荡的大厅中。黄昏来临之际，他走到了阳台上，用所有人都能听到的声音喊道，他一点儿也不庆幸自己有个犹太女婿，他知道在他那粗野的目光背后打着什么算盘。他对天发誓，要让他为娶了阿里亚德妮后悔。他会与她解除父女关系，这样那帮犹太人就休想在他死后接管比德霍夫。午夜时分，他叫来了一个公证人，口述了一份新的遗嘱。在他死后，他所有的财产都给他的表哥路德维格·图恩·塔克西斯。他是最正当的继承人，因为他有贵族的血统，也是世界上唯一一个值得相信的人。接着，他又喝了很多酒，走上阳台。他大叫道，现在他的心情终于可以平复了，因为他改了他的遗嘱，和贱人阿里亚德妮解除了关系。一开始，他挺胸站直，搜寻词语来形容他此刻的心情。下一秒，他便被日出的第一抹光亮刺到了眼睛，失去了平衡，从栏杆上翻了下去，摔落在了地上。

一个星期后，葬礼举行了。那时，雅各布和他的家人已经离开庄园，来到了维也纳。

三个手足

雅各布有四个孩子。尽管他们不定期地会犯些严重的错误，但他们每个人都还是继承了雅各布的一些特质。尼古拉斯继承了他的财政天赋，克劳迪娅继承了他的善良，而安德里亚斯则像他一般心灵手巧。可他们没有一个拥有雅各布全部的优点。我不是心理学家，我并不想比较他们。可是我知道只有一个孩子得到了雅各布的性格和大脑，那就是伯恩哈德。他遗传到了雅各布的道德观、权威性和超人的智慧。我为什么如此关注伯恩哈德，我想大家都猜得到。他是我祖父的父亲，他不仅遗传到了斯宾诺莎家的大鼻子，而且作为长子，他还得到了我们家的秘密宝藏《永生之书》，并用自己的方式承担着我们不同寻常的家族传统。

不过，我也应当说说其他三个兄妹的故事。他们生活在同一个家庭中，彼此亲密，却迥然不同。他们长大后，便各奔东西了，住在不同的国度。这不仅是因为他们之间性格、志向和天赋的不同，也是因为那些年飞速的发展给社会带来了翻天覆地的变化。人类的生活模式日新月异，彼此间的关系也受到了影响。不过，我认为他们各奔东西的原因应当归结于斯宾诺莎家族很久之前便一直秉承的另类态度。家族关系对我们来说是非常重要的，但这仅针对那些严格遵守了合理行为准则的成员。那些违反了规矩，惹了丑闻，弃了真信仰以及与不适当的对象结了婚的成员所受到的待遇是非常明确的：其他所有的家庭成员都会闭上嘴，对这位背叛家庭者置之不理，将他赶出家门，当他从未存在过。

为了还尼古拉斯、克劳迪娅和安德里亚斯一个公道，我将会告诉你们他们的日常生活。还原他们的对话与争吵，描述他们彼此以及他们与别人之间的关系，诉说那些影响了他们的生活、决定了他们命运的种种故事——幼稚的争吵、爱情、婚姻、孩子的出生、疾病以及死亡。然而，不幸的是，我既没有太多的时间，也没有搜集到足够多的真实故事，更别提完成这项任务所需的语言能力。我唯一能做的就是转述叔祖父告诉我们的故事，然后祈祷历史能让我们一窥真实。

尼古拉斯继承了他父亲的衣钵。尽管他的名字是参照他的祖父，法国革命思想家尼古拉斯·斯宾诺莎而取的，但从很小的时候，他便只对数字感兴趣。他的兄妹们都觉得数学很无聊，所以很难理解他的兴趣盎然。商学院毕业后，他在罗斯柴尔德银行找到了一份工作。尽管他很尊敬自己的父亲，但他非常清楚他们两个的动力是截然不同的。刺激他父亲的想象力的不是财富，而是为找到新颖的方法解决金融问题的智力追求。可对尼古拉斯来说，银行的工作本身毫无意义，他一心只想成为一个富有的人。在父亲的指导下，尼古拉斯成绩斐然。在二十几岁的时候，他就已经接管了罗斯柴尔德的维也纳支行。他是一位优雅的年轻人，谈吐文雅。他在维也纳从不缺愿意与他做伴的女性。他从没想过要结束自己黄金单身汉的生活，直到他遇见了一位波西米亚男爵的女儿。碧翠丝是个可爱而丰满的十八岁姑娘，她有点儿跛，因为她的一条腿稍短于另一条，可是她的胸部却能让奥林匹斯山的仙女自惭形秽。他当下便被她迷倒了。她头发的香味，她温暖的皮肤以及她父亲的财产都让他如此着迷。碧翠丝没有拒绝尼古拉斯的求婚。经过一系列的精心算计，尼古拉斯骗过了他的兄妹们，独吞了他们父亲留下来的遗产。他用这些钱，再加上他从自己岳父手中借得的贷款，买下了罗斯柴尔德的奥地利万业联合信贷银行的大宗股份。他将名字缩减成了信贷银行，十年后，他便成了欧洲最大的金融机构的所有者。弗朗茨·约瑟夫授予了尼古拉斯贵族的头衔，他常常出现在奥匈帝国最上流的社交圈中。他是巴黎、伦敦和柏林各种主流宴会的力邀宾客之一。所以，经过众多的磨难后，我们家族终于也能享受到片刻成功的喜悦了。欧洲各国的舆论制造者和决裁者都带着敬意说着我们家族的名字。可是我们却改了行。我们不再以哲人和作家的身份受到人们的尊敬，雅各布和尼古拉斯的功绩将斯宾诺莎这个名字送到了金钱塔的最顶端。尼古拉斯，金融之王，他的住所位于维也纳最上等的卡特劳环城大道上，其豪华的装饰彰显了他一如既往的高调。为了取悦他轻浮的妻子，更为了进一步巩固他在欧洲权利圈中的地位，尼古拉斯举办了很多迎合欧洲上层阶级兴趣并能激发那些老贵族活力的舞会盛宴。他家是维也纳唯一一处不用等沃尔兹国王驾到就能开始宴会的地方。管弦乐队的指挥总是以一曲刚由小约翰·施特劳斯特地为宴会所谱的华尔兹开始当晚的舞会。这些华丽的舞会大多被载入了史册，在这些宴会上，所有的宾客都会情不自禁地赞扬起大厅里挂着的那副肖像画。古斯塔夫·克里姆特[①]将尼古拉斯年轻妻子的一颦一笑都生动地留在了画布中。人人都知道尼古拉斯对歌剧的资助是非常慷慨的，在各种场合都能听到有人尊敬地念到他的名字。（当然除了他的兄弟们，他们拒绝和他说话。）随着岁月的推移，尼古拉斯越来越沉迷于那些能改变世界的技术发明。他热情地投资了几项规模宏大的工业项目，虽然这些工程没有一个是在奥匈帝国本土的。对未来抱有无限憧憬的他，批准了一大笔贷款，借给了英国白星航运公司。这个公司正在准备一项空前的工程，建造三艘新客轮，而尼古拉斯个人也参与到了其中。泰坦尼克、奥林匹克和不列颠号将成为那个世纪最壮观的机械设备，没有任何一艘轮船能与它们的奢华相比。当泰坦尼克号进行首航时，尼古拉斯和他的妻子带着他们的孩子和几位重要的生意伙伴一同踏上了这艘将横跨大西洋的世纪邮轮。他以自己的名字预定了十间豪华套房。4 月 15 日是他的长子阿达尔贝特十五岁的生日，尼古拉斯在泰坦尼克上邀请了二十五个人与他们一家共

---

① 古斯塔夫•克里姆特（1862—1918），奥地利著名象征主义画家。其画作的主角大部分都是女人。

进晚餐。当晚的气氛非常欢快。酒品为水晶香槟，这是沙皇亚历山大二世最爱的香槟酒，产于1876年。这场晚餐丰盛至极，共有十一道主菜：俄国风味的牡蛎、奥尔加清汤、洋葱鸡肉和玉酿南瓜、苹果酒和苹果汁浇淋的烤鸭、涂抹上薄酱的烤鲑鱼、豌豆汤、薄荷馅饼、罗马的潘趣酒、让口腔清凉的柠檬香槟味牛奶果冻、用料酒煎炒的鸽子肉、番红花醋和香槟煨出来的龙须菜、鹅肝、华尔道夫的布丁、查特酒果冻里的桃肉和巧克力味的指形饼干。这餐饭持续了四个小时。经过一顿大餐，宾客们都觉得自己的胃撑得往下坠了好多。所以当撞上冰山后，这座永不沉没的轮船被大海吞噬得无影无踪，而他们都像是石头一样沉入了冰冷的海水中。尼古拉斯的所有客人都葬身海底了。很久之后，他自己的尸体才被打捞上来。在他上衣的口袋里，有五十张印有美国财政部长萨蒙·波特兰·蔡斯那张苍白笑脸的一万美元钞票，以及一张出乎意料未受到破坏的菜单，上面描述的正是那十一道主菜。

克劳迪娅很早就结婚了。她九岁的时候就认为除了马库斯·福伦比谢勒，她谁也不会嫁。他们岁数相同，生日相差两个星期。他们在还不会走路前就已经在一起玩耍了，之后他们又成了同学。马库斯的父亲是一个农民，他们就住在比德斯登庄园附近。当斯宾诺莎家族离开前往维也纳时，克劳迪娅和马库斯就相许终生了。七年后，他来维也纳找她。一个年轻的、安静的、紧张且沉默的追求者出现在了雅各布眼前。这个孩子，不通人情世故，请求他将唯一的女儿嫁给他。只有瞎子才看不出这对恋人爱得有多深。

尽管如此，雅各布还是劝克劳迪娅不要嫁给他。他不认为她到乡下，嫁给一个天主教徒，生活在一堆没有教养的农夫中间会多么幸福。而且，这样的婚姻就意味着她要改变自己的信仰。可是犹太信仰和传统，雅各布强调说，并不是一副你能拿出去随意更换的手套。她的母亲满眼泪水，她喃喃地说着没有一位犹太母亲会喜欢一个像马库斯这样的女婿。尼古拉斯觉得他妹妹的生活会变成一场悲剧。安德里亚斯则嘲笑她，说那些傻瓜农夫对这个世界一无所知。克劳迪娅予以了反驳。她说马库斯不是富裕的犹太家族里那种被宠坏了的儿子，他没有像她这些天才哥哥们白嫩的双手；他是一个勤劳耕作的人，一个懂得也会去承担责任的人。而他的父亲是个农民又怎样呢？“福伦比谢勒一家都是很普通的人，”她说，“他们虽没为世界解决过难题，可他们一直在自己的一方土地上安居乐业，照顾他们的孩子，过着自给自足的生活。”至于信仰，她说，她从来没信过任何神灵，不管是犹太教的还是天主教的，对她来说，他们毫无区别。爱才是最重要的东西。经过一番激烈的争论，雅各布放话了。我不知道这场争论持续了多久。可是任何劝说和挽留都没有动摇克劳迪娅。她决心已定。她和马库斯生了三个孩子。马修斯是最大的一个。他很难相处，品行恶劣。十岁的时候，他曾试图将自己的小妹妹淹死在井里。他受到的惩罚就是被送去他父亲在林兹的表兄那里。这位表兄是库克军队里的一位下士，膝下无子。他的妻子是一个唠叨又毒舌的老妇，马修斯第一眼就很讨厌她。他没有从这对无爱的夫妻身边逃走只有一个原因，就是他在众多学徒中结识了一位好朋友阿迪，他不想失去他。而他的妹妹伊西多拉和海达结婚后就移民去了美国。1929 年经济危机后，她们便失去了音讯。克劳迪娅的婚姻很幸福，作为一名农夫的妻子她感到很知足。她唯一感到心痛的就是想起她兄弟们的时候。就因为她嫁给了一个非犹太人，所以他们便弃她于不顾了，她的家人剥夺了她的继承权。马库斯在 1937 年自然死亡。五年后，马库斯的好友，小区的警察局长卡尔·施耐德邀请克劳迪娅来到他的办公室，要查验她的出生证明，不过这只是走个过场罢了。那天下午，克劳迪娅没有回家，第二天也是。她的生命在两个星期后于奥斯维辛划下了句点。而希特勒的厨师，他救了那么多人的命，却没能解救自己的亲生母亲。

安德里亚斯是家中最小的孩子，他是一个活宝。他的哥哥和姐姐都叫他“鲤鱼”，因为他被自己的故事逗得开怀大笑的时候嘴唇就会像那些鱼一样颤动。他十分有说故事的天赋。 尽管他不诚实，说话夸张，爱恶作剧，但庄园里的人们都很喜欢听他说那些曲折离奇的故事。所有人都知道他喜欢说谎，乱散谣言，甚至还会跟家人恶语相向。可即便如此，人们还是会情不自禁地喜欢上他。他的魅力、他孩童般无忧无虑的样子和他偶尔伪装出的天真总能让他化险为夷。每个人都愿意忽略他调皮的一面。他的父母想要培养孩子们对文学的兴趣，他们坚决认为不能让家里出现偏见。“安德里亚斯的调皮性格是从他外公那遗传过来的。”他的父亲常常这么说，好像在开玩笑一样。雅各布的岳父伊萨克 · 赫希菲尔德并不是军人，而是一个布商。只不过 1807 年，年轻的他曾穿上了一件不合身的普鲁士军服，在弗里德兰与法军打过一仗。那场败仗让弗雷德里克 · 威廉国王损失惨重，他将半数的国家领土割让给了拿破仑。让家人惊慌的是，安德里亚斯对军火的兴趣其实起因于贝托尔德。这个人就像他的父亲和祖父一样看守着庄园存放狩猎武器的仓库。由于安德里亚斯总是会对他父亲不喜欢的东西产生兴趣，所以他总是跟在贝托尔德的身后。他们家搬去维也纳之后，眼前的这座大城市让这个年轻人感到非常难受。他讨厌嘈杂的城市生活，他想念自然、森林和猎区，想念布尔根兰宁静的乡村生活。他想要去工业学院学习物理，可是他的入学申请被退了回来。三次尝试后，他便放弃了。然后辗转在奥地利军火制造公司找了一份工作。这个公司生产全国最好的狩猎步枪。工厂的所有人都知道安德里亚斯是个大嘴巴，一个骗子，他说大话从来不打草稿。他吹牛说自己正在发明一种新式武器。那个年代的枪炮射击速度慢，还特别笨重。安德里亚斯试图改良枪支的精准度，缩短换弹药的时间。他注意到在 1866 年普鲁士和奥地利争夺德国领导权的战役中，普鲁士军队在俯卧的情况下用他们的后膛式德雷泽步枪一连发射了七枪，而在同一时间内，弗朗茨 · 约瑟夫军队的军人在站立的状态下装上弹药，然后只发了一枪。在这样的对比下，很容易就能预测出胜负。安德里亚斯设计了一种发射又快又准且防潮的武器。当他将自己的发明呈给军队司令时，引起了很多人的兴趣。然而在奥匈帝国的官僚制度下，程序繁琐。这一提议先要进行讨论和评估，再将报告提交至各个部门审核，然后有人会提出新的问题，并要求得到答复。就这样，时间一天天过去了，安德里亚斯也失去了等待的耐心。失望的他越过国界，将这种武器带到了军火制造商保罗 · 毛瑟那里。毛瑟住在内卡河畔的德国小城奥伯恩多夫中。他当下就看出了安德里亚斯通过使弹药筒旋转来更换子弹的精心设计，并称赞说这是一项绝妙的发明。此前从没有人制造过一种能让步兵在十五秒之内连射十五枪，射程可达一千多英尺的武器。安德里亚斯和毛瑟维克尔军火工厂签订了合约，他的这种设计马上就被应用到了 89 模型枪中，这是一种新型的转轮枪。步兵将军洛萨 · 特罗塔是一位传奇人物，当时他正在准备带兵去东非作战。在出发之前，他来到工厂测试这种新式武器。他非常满意。“有了这种超级武器，我们就能彻底消灭非洲那些叛乱分子了。”特罗塔说。“彻底消灭。”安德里亚斯跟着重复道。他说他喜欢这个词的发音。和特罗塔将军会面后没过多久，安德里亚斯无意中看到了一本亨利·莱特·哈葛德[①]写的小说。这个英国人所写的浪漫的爱情故事中充满了异国情调的色情描述，这些片段让安德里亚斯欲罢不能。它们描写了白人男性如何操控殖民地女性，用他们高人一等的文化和高超的技术夺取了非洲的宝藏。被这些故事所吸引的安德里亚斯，请求特罗塔将军准许他跟随军队一同前往东非，这样他就能有机会研究这支新式武器在战场中的表现力了。两年来，他一直混在特罗塔将军的远征军中。当无数的村庄遭到洗劫，被焚毁时，当三分之一的人口遭到谋杀，另外三分之一的人口沦为残疾时，安德里亚斯则坐在舒适的军营帐篷中，忍受着蚊虫的叮咬，却也被两名极其温柔的黑人女性服侍得妥妥帖帖。同时，他还在致力于改良枪支，研究如何处理射击时冒出来的烟雾和气体。特罗塔将军残忍的暴行和非洲人民遭受的无数苦难对安德里亚斯来说，无异于帐篷两旁传来的猴子的尖叫和野生动物的嘶吼，这些对他来说都不算困扰。他总是能很容易地将不好的事情抛在脑后。当然了，他也知道所有人类的生命都是平等的，所有人生来便有自己的权利。他的父母从小便是这么教育他的。可是这些跟非洲都没什么关系。在这里，他和特罗塔观点一样：黑人不算是人类。难道他们低等的生活、对世界的无知、他们原始的信仰和仪式还不足以说明这一点吗？他和特罗塔的关系很亲密。他们经常会坐在草丛中的营火前，讲上几个小时的故事。从东非回来后，特罗塔将军将安德里亚斯介绍给了自己的侄女，后来他们俩便结婚了。安德里亚斯还渐渐和特罗塔将军的朋友们打起了交道。这些人大多都是来自低等贵族家庭的高级军官。他们组成了一支反犹太联盟，这是德国的第一支反犹太组织。创建者是一名叫作威廉·马尔的记者。他人很不错，并不像安德里亚斯的母亲所说的那般卑鄙无耻。他不过是提出

① 亨利·莱特·哈葛德（1856—1925），英国小说家。作品多以浪漫的爱情与惊险的冒险故事为题材，代表作为《所罗门王的宝藏》。

了“反犹太”的概念，想将对犹太人的憎恨融入宴会上愉悦的谈话中，让其在政治上得到认可。安德里亚斯很高兴能成为这支组织的一员，最重要的是因为他觉得这样自己便能逃脱德国对犹太人日益加深的憎恨。为了融入集体，安德里亚斯只好更改了他的履历，删掉了我们家族一直视为珍宝的各种经历。他无法隐藏自己是犹太血统的事实，但是他告诉别人，他们家在两代之前就改信了基督，他们都不喜欢犹太教；在他们的眼中，犹太教是世界上所有罪恶的源头。安德里亚斯和特罗塔将军一起去往西南非镇压赫雷罗族的叛乱，这些人抗议他们在殖民政权统治下猪狗不如的生活。他的妻子在汉堡港和他挥手道别。她有一种他会就此离去的感觉。当军舰消失在地平线处时，她的眼泪便决堤了。德军自信满满、胸有成竹，已然一副胜利在望的气势。所以，特罗塔将军没有太在意军队补给是否充足的问题。纳米比亚高温难忍。赫雷罗族的战士竟是意想不到的顽强，他们机灵地利用了自己对这片区域的熟悉度与德军誓死顽抗。在沙漠中待了三个月，殖民军的食物和水源供给都用完了。死于热带疾病和精疲力竭的德军比死在叛乱军子弹下的还要多。安德里亚斯也是其中一个。他受到了困境的强大压迫，发了高烧。他的腿废了，身体垮了，他走不了了。几个小时后，他又开始腹泻和流血。他绝望极了，因为他知道自己的境况已经无法再允许他和特罗塔将军及军队同行了。 他有一种预感，他觉得自己永远都逃不出奥马赫科沙漠了。特罗塔来探望他。安德里亚斯想要和他说一番肺腑之言，却无奈一个音也发不出来。特罗塔想过要往安德里亚斯头上打一枪，了结他的痛苦。不过他下不去手。他们将安德里亚斯和两名从那马族抢来的女仆一起留在了军帐中。那天晚上，这两个女人溜出帐篷逃走了。独身一人被丢在热气中的安德里亚斯又撑了四天，最终因缺水和疲惫而死去了。同时，尽管特罗塔军队损失惨重，他还是拒绝与赫雷罗族的族长萨缪尔·马哈雷欧签订停战协议。他想为德国建立大非洲统治者的形象，从而让自己名垂史册。特罗塔坚定了决心，一定要铲除这些懦弱的黑人。他下令让军队开始屠杀手无缚鸡之力的老人、女人和小孩。之后，他们又射杀了赫雷罗族的所有男性，不论他们是否有武器在手。安德里亚斯设计的这款武器随着一声声枪响而变得越来越烫，连德国士兵都快抓不住它们了。那马族的人也没能幸免。纳米比亚上空处处充斥着血腥味。这是 20 世纪第一起种族灭绝事件，但绝非最后一次。回到故乡后，特罗塔在柏林被奉为英雄，受到了众人的欢呼。然而，几个月后，他被指控了。但不是因为他杀了赫雷罗族 80% 和那马族 55% 的人口，而是因为他虐待了自己在温得和克的情妇，一个白人女性，同时也是德国驻西南非帝国委员的侄女。

又遇死胡同

药物。每天我至少要吃下去八种药物，有时候它们会让我头晕目眩。有时，我连最简单的事情也记不清。很多时候，我正在写作时，记忆突然就断线了。每当这时，我只要想到什么就会写什么。于是，我常常会将文章的顺序弄得很混乱，然后发现自己的记忆又快进了好几年。我非常清楚，要想跟上我叙述的节奏是不容易的，但我并不打算道歉。我不是一个专业作家。而且，在一顿饭或一次谈话中，一口气说完所有的故事——就像我的叔祖父那样，本来就要更容易一些。另一方面，写作就是一次写一件事，然后再将这些事情按顺序排好。至少，没有人会抱怨我为了博取他人的同情而掩藏自己的过失与缺陷，将自己伪装成更好的样子。

我并不是在写我个人的事迹。我写的是关于我这个大家族的故事和它悠久的历史。我之前已经这样说过很多次了。这就是我面对死亡的方式。

我突然又意识到自己漏掉了一件不是太重要的事情，这件事是关于尼古拉斯购买德意志联合信贷银行的。多亏买卖合同上的一项特殊条款，他才能以低于市场价 20% 的价格买下这家银行：如果他去世时，没有一位活着的直接继承人，这件银行的所有股份都将无条件返还给罗斯柴尔德银行。每当他的妻子又怀孕的时候，尼古拉斯就会开怀大笑，心里为自己在商业上的深谋远虑暗自窃喜。他们这对夫妇有六个儿子，两个女儿。可即便如此，笑到最后的还是他的对手，罗斯柴尔德家族的家长艾伯特·罗斯柴尔德。这个人喜好金钱，但鄙视尼古拉斯。当泰坦尼克号沉没后，这个吝啬的小机灵分毫未出地得到了联合信贷银行。

虽然有些不情愿，但我不得不说如果我们没有继承尼古拉斯的海量遗产就好了。这是真的，因为魔鬼总是用金钱来诱惑我们。这样巨额的财富带给斯宾诺莎家族的只有死亡和疯狂。它们使我们家族分裂，兄弟反目成仇，也许这是因为斯宾诺莎家族的人在本质上就一直只关注除了金钱以外的东西。我们虔诚的祖先巴鲁克遇到了摩西后，我们家族世世代代便担负起了一种古老的使命，就是守护世界最宝贵的秘密：长生不老之药。即使我们的所作所为并没有明显地影响到这个世界。

现在，我又掉到了死胡同里。我对遥远过去的记忆越来越频繁地与脑中突然浮现的事情搅在一起。奇怪的是，那些随着时间的流逝而渐渐褪色、溜走、消失的记忆却总是会自动恢复过来。它们有自己的生命。现在，过去的故事又再次从记忆里浮现了。

短暂的幸福

那么，现在我说到哪了？哦，对了，说到阿里亚德妮和伯恩哈德了。这对年轻的夫妇和伯恩哈德的家人保持了相当远的距离，因为他们担心雅各布会来阻挠他们幸福的生活。他们和在维也纳的家人联系的非常少，伯恩哈德拒绝从他父亲那里得到援助，虽然雅各布不断地试图告诉他贫穷有多么不好。这对年轻人很以自己的独立为荣，他们经常谈论起在布达佩斯的愉快生活。父母不在身边，没有人能干涉他们，告诉他们日子该怎么过。在匈牙利，他们注定贫穷，可他们甚至从未抱怨过。

在布达佩斯生活了五年后，他们已经有了三个儿子了：莫里兹、南森（我未来的祖父）和卡尔曼。他们还有一个女儿，汉娜，是几个孩子中最小的。她是母亲在怀胎七月时剖腹产生下来的，远远未到正常的生产时间，她出生时还不足 4.5 磅。阿里亚德妮横躺在手术台上，因为失血过多随时都有可能死去。不过一个年轻的医生救了她。专为穷人服务的这家医院的主治医生告诉他们，小汉娜患有复杂的心脏疾病，为了让她活下来必须要执行一种复杂的手术。他说这个手术，他个人的费用需要五千块钱，另外他还需要雇佣一个助手和两名经验丰富的护士来协助这场手术，但所有这些都需要花钱。当这位主治医生看到伯恩哈德的脸色转白时，他还说道这种手术要是在私人诊所里，费用就是这个的两倍，甚至更高。许多年后，当伯恩哈德回忆起往事时，他会说就是在这一刻，他领悟到了金钱的重要性。他回答说自己没钱付手术费，可他不能让自己的女儿死掉。他说在父亲给他寄钱之前,他需要几个星期的时间去借钱。他承诺自己一定会付钱的，为了证明他的可信性，他解释说自己的父亲掌管着维也纳的罗斯柴尔德银行，是个有钱人。主治医生不屑地笑了笑。看看这个年轻人破洞的裤子和磨损的衣领，就知道他绝对是在说谎。他告诉伯恩哈德,布达佩斯没有一家医院会赊账来做手术的。他略表安慰后,便消失在了医院的走廊里。伯恩哈德差点就哭了。为了不让别人注意到,他将视线紧紧地盯在墙面因为受潮而产生的裂纹上。两天后，他就亲手埋葬了小汉娜。

阿里亚德妮在医院又休养了十天。她悲痛至极。悲伤使她的性情大变。回到家后，她越发觉得自己是个残疾人，从而无法面对日常的生活。她变得极为烦躁——这点完全跟她父亲一模一样——经常和伯恩哈德吵架。早上伯恩哈德出去上班前，她就开始唠叨，晚上伯恩哈德一回到家她又开始抱怨,即使这个家现在完全都是伯恩哈德在照管。他就像一只工蜂一样。他买菜，做饭，打扫房子。孩子们生病的时候，也是他半夜起来照顾他们。他的勤劳让阿里亚德妮完全不用承担任何家务。她什么也不做。

这不仅是因为她一出生便看不见，还是因为她天性就非常懒惰，而且做事也毫无条理可言。伯恩哈德照管着所有的家事,并且对她百般呵护,即使她常常不值得他这么做。他知道她整日都和三个小孩待在这间狭小的房子里，这样的生活绝非幸福。她的性情阴晴不定。上一秒她还在称呼莫里兹为亲爱的，下一秒，当莫里兹问她要吃的时候，她就会骂他是个歹毒的坏蛋。她总是讽刺南森太笨，可每当他带着他的小弟弟科尔曼玩耍，让她得空能睡一觉的时候，她就会突然夸他是天才。伯恩哈德知道她的嫉妒心为什么总是这么强。不是因为他对她不忠，他也没这个想法，而是因为她把伯恩哈德视为自己的所有物了。除了伯恩哈德，她什么亲人都没有,这一现实毋庸置疑地影响了她的态度。他们俩既没有朋友,也没有能撑腰的家人。

佩斯特劳埃德

佩斯特劳埃德是匈牙利首都德语媒体中的一流报社。它是一份时事日报，且报道客观清晰。它的运行资金主要来自于自由银行家齐格蒙德·科恩菲尔德的赞助。科恩菲尔德年轻的时候在维也纳做过雅各布的徒弟，二十六岁时他便被艾伯特 · 罗斯柴尔德任命为了维也纳的匈牙利联合信贷银行的行长。报社的编辑室和印刷室位于上流街区李博塔罗斯北边区域内的一栋大楼中。报纸的总编辑就是那位传奇的米卡萨 · 福克，他在各种社交圈中都能如鱼得水。他是伊丽莎白皇后的亲信，就连弗朗茨·约瑟夫都会听他一语。福克有一种特别的能力，他能同时将很多故事结合到一起，并竭尽所能地说服他的同事来听他的冒险故事。他摒弃了那个时代最普遍的方式，不想用学识来赢得他人的钦佩，成为报社的红人。他总在听别人说什么，并用自己的想法和建议给他人以启发。他从不吝啬对他人的赞扬，批评时用词却格外谨慎。他受不了浮夸的文章和形容词的过度使用。“惧怕形容词，就是产生自我风格的第一步。”他总是这么说。他的同事很清楚他想从他们身上得到什么，所以他从不对他们指手画脚。他的胡须在末尾突然下翻，给人感觉他好像很凶，很严厉似的，但其实他是一个很友善的人。只有那些自以为是、骄傲自满的人才需要害怕他辛辣的批评。

伯恩哈德到布达佩斯后，便在佩斯特劳埃德找到了一份打杂的工作。他的薪水很微薄，连房租和家人的伙食都支付不起。繁重的工作对他来说绝不陌生，他常常一整天都在跑腿，不过哪怕是搬大捆的新闻打印纸，他也一样兴趣盎然。他很高兴能在报社这样让人兴奋的吵闹环境中工作。他喜欢打印墨水的味道，当乘坐升降梯时 —— 就是那种在大楼不同楼层的编辑办公室间来回上下的载人箱 —— 他又有感到了一股孩时的激动。整日和那些受过教育的、为了社会底层的人奉献自己的男人女人们在一起工作，他觉得特别满足。他开始梦想有一天自己的名字也能出现在报纸的封页上。有一天，他写了一篇文章，讲述的是在布达佩斯的盲人 —— 那一刻他觉得自己有些自命不凡了。他知道这篇文章被采纳的可能基本上和阿里亚德尼突然间复明一样渺小。可即便如此，他还是将这篇文章放到了本地新闻编辑部的桌子上。几个星期过去了，伯恩哈德几乎快忘掉这件事了。所以当那天早上他被叫到总编辑办公室时，他非常惊讶。有一瞬间，他以为自己要被批评了，要不然就是他犯了什么错要被开除了。可是福克有礼貌地招呼他，并致歉说他不该过了这么长时间才来看这篇文章。 他问伯恩哈德此前是否出版过其他文章，如果他没有，那么下个星期天他的文章就会在佩斯特劳埃德的首页亮相，这篇文章不仅符合报社对报道的高要求，更有着非凡的意义，特别是因为它关注的是一个从来没有记者提出过的社会问题 —— 至少就福克这么多年在报业的经验，是没有的。他问道，为什么伯恩哈德会如此了解盲人的艰辛。当他听说这个年轻人的妻子就是一个盲人时，他简直不敢相信自己的耳朵。“你的妻子！”总编辑惊呼道，他说像伯恩哈德这样年轻的人怎么会这么早就结了婚。伯恩哈德解释说自己已经不是一个“年轻人”了,他已经十九岁了，而且还是两个男孩的爸爸，这句话让福克更加吃惊了。“既然如此，一份客观的报酬会缓解你们家庭的经济状况的。”福克回答说。他希望伯恩哈德能继续发表文章，只要它们也跟这篇描写盲人日常生活的文章一样见解独到、语言流畅，而且不会影响他在报社的其他工作。伯恩哈德非常感激。

星期天到了，当伯恩哈德看到报纸的时候，心里失望极了。这篇文章的确登上了报纸的首页，但是他的名字却被打错了。作者署名那儿不是伯恩哈德 · 斯宾诺莎而是“伯恩哈德 · 斯皮托沙”。他知道佩斯特劳埃德是一家从不会犯这种错误的报社。所以他怀疑是编辑部有人恶意写错了他的名字。星期一他来到总编辑室，要求修正这个错误，他被带到了排字工头那儿。工头告诉他印刷工人一早就将文章排好了，可在星期天的早上他撒掉了印有伯恩哈德名字的铅字块，等他匆忙捡起它们时，他就将这些字母弄混了。“要不然更糟。”工头简洁地说道。伯恩哈德不明白像他这么经验丰富的印刷工人怎么会看不出这点儿错误，但他只能忍气吞声。他人生中发表的第一篇文章署名却写错了的这件事就这样告一段落。

这场名字风波成为星期一早上编辑会议的重点讨论内容，这种错误报业史上还是第一次出现。一个愉快的记者傻笑着说道，这一切的背后都是有意义的。他认为斯皮托沙这个姓氏对于一个总是微笑着的年轻人再适合不过了，而且绝对比斯宾诺莎好很多，这个姓氏会让人联想到那个阴沉无趣的哲学家。很显然，他并不知道伯恩哈德和本图与本杰明的亲戚关系。

从那天起，报社里的每个人都叫起了伯恩哈德的外号“斯皮托沙”，这个单词在意大利语中有幽默、机智和心灵力量的意思。

一个月后，伯恩哈德收到了母亲的一封信。看到这封信后，他更加沮丧了。几欲崩溃。她在信中祝贺他刊登了自己的第一篇文章。同时还开心地说她终于说服了他的父亲——一个顽固的怀疑论者去请求他以前的徒弟，也就是佩斯特劳埃德最主要的资助者齐格蒙德·科恩菲尔德找找关系，让他的儿子在报社中得到晋升。

升降梯

阿里亚德尼很长时间没有开心过了。一般情况下，即使是她最火爆的时候，在伯恩哈德几天的细心照料下她也会恢复情绪，还会拍拍他的头，暗示他可以与她进行鱼水之欢了。当他们从床上下来后，就又和好如初了。可是这一次，离他们最近的一次床事已经有几个星期了，那天早上是阿里亚德尼最过分的一次。她早上醒来的时候就比平常还要烦躁。她哀叹自己的命运，用各种恶劣的脏话咒骂伯恩哈德和她的儿子们。当孩子们吓哭的时候，她便开始往墙上砸盘子，还打碎了一块窗玻璃。将近一个小时后，她才冷静下来，伯恩哈德才赶去上班。

晚些时候，报社里也陷入了一片混乱。人们在尖叫，女人们在哭泣，男人们则到处跑来跑去。此时的伯恩哈德已经在宣传部干了几年的副编辑，他实在看不惯这样的混乱。到处都是吵闹声，每间办公室都有。伯恩哈德一点儿也不想给自己惹麻烦，不过最终还是被好奇心战胜了。他站了起来，正走到门口时，总编辑福克就出现了。福克脸色苍白。他的声音发颤，双手打抖。他让伯恩哈德坐下来。伯恩哈德有种不好的预感。福克告诉他发生了什么之后，他感觉自己的生命骤然停止了。在升降梯的通道里发现了一具年轻女人的尸体。她肯定是在升降梯卡在两层中间的时候走了出来或是失去了平衡，不论如何她掉了下去，被机械装置杀死了。她的头被砍掉了。据人们观察，这个年轻女性应该是个盲人。而且他们认为她就是伯恩哈德的妻子。

阿里亚德尼就是伯恩哈德的生命。他从未和其他人谈过恋爱，也知道自己不可能会喜欢上别人。我们应该感谢上帝，至少伯恩哈德还有三个儿子，不然的话，在阿里亚德尼死后，他肯定不能独活。虽然伯恩哈德从未忘记过她，但他知道自己必须照顾这些孩子们。

祖父留给我的那件破旧的箱子里有一堆信件，一打历史悠久的日记、出生证明、遗嘱和其他记录了斯宾诺莎家族历史的文件。我还发现了一张发黄的照片，大概是在二战前拍的。上面是一座黑色的墓碑，墓碑上刻了几行字：阿里亚德尼，我的公主，你用另一双眼睛看着世界，我将你永世铭记在心。

在照片的背后，祖父写了一行小字：我对妈妈唯一的记忆。

葬礼刚结束没多久，伯恩哈德就收到了法医的验尸报告。报告上说阿里亚德尼已经怀孕了。伯恩哈德满眼泪水。他意识到因为失明从没离开过家，也从未来过报社的阿里亚德尼那天早上一定是来这里为自己早前的行为道歉的，她想告诉伯恩哈德她又怀孕了。

最好的解药

“劳动能克服一切困难。这是古罗马伟大的诗人维吉尔说的话。”福克告诉他，“这句话的意思是说工作能战胜一切。”福克非常同情伯恩哈德，就像他刚刚经历了什么灾祸一样。

“我必须坦白告诉你，”他说，“你不能整天在报社里工作，却只想着你的亡妻。这对你和别人都没有好处。人死不能复生，她已经不在了。你必须接受这个事实。纪念她唯一适当的途径就是写作。治愈悲痛最好的良药就是工作。当你再次提笔写作后，你的灵魂和精神就会恢复如初。每当你找到一个更好的词汇代替文章中一处平庸的单词时，你的信心就会增加一分。当你终于在无边无际的语言宇宙中找到一条正确的路径时，你就会感受到喜悦。”

福克说，那篇讲述盲人的文章是他所看过的描述布达佩斯贫困人民现状的最生动的一篇。他强调说，这篇文章足以能证明伯恩哈德是个有写作天赋的人，而这样的人是极少的。所以，他只有一个生活目标：就是以笔作武器，为人类争取更美好的未来。福克说，他自己就来自于一个贫困的犹太家庭，他此生最大的心愿就是建立更加公平的社会。以法国大革命的座右铭来概括，就是自由、平等和团结，可是匈牙利社会中有很多人都对他的这种想法唏嘘不已。他觉得这几个词，从尼古拉斯·斯宾诺莎的口中说出来后便仿佛有了生命一般。伯恩哈德扯出了一个无力的笑容，点了点头。

“你过世的爷爷尼古拉斯将一份真正的遗产传给了你，”福克说，“那就是用新视角去看日常生活，再描述它们的能力。一个写手就是法庭上代表民众意见的证人。你的文章能赋予他人摆脱命运的力量。”

福克不仅教会了伯恩哈德怎么操控语言、编织文句、选用词语，他不仅是新闻方面的导师，更是一个优秀的教师。他向伯恩哈德介绍了匈牙利的历史，让他深入了解了西塞罗、普鲁塔克和塞内加文章中的人道主义精神。他介绍他去读鹿特丹的伊拉斯谟和蒙田的书。为了锻炼伯恩哈德的辩论技巧，他经常与之就政治与经济问题进行激烈的讨论。他坚持让伯恩哈德与当代著名的作家们保持联系，吸收著名诗歌中描述的各种人物命运所包含的艺术感。他教他去呼吸文化的气息。

在马提尼翁咖啡馆

他们商量好在圣日耳曼上流街区内的马提尼翁咖啡馆见面。赫茨尔选的这地方。他是维也纳日报在巴黎的驻地记者，已经做了四年了，所以他很了解这个城市，尤其是阿尔弗雷德·德雷福斯在被逮捕前居住与工作过的这个郡市。赫茨尔积极跟踪了这位犹太军官的审判过程，然后便毫不犹豫地站到了法国支持德雷福斯无罪的阵营中去了。

赫茨尔最大的愿望就是和伯恩哈德见上一面。十年来，他们彼此都怀着崇拜之情关注着对方的每一篇文章。他们是对手，也都是奥匈帝国内颇具影响力的舆论代表。他们中一个生于布达佩斯，然后在十七岁时离开了故乡去维也纳；另一个也是在同样的年纪时，从距维也纳不远处的一座庄园中逃了出来，然后定居在了布达佩斯。他们俩在某些非同寻常的方面特别相像，总是会被卷入同样的事件或争议中。也许就是因为这样，赫茨尔才经常被人称作维也纳的伯恩哈德·斯宾诺莎，而伯恩哈德则经常会听到有人称呼他为布达佩斯的阿多诺·赫茨尔。他们两个都是多产的作家，对记者使命都有着同样尊贵的理解。他们知道自己作为舆论塑造者起着多么关键的作用。几乎没有什么作家能像他们两个一样，能掀起激烈的舆论，呼吁深刻的政治改革或是给政府留下刻骨铭心的教训。他们俩在各自的读者心中都有着非常重要的地位，这一点不难理解。

赫茨尔和伯恩哈德这么多年来一直保持着通信联系，可是他们从未见过彼此。赫茨尔先提了出来，说想在巴黎和他见一面。当时，他正在写一本书，书名为《犹太国》，他在这本书中提出犹太人应当建立属于自己的国度，以此来回应德雷福斯案件后，在欧洲大陆蔓延开来的反犹太主义。他将这本书的大纲给德语国家中一些有影响力的犹太文人。这些人表示了强烈的支持。唯一提出反对意见的就是伯恩哈德。赫茨尔非常想和他进一步讨论这个问题，他相信这次的会面会非常有利于他的写作。

伯恩哈德在五月初一个晴朗的日子里抵达了巴黎北站。他几乎没来得及去附近的马真塔大道上的欧洲酒店将行李放下，就匆匆向塞纳河左岸赶去，他们约好在那里见面。他也很期待能看到赫茨尔。伯恩哈德一踏进马提尼翁咖啡馆，就认出了赫茨尔，虽然他的长相和伯恩哈德想象的不太一样。赫茨尔比他想的还要高，还要瘦。伯恩哈德知道，他最近刚刚满三十五岁，可是他看上去年纪要更大些。他长长的黑色胡须让他看上去就像一个旧约先知。他们没有握手，而是互相拥抱了一下。

相互开了几句玩笑后，伯恩哈德问赫茨尔在法国首都的生活怎么样。“巴黎是世界的中心。”赫茨尔回答说。他表达了他对这座美丽城市的喜爱，但是他觉得法国人并不是很好相处的。他们高傲、固执，为自己的因循守旧和高雅而沾沾自喜，有时，他们极其迷信，但大多数时候都是非常愚蠢的。不过巴黎的女人却非常棒，漂亮，嘴甜。他微笑着承认说，他总是会轻而易举地爱上他遇上的每一个法国女人，可她们是高不可攀的，所以他所体会到的片刻欢愉都是用钱买来的。“哎呀，亲爱的朋友，”他说，

“我可以向你透露一些法国人称之为天堂的场所。”伯恩哈德曾强烈地谴责过将房中之事转变成低俗商业的现象，他还呼吁要关闭布达佩斯所有的妓院。赫茨尔注意到自己的话让伯恩哈德感到有些局促了。于是，他赶快转移了话题，说起了法国菜，他说法国的菜肴是无与伦比的。他强烈推荐了法国的红酒炖牛肉，说这道菜要比法兰克福烤香肠的营养高出一千倍。“巴黎一个好厨师就是一名优秀的医生。”赫茨尔说道。一番欢声笑语后，他们便接着一本正经地切入了正题。

接下来的这段时间内，他们讨论了什么呢？犹太人遭受的迫害和改变这种现状的方法。赫茨尔说两千年来，犹太人一直活在恐惧中。他们遭到迫害、歧视、侮辱、残害和屠杀。为什么？因为整个世界都认为他们是外来者，所以他们到哪都会被视为异类，无论如何都要受到制裁。他们没有一个属于自己的国家为他们提供保护，也没有一面他们能为之骄傲的国旗。可一旦犹太国建立后，世界各地的犹太人的境遇就会改善很多。

伯恩哈德说，犹太教有两个传说。每一个都传唱了几个世纪之久。第一个说的是死海沿岸一座不可攻克的要塞，叫作马察达。公元前70年，耶路撒冷沦陷，犹太人就是在这里和比自己壮大好几倍的罗马军队负隅顽抗。犹太反抗军守卫着他们最后的这片土地，长达七年之久。当希望彻底破灭后，他们便集体自杀了，宁愿站着死也不愿跪着生。第二个说的是一个叫作亚夫内的小村庄。实用学派的约翰兰·本·撒该拉比大约也是在公元前7世纪时，在这里建立了一所学校。就是在这里，犹太教才从一个与历史遗迹和圣地相结合的宗教，转变成了一种印刻在书本上的可学习的信仰，这种信仰不仅只局限在以色列内，因为每个人都能带着它去往世界各地。亚夫内模式的标志就是知识、教育、实践与和谐共存——只有这些东西才能为犹太人的生存提供长久的保障。

赫茨尔不同意伯恩哈德。他说亚夫内的美好已经不复存在了，现在的世界对犹太教恨入骨髓，而犹太教的精神原则将会不可避免地因为这种社会不公而受到污染。他强调说，他的目的不是为了创建一座精神中心来解决犹太人的问题，而是想复兴沉寂了两千年的犹太国。同时，他还重申说，他并不想要建立一个跟其他国家一样的国度。他梦想的是那种建立在宽容与平等之上的模范国家，这一理想曾是欧洲对世界的贡献，现在它却被民族主义击碎了。

伯恩哈德打断了他的话，回答说，犹太人对世界最大的贡献不是一神论而是法律，普遍主义原理。法律面前人人平等，无人能凌驾于法律之上。没有规则，就没有民主，法国大革命的理想也不会得到实现。犹太人的贡献就是保留并守护普遍主义，正是这一原则穿过了几百年的流放岁月，将世界各地的犹太人联合了起来。

赫茨尔回应说，流放就是一条死胡同，多少犹太人跌跌撞撞了几代人才走了出来。他们失去了自己的指引和方向。他认为，许多虔诚的犹太人都将伯恩哈德口中所说的高举普遍主义旗帜的神圣职责抛弃了，转而去相信上帝的选民这类的传说。为了弥补他们生理上无可挽回的懦弱，他们宁愿相信自己在精神上是无人可比的。

伯恩哈德知道赫茨尔很难接受认为自己被流放到艰苦的环境中，其本身在逻辑上就是在延续着犹太人对世界做出贡献的看法。他忍不住告诉了赫茨尔，说他从父亲那继承到了哲学家本杰明·斯宾诺莎写的一本书。他们家族已经将这本书保管了两百多年,而且从没有让一个外人读过。这本书包含了很多对人类难题的思考。他离开布达佩斯前不久，才在这本书里看到了一段关于以色列真精神的叙述；他对此印象深刻。

他告诉赫茨尔，根据本杰明·斯宾诺莎的故事，地球上有七大王国，每个都由一个名叫福斯特或普林斯的天使监管着。天使带领着人民，跪拜到了国王面前。只有以色列没有国家天使，因为犹太人拒绝通过中间人来和王国对话，也不愿意对任何非天神直接委任的统治者俯首称臣。本杰明·斯宾诺莎对想要召唤福斯特的人提出了警告，或者更确切地说，是提醒人们注意不要让自己的国家陷入悲剧，使它成为一个妄自尊大、目中无人从而忽略了其他职责的国家。本杰明着重说，犹太人应当通过以色列精神来理解其他国家中不曾存在的真理，而不应当通过其自身来表达集体的唯我主义。这一真理才是人类更应当致力的领域。否则，犹太人就会活在福斯特的压迫下，将其当作神来看待，不论他到底是个人，还是一捧土，抑或是一个幻象。伯恩哈德继续说道，这一切都跟犹太人对抗个人崇拜主义，保护普遍价值的职责有关，然而，这还可以看作对建国这种邯郸学步的做法的一种警示。

伯恩哈德期待地看向赫茨尔。然而他立刻就知道赫茨尔是不会回答他的，因为这个男人正在和刚刚在隔壁桌坐下的美丽女子眉来眼去，他肯定没有注意听他刚才说的关于本杰明那本书的事以及以色列人的职责。伯恩哈德清了清嗓子，召回了赫茨尔的注意。他说自己车途劳累，谈话就到此结束吧。他们分手之前，还约定好第二天同一地点，同一时间继续刚才的讨论。

第二天，伯恩哈德就退了房，乘上了返回布达佩斯的火车。

十一　共产党

爱

我曾说起过，我的祖父自和祖母结婚那一天起便从未真正开心过。他觉得自己的妻子是一个人格分裂者。她有一部分很有魅力，另一部分却又让人恐惧。

1918 年夏日的一个温暖的星期天，魅力无边的萨拉在漂浮在多瑙河上的游船里俘获了祖父的心。她的面容散发着年轻的光彩，透露出被压抑的渴求。她的注视、她的眼睛，在红色圆点裙的衬托下她金黄色的胳膊，以及他们俩一见如故的感觉都让祖父不能自拔。这场突如其来的春心荡漾，让祖父特别想要和一个女人长相厮守。于是，几天后他便向祖母求婚了，虽然他不知道她到底是谁，来自何方。

他第一次发现萨拉的可怕之处是在他们结婚的几个月后。那天她一副无精打采的样子，悲伤地告诉他说自己怀孕了，而且她还有事情要坦白。她希望他能原谅自己没有早些告诉他，也许当初他们刚见面的时候她就应该说出这个秘密——虽然他希望她能一心一意，但是她永远无法将自己的心全部交给他，因为她爱的是另一个男人，可是他再也不可能从意大利战场前线全身而退了。这则告白让祖父心如刀绞，它虽不是直接原因，却最终导致了他整个后半辈子的耿耿于怀和易怒不安。

我真是不敢想象，如果一个我爱的女人，怀着我的孩子却突然跟我说她爱的是别人时我会有什么反应。我没有过这样的经验，因为我从未爱过哪个女人。当然，我也有过几次动心的时候，可我总是会保持自己和她们的距离，因为我非常内向。我只要一看到好看的女人，脸就会像火烧一样红，这让我觉得很尴尬，于是我就会躲进自己的保护壳里。我承认有时我会觉得自己错失了时机，我非常渴望去牵起一个人的手。我总是害怕和他人建立一段关系，主要是因为我一直都觉得爱情消失的那一刹那是最最痛苦的。而且，这样的家庭关系对于出生在其中的孩子来说都是非常残忍而不公的。我曾听过祖母站在楼梯上跟我们的女看门人说着她和祖父之间的关系以及他们之间的隔阂。我的父亲不是一个爱抱怨的人。但是，我知道，这个父母天天吵架，且彼此嫌弃憎恶的家庭对生长在其中的他和他的兄妹们来说就如人间地狱一般。

女佣

玛丽卡 · 奥瓦瑞是伯恩哈德刚刚雇佣的女佣的名字。二十一岁的她个子矮小，体型圆润，她丰满的体型完美地包裹在她的紧身裙下。她来自特兰西瓦尼亚的克鲁日，出生地不详。她的母亲在她小时候是一支卡巴莱移动歌舞团内的民谣歌手，现在则是罗马尼亚一位男爵家中的女佣。玛丽卡不知道她的父亲是谁。她曾问过自己的母亲关于父亲的事——他是谁，去了哪里，可她的母亲却不愿意告诉她。有时，玛丽卡甚至怀疑连她母亲都不知道这个男人到底是谁，而她不过是一场意外。虽然那时她还是个孩子，她就已经知道母亲的生活中一定不乏这种意外。她身边总是围绕着许多男人，这些皮肤黝黑的男人如饥似渴地盯着她，掏钱来让她陪他们。

玛丽卡的母亲很早就教育她丰乳翘臀是上帝赐予女人的礼物，而她们的人生角色便是取悦男人，来换取某种形式的安全感。当她十四岁的时候，她便意识到了自己在调情方面的天赋。为了补充母亲那点儿微薄的薪资，她主动去到市中心一家高级妓院，每个星期有三天晚上，她都会用自己的怀抱来满足那些权贵人士的欲望。

一天，她母亲突发中风。在她尸骨未寒之际，那位男爵便强奸了玛丽卡，然后就把她丢到了大街上。她向阿拉德村出发，她母亲有一位同父异母的哥哥住在那里。她抱着试试的心态去找了她在这世上唯一的亲人。虽然她的舅舅是一位极度虔诚的天主教徒，还是当地第二大的教堂里的撞钟人，可是他却一点儿也不同情玛丽卡这位孤儿。他将她赶出了家门，吼叫着说他可不想和妓女的孩子扯上关系。

她租了一个小房间。为了不挨饿受冻，她来到了市政府后面的小黑巷子里，干起了世上最古老的行当。她的顾客都是些很平凡的男人，没有受过教育的工人和农夫。这些人特别向往女人的身体。一天晚上，她在街上闲逛的顾客中认出了她的舅舅。他一看到她，便转身迅速地消失了。她的同行姐妹们开心地告诉她说，她的舅舅在这个区域早就污名远扬了。他特别喜欢妓女，尤其是又老又胖的那种，因为他总是会说："当和女人做爱时，男人的手也需要满足。"

很快，一个观察她好几个晚上的皮条客和她搭上了话，这个人长得非常俊美。他向她保证说，他正在保护三个和她一样站在红灯区的街灯下向路过的男人们满脸堆笑，邀请他们来享受人间极乐的女孩子。他说自己可以帮助玛丽卡远离这种危险的街区生活。他自吹说他的女孩们都安然无恙地离开了这里，因为他已经和风化纠察队的警官打好招呼了。最近市长越发反对色情事业，所以才派遣了这些人来巡查。玛丽卡开心地接受了他的帮助。然而，这个皮条客反而逼她更加卖力地工作，并且把她赚来的钱全数占有了。他还抢了她的项链，这是她母亲留给她的唯一东西。当她提出抗议时，他就会打她。他很残忍，冷血无情。幸运的是，她并没有和他待太长时间。一天晚上，这个皮条客被他欺骗过的一帮保加利亚匪徒攻击了。他们划开了他的肚子，把他扔到了臭水沟里，任他失血而亡。第二天，他们便接手了他的生意。玛丽卡和这些保加利亚人的第一次见面，情形非常糟糕，他们在皮条客的马厩里对这些女人施与拳脚，强迫她们和自己做爱。玛丽卡从阿拉德逃出来时，鼻青脸肿，身上已经断了两根肋骨。

她一路上通过在沿途村庄贩卖身体过活，最后她终于抵达了布达佩斯。在那里她很幸运地碰到了一个年轻的名流，他穿着上等英国羊毛制成的剪裁合体的套装，怀表上还牵着一条沉重的金链子。他不仅赞赏了玛丽卡的专业服务，给了她很多报酬，还将她介绍给了另一个更有地位的年轻人。当她生意正红火的时候，一场意外怀孕和其后的并发症让她不得不暂时放弃了自己的工作。她有一位顾客给了她一份工作，让她去做他阿姨的女佣。她是米卡萨 · 福克的孀妇。玛丽卡的职责就是确保这个残疾的老太太每顿饭的饮食是否搭配合理。几个星期后，这个老太太就去世了，伯恩哈德就雇佣了玛丽卡来斯宾诺莎家里做家务。他一点儿也不知道她的来历。

为什么我要告诉你这个女佣的事呢？因为她就是导致我的祖父和祖母那场硝烟弥漫的婚姻的原因之一，虽然只是一个间接原因。同样，我之所以会移民到挪威来，也是因为她。

启蒙

知识丰富，经验老到的玛丽卡很快就看出十九岁的莫里兹对女人毫无兴趣。他就喜欢吹嘘他的冒险故事和成熟世故，可是他对肉欲之事却无话可说。她好几次抚摸着他的脸颊，显然这完全是随意做出的举动。可他的反应清楚地表明他一点儿也不想深入了解她。

于是，小他几岁的南森便成了她性教育启蒙的学生候选。一个微凉的秋日，她抓住了一个绝佳的机会。南森那时正在厄特沃什·罗兰大学学习数学，成绩非常优秀。然而，那天早上他走向窗户，拉开窗帘，看到外面仍是一片漆黑，虽然那时已经六点了。他还是有点儿困，突然他特别想抛开所有的课程，在床上睡上一天。他去找他的父亲，他不像他，每天都起得特别早。伯恩哈德正在给一篇文章结尾。南森走进来说自己觉得好像有点儿感冒了。他干咳了几声，问今天能否在家休息一天，而且学校这一天也没什么特别重要的课程。伯恩哈德点头了。在回房间的路上，南森看到玛丽卡正弯着腰，捡厨房地上的垃圾。他停了下来，在那里一动不动，视线就集中在她丰满的后臀上，他想象着如果能抓一抓那个圆润的臀部该是多么幸福。然后，他走开了，关上了卧室的门，躺在床上，开始沉浸在了意乱情迷的幻想中。当家里其他人都离开后，玛丽卡没敲门就进到了南森的房间。她立即就注意到了他盖着的毯子下的突起物。南森的脸通红一片。几分钟尴尬的沉默后，玛丽卡说她会用槐花蜂蜜泡些洋甘菊茶，这是特兰西瓦尼亚治疗鼻塞流涕的古老配方，而且非常有效。南森无法拒绝。十五分钟后，她端着茶回来了，并坐到了床边。她告诉他说在她的故乡，洋甘菊茶能治疗各种疾病，小到牙疼，大到阳痿。可是她说的话他一句也没听进去。玛丽卡衬衫上的两颗扣子松了，她全身都散发着一股刺鼻的女性香味。他脑子里只有她的胸部。他想摸摸它们。他就快控制不住自己的双手了。他因为欲望而颤抖着，他觉得只要能抱住她，自己什么都可以不要。玛丽卡应该注意到了这点，因为她将自己的手伸进了毯子里，温柔地摩擦起了他的下体。南森觉得自己起了一身的鸡皮疙瘩。他的脸涨得通红，说话也结巴了起来。玛丽卡告诉他，如果他觉得她不是认真的，那么他就错了。还没等他回答，她就掀开了毯子，满眼流露着热情的欲望，上前含住了他那位僵硬的兄弟。

第一次的经历让南森很失望，它只持续了几秒钟就结束了。玛丽卡擦了擦嘴。他想知道精液尝上去是个什么味道，可是他一句话也不敢说。她跟他解释说性爱是人类的自然本能之一。一个人若不是天生爱好它或享受它，那么他就永远不会知道怎么做爱。她非常严肃地告诉他说，初体验一般都是很短暂的，而他们俩的这段经历说明了他们以后还会有更棒的性爱体验；她答应会利用自己的天赋来帮助他，成为他的老师，教导他所需的一切知识，因为她出乎意料地发现南森的那位兄弟发育非常良好，他天生就是做爱的料子。

几分钟后，她又开始抚摸起他的身体。当他准备好时，她便骑跨到他的身上。当他们俩水乳交融之时，她轻声在他耳边低语道："我的全部都是你的。想对我做什么，就做什么吧。"

后来，她又穿上了衣服。他目光炽热地盯着她的屁股，非常感激她将自己变成了个男人。

性爱愉悦

接下里的六个月里，南森的脑中只有一个想法，而它跟数学毫无关系。他不知道自己是不是爱上了玛丽卡，抑或自己只是迷恋着她的肉体。不过，为了能和她独处，和她在床上不知疲惫地尽情翻滚，他已经准备好接受一切了，甚至包括向魔鬼出卖他的灵魂。她是那么的性感、贪婪、大胆、有趣而让人无法抗拒。他们俩的这种秘密交往所营造的紧张氛围以及可能被人发现的风险反而更加让南森欲罢不能。在她的引导下，他在床上的表现非常棒，她说他的能力能让最有男子气概的男人自惭形秽。这些话让他为自己新发掘的男子气概和永无止境的活力而分外自豪。

有时候，想到从来都不避讳向他详尽描述性爱史的玛丽卡一生中已经遇过很多男人了，南森就会有一丝丝的嫉妒。女人天生的第六感让她总能不可思议地察觉到他一点点心情的变化。也许她知道他的嫉妒很容易就会转变成怀疑，而她想防止这种情况。不论如何，每当碰到他心情不佳的时候，她总会在他的耳边低语道："对我来说，其他一切都毫无意义，除了你和我。"

新年初始，南森发现他的父亲对玛丽卡比对一般的女佣要热情很多。有几次，他正好撞见父亲直勾勾地盯着玛丽卡，然后再匆忙将目光转到他的一个儿子身上。南森不喜欢他父亲那种热切的目光。他暗中对自己说父亲已经是个肮脏的老男人了，自从母亲死了之后再也没碰过别的女人，一点儿也不足为惧，也无法让人感到意外。如果他知道玛丽卡和我的关系，那么他肯定会有点儿嫉妒我的。南森如此想道，脸上露出了笑容。

背叛

四月九日，这一天南森一辈子也忘不掉。以马内利 · 拉斯科来到了他们的大学。这位驰骋棋场的世界大师几年前才刚刚考取了他的数学博士学位。他来这儿是要就他在代数学方面最新的研究成果来做一次演讲，他称这项成果为"多项式环"。演讲大厅内挤满了学生和老师。室内的温度很高，让人无法呼吸。南森听不清拉斯科的话，拉斯科声音本来就很小。于是他便无法集中注意，开始神游太虚了。他想到了玛丽卡。他们已经两个多星期没在一起过了。这只是巧合吗？也许她在躲他？他突然觉得她最近好像是有点儿不爱理人。不过接着他就回想起在几天前，她在门廊里还对他耳语说："唯一让我记挂在心的就是我们，你和我。"

他眨了眨眼，他看到裸体的玛丽卡正躺在床上。他突然特别想要她。他想要抚摸她柔滑的皮肤，吮吸她的乳头，进入她温暖的身躯。他决定离开演讲大厅，因为他也听不懂这个世界大师到底在说什么。他溜出了大厅，匆匆登上了电轨车。当他终于抵达公寓时，他三步并作两步地一口气上到了五楼。他小心翼翼地偷偷打开了前门，因为他想给玛丽卡一个惊喜。当他走进前厅时，他听到餐厅里传来了一阵奇怪的声音。他站定了，仔细地听着。这浪荡的呻吟是玛丽卡的吗？他感到一阵不安，心里有种不好的预感——他觉得餐厅里正在发生的事情一定会击溃他的整个人生。他要转身离开吗？这是你的命运，心里一个声音这样说道。他深吸了一口气，让自己冷静下来。他踮着脚尖，脸色苍白地走向餐厅。当走到餐厅大敞的门口时，他听到了玛丽卡的喘息："继续，再来。想对我做什么就做什么吧。"然后他看到了。他看到他父亲松弛的胴体正压着玛丽卡，她躺在那里，心甘情愿地为他敞开自己。他的父亲在呻吟，用手背拍打着她的胸部，那声音就像拿着一块湿抹布甩在石头上。玛丽卡喘着气，说着乱七八糟的话，而她的腿就架在他父亲的屁股上。

南森盯着他们，觉得恶心，又觉得自己受到了背叛。这就是他的父亲，像只野兽一般，粗鲁而汗流浃背。南森发出了一声长长的、颤抖的叹息。他们这才注意到他在这里，屋子里顿时陷入了一片死寂。尴尬的沉默。伯恩哈德绝望地看着他的儿子，他的两只肩膀因为不安而耷拉着，他的这个姿势就像是在祈求别人的谅解。玛丽卡的脸上露出了一种不自然的微笑。南森什么也没说，什么也没问。他光是看着黏在一起的父亲和玛丽卡便彻底地了解了他们之间到底是什么关系。显然，这绝不是他们第一次这么做了。

南森之前从未见过父亲的裸体。看到自己父亲的生殖器插在他爱人的身体里，这简直是让人无法相信、闻所未闻的事情。南森再也无法面对眼前二人交媾的样子了。他突然转过身，跑出了房间。

他跑下了台阶，在大门口处停了下来。他从未觉得如此孤独，如此的遭人遗弃。他想，这比被生生撕碎还要糟糕，他心如刀绞。他感到了悲伤，这种伤心他小时候便体会过，就是当他终于明白母亲永远回不来的时候——也许这算不上明白，不过是某种意识缓慢却坚定地强行进入了他的意识。这种悲伤曾在他十岁的时候，被诬陷偷了赫尔曼·柯恩熟食店里的土耳其糖果时充斥在他的胸口。那时，他的父亲不愿意相信他，还打了他，虽然他的无辜得到了证实，可他的父亲却没有给出任何道歉。

他大口地喘着气，眨着眼，试图重新找回勇气。他不明白玛丽卡怎么能对他做出这种事情。难道她不知道背叛了他，而且还是和他的父亲有一腿这种事会让她变得多么低俗吗？做了这种事以后，她还能轻松地活下去吗？或者说，她根本就不在乎？南森自问着，这时他才开始明白玛丽卡的生活就是取悦男人，拥抱他们，让陌生人尽情地占有她。他发誓要将她完全从自己的生活中抹杀。他实在想不到还有什么能比她和他的父亲苟且交欢还要可怕的背叛行为。

至于他的父亲，南森对之非常失望且极为恼火。某种情感在他内心深处爆发了。他的心脏跳动不停，想到他父亲恶心的行为他就开始头晕目眩。在关于正义的高谈阔论下，他的父亲不过是一个管不住自己双手的淫荡的老色鬼。幻想出来的温馨已经逐渐消失了，他告诉自己。他父亲和玛丽卡的行为太过疯狂和可怕，可他必须要面对。他已经愤怒得彻底发狂了。自从他被怀疑偷了糖果那一天，他便知道有一天他一定会丢下父亲，一定会彻底失去对他的爱。现在，这一天已经来到了。是时候要走向自由和成熟了。他永远不会原谅父亲这次的行为。原谅有什么用？它也不可能改变已经发生的罪恶。在那苦涩的、挫败的瞬间，他就意识到自己将永远无法直视父亲了。突然，他想起了自己有位满脸青春痘的同学在被抓到偷东西以后，他的家人把他赶出家门时说的一句话："有一点点自尊心的人，都应该在二十岁之前离开他父亲的房子，去探索外面的世界。"

重逢

我意识到我又穿越了。不过我想，在这里提起这个还是蛮合适的——南森和他的父亲再也没见过彼此。

不过，他的确又遇见过玛丽卡。那是在 1919 年的 7 月，也就是昙花一现的匈牙利苏维埃共和国结束统治的前几天。

在重遇玛丽卡的一年前，南森开始对远在俄国的乌托邦之国产生了各种幻想。社会主义不再是一种纯理论，在那个国家，它正在一步步地化为现实。当他想到自豪的俄国人民为了自由和公正而勇往直前地奋斗时，他就会感到一种由衷的激动。在列宁身上，他找到了自己一直梦寐以求的东西：一个值得瞻仰、敬佩和爱戴的父亲形象。

在俄国革命的号召下，南森对库恩·贝拉建立的匈牙利苏维埃共和国产生了同情。他加入了共产党，竭尽所能地支持它的一切事业。这之后很长时间，南森一直不愿意承认他理想中的东方的社会主义天堂和布达佩斯的日常生活并无太多相似之处。他认为库恩·贝拉是和列宁一样完美无缺的领导者，所以不管发生什么，他都会袒护库恩。他为库恩屡犯的政治错误、糟糕的决策和灾难性的计划找了各种各样的借口。在这位领导人冷血无情的命令下，所产生的可怕暴行到了南森嘴里就全变成了毫无根据的荒谬诬陷，这其中就包括对各级反对派的大屠杀运动。他还认为在经济大萧条时期一个国家的形象和实际并不是完全符合的，他还说匈牙利国内的一切经济危机都是资产阶级造成的。

炎夏时分，南森以联邦中央执行委员会委员的身份被召集到行政楼参加会议，讨论预备工人自卫队和划分权责的问题。据可靠消息称，邻国的反动政权正计划派遣国外反革命武装前往匈牙利，击溃苏维埃共和国。

出乎所有人意料的是，库恩·贝拉也参加了这次会议。与他同行而来的是他的秘书，不过国防部长却没来。有谣言说，他的这个秘书实际上是他的长期情妇。每个人都觉得她是个倒霉且无望的女人。就连德高望重的党内成员们都对此事表示了怀疑。要知道他们可是会推翻一切不利言论，为库恩正名的人。据说库恩是在他的家乡克鲁日认识了当时还是高中生年纪的这个女人，她那时还在妓院里工作，现在她怀了他们的私生子，虽然库恩已经结婚了，还有了好几个孩子。

南森之前从未见过库恩·贝拉。他坐在大厅最里面的一排座位上，正在饶有兴致地观察着。这个共产党的领导人身材矮小壮实，没有南森想象的那么气宇轩昂。库恩的头发很短，穿着一件合体的深色西服，一般自由上流的律师才能穿得起那样的衣服。他粗壮的脖子和空荡荡的前额，尤其是他那犀利的眼神都让南森想到曾在画像中看过的罗伯斯庇尔。他眼睛下的黑眼圈说明他缺乏睡眠；他没有刮胡子，说明他没有时间关注自己的面容。他看上去像是一个农夫，他匈牙利人的姓氏也跟他的犹太祖籍不相符。南森注意到库恩尤为喜欢强调某几个形容词，他经常会使用到它们，而且总是用一种雄辩家式的口吻将单词的每一个音节都发得很清楚，最后的一个音节就好像是唱出来的一样。当他宣称自己并不想加重其他人的负担时，声音宏亮，眼神闪着光芒。他还说如果外国军队妄想推翻工人革命，那么每一个共产党人都应该展现出自己的英勇，排除万难，甚至牺牲自己的生命。说完，他便夸张地挥舞起了自己的双臂。有一瞬间南森还以为他要从上衣口袋里掏出一把手枪，向天花板上悬挂着的资产阶级的象征物——水晶吊灯射上几枪，以强调自己的发言。

南森的前面站着几个壮汉，挡住了他的视线。所以一开始他并没有看到库恩的那位秘书。不过当几分钟后他看到她时，就立马认出了她，尽管她的脸比以前还要圆，头发也染了色。她就是玛丽卡。他目瞪口呆地盯着她。他很惊讶，她早年带给他的那种快感和愉悦即使到了现在也依然那么真实。虽然他觉得自己早忘了她，但是想到了他们曾经的快乐，他还是会心跳加速，裤裆里的那位兄弟也蠢蠢欲动了起来。

会议结束后，南森和其他人一起走了出去，在迎宾队列中等着和库恩·贝拉握手。他身上散发着很浓烈的古龙香水味，这种刺鼻的味道挠着南森的鼻子，所以他越是靠近库恩，越是觉得这很难闻。他忍了下来，决定说些什么。他从一个前辈那儿听说奉承的话对库恩非常受用。“您的发言让我印象深刻。”南森听到自己如此说道。库恩笑了，也没急着回答他，好似在等着他继续称赞下去。最后，库恩说道：“同志们，工人阶级一定会取得最后胜利。如果有需要，我会撕开天堂和地狱。资产阶级的男爵和追随者们在我了结他们之前肯定会害怕得睡不踏实。”南森赞同地点了点头。不过，他并不想和库恩闲谈。他只想离玛丽卡近一些，看看她，握一下她的手。她站在库恩的一边，南森走近她后，才发现她真的怀孕了。他看向她的眼睛，伸出手。他不指望她会给他一个拥抱，可虽然如此，当看到她假装不认识他的时候他还是有些失望。她警惕地看了他几秒钟，然后才握住了他的手。“我们的领袖，”她结结巴巴地说道，“已经下定决心要铲除一切不公。”

“不公，”南森重复道，“当然。”接着他便放开了玛丽卡那只冰冷的小手，离开了会议大厅。

开膛手杰克

在祖父留给我的那只破烂的小箱子里，我在众多文件中翻出了一张从日记本上撕下来的纸。祖父有一个延续了几十年的习惯，就是将他一生中最重要的片段简短地记录下来。可是那些日记他几乎没有留下来。这一篇，日期是 1919 年 7 月 19 日，却不知为何成为了一个例外。

行政楼。紧急会议。没剩几天了。遇见了玛丽卡。金黄色头发。她怀孕了。孩子的父亲是库恩·贝拉。想起了过往。血液在燃烧。她？不值一提。我感到了孤独。为了逃离悲伤，我来到了经常去的那个地方。付了钱，享受了五分钟的欢愉。

1919 年 8 月 6 日，匈牙利苏维埃共和国短短 133 天的统治被彻底推翻了。上百名主要的领导者都被逮捕了。许多人失去了生命，然而大多数都被判了长期劳改之刑。革命领袖库恩·贝拉脱逃成功。初夏时，他就已经将自己的家人、妻子和孩子都送去了国外一个安全的地方。他把他的秘书留在了布达佩斯。

尽管我一向很讨厌色情新闻，但这里我必须要提到一篇刊登在《匈牙利报》上的骇人报道。这份报纸是匈牙利的主流晚报，上面每天都会报道一些世界各地的骇人听闻的消息。1919 年 10 月 8 日那一期报纸的首页上，赫然印着一个大大的标题：布达佩斯的开膛手杰克 —— 怀孕妇女离奇死亡。这篇报道描述了几天前的一个夜晚，在市中心一座人山人海的广场上发生了一件残忍的谋杀案。某个人，很有可能是个男人，残忍无情地割破了一个怀孕妇女的喉咙。这种作案手法跟英国那位著名的连环杀手所使用的一模一样：女人的喉咙被一刀划开，然后凶手剖开了她的肚子，取出了她的子宫，拿着她肚子里的婴孩和其他器官一起逃跑了。警察怀疑这个女人一开始是被掐死的，而这个罪犯的真身让她非常吃惊。凶手从尸体里切除器官的手法毋庸置疑地说明他非常了解解剖学。而且案发现场几乎没有一点儿血迹，这更加说明了这种猜测。警察马上就将这件案子和 1888 年伦敦臭名昭著的妓女谋杀案联系了起来，因为受害人叫玛丽卡·奥瓦瑞，几年前，她是在她尸体被发现的这片区域的一名妓女。这篇报道在最后说，英国艺术家沃尔特·理查德·西科特，就是人们猜测的开膛手杰克的可能真身之一，几天前刚刚在现代艺术博物馆举办了他的个人画展。这间博物馆离案发当地只有三个街区的距离。

因为年代久远，那份报纸已经破烂而泛黄了，上面玛丽卡的名字被人用红笔圈了出来。我在祖父留给我的箱子里发现了它。

首先要说明的是，祖父和玛丽卡的死肯定没有任何关系。就在案发的四个星期前，他就被逮捕了，并且因积极协助这个短命的共产主义政权而被判了七年的劳改之刑。他被关到了瓦卡的监狱。在那里他遇见了一位同事，这个人在地下室一直待到十二月份，躲过了追捕。不过他却在和家人庆祝圣诞节的时候被逮捕了。就是他告诉祖父，库恩·贝拉的情妇被杀害了。祖父在监狱里待了三年，他每天几乎只做一件事，就是看着厚木板做的马桶圈。这听上去肯定特别枯燥，不过事情可能还会更糟。祖父因为表现良好被减了刑，提前刑满释放了。

另一桩背叛

祖父还有一个弟弟。我提过他的名字叫作卡尔曼。他年轻时死于一场悲惨的意外。祖父从未提过他。每当萨沙和我问起他的弟弟时，祖父就会很不高兴，极为不情愿地说他不想回忆过去。我们认为他之所以从不说起卡尔曼，是因为他是他们父亲最爱的儿子，受到了无限的溺爱，所以祖父不喜欢他。或者是，他厌倦了卡尔曼，因为从小到大，别人就一直告诉他，要照顾好自己这位讨厌的弟弟，保护他，守卫他。

祖父留给我的那只箱子里有一封由卡尔曼先生寄来的信件。这封信让我对他们的关系产生了另一种认识。在这封信中，卡尔曼说他们以前的关系非常亲密，所以他对南森的背叛才会更让人痛心。他说，他背叛了南森，他也和玛丽卡上过床，虽然他知道南森有多么爱她。卡尔曼在信中说他曾想过要说出实情，承认他的背叛，可是他没有这么做，因为他害怕伤害南森。可即使如此，他也没有远离玛丽卡，因为肉欲的诱惑战胜了他的意识。信的最后，他热切地请求着祖父的原谅。

附笔中，卡尔曼说他们父亲的突然出现让躺在床上的他和玛丽卡大吃了一惊，于是一切就一发不可收拾了。很快他便被送去了阜姆港，这封信就是从那里寄来的。他希望有一天南森能来探望他。

南森觉得他对玛丽卡的喜爱是绝对正常的，可是他弟弟和父亲的行为着实让人恶心。然而，最让他感到难过的是，他们竟背着他做出了这些事情。更让他感到羞辱的是，他们还常常在他面前贬低玛丽卡，南森还记得他们是怎样无动于衷地说着轻蔑她的话，就好像他们打心底里讨厌她一样。显然，那些话只是为了掩饰他们和她发生了关系罢了。

南森憎恨谎言。其中一部分可能就是因为他的哥哥莫里兹从来不说真话。即便是很小的时候，谎言就会让南森发狂。就连最无辜的善意的谎言也会让他和那个撒谎的人从此形同陌路。所以他从不提起某些特定的人 ——他的父亲，他的弟弟和玛丽卡，他已经将这些人完全从他生命中抹去了。

海边的梦想

我对于卡尔曼的所知全部来自于布拉德·沃特斯通的《犹太变色龙——莫里兹·斯宾诺莎的多面人生》那本书。据这位美国历史学家的描述，卡尔曼天生就长了一只大鼻子，这是他父亲的遗传。他还得了一种叫鱼鳞癣的皮肤病，这是受到了他母亲家族的基因影响。他的身体，主要是胳膊和双腿上的皮肤到处都是纵横交错的裂痕，且很容易出血和受到感染。

莫里兹也有这样的皮肤病，不过病情要轻微一些。每次他们家的医生来给卡尔曼做检查，为他涂抹各种药膏的时候，他就会感到非常内疚，因为他觉得是他传染了自己的弟弟，让其奇痒难忍。这种内疚感使家中这一大一小的兄弟关系非常紧密。根据沃特斯通的描述，南森从小便很嫉妒其他两个兄弟的关系，他总觉得自己有些像个外人。

沃特斯通说卡尔曼十八岁的时候被送往阜姆港，是因为布达佩斯干燥的内陆气候是最不适合一个得了鱼鳞癣的人养病的环境。卡尔曼自进入青春期以后，病情便更加严重了。有时，胳膊和膝盖上破裂的伤痕产生的痛痒让他非常痛苦。他们家的医生建议把他送去亚得里亚海沿岸，因为那里是海洋性气候，冬暖夏凉，再加上盐水和潮湿的空气，这种环境比世界上所有的药膏加起来都还要能有效地缓解他的病情。这个区域本身就是治疗鱼鳞癣的最佳良药。医生认为，卡尔曼适合去做一些海事工作。他自己有一个侄子就住在阜姆港，现在著名的匈牙利皇家海军学院就读。

卡尔曼的偶像是路易斯·布莱里奥。这个法国人是一名工程师，也是飞行事业的开拓者之一。1909 年 7 月，他驾着自己制造的飞机横跨了英吉利海峡。那是一架配有二十三马力的三气缸安扎尼电动机的单翼机。这架横跨了海峡的飞机被称为布莱里奥 11 号，因为它是这个法国人设计的第十一架飞机。这场三十七分钟的飞行不仅让伦敦的《每日邮报》奖励了几千英镑给第一个成功横跨了连接英格兰和法兰西海峡的飞行员，而且还让布莱里奥成为了世界知名的人物。布莱里奥 11 号为空中帝国建立了飞机制造、设计和飞行员训练方面的基本原则。

卡尔曼在《匈牙利报》上读到了关于这位法国一线飞行家的文章。这篇文章或者说这些布莱里奥在成功越过海峡后被一大堆记者和崇拜者围住的照片让卡尔曼浮想联翩。他想要成为一名飞行员。他想象着自己是一名飞行中的犹太人。他看见自己跨过了地中海，在里雄莱锡安着陆，这是犹太人在圣土上的第一片定居地。他看见自己因为这一空前的壮举而得到了《每日邮报》一千英镑的奖励。他用这笔钱建造了自己的飞机，斯宾诺莎 11 号。

阜姆港是匈牙利引以为傲的最大的深水港，这里汇聚了各个民族的人：克罗地亚人、塞尔维亚人、斯洛文尼亚人、意大利人、德国人、奥地利人、蒙特内哥罗人、吉卜赛人、犹太人、希腊人、阿尔巴尼亚人。他们就生活在匈牙利人之中。

即使他家附近的一所罐头厂总是传来一阵阵令人作呕的鱼腥味，但是卡尔曼仍觉地这里的生活很舒适。某些叙述表明他和一位名叫西尔维娅的克罗地亚女孩一直有来往。她是格兰茨多瑙河造船厂厂主的女儿。因为从小就被灌输了基督教狭隘的道德标准，据说当卡尔曼向她求欢时，她非常的不愿意。她无法想象自己在结婚之前和别人发生性关系，所以卡尔曼只好去妓院向一些塞尔维亚的妓女寻求安慰。

他在海事学院的成绩非常优异，每门课都取得了最高的分数，是全班第一。为了补贴他的零用钱，他还通过给别的同学写作业来赚钱。他想要存一大笔钱，因为他从未放弃过给自己建造一架飞机的梦想。可是他慷慨的性格却阻碍了他的脚步，因为他和朋友一起出去吃喝玩乐的时候，总是会主动买单。

每天一早，被港口上轮船汽笛刺耳的声音叫醒的卡尔曼，第一个念头就是想从上空俯视阜姆港，在天上滑翔，欣赏着他身下的这片土地。每当他说起自己的梦想时，他的朋友都会嘲笑一番。他们觉得这些梦想太过荒谬了，总是想着这些东西只会让他与现实脱轨。他们认为飞行之梦实现的机会几乎为零。他们说放弃征服天空的妄想，致力于海事事业并取得成功才是上上之策。当朋友们对他的这些不现实的梦想表示同情时，卡尔曼就会抬抬眉毛，仿佛听到了一个蹩脚的笑话似的。他郑重地回答说他从来都未有过一丝怀疑，因为他确信自己的命运和著名的路易斯·布莱里奥一定有所联系，这就像太阳肯定会从东边升起一样毋庸置疑。他毫不掩饰地表达他对朋友们的同情，因为他们一点儿也不理解欧洲大陆上的人们因为现代最伟大的成就而满怀激动的心情——机翼的出现让人类实现了自由飞翔的梦想。至于他自己，他渴望成为一个为了自己的信仰而甘冒生命危险的勇士。

卡尔曼的一名同学在意大利文的阜姆港晚报上看到了一则报道。1912年9月9日，欧洲各地的飞行员都将聚集在布雷西亚，于蒙特西尔瑞的飞机场参加四年一次的飞行技术大赛。其中最惹人瞩目的就是法国人路易斯·布莱里奥将在这次大赛中开着他新研究出的三座飞机，即布莱里奥12号。举办方希望能有上千名参加者，其中最好还能有来自于遥远的英格兰和美国的飞行员。

当卡尔曼听说了此事后，他就立即决定要去布雷西亚，他说自己是阜姆港最幸福的人。他试图说服和自己关系最好的四名朋友陪他一起去，他向他们介绍了飞行事业艰辛的初始期，怀特兄弟、古斯塔夫·怀特海德、克莱门特·阿德以及其他勇敢的飞行员，他们都争先恐后地想成为第一个制造出全控性电动飞机的人。他的朋友们聚精会神地听着他的描述。然而，他们担心布雷西亚的酒店和私人公寓到时候肯定人满为患，相应的那里的租金就会升高。为了找寻同伴，卡尔曼答应他会支付他们在布雷西亚的住宿费。这个条件直接就吸引了他的两个朋友，他们都说自己随时可以出发。他们向学校申请了一个星期的假期。可是遭到拒绝后，这两个人便退出了这次的出行计划。这个意外让卡尔曼很不开心。失望的他在第二天独自一人搭上了火车。

飞行课

如果命运是无法言说的，而我们没有人能真正看清自己的命运，只能通过直觉来感受它，那么卡尔曼一抵达布雷西亚的时候就应该转身离去，虽然那时已经是深夜了。当时他正准备乘马车去酒店。车夫要他先支付两个里拉。然后卡尔曼才发现有人在火车上摸了他的口袋，偷走了他的钱包和上衣口袋里的旅行证明，而他当时却沉浸在幸福中而完全没有注意到。然而，他不想放弃这次能看到布莱里奥飞行的机会，即使这意味着他只能睡在这城市的一座公园里，好几天没有饭吃。

清晨的第一缕阳光透过罗马大教堂的门廊洒了下来，叫醒了卡尔曼。昨晚他就是在这附近的一条公园长椅上睡觉的。他马上就发现了昨天晚上有人偷走了他用来当枕头的包裹，那里面都是他的衣服。他气极了。不过，最后他还是冷静了下来，说服自己不要被这些小偷影响了心情，破坏了这次梦想之旅。他终于能看到，甚至近距离接触到他的法国英雄了。

在去飞机场的路上，他遇见了一个年迈的瞎乞丐跟他说话。卡尔曼突然停住了脚步。这个乞丐伸出手，抓住了他的手臂，喃喃着一些话。卡尔曼没听懂，不过听上去他不像在乞讨，反而像在念关于耶稣和马利亚的经文。他是在警告我吗？卡尔曼看着这个微笑着的乞丐，突然觉得这个老瞎子好像能看到自己。出乎意料的，他竟想向他吐露心声，说说自己被偷了两次的奇怪经历，可是他不会说意大利语，也不知道怎么表达他刚刚经历过的事。乞丐放开了他的手臂，又嘀咕了些什么。这些话从这个老人的嘴里说出来仿佛变成了一种空气或是一缕微风。卡尔曼眨了眨眼，下意识就将手挡在了脸前，像在保护自己免受某些东西的袭击。

当他再次睁开眼睛时，这个乞丐就消失了。卡尔曼告诉自己这都是幻觉。他揉了揉眼睛，又使劲睁了睁。可眼前只有一片一望无际的玉米地，和几棵高高的橡树与远处的一些房屋。完全没有乞丐的身影。他在做梦吗？还是大脑跟他开了个玩笑？

走了一个半小时后，卡尔曼终于来到了飞机场的大门口。售票处那里已经挤满了一群人。突然他眼前出现了这么多年来他一直梦想的场景：他人生中第一次看见了飞机起飞，它在一百英尺的空中盘旋了一会儿后，便向飞机场右边的树林处折回。飞机的一面被涂成了意大利国旗的颜色。一个念头闪过了卡尔曼的脑子：红色、白色和绿色的条纹也正是匈牙利国旗的颜色。他疯狂地朝着那架飞机挥手，歇斯底里地尖叫着。他失去了平衡。他从没感到过如此的兴奋。当飞机消失在地平线处时，他急忙跑向机场大门。那里已经聚满了一大堆观众，这些说着外国语言的人推挤着卡尔曼。当他终于挤到了入口处时，又被一名守卫拦住了去路，他让卡尔曼出示门票。飞机场的入场券需要五个里拉。他骂了一句偷他钱包的混蛋，不过这也帮不了他。他买不了门票，因为他口袋里一分钱也没有。

然而，他不想放弃。他认为光站在这里浪费时间也不是办法。他在机场外，绕着铁栅栏走了起来。他觉得朝着这个方向他肯定会找到飞机库，一睹飞机翱翔的风采。几分钟后，他就看到了写有参赛飞行员名字的标志：卡尔德莱尔、柯蒂斯、裴谷德、沃新恩、杜黑、福克、拉丝詹、摩尔·布拉巴赞。飞机被一张帘子挡在后面。当看到最后印有布莱里奥名字的那张标志时，卡尔曼松了一口气。

卡尔曼到的正是时候。一名助手拉起了幕帘，卡尔曼看到了布莱里奥正准备登上那架金黄色的飞机。他还看见一个技师正俯身检查引擎，还有一名技师走向前抓住了螺旋桨的叶片。不远处站着三名技师，睁大眼睛警惕地看着飞行员。布莱里奥准备妥当后，便示意技师转动螺旋桨。经过三次尝试后，引擎发动了，螺旋桨也转动了起来。卡尔曼甚至能听到旋转的螺旋桨产生的气流声。慢慢地，布莱里奥的飞机从飞机库里升了起来，消失在了一座木屋的后面，向机场开去。卡尔曼看不见它了。几分钟后，布莱里奥的飞机就升到天空中。它停在了大概一百英尺的高空，在看台上空嗡嗡地转了一圈，掀起了观众们激动的欢呼。接着，布莱里奥又飞向了上空，朝着远处的森林飞去，然后再绕了一大圈转回了飞机场。接下里的三十八分钟里，他总共照着这个路线飞了四次。第五次的时候，在观众们看不到的地方，飞机在折回飞机库的途中开始下降。卡尔曼伸长了脖子，他看见飞机正在不足三十五英尺的高度朝自己飞来。在太阳光的照耀下，卡尔曼没看到布莱里奥飞机的右轮在经过他头顶的时候掉了下来。下一秒，卡尔曼就倒在了地上，他的头已经被碾碎了。

布雷西亚1912年大赛的得主在63分11秒的时间内完成了七圈飞行，共行驶七十五千里，并获得了五千里拉的奖励，路易斯·布莱里奥得到了有史以来最隆重的掌声，然而人们将他视为英雄倒不是因为他得了冠军，而是因为他在看台前着陆后，人们才发现飞机的右轮已经掉了。他这次完美的着陆被视为一项伟大的成就。除了布莱里奥，没有人知道这个右轮掉在了哪里。

那天下午，一些从飞机库后面经过的人发现了一个躺在血泊中的年轻人。他们叫来了警察，警察封了这片区域，哄走了一些好奇的旁观者。法医到了现场后，发现死者的年龄大概在二十二岁至二十五岁之间，他牙齿健全，鼻子很大，是被落在十英尺外的飞机轮砸死的。法医用他的大拇指合上了死者的眼睛，它们在死者失去呼吸的时候仍睁得很大。警察确定不了死者的身份，因为他身上没有任何相关证件。他们唯一发现的一条线索就是缝在他上衣和裤子里的一张标签，上面写着：埃尔曼·波尔加，男装裁缝。布达佩斯，瓦西街。

警察局长布索里

那天晚上，路易斯·布莱里奥接受了布雷西亚警察局局长恩里克·布索里关于掉落的飞机轮引起的惨剧的盘问。布莱里奥表达了他对这位年轻遇难者的悼念，他说这是一场悲剧，起因是一种出乎意料的机器故障，而他和他的助手们都对此无能为力。这场悲剧发生在对他和整个法国都最不利的时刻。他的公司，布莱里奥飞行公司已经和法国军队签署了一项合约，向其出售了不少于一百二十五架这种型号的飞机。他担心这次案件可能会中止这份合约，甚至使它彻底废除，这将大大延迟对于法国国防来说至关重要的飞行武装的建立工程。布莱里奥看向布索里的眼睛，安静地、用几乎耳语的声调说，既然受害者是个身份不明的外国人，甚至还有可能有过前科，尽管他没做过什么违法的事情，可当时他正在跟自己完全没有关系的飞机库附近转悠，这很容易让人联想到他是不是有所图谋。现在既然没有人来报告人口失踪，也许最明智的方法不是进行可能会持续几个月的毫无头绪的调查，而是静静地将这一案件挑出来，放到局长办公桌的抽屉深处，让人淡忘。这肯定能大大减轻伦巴第警察的工作量，让他们抽出更多的时间去解决那些比因机身震动而导致螺丝松动造成的这场意外更严重的案件。布索里陷入了深思。短暂的沉默后，布莱里奥暗示说他肯定会给予布索里先生一定的补偿来感谢协助。为了表现意大利人的热情，布索里接受了布莱里奥的建议，并承诺会制止新闻界对死者身份的穷追猛打。达成协议的二人握了手，然后去往附近的一所饭店一边品尝格拉巴酒一边讨论协议的细节问题。

三天后，没有一个人来上报死者为失踪人口。卡尔曼的尸体被连夜运往范迪尼诺墓地，埋在一座无名墓中。卡尔曼死后既没有举行葬礼也没有树立墓碑。

他的朋友聚到了他最爱的酒馆——猛兽中。他们谈起了卡尔曼。自从他离开后已经过了两个星期，他们谁也没收到他的消息。这不像卡尔曼的作风。也许他在布莱里奥那里找到了一份工作？或者，他遇见了一个女人？也许是他生病了？他们该怎么做？老师们开始问起卡尔曼了。在好几杯雷司令酒下肚后，经过很长时间的商议，他们决定第二天就去告诉校长卡尔曼去了布雷西亚。

十月中旬，伯恩哈德收到了一封官方来信。信封的左上角印有匈牙利皇家海事学院的院徽。伯恩哈德毫无怀疑地打开了这封信，立即就看到了校长的签名。他仔细地阅读起这些简短的语句，上面说卡尔曼在未取得许可的情况下旷了一个多月的课。所以，海事学院的纪委根据皇家学院的通行法则决定开除卡尔曼，且立即生效。决议已定，不允追索上诉。

这封信让伯恩哈德非常吃惊。他突然想起来，自己自从九月初就再也没收过小儿子的消息了。卡尔曼肯定发生了什么事。他开始觉得有些不妙了，决定亲自前去阜姆港。

他只在阜姆港短暂地停留了两天。他拜访了卡尔曼的房东太太和海事学院的校长，可还是不知道儿子最近几个月到底在做什么。他在卡尔曼的朋友那里得到了一些消息。他的朋友们看上去很紧张。有一个人不停地咬着下嘴唇，另一个人则不停地扭着双手。他们告诉伯恩哈德，在卡尔曼离开前，他们商量好要去看飞行大赛的事。在伯恩哈德出发前往布雷西亚之前，他去警察局将他的儿子报成了失踪人口。

在布雷西亚，伯恩哈德在卡尔曼本应该居住的酒店里询问了很多人，可是没有一种迹象表明有个年轻人曾出现在这里。他询问了市中心所有酒店和饭店的员工，每个人都重复着他已经听了上千遍的话：没有人接待或见过卡尔曼。警察局那边也是毫无头绪。局长布索里谨遵自己的诺言，过度友好地告诉伯恩哈德，有几十万人参加了九月份的那场飞行大赛，这场赛事运行有序，完全没发生任何意外。他觉得卡尔曼一定是个热情的年轻人，肯定是在坐火车的时候被爱神之箭射中了，被对面的某位黑头发的美丽姑娘吸引了，跟着她下了车。现在他肯定沉浸在了爱河中，忘记了其他的事情。他相信这个风流的男孩随时都会出现，然后和他的父亲欢乐地相逢。

警察局长认为卡尔曼只是坠入爱河，失去了理智而且肯定安然无恙的说辞并没有让伯恩哈德放心。一点儿也没有。布索里的话让他嘴里发苦。南森愤怒地离家出走，因为一个女佣而对家人置之不理。可是卡尔曼不像他的哥哥，他不会一声不响地消失。

衣冠冢

卡尔曼失踪后的一年内，伯恩哈德一直没有放弃寻找他的希望。他用尽千方百计，使尽浑身解数，却仍是毫无卡尔曼的音讯。寻找儿子占用了他的大部分时间，他很快便提早衰老了，这位活力四射的新闻人瞬间变成了一个疲惫不堪的老人。他几乎再也没为佩斯特劳埃德写过什么文章，他感觉自己越来越跟不上时代了。他彻底失去了往日对社会错综复杂之事和奥匈帝国政治问题的兴趣，尽管它们因民族主义思潮的高涨和民众对国家独立的强烈呼吁已变得越发混乱。伯恩哈德变得非常脆弱，在卡尔曼失踪前，没人会这么形容他。他觉得彷徨无助，经常会陷入深深的悲伤之中无可自拔。和自己所有的孩子失去联系让他悲痛欲绝。他最后一次听到的关于他那个败家子大儿子莫里兹的消息，是说他在大西洋的另一端，因为严重的诈骗罪而被芝加哥警方通缉。南森正在德国埃尔朗根的大学里学习数学——这是他唯一知道的关于南森的消息。然而，他寄给南森的很多很多封信都石沉大海，无人回应。至于卡尔曼，伯恩哈德心里有种非常强烈的预感，觉得自己再也看不到他了。

为了寻求安慰，伯恩哈德打开了本杰明的《永生之书》。他之前读过好多遍，可大都是走马观花，因为他一直不觉得有必要研究这些家族历史，它们是一个哲学家在几百年前断断续续描述出来的一系列故事。在那些失眠的夜晚，他仿佛听到了来自过去的声音，祖先们的喃喃低语，无奈地叹息着生活的残忍。现在他才觉察到自己对家庭和其过去的不屑，对这个斯宾诺莎家族视为珍宝的世界置之不理让他失去了多么珍贵的爱情、忠诚、信仰和尊严。

本杰明的书中描述了一个高尚的作者，因为全心投入到改造世界的事业中而完全忘记了自己的家人，伯恩哈德痛苦地在这个故事里找到了自己的影子。他孩子们的体内同时流着比德斯登的贵族血脉和阿拉贝拉·布劳恩的血液，有一段时间，他试图找出这种结合的意义所在。他甚至满怀希望地去翻找了格雷戈尔·孟德尔的基因学研究论文，因为他想说服自己相信孩子们的离他而去一定还有别的原因。然而，他不得不承认尽管遗传是一项重要的因素，但不论是运气还是出生与童年时的遭遇或是整体的社会发展，它们在对他和他儿子们关系的影响上都不及父爱的缺乏与他本身的不足。

本杰明专门有一章描述了古希腊人的各种思想，而他们的有些风俗让伯恩哈德非常难忘。

古希腊人有一个风俗值得我们注意：对于那些葬身在火海中，被火山吞没，被岩浆埋葬，被野兽撕碎或是被鲨鱼吞食的人，故乡的人民就会为其竖起一座空坟墓，称之为衣冠冢。因为肉体是火、水或土，可精神是永存的；这些才是人们应该树碑纪念的东西。

距卡尔曼在阜姆港登上火车去往布雷西亚的那一天已经整整一年了。

伯恩哈德在犹太墓地找到了一块空墓，在上面树了一座石碑。石碑上只刻着三个单词：卡尔曼·斯宾诺莎，失踪。伯恩哈德在这座空墓前站了很久，孤独凄凉，他双拳紧握，极力控制着自己的眼泪。

我是斯宾诺莎家族的最后一个子孙。我们家族本可以逃脱灭亡的命运，可是我却没有留下任何继承人。我没有和任何女人有过关系，不是因为我对异性不感兴趣而是因为我无法真心诚意地爱一个人。我躺在奥斯陆的一家医院里，癌细胞已经在我的身体里扩散了，很快我们家族在地球上的漫长旅程便有了它应得的结局。现在，在我生命的最后，记忆如浪潮般涌来。我以为这些记忆已经褪了色，溜走了，消失了，可现在它们又活了起来，仿佛有了生命般，带着过去来到我面前。我们家族的过往充满了意义。我将我所剩不多的时间和精力都奉献了出来，只为不让我的祖辈们毫无缘由地消失。我所记起的事情我都写了下来。也许我写的这些话就是一座衣冠冢，是斯宾诺莎家族的空墓。我们的肉体已然腐化，可我们的灵魂却突然从虚无中重现。而我想要纪念他们。

维也纳的复仇

一个逾越节的晚上，南森问起为什么他们从不和其他的家人聚会时，伯恩哈德告诉他的儿子们说，他们的姑姑嫁给了一个笨拙的、谁都不中意的天主教农夫，而他们的叔叔现在住在维也纳的一座豪华的宫殿里，骗了自己的兄妹，携着父亲留下的财产逃走了。这件事充分说明了尼古拉斯的邪恶，以及伯恩哈德对他避之不及的原因。这就是为什么这些孩子从未见过其他亲人的原因。

南森在目睹了父亲和玛丽卡交媾后，站在门外，这段记忆突然出现在了他的脑海中。他没有思考太长时间。他决定去维也纳。他不是要去拜访他在乡下的姑姑，而是想去找他的叔叔。在那一刻，他想不到还有什么比向尼古拉斯寻求经济支持来取得独立这种方法更能报复他的父亲了。

尼古拉斯立马就接待了南森，给了他一个热情的拥抱。然后在那里站了一会儿，看着南森，观察、比较着他们的不同与相似之处。他说自己因为这么多年一直没能见到自己的侄子而感到难过，他特别想改变这种现状，和亲人们重逢。尼古拉斯热情的欢迎让南森意外地觉得松了口气。他露出了一个微笑，这是他撞见父亲和玛丽卡那些丑事之后的第一个笑容。尼古拉斯领着他来到一间装修豪华的房间，给他倒了一杯干雪利酒。他们品尝着阿芒提拉多酒，尼古拉斯说他觉得因为一个不幸的误会，伯恩哈德就斩断了和他的一切联系实在是有点儿过分。他还说他知道南森肯定是个讲道理的年轻人，懂得分辨谣言和眼见为实的区别。所以，尼古拉斯很高兴他最爱的哥哥的儿子来找他，现在他们就能深入了解彼此了。

南森一整个夏天都和他的叔叔一起住在维也纳。这五个月是他年轻时最幸福的时光。尼古拉斯的家庭生活和南森在布达佩斯所熟知的那种完全不同。他们不仅富可敌国，生活也像皇室一样。他们家中有网球场、游泳池，他们冬天会去阿尔卑斯山滑雪，夏天就去地中海航行。他们经常会去巴黎买衣服，一个星期会举办好几场奢华的晚宴招待权贵。他们对生活有着无限的期待和极大的要求。所有的这些一开始都让南森目不暇接，可很快他便适应了。他也开始给他的头发抹油塑型，穿起高档的西装，享受起这种穷奢极欲的生活。尼古拉斯娇惯着他，给他买了很多昂贵的礼物，其中还有一块多克萨的金怀表，这是我们这个年代的孩子也会梦想拥有的东西。他带着他去参加各种上流派对，在这些派对上，南森认识了很多年轻漂亮的贵族女孩。这个华丽的世界使他形成了对优雅和着装根深蒂固的兴趣。他结交了很多统治阶级的人，这些人都是他父亲常年在文章中抨击的对象。他觉得他的叔叔是个好人，跟他父亲口中的那个邪恶的家伙毫不相像。然而四十年后，当他在共产党监狱中日渐衰弱之时，想到当初的盲目他就会一阵羞愧。他花了很多年才了解到在他那位无耻的、虚伪的亲叔叔极端的慷慨下藏着什么样的阴谋。

埃尔朗根的数学课

到了秋天，尽管南森已不在布达佩斯了，他还是重新拾起了他的数学课程。他不想回去。他对厄特沃什罗兰大学最后的记忆就是以马内利·拉斯科的演讲。他记得这位世界大师说过埃尔朗根的一位年轻女人正在进行现今德国最有意义的数学研究。南森忘记这个女人的名字了。可是他不想再另辟新径，所以他向位于巴伐利亚北部一座田园小镇里的一所大学的数学系提交了入学申请。

艾美·诺特——南森从未见过像这个年轻的犹太姑娘一样的人。她是一位知名数学家的女儿，只比他大几岁。尽管那个时候女人一般没有学习先进科学的机会，可她刚过了二十五岁后便写了一篇史无前例的博士论文。阿尔伯特·爱因斯特在研究他的相对论时大大借鉴了艾美的研究分析，他承认了她的成就。分子物理领域的研究者觉得她天赋异禀，在数学领域她也被视为几十年来最有前途的天才之一。

很多年后，当南森回顾自己往日的生活时，他说如果艾美不是那么不顾自己的形象，不是那么没有吸引力——近视、大鼻子、平胸、高额头——那么他肯定会爱上她。他们第一次见面的时候，他就感受到了她散发出来的强大气场。这种气场能让那些反对女性出入大学的人为之震撼，让那些守旧的教授在她面前自惭形秽。七年来她不求报酬地给学生们讲课，因为德国大学原则上是不接受女性教师的，不过学生们都很喜欢听她讲课。

虽然艾美和南森不是彼此命中注定的伴侣，但他们的友情却随着时间而越发深厚。在他们合作分析代数不变式的三年间，南森总是能在她那里寻求到各种问题的指导，他相信没有什么能难得倒她。

对于艾美来说，数学是神圣的，她决定要将自己的一生奉献给它。她告诉过南森她曾想过当一名语言教师，不过后来发现数学的逻辑世界为她敞开了大门，她好像能在这个世界来去自如，如鱼得水，她能将这个世界的所有东西都整理清楚，排列整齐。可在别的地方，生活早就被混乱糟蹋了，它们受制于运气，由男人来统治，她知道作为一个女人她绝不会在这样的地方有一席之地。她说真相是有形的，可是它跟我们人类在愚笨的目光下所看到的现实毫无相似之处，它存在于世界的构造之中，等待人们的探索。她毫不掩饰自己对金钱和巴伐利亚上流社会中憎恨女子、犹太人、同性恋者和工人的反动者的痛恶。她对未来有着坚定的信念，即使她很清楚要人们意识到自我主义应当为集体利益让步还需要很长时间。她的观点对南森产生了非常深远的影响。

重回布达佩斯

有一天，南森收到了一封来自布达佩斯戈特弗里德法律部的信。他们通知南森说他的父亲伯恩哈德·斯宾诺莎心脏病突发去世了，他们希望南森能尽快与遗产执行者取得联系，而且最好亲自见他一面。南森并不感到难过，甚至很淡定。他试图想象父亲去世时的样子。可在他眼前呈现出来的只有那个男人和玛丽卡交媾的画面，他仿佛又听到了她充满挑逗的、颤抖着的声音说："继续，再来。我是你的。想对我做什么就做吧。"他看到了他的父亲，站在那里，汗流浃背，气喘吁吁，因为痛苦而低吼着，他趴在玛丽卡赤裸的身体上，抓着她的胸部。

盖佐·戈特利布律师告诉南森，是一个邻居在四楼和五楼之间的楼梯上发现了他父亲躺在那里。那天公寓的电梯坏了，每个住户都得爬楼梯上楼。显然，这种运动量超出了他心脏的承受能力。不过那时他还很清醒。他被送去附近医院的时候，还在抱怨他的胸口疼。一位老医生给他做过检查后，要给他打针。就在这一刻，他开始激动地大喊大叫起来，他脸色苍白，喘不上来气，然后他的心脏病发作了。五分钟后，他便去世了。

因为伯恩哈德没有立遗嘱，而南森又是作为遗嘱执行者的律师所能联系上的他三个儿子中的唯一一个，所以被视为第一继承人，并有权拥有这间房子及其所有的可动资产，以及死者银行账户上的所有存款。

南森知道《永生之书》的存在。这是他的哥哥几年前告诉他的。按照莫里兹的建议，他们曾在瑞波咖啡馆见过面。南森已经很长时间没见过他的哥哥了，所以当莫里兹带着他的奥地利朋友一起出现时，南森迷惑了。最近，他刚刚通过他们的表兄马修斯·福伦比谢勒见过这个奥地利人。这个人的名字叫作阿迪，他周身有一股奇怪的、冰冷的气场。南森打心眼里不相信这个人。莫里兹大致概述了他最近几年的经历。南森惊讶地发现莫里兹变了很多。他的魅力已经完全消失了，他独特的、惹人注目的口才也不复存在。他对南森的生活和工作似乎毫无兴趣。他说他在芝加哥住了一段时间，不过现在因为一些小小的失误而遭到了警察的追捕。所以他才走为上策，离开了美利坚。他还在多伦多做过一段时间的长老教委员，后来加拿大移民局的人查到了他，让他的生活变得一团乱。所以他又回到了欧洲。南森当然知道他的哥哥不是无辜的，不过他什么也没说，只是自顾自地笑了笑。莫里兹现在暂时住在维也纳。通过福伦比谢勒的人脉，他才得知父亲几年前就去世了。然后他告诉了南森本杰明这本书的事，此刻他突然活泼了起来。他说他多年以前偶然在父亲书桌右边的暗格里发现了这本书。这本书只有一本，里面充斥着他无法理解的各种预言和超越时间的智慧，当然还有他们家族的历史。根据传统，他说——着重强调了这几个字——这本书要传给每一代家庭的长子。他来布达佩斯就是为了拿回它，因为现在这本书已经属于他了。阿迪和他准备将这本书卖给某个富有且拥有犹太血统的德国贵族。当他们两个吹嘘着这本宝贝能卖多少钱的时候，南森坐在那里，听得特别沮丧。按照阿迪的推测，如果他们走运能找到一个好的买家，那么这本书就能卖出超过十万马克的价钱，想到这个莫里兹就狂喜不止。南森觉得自己必须要不惜一切代价防止《永生之书》落入他这个不靠谱的哥哥和莫里兹这位让人讨厌的朋友手中。他跟莫里兹说明天中午的时候来他家取书。他低着头，盯着自己的手指，等待他们的回答。还好莫里兹没有让他马上就去拿书，没有怀疑便接受了他的条件，南森很自然地松了口气。然后他以自己预约好了医生为理由先行离开了，虽然这也算是一个小小的谎言。他站了起来，急忙赶回家，找到这本书，将它放到了某个安全的地方。

每天一早，我醒来的时候，太阳大都还没升起来，这时我就会感觉到自己越来越虚弱，感觉到生命在慢慢流逝。在最痛苦的时候，我告诉自己我不可能坚持把这些东西写完。这个想法很可怕。可是我一生做的所有事情都无一例外地失败了。现在我只希望不管是什么力量，只要它能帮助我完成这最后的心愿。我左手的手指前天早上开始便已经完全瘫痪了，因为肿瘤已经扩散到手臂了。不过，我右手的食指还能用，我还能用它继续将这些零散的故事写完。

当莫里兹和阿迪发现书桌里的那层暗格不见的时候，气得脸色发白。莫里兹朝南森怒吼，说他是偷书的癞皮狗。阿迪拿起枪指着他。南森心惊胆战地请求阿迪把枪移开，他说他之前从未听说过这本书，更别说看过它了。他建议他们可以搜查这座公寓，因为他们的父亲不可能会将它转移到别的地方去。还没等别人劝说，莫里兹和阿迪便立即行动了起来。他们有条不紊地搜查起了屋子的各个角落，打开每一扇橱柜，拉开每一个抽屉，将里面的东西倒在地板上。六个小时过去了，他们几乎搜遍了房子里所有的边边角角，将每个房间都翻了个底朝天，仔细检查了书架上的每一本书，可还是没有找到《永生之书》。他们两个累得筋疲力尽。南森请求他们帮忙将房间恢复原状，莫里兹爆发了一阵狂笑，他转过身讥笑道："我告诉过你吧，我的弟弟就是个笑星。"他们离开了公寓，说明天同一时间还会再来。南森那天晚上睡得很不踏实，凌晨三点的时候他突然惊醒了，浑身冒着汗，他觉得有一只铁手正在挤压着他的心脏。第二天，他们又来了。阿迪这一次摆出了一副激进的威胁姿态，他好几次向南森挥舞起手枪。他郑重发誓说有一天他一定会回布达佩斯，如果可能的话还会带着一整支军队的人，直到找到这本书，否则誓死不休。莫里兹用匈牙利语和德语咒骂了几句他们的父亲。后来，当南森回忆起自己当初是怎么有勇气藏起这本书并坚持不受威胁时，竟也茫然了。

犹太变色龙

莫里兹一生都对《永生之书》魂牵梦萦。距他最后一次和南森取得联系已经三十五年了，他还是渴望得到这本书，尽管到了那个时候，他已不是为了钱，而是有了完全不同的动机。不过现在，我不能太操之过急，首先我得先把我知道的关于他的故事说完。这些故事都是美国作家布拉德 · 沃特斯通从一些老实人和可靠的目击者那里收集来的。

莫里兹对扑克牌的热爱让他又在布达佩斯停留了几个月。他和南森的关系在那个时候已经不算太好了，因为他仍怀疑他的弟弟私吞了本杰明的书。所以莫里兹让他自己体会到了各种各样的压力。莫里兹白天睡觉，晚上就和一帮比他狡猾千倍的专业扑克老千混在一起。这些人联合在一起，有条不紊地赢走了他所有的钱，所以莫里兹最后欠了一屁股债。沮丧之中，他跪下来祈求幸运女神不要离他而去，他发誓说如果她能保佑他，他甚至可以不再说谎。他决心一定要将自己输的钱赢回来，以向他的对手证明他的聪明才智。可他输得越来越多，最后已经是债台高筑了 。当无情的债主雇了一帮追债人威胁他是割掉命根还是立马还钱的时候，他便愚弄了瓦西街上六家店的店主，骗他们给了他一大笔钱作为让公共厕所不要建在他们店门口的贿赂。这之后，他回到了维也纳，不过也没在那里停留太长时间，因为弗朗茨 · 约瑟夫刚刚用他那只戴着手套的手签署了一份文件，将整个欧洲大陆的国家带入一场世界大战中。几个月后，莫里兹出现在了苏塞克斯，当时他已经是斯宾塞 · 格雷 · 罗舍费尔德的私人秘书了。他用一份伪造的文件，扬言说自己为已故的皇太子弗朗兹·斐迪南做过七年的副官，从而得到了这个高薪职位。罗舍费尔德的第九任伯爵是一个性格怪异的老男人，同时也是上议院一名主要成员，他不喜欢赫伯特 · 阿斯奎斯，期望他赶快下台。这倒不是因为议会领导对当下战争形势糟糕的管理能力，而是因为这位现任首相曾对一个无辜的老贵族不甚尊重。这里所说的老贵族其实就是伯爵的父亲。三十年前，那时阿斯奎斯还是民政部部长，然而在一场为了感谢他而安排的晚宴上，他本人却没有出现。罗舍费尔德非常赏识他这位私人秘书的睿智和分析能力，他将他当作自己的亲生儿子来看待。他将莫里兹引荐给了他在保守派中的朋友，并向他们保证他在英国政坛一定是前途似锦，虽然他常常称呼莫里兹为“可恶的外国人”。罗舍费尔德突发了中风后，莫里兹成了唯一可以和他的资助者保持联系的人。他以罗舍费尔德的名义写信给其政治同伴，要求他们去支持其私人秘书在 1918 年的议会大选中成为金斯伍德的保守党候选人。莫里兹意外地受到了诺斯克里夫勋爵的大力支持，他本人也为此惊讶不已。这位报业大亨手中掌管着《每日邮报》和其他企业。莫里兹在竞选中展现了他大师级的口才。他将自己的名字改成了“莫里斯”，以提高他当选的几率。另外他还加了一个暗示胜利的中间名。这个词语的发音和成功很像，让人觉得他和英国本土有着密不可分的联系。他称自己为“莫里斯 · 苏塞克斯 · 斯宾诺莎”。他的对手是一个圆胖的男爵，名字叫作塞德里克 · 海斯尔赫特 · 哈里斯，人们很容易会将后者错认为一个屠夫，或是语法学校的老师抑或是其他什么身份，但绝不会是一个国会议员。在竞选中，海斯尔赫特 · 哈里斯一味地攻击着“苏塞克斯 · 斯宾诺莎”外国人的身份。作为反击，莫里兹用他浓厚的匈牙利口音套用了一句俗话："尊敬的先生，你不过是因为偶然而出生在了这里，但作为一名成人的我，却选择居住在这里，为英格兰人民的幸福而奋斗。"这句话很快就传遍了英国政坛。

这场压倒性的胜利和一系列登在《每日邮报》头版上的文章，让这位新任国会议员成为了全英国家喻户晓的人物。他饱读文史，魅力超凡，妙语连珠，让下议院的每个人都为之疯狂。他反击时机智的回答，经常会被登在诺斯克里夫报业帝国旗下的所有报纸上。有传言说在不久的将来，他甚至会被邀请加入劳埃德·乔治的内阁中。他喜爱伦敦的生活，很快便适应了上流社会奢华的生活方式。他应邀去和战争部长温斯顿·丘吉尔喝酒闲谈时，简直受宠若惊。丘吉尔是他在政治演讲上最尊敬的导师。这之后，他往往会和温莎伯爵狂欢到半夜。苏塞克斯·斯宾诺莎在时髦的梅菲尔区有一幢超大的住宅，过着现今都很难看到的奢华生活。这些生活来源基本上都是他心甘情愿收来的贿赂。除了诺斯克里夫，其他人都是来找他帮忙的。他的一些政治对手，大部分都是左倾自由党人，企图在议会内散布关于他的恶意谣言来阻挡他的升迁之路。他们这么做不是因为他受惠于报业大亨，也不是因为他拥有巨大的房产，家财万贯，而是因为在他们眼里他一直是个不值得信任的外国人。莫里斯以牙还牙，尽管他采取的并不是什么公平竞争的方法。他雇佣了一些间谍查清了这些对手的身份，多亏了他在警察局的关系，他还挖出了这些人极其敏感的私生活。他立即便将这些消息转卖给了小报媒体。你绝对能想象得到，1920 年因为一些政治家出轨和性丑闻遭到曝光而产生了怎样的轩然大波。在保守党中，莫里兹被视为极右派的代表。不幸的是，阿塞拜疆的一宗地下交易，导致几名英国工程师和当地的雇工葬身在了巴库南边的一座油田中，这次事让莫里兹不得不放弃他在众议院的职位，连夜逃离英国，躲避法律的制裁。他漂泊的人生旅途的下一站就是柏林。在这里，他与反叛者沃尔特·路特维茨和沃尔夫冈·卡普斯联手，企图向魏玛共和国发动武装政变，恢复君主制。莫里兹自诩为宣传部长，可只有短短五天，政变就被镇压了。为了不坐牢，他和马修斯·福伦比谢勒一起躲到了维也纳。福伦比谢勒劝莫里兹安定下来，建立一个家庭，找份踏实的工作，可是他完全没听进去。对他来说，正常的生活毫无吸引力，那也不符合他的性格。新的冒险向他招手了。莫里兹听说南森因为协助库恩·贝拉的匈牙利苏维埃共和国而遭到了监禁，于是他就成立了反共产党白色国际，后来阿迪胸有成竹地向他宣告国社党军事政变的时机已经成熟，所以他就出发去了慕尼黑。可是巴伐利亚夺取政权的变革彻底失败了。莫里兹逃到上海后，就失去了音讯。不过据记载，在那之后几年，他以中国外交官的身份为掩护在世界各地旅行，与各种安全机构的首脑会面。其中就包括埃德加·胡佛。他是联邦调查局的局长，即 FBI 的前身。有些人怀疑他们俩的关系不只局限在工作上。1930 年，莫里兹化名为朝福，成了一个佛教僧人，可他仍没有放弃他那些更加强烈的世俗欲望。他的名字出现在了三家间谍机构的工资单上，分别是德国、日本和中国。尽管他在这方面的收入颇丰，可在牌桌上的连续败北，让他转而做起了大规模的军火走私和精细的作假勾当。他仿造的十万面值的美元钞票工艺精妙，所以他被称为假钞大师。这些假钞流入市场的三天后，美联储就将原版钞票运回了银行，而富兰克林·罗斯福临时颁布了一则行政命令，取消了这等面值钞票的发行，所以这些钞票从来没有流通出去。希特勒掌权后，经常在柏林招待莫里兹，他的那些朋友都特别娇惯他。他们向他介绍了他们对未来欧洲犹太人的秘密处置计划。他还和党卫队的首领海因里奇·希姆莱交了朋友。他们俩为了找乐子，还经常会莅临党卫军清扫反对派的射杀现场。在行刑之前，他们会先让这些受害人为自己挖好坟墓。他在上海的三重间谍身份让他的境况变得越来越危险。莫里兹随即便消失得无影无踪。后来他又以斯里·希瓦南陀的名字出现在了加尔各答。他成立了一所瑜伽学校，推崇瑜伽的精髓：服务、爱、纯洁和发挥生命的至高潜能。他逐渐出了名，成为西孟加拉邦最伟大的圣人之一。在拜访大吉岭[①]的弟子的时候，他得了病，于 1943 年去世，死因不明。这位古鲁[②]的尸体被抬到了高台之上，四十万悲伤的印度人参加了他的火化仪式。他的骨灰被洒到了恒河中。

这就是布拉德·沃特斯通对这位犹太变色龙一生的最后描述。

实际上，莫里兹没有死。1947 年 3 月，南森收到了他哥哥的一封信。

---

① 大吉岭是印度西孟加拉邦的一座小城。

② 古鲁，即“上师”，意为大师、导师，这个词经常被当成宗教性名词来使用。在印度教中，指引灵性发展的宗教导师都被称为上师。

这封信也在祖父留给我的箱子里。莫里兹在信中说他觉得自己老了，他的身体正在衰败，然而在这么多次偏离了真理之路后，他的灵魂终而在喜马拉雅洛子峰高原上的佛教寺庙中找到了真正的归宿，他根据佛教中的萨克耶流派的原则管理着这间寺庙。信中，他将自己比作喇嘛丹增活佛，称自己为圣者密勒日巴尊者的第十八代转世。他说这个圣人是一个瑜伽信徒，一个漫游的朝圣者，一个魔术师，一个爱开玩笑的人，更是一个诗人。他声称自己是佛教的守护者——达摩。所以他需要他的弟弟将他的合法财产《永生之书》还给他，或者至少将巴鲁克长生不老之药的药方寄给他，这样他才能避免再一次轮回，得到力量抵御超度。这是《中阴闻教得度》中的一种说法。这本书又名《西藏生死书》。

1948 年 12 月，《每日邮报》发表了一篇来自西藏的长篇报道。报道中，记者弗兰克·维勒汉描述了在遥远的西藏洛子峰高原上的一座寺庙中，他和一位欧洲籍的老喇嘛的谈话内容。维勒汉说，在佛教喇嘛丹增活佛的身份下，其实就掩藏着前任议会议员莫里斯 · 苏塞克斯 · 斯宾诺莎。第二年，新成立的一家日刊《船尾》的两名德国记者也证实了这一点，他们报道说自己遇见了间谍和政变策划人莫里兹 · 斯宾诺莎。当弗兰克 · 维勒汉 1951 年夏天再次来到这间寺庙时，这儿的欧洲喇嘛已经无处可寻了。寺庙的和尚告诉他，他们的主持已经被突来的雪暴卷走了，冻死在了山地高原上。莫里兹真正的死亡日期现在仍然是个谜。

社会主义和爱情之船

莫里兹的所作所为让南森开始深入研究起了《永生之书》，这么说一点儿也不夸张。这本书营造的奇妙氛围，它的微妙、大胆独创的分析，优美的语言以及其中描述的史诗般的冒险故事都让南森印象深刻。当阅读着他们家族的历史时，他心里的自豪感膨胀，几个世纪以来他们家族都有人在欧洲发展史中起到了重要的作用，即便那时他们一点儿也不知道自己也是上帝的计划中举足轻重的组成部分。然而，有时南森也会失望地皱眉头。因为这本书没有明确描述他的祖先们的感受和反应，或者说他们是怎样被自己的开心与幸福、家人和朋友的亲疏、职责和成就、梦想和破灭的希望以及他们所有糟糕的弱点所影响的。南森想要找寻能在这个暴力横行的世界中给他指引的东西：战壕和战场、手榴弹、毒气攻击、冲突、疾病、死亡。对他来说，除非书籍能作为指往明天的路标，展现一个战后等待着人类的新世纪，要不然它们就毫无意义。当他阅读本杰明的书时，他意识到斯宾诺莎家族的人总是将过去当作重中之重。可是他越想，越觉得只有未来——不仅是他自己的还有全人类的未来才更为重要。他问自己什么能给最多的人带来最大的利益：和平、社会公正、技术进步、尊重人类的尊严都是答案的一部分。他的这些反思让他找到了一种能给广大民众带来希望，实现以上所有愿望的社会形式——社会主义。

直到很多年后，他才意识到真相远比他想的要复杂得多。

当战争张着它的血盆大口吞噬了百万年轻人的生命时，南森却安然无恙地坐在布达佩斯，坐在他的童年故居中，他觉得自己的生活孤独而无趣。自从1917年2月沙皇俄国瓦解后，他就一直祈祷布尔什维克能席卷历史的舞台，带领人民取得最后的胜利。不过直到十一月，战舰欧若拉上的枪声才给彼得格勒送去信息——列宁的苏维埃人掌权的时机成熟了。然后，各种激动人心的画面便涌上了南森的脑中：东欧的革命将如星星之火，成燎原之势蔓延至整个欧洲，尤其是匈牙利。可是不仅如此，他还在考虑着完全不同的事情。因为每天早上醒来，没有人在他耳边给他道早安，晚上睡觉时，也没有人给他一个晚安之吻。他想要一个能与他相伴一生的女人。

人们都称它们为爱情之船，这有些讽刺意味。从战争结束到其后好几年，这种船只受到了极大的欢迎。这些船周末才会出航，向着北边的圣安德烈、维谢格拉德和埃斯特根几个风景如画的村庄行驶。如果碰上好天气，在航行期间，人们还能一览布达佩斯的美景和茂密的森林。乘坐这些船只的人大多数都是从战场上生还的士兵和在战争中失去了未婚夫的年轻女子。他们买了船票，却不为寻找真爱这一精神鸦片，而是为了寻找快乐。偶遇撮合了很多对夫妇：教授的儿子和女清洁工的女儿，虔诚的天主教焊接工和新教徒的卖花女，在意大利前线失去胳膊的年轻的下层贵族青年和转变信仰的近视的犹太少女，以及南森和萨拉。不过我觉得祖父和祖母自从相见的第一秒开始，就发现了尽管他们性格不同，世界观相反，但他们还是命中注定的一对。这个事实让祖父感到快乐，却让祖母悲伤不已。

日常生活

我小时候特别喜欢摆弄祖母的缝纫机，那是一座大大的上了釉的五金机械。祖父死后，它就放在她和萨沙与我合住的房间里。我经常会用手指抚摸机械上端的饰板，那上面有一串优雅的字体，刻的就是制造商的名字：西格。它正反两面都刻上了制造商的这种金黄色的商标，饰板看上去就像是块百年盾牌。我还会触碰磁头组件和驱动轮上的垂直轴线。这些部件都是精炼钢锻造而成的。我最喜欢的还是踩压由金属板冲压而成的脚踏板。多亏了驱动轮凹槽里的皮带，整座机器才会运作起来，发出像大黄蜂般的嗡嗡声。有一次我突发奇想，将一块木板放到了插缝纫针的圆柱体下，然后差点儿弄断了针头。就在那一刻，祖母恰好走了进来。她朝着我的头部来了一记巴掌，大叫道："这里就没什么神圣的地方吗？难道我连一台缝纫机都不能拥有吗？你非得毁掉这辈子唯一属于我的东西吗？"

六个月的牢狱生活后，经过漫长的期待，南森终于得到了释放，回到了家中，然而重逢却变成了一场混战。他失落地发现萨拉没有事先知会，他便将她的母亲接回了他们家。满头白发、牙齿掉光了的米利亚姆坐在厨房里。南森很不喜欢她。在他的眼中，她就是一个陈腐且落后的犹太世界的代表。一个卑微的市井妇女，她坐在自己那个摇晃的蔬菜摊后，在穷人的市场中叫卖，即便在布达佩斯生活了二十五年，她还是几乎不会说一句匈牙利语。让她住到自己家中的这个想法，他实在接受不了。萨拉试图说服他。她解释说，她母亲病了，一天比一天虚弱，已经不能再坐在市场中卖菜了。她的双手已经冻伤了，甚至都拿不住一个苹果，它们就像得了风湿病一样蜷缩到了一起。更糟的是，路易莎阿姨得了中风。她一辈子做牛做马，独自辛辛苦苦地照顾她的五个孩子和年迈的母亲。她因为付不起房租，被无情的房东赶到了大街上。路易莎阿姨和她母亲暂时和一个邻居住在一起。这两个可怜的女人成日以垃圾为食，就快要饿死了。她们失去了希望。她们的悲惨任何语言都无法描述。萨拉告诉南森，她的亲生母亲无处可去了。她需要一个住的地方。拒绝她实在太残忍了。萨拉还说她欠款买了一架缝纫机，从衣店里带些活儿回家，连夜赶制，来补贴家用。在此期间她还给路易莎提供食物，偶尔还给她一两块钱。可是鉴于她们现在急需帮助，如果南森同意的话，她想把这两个人也接过来和他们一起住。要不然，她担心她们很快就会死去。南森愤怒极了。他大叫道自己是不会同情这些老女人的，他可不想让她们成天围着他转。他想要的只是和妻子在一起的简单生活，他一点儿也不想养活这三个人。米利亚姆的眼睛里充满了泪水。她站在那里，颤抖着肩膀，用意第绪语回答说，她没打算和她的女婿在同一个屋檐下再多待一秒钟。他是一个天生没有一丝丝度量，还拒绝向一个无助的老女人给予哪怕一点点的理解和一小块面包的犹太人。这些话让南森更生气了，虽然他并不能完全听懂她说的话。为了发泄怒火，他又大喊大叫了起来。萨拉求他小点儿声，别吵醒了他们在烤箱边熟睡的小儿子。可南森没理她。所以，她接着讨好他，竭尽所能地安抚他。大概一个多小时后，这场大吵大闹才平息了下来。南森的火气也消了，他终于妥协了。米利亚姆可以留下来。至于路易莎和艾尔西，他还需要几天时间考虑一下。他说他很累了，让大家都上床睡觉吧。他心里希望他们夫妻在床上时，萨拉能在他经验丰富的双手下变得更加温顺。

萨拉在一家专门为富太太做衣服的缝纫店当裁缝，她用这个工作养活着一大家子人。这家店位于市中心，一周工作七天，全年无休，她每天都走路上班。她每天上下班都需要走两个小时。这样她就能省下交通费，养活她的妈妈和阿姨了。每个月的第四个星期天，是她唯一不用清早五点钟出门，晚上七点回家的时候。这一天似乎是整个月中最短的一天，因为她要洗衣服、做饭还要睡觉。可是萨拉从没抱怨过。她觉得抱怨也没用。不论如何，她没有时间为自己考虑，因为满足别人的需求已经让她忙得应接不暇了。虽然南森基本上不着家，大多数时候都和其他女人在一起鬼混，但萨拉还是怀孕了五次。最后只有两个孩子健康地生了下来，那就是卡洛和伊洛娜。

在监狱里待了这么久，南森觉得自己已经很难适应平常的生活了。他父亲留下来的遗产早就花得精光了。他没有工作，有前科的人也很难找到一份工作，尤其是他曾经还是匈牙利苏维埃共和国的成员。他现在有自己的家庭,他希望能给他们提供良好的生活。所以他不停地上门应聘。可是他的过去一直如影随形地黏着他。而且,那个时代整体形势就很艰难。匈牙利被称为“三百万乞丐的国家”，不是没有道理的。

特惠

1932 年 7 月 29 日，桑德尔·福斯特和依米·撒来在布达佩斯被处刑了。在两个星期前的一场即决审判中，他们被指控为百托比之案的凶手并被判处了死刑。这个安静的小村庄位于布达佩斯以西二十英里处，几年前维也纳快递在那里被炸毁了，二十二个人遇难。每个人都知道真相，福斯特和撒来是无辜的。他们有完美的不在场证明。罪犯兹莱维斯特 · 马图斯卡万分自豪地承认了罪行。世界上很多地方的人民都组织了抗议活动，要求释放这个两人。可是没有起到任何效果。霍尔蒂政府下定决心要杀鸡儆猴，将这两名共产党的犹太领导人送上断头台。

南森这么多年一直是匈牙利共产党最主要的代言人之一，那天警察突袭这支违法党派的秘密总部，抓走了撒来和其他同志时，南森纯粹是碰巧躲过了一劫。就在几天前，南森染上了一种性病，萨拉并没有准备和她的丈夫共享这种病痛。丈夫与妓女的频繁接触，她早就习惯了。可是将怪病带回家就是另外一种问题了。她觉得非常委屈。她斥责他，辱骂他，然后用平底锅敲了他的头。南森在危机中的沉着冷静现在却抛弃了他，他人生中第一次有了良心不安的感觉。他答应会洗心革面、痛改前非。萨拉不相信他。她认为自己这位沉迷于女色的丈夫既不想改变也不会改变。所以她只提出了一个要求 ——让南森陪她去参加明早路易莎阿姨的葬礼。他甚至都没注意到这个女人已经去世了，虽然他们生活在同一屋檐下。因为他有更重要的事情要想。不过看到萨拉摒弃前嫌，他还是松了一口气，所以没有多想便应承了下来。第二天下午，当他发觉正当他站在墓地上，看着路易莎简陋的木棺缓缓地落进坟墓里时，警察正在翻查他早上经常会去的办公室，逮捕他的伙伴。

南森冷静、中立的外表掩饰了他内心的不安。他有种强烈的预感，多年的牢狱之灾和迫害就在前方等着他。在他最伤心的时候，他便会为自己的生命担忧。他在党派领导人面前说了自己的情况，通过漫长的讨论，他提交了一份清单，列举了他为何要去国外避难的各种原因。领导认为苏联是最佳的移民地。当然他只能一个人去，不能带着家人。他们说这是给他的特别优惠。因为根据基本准则，每个共产党人都应该为其本国的社会主义革命奋斗。可是南森的重要性太大了。他非常清楚什么能感动人民，他是个优秀的分析者，他连马克思理论中最晦涩的教义也能掌握得非常娴熟，这在党中是不可多得的。他们相信他现在面临着被逮捕的危险，所以他们决定当晚就将他送出匈牙利。他接着去柏林拿了签证，然后直接去苏联。南森放心了。他终于能逃离资本主义的束缚，去那块迦南乐土了。然而，他的妻子和孩子们的未来他却一点儿也不关心。

莫斯科不是天堂

在柏林待了五个月后，南森在国社党占领德国的前一天抵达了莫斯科。与他同行的还有八名德国同志。他们都是忠实的共产党，因为在与希特勒的对战中败北而被迫逃跑避难。六年后，南森终于走了运，离开苏联回到故乡。那个时候，这八个人都已经不在世上了。革命牺牲掉了它最好的孩子，拘留他们，残忍地折磨了他们，将他们送进西伯利亚残酷的集中营里，然后从背后用枪瞄准他们的颈子。这个过程与齐亚拉·卢扎托一百三十年前描述的一模一样。

第一个消失的是大卫·古德斯塔克，尽管出生于克珀尼克一个富有的资产阶级犹太家庭，但是他全心投入到了无产阶级革命中。他领导的一支武装力量在 1932 年炎夏和纳粹党的风暴支队进行了多场血腥的战斗。他在柏林时就跟南森在一起，他们俩的关系非常好，虽然党员建立交情会遭到怀疑，很有可能会被当成拉党结派的行为，是种大罪。对党忠诚意味着一个人要绝对服从和禁止拉帮结社。个人会犯错，他们会被接近他们的人引入歧途，但党不会。党是完美无缺的，只有那些不顾一切相信党才是世界历史中革命理想的最高代表的人，才有资格领导人民。可是南森和古德斯塔克并不管这些虚言。他们喜欢彼此为伍。在他们私下的接触中，古德斯塔克是一个快乐的人，他的活泼与机智让南森非常欣赏。他还是个厚脸皮、反应迟钝、对挫败无动于衷的人。他对于东方工人天堂的理解和党派宣传中描绘的一模一样。他认为苏联是一个充满了激情与创造力的国家，这里有着成群训练有素的工人和热情的农民。这个共有社会是在优秀的工程师和尽心尽责的长官手中建立起来的，他们对未来充满希望，听从党派领导层中那些无私同志们的指挥。可他们到了边境之后，古德斯塔克就变得忧心忡忡了。苏联阴沉的海关人员打开了他们的旅行箱，怀疑地检查着里面的东西。他们将每一件衣服都翻了个底朝天，每一本书和每一件印刷品都被从头到尾地检查了一遍。没有放过任何细节。所有的东西都被仔细检查了一遍，然后再扔回箱子里。所有的东西，除了食物。从这些海关人员饥饿的面容就不难看出，食物都进了他们自己的口袋。安检持续了很长时间。火车在边境旁的车站里停了一整天，然后才被放行，开往了莫斯科。在乌克兰无边无际的大草原上行驶了好久，在停靠无数次后，火车终于抵达了破旧的火车站。那里的站台上都是骨瘦如柴的男人以及面容憔悴的妇女，男的拿着刺绣桌布、画像和珠宝想和别人交换食物，而那些女人则哭着求这些乘客带走他们的孩子，她们肿胀的肚子、凹陷的双颊和细得跟面条似的胳膊与腿让她们看上去就像死人一样。柏林来的每个人都以为这个国家将通过其最近出台的五年计划赶超美国，党派领导还承诺这一目标将会提前完成。可实际上，这里只是一块遍地饿殍的原始之地。所有人看到此景，立即心照不宣地沉默了。可只有古德斯塔克有勇气表达自己的意识，他认为我党需要进行深刻的自我检讨。他敢于问问题。在莫斯科，南森和他的德国同志受到了斯大林的亲信拉夫连季·贝利亚的接待，这个肥胖的秃头男人，是个近视眼，鼻梁上架着一副眼镜。他不会说德语，所以南森他们都是通过翻译和他对话的。在他们第一次会面的时候，古德斯塔克便要求贝利亚解释为什么乌克兰有那么多饥饿的男人、女人和小孩，而且这个地方的农业还十分发达。然而，翻译礼貌地劝他不要提出这个话题。

不过古德斯塔克并没有被劝阻下来。没有人知道翻译是如何转达他的问题的，但是每个人都看出那个问题让贝利亚很不开心。他取下他的眼镜，用手帕擦了擦。这是为了拖延，因为他反而将镜片越擦越脏了。很显然，他并不急着回答。接着，他的喉咙里发出了一声干涩的哑音。等他终于克服了声带暂时性的阻塞时，他开始解释道，乌克兰在沙皇统治时期遭到了长期的压迫，现在正在全面重建阶段。政府计划在那里建五座新的钢铁厂，制造的产品从铸块到轧钢无一不有。这个计划是独一无二的，因为美利坚现在也只有一所这样的钢铁厂，位于克利夫兰。这五座钢铁厂的总产量预计可达到每年三百万吨轧钢。古德斯塔克并不满意这个回答。然而贝利亚在他提出更多问题之前便终止了这一次的会面。第二次，古德斯塔克说那些乌克兰灾民的可怕的样子一直缠绕着他，所以他必须再重复一遍自己的问题。贝利亚说在五年计划的施行下，有两座大型电站正在乌克兰的布格河和第聂伯河边建造。而在第聂伯罗彼得罗夫斯克，全国最大的火车头和农业机械制造厂也在积极建设中。古德斯塔克没有参加和贝利亚的第三次会面。第四次和第五次也都没来。南森问贝利亚是否能告诉他，他们一起从柏林来的一位同志去了哪里。贝利亚说古德斯塔克同志申请去了第聂伯罗彼得罗夫斯克参加第聂伯水坝的开坝典礼。南森问他什么时候能回来，贝利亚就没再回答了。乌克兰南边天气非常寒冷，古德斯塔克同志得了感冒。他因肺炎被送进了医院。医生也不知道他什么时候能痊愈。没有人再问问题了。所有人的情绪都变得有些悲伤和阴沉。大卫·古德斯塔克的名字再也没被人提起过。

莫斯科不是天堂，没有谁能摆脱现实。在苏联六年的生活让南森所有的幻想都破灭了。可是他什么也没说，虽然他知道保持沉默的人就是在滋长邪恶。他下不了决心，不能心安。希特勒操练着他的军队，同时恐怖的阴影在南森的精神中蔓延。战争越是临近，缠绕着他的那些幻象就越是黑暗。欧洲犹太人的脆弱一直让他忧心忡忡，夜不能寐。他想到被他抛弃的萨拉和孩子们，他害怕失去他们。他自己的安全也再得不到保证了。斯大林变得异常偏执，他开始朝党内的一些领导下手，而只有一小部分高层官员活了下来。这个事实让他越来越难以承受。因为他知道怀疑自己对共产党几十年一心一意的忠诚一点儿好处也没有。一条谣言让他害怕至极：他曾支持的库恩·贝拉蒙受了耻辱。南森很清楚这意味着什么。他请求上级允许他直接回布达佩斯，上阵杀敌。

别的原因

我们家里没有一个人愿意谈论战争时的事。每次萨沙和我问起这段岁月时，大人们就会低下头，盯着地板，每个人都会陷入一股痛苦的沉默中。特别是我的父亲和母亲。每次说起战争时，他们就会转移话题。就连我的叔祖父也对此避而不谈。他可是在坟墓那端的萧珊娜的帮助下，不仅接触到过去，而且还窥探了人类灵魂深处的人。也许他们只是不想让萨沙和我经历他们曾经感受过的那种恐惧。《犹太法典》中写道：上帝说，要有光，就有了光。用语言来描绘某件事，就会使它成真。我们犹太人是书籍孕育的人类，我们的生活都来自于语言。所以如果我们家的大人们用说来表示，而不是用沉默来否认一件事物的存在，那么我们就不会觉得那么奇怪了。不过，他们更像是自己想忘记这段可怕的过去。可是记忆是不会这样善罢甘休的。它们经常会化身为噩梦，有时甚至会在半夜让他们发出尖叫，吵醒我们。

祖母有次开心地跟我们说，祖父从莫斯科回来后成了我们这个街区的超级英雄。这番话让我们觉得很惊讶，因为她几乎从没说过关于祖父的好话。我们这个贫困区内的所有住户都认识祖父，崇拜他。这种现象是很非比寻常的，因为在布达佩斯的这片区域，犹太人基本上是不受欢迎的。这里的人憎恨犹太人，因为他们觉得所有的犹太人都非常富有。有些人认为到了星期五，犹太人就会饮基督徒的鲜血。他们窃窃私语地说，犹太人总是不爱与人来往，说他们实际上不是真正的匈牙利人。很多人产生了嫉妒，在文化上产生了自卑感。他们鄙视犹太人，就因为所有人说犹太人都是天才，做每件事都能成功。祖母说，这根本不是事实。她抿着嘴笑着说：“布达佩斯这片区域的人特别喜欢将他们的犹太邻居举报给警察，到了星期天，他们就会闲逛到多瑙河边，欣赏行刑。在那里许多犹太家庭遭到了枪毙，他们的尸体都被抛到了河流中。然后到了星期一，这些人就会占用犹太人空出来的房间。可是我们的邻居不会这么对我们。

他们帮我们躲藏，保护我们，即使他们冒着的是生命风险。纳粹警察正在抓捕你们的祖父。他们不抓到他不会罢休，但这不是因为他是个犹太人，而是有别的原因。”

作为一个孩子，我们有太多理解不了的东西。直到现在我才明白那句话的意思——“别的原因”。我们家族存活在一个系统中。这个系统中有一份我们心照不宣的协定，它是一个神秘的秘密，外人完全无法理解。归根到底，这个系统是基于和上帝，即造物者之间的约定而存在的。虽然我们没看过他的眼睛，也没听过他的声音。这是个非常重要的系统。斯宾诺莎家族的人从未提过它，关于它的一切都是禁止谈论的。不过，我们的缄默已融入我们对永恒生命的信仰以及神圣的人类生命之中，因为我们知道上帝有一项伟大的计划，而我们在其中扮演了非常重要的角色，而上帝之所以隐藏起来，不让我们看见，是因为我们人类就是他在人间的使者。希特勒想消灭的就是这个系统，所以他才对《永生之书》如此执著。

伊洛娜姑姑

伊洛娜姑姑死后没多久，祖母有一次告诉我们说，她知道是谁泄露了他们的藏身之地。父亲和卡洛叔叔被送进了劳动营。而其他人——祖母、她的母亲米利亚姆、祖父和伊洛娜姑姑每天晚上只得东躲西藏。由于一般人都不愿意同时收留两个以上的借宿客，所以他们只好分开行动。1944 年 12 月的一晚，祖父安全地藏身在路登比勒大街 19 号的一所屋子里。实际上，那天晚上轮到他看护米利亚姆了。可他不想带着这个身残体弱的老女人。于是，他说服自己的女儿和他换了个地方。凌晨三点，一辆黑色窗户的汽车停在了光线微弱的大街上。几个身穿黑色制服的党卫军，戴着印有骷髅和纳粹十字的袖章按响了安塔尔·久尔科维奇家的门铃。他是名卑微的焊接工，也是共产党地下党的一员。门开了，他们直接开枪打死了他。下一秒，屋内的女人就被他们拽了出来，一声不响地被带上了车。

米利亚姆和伊洛娜被关到奥斯威辛集中营。在平台上的筛选过程中，老人被送进了左边的毒气室，年轻的则被带到了右边。然而，伊洛娜拒绝和她的祖母分开。她紧紧地抱着她不松手。一个士兵挥舞起自己的警棍，捶打着伊洛娜的头部和肩膀。一个男性化长相的犹太女人抓住了士兵，试图阻止他。这个女人和伊洛娜在运送她们的拥挤的牲畜车内交谈过几句。接着，现场成了混乱一片。几名士兵围住了这些女人，狠狠地捶打着她们。为了不耽误筛选过程，他们将米利亚姆扔进了毒气室。而这两个年轻的女人，则迷迷糊糊地跌坐在一边。

她的名字叫作伊斯特 · 海曼。她们两人在牢房中一起生活，变得形影不离。她们之间没有秘密，像姐妹般支持着彼此，帮助对方活命。她们被释放后，伊洛娜指责自己的父亲，好像她被送进死亡集中营全是他的错。她和我们家断绝了关系，搬去和伊斯特住了。她们开了一家店，卖一些手工物品。她们的收入虽少但很稳定。她们从未离开过彼此，一秒也不曾。她们俩都没想过要嫁人或是生孩子。她们在一起生活了大概有二十年。伊洛娜因为一项常规手术出了意外而去世的第二天，伊斯特便吞下了整瓶的安眠药自杀了。

祖父的回绝

解放后，在布达佩斯的大街上现身是非常危险的行为。那些衣衫褴褛、醉醺醺的红军让整座城市都陷入了恐慌。他们会逼人们在大白天当街脱光衣服，然后再偷走他们的衣物和所有值钱的东西。不管成为这些穿着制服的小偷的受害者有多么令人不快，也总好过那些被扔进卡车后厢，坐在牲畜车厢里被运往苏联做工的人。“只是些简单的工作。”这实际上意味着在工厂和集中营里长年累月的强制劳动。在搜寻纳粹余党的掩护下，士兵们强行闯入无数个私人民宅，厚颜无耻地拿走了所有他们能拿得动的东西。烈酒是他们喜爱的物品。某一天，这些俄国人可能会被人民的悲苦而感动得泪眼婆娑，然后大发慈悲地将自己的粮食补发给那些挨饿的市民。第二天，他们就会去抢夺这些人的家，强奸妇女，就连老人也不放过。祖母常说，从某种程度来说，幸好她的母亲被送进了毒气室，这样她就不用经历俄国人所带来的这种“解放”了。

1948年12月，匈牙利共产主义政权成立的两天后，祖父被任命为内务部长。莫斯科派来的党派领导马提亚斯·拉克西选择南森·斯宾诺莎担任此职并不意外。祖父一直都是一名高尚的、忠诚的共产党员，这早就人人皆知了。所以，当他立正站好，露出一脸悲伤，然后回绝了这个邀请时，几乎所有人都目瞪口呆了。他给出的原因是身体不好。拉克西不相信他的托词。他气极了。他不能接受有谁对他说个“不”字。他开口大骂。他说祖父是个傲慢自负的人，当然不是当着祖父的面说的。祖父的回绝和拉克西犯下的暴行相比根本无关痛痒。拉克西就是一个野兽，一个魔鬼。党内的所有同志都知道。可是他们不敢去做正确的事，恐惧让他们有心无力。他们都知道南森·斯宾诺莎快小命不保了。

为什么祖父明明清楚他可能会因此丢掉性命还要拒绝呢？虚伪，阴谋，贿赂，诚实者的狡诈，等级的清理，他知道共产党背后有俄国军队撑腰，可它到掌权时，却少了人民的支持。他知道马提亚斯·拉克西，这位斯大林最忠实的门徒，正妄想将匈牙利变成另一个苏联。祖父太了解这个党派的嗜血本性了，他仿佛已经看到，将有成千上万的人沦为这个新社会的受害者。他不想当一名帮凶。那并不是他所梦想的未来。

卡洛叔叔

在苏联战俘营四年的生活结束后，卡洛叔叔回到了布达佩斯。他完全变了，我们家的人都吓呆了。他以前的体形瘦弱而略显笨拙，现在却是浑身肌肉，健美有力。他的话语中还散发着一股残暴之气。很显然，他已经被彻底洗脑了。他每说一句话，都在含沙射影。他对将自己送入屠宰场做徭役的纳粹党深恶痛绝。他大肆炫耀地说共产党高层中的某个人已经答应帮他在安全局谋份差事。祖父尤为怀疑地看着他，引用了本杰明书中的一句话十分鄙视地说：“鱼和鸟真能相爱呀。”祖母求卡洛叔叔换份工作。然而他却回答说能加入党派的忠实追随者之列，为党服务是无上之光荣。

卡洛很为自己的第一次正式任务而骄傲，它还是马提亚斯·拉克西亲自托付给他的。他要去审问前外交部部长拉斯洛·拉依克。他之前担任内务部长时曾将国家警察训练成了共产党的听话的工具。这位忠实的共产党员被指控与提托和CIA狼狈为奸，企图推翻匈牙利的共产政权。他被强制保持清醒了好几天，现在应该已经没什么抵抗力，是时候让他招供了。卡洛有条不紊地开始审起了犯人。他扒光了拉依克的衣服，用枪柄重击在他赤裸的胸部、肩膀、背部、大腿和生殖器上。他要让他身体的每个部位都能感受到折磨，让他认识到自己作为主审官的可怕。他又继续折磨了这位外交部长两个多小时。接着，卡洛暂停了一会儿，看着拉依克的脸,想找到一丝妥协的表情。虽然拉依克的脸已经血肉模糊了，但他还是拒绝开口。看到此，卡洛将枪管猛地塞到他的嘴里，威胁说他要再不招供就要开枪了。可是回答呢？没有，连一个字，一个手势，一个眼神都没有。 审问继续进行。卡洛就像在鞭打一堵墙，让它开口说话一样,因为拉依克跟它毫无区别。他没有供出任何罪行。日子一天天过去了，所有的办法都没起效，卡洛变得越发烦躁，他一再加重酷刑。疲惫不堪的两个星期过去了，卡洛休了一天假。由雅诺什·卡塔尔接着审问。他是拉依克最好的朋友，还是他刚出世的儿子的教父。卡塔尔说他自己绝对相信拉依克是无辜的,可党内需要一个替罪羊。他强调说,为了党的利益，为了共产主义，为了人民，更是为了他自己家人的幸福，拉依克必须要牺牲自己，签署认罪书。对于一个真正的共产党人来说，这些根本不算什么要求。官方上，他认罪后，会举行一次有罪判决，再接受惩罚。可事实上，他第二天就会被送离这个国家，用另外一个身份和他的家人在苏联开始新的生活。拉依克沉默了很长时间。于是，卡塔尔告诉他，他的妻子正在另一间牢房里，忍受着乳热症的折磨，而他的小儿子已经被送去福利院。然后，拉依克便毫不犹豫地在一份早就为他写好的认罪书上签了名。他以为自己会立即与家人团聚。可就在当天晚上，他们就吊死了他。

一年半过去了，卡洛又接到了任务，要去审讯党内的一名高级官员。几个星期以前，内务部长雅诺什·卡塔尔被卸了职，原因是“健康欠佳”。然而只手遮天的党派领导人马提亚斯·拉克西却对此仍不满意。在一次秘密党会上，他公然批评了新上任的内务部长桑德尔·佐尔德和他的前任卡塔尔。佐尔德备受惊吓地回到家，杀了他的两个小儿子、他的妻子和他的母亲，然后爆了自己的头。卡塔尔则落到了卡洛手中。他和他的已经过世的朋友拉依克一模一样，尽管卡洛使尽了浑身解数，几乎要将他打死了，卡塔尔也什么都没说。也许他真的没什么好招供的。又或者，也许正如祖母说的，卡洛对什么都不在行。

煎熬的日子

1951年，祖父被捕了。他被指控尝试贿赂卫生福利署的两名官员。检察官没有提供任何口供和证据。这两名官员也没被传召到法庭上来对证。祖父从没见过他们，更不可能会跟他们有什么勾当。这次的案件不过是危言耸听罢了。法官看了案情综述，认为没有证据能证明祖父是无罪的，祖父被判处了十一年的有期徒刑。即使在那个岁月，这种程度的惩罚也是特别严厉的。不过，祖父最后只在监狱里关了六年。1957年，雅诺什·卡塔尔特赦了祖父。这是新一届党派领导人和独裁者向一位老党员致敬的方式。

我的父母关心着祖父和祖母。或者说，至少他们愿意照顾这对老人，让他们和我们住在一起。也许你会认为在他们年轻的时候，我的父母和祖父母也像一般的犹太人一样乐观积极，他们不对任何事大惊小怪，所以从来不会烦恼。可是随着岁月的推移，生活让他们变得越来越郁闷。我几乎没有拥有过所谓的温暖而快乐的童年。当然，叔祖父用他奇妙的故事和他对斯宾诺莎家族历史的自豪感，给我和萨沙的生活增添了一些乐趣。然而，这还并不足以称为幸福，我的人生几乎从未有过幸福。

萨沙是我父母的掌上明珠。我的母亲喜欢叫我“拉迪克男孩”。我以为这个名字有特殊的意义，她从未给我的弟弟起过昵称，这一点让我非常开心。可是我错了。不久前，我才发现安娜·拉迪克是1950—1953年的卫生部长，她在匈牙利政府所做的第一项官方行为就是禁止打胎。结果我就成为她在任期间，一个无可奈何才被生下来的孩子。

无数个煎熬的早晨，无数个煎熬的日子。世界上最艰难的就是这种只有死亡才能治愈的疲惫。可是我必须振作起来，在我彻底被永恒的沉默包围之前继续写下去。我必须将我的回忆写出来，越多越好，如果一旦停止，那么我的记忆就会在我的灵魂中萎缩，就像在沙漠中干涸的植物。然后，我们的世界将会消失，被所有人遗忘。

危险地活着

我一直没写到我自己最糟糕的一次经历。那是我人生的悲剧。它发生在1965年8月12日。那一天，我失去了我的弟弟萨沙。我和他是双胞胎，生命的奇妙使我们紧紧地联系在一起。他死得很惨，那全都是我的错。

我永远不会忘了那个星期四。那天天气异常的炎热。上午九点，厨房那支温度计里的水银柱就达到了三十二度。我的早上已经被毁了，因为我和萨沙为了抢夺冰箱里最后一块加工奶酪而大吵了一架。我们两个都很喜欢这块楔形物，包装纸上面的商标上还有一只挥着手的泰迪熊。萨沙赢了。我走向冰箱的时候，他从后面紧紧地抓住了我的脖子，让我无法反抗。我感到很难受，都快不能呼吸了，所以我只好向他投降。他还让我跟他念，承认他比我厉害，所以这块奶酪理应归他所有，这让我觉得更耻辱了。萨沙打开了冰箱门，讽刺地叫我废物。吃早餐的时候，我们两个都没有和对方说话。萨沙无声的耀武扬威，弄得我就快要哭了。痛苦和绝望让我身体上的创伤更疼了。吃完早饭后，我就跑进了房间，痛哭流涕了起来。

哭完后，我脑子里只有一个想法，就是报仇。我们家的人都知道萨沙害怕机器。所以我决定骗他和我一起去一座废弃的旧服装厂，然后把他锁到里面。那座工厂到处都是生锈的旧机器。几天前，几个大男孩把我哄到了这个地方，他们骂我是犹太人，是异教徒，是魔鬼之子，他们殴打我，然后我就在工厂里被关了两个小时。但我从没将这件事告诉过我的家人，因为我知道他们一定会指责我，甚至还有可能惩罚我，说我不该去那座旧工厂，因为父亲早就明确申明禁止我们去那里了。

我提议去工厂找些破旧的工具，然后卖给旧货商。萨沙同意了。他觉得这个主意很棒，因为他为了买自行车一直在存钱，他还差两百福林就能买下隔壁男孩的那辆旧自行车了。我们兴高采烈地向那座废弃的工厂出发。我们抄了捷径，那是一排高栅栏后的一条铁路。这里禁止外人进入，然而当我们翻过栅栏后我们却变得更加开心了。我玩笑般地跟萨沙说我们可以装成布朗汀，站在铁轨上保持平衡地走下去。这个走钢索的法国杂技演员，是第一个横跨尼亚加拉大瀑布的人。我打头，带着他走。我们吹起了口哨，开心地唱着歌，欢笑着。突然我的身后传来了一声尖叫。是萨沙。可是我没理睬他，而是继续往前走。萨沙叫着说他失去了平衡。为了不掉下来，他将右脚放到了铁轨连接处，可就在那一瞬间，铁轨变道了，像老虎钳一样飞快地将他的脚夹在了两个轨架之间。这种设计是为了将火车引到另一条轨道上。他拔不出脚，不管怎么试。它被紧紧地夹住了。那肯定非常疼。他又叫了起来，这一次更大声了。他的声音听上去绝望至极。我转过身，发现一辆货车正朝着我们全速驶来。我慌了，呼吸困难，手脚也不听使唤。萨沙叫道，求我去帮他。我和他就相差三十英尺，可是我一步也移不动。我的胳膊和腿就像灌了铅似的。然后萨沙看到了火车。他又叫了起来，极其刺耳。我听到他说的最后一句话就是："阿里，救救我！"然后他的声音便被火车的呼啸声给淹没了。火车自动地变了道，从我身边飞驰而过。我奇迹般的毫发无损。而我的双胞胎弟弟却被碾得血肉模糊，只有他被截断的右脚还卡在铁轨的中间。

我们在家里从来不提萨沙的死。我的父母受不了这个话题。很长时间，关于这个意外我什么都想不起来，也许是因为我还在惊吓中没有恢复过来吧。我唯一注意到的是我的声音。我试图说话，叫喊，可我的舌头却徒劳地在嘴里打转。我很害怕，我试图告诉自己我的声音肯定会回来的。可是没有，不管我怎么试，我都说不出话来。

我们这条街道上住着一个老男人。人们说他一出生就又聋又哑。我很怕他，因为他的奇特的面容和为了跟他人交流而做的那些手势让他看上去很怪异。我发誓我永远不会那样做，所以我将我想说的话都写在纸上。我花了好几年的时间练字，让它们看上去更好看，更容易辨认。因为我紧张之下的那些鬼画符，就跟鸟儿抓出来的一样，总让人看不懂。

几个月后的一天早上，我走向冰箱，拿了一盒加工奶酪，看到包装纸的商标上有一只挥着手的泰迪熊。一句话开始在我脑中回响："危险地生活吧。"我坐到了餐桌上，那段记忆突然清晰了起来。我们走在铁轨上，而这句话是我跟萨沙说的最后一句话。这一小块奶酪让我想起了那个可怕的星期四，可是接着它便陷入了我意识的深层，一动不动了。

萨沙，你和我就是布朗汀，天空之王。无人可挡。危险地生活吧！

这是我这辈子说的最后一句话吗？当我向着我的兄弟喊出这些话时，我就永远地失去了我的声音吗？

那一刻，我意识到我变成哑巴是有原因的。一些我不知道的强大力量决定了我的命运。我诱惑了我的兄弟，让他丧了命，光这一点就足以惹怒上帝或其他天神，让我遭受了这样严厉的惩罚。因为那些害死了他最亲之人的人注定会永生孤独。

挪威的熟人

萨沙死后两年的一个晚上，父亲说我们要搬去奥斯陆。我完全不能理解。我们生活在一个集权国家，越过把守严密的国境是绝不可能的事。至少，我还没听说过有谁得到了去西边的旅游许可。

我们究竟为什么要去挪威？

父亲说他有位挪威的朋友邀请我们去玩，而且愿意支付我们旅途中所有的开销,并给我们提供住宿。所有的手续都办好了。母亲知道这件事，她心满意足地微笑着。可是祖母和我却怀疑地盯着父亲。我们从没听他提过他在挪威还有个朋友。父亲将签过证的护照和车票放到了我们面前的桌上。每一个文件上都已经盖过章了。我们要做的就是登上火车。第二天一早就走。祖母很生气，不是因为她被丢了下来，而是因为从没有人跟她说过这件事。

不难猜测为什么我的父亲要瞒着祖母。因为他不想让祖母出去和邻居八卦我们的计划。某些嫉妒心重的邻居很有可能会阻挠我们，这太冒险了。到那个时候，只要有人在警察耳边一吹风，说你想逃离匈牙利，那么他们就会马上撤回许可，阻止这趟旅行。

那天晚上,我们收拾好了行李。父亲告诫母亲和我尽可能地少带东西，以免引起警方的怀疑。我不知道他是什么意思。不过我注意到他仍打算带着祖父留给我的那件小行李箱。

第二天，我们和祖母告了别。她并没有太难过，至少我是这么觉得的。她告诉我的父母，她理解为什么他们不想再在这个国家生活了。共产党毁掉了这里。然后她吻了吻我的额头，这种举动是很罕见的。“你得学会说挪威语呀。”她跟我说道。

一个衣着考究的男人在奥斯陆的车站迎接了我们。我简直不敢相信我的眼睛。他们太像了。要不是这个挪威人长了一只大鼻子，我发誓当时我还以为是祖父复活来站台接的我们。接待我们的人跟祖父长得一模一样。他用一口完美的德语介绍说他的名字叫威廉·阿蒙森·甘集。毋庸置疑地，他是一个非常有教养的绅士，虽然我不这么认为。他帮我们将行李和包裹小心翼翼地搬到了他的后车厢。他和父亲坐在前排，愉快地交谈着。我不记得他们说了些什么。不过我有种很奇怪的感觉，我觉得我在什么地方见过这个人。几分钟后，我们就到目的地了。他住在一幢高等公寓第三层的一间宽敞的房子里。这幢公寓就在皇室城堡的后方。通过这间豪华房子的几扇窗户就能看到城堡。他指向城堡，说他就在那里工作。他是奥拉夫五世的私人医师。

我的记忆又模糊了。是在第一天还是第二天晚上，威廉告诉了我们他的故事？也许直到我们住下的第三个晚上，他才告诉我们，当他还是个孩子的时候，他就在怀疑他不是他父母亲生的。他的父母很高，一头金发，可他却不高，还是一头黑发。不仅如此，他在家中感觉不到爱，尤其是他的父亲，有时仿佛把他当成麻风病人似的对待。20 世纪 30 年代后半段，他的父亲成为柏林挪威大使馆中的第一秘书。他不想让他的儿子来找他，因为他长得太雅利安人了。威廉说他的父亲是个严厉的人，对他自己的社会地位非常重视和自豪。他的母亲家世贫困，却完全不知道何为勤俭节约。她花钱大手大脚，所以他父亲丰厚的工资还没到月底就都没了。可她并不在意这些，因为她只想当一个上流社会的女子。她常常将家务和他们自己的孩子交给仆人来照管，这样她就能睡懒觉了。威廉想看到身边人的笑脸。他一直在忍耐，因为不管他如何努力地讨好他的父母，他们还总是对他发脾气。随着时间的推移，他们变得越发刁蛮。他嘲笑他父亲的能力不足，尤其是他想和希特勒会面的愿望破灭后。当纳粹德国占领了挪威后，当威廉将犹太人偷偷运往瑞典时，他彻底地认识到他这对热爱德国的、对希特勒无比崇拜的父母绝不是他的亲生父母。他们在战时见过几次，可他们之间的气氛总是冰冻至极。他们只会在桌上相互嫌恶地看彼此几眼。战争刚一结束，他的父亲便去世了。说实话，这让他松了口气。现在他就能和他的母亲对峙，问出自己来历了。1945年5月7日，德国和他的母亲都投降了——他跟我们说这些的时候不禁大笑。他的母亲在他长期的追问下终于说了真话。挪威独立后，这对夫妇曾住在布达佩斯，那时他父亲还是大使馆的第二秘书。他们努力造人很多年，可都没有成功。最后才决定领养一个孩子。据他母亲的话，他们也不知道这个孩子的生父母是谁。二十年过去了，威廉才发现她说了谎。因为她死后，他便找到了他的出生证明。这张发黄的文件显示，他的生母是一个名叫玛丽卡·奥瓦瑞的人，而那个在不知情也没同意的情况下被她称为他父亲的人，名叫南森·斯宾诺莎。

威廉很快就赢得了我的信任和爱戴。对我来说，他非常神奇而新鲜。他跟我的父母完全不同，他时髦、有礼貌、对生活充满了激情；他很富有，还非常热情。他没有隐瞒他的性取向。我第一次听到有人跟我说男人之间的性事，仿佛这是世界上最自然的事情了。他还让我知道为什么住在挪威，在这里开始新的生活，打造新的未来对我们来说是最明智的。他和我父亲一样，都认为所谓存在着真正社会主义的东欧已经变得异常危险了。当然，他阅读了这一方面的一切资料，他很惊讶我竟然对这个世界发生的事情一无所知。他告诉我直到现在，波兰还在陷害、滥杀犹太人。这种现象很容易就会蔓延到其他的社会主义国家。我完全没有意识到这一点。

没有威廉，我们就不可能生存下来。他帮我的父母申请到了住宅许可，还帮我们找到了住的地方，让他们得到了一份真正的工作。他带我去做测试，让各种教师决定我是否能去上大二年级。他们观察着我这个年轻的哑巴，说我有缺陷。太丢脸了，我觉得我就像一只肮脏的野狗。这之后，威廉就帮我找了一份合适的工作。

威廉是上帝赏赐给我们在这座新国家的礼物。可是他并没有陪伴我们多久。他在第二年的复活节前，死在了阿尔卑斯山的一场雪崩中。威廉的死似乎是一种警告，为整个斯宾诺莎家族敲响了警钟。我们再也笑不出来，开心不起来了。经过八个世纪充满伤悲和快乐的漫长岁月，经过了如此多的考验，甚至现在仍饱受折磨，我们感觉未来正在从我们的指缝间溜走。

在彼此的怀抱中

有一个女人的心情非常好揣摩。她就是我们在布达佩斯的守门人。拉卡托斯女士总是孤僻而叛逆，她对所有进入我们这栋楼的人都会恶语相向，不甚友好。在我童年时，街区里发生的所有事情都会有她掺和在内。她顶着一头杂乱的头发，叼着一支烟，从她的厨房窗子边缓慢地走到事发现场。这扇窗子是她的根据地，她就是站在这里用她那明亮且恶意的眸子日夜监视着街道。她挥舞着拐杖，拨开人群，然后开始评头论足，高谈阔论。一开始她都非常冷静，可不到一会儿她就完全变了个人，开始发起了脾气，歇斯底里地大喊大叫，唾沫星子横飞，溅到站在她身边的人。没有人敢说什么或者抱怨她，因为所有人都怕她，尽管她的身材非常瘦小而不堪一击。我们都知道她会向警察汇报发生在这里的所有事情。作为一名情报人员，她便能随意向她的邻居和过路人撒泼。

拉卡托斯女士鄙视所有人，除了我的祖母。我说不清这是为什么。可是祖母很大方，即使她在晚年时还试图忘记自己的亲人。祖母是这条街道上唯一一个经常帮助这个看门大妈的人，这个女人有比看水果店和清扫充斥着小物品及难闻的烟草气味的公寓还要重要的事。

我们抵达挪威后的几个月，拉卡托斯女士还给我们写了一封信，这出乎了我们的意料。也许这么说有点儿不礼貌，但是这个看门大妈不太会写字和识字。她的这封信充满了错误的单词和语法，语言表达也十分荒谬可笑，她错用了很多词组，无意间给整封信又添加了些可笑的错误。如果不是她表达得太糟糕的话，我们绝对会被信中所说的这些事情逗得捧腹大笑。她说，我们刚离开布达佩斯后没多久，祖母就拒绝让费尔南多先生和她住到一起。这种行为本身就是不光彩的，拉卡托斯女士在信中强调说，因为社区里的每个住户都知道费尔南多先生在一战前是斯宾诺莎女士的未婚夫，他们对彼此一直都有好感，也很少有人能像他们这般登对。他们一睁眼就开始吵架，然后再在一起吃午饭，睡午觉，太阳落山之前，他们又开始小吵小闹起来，直到晚上就寝。睡前，他们会在一起怀念以前的岁月。他们本可以一直这样下去。可是有一天午饭后，拉卡托斯女士写道，斯宾诺莎夫人正在土豆汤里下饺子，给他们做晚饭。她肯定是因为什么分了神，所以他们去睡午觉的时候，她竟然忘记灭灶炉了。他们睡下后没多久，土豆汤就沸腾溢了出来，浇熄了炉火，炉灶里的煤气泄漏了出来。几个小时后，到了晚上，邻居们才发现公寓里充斥着一股强烈的煤气味。他们按了门铃，可无人回应，于是他们叫了警察。警察破门而入。他们关掉煤气，打开所有的窗子。这对老人在卧室里被找到了，他们安详地躺在床上，拥抱着彼此。这个无所不知的看门女人说，费尔南多的嘴唇扯成了一弯幸福的弧度。

叔祖父当然会笑了。他很高兴，虽然错过了一辈子，但至少死的时候，他疯狂爱慕着的这个女人在他的怀抱。

十二　老烟枪

未能实现的诺言

母亲在临终前求我将一件事告诉给全世界——在二战期间，纳粹党人残忍地杀害了某位名叫利波特的年轻人，他和其他几个年轻的犹太人藏身在父母的家中。她想让我问问上帝为什么要让这种惨剧发生。我因为常年对母亲置之不理而倍感愧疚，在那一刻的严肃氛围的催使下，我答应了她的请求。

十年后，当医生当面告诉我，我得了癌症晚期，必须得马上切除咽喉时，我突然回想起了母亲去世的那一天。我的心脏开始狂跳不止，所有的感官仿佛瞬间敏锐了起来。我可以看到躺在病床上的母亲含糊地说着她的遗言，而我答应了她有一天会将那一小片独立的区域描述给世人听,这个地方就是我们的家。就在这一刻,我才发现已经过去了这么多年，而我不仅没有实现我对母亲的承诺，一生下来也没做过任何有意义的事。

我一直都在埋怨我的生活。中年生活的乏味无药可医，在异国的冒险经历或闲适的日常生活都没有用，这种痛苦的感觉让我备受折磨。我常常自我抱怨，有时候还会突然发起火。我诅咒上帝，他总是离我这么遥远。我咒骂我死去的父母，他们从来不跟我亲近。然而，大多数时候，我都在责骂我自己连一件有意义的事情都没有做成。

书籍和幻想

从我十七岁开始到我现在生病，我一直在奥斯陆的一家大型出版商的仓库里工作。这份工作是威廉叔叔帮我找的。我开着仓库的吊车，帮他们装卸货物，一干就是三十年。每天从早上八点到下午四点半，我都在来回搬运着成箱的书籍，将它们放好或从高高的书架上取下来。这些书架都是不同的出版社租下来的。这份工作简单而枯燥，完全不需要我费神。这对我来说正适合，因为我从不会为了成功而奋力拼搏。相反，我很懒惰，从来没想过要使自己变得更好。

我这一辈子都在闻着书籍的墨水味。可我一点儿也不喜欢读书。我的父母都是爱书人。在匈牙利的时候，几乎每一本新出版的书他们都要买回来。这就是他们在这个充斥着谎言的国家中搜寻一丝丝真实的方法。我们家中的所有书架和壁龛中堆满了各种小说和诗集。可我一本也没看过。我只要看看封面，用手指摩擦它们的书脊就够了。也许这是我对父母的一种抗议，因为他们看书的时间比跟我在一起相处的时间还要多，还总是喋喋不休地强调读书有哪些好处。我宁愿听叔祖父讲故事，也不愿意打开这些旧书，即便我的父母常常警告萨沙和我说，费尔南多在骗我们。

我之所以不爱看书，主要是因为看书需要耐心，而我很缺乏这种品质。另一方面，我在书库工作的这些年，养成了每天早上随意翻看一些小说的习惯，尤其是那些我认识的作者写的书。这个习惯是在我参加了一次宴会后渐渐形成的。我在那次宴会上遇见了一位美丽的姑娘，她认为既然我的工作是和书打交道——我没说其实我只是仓库里的吊车司机——那么我肯定读过加夫列尔·加西亚·马尔克斯的《百年孤独》。一开始，我觉得自己理所应当要否认，说自己从来不爱看书。但接着我又觉得这难以启齿。不过从书名来看，我认为她提到的这本书肯定映射了我自己的人生，所以我应该读过它。于是，我微微一笑，在一张纸条上快速地写道，我很喜欢这本书，尤其是那些在中欧发生的故事，因为这些故事让我想起了我的过去，我很高兴自己在这本书中找到了共鸣。叔祖父常常说，识破一个谎言往往比抓一条瘸腿的狗还容易。他这句话那天晚上就在我身上得到了验证。那个姑娘直接看穿了我的谎言。从那刻起，我就决定开始看书了，这样别人才不会看不起我，把我当成没文化的骗子。

我只要随便看几眼，就能知道整本书的大意。而这样就足以让我的想象力奔驰了。开吊车是一项很寂寞的工作，为了隔离噪音，我整天都要戴着耳塞，与世界隔离。午饭的时候，我也经常是一个人吃。因为我不会说话，大家都觉得我又笨又傻，其他的工人都不想和我做朋友。于是，拿起一本书，我就能让我的想象力抛开束缚，奔向它想去的任何地方。于是，这份简单的工作似乎也没那么无聊了。一段时间后，这便成了一种习惯。从早上起来开始到晚上入睡，我的脑中就不停地涌现出各种各样的奇妙历险。我总能找到一本为我的想象提供背景的书籍。比如，有一次，我花了几天时间看了弗朗茨·卡夫卡的《审判》，然后略览了它的封底后，我便成了一名天才律师，就像佩里·梅森在电视剧里演的那样。多亏了我的机智和口才，无辜的约瑟夫才避免了死刑的下场。另一次，我偶然发现了马塞尔·普鲁斯特的《追忆似水年华》，然后那一整个星期我都能看到美丽绝伦的女伯爵盖尔芒特躺在我的怀中，向我求欢。看完陀思妥耶夫斯基的《白痴》后，我梦到我变成了弗洛伊德，发明了一种神奇的方法治愈世界上所有的精神病人。后来我又找到了约瑟夫·康拉德的短篇小说《黑暗之心》，那时正巧特蕾莎修女获得了诺贝尔和平奖，于是我便幻想我正在解救那些得了绝症、常年挨饿的非洲儿童。

从生活的恐惧中解放

尽管我做的白日梦每天都不一样，但它们都有同一个主题：我是一个特别的人，我的成功让世界都为之震惊。我从不觉得我在做梦，这样我才能逃避这凄凉的人生。因为现实就是，我在挪威的生活悲惨又孤独。

我从未在这个新城市里融入哪个集体中。我没有朋友。我漫无目的地生活。我无视爱情、快乐和生活的乐趣。我的人生就是在逃避现实，我认为自己总在去别处的路上。我最大的错误就是从来不去参与，从来不会为了融入社会而成为或装作其他人。走自己的路其本身就是一种惩罚。那些与外界斩断联系的人，很快就会撞到现实的礁石上。我一个人生活，没有目标，没有理想。我的生活只有一种意义，那就是耗时间。

当你觉察到你已经将你自己的生命——一个人一辈子只有一次的生命抛开时，那是一种庄重同时也值得骄傲的时刻。就连最小的挫折也会让我连续几个星期郁郁不振，当我心情不好时，我经常这样，我就会抓着我的不幸，陷入绝望，让自己沦陷在黑暗中。可这一次我没有。不论是失眠症，还是吞咽困难的毛病，甚至是咽喉癌晚期的诊断都没有让我沮丧。相反，我冷静地接受了我将不久于人世的事实，很奇怪，死神将我从对生活的恐惧中解救了出来。它赋予了我做自己的权利，让我丢下了自年少时便肩负着的承诺。我对生活已经别无所求了，也许我可以做一件大事来扭转一下我平凡的人生轨迹。

要做什么呢?

不论我怎么努力地想，我的思绪总会在各种无关痛痒的小事中失去了线索。

手术改变了我的生活，让我经历了一场奇特的转变。我突然不再做白日梦，也不再抱怨生活。每天早上我醒来时，都是带着感激和愉悦的心情，因为我还活着。

然而，不能说话还是让我觉得很痛苦。当然，我已经做了三十多年的哑巴了，早就习惯和别人通过写纸条来交流了。然而，在我内心深处，希望一直没有泯灭——我希望有一天我又能说话。可医生的手术刀彻底斩断了这种希望。我试着安慰自己,我对自己说肯定没有人愿意听我说话。在挪威的这些年，你们知道的，我从不和别人接触，除了我的叔叔威廉。他总是毫无保留地接纳我，听我说我的人生故事。可是这么想并没有起到什么作用。现在，过往的种种在我身体里膨胀，既然已经没有了希望，我便想说故事，说生活是怎样无情地摧残着我们家族的世世代代。

故事

我生存在一个过去重于未来的世界。新的一天对其他人来说意味着闪亮的希望，可对我们却毫无意义。我们的黄金时代已经过去了，藏在静谧之中。很奇怪，我们家没有人会说起其他家族成员的命运，这也许是因为他们不想重现过去，或者仅仅是因为每个人都不想让我们这些孩子，也去经历斯宾诺莎家族的悲惨人生。

我们家族不幸的遭遇非常之多。自我们家族存在以来，灾难就一直黏着我们。世界上发生的所有事最后都会对我们家族的人不利。中世纪，启蒙时期，法国大革命时期，解放，世界大战，天主教，纳粹，共产主义，自由主义。

我们家族的生活准则，既没有在过去给我们带来安全感，在未来也随时可能会受到质疑。我们是世俗的犹太人，不再遵守传统观念中的我们的信仰和习俗。同时，我们也从来没真正扎根在这个世界。所以，我们无法加入任何对我们有利的集体。

如果不是我的叔祖父，一个和我们完全没有血缘关系的人，萨沙和我可能会在沉默的压迫中长大。然而，费尔南多总是能回想到我们家族隐藏的传奇故事，和所有藏于我们基因中的各种经历。他通过精妙绝伦的故事将我们家族的过去复活了。我相信他了解我们家族的人有意识地对过去的事情闭口不谈，会对我们孩子产生什么影响。所以，为了给我们注入活力和勇气，他让我的双胞胎弟弟和我意识到了某些值得我们骄傲的东西——牢固的根。这就是为什么他总是跟我们说，错的是事情本身，而不是我们自己。

对于萨沙和我来说，听叔祖父说那些发生在很久以前的故事是再正常不过的了。他的故事让我们感到快乐。他不知疲惫地为我们创造了一个过去的世界，这个世界有一些悲伤却又是极乐的天堂，让萨沙和我都有些晕眩了。

然后，突然一瞬间，那些故事就出现在了我的脑中。它们没有预兆地就从我内心深处涌现了出来。我意识到我的记忆里竟然储存了这么多的奇闻异事，我无法忽略这种强烈且迫切的需求，我必须要将我知道的东西说出来。可是一个哑巴要怎么去说故事呢？

梦

一天晚上，我做了个奇怪的梦。我看到我自己坐在桌边，跟一位天使和他的两个助手说话。我从未见过这么可爱的天使，他是快乐的化身，散发着生命的智慧。这位天使的周围散发着银河系安静的白光。这种白色，难以捉摸，万分纯粹，让我为之入迷。它让我觉得印度教徒称之为玛雅面纱的五彩斑斓的感官世界，就是一个精细的骗局。

然而，那位年轻的助理天使，带着一口浓重的俄国腔说，天使周围的颜色其实代表的是宇宙冷酷无情的空虚。

“只有人类能找到无意义之空无的解药，”他说道，“通过他们的语言、记忆和意识，赋予生命以意义是人类最大的天赋。”

我想知道我的人生是否也有某种特殊的意义。但我没问出口，因为另一位助理天使，一位轮廓分明，兴奋难耐的老人用一口浑厚且响亮的意大利语说道：“冒险吧！”——探索之旅。

“真正的探索之旅是对生与死的摸索，这是一项伟大的冒险。”他继续解释道，“探索者深入到灵魂的深处。他在那里兜圈，跟所有人说话。他在存在于人类之中，根植于他家人内心的内在沉默之间搭建起了语言的桥梁。”

接着，梦中的场景变换。周围变得漆黑一片。我一个人坐在桌前，将笔在墨水瓶里蘸了蘸，开始奋笔疾书。我静静地写满了一堆纸，有条不紊，思如泉涌。可是这些故事都遵守着一种结构，而它也渐渐地浮出水面。写完后，我的语言便随着风溜走了；人屏住了呼吸，鸟儿也不再鸣啭。

这个梦是我心中的一朵凤仙花。第二天我醒来的时候，充满了快乐，对人生的态度也彻底转变了。新的内在世界为我敞开了大门。我的理解力受到了一股独特光线和更加平和的心境的指引。我发现了一块处女之地：故事。我现在的生活目标就是将这些故事写下来。

写作

时间紧迫，所以我使尽了全力去翻找过去，了解我的家族。几个星期的时间里，我看完了所有我找到的资料：我在祖父留给我的行李箱里找到了一些关于我家族的档案，我还发现了本杰明·斯宾诺莎一千零一页趣味盎然的《永生之书》。当然，我也查阅了一些参考作品和小说。总之，我读了很多书。我对文字的渴求和我吸收它们的能力让我自己都出乎意料。我在小说世界里的旅途，支撑着我生活的信念，我觉得自己也有擅长的东西了。我感觉这些重要的思想都是我自己孕育出来的，而不是别人。在优美文字的庇佑下，我觉得自己远离了糟糕的生活，我开始相信永生了。

每一个人都是独一无二的，每一件事都只会发生一次。被这种想法占据的我，平生第一次开始写故事，这些故事自童年便一直存在于我的脑海中。一开始，我写得很慢，其间还掺杂着犹豫，几近抵触，因为我觉得我的知识量很小，要想捕捉现实，它们就太欠缺和琐碎了。而且，我不知道我开始的这条曲折的道路会将我带去何方。我很快就发现当要描写一个人的内心世界时，我就会词穷。我只能完美地抓住最表面的东西。我非常了解一件事物，然而一旦需要用语言解释它时，我就会变得非常恼火。

我在序言中写起我母亲离世的时候，感觉极其困难。这可以算是耗费我最多时间的一章了——我用了一整个月。

为什么短短不到六十行字的篇幅，我竟然花了这么长时间呢？

怎么说呢？我总是觉得写作很难。我对此一直没有天赋。我总是在纠结，怀疑我写出来的每一个词语是否合适。一句话写到一半，我就可能会写不下去；我写了，再擦掉，重写，再擦掉——如此反复。

接着，我的运气来了。在希腊戏剧里这种情况被称为“剧情突变”，它始于一次常规检查。医生发现癌细胞转移了。我不听话的血液将叛逆的细胞运送到了我全身。我面对现实，知道我的时间不多了，很快我身体内部的系统就会崩坏，置我于死地。对于死，我已经释然。我的家人一个接一个地死去，太阳升起又落下，很快我也会这样。同时，我总是在想，如果我永远地闭上了眼睛，那么我脑海中的这些故事就会彻底湮没，而我的那些前人也会永久地消失。

我不能就这样站在一边，看着我的祖先悄无声息地湮没在时间的洪流中。我必须面对最后的抉择。

然后，当我对此不再抱有希望时，我写作的速度便大大加快了，我惊喜地发现我不会再词穷了。从那时开始，我每天都在回味——在我的脑海中、我的精神中，尤其是我的身体中——写作对于我来说有多么重要。文字从我的笔下倾泻而出。我的脑子里全是关于我家族的故事，这些是我这么多年来一直想压抑和彻底忘却的事。我死去的祖先在我的脑中旋转，他们嫉妒地盯着我的文章。他们每一个人，都想在这里找到一席之地。

他们就在我身边，靠在我的肩膀上，看我是怎么描述他们的一生，我可以感觉到他们温暖的鼻息。我可以听到他们的窃窃私语。当我将一些他们不想承认的话转述出来或者透露了他们的秘密时，他们还会惊呼出来。

他们所有人都在，除了我的父母。从一开始，这两个人就觉得我是个糟糕的儿子，无法让他们依靠，也不能让他们骄傲。我们之间的关系基本上难以言说，所以我不知道怎么实事求是地描述他们的生活。他们知道这一点。所以，我认为他们才会和我保持一段距离。显然，我父母一直希望我能将他们放在他们唯一看中的事物中——那就是安静。

我很少在夜里两点钟之前上床睡觉，四个小时后我又会被我身体内的闹钟叫醒，然后继续开始写作。我早上一般不梳洗穿衣，因为这太浪费我宝贵的时间了。偶尔，我还会搞点儿东西吃或者喝。我的眼里只有故事。文字让我忘记了所有的一切。写作让我充满了语言的力量，于是我便像《天方夜谭》里的山鲁佐德一样，得以再远离死亡天使，多一点儿时间了。

我并不是在告解。我只是在写故事。它们是真实发生过的，世间有很多这样类似的故事。斯宾诺莎的故事和其他千百万家庭的过往成就了历史，形成了人类的故事。

时光如梭。我们的过去一去无返。未来不再需要我。明天将由他人来建造。我可以安静地闭上眼睛了。我在世间的任务已经完成了。我将我祖先巴鲁克的永生药，用这世间唯一可以让人类得到永生的东西替换了下来，那就是回忆。

除了我的文字，我什么也没留下。本杰明的书，我们家族的宝藏，我都一并带进了坟墓。每一个烟鬼都不愿意戒烟的，我的烟瘾即使癌症也治愈不了，每一次我写完一页，我就会从本杰明的那本书里撕下一页，用它来卷烟草，然后享受地吸食。

这一刻，《永生之书》的最后一页正化作烟雾，缭绕。

斯宾诺莎家谱图

公元1129年
巴鲁克
西蒙
阿莫斯
什洛莫
伊斯雷尔
恰伊姆
公元1300年
摩西
萨尔曼
公元1600年
迈克尔
本杰明
本图
艾萨克
公元1700年
赫克托耳
亚伯拉罕
萧珊娜
尼古拉斯
公元1800年
吉勒德
吉多
雅各布
伯恩哈德
尼古拉斯
克劳迪娅
安德里亚斯
莫里兹
南森
(阿里的祖父)
卡尔曼
汉娜
公元1900年
威廉
阿里和萨沙的
父亲
卡洛
伊洛娜
萨沙
阿里

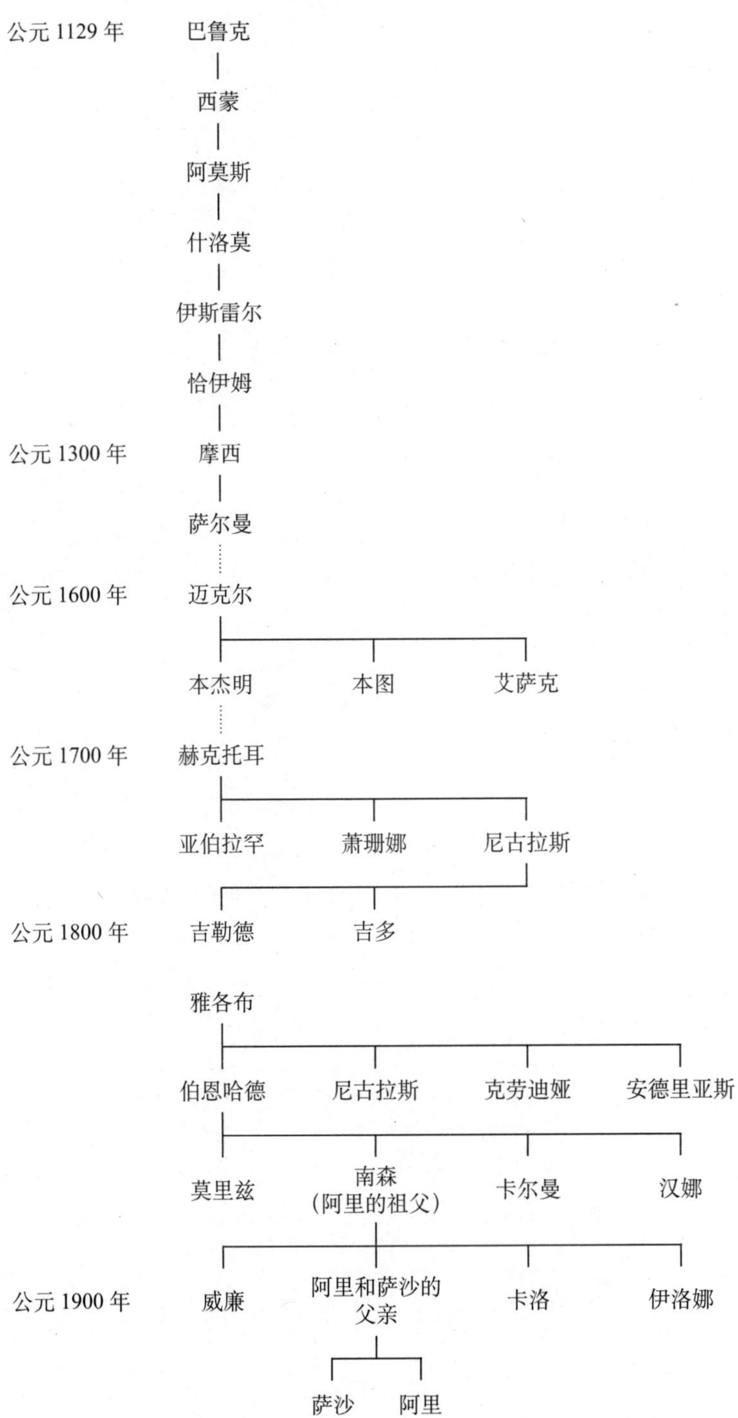

著作权合同登记号　图字：10—2014—324号

图书在版编目（CIP）数据

永生之书 /（瑞典）格莱希曼著；钱峰译．
—南京：译林出版社，2016.6
书名原文：The Elixir of Immortality
ISBN 978-7-5447-6364-6

Ⅰ.①永… Ⅱ.①格… ②钱… Ⅲ.①长篇小说－瑞典－现代
Ⅳ.①I532.45

中国版本图书馆CIP数据核字（2016）第092630号

书　　名 永生之书
作　　者 〔瑞典〕加比·格莱希曼
译　　者 钱　峰
责任编辑 陆元昶
特约编辑 苑浩泰
出版发行 凤凰出版传媒股份有限公司
译林出版社
出版社地址 南京市湖南路1号A楼，邮编：210009
电子信箱 yilin@yilin.com
出版社网址 http://www.yilin.com
印　　刷 三河市华润印刷有限公司
开　　本 640×960毫米　1/16
印　　张 34.25
字　　数 506千字
版　　次 2016年6月第1版　2016年6月第1次印刷
书　　号 ISBN 978-7-5447-6364-6
定　　价 72.00元